HEYNE BÜCHER

SCIENCE FICTION

Herausgegeben
von Wolfgang Jeschke

Von **Robert Silverberg** erschien in der Reihe
SCIENCE FICTION & FANTASY:

Gast aus der Zukunft · 0603193
Das heilige Atom · 0603224
Die Sterne rücken näher · 0603248; auch in 0601001
Die Seelenbank · 0603256
Exil im Kosmos · 0603269
Schwingen der Nacht · 0603274; erneut 0603929
Macht über Leben und Tod · 0603282; auch in 0601006
Dimension 12 · 0603309
Die Mysterien von Belzagor · 0603345; auch in 0604337
Der Gesang der Neuronen · 0603392; auch in 0601005
Kinder der Retorte · 0603441; auch in 0601003
Es stirbt in mir · 0603445
Ein glücklicher Tag im Jahr 2381 · 0603477; auch in 0601007
Der Seher · 0603590; auch in 0604354
Schadrach im Feuerofen · 0603626; auch in 0604337
Mit den Toten geboren · 0603644; auch in 0604337
Drei Romane in einem Band · 0604337
(Die Mysterien von Belzagor/Schadrach im Feuerofen/ Mit den Toten geboren)
König Gilgamesch · 0604420
Tom O'Bedlam · 0604456
Zigeunerstern · 0604541

NACH DER DUNKELHEIT (Zyklus):
Am Ende des Winters · 0604585
Der neue Frühling · 0604894
Über den Wassern · 0604973

Als Herausgeber:
Die Mörder Mohammeds · 0603264
Menschen und andere Ungeheuer · 0603378
Das neue Atlantis · 0603755

ROBERT
SILVERBERG

Über den Wassern

Roman

Aus dem Amerikanischen übersetzt von
ROLAND FLEISSNER

Deutsche Erstausgabe

WILHELM HEYNE VERLAG
MÜNCHEN

HEYNE SCIENCE FICTION & FANTASY
Band 0604973

Titel der amerikanischen Originalausgabe
THE FACE OF THE WATERS
Deutsche Übersetzung von Roland Fleissner
Das Umschlagbild malte Michael Hasted

Redaktion: Wolfgang Jeschke

Erstausgabe by Bantam Books, New York

Printed in Germany 1995
Umschlaggestaltung: Atelier Ingrid Schütz, München
Technische Betreuung: M. Spinola
Satz: Schaber Satz- und Datentechnik, Wels
Druck und Bindung: Presse-Druck Augsburg

ISBN 3-453-06209-4

INHALT

Für Charlie Brown,
den Focus des LOCUS
– und wahrscheinlich auch grad
zur rechten Zeit.

Und die Erde war gestaltlos und leer; und Finsternis lag über dem Flachen auf dem Tiefen. Und der Geist GOTTES wehte über dem Flachen der Wasser.

– GENESIS, I:2

Das Meer kennt kein Mitleid, keine Treue, kein Gesetz, kein Gedenken … Seine Unbeständigkeit kann menschlichen Zwecken nur durch unverzagte Entschlossenheit und schlaflose, bewaffnete, argwöhnische Wachsamkeit, in denen eigentlich immer mehr Haß als Liebe liegt, dienstbar erhalten bleiben.

– JOSEPH CONRAD, *Der Spiegel der See**

---

* Joseph Conrad, *The Mirror of the Sea*, dt. von Ernst Wagner, S. Fischer, 1990.

Über ihnen lag Blau, unter ihnen ein anderes Blau; zwei unermeßliche, unzugängliche Abgründe, und das Schiff hing scheinbar zwischen dem einen und dem anderen in der Schwebe, ohne sie zu berühren, bewegungslos in einer perfekten Windstille gefangen. In Wirklichkeit aber lag es im Wasser, wohin es gehörte, und nicht über ihm, und es machte die ganze Zeit über gute Fahrt. Vier Tage hindurch und vier Nächte zog das Schiff nun stetig hinaus, fort von Sorve, immer tiefer hinaus auf das unwegsame Meer.

Als Valben Lawler am Morgen des fünften Tages früh an Deck des Flaggschiffes trat, ragten ringsum überall Hunderte von langen Silberrüsseln aus dem Wasser. Dies war neu. Und das Wetter hatte ebenfalls umgeschlagen: der Wind hatte sich ganz gelegt, die See war bleiern-träge geworden, nicht mehr nur still, sondern auf eine bestimmte Art elektrisch aufgeladen und voll einer potentiellen explosiven Spannung. Die Segel flappten schlaff, die Takelage baumelte schlapp herab. Über den Himmel erstreckte sich ein dünner, scharfer grauer Dunststreifen, wie etwas, das von einem anderen Ort der Welt hier hereingedrungen war. Lawler, schlank, großgewachsen, in mittleren Jahren, aber mit dem Körper und der Geschmeidigkeit eines durchtrainierten Athleten, bedachte die Wassergeschöpfe drunten mit einem schiefen Grinsen. Sie waren dermaßen häßlich, daß sie schon fast wieder attraktiv wirkten. Unheimliche Biester, dachte er.

Falsch: Unheimlich, ja; Biester, nein! In den unangenehm scharlachroten Augen blitzte zweifellos so etwas wie kühler Verstand. Noch eine intelligente Spezies auf dieser Welt, die damit schon so reichlich gesegnet war.

Und unheimlich waren sie im Grunde einfach nur eben deshalb, *weil* sie keine primitiven Bestien waren. Und ziemlich gefährlich sahen sie aus, die schmalen Schädel auf den vorgereckten Röhrenhälsen. Sie sahen aus wie große metallene Würmer, die sich aus dem Wasser heraufrecken. Und diese offenbar recht funktionstüchtigen Kiefer, die kleinen sägeblattscharfen Zähnchen, dutzendweise in der Sonne blitzend. Es sah dermaßen absolut unmißverständlich bösartig aus, daß man nicht anders konnte, als sie zu bewundern.

Lawler spielte ein Weilchen mit dem Gedanken, über Bord zu gehen und sich mitten unter diesen Wesen zu vergnügen.

Dann überlegte er, wie lange er dann noch leben würde. Höchstwahrscheinlich keine sechs Sekunden... Und danach – Frieden, ewiger Frieden. Eine hübsche perverse Vorstellung dieses Wunschbild eines raschen kleinen Selbstmords. Aber selbstverständlich nicht ernstgemeint. Lawler war kein suizidaler Typ, sonst hätte er die Sache schon vor langer Zeit hinter sich gebracht, und überdies war er derzeit gegen Depressionen und Angstzustände und ähnliche ärgerliche Sachen chemisch abgeschirmt. Der kleine Schluck Stumpfkrauttinktur, den er sich nach dem Aufstehen erlaubt hatte, wie dankbar war er nun dafür. Wenigstens für ein paar Stunden lieferte ihm die Droge einen kleinen undurchdringlichen Schutz und ruhige Sicherheit, und er konnte vielzähnigen Ungeheuern wie diesen da lachend in die Augen schauen. Es brachte doch gewisse Vorteile mit sich, Arzt zu sein – der *einzige* Doktor in der Gemeinschaft.

Lawler erblickte Sundira Thane, die sich beim Fockmast weit über die Reling beugte. Anders als Lawler war die dunkelhaarige schlaksige Frau ein erfahrener Ozeanfahrer und hatte zahlreiche interinsulare Fahrten hinter sich gebracht, die manchmal über weite Strecken geführt hatten. Sie kannte die See. Er dagegen war hier nicht in seinem Element.

»Hast du so was früher schon mal gesehen?« fragte er.

Sie blickte auf. »Das sind Drakkens. Häßliche Biester, was? Und schlau und schnell. Die verschlucken dich ganz, wenn du ihnen bloß 'ne halbe Chance dazu gibst. Oder auch bloß 'ne Viertelchance. Nur ein Glück, daß wir hier oben sind und die dort drunten.«

»Drakkens«, wiederholte Lawler. »Hab noch nie von so was gehört.«

»Sie sind Nordlinge. Werden selten in tropischen Wassern oder hier in diesem Meer gesichtet. Ich vermute, sie wollten mal Sommerferien machen.«

Die schmalen gezähnten Schnauzen waren halb so lang wie ein Mannsarm und ragten wie ein Wald von Schwertern aus dem Wasser herauf. Lawler sah flüchtig schlanke bandförmige Leiber im Wasser, die wie poliertes Metall blinkten, in die Tiefe baumeln. Manchmal tauchte die Schwanzflosse eines Drakken auf oder eine mächtige schwimmhautbesetzte Pranke. Flammenrot helle Augen erwiderten seinen Blick mit beunruhigender Intensität. Sie sprachen miteinander in hohen Stimmlauten, einen scharfen hallenden Klirrton wie dem von Beilen auf dem Amboß.

Von irgendwo tauchte Gabe Kinverson auf und plazierte sich halbwegs zwischen Lawler und Thane an der Reling. Kinverson, ein sehniger Riese mit einem flachen windverbrannten Gesicht, hatte die Werkzeuge seiner Tätigkeit dabei: ein Bündel Haken und Schnur und eine lange Angelrute aus Holzkelp. »Drakkens«, brummte er. »Was für Mistviecher. Einmal bin ich mit meinem Boot und einem Zehnmeter-Seeleoparden im Schlepp heimgefahren, und fünf Drakkens haben ihn mir glatt vom Haken gefressen. Und ich konnte verdammt gar nichts dagegen machen.« Kinverson hob eine zerbrochene Belegpinne auf und schleuderte sie ins Wasser. Die Drakkens stürzten sich darauf, als wäre es ein Köder, schoben sich schulterhoch in die Luft, schnappten von allen Seiten danach und yippten wütend; dann ließen sie den Pflock sinken, und er verschwand.

»Aber sie können doch wohl nicht an Bord raufkommen?« fragte Lawler.

Kinverson lachte. »Nein, Doc. An Bord kommen können sie nicht. Zu unserm Glück.«

Die schätzungsweise dreihundert Drakkens schwammen mehrere Stunden lang neben den Schiffen her, konnten mühelos die Reisegeschwindigkeit mithalten, stießen die bösartigen Schnauzen in die Luft und keiften und gellten unablässig ihre bedrohlichen Vokalkommentare. Aber gegen die Morgenmitte tauchten sie alle zusammen ab und außer Sichtweite und wurden nicht mehr gesehen.

Kurz darauf braßte der Wind auf. Die Matrosen der Tageswache kletterten geschäftig in der Takelung umher. Hoch drüben im Norden kristallisierte sich schwarz ein kleiner Sturmregen zusammen, direkt unter einer gemein aussehenden Wolkendecke, und schleifte einen steilen dunklen Netzvorhang mit sich, der nicht ganz bis zur Oberfläche der See reichte. In der Nähe der Schiffe behielt die Luft ihre trockene Durchsichtigkeit, bekam aber eine knisternde Schärfe.

Lawler stieg unter Deck. Dort wartete Arbeit auf ihn, allerdings nichts besonders Anstrengendes dabei. Neyana Golghoz hatte eine Blase an ihrem Knie; Ehrwürden Father Quillan war aus seiner Koje gefallen und hatte sich eine Prellung am Ellbogen zugezogen; Leo Martello hatte Sonnenbrand auf dem Rücken. Als Lawler die Patienten versorgt hatte, rief er alle übrigen Schiffe vorschriftsmäßig über Funk, um festzustellen, ob es auf ihnen irgendwelche medizinischen Probleme gebe. Gegen Mittag stieg er wieder an Deck, um frische Luft zu schöpfen. Nid Delagard, der Reeder der Flottille und Leiter der Expedition, besprach sich gerade mit dem Kapitän des Flaggschiffes, Gospo Struvin, am

Ruderhaus. Ihr Lachen hallte hemmungslos über die ganze Länge des Schiffsdecks. Die beiden waren aus dem gleichen Holz geschnitzt, klobige stiernackige Kerls, stur und ordinär, voll einer grobschlächtigen Energie.

»He, Doc, hast du heut früh diese Drakkens gesehn?« brüllte Struvin herüber. »Süße Krabben sind die, was?«

»Ja. Sehr hübsch. Was wollten sie denn von uns?«

»Uns auf den Zahn fühlen, nehme ich an. Man kann in dieser See nicht weit reisen, bevor irgendwas auftaucht und einen neugierig beschnüffelt. Wir werden noch 'ne ganze Menge anderer unzivilisierter Besucher kriegen auf dieser Fahrt. Da, schau mal, Doc ... steuerbord!«

Lawler folgte der ausgestreckten Hand des Captains. Dicht unter der Meeresoberfläche wurde die blasige, ungefähr kugelige Gestalt eines riesenhaften Geschöpfes erkennbar. Es sah aus wie ein vom Firmament gestürzter Mond, grünlich, riesig und ganz von Pockennarben bedeckt. Nach einer Weile erkannte Lawler, daß die Narben in Wirklichkeit rundliche Mundöffnungen waren, die dicht beisammen auf der gesamten kugeligen Oberfläche saßen und sich regelmäßig öffneten und schlossen. Hunderte schluckender Mäuler, unablässig an der Arbeit. Tausende vielleicht. Eine Myriade langer bläulicher Zungen, die geschäftig vor und zurück durch das Wasser peitschten. Das Ding war nichts als lauter Mäuler, eine gewaltige im Meer schwebende Freßmaschine.

Lawler besah sich das Geschöpf mit einigem Ekel. »Was ist denn das?«

Doch Struvin hatte keinen Namen dafür. Und Delagard ebenfalls nicht. Es war eben nur ein anonymer Meeresbewohner, etwas Häßliches und Monströses, dein persönliches Horrording in Großformat, das da eben mal vorbeischaute, um festzustellen, ob es in dem kleinen Konvoi von Fahrzeugen irgend etwas gebe, das zu verschlucken sich lohnte. Langsam trieb das Ding vorbei, und seine Mäuler mahlten unablässig weiter. Danach – etwa eine halbe Stunde später – drangen die Schiffe in einen Bezirk ein, in dem es von großen orange-grün-gestreiften Quallen wimmelte, graziösen, geschmeidigen schimmernden Schirmen, mannskopfgroß, von denen fingerdicke, gekrauste fleischigrote Bänder anscheinend mehrere Meter lang herabhingen. Diese Quallen wirkten irgendwie friedlich, sogar ein wenig clownskomisch, aber die See rings um sie dampfte und sprudelte, als sonderten sie eine scharfe Säure ab. Sie schwebten so dichtgepackt im Wasser, daß sie ganz dicht an die Schiffswandung stießen, gegen die Seefingerpflanzen prallten, die dort wuchsen, und mit leisen seufzenden Schmatzern widerwillig zurückwichen.

Delagard gähnte, dann verzog er sich durch die Heckluke unter Deck. Lawler blieb an der Reling und schaute verblüfft die Massen von Quallen dicht unter sich an. Sie bebten wie ein Haufen molliger Schwabbelbusen. Sie waren so nahe, er hätte mit Leichtigkeit hinuntergreifen und einen davon herausfischen können. Gospo Struvin kam an der Backbordreling an ihm vorbei übers Deck und sagte grob: »He, wer hat denn das Netz da liegen lassen? Du, Neyana?«

»Ich bestimmt nicht«, sagte Neyana Golghoz, ohne auch nur aufzublicken. Sie schrubbte voll Eifer das Deck weiter vorn am Bug. »Frag doch mal Kinverson. Der ist für die Netze zuständig.«

Das Netz war ein Wirrwarr von feuchten gelben Strängen und lag schlampig in einem Haufen an der Reling. Struvin trat mit dem Fuß dagegen, als wäre es ein Haufen Abfall. Dann brummte er einen Fluch und stieß noch einmal zu. Lawler schaute hinüber und sah, daß das Netz sich irgendwie um eins der bestiefelten Beine Struvins gewickelt hatte. Der Schiffskapitän stand mit erhobenem Bein da und stieß es wiederholt von sich, als versuchte er, etwas Klebriges und sehr Anhängliches abzuschütteln. »He«, sagte Struvin. »He, was soll 'n das!«

Das Netz hatte sich teilweise bis zur Hälfte seines Oberschenkels um das Bein festgewickelt. Der Rest des Netzes glitt die Reling hinauf und begann auf der anderen Seite zum Wasser hinabzukriechen.

»Doc!« brüllte Struvin.

Lawler rannte zu ihm hinüber, Neyana dicht hinter ihm. Doch das Netz bewegte sich unglaublich schnell. Es war jetzt nicht mehr ein Gewirr von Fasersträngen, sondern hatte sich gestreckt und entpuppte sich nun als eine Art drei Meter lange durchbrochene Bioform, die Struvin hastig über Bord zerrte. Der Käptn brüllte und stieß mit dem Bein und wehrte sich, hing aber schon halb über der Reling. Das eine Bein war völlig in dem Netz verfangen, und er stemmte sich mit dem anderen verzweifelt gegen die Brüstung, um nicht in die See gezerrt zu werden; aber das Ungeheuer schien durchaus entschlossen, ihn im Schritt auseinanderzureißen, wenn er weiteren Widerstand leistete. Struvins Augen platzten ihm fast aus den Höhlen. Dann überzogen sie sich glasig vor Verblüffung und ungläubigem Entsetzen.

Im Verlauf seiner fast fünfundzwanzigjährigen Praxis als Mediziner hatte Lawler andere Leute in extremis erlebt, viele, viel zu viele Male. Aber noch nie hatte er in den Augen irgendeines Menschen eine derartige Todesangst gesehen.

»Befreit mich von dem Ding!« kreischte Struvin. »Jesus! Doc –bitte ! Doc …«

Lawler hechtete hinüber und packte sich den Teil des Netzes, der ihm am nächsten war. Als seine Hand sich darum klammerte, verspürte er sofort ein heftiges Brennen, wie wenn eine stechende Säure ihm durch Haut und Fleisch bis in die Knochen gedrungen wäre. Er versuchte den Griff zu lösen, es war vergeblich. Seine Haut klebte fest. Struvin hing inzwischen schon ziemlich weit draußen. Nur noch der Kopf und die Schultern waren zu sehen, und seine verzweifelt sich anklammerten Hände. Noch einmal schrie er um Hilfe, krächzend, entsetzlich, dieses Brüllen. Lawler zwang sich, den Schmerz nicht zu beachten, warf sich ein Ende des Netzes über die Schulter und zerrte es quer übers Deck. Er hoffte, auf diese Weise Struvin wieder an Bord zu holen. Der Kraftaufwand war entsetzlich, doch ihm wuchsen auf mysteriöse Weise Kräfte zu, stressbedingte Energie, er wußte nicht, woher sie kam. Das Zeug versengte ihm die Haut an den Händen, und er spürte durch das Hemd hindurch das Brennen an Hals und Schultern und im Rücken. Scheißviech, dachte er. Verdammtes Scheißviech! Er biß sich fest auf die Lippe und machte einen Schritt, dann noch einen und noch einen, und er zog gegen Struvins Körpergewicht an, gegen den Widerstand des Dings, das inzwischen ein gutes Stück außenbords hinabgeglitten war und nun heftig dem Wasser zustrebte.

Etwas in seiner Rückenmitte machte *sproiing!*, wo die überstrapazierte Muskulatur wie wild herumtanzte. Aber es sah so aus, als könne es ihm tatsächlich gelingen, das Netz wieder zurück an Bord zu hieven. Struvin war schon fast wieder an der Reling.

Und dann barst das Netz – oder zerteilte sich vielmehr aus eigenem Willen. Lawler hörte einen letzten scheußlichen Klagelaut, blickte zurück und sah, wie Struvin wieder absackte und in die kochende, dampfende See fiel. Sofort begann das Wasser um ihn herum zu peitschen. Unter der Oberfläche sah Lawler Bewegungen, zuckende weiche Wesen, die wie Bolzen aus allen Richtungen herankamen. Jetzt erschienen ihm diese Quallen gar nicht mehr als so harmlos und clownskomisch.

Der Rest des Netzes blieb an Deck und begann sich um Lawlers Handgelenke und Hände zu wickeln. Er kämpfte mit einem wütenden feurigen Netzwesen, das sich wand und zuckte und an ihn festklammerte, wo immer er es berührte. Er ging auf die Knie und schmetterte das Netzding auf die Deckplanken, wieder und wieder und immer wieder. Das Zeug war zäh und geschmeidig, irgendwie knorpelhaft. Es schien ein wenig schwächer zu werden, doch er vermochte es noch immer nicht abzuschütteln. Das Brennen wurde allmählich unerträglich.

Kinverson kam angerannt und rammte seinen Stiefelabsatz auf das eine Ende dieses Netzdings und hielt es so fest; Neyana stieß ihren Mop auf seine Mitte, und dann tauchte plötzlich Pilya Braun aus dem Nichts auf, kauerte über Lawler und zückte ein Knochenmesser aus der Scheide an ihrer Hüfte. Wild fing sie an, die bebenden gummiartigen Maschen zu zertrennen. Metallisch blinkendes Blut von dunkelblauer Färbung spritzte aus dem Netz, und die Gewebestränge zogen sich hastig von der Klinge zurück. Sekundenschnell hatte Pilya die Teile abgetrennt, die an Lawlers Händen klebten, und er konnte sich wieder aufrichten. Offenbar war das Bruchstück zu klein, um sich unabhängig vom Rest am Leben zu erhalten; es begann zu schrumpfen und löste sich von seinen Fingern, und er konnte es von sich schütteln. Kinverson stampfte noch immer auf den anderen Netzteil ein, das Stück, das an Bord geblieben war, nachdem Struvin hinausgezerrt worden war.

Wie benommen taumelte Lawler auf die Reling zu, irgendwie von einem verschwommenen Impuls getrieben, daß er über Bord springen und Struvin retten müsse. Kinverson schien zu begreifen, was in ihm vorging. Er griff mit einem langen Arm nach ihm, packte ihn an der Schulter und zerrte ihn zurück.

»Sei nicht verrückt«, sagte er. »Da drunten schwimmt gottweißwas rum und wartet auf dich.«

Lawler nickte verwirrt. Er trat von der Reling zurück und stierte seine brennenden Finger an. Auf der Haut zeichnete sich ein hellrotes Netz von Linien ab. Der

Schmerz war unglaublich heftig. Er hatte das Gefühl, als müßten seine Hände zerplatzen.

Der ganze Vorfall hatte vielleicht anderthalb Minuten gedauert.

Nun kam Delagard aus dem Decksluk gestürzt und rannte verärgert und bestürzt zu ihnen her.

»Was, zum Teufel, ist hier los? Was soll dieses Geschrei und Gebrüll?« Er brach ab und gaffte mit offenem Mund in die Gegend. »Wo ist Gospo?«

Lawlers Atem ging schwer, seine Kehle brannte, sein Herz hämmerte, er konnte kaum sprechen. Mit einer Kopfbewegung wies er zur Reling.

»Über Bord gegangen?« sagte Delagard ungläubig. »Er ist in die See gefallen?«

Er stürzte an die Bordwand und blickte hinaus. Lawler trat neben ihn. Dort unten war jetzt alles still. Die Massen wimmelnder wabbeliger Quallen waren verschwunden. Die See war dunkel, glatt und stumm. Nirgends war etwas von Struvin oder dem Netzding zu sehen, das ihn sich geholt hatte.

»Er ist nicht gestürzt«, erklärte Kinverson. »Er wurde reingezogen. Die andere Hälfte von dem Zeug da hat ihn erwischt.« Er zeigte auf die Bruchstücke und zerfetzten Reste des Netzes, die er zertrümmert hatte. Diese waren nun nichts weiter als ein grünlicher verschmierter Fleck auf dem gelben Holz der Decksplanken.

Mit heiserer Stimme sagte Lawler: »Es hat genau wie ein altes Fischnetz ausgesehen und lag da ganz durcheinander in einem Haufen auf dem Deck. Vielleicht haben's diese Quallen raufgeschickt, damit es für sie Beute fängt. Struvin hat es mit dem Fuß angestoßen, und das Zeug hat ihn am Bein gepackt und ...«

»Was? Was für einen Quatsch erzählst du mir da?« Delagard blickte wieder über Bord, dann auf Lawlers Hände und danach auf den verschmierten Fleck auf den Planken. »Meinst du das im Ernst? Etwas, das aussieht wie ein Fischnetz kam aus dem Meer an Bord und hat sich Gospo geholt?«

Lawler nickte.

»Das gibt's nicht. Irgendwer muß ihn rübergestoßen haben! Wer war es? Du, Lawler? Kinverson?« Delagard blinzelte mit den Augendeckeln, als wäre auch ihm klar, wie unwahrscheinlich das eben Gesagte sei. Dann blickte er Lawler und Kinverson fest an und sagte: »Ein *Netz?* Ein lebendes Netz ist aus der See raufgekrochen und hat sich Gospo geschnappt?«

Wieder nickte Lawler fast unmerklich mit dem Kopf. Langsam spreizte er die Hände und schloß sie wieder. Das Stechen ließ sehr langsam nach, aber er wußte, er würde es noch stundenlang fühlen. Er war am ganzen Leib wie betäubt, war benommen und durcheinander. Die ganze alptraumhafte Szene rollte in seinem Kopf wieder und wieder ab: Struvin bemerkt das Netz, stößt mit dem Fuß dagegen, verfängt sich darin, das Netz beginnt über die Reling zu fließen und zerrt Struvin mit…

»Nein«, murmelte Delagard. »Himmel, verdammt noch mal, ich kann es nicht glauben.« Kopfschüttelnd spähte er in die ruhige See hinab. Dann schrie er: »Gospo! *Gospo!*« Aus der Tiefe kam keine Antwort. »Verdammter Mist! Fünf Tage auf See, und schon einen Mann verloren? Das darf doch nicht wahr sein!« Er kehrte der Reling den Rücken zu, genau in dem Moment, da die restliche Schiffsbesatzung an Deck erschien: Leo Martello voran, dann Father Quillan und Onyos Felk, und dicht hinter ihnen die übrigen. Delagard kniff die Lippen zusammen, seine Wangen blähten sich. Das Gesicht war vor Bestürzung und Wut und Schock blutrot geworden. Das Ausmaß von Delagards Bekümmerung überraschte Lawler. Struvin war auf scheußliche Weise gestorben, aber schließlich gab es ja nicht viele angenehme Sterbearten. Und er hätte auch nie vermutet, daß Delagard sich einen feuchten Furz um irgendwas oder irgend jemanden kümmerte, außer um sich selber.

Der Reeder wandte sich zu Kinverson und fragte: »Hast du je von so was gehört?«

»Noch nie. Niemals nicht.«

»Ein Ding, das aussieht wie ein ganz gewöhnliches Netz«, wiederholte Delagard. »Ein vergammeltes altes Netz, das dich plötzlich anspringt und packt... Himmel, was ist das für eine Gegend! Was für eine verfluchte Gegend!« Und er schüttelte unablässig weiter den Kopf, als könnte er Struvin wieder aus der See herausschütteln, wenn er es nur lang und heftig genug durchhielt mit dem Kopfgewackle.

Dann wuchtete er sich herum und sprach zu dem Priester: »Father Quillan! Sagt uns ein Gebet auf, ja?«

Der Geistliche schaute betroffen drein. »Wie? Was?«

»Habt Ihr mich nicht gehört? Wir haben einen Mann verloren. Struvin ist fort. Irgendwas ist an Bord gekrochen und hat ihn ins Meer gezerrt.«

Der Pater blieb stumm. Er reckte die geöffneten Hände vor, als wollte er bedeuten, daß Sachen, die aus dem Ozean heraufgekrochen kommen, außerhalb seiner ekklesiastischen Kompetenz und Verantwortlichkeit lägen.

»Mein Gott, so sagt doch ein paar Worte! Sagt irgendwas!«

Father Quillan zögerte noch immer. Aus dem hinteren Bereich der Gruppe kam stockend eine flüsternde Stimme: »Unser Vater im Himmel – geheiligt sei DEIN Name...«

»Nein!« unterbrach der Priester. Es klang, als erwachte er soeben langsam aus einem Schlaf. »Nicht das!« Dann befeuchtete er sich mit der Zungenspitze die Lippen und begann sehr stockend und verlegen: »Wahrlich, auch wenn ich durch das Schattental des Todes wandere, will ich kein Unheil fürchten, denn DU bist bei mir.« Father Quillan zögerte, befeuchtete sich erneut die Lippen und suchte offensichtlich nach weiteren frommen Worten. »DU hast mir ein Festmahl bereitet im Angesichte meiner Feinde ... Und so sollen mich gewißlich Güte und Barmherzigkeit begleiten an allen Tagen meines Lebens ...«

Pilya Braun trat zu Lawler, ergriff ihn an den Ellenbogen und drehte seine Handflächen nach oben, so daß sie die Feuermale sehen konnte. »Komm mit«, sagte sie leise. »Gehn wir runter, und du zeigst mir, welche Salbe ich dir da drauftun muß.«

IN DER KLEINEN KABINE voller Pülverchen und Tränklein sagte Lawler mit einer Kopfbewegung: »Das da drüben. Das Fläschchen dort.«

»Dies?« Pilya blickte ihn argwöhnisch an. »Das ist aber keine Salbe.«

»Das weiß ich. Träufle ein paar Tropfen in ein wenig Wasser und gib mir das zuerst. Danach die Salbe.«

»Was ist es denn? Ein Schmerzmittel?«

»Ja, ein Schmerzmittel.«

Pilya machte sich geschäftig daran, ihm die Droge zu mischen. Pilya war um die fünfundzwanzig, hatte goldene Haare, braune Augen, breite Schultern, kräftige Gesichtszüge, eine gutgeformte Brust und schimmernde olivdunkle Haut – eine attraktive kräftige Frau und – wie Delagard sagte – eine hart zupackende Arbeiterin. Und zweifellos kannte sie sich auf Schiffen aus. In Sorve hatte Lawler nie viel mit ihr zu tun gehabt; aber vor zwanzig Jahren hatte er ein paarmal mit ihrer Mutter, Anya, das Bett geteilt, als er ungefähr so alt war, wie Pilya es jetzt war, und ihre Mutter damals eine schlanke Mittdreißigerin. Es war eine ziemlich dumme Geschichte gewesen, damals. Lawler bezweifelte, daß Pilya davon etwas wußte. Ihre Mutter war inzwischen tot, dahingerafft von einem Fieber nach dem Genuß von verdorbenen Austern, das war vor drei Wintern gewesen. Damals, als er das Verhältnis mit

Anya hatte, war Lawler ziemlich heftig hinter den Weibern hergewesen – es war kurz nach dem Zusammenbruch seines einzigen Eheversuchs, der unter einem üblen Stern gestanden hatte. Aber seither hatte er sich schon ziemlich lange die Frauen vom Leibe gehalten, und in diesem Moment wünschte er sich, daß Pilya aufhören möge, ihn dermaßen bereitwillig und hoffnungsschwanger anzuglotzen, als wäre er die Erfüllung all dessen, was sie sich von einem Mann erwartete. Das war er nämlich nicht. Doch er war zu wohlerzogen – oder auch zu desinteressiert, um ihr das klarzumachen. Er wußte selber nicht, was von beidem zutraf.

Sie reichte ihm das Glas, das bis zum Rand voll von der rosafarbenen Flüssigkeit war. Seine Hände waren wie hölzerne Kloben, die Finger steif wie Stecken. Sie mußte ihm beim Trinken helfen. Aber das Taubkrautdestillat begann sogleich zu wirken und nahm wie gewohnt die Bedrückung von seiner Seele, was angenehm war, und löste nach und nach die Schichten des Schocks nach dem grausigen Geschehen an Deck von ihm. Pilya nahm ihm das geleerte Glas aus den Händen und stellte es auf das Bord gegenüber seiner Koje.

Auf diesem Bord hatte Lawler seine Reliquien von der ERDE aufgestellt, sechs kleine Fragmente aus einer einst existierenden Welt. Pilya hielt inne und besah sie sich eingehend: die Münze, die Bronzestatuette, den Tonscherben, die Landkarte, die Schußwaffe, den Steinbrocken. Vorsichtig berührte sie die kleine Statue mit der Fingerspitze, als befürchte sie, sich zu verbrennen.

»Was ist das da?«

»Das kleine Abbild eines Gottes, aus einer Gegend, die Ägypten hieß. Das war damals auf der Erde.«

»Auf der *Erde?* Du hast Sachen von der *Erde?*«

»Familienerbstücke. Das da ist viertausend Jahre alt.«

»Viertausend Jahre? Und das da?« Sie nahm die Münze. »Was bedeuten die Schriftzeichen auf diesem Stückchen hellen Metalls?«

»Auf der Seite mit dem Frauengesicht steht: *In God We Trust.* Und auf der anderen Seite, wo der Vogel ist, steht *United States of America,* hier oben, und drunter *Quarter Dollar.*«

»Was bedeutet das ›Quarterdollar‹?« fragte Pilya.

»Das war so eine Art Währung damals auf der Erde.«

»Und ›United States of America‹?«

»Ach, das war so eine Gegend.«

»Du meinst, eine Insel?«

»Ich weiß es nicht«, antwortete er. »Aber ich glaub eher nein. Auf der Erde hatten sie keine Inseln, wie wir sie kennen.«

»Und dieses Tier da? Mit den Flügeln? Solche Tiere gibt es doch überhaupt gar nicht.«

»Auf der ERDE gab es sie schon«, antwortete er. »Man nannte sie Adler, und es war so eine Art Vogel.«

»Was ist das, ein *Vogel?*«

Er zögerte. »Etwas, das in der Luft fliegen kann.«

»So was wie ein Luftgleiter«, sagte sie.

»Ja, so ungefähr. Aber ich weiß es wirklich nicht.«

Pilya stupste nachdenklich die übrigen Artefakte an. Dann sagte sie sehr leise: »Die *Erde* … also hat es diesen Ort einmal wirklich gegeben.«

»Aber sicher hat es sie gegeben!«

»Ich war mir da nie sicher, ob es nicht vielleicht bloß so ein Märchen war.« Sie wandte sich um, lächelte ihm breit und kokett entgegen und hielt ihm die Münze hin. »Schenkst du mir das, Doktor? Ich find es hübsch. Und ich hätte gern was von der Erde, ein Ding, das ich festhalten kann.«

»Das geht nicht, Pilya.«

»Bitte? Bitte, willst du's mir nicht geben? Es ist so schön!«

»Aber es ist ein Familienerbstück, seit Hunderten von Jahren. Ich kann es wirklich nicht weggeben.«

»Du darfst es dir anschauen, wann immer du Lust dazu hast.«

»Nein«, wies er sie ab. Und zugleich dachte er darüber nach, für *wen* er denn diese paar Reliquien aufbewahren sollte. »Es tut mir leid. Ich wollte, ich könnte es dir schenken, aber es geht nicht. Diese Dinge kann ich dir nicht geben.«

Sie nickte ergeben, machte aber nicht den Versuch, ihre Enttäuschung zu verhehlen. »Die ERDE«, sagte sie noch einmal und ließ das geheimnisvolle Wort genüßlich auf den Lippen zergehen. »ERDE!« Dann legte sie den Vierteldollar wieder auf das Bord zurück. »Du wirst mir einmal sagen, was diese anderen Erdendinge sind, ein andermal. Aber es gibt da bei dir jetzt einiges zu tun, und das hätten wir beinahe vergessen. Die Salbe für deine Hände ... wo ist die Salbe?«

Er zeigte es ihr. Sie drückte einen kleinen Strang aus der Tube. Dann drehte sie ihm erneut die Hände mit den Handflächen nach oben, wie sie das schon an Deck getan hatte, und schüttelte betrübt den Kopf. »Na, da schau dir das an. Du wirst Narben davon behalten.«

»Vielleicht auch nicht.«

»Dieses Zeug – es hätte auch dich über Bord zerren können.«

»Nein«, sagte Lawler. »Das konnte es nicht. Und hat nicht. Gospo war außerdem von Anfang an ziemlich dicht an der Reling, und es hat ihn erwischt, bevor er begriff, was ihm da passiert ist. Ich war einfach in einer besseren Position, mich dagegen zu wehren.«

Er sah die Furcht in den bezaubernden goldgesprenkelten Augen der jungen Frau.

»Wenn nicht diesmal, dann wird es uns beim nächstenmal kriegen. Wir werden alle sterben, ehe wir unser Ziel erreichen, wo immer das liegen mag«, sagte sie.

»Aber nein. Nein, alles wird gut verlaufen.«

Pilya lachte. »Du siehst immer in allem irgendeine gute Seite. Aber das wird trotzdem eine schlimme, eine kummervolle, eine tödliche Reise werden. Wenn wir jetzt kehrtmachen könnten, wieder nach Sorve zurücksegeln könnten, Doktor, würdest du das nicht auch lieber tun?«

»Aber, Pilya, wir können doch nicht zurück. Das weißt du doch. Genauso könntest du davon reden, daß man umkehren und zur Erde zurückkehren sollte. Es gibt keine Möglichkeit, wie wir jemals Sorve wiedersehen könnten.«

Erster Teil

Die Insel Sorve

1

IN DER NACHT war ihm die klare schlichte Überzeugung gekommen, daß er der vom Schicksal auserwählte Mann sei, der den Dreh finden konnte, durch den für die achtundsiebzig Menschen alles so sehr viel einfacher und besser werden würde, die auf der künstlichen Insel Sorve auf dem Wasserplaneten Hydros lebten.

Dic Idee war verrückt, und Lawler wußte das. Aber sie hatte seinen Schlaf gestört, und keine seiner gewohnten Methoden schien dagegen zu helfen, nicht Meditation, nicht das Einmaleins, ja nicht einmal ein paar rosa Tropfen seines Tranquilizers aus Algendestillat, von dem er letzthin möglicherweise doch ein wenig zu abhängig wurde. Von kurz nach Mitternacht bis fast zum Morgengrauen lag er wach und schlug sich mit dieser seiner brillanten, heroischen verrückten Idee herum. Dann, bei noch dunklem Himmel in den frühen Morgenstunden und bevor sich irgendwelche Patienten einfinden würden, die ihm den Tag komplizieren und die Reinheit seiner plötzlichen neuen Idee trüben konnten, verließ Lawler den Vaargh nahe der Inselmitte, wo er allein lebte, und begab sich hinab zum Uferkai, um zu erkunden, ob es den Gillies während der Nacht tatsächlich gelungen war, ihr neues Kraftwerk in Gang zu setzen.

Wenn ja, wollte er sie überschwenglich dazu beglückwünschen. Er würde seinen ganzen Wortschatz der Zeichen- und Gestensprache einsetzen und ihnen sagen, wie tief beeindruckt er von ihrer ehrfurchtgebietenden technischen Meisterleistung sei. Er würde ein Loblied auf sie singen, sie preisen dafür, daß sie mit einem einzigen meisterhaften Streich die gesamte Lebensqualität – nicht nur auf Sorve, sondern dem ganzen Planeten Hydros – verändert hätten.

Und dann wollte er sagen: »Mein Vater, der große Doktor Bernat Lawler, an den ihr alle euch noch gut erinnert, hat diesen Augenblick vorausgesehen. ›Eines Tages‹, sagte er oft zu mir, als ich noch ein Junge war, ›werden unsere Freunde-die-Dwellers, die Inselsassen, eine stetige, zuverlässige Stromversorgung aufbauen. Und dann wird hier eine neue Ära beginnen, und die Sassen und die Menschen werden in herzlicher Eintracht zusammenarbeiten …‹«

Etcetera, etcetera. Er würde seine Lobsprüche geschickt verflechten mit dem nachdrücklichen Hinweis, wie unabdingbar das Zusammenleben in Harmonie der beiden Rassen sei, verflechten und sich nach und nach zu dem klaren Vorschlag durcharbeiten, Hydraner und Menschen sollten doch nun endlich die frühere abweisende Kühle aufgeben und im Namen eines weiteren gemeinsamen technologischen Fortschritts an einem Strang ziehen. Er wollte den geheiligten Namen des geliebten verstorbenen Dr. Bernat Lawler so oft wie möglich erwähnen, wollte sie daran mahnen, wie dieser zu seinen Lebzeiten unermüdlich mit seiner erstaunlichen ärztlichen Kunst dem Wohl und der Gesundheit von Sassen und Menschen gleichermaßen gedient hatte, nicht wenige Wunderheilungen vollbracht hatte, sich selbstlos für beide Inselrassen aufopferte – er würde immer dicker auftragen, bis die Luft vor Gefühlsüberschwang bebte und die Gillies, von der neugewonnenen interrassischen Liebe zu Tränen gerührt, freudig auf Lawlers beiläufig gemachten Vorschlag einsteigen würden, daß es ein guter Anfang wäre, wenn man die Neue Ära damit eröffnen würde, daß die Sassen den Menschen die Möglichkeit einräumten, das neue Kraftwerk so umzurüsten, daß es neben Elektrizität auch Trinkwasser produzieren könne. Und danach dann sein fundamentaler Vorschlag: Die Menschen würden die Meerwasser-Entsalzungs-Fabrik eigenständig entwerfen und errichten, den Kondensator, die Transportpipelines, kurz, das gesamte System … und es dann ganz in die Hände der Gillies übergeben … Hier habt ihr es, ihr braucht es nur anzuschließen. Es kostet euch gar nichts, und wir werden in Zukunft nicht länger auf das in den Zisternen gesammelte Regenwasser angewiesen sein. Und so werden wir fürderhin und in alle Zukunft die besten Freunde sein, ihr Sassen und wir Menschen …

Dies war die Phantasievorstellung, durch die Lawler aus seinem Schlaf gerissen worden war. In der Regel neigte er keineswegs dazu, sich auf derart realitätsferne Unternehmungen einzulassen. Seine jahrelange Praxis als Arzt – und auch wenn er nicht ein medizinisches Genie war wie sein Vater, so war er doch ein hart arbeitender und einigermaßen erfolgreicher Allgemeinpraktiker und leistete unter den gegebenen Umständen ziemlich viel – hatte ihn zum Realismus erzogen und zu einer recht pragmatischen Einstellung gegenüber fast allen Dingen. Dennoch war er in dieser Nacht irgendwie zu der Überzeugung gelangt, daß er das einzige Wesen auf der Insel sei, dem es möglicherweise gelingen konnte, diese Gillies, diese ›Kiemlinge‹, zu überreden, die Angliederung einer Meerwasser-Entsalzungsanlage an ihr Kraftwerk zu erlauben. Ja, er würde erfolgreich sein, wo alle anderen versagt hatten.

Eine recht kleine Chance, das wußte er. Doch in den frühen Morgenstunden neigen Chancen manchmal dazu, üppiger auszusehen als im klaren Licht des Vormittags.

Was es auf der Insel bislang an Elektrizität gab, stammte aus unhandlichen, wenig effizienten Chemobatterien, aus Säulen von Zink-Kupfer-Scheiben, getrennt durch in Sole getränkte Streifen aus Kriechkraut. Die Gillies – die ›Kiemlinge‹, ›Sassen‹, also die Hydraner, die dominante Spezies auf der Insel, beziehungsweise der Welt, auf der Lawler sein ganzes Leben zugebracht hatte – arbeiteten schon, soweit er sich erinnern konnte, an einer verbesserten Methode der Gewinnung von Elektroenergie, und nun endlich, so wenigstens dampfte es aus der Gerüchteküche im Ort, stand das neue E-Werk kurz vor der Fertigstellung und sollte ans Netz gehen heute oder morgen, aber ganz bestimmt nächste Woche! Und wenn den Gillies dies tatsächlich gelingen sollte, bedeutete das für beide Rassen eine einschneidende Veränderung. Die Kiemlinge hatten sich auch schon (allerdings wenig begeistert) bereit erklärt, den Menschen einen Teil der neuen Elektrizität zur Nutzung abzugeben, was nach jedermanns Ansicht grandios von ihnen war. Noch viel großartiger aber wäre es, jedenfalls für die achtundsiebzig Menschen, die auf der kleinen engen Insel Sorve ein karges Leben von minderer Qualität fristeten, wenn die Gillies sich erweichen ließen und den Menschen gestatteten, daß ihre Fabrik auch zur Wasserentsalzung benutzt werde, damit die Menschen nicht weiter auf die gnädige Willkür der sorvesischen Regenfälle angewiesen wären, was die Trinkwasserversorgung anging. Es mußte schließlich auch den Kiemlingen einleuchten, daß für ihre menschlichen Metöken das Dasein unendlich viel leichter sein würde, wenn diese zuverlässig mit einer unbegrenzten Trinkwasserversorgung rechnen konnten.

Aber natürlich hatten die Gillies bisher noch durch nichts erkennen lassen, daß sie sich darüber Gedanken machten. Sie hatten noch nie besonderen Eifer bewiesen, dem Häuflein Menschen in ihrer Mitte irgendwelche Erleichterungen zu verschaffen. Trinkwasser war für Menschen lebensnotwendig, doch den Gillies konnte das piepsegal sein. Was Menschen möglicherweise brauchten, sich wünschten oder zu erhalten hoffen mochten, das berührte die Gillies nicht im geringsten. Und so war es denn die Vision gewesen, daß er – im Alleingang und durch seine Überzeugungskraft – das alles ändern könne, was Lawler in der verflossenen Nacht den Schlaf gekostet hatte.

Aber – zum Teufel damit! Wer nichts wagt, kann nichts gewinnen.

LAWLER WAR IN DER TROPENNACHT barfuß und trug nur einen gelben Sarong aus Wasserlattichfasern um die Hüften. Die Luft warm und schwer, die See ruhig. Die Insel – dieses Geflecht aus lebendem, halb-lebendem und ehemals lebendem Gewebe, das auf der Oberfläche des weltumspannenden weiten Ozeans dahintrieb – schwankte nahezu unmerklich in der Dünung unter seinen Füßen. Wie alle bewohnten Inseln auf Hydros war auch Sorve ein wurzelloser, frei wandernder Herumtreiber und zog überall dorthin, wo ihn die Strömungen, die Winde und die gelegentlichen Flutwellen hintreiben mochten. Lawler spürte, wie die dichtverflochtenen Ruten des Bodens unter seinen Schritten nachgaben und sich dehnten, und er hörte die See wenige Meter weiter unten klatschen. Aber seine Bewegungen waren leicht und mühelos, und sein langer schlanker Körper paßte sich automatisch dem schwankenden Rhythmus der Insel an. Es war für ihn etwas ganz Natürliches.

Die milde Nacht war allerdings trügerisch. Fast das ganze Jahr hindurch war Sorve alles andere als ein angenehmer Aufenthaltsort. Das Klima wechselte zwischen Heißtrocken- und sanft Naßkalten-Perioden, dazwischen nur ein kurzes sanft-sommerliches Zwischenspiel, wenn Sorve in milden feuchten Äquatorialbreiten dahintrieb ... die kurze Illusion eines angenehmen, leichten Lebens. Und das war sie jetzt, die ›gute‹ Zeit im Jahr. Es gab Nahrung im Überfluß, und die Lüfte wehten süß. Die Inselbewohner genossen es. Der Rest des Jahres bedeutete eher einen Kampf ums Überleben.

Ohne Eile schritt Lawler um das Reservoir herum und über die Rampe zur Unterterrasse hinab. Von dort fiel die Insel sacht bis zum Ufer ab. Er kam an den verstreuten Gebäuden des Werftgeländes, von wo aus Nid Delagard sein maritimes Imperium regierte, und an dem Gewirr unbestimmt kugeliger Strukturen der Hafenfabriken, in denen Metall – Nickel, Eisen, Kobalt, Vanadium, Zinn – aus dem Gewebe von niederen Seegeschöpfen vermittels langsamer und ineffizienter Prozesse gewonnen wurde. Zwar konnte man kaum etwas deutlich sehen, doch nach vierzig Jahren auf dieser einen kleinen Insel bereitete es Lawler keinerlei Schwierigkeiten, sich auch im Dunkeln überall zurechtzufinden.

Der große zweigeschossige Schuppen, in dem das Kraftwerk eingerichtet wurde, lag direkt rechts in geringer Entfernung vor ihm dicht am Gestade. Er strebte in diese Richtung.

Noch war der Morgen nicht heraufgezogen. Das Firmament war noch tiefschwarz. In manchen Nächten funkelte Sunrise, der Bruderplanet von Hydros, wie ein großes blau-grünes Auge im Himmel, doch in dieser Nacht stand Sunrise auf der anderen Seite des Planeten und verstrahlte sein helles Licht über die unerforschten Gewässer der anderen Hemisphäre. Allerdings, einer der drei Monde war sichtbar, als winziger scharfer weißer Lichtpunkt dicht über dem östlichen Horizont. Und natürlich schimmerten überall die Sterne, eine Kaskadenflut von glitzerndem Silberstaub, eine allumfassende Puderschicht von Helligkeit. Diese Myriaden Haufen ferner Sonnen bildeten einen sinnverwirrenden Hintergrund für die eine und einzige gewaltige Konstellation in der Nähe, das hellstrahlende Hydros-Kreuz – zwei flammende Sternketten, die einander rechtwinklig kreuzten, ein doppelter Lichtgürtel, einmal von Pol zu Pol, und der andere rund um den Äquator.

Lawler sah in diesem Hydros-Kreuz seine heimatlichen Gestirne, denn es waren die einzigen Sterne, die er jemals zu Gesicht bekommen hatte. Er war ein echter

Hydraner … in der Fünften Generation. Nie war er auf einem anderen Planeten gewesen und würde auch niemals einen besuchen. Und die Insel Sorve war ihm so vertraut wie seine eigene Körperhaut. Und trotzdem stolperte er zuweilen ohne Vorwarnung in bestürzende Zustände der Verwirrung, während derer sich das Gefühl der Vertrautheit vollkommen auflöste und verschwand und er sich hier wie ein Fremdling vorkam: Tage, an denen er glaubte, er sei gerade erst auf Hydros angekommen, als wäre er vom Himmel gestürzt wie eine Sternschnuppe, ein Ausgestoßener aus seiner wahren, weit entfernten Heimat. Manchmal sah er im Geiste seine verlorene Mutterwelt leuchten, die ERDE, hell wie ein Stern, und auf ihr die riesigen Landmassen inmitten der großen blauen Meeregolden-grün, die ›Kontinente‹ genannt wurden … und dann dachte er: Dort bin ich zuhaus, dort ist meine wahre Heimat. Lawler fragte sich oft, ob auch manche von den anderen Menschen auf Hydros jemals hin und wieder von ähnlichen Gefühlen befallen wurden. Wahrscheinlich schon, aber niemand redete jemals darüber. Sie waren ja schließlich allesamt hier ›Fremde‹, und diese Welt gehörte den Gillies. Er und alle Seinesgleichen waren hier nichts weiter als uneingeladene Gäste …

NUN WAR ER am Gestade angelangt. Das altvertraute grobe, seiner Textur nach wie alles auf dieser künstlichen Insel ohne Erdkrume und Vegetation holzähnliche Geländer schmiegte sich unter seine Hand, als er zum Uferwall hinaufkletterte.

Hier veränderte sich die Topographie der Insel, die von der künstlichen Erhebung im Zentrum graduell bis zum darum herum gelagerten Meeresbollwerk abgefallen war, abrupt, und der Boden wölbte sich nach oben und bildete einen Meniskus, einen halbmondförmigen Rand, der den inneren Straßen Schutz bot, außer gegen die allerschwersten Sturmfluten. Hier faßte Lawler das

Geländer und lehnte sich nach vorn über das dunkle schmatzende Wasser hinaus, als wolle er sich dem allumschlingenden Ozean zum Opfer anbieten.

Trotz der Dunkelheit besaß er ein klares Bild von der komma-förmigen Inselgestalt und seiner exakten Position am Ufer. Von einer Spitze zur anderen war die Insel acht Kilometer lang, ihre größte Breite betrug etwa einen Kilometer, gemessen vom Rand der Bucht bis zur Spitze des hinteren Bollwerks gegen die offene See. Lawler stand fast im Mittelpunkt der inneren Krümmung der Bucht. Rechts und links von ihm ragten die zwei gebogenen Inselarme hinaus, der rundlichere Teil, den die Gillies bewohnten, und der schmalere zugespitzte Sporn, auf dem dichtgedrängt das Häufchen Menschen hauste.

Direkt vor ihm lag umschlossen von diesen zwei ungleichen Landzungen die Bucht, das lebendige Herz der Insel. Die gillianischen Erbauer der Insel hatten hier einen künstlichen Boden errichtet, ein Unterwasserschelf aus Holzkelp in Verbundbauweise, das von Arm zu Arm an der Insel befestigt war, so daß sich eine konstante flache, fruchtbare Lagune vor ihr bildete, sozusagen ein privater Teich. Die ungezähmten bedrohlichen Räuber, die im offenen Meer ihr Unwesen trieben, kamen niemals in diese Bucht; möglicherweise hatten die Gillies vor langer Zeit einen Vertrag mit ihnen geschlossen. Ein Geflecht schwammiger bodenbedeckender Nachtalgen, die ohne Licht auskommen konnten, verbanden die Unterseite des Buchtgrundes fest und schützten und erneuerten sie durch ihr stetiges unbeirrbares Wachstum dauerhaft. Darüber lagen Sände, die von Stürmen vom gewaltigen unerforschten Ozeanboden weit draußen herangespült worden waren. Darüber erhob sich ein Dschungel von hundert oder mehr nutzbaren Meerespflanzen, zwischen denen allerlei Seegetier umherschwamm. Verschiedenartige Schalentiere besetzten die tieferen Bereiche, filterten das Meerwasser durch ihr weiches Gewebe und sammelten dabei wertvolle Mineralien an, welche die Insulaner verwerten konnten. Zwischen ihnen lebten frei schwimmende maritime Würmer und Schlangen. Rundliche und schlanke Fische weideten dort. Lawler sah in eben diesem Augenblick eine Herde riesenhafter phosphoreszierender Meerestiere sich da draußen tummeln und Wellen bläulich-violetten Lichts pulsen: die großen als ›Mäuler‹ bekannten Tiere, oder vielleicht auch die sogenannten ›Plattformen‹, es war noch zu dunkel, sie zu unterscheiden. Und jenseits des hellgrünen Wassers der Bucht lag der weite Ozean und wogte bis an den Horizont und darüber hinaus und hielt die ganze Welt in seinem Griff, eine behandschuhte Hand, die einen Ball umfängt. Wie Lawler so hinausstarrte, spürte er wie immer die unermeßliche Wucht und Kraft und Schwere des Ozeans.

Er betrachtete das Kraftwerk, das isoliert und massig auf dem kleinen stumpfnasigen Kap hockte, das sich in die Bucht vorschob.

Tatsächlich waren sie natürlich nicht mit dem Bau fertig geworden. Die klobige Struktur, gegen den Regen von Festons geflochtenen Strohmatten geschützt, lag noch immer dunkel und still da. Davor bewegten sich schattenhafte Gestalten. Die hängeschultrigen Silhouetten waren unverkennbar gillianisch.

Das Kraftwerk sollte aus dem Temperaturgefälle der See Elektrostrom erzeugen. Dann Henders, der als einziger Mensch auf Sorve überhaupt etwas von Technik verstand, hatte es Lawler erklärt, nachdem er einem der Kiemlinge eine bruchstückhafte Projektbeschreibung entlockt hatte. Durch Schrauben wurde dabei warmes Oberflächenwasser aus der See hereingepumpt und gelangte in eine Vakuumkammer, in welcher sich der Siedepunkt beträchtlich verringerte. Das heftig kochende Wasser sollte sodann Dampf von geringer Dichte abgeben, durch den die Turbinengeneratoren betrieben wurden. Daraufhin sollte kaltes Meerwasser, das aus den tieferen Schichten vor der Bucht herangepumpt wurde, den Dampf wieder zu Wasser kondensieren, das dann durch Abflüsse am anderen Ende der Insel wieder ins Meer gelassen werden sollte.

Die Gillies hatten praktisch das Ganze – die Röhren, Pumpen, Ventilatoren, Turbinen, Kondensatoren und die Vakuumkammer selbst – aus den unterschiedlichen Organoplastikmaterialien hergestellt, die sie aus den Rohstoffen von Algen und anderen Wasserpflanzen produzierten. Anscheinend hatten sie bei der Konstruktion kaum Metalle verwendet, was angesichts der schwierigen Metallgewinnung auf Hydros nicht besonders überraschen konnte. Und das Ganze war sehr einfallsreich, besonders wenn man bedachte, daß die Gillies mit Technologie wenig an den Kiemen hatten, jedenfalls verglichen mit anderen intelligenten Spezies der Galaxis. Irgendein aus der Art geschlagenes Genie unter ihnen war wohl auf den Gedanken gekommen. Aber Genialität her oder hin, es ging das Gerücht, daß es erbärmlich lang dauerte, bis sie die Sache funktionabel hinkriegen würden, und noch habe das Werk ja nicht einmal ein erstes Watt produziert. Und die meisten unter den Inselmenschen zweifelten daran, daß dies je der Fall sein werde. Wahrscheinlich, überlegte Lawler, hätte sich die Geschichte für die Gillies ziemlich vereinfachen und beschleunigen lassen, wenn sie Dann Henders oder sonst einen technisch-orientierten Menschen in den Planungsstab zugezogen hätten. Aber natürlich hatten die Gillies eben keineswegs die Gewohnheit, sich bei den unwillkommenen Fremdlingen, mit denen sie widerwillig ihre Insel teilten, Rat und Hilfe einzuholen, selbst dann nicht, wenn es ihnen selbst zum Vorteil gereicht hätte. Eine Ausnahme hatten sie nur gemacht, als eine Epidemie von Finnenauszehrung ihre Nachkömmlinge zu dezimieren begann und Lawlers heiligmäßiger Vater ihnen mit einem Impfstoff zu Hilfe kam. Doch das war vor vielen Jahren geschehen, und was immer die Leistung des verstorbenen Dr. Lawler an Goodwill und Freundschaftsgefühlen gezeugt haben mochte unter den Gillies, war längst schon und ohne sichtliche Sedimentrückstände verdunstet.

Daß das E-Werk offenbar noch immer nicht in Betrieb war, bedeutete für Lawlers grandiosen Plan, der ihm in dieser Nacht gekommen war, gewissermaßen einen Rückschlag.

Was sollte er jetzt tun? Hingehen und trotzdem zu den Kiemlingen reden? Ihnen die beabsichtigte floskelstrotzende Ansprache halten, sie mit erhaben tönender Rhetorik einseifen, dem nächtlichen Impuls bis zum Ende nachgehen, ehe der anbrechende Tag ihn jeglichen Quentchens von Plausibilität beraubte?

»Im Namen der gesamten Humangemeinschaft auf der Insel Sorve möchte ich – wie ihr wißt, der Sohn eures geliebten Dr. Bernat Lawler, der euch während der Finnseuchen-Epidemie so selbstlos gedient hat – euch aus vollstem Herzen gratulieren zu der Vollendung eures genialen und wundervoll nützlichen …«

»… Selbst wenn die Erfüllung dieses grandiosen Traumes vielleicht noch einige wenige Tage auf sich warten läßt, stehe ich hier vor euch im Namen der gesamten Humangemeinschaft von Sorve, um euch unsere tiefstgefühlte Begeisterung auszudrücken, die wir aus diesem Werk für die Erhöhung der Lebensqualität auf dieser Insel entsprießen sehen, die wir mit euch teilen, wenn es euch endlich gelingt …«

»… In diesem Augenblick, da unsere Gemeinschaft mit Jubel begeistert der Verwirklichung des historischen Ereignisses entgegenfiebert …«

Nein, mir reicht es, dachte er, und begann in Richtung der Landzunge mit dem Kraftwerk zu gehen.

ALS ER IN DIE NÄHE des Werkes kam, bemühte er sich, möglichst viel Lärm zu machen, er räusperte sich, klatschte in die Hände, pfiff mißtönend vor sich hin. Die Gillies schätzten es gar nicht, wenn Menschen sich ihnen ohne Vorwarnung näherten.

Er war noch immer fünfzehn Meter entfernt, als er zwei Kiemlinge aus dem Werk auf sich zuwatscheln sah.

In der Dunkelheit wirkten sie wie Titanen. Sie ragten hoch über seinem Kopf auf, gestaltlos in der Finsternis, und die winzigen gelben Augen glommen wie Laternen in den mikrozephalen Köpfen.

Lawler vollzog das Grußzeichen, betont überdeutlich, damit keinerlei Zweifel an seinen friedfertigen Absichten aufkommen könne.

Einer der Gillies reagierte mit einem langgedehnten Schnarrlaut, *wruuum*, der aber gar nicht freundlich klang.

Es waren mächtige, aufrechtgehende zweibeinige Geschöpfe von zweieinhalb Metern Höhe, und ihre Leiber waren von dichten Lagen schwarzer gummiartiger Borsten bedeckt, die in dichten Zotten an ihnen herabhingen. Die Köpfe waren absurd klein im Vergleich dazu, winzige Kugelgebilde über den mächtigen Schultern, von denen aus die Leiber fast bis zum Boden auswuchteten zu sackartigen, schwerfällig plump wirkenden Körpern. Die Menschen vermuteten allgemein, daß die gewaltigen Höhlungen der Brust bei den Gillies wohl neben Herz und Lunge auch das Gehirn bergen müßten. Denn in diesen winzigen Köpfen war zweifellos kaum Platz für so etwas.

Mit hoher Wahrscheinlichkeit waren die Gillies ursprünglich einmal Aquarianer gewesen. Das ließ sich etwa daran erkennen, wie ungraziös sie sich an Land bewegten, und mit welcher Leichtigkeit sie schwammen. Sie verbrachten fast soviel Zeit im Wasser wie auf der Insel. Lawler hatte einmal beobachtet, wie ein Gillie vom einen Ende der Bucht bis zum anderen schwamm, ohne auch nur einmal aufzutauchen, um Luft zu holen;

und für die Strecke brauchte er etwa zwanzig Minuten. Die kurzen stämmigen Stummelbeine waren offenbar eine Weiterbildung aus Flossen. Auch ihre Arme wirkten wie Flossen – dickliche kräftige Gliedmaßen, die sie ziemlich dicht an die Flanken gedrückt hielten. Die Hände wiesen drei lange Finger und einen gegenüber beweglichen Greifdaumen auf, waren außergewöhnlich breit und formten sich leicht zu breiten Schaufeln, mit denen sich größere Wasservolumina verdrängen ließen. Vor Millionen von Jahren stiegen die Vorfahren dieser Geschöpfe – in einem unglaublichen, verblüffenden Akt der gewollten Umgestaltung der Spezies aus dem Meer und errichteten sich insulare Wohnstätten, die sie aus meereseigenen Materialien zusammenknüpften und durch raffinierte Barrikaden gegen die unablässigen Gezeitenschwälle sicherten, die ihren Planeten umkreisten. Aber dennoch blieben sie Ozeanier, Geschöpfe der See.

Er trat den beiden entgegen, so nahe er sich getraute, und signalisierte: *Ich-bin-Lawler-der-Doktor.*

Beim Sprechen preßten Gillies die Arme an ihre Flanken und drückten so Luft durch tiefe kiemenähnliche Schlitze in der Brust, was wie dröhnende Orgeltöne klang. Den Menschen war es nie gelungen, diese Tonsprache in einer für die Gillies verständlichen Weise zu imitieren, und diese ihrerseits zeigten nicht das geringste Interesse daran, die Sprache der Menschen zu erlernen. Vielleicht war beiden Spezies die Erzeugung der Sprachlaute der jeweils anderen einfach unmöglich. Dennoch war eine Kommunikation zwischen ihnen einfach nötig, und so hatte sich im Laufe der Jahre eine Art Zeichensprache entwickelt. Die Kiemlinge orgelpfiffen die Menschen auf gillianisch an, und die Menschen antworteten mit Gestensprache.

Der Kiemling, der zuerst gesprochen hatte, gab erneut das Schnauben von sich und setzte einen besonders abweisenden Pfeif-Schniefton darauf. Die Flipperflossen waren zu der pantomimischen Stellung gespreizt, die Lawler als Ausdruck des Zornes erkannte. Nein, nicht Zorn, sondern Wut. Höchste Wut.

Hoppla, dachte er. Was ist denn hier los? Was hab *ich* denn falsch gemacht?

An der Rage des Gillie war nicht zu zweifeln. Jetzt vollführte er knappe Schubsbewegungen mit den Flossen und ›sagte‹ eindeutig: *Geh weg! Verschwinde! Beweg deinen Hintern – aber rasch!*

Verdutzt signalisierte Lawler: *Ich-habe-keine-böse-Absicht. Ich-komme-um-zu-verhandeln.*

Wieder das abweisende Schnauben, lauter diesmal, dunkler. Es vibrierte aus dem Bodenbelag des Weges, und Lawler spürte es in den nackten Sohlen seiner Füße.

Man hatte schon gehört, daß Gillies Menschen getötet hatten, die ihnen auf den Nerv gingen, und sogar solche, die das nicht getan hatten; eine beunruhigende, unerklärliche Tendenz zu abrupten Gewaltausbrüchen. Dem Anschein nach kaum je absichtlich – nur der ärgerliche Ausrutscher einer Flosse, ein rascher verächtlicher Kick, gedankenlose Trampelei... Sie waren eben so groß und stark, und sie schienen nicht zu begreifen, wie verletzlich die Körper von Menschen sein konnten (oder aber, es kümmerte sie nicht).

Der zweite Gillie, der Größere, kam ein, zwei Schritte näher. Sein Atem kam heftig, pfeifend und wenig freundschaftlich. Er bedachte Lawler mit einem Blick, den er sich nur als erhaben, desinteressiert und abweisend interpretieren konnte.

Lawler signalisierte Erstaunen und Betroffenheit. Und erneut freundliche Intentionen. Er signalisierte anhaltende eifrige Gesprächsbereitschaft.

Die Augen des ersten Gillie funkelten weiter unmißverständlich zornig. *Hinweg! Fort! Verschwinde!*

Nun, das war unzweideutig genug. Jeder Versuch eines weiteren Palavers wäre sinnlos gewesen. Es war offensichtlich, daß sie ihn nicht in die Nähe des Kraftwerks lassen wollten.

Also gut, dachte er. *Dann macht doch, was ihr wollt!*

Noch nie zuvor hatten ihn Gillies derart wie Dreck behandelt; doch in diesem Moment umschweifig zu erklären, er sei doch ihr guter alter Freund, der Inseldoktor und sein Vater habe sich ehemals *ihnen* doch als recht nützlich erwiesen, das wäre jetzt einfach schlichte gefährliche Idiotie gewesen. Mit einem einzigen Klatsch eines ihrer Flipper konnten sie ihm das Rückgrat zertrümmern und ihn hinaus in die Bucht schleudern.

Er wich also zurück, behielt aber die Gillies dabei genau im Auge, denn er hatte vor, mit einem Rücksalto ins Wasser zu hechten, falls sie ihm bedrohlich näherrücken würden.

Aber die Gillies blieben an Ort und Stelle stehen und folgten nur mit glosenden Augen seinem Davonschleichen. Als er den Hauptweg wieder erreicht hatte, machten sie eine Kehrtwendung und verschwanden wieder in ihrem Gebäude.

Na, und damit hätte sich das wohl, dachte Lawler.

DIE ABSONDERLICHE ZURÜCKWEISUNG kränkte ihn tief. Er blieb eine Weile am Geländer über der Bucht stehen und ließ die Angespanntheit nach der unerfreulichen Begegnung in sich verebben. Sein grandioser Plan, in dieser Nacht ein Abkommen zwischen den Hydranern und den Menschen zu erwirken, war – das erkannte er inzwischen nur allzu klar – purer romantischer Unsinn gewesen. Rasch verflüchtigte sich die Idee, die nichts weiter war als blauer Dunst, und eine kleine Weile zuckte eine physiologische Störung heiß über seine Haut.

Na dann also. Zurück zu seinem Vaargh. Und auf den Tag warten. Was blieb ihm sonst?

Eine scharfe Stimme hinter ihm sagte: »Lawler?«

ERSCHROCKEN FUHR ER herum. Sein Herz rumpelte. Er spähte in das schon mit Grau gemischte Dunkel. Mit Mühe machte er die Gestalt eines kleinen untersetzten Mannes mit dichtem langen und filzig wirkenden Haarschopf aus, der zehn, zwölf Meter weiter innen auf der Insel im Schatten stand.

»Delagard? Bist du das?«

Die untersetzte Gestalt trat vor. Ja, es war Delagard. Der selbsternannte Rudelführer der Insulaner, der Topmixer und Unruhestifter. Was hatte der um diese Stunde hier herumzuschleichen, verdammt noch mal?

Delagard schien ständig irgendwelche riskanten Tricks zu planen, selbst wenn dies gar nicht der Fall war. Er war kurzbeinig, dabei jedoch nicht klein oder zierlich, vielmehr von kräftiger Gestalt und nur eben sozusagen ziemlich ›bodenständig‹, mit wuchtigem Nacken, massiven Schultern. und deftigem Bauch. Er trug einen knöchellangen Sarong, die breite, von Zotteln bedeckte Brust war nackt. Sogar jetzt in der Düsternis schimmerte der Wickelrock und changierte zwischen Scharlachrot, Türkis und leuchtendem Rosa. Delagard war der reichste Mann in der Humankolonie, was immer dies in einer Welt bedeuten mochte, in der Geld als solches bedeutungslos war, weil es kaum etwas gab, wofür man es hätte ausgeben können. Wie Lawler war auch er gebürtiger Hydraner, doch anders als er besaß er Geschäftsbetriebe auf mehreren anderen Inseln und reiste ziemlich viel umher. Und er war etliche Jahre älter, vielleicht so an die achtundvierzig, fünfzig.

»Du bist aber heut ziemlich früh schon unterwegs, Doc«, sagte Delagard.

»Das bin ich doch meistens, wie du sicher weißt.« Lawlers Stimme klang gepreßter als gewöhnlich. »Es ist eine angenehme Tageszeit.«

»Wenn man allein sein möchte, bestimmt.« Delagard wies mit dem Kopf in Richtung auf die Werksanlage. »Hast das Ding da inspiziert, wie?«

Lawler zuckte nur die Achseln. Eher würde er sich selber erdrosseln, als daß er Delagard auch nur eine Andeutung über die grandiose, heldenmäßige Idiotie machen würde, die er in der langen Nacht zusammengebraut hatte.

Delagard sprach weiter: »Man hat mir gesagt, sie gehen morgen ans Netz.«

»Das höre ich jetzt bereits seit einer ganzen Woche.«

»Nein nein, morgen wollen sie wirklich den Betrieb aufnehmen. Sie haben bereits Strom erzeugt, in geringen Mengen; und heute wollen sie auf volle Kapazität hochfahren.«

»Woher weißt du das?«

»Ich weiß es eben«, gab Delagard zurück. »Die Kiemlinge mögen mich zwar nicht, aber trotzdem informieren sie mich über Sachen. Gehört sozusagen zur normalen Geschäftsroutine, wenn du verstehst.« Er trat neben Lawler und ließ selbstsicher und besitzergreifend die Hände auf das Geländer fallen, als wäre diese Insel sein Königreich und die Brüstungsstange sein Szepter. »Aber du hast *mich* noch nicht gefragt, warum *ich* so früh unterwegs bin.«

»Nein, das hab ich nicht.«

»Ich hab dich gesucht, darum. Zuerst war ich droben in deinem Vaargh, aber da warst du nicht. Dann schaute ich zur unteren Terrasse, und dort hab ich dann jemand auf dem Pfad hierher gesehen und mir gedacht, daß du das sein mußt. Also bin ich runtergekommen, um das nachzuprüfen.«

Lawler lächelte verkniffen. Delagards Stimme verriet durch nichts, daß er mitbekommen hatte, was draußen auf der Landzunge mit dem Kraftwerk passiert war.

»Ziemlich früh für einen Besuch, sofern es sich um eine Konsultation handelt«, sagte Lawler. »Für einen rein gesellschaftlichen im übrigen auch, obwohl das ja kaum in Frage käme.« Er wies zum Horizont. Dort schimmerte noch der Mond. Aber von der Morgenhelle war noch nichts zu sehen. Das Kreuz wirkte jetzt in Abwesenheit von Sunrise noch heller und schien vor der dichten Schwärze zu zittern und zu zucken. »In der Regel ist meine Praxis in den frühen Morgenstunden nicht geöffnet. Das weißt du doch, Nid.«

»Es handelt sich um einen besonderen Notfall«, sagte Delagard. »Duldet keinen Aufschub. Man kümmert sich am besten drum, solang es noch finster ist.«

»Handelt es sich um ein medizinisches Problem, ja?«

»Genau. Medizinisch.«

»Bei dir?«

»Ja. Aber ich bin nicht der Patient.«

»Ich verstehe dich nicht.«

»Das wirst du gleich. Komm nur mit.«

»Wohin?« fragte Lawler.

»Zur Werft.«

Ach, zum Teufel. Delagard wirkte an diesem Morgen höchst merkwürdig. Vielleicht war es ja wichtig. »Also schön«, sagte Lawler, »dann gehen wir.«

OHNE NOCH EIN WEITERES WORT zu sagen, machte Delagard kehrt und ging auf dem Weg dicht an der Kaimauer in die Richtung auf die Werft zu. Lawler folgte ihm, ebenfalls schweigend. Der Pfad verlief hier über ein zweites kleines Kap, parallel zu jenem, auf dem das E-Werk stand, und unterwegs bekamen sie einen klareren Eindruck von dem Fabrikkomplex. Dort wimmelte es von Gillies, die mit den Flipperflossen Lasten schleppten.

»Diese glitschigen Gauner«, brummte Delagard. »Hoffentlich fliegt ihnen der ganze Mist in die Visagen, wenn sie das Ding anwerfen. Das heißt, falls sie es jemals zum Laufen bringen.«

Sie kamen zur anderen Seite der Landzunge und betraten die Bootswerft Delagards an der kleinen Einbuchtung. Es war das weitaus größte menschliche Unternehmen auf Sorve und hatte über ein Dutzend Beschäftigte. Delagards Schiffe fuhren beständig zwischen den verschiedenen Inseln umher, auf denen er Geschäfte trieb, und brachten Handelswaren von einer zur anderen, die bescheidenen Produkte der verschiedenen häuslichen Heimwerkerbetriebe, welche die Menschen herstellten: Angelhaken, Meißel und Faustkeile, Flaschen und Krüge, Kleidungsstücke, Papier und Tinte, per Hand kopierte Bücher, konservierte Nahrungsmittel und dergleichen. Delagards Handelsflotte hatte auch fast ein Monopol als Lieferer der Metalle, Plastikstoffe und Chemikalien und ähnlicher wesentlich wichtigerer Grundstoffe, die auf den verschiedenen Inseln so mühsam gewonnen wurden. Und alle paar Jahre fügte Delagard seiner Handelskette eine weitere Insel hinzu. Schon seit den ersten Anfängen der Inbesitznahme von Hydros durch die Menschen hatten die Delagards sich hier als Unternehmer betätigt, doch Nid Delagard hatte den Familienbetrieb weit über die bescheidenen Anfänge hinaus expandiert.

»Hier rüber«, sagte Delagard.

Am östlichen Himmel schimmerte plötzlich ein Streifen perlgrauen Morgenlichts. Die Sterne verblaßten, und der kleine Mond überm Horizont verschwand im wachsenden Tag. Und die Lagune färbte sich morgendlich smaragdgrün wie immer. Lawler folgte Delagard auf dem Pfad zur Werft, blickte aber auf die Bucht hinaus und sah nun zum erstenmal deutlich die gewaltigen phosphoreszierenden Wesen, die dort die Nacht über umhergetrieben waren. Und er erkannte, daß es Mäuler waren: riesenhafte flachgedrückte sackähnliche Geschöpfe, fast hundert Meter lang, die mit klaffenden riesigen, weit aufgerissenen Kiefern durch das Wasser zogen und alles verschluckten, was ihnen begegnete. So etwa einmal im Monat tauchte eine Herde von zehn, zwölf dieser Riesen im Hafen von Sorve auf und würgten den noch lebenden Inhalt ihrer Mägen in gigantische geflochtene Rutennetze, die zu eben diesem

Zweck dort von den Gillies plaziert waren und die sie während der folgenden Wochen gemächlich aberntеten. Ein gutes Geschäft für die Gillies, dachte Lawler – unzählige Tonnen kostenloser Nahrung. Schwerer verständlich allerdings war, was bei dem Geschäft für die Mäuler herauskam.

Delagard gluckste. »Da ist meine Konkurrenz. Wenn ich diese verdammten Mäuler killen könnte, dann könnte ich selber alles mögliche Zeug herschaffen und es den Gillies verkaufen.«

»Und womit würden sie dich bezahlen?«

»Na genau mit dem, was sie mir jetzt bezahlen für die Waren, die ich ihnen verkaufe«, sagte Delagard spöttisch. »Nützliche Grundstoffe. Kadmium, Kobalt, Kupfer, Zinn, Arsen, Jod, eben das ganze Zeug, aus dem dieser verdammte Ozean sich zusammensetzt. Nur eben in weit höheren Mengen als den Tröpfchen und Brosamen, die sie uns jetzt zukommen lassen oder die wir selbst bisher ausfällen können. Wenn wir die Mäuler irgendwie aus der Show rauskriegten ... dann lieferte ich den Gillies ihr Fleisch, und sie überhäuften mich als Gegenleistung mit allen möglichen wertvollen netten Kleinigkeiten. Ein recht hübsches Geschäft, möchte ich dir nur sagen. Binnen fünf Jahren hätte ich sie soweit, daß sie mit ihrem gesamten Nahrungsbedarf von mir abhängig wären. Da würde ein Vermögen rauszuholen sein.«

»Und ich habe gedacht, du bist jetzt schon ein reicher Mann. Wieviel mehr brauchst du denn noch?«

»Du begreifst es einfach nicht, wie?«

»Wahrscheinlich ist es so«, sagte Lawler. »Aber ich bin ja auch nur Arzt und kein Geschäftsmann. Also, wo ist jetzt dein Patient?«

»Nicht so hastig, Doc. Ich bring dich so rasch hin, wie es geht.« Delagard fuhr mit einer raschen Geste der Hand seewärts in die Luft. »Siehst du das da drunten, an Jollys Pier? Das kleine Fischerboot? Da müssen wir hin.«

Jollys Pier ragte wie ein Finger aus verfaulten Kelp-Knüppeln etwa dreißig Meter über die Uferbefestigung in die Lagune hinaus. Ganz am Ende des Werftgeländes. Ausgebleicht, verquollen, brüchig von den Tiden und zerfressen von Bohrwürmern und Schabern, war die Pier noch immer mehr oder weniger intakt, ein ehrwürdiges Relikt einer verschwundenen Ära. Ein verrückter alter Seemann, der schon unendlich lange tot war, hatte das Ding gebaut; ein verwittertes Wrack von Mann, ein sonderbarer Kauz, der behauptet hatte, allein die ganze Welt umsegelt zu haben – sogar bis in das Leere Meer, wohin niemand, der noch einen Funken Verstand hatte, jemals fahren würde, ja sogar bis zum Rand der WASSER selbst wollte er vorgedrungen sein, jener fernen verbotenen Insel, dem Großen Geheimnis des Planeten, der sich offenbar nicht einmal die Gillies zu nähern wagten. Lawler erinnerte sich noch recht gut, wie er als Junge hier draußen am Ende der Pier gesessen und dem Alten zugehört hatte, wenn der seine wilden, aufregenden heldenhaften Geschichten von seinen wundersamen, aber unwahrscheinlichen Abenteuer spann. Das war in einer Zeit gewesen, ehe Delagard hier seine Bootswerft gebaut hatte. Aber aus irgendeinem Grund hatte Delagard den alten verrotteten Landesteg erhalten. Vielleicht hatte auch er die Geschichten des alten Mannes gern gehört, früher einmal.

Eins der Fischerboote Delagards, ein Coracle aus Rutengeflecht, mit Haut bedeckt, war an der Pier vertäut und tanzte in der Dünung. Nahe dabei stand ein Schuppen, der so alt aussah, daß er gut Jollys Behausung gewesen sein konnte; das war aber nicht der Fall. Delagard blieb davor stehen, blickte grimmig zu Lawler auf und sagte mit leiser, bedrohlich knurrender Stimme: »Dir ist doch klar, Doc, daß alles, was du da drin siehst, absolut vertraulich bleiben muß!«

»Verschon mich mit deinem Gesülze, Nid.«

»Ich mein es ernst. Du mußt mir versprechen, daß du

den Mund hältst. Wenn das bekannt wird, bin nicht bloß ich am Arsch. Es könnte uns alle umbringen.«

»Wenn du mir nicht traust, such dir 'nen anderen Arzt. Das dürfte dir in dieser Gegend allerdings ziemlich schwerfallen.«

Delagard blickte ihn verdrießlich an; dann brachte er ein frostiges Lächeln zustande. »Also gut. Wie du meinst. Aber jetzt komm erst mal mit rein.«

Er stieß die Schuppentür auf. Im Innern war es völlig finster und ungewöhnlich feucht. Lawler roch den scharfen Salzduft der See, so stark konzentriert, als hätte Delagard ihn hier auf Flaschen gefüllt, daneben noch einen anderen Geruch, säuerlich, stechend und unangenehm, aber er konnte diesen Geruch nicht identifizieren. Er vernahm schwache ächzende Laute, gedehnte, keuchende Laute wie das Seufzen der Verdammten. Delagard tastete dicht bei der Tür herum, es gab ein raschelndes Geräusch, und nach einer Weile riß er ein Streichholz an, und Lawler sah das Bündel getrockneten Seetang, das an einem Ende zugeschnürt war und eine Fackel ergab, die jetzt zu brennen begann. Ein trüber rauchiger Lichtschein ergoß sich in den Schuppen wie ein orangegelber Ölfleck.

»Da, da sind sie«, sagte Delagard.

In der Schuppenmitte befand sich eine grobschlächtige rechteckige Vorratskiste aus Rutenflechtwerk, mit Pech kalfatert, etwa drei Meter lang und zwei breit und fast bis an den Rand mit Meerwasser gefüllt. Lawler trat heran und blickte in den Tank. In diesem lagen, dicht zusammengedrückt wie Sardinen in einer Büchse, drei der schlanken Meeressäuger, die ›Taucher‹genannt wurden. Ihre kräftigen Flossen waren in unmöglichen Stellungen verzerrt, die Köpfe ragten steif aus dem Wasser und waren schmerzhaft und unnatürlich nach rückwärts verdreht. Der fremdartige beißende Geruch, den er beim Eintreten wahrgenommen hatte, ging von ihnen aus. Inzwischen empfand er ihn aber nicht mehr als so abstoßend. Die erschreckenden stöhnenden Grunzlaute kamen von dem Taucher links. Sie verrieten schiere Agonie.

»Oh, verdammt!« sagte Lawler leise. Jetzt glaubte er zu begreifen, warum die Gillies ihm mit solch wilder Wut begegnet waren. Ihre brennenden Blicke, das drohende Schnarren. Zorn schoß ihm in den Kopf, und seine Wange zuckte nervös. »Verdammt!« Er drehte sich zu dem Reeder um und blickte ihn verärgert, angewidert und beinahe haßerfüllt an. »Delagard, was hast du jetzt wieder angerichtet?«

»Hör mal, wenn du denkst, ich hab dich geholt, bloß damit du mich abkanzeln kannst ...«

Lawler schüttelte entschieden den Kopf. »Was hast du getan, Mann?« Er schaute Delagard fest in die Augen, die jetzt dem Blick zuckend auswichen. »Was hast du getan, verdammt noch mal?«

2

Es handelte sich um Nitrogenabsorption; daran bestanden für Lawler kaum Zweifel. Die schrecklichen Verkrampfungen der drei Taucher war ein sicheres Symptom dafür. Delagard hatte sie bestimmt weit draußen im offenen Meer in großer Tiefe für irgendeine Arbeit eingesetzt und sie so lange drunten gelassen, daß ihre Gelenke, Muskeln und Fettgewebe sich mit riesigen Mengen von Stickstoff anreichern konnten; und dann waren sie – so unglaublich das erscheinen mochte – offenbar ohne Rücksicht auf die nötige Dekompressionsphase wieder an die Oberfläche geholt worden. Unter dem schwindenden Wasserdruck hatte sich der Stickstoff ausgedehnt und war in Gestalt von tödlichen Bläschen in den Blutkreislauf und die Gelenke eingedrungen.

»Sobald wir merkten, daß es Ärger gibt, haben wir sie hierher geschafft«, sagte Delagard. »Wir haben uns gedacht, du kannst vielleicht was für sie tun. Und ich meinte, wir lassen sie am besten im Wasser, sie müssen unter Wasser bleiben, also haben wir den Behälter da gefüllt und ...«

»Sei still!« sagte Lawler.

»Aber ich will dir doch bloß sagen, daß wir keine Mühe gescheut ...«

»Halt den Mund! Bitte, halt einfach die Klappe, ja!?«

Lawler streifte den Seelattich-Sarong ab und kletterte in das Becken. Als er sich neben die Taucher zwängte, schwappte Wasser über den Rand. Leider konnte er nicht viel für sie tun. Der in der Mitte war bereits tot. Lawler legte ihm die Hände auf die muskulösen Schultern und erkannte, daß der Rigor mortis bereits einzusetzen begann. Die anderen zwei waren mehr oder weniger noch lebendig – was die Sache für sie nur um so schlimmer machte, denn sie mußten scheußliche Schmerzen haben, sofern sie überhaupt noch bei Bewußtsein waren. Die im Normalzustand glatten torpedoförmigen Körper von etwas mehr als Mannslänge waren von bizarren Buckeln und Knoten bedeckt, jeder Muskel gegen seinen Widerpart gespannt, die golden schimmernde Haut, sonst glatt und seidig, fühlte sich rauh an, voller kleiner Knötchen. Die bernsteingoldnen Augen blickten trübe. Die vorstrebenden Unterkiefer und Kehlsäcke hingen schlaff. Grauer Schleim bedeckte die Schnauzen. Der linke Taucher stöhnte noch immer unablässig alle halbe Minute, und der Laut klang, als risse er sich entsetzlich irgendwie aus den Tiefen seiner Eingeweide los.

»Kannst du sie wieder hinkriegen, irgendwie?« fragte Delagard. »Kannst du was machen? Irgendwas? Ich weiß, du kannst es, Doc. Du kannst es.« Delagards Stimme klang jetzt drängend und schmeichlerisch, wie er sie nie zuvor gehört hatte. Er war es zwar gewohnt, daß Kranke ihm gottähnliche Kräfte unterstellten und von ihrem Arzt ein Wunder verlangten. Doch weshalb bekümmerte das Schicksal dieser Taucher Delagard dermaßen? Was war hier wirklich im Gange? Ganz gewiß doch empfand Delagard keine Schuldgefühle. Doch nicht Delagard!

Also sagte Lawler kalt: »Ich bin kein Spezialist für Taucher. Ich beherrsche nur die Humanmedizin. Und selbst darin könnte ich es durchaus ertragen, noch eine Menge dazuzulernen.«

»Versuch's doch. Tu was. Bitte!«

»Der eine ist bereits tot, Delagard. Und Auferweckung von Toten hat nicht zu meiner Ausbildung gehört. Wenn du ein Wunder brauchst, dann hol deinen Priesterfreund Quillan.«

»Jesus-Christus!«

»Genau... Wunder sind seine Spezialität, nicht die meinige.«

»Ogottogott!«

Lawler tastete aufmerksam am Hals der Taucher nach Pulsschlägen. Bei beiden schlug das Herz noch, gewissermaßen, langsam und unregelmäßig. Bedeutete das, sie lagen im Sterben? Er wußte es nicht. Verdammt, was war bei einem Taucher ein Normalpuls? Woher sollte er so was wissen? Die einzige Chance, dachte er dann, wäre wohl, die zwei noch lebenden Taucher ins Meer zurückzuschaffen, sie in die frühere Tiefe zu bringen und sie dann wieder heraufzuholen, ganz langsam, damit sie unterwegs den überschüssigen Stickstoff abbauen könnten. Aber es gab keine Möglichkeit, das zu tun. Und außerdem war es wohl sowieso bereits zu spät.

In seiner Bedrängnis strich er ziellos und in einer beinahe mystischen Weise mit den Händen über die verkrümmten Leiber, als könnte er nur durch die Berührung die Stickstoffbläschen austreiben. »Wie tief waren sie drunten?« fragte er, ohne aufzublicken.

»Das wissen wir nicht genau. Vierhundert Meter vielleicht. Vielleicht auch vier-fünfzig. Der Grund war an der Stelle uneben, und die See umtriebig, also haben wir nicht genau mitgekriegt, wieviel Leine wir runtergegeben haben.«

Glatt runter bis auf den Meeresboden. Der pure Wahnsinn!

»Wonach habt ihr da gesucht?«

»Manganknollen«, sagte Delagard. »Außerdem war da drunten angeblich auch noch Molybdän und vielleicht einiges Antimon. Wir haben mit dem Scoop ein ganzes Mineralienkabinett raufgeholt.«

»Dann hättest du eben den Löffel nehmen müssen«, sagte Lawler zornig, »um dein Mangan raufzuholen. Nicht die armen Kerle da!«

Er spürte, wie Wellen den Leib des rechten Tauchers überliefen und wie er konvulsiv zuckte und ihm unter den Händen starb. Der dritte wand sich noch immer, stöhnte noch immer.

Eine eiskalte giftige Wut packte ihn, genährt ebenso stark von Verachtung wie von Zorn. Das hier war Mord ... und hirnloser, abgrunddummer Mord überdies. Taucher waren intelligente Tiere – nicht so intelligent wie die Gillies, aber gescheit genug und zweifellos klüger als Hunde, klüger als Pferde, klüger als irgendeines der übrigen Tiere der Alten Erde, von denen Lawler in den Tagen gelesen hatte, als er noch Geschichten las. Die Meere auf Hydros waren voll von Geschöpfen, die man als intelligent ansehen mußte, und das war eine der bestürzenden Erkenntnisse über diese Welt, daß sie nicht nur die Evolution einer einzelnen intelligenten Art erlebt hatte, sondern anscheinend Dutzende von ihnen. Die Taucher besaßen eine Sprache, sie hatten Individualnamen und eine Art Stammesstruktur. Im Gegensatz zu fast allen übrigen intelligenten Spezies auf Hydros allerdings hatten sie leider eine fatale Schwäche: Sie waren gelehrig und Menschen gegenüber sogar freundliche, fröhliche, liebenswürdige Gefährten im Wasser. Sie ließen sich zu Gefälligkeiten verleiten. Und man konnte sie sogar arbeiten lassen ...

Bis sie dabei krepierten ...

Lawler massierte verzweifelt weiter den Körper des Tauchers, der noch lebte. Er hoffte immer noch – wider besseres Wissen –, es könne ihm gelingen, auf diese Weise den Stickstoff aus dem Körpergewebe zu vertreiben. Für einen kurzen Moment wurden die Augen des Tauchers klar, und er stieß fünf, sechs Worte der kehlig-bellenden Tauchersprache aus. Lawler verstand sie nicht, diese Sprache, doch die Wortinhalte waren nur allzu leicht zu errate: *Schmerz, Bekümmerung, Sorge, Deprivation, Verzweiflung, Schmerz.* Dann wurden die Bernsteinaugen wieder trübe, und der Taucher verstummte.

Während er sich abmühte, sagte Lawler laut: »Taucher sind an das Leben in großen Meerestiefen angepaßt. Überläßt man sie ihrer körpereigenen Steuerung, sind sie sehr wohl intelligent genug und wissen, wie schnell sie bestenfalls durch die Druckzonen aufsteigen dürfen, damit der Gasaustausch im Körper reibungslos abläuft. Das ›weiß‹ jedes im Meer lebende Geschöpf, und sei es noch so sub-intelligent… ein Schwamm wüßte das, von einem Taucher gar nicht zu reden. Also, wie konnte das passieren, daß diese drei Exemplare dermaßen schnell nach oben kamen?«

»Sie haben sich im Schlepp verfangen«, antwortete Delagard kläglich. »Sie steckten im Netz, und wir haben es nicht bemerkt, bis der Fang aus dem Wasser kam. Gibt es irgendeine Möglichkeit, Doc, irgendeine, wie du sie retten kannst?«

»Der andere da drüben ist auch bereits tot. Und der da hat vielleicht noch fünf Minuten. Das einzige, was ich für ihn tun könnte, wäre, ihm das Genick zu brechen und ihn von seinen Qualen zu erlösen.«

»Oh, Jesus!«

»Genau. Jesus. Was für eine Scheiße!«

Es dauerte nur kurz, ein kurzes Schnappen. Danach stand Lawler eine kleine Weile mit gekrümmten Schultern da, stieß heftig die Luft aus und verspürte selbst so etwas wie Befreiung, als der Taucher tot war. Dann kletterte er aus dem Bassin, schüttelte die Tropfen ab und wickelte sich wieder den Wasserlattich-Sarong um die Hüften. Wonach er sich jetzt sehnte, was er jetzt dringend brauchte, war eine deftige Dosis seiner Betäubungstinktur, diese rosenfarbenen Tropfen, die ihm Frieden spendeten. Einigermaßen. Und ein Bad – nachdem er mit diesen sterbenden Tieren in dem Tank da gesteckt hatte. Aber leider hatte er sein Badewasserquantum für diese Woche bereits verbraucht. Er würde sich also damit begnügen müssen, in der Lagune zu schwimmen, später am Tag. Aber er hatte den Verdacht, daß nach den Erfahrungen dieses Morgens wohl etwas mehr nötig sein werde als ein Bad, bis er sich wieder sauber fühlte.

Er blickte Delagard scharf an. »Das sind doch nicht

die ersten Taucher, mit denen ihr so was gemacht habt?«

Der Dicke wich seinem Blick aus.

»Nein.«

»Ja, hast du denn keinen Verstand? Daß du kein Gewissen hast, das weiß ich, aber wenigstens eine Spur Vernunft könntest du doch aufbringen. Was ist mit den anderen geschehen?«

»Sie starben.«

»Das habe ich vermutet. Aber was habt ihr mit den Leichen gemacht?«

»Sie zu Futter verarbeitet.«

»Wundervoll! Wie viele waren es?«

»Es ist schon eine Weile her. Vier oder fünf – ich weiß nicht mehr genau.«

»Also wahrscheinlich zehn. Haben die Gillies davon Wind bekommen?«

Delagards ›Ja‹ war wohl die leiseste akustisch mögliche Bestätigung, die jemand von sich geben konnte.

»Ja«, höhnte Lawler nachäffend. »Klar doch sind sie dir draufgekommen. Die Gillies merken es immer, wenn wir hier in der Fauna herumpfuschen. Und? Was haben sie gesagt, nachdem sie es gemerkt hatten?«

»Sie haben mich verwarnt.« Es klang ein wenig lauter, aber nicht viel, im heiseren unterdrückten Ton eines bei einem Streich ertappten Schuljungen.

Jetzt kommt's, dachte Lawler. Endlich kommen wir zum Kern der Sache.

»Verwarnt, inwiefern?« fragte er.

»Daß ich bei meinen Operationen künftig keine Taucher mehr einsetzen soll.«

»Aber wie's aussieht, hast du das trotzdem gemacht. Wieso, verdammt, hast du denn weitergemacht, nachdem sie dich bereits gewarnt und es dir verboten haben?«

»Wir haben die Methode abgewandelt. Wir dachten eben, es wird schon nichts schiefgehn.« Delagards

Stimme gewann wieder ein wenig Festigkeit zurück. »Hör mal, Lawler, hast du überhaupt 'ne Ahnung, wie wertvoll diese Mineralknollen sein könnten? Durch sie könnte sich unsere ganze Existenz auf diesem verdammten Wasserloch von Planeten verändern! Woher hätte ich denn wissen sollen, daß die Taucher direkt in das verdammte Grundnetz schwimmen? Und woher soll ich wissen, daß sie da auch noch drinbleiben wollten, nachdem wir signalisiert hatten, daß wir den Schlepp einholen?«

»Sie *wollten* ganz bestimmt nicht da drinbleiben. Sondern sie müssen sich dort verfangen haben. Intelligente taucherfahrene Meerestiere bleiben nicht einfach so in einem Netz sitzen, das aus vierhundert Metern im Eiltempo raufgeholt wird.«

Delagard antwortete mit blitzenden Augen: »Also, sie sind aber dringeblieben. Warum, das weiß ich auch nicht.« Dann erlosch der bossige Blitzeblick, und er bedachte Lawler erneut mit der Miene eines, der um ein Wunder bittet, die Augäpfel flehentlich nach oben verzückt. Hoffte er etwa noch immer? Sogar jetzt noch? »Hast du wirklich nichts, gar nichts tun können, um sie zu retten, Lawler? Überhaupt gar nichts?«

»Na klar, hätte es da was gegeben. Alles mögliche hätte ich machen können. Aber anscheinend war ich wohl grad nicht in der rechten Stimmung dafür.«

»Tut mir leid. Das war blöd von mir.« Delagard sah fast zerknirscht drein. Heiser sagte er: »Ich weiß, du hast dein Bestes versucht. Hör mal, gibt es irgendwas, das ich dir in dein Vaargh schicken lassen kann, als Honorar? Vielleicht eine Kiste Beerentang-Brandy, oder ein paar gute Körbe, oder eine Wochenration Banger-Steaks ...«

»Den Brandy«, sagte Lawler. »Das ist noch die beste Idee, dann kann ich mich wenigstens richtig besaufen und zu vergessen versuchen, was ich hier heut früh gesehen hab.« Er schloß die Augen. »Die Gillies haben

Kenntnis davon, daß du drei komatöse Taucher die ganze Nacht lang hier versteckt hast.«

»Wirklich? Woher willst du das so sicher wissen?«

»Weil ich in ein paar von ihnen reingelaufen bin, vorhin, als ich an der Bucht herumgewandert bin, und sie haben mir fast den Kopf abgebissen.« Sie schäumen vor Wut. Hast du denn nicht gesehen, wie sie mich vertrieben haben?» Delagards Gesicht war auf einmal aschgrau; er schüttelte den Kopf. «Also, sie haben mich verscheucht. Und ich hatte nichts weiter getan, als daß ich bestenfalls ihrem Kraftwerk etwas zu nahe gekommen bin. Nur, früher haben sie durch nichts zu verstehen gegeben, daß uns dort der Zutritt verboten ist. Also muß es wegen der Taucher gewesen sein.«

»Meinst du wirklich?«

»Was sonst?«

»Setz dich erst mal hin. Doc, wir müssen miteinander reden.«

»Nicht jetzt.«

»Also, hör doch erst mal zu!«

»Ich will aber nicht, klar? Ich kann mich hier nicht länger aufhalten. Ich hab was anderes zu tun. Wahrscheinlich warten im Vaargh schon die Patienten auf mich. Verdammt noch mal, ich hab noch nicht einmal gefrühstückt.«

»Doc, warte doch 'nen Moment. Bitte!«

Delagard griff nach ihm, doch Lawler schüttelte die Hand ab. Auf einmal erregte ihm die heiße dumpfige Luft in dem Schuppen und der süßliche Geruch der toten Leiber Brechreiz. Sein Kopf begann sich zu drehen. Auch Ärzte haben ihre Grenzen. Er machte einen Bogen um den gaffenden Delagard und wollte ins Freie. An der Tür schwankte er mit geschlossenen Augen vor und zurück, holte tief Luft und lauschte dem Grollen seines leeren Magens und dem Knarren der Landebrücke unter seinen Füßen, bis der plötzliche Schwindelanfall wieder von ihm wich.

Er spuckte aus. Ein grüner, trockener Klumpen. Er starrte den Auswurf böse an. Himmel, was für ein Tagesbeginn!

INZWISCHEN WAR ES Tag geworden. Ganz und gar. Wegen der unmittelbaren Äquatornähe von Sorve stieg die Sonne am Morgen rasch über den Horizont und versank bei Einbruch der Nacht fast genauso plötzlich wieder. Und an diesem Morgen war der Himmel noch dazu ganz besonders prächtig. Helle rosa Bänder waren mit rotgelben und türkisfarbenen gemischt und über das Firmament ausgegossen. Der Himmel da droben sah fast so bunt aus wie Delagards Sarong, dachte Lawler. Kaum war er vor dem Schuppen und in der frischen Luft, hatte er sich rasch wieder gefangen, spürte nun aber, wie eine erneute Woge von Zorn in ihm aufschwoll, die üble Resonanzen in seinen Eingeweiden auslöste, und er senkte den Blick auf seine Füße und atmete erneut tief durch. Er mußte zusehen, daß er heimkam, das war es, was er jetzt brauchte. Sein Haus und ein Frühstück – und vielleicht ein oder zwei Tröpfchen von seiner Taubkraut-Tinktur. Und danach die tägliche Tretmühle.

Er machte sich hangaufwärts auf den Weg.

Weiter im Inselinnern waren bereits Leute auf und unterwegs.

Niemand schlief hier noch lang nach der Morgendämmerung. Die Nacht war zum Schlafen da, am Tag wurde gearbeitet. Auf dem Weg zu seinem Vaargh und zu dem morgendlichen Schub echt Leidender und chronischer Wehleidiger, der sich bei ihm einfinden würde, stieß Lawler auf einen signifikanten Prozentsatz der menschlichen Inselpopulation und grüßte jeden. Hier am Schmalende des Eilands, wo die Menschen hausten, hockte man sich sozusagen die ganze Zeit gegenseitig im Nacken.

Die meisten Leute, denen er zunickte, während er die

sanfte Steigung des festen hellgelben Flechtpfades hinaufwanderte, waren Menschen, die er seit Jahrzehnten kannte. Fast die ganze Humanpopulation auf Sorve war auf Hydros geboren, und davon wieder war über die Hälfte direkt hier auf der Insel zur Welt gekommen. Genau wie auch Lawler selbst. Und die meisten hatten sich nicht ausdrücklich dafür entschieden, ihr gesamtes Leben auf diesem fremden Wasserball zu verbringen, taten es aber dennoch, weil ihnen keine andere Wahl blieb. Die Lebenslotterie hatte ihnen schlicht bei ihrer Geburt das Ticket für Hydros ausgespielt, und sobald man erst mal auf Hydros war, konnte man nie wieder von hier fort, denn es gab keine Raumflughäfen und man konnte den Planeten nur auf einem Weg verlassen: durch den Tod. Die Geburt hier bedeutete die Verurteilung zu ›Lebenslänglich‹. Dies war seltsam in einer Galaxie voller bewohnbarer und bewohnter Welten – daß einem keine Chance gegeben wurde, selbst zu wählen, wo man gern leben wollte … Aber dann gab es da noch die anderen, die von draußen in Landekapseln hereingeplatzt kamen, und die *hatten* die Wahl gehabt und hätten überallhin gehen können im Universum und hatten sich trotzdem für diesen Planeten entschieden, obwohl sie wußten, daß es für sie kein Zurück gab. Das war sogar noch seltsamer.

Dag Tharp, der die Radiostation betrieb, nebenbei als Zahntechniker arbeitete und Lawler gelegentlich als Anästhesist assistierte, kam als erster vorbei. Er war ein schmächtiger, kantiger Typ, rotgesichtig, von zerbrechlichem Aussehen, mit einem dürren Hals und einer großen scharfgebogenen Schnabelnase, die zwischen kleinen Augen und praktisch fleischlosen Lippen hervorragte. Weiter hinten tauchte Sweyner auf dem Knüppelpfad auf, der Werkzeugmacher und Glasbläser. Ein kleiner alter Knabe, verknöchert und verwittert. Und hinter ihm kam sein verknöchertes, verwittertes Weibchen, das aussah, als wäre sie seine Zwillingsschwester. Unter den jüngeren Siedlern gab es einige, die unterstellten, daß sie das wirklich sei, doch Lawler wußte es besser. Sweyners Frau war seine eigene Großkusine, und Sweyner war mit ihm – oder ihr – in keiner Weise verwandt. Die Sweyners, ähnlich wie Tharp, waren beide gebürtige Hydrosianer, ja sogar Sorvesen. Es war zwar ein wenig regelwidrig endogam, eine Frau von der eignen Insel zu ehelichen, wie Sweyner das getan hatte… Wahrscheinlich war das die Ursache – neben der physischen Ähnlichkeit der beiden – für derartigen Tratsch.

Mittlerweile war Lawler der Hauptterrasse, die das aufragende Rückgrat der Insel bildete, nahegekommen. Eine breite hölzerne Rampe führte dort hinauf. Auf Sorve gab es keine Treppen: Die zum Gehen wenig tauglichen Stummelbeine der Gillies eigneten sich auch nicht fürs Treppensteigen. Lawler stieg die Rampe rasch hinan, dann trat er auf die Terrasse, ein flaches Terrain aus steifen, festen, dichtverflochtenen gelben Fasern des Seebambus. Die Terrasse war fünfzig Meter breit, lackversiegelt und laminiert mit Seppeltan-Extrakt und ruhte auf einem Gerüst aus schweren Schwerzkelp-Balken. Die lange schmale Hauptstraße der Insel verlief darüber. Eine Linkswendung führte zu dem von den Gillies bewohnten Bereich der Insel, nach rechts ging es zur Barackensiedlung der Menschen. Lawler wandte sich nach rechts.

»Guten Morgen, Herr Doktor«, brummelte Natim Gharkid, zwanzig Schritt weiter vorn auf dem Weg und trat beiseite, um Lawler vorbeizulassen.

Gharkid war vor vier, fünf Jahren von einer anderen Insel nach Sorve gekommen. Ein Mann mit sanften Augen, einem weichen Gesicht und glatter dunkler Haut, dem es bislang irgendwie noch nicht gelungen war, sich auf irgendeine signifikante Weise in das Leben der Gemeinschaft einzugliedern. Er arbeitete als Algenfarmer und war auf dem Weg hinunter zur Lagune, um dort Tang zu ernten. Das war seine einzige Tätigkeit. Die meisten Menschen auf Hydros hatten Mehrfach-Jobs, weil es in einer dermaßen kleinen Population einfach nötig war, daß die Leute sich in mehreren Fertigkeiten versuchten. Doch Gharkid schien das nicht zu stören. Lawler selber war nicht nur der Insel-Doktor, sondern auch der Apotheker, der Meteorologe und der Bestatter – und wenn es nach Delagard ging, offenbar auch noch der Veterinär. Aber Gharkid war Algenfarmer – und sonst nichts. Lawler nahm an, daß er wohl eingeborener Hydrosianer sei, wußte es aber nicht mit Bestimmtheit, weil der Mensch so selten, wenn überhaupt, etwas über sich erzählte und preisgab. Er war die bescheidenste, unscheinbarste, zurückhaltendste Person, der Lawler jemals begegnet war: still, geduldig, zuverlässig, freundlich, aber unauslotbar, eine undeutliche stumme vorhandene Gestalt, nicht mehr.

Im Vorübergehen lächelten sie einander automatisch zu.

Dann kamen hintereinander drei Frauen. Alle drei in losen grünen Gewändern: die Schwestern, Halla, Mariam und Thecla. Vor etlichen Jahren hatten die drei drunten an der Inselspitze eine Art Kloster gegründet, hinter dem Aschenhof, wo alle möglichen Knochen gesammelt und zu Kalk weiterverarbeitet wurden, um dann zu Seifen, Tinte, Farben und hunderterlei verwendbaren chemischen Produkten veredelt zu werden. Normalerweise hielten sich dort nur die Aschenmeister auf; und die ›Schwestern‹, die hinter dem Abdeckerhof hausten, waren dort vor jeglicher äußeren Störung sicher. Aber alles in allem war es doch eine merkwürdige Wahl für ein Kloster. Seit der Gründung hatten sich die Schwestern darum bemüht, so wenig wie möglich mit Männern zu tun zu haben. Inzwischen lebten dort insgesamt elf Nonnen, also beinahe ein Drittel der weiblichen Gesamtbevölkerung von Sorve: eine bizarre Entwicklung, und einzigartig in der kurzen Inselgeschichte. Delagard sabberte beständig irgendwelche schlüpfrigen Andeutungen, was sich da drunten im Weiberzwinger wohl so alles abspielte. Höchstwahrscheinlich lag er da gar nicht so falsch.

»Ehrwürdige Schwester Halla«, sagte Lawler. »Schwester Mariam, Schwester Thecla ...«

Die drei Frauen schauten ihn an, als hätte er etwas Zotiges gesagt. Er zuckte die Achseln und ging weiter.

Das Zentralreservoir lag direkt vor ihm, ein kreisrunder, drei Meter hoher, fünfzig Meter weiter überdeckter Tank aus gelackten Meerbambus-Dauben, die von grellgelbroten Reifen aus Algenwedeln gefaßt und an der Innenseite mit dem roten Pech versiegelt waren, das man aus den Seegurken gewann. Vom Wasserspeicher ging ein aberwitziges Geflecht von Rohren zu den Vaarghs aus, die direkt dahinter begannen. Die Zisterne war wahrscheinlich das wichtigste Bauwerk in der Siedlung. Erbaut hatten das Reservoir die ersten Menschen, die hierhergekommen waren, vor fünf Generationen, Anfang des 24. Jahrhunderts, als Hydros noch als Strafkolonie diente, und die Zisterne erforderte konstante Wartung und mußte unentwegt geflickt, neu kalfatert und gefaßt werden. Seit mindestens zehn Jahren redete man in der Kolonie davon, daß man das ›Ding‹ durch etwas technisch Eleganteres ersetzen müsse, jedoch war diesbezüglich überhaupt nichts geschehen. Und Lawler zweifelte stark daran, daß dies je der Fall sein werde. Schließlich erfüllte das Ding ja seinen Zweck einigermaßen gut.

In der Nähe des Wasserreservoirs erblickte er diesen Priester, der sich kürzlich auf Hydros eingenistet hatte. ›Father‹ Quillan von der ›Alle Welten umfassenden Kirche‹ kam langsam von der anderen Seite um den Tank herum und ging einer äußerst seltsamen Beschäftigung nach. Alle zehn Schritte etwa blieb der Geistliche stehen, wendete das Gesicht der Zisternenwandung zu, breitete die Arme weit, als wollte er den Behälter zärtlich an die Brust ziehen, und tastete behutsam mit den Fingerspitzen die Wandung ab, hier und dort und da, als suche er nach Lecks.

»Na, hast du Angst, die Mauer bricht zusammen?« rief Lawler ihm zu. Der Mann war ein Außenweltler, ein Neuling. Erst seit knapp einem Jahr auf Hydros, und auf Sorve – kaum ein paar Wochen. »Da brauchst du dir wirklich keine Sorgen zu machen.«

Quillan fuhr herum. Sichtlich verlegen. Er löste die Hände von der Zisterne.

»Hallo, guten Morgen, Dr. Lawler.«

Der Geistliche war ein kräftiger Mann von asketischem Aussehen, mit beginnender Glatze, glattrasiert, und sein Alter konnte durchaus zwischen fünfundvierzig und sechzig liegen. Er war mager, als habe er seine ganze Fleischlichkeit aus sich herausgeschwitzt, sein Gesicht war ein längliches Oval, in dessen Mitte eine kräftige knochige Nase stand. Die tiefliegenden Augen waren von bleichblauer Kälte, und auch die Haut war sehr fahl, fast wie ausgebleicht; allerdings wirkte sich die stete, einzig aus Meeresprodukten zusammengesetzte Diät der Hydros-Bewohner allmählich aus und verlieh ihm mehr und mehr den seefarbenen dunklen Teint der Alt-Siedler: die Algen keimten sozusagen durch die Haut heraus.

Lawler sagte: »Das Wasserreservoir ist extrem stabil. Glaub mir, Father. Ich lebe schon mein ganzes Leben lang hier, und nicht ein einzigesmal hat es einen Bruch gegeben. Wir könnten es uns nicht leisten, daß so was passiert.«

Quillan lachte verlegen. »Darum ging es mir eigentlich gar nicht. Tatsächlich wollte ich nur seine Kraft umarmen.«

»Verstehe.«

»Ich wollte diese gesamte geballte Stärke fühlen. Erfahren, wie sich gewaltige Stärke unter Kontrolle anfühlt – diese Hektoliter Wasser, die einzig durch den entschlossenen menschlichen Willen gebändigt sind.«

»Ja, und durch Massen von Seebambus und Reifen, Father. Und nicht zu vergessen, durch die Güte Gottes.«

»Ja, das wohl auch«, sagte Quillan.

Ziemlich seltsam, dieses Verhalten. Umarmt den Wassertank, weil er spüren will, wieviel Kraft da drinsteckt. Aber Father Quillan machte immer derart sonderbare Sachen. Der Mann schien von einer Art verzweifelten Hungers erfüllt: einem Verlangen nach Gnade und Erbarmen, nach der Preisgabe an ein Etwas, das größer war als er selber. Die Sehnsucht vielleicht gar, glauben zu können. Lawler berührte es als recht merkwürdig, daß ein Mann, der behauptete, ein Priester zu sein, dermaßen des göttlichen Geistes ermangelte.

Er sagte: »Mein Ur-Urgroßvater hat die Zisterne konstruiert, weißt du? Harry Lawler, einer der Gründer der Kolonie. Wie mein Großvater immer zu sagen pflegte, gelang ihm alles gut, was er anpackte. Eine Appendektomie ebenso wie die Navigation eines Schiffes von einer Insel zur anderen, wie halt auch der Entwurf eines Wasserreservoirs.« Lawler machte eine Pause. »Er ist hierher deportiert worden wegen Mordes, der alte Harry. Wegen Totschlags, sollte ich wohl korrigieren.«

»Das wußte ich nicht. Also hat deine Familie schon immer auf Sorve gelebt?«

»Von Anfang an. Ich bin hier geboren. Genau gesagt, zirka hundertachtzig Meter von unserem jetzigen Standpunkt entfernt.« Lawler tätschelte zärtlich die Zisternenwand. »Der gute alte Harry. Ohne das da würden wir hier wirklich echte Probleme haben. Du merkst ja, wie trocken das Klima hier ist.«

»Ja, ich merke es allmählich«, antwortete der Priester. »Regnet es denn hier nie?«

»Ach doch, zu bestimmten Zeiten im Jahr schon.

Aber jetzt ist eben nicht der rechte Zeitpunkt. Mit Regen darfst du für die nächsten neun, zehn Monate hier nicht rechnen. Deshalb haben wir uns ja so bemüht, unsere Zisternen so zu konstruieren, daß keine Leckagen auftreten.«

Auf Sorve war Wasser eben knapp; jedenfalls das Wasser, das für die Bedürfnisse der Humanbevölkerung geeignet war. Fast das ganze Jahr hindurch schwamm die Insel durch Zonen ohne Regenfälle in der unerbittlichen Gezeitendrift. Aber die schwimmenden Inseln auf Hydros, die mehr oder weniger frei durch die Gewässer trieben, wurden nichtsdestoweniger manchmal jahrzehntelang in klar abgegrenzten planetograpischen Längenzonen durch starke Meeresströmungen von der Kraft gewaltiger Flüsse festgehalten. Jede Insel machte eine jährliche klarbestimmte Migration zwischen den Polen durch, hin und zurück; um die Pole kreisten Wirbelströmungen heftiger bewegten Wassers, von denen die herantreibenden Inseln erfaßt, gedreht und in gegenläufige Bewegung in Richtung auf das andere Ende des Planeten katapultiert wurden. Trotz dieser alljährlichen Nord-Süd-Wanderung durch sämtliche Breitenzonen blieb die ost-westliche Fluktuation wegen der übermächtigen Meeresströmungen minimal. So war etwa Sorve, soweit Lawler sich zurückzuerinnern vermochte, bei seiner unentwegten Weltwanderung zwischen Norden und Süden stets zwischen vierzig und sechzig Grad westlicher Breite geblieben. Dies schien in fast allen Breiten ein Trockengürtel zu sein. Regen kam nur unregelmäßig, außer wenn die Insel durch die polnahen Zonen trieb, wo dann heftige Niederschläge die Regel waren.

Für die einheimischen Kiemlinge, die Gillies, bedeuteten die wiederkehrenden Trockenzeiten kein Problem; ihr Metabolismus war sowieso auf den Konsum von Meerwasser hin angelegt. Doch für die Menschen komplizierte sich das Leben dadurch enorm. Die Trinkwasserrationierung gehörte auf Sorve zur Alltagsroutine. Zwei Jahre hatte es gegeben – einmal, als Lawler erst zwölf war, und in seinem zwanzigsten Jahr, diesem schwarzen Jahr, in dem sein Vater starb –, in denen abnorm üppige Regen wochenlang ununterbrochen über der Insel niedergegangen waren, so daß die Zisternen überflossen und man die Wasserrationierung aufgab. Während der ersten Woche etwa war dies beide Male als interessantes Novum empfunden worden, aber dann wurden die endlosen Regen, die grauverhangenen Tage und der widerwärtige Modergeruch den Menschen lästig. Alles in allem zog Lawler aber die Dürreperioden vor; an sie war er jedenfalls besser gewöhnt.

Father Quillan sagte: »Ich bin fasziniert von diesem Ort. Es ist die seltsamste Welt, die ich je gesehen habe.«

»Wahrscheinlich könnte ich das auch sagen.«

»Bist du viel herumgereist? Auf Hydros, meine ich.«

»Ich war einmal auf Thibeire Island«, antwortete Lawler. »Die kam damals ganz nahe an uns heran, trieb dicht drunten an den Hafen heran, und ein paar von uns ruderten mit einem Flechtboot hinüber und blieben dort den ganzen Tag lang. Ich war damals fünfzehn. Das einzige Mal, daß ich in der Fremde war.« Er bedachte den Priester mit einem forschenden Blick. »Aber du, du bist ein richtiger weitgereister Mann, sagen die Leute. Und sie sagen, du hast zu deiner Zeit ein ziemliches Stück der Galaxie kennengelernt.«

»Ein wenig nur«, sagte Father Quillan. »Nicht besonders viel. Ich war auf sieben Welten. Nein, acht, wenn ich die hier mitrechne.«

»Das macht sieben mehr, als ich je sehen werde.«

»Aber jetzt bin ich am Ende angekommen.«

»Ja«,sagte Lawler, »das trifft sicher zu.«

Außerweltler, die nach Hydros kamen, um hier zu leben, waren Lawler unbegreiflich. Wieso taten sie das? Sich auf Sunrise, gleich nebenan, also bloß so etwa zwölf Millionen Kilometer weit weg, in eine Abwurfkapsel stecken zu lassen, um dann auf einen Landeorbit hinausgeschnippt zu werden, der einen schließlich im Meer in der Nähe einer Treibinsel absetzen sollte… und dies im vollen Bewußtsein, daß du Hydros nie-niewieder verlassen kannst? Da die Gillies sich der Errichtung eines Raumflughafens an irgendeinem Punkt von Hydros strikt widersetzten, bedeutete die Reise hierher unweigerlich den Endpunkt… und jeder da draußen wußte dies. Und dennoch kamen sie immer noch – nicht gerade in großer Zahl, aber sie träufelten stetig herein, entschlossen, bis zu ihrem Ende als Gestrandete auf einem uferlosen Meer zu leben, einer Welt ohne Bäume und Blumen, ohne Vögel, Insekten und grünes Gras, ohne fellbedeckte und ohne Huftiere… ohne Muße und Annehmlichkeit, ohne eine der Segnungen der modernen Technologie, schiffbrüchig in den nie endenden Gezeiten, auf Inseln aus Rutengeflecht zwischen den Polen einer Welt unablässig hin und her treibend, die nur für Geschöpfe mit Finnen und Flossen geeignet war.

Lawler hatte keine Ahnung, warum Quillan nach Hydros hatte kommen wollen; doch so etwas fragte man hier andere Menschen grundsätzlich nicht. Vielleicht war es wegen irgendeiner Bußübung, als eine Strafe. Als ein Akt der Selbstverleugnung. Ganz gewiß nicht, um hier ein kirchliches Amt auszuüben. Die ›Alle Welten umfassende Kirche‹ war eine post-vatikanische katholische Splittersekte, und soweit Lawler wußte, besaß sie auf Hydros nirgendwo Anhänger. Auch sah es nicht so aus, als wäre Father Quillan als Missionar gekommen. Seit seinem Eintreffen auf Sorve hatte er keinen Versuch unternommen, Proselyten zu gewinnen, was nur vernünftig war, denn Religionen hatten bei den Insulanern noch nie größeres Interesse erregt. »Gott ist weit weg von uns auf Sorve«, pflegte Lawlers Vater oft zu sagen.

Quillan schaute eine Weile ziemlich düster drein, als wäge er noch einmal die realen Aspekte seines lebenslänglichen Gestrandetseins auf Hydros ab. Dann sagte er: »Stört es euch nicht, daß ihr immer hier an dem einen Ort seid? Werdet ihr denn nie kribbelig? Neugierig, wie es auf den anderen Inseln ist?«

»Ach, eigentlich kaum«, antwortete Lawler. »Thibeire damals war ziemlich genau wie Sorve, fand ich. Der gleiche allgemeine Grundriß, der gleiche allgemeine emotionale Eindruck. Nur gab es dort keinen, den ich gekannt hätte. Und wenn schon ein Ort wie der andere ist, warum soll man dann nicht an dem vertrauten Ort bleiben, unter den Leuten, mit denen man schon immer zusammengelebt hat?« Er kniff die Augen zusammen. »Nein, Gedanken mach ich mir über die anderen *Welten.* Die mit trocknem Land. Die echten richtig *festen, soliden* Planeten. Ich frage mich, wie das sein muß, wenn man Tage und Tage hindurch einfach so gehen kann und nie offenes Wasser zu sehen bekommt, auf einem festen stabilen Boden gehen, immer, nicht bloß auf einer Insel, sondern auf einem ganzen Kontinent, wo man nicht überall von dem Platz, an dem du lebst, das Ende sieht, sondern eine enorme Landmasse mit Städten drauf und Bergen und Flüssen. Das sind leere Begriffshülsen für mich. Städte. Berge. Ich wüßte so gern, wie Bäume aussehen, was Vögel sind und Pflanzen, die Blüten tragen. Begreifst du? Ich frage mich, wie die ERDE war. Manchmal träume ich, es gibt sie noch, und ich bin wirklich dort, auf ihr, atme ihre Luft und spüre sie unter meinen Sohlen. Sie verfängt sich unter meinen Fingernägeln … Auf Hydros gibt es nirgendwo eine Bodenkrume, ist dir das bewußt? Da ist nur der Sand am Grund der See.«

Lawler blickte hastig zu den Händen des Geistlichen, als könne der noch die schwarze Erde von Sunrise unter den Nägeln haben. Quillans Augen folgten seinem Blick, und er lächelte schweigend.

Dann sagte Lawler: »Ich hab letzte Woche im Gemeindehaus zufällig mitgehört, wie du mit Delagard gesprochen hast: Über den Planeten, auf dem du gelebt hast, ehe du hierher kamst, und ich kann mich noch genau an jedes Wort erinnern, das du gesagt hast. Daß die Erde dort endlos weit erscheint, zuerst Weideland, dann Wald und dann Berge, und hinter den Bergen, auf der anderen Seite, eine Wüste. Und ich saß da und versuchte die ganze Zeit, mir vorzustellen, wie all dies *wirklich* aussieht. Aber das werde ich natürlich nie wissen. Von hier können wir eben nicht weg und zu anderen Welten, nicht wahr? Für uns brauchte es sie also eigentlich gar nicht zu geben. Und da jeder Fleck auf ydros genauso ist wie jeder andere, neige ich nicht sehr zu wilden Streifzügen.«

»Natürlich«, sagte Quillan bedachtsam. Und nach einer Weile setzte er hinzu: »Aber das ist doch wohl nicht typisch, oder?«

»Typisch – für wen?«

»Die auf Hydros lebenden Menschen. Daß sie nie jemals irgendwohin reisen, meine ich.«

»Einige von uns sind Wanderer. Alle fünf, sechs Jahre ziehen sie auf eine andere Insel. Andere sind nicht so. Die meisten nicht, würde ich sagen. Ich jedenfalls bin nicht so.«

Quillan überdachte das.

»Natürlich«, sagte er erneut, als verarbeitete er ein kniffliges Faktum. Für den Augenblick sah es so aus, als wären ihm die Fragen ausgegangen. Anscheinend stand er kurz vor der Geburt einer schwerwiegenden Schlußfolgerung.

Lawler betrachtete ihn ohne großes Interesse, wartete aber höflich ab, was der Mann ihm sonst noch zu sagen haben mochte.

Doch es verstrich eine geraume Zeit, und Quillan sagte noch immer nichts. Vielleicht hatte er ja tatsächlich auch nichts weiter zu sagen.

»Na ja, dann«, sagte Lawler endlich, »ich glaub, es ist Zeit, daß ich meinen Laden aufmache.«

Er setzte sich in Richtung auf die Vaarghs den Pfad hinauf in Bewegung.

»Warte doch«, bat Quillan.

Lawler wandte sich um und schaute ihn an. »Ja?«

»Bist du in Ordnung, Doktor?«

»Warum? Hast du den Eindruck, ich sehe krank aus?«

»Als wärst du irgendwie wegen etwas durcheinander«, sagte Quillan. »Das ist bei dir nicht oft der Fall. Als ich dir zum erstenmal begegnet bin, bekam ich den Eindruck, du bist ein Mann, der geradlinig sein Leben lebt, Tag um Tag und Stunde um Stunde, und der die Dinge nimmt, wie sie eben kommen. Aber heute morgen siehst du irgendwie anders aus. Dieser Ausbruch gerade, über die Anderwelten... also, ich weiß nicht. Das paßt irgendwie nicht zu dir. Aber selbstverständlich darf ich nicht behaupten, dich wirklich zu kennen.«

Lawler starrte den Geistlichen argwöhnisch unter gesenkten Lidern an. Er hatte keine Lust, ihm von den drei toten Tauchern in dem Schuppen auf Jollys Pier zu erzählen.

»Ich hab heute nacht über einige Probleme nachgedacht. Hab nicht genug Schlaf gekriegt. Aber ich hätte nicht geglaubt, daß man mir das so deutlich ansieht.«

»Oh, ich hab einige Erfahrung darin«, sagte Quillan und lächelte. Seine bleichblauen und meist noch gleichgültig und sogar verschleiert wirkenden Augen waren auf einmal irgendwie ungewöhnlich durchdringend geworden. »Dazu gehört nicht grad viel höhere Erkenntnis. Hör zu, Lawler, wenn du irgendwann über irgendwas, was immer es auch ist, mit mir sprechen möchtest... Was immer, wann immer dir was die Brust bedrückt...«

Lawler grinste und wies auf seine Brust, die nackend

war. »Wie du deutlich selber sehen kannst, ist da nichts, oder?«

»Du weißt sehr genau, was ich meine«, erwiderte Quillan.

Einen flüchtigen Moment lang schien es, als finde zwischen ihnen eine Art intensiver Kommunikation statt, als fließe knisternd eine Stromspannung, die eine Intimität erstrebte, die Lawler weder wollte noch als angenehm empfand. Dann lächelte der Priester wieder freundlich-milde – zu freundlich, zu milde –, es war ein betont ausdrucksloses, unbestimmtes Lächeln – fast eine Grimasse der Güte –, das offensichtlich darauf abzielte, den Abstand zwischen ihnen wiederherzustellen. Der Priester hob die Hand. Die Geste konnte eine Segnung bedeuten, oder auch die Erlaubnis, sich zu entfernen. Dann neigte er den Kopf, machte kehrt und ging davon.

3

ALS ER SEINEM VAARGH näher kam, sah Lawler dort eine Frau mit langem, glattem dunklen Haar stehen, die dort auf ihn wartete. Eine Patientin vermutlich. Sie stand mit dem Rücken zu ihm, und er erkannte sie nicht. Mindestens vier Frauen auf Sorve hatten solches Haar.

In dem Teil, in dem Lawler wohnte, gab es dreißig Vaarghs, drunten, an der Inselspitze noch etwa sechzig weitere, die nicht alle bewohnt waren. Es waren graue unregelmäßige und asymmetrische, doch ungefähr pyramidenartige Konstrukte; im Innern hohl, zweimal so hoch wie ein großer Mann, oben zu einer abgestumpften Spitze auslaufend. In Apexnähe waren sie von fensterähnlichen Öffnungen durchbrochen, die nach außen vorgestülpt waren, so daß der Regen nur bei allerheftigsten Stürmen, und auch dann nicht leicht, ins Innere gelangen konnte. Sie waren aus einem dicken, groben Zellulose-Material – einem Meeresprodukt, was sonst hätte es auch sein sollen? – offenbar vor sehr langer Zeit gebaut worden. Das Material war bemerkenswert fest und dauerhaft. Wenn man mit einem Stecken gegen ein Vaargh hämmerte, klang das wie eine metallene Glocke. Die ersten Humansiedler hatten die Vaarghs bei ihrer Ankunft bereits vorgefunden und sie als ›vorläufige Unterkünfte‹ in Benutzung genommen; aber das lag über hundert Jahre zurück, und die Insulaner hausten noch immer darin. Kein Mensch hatte eine Ahnung, wieso die Bauten hier standen. Vaargh-Ansammlungen fand man auf nahezu allen Inseln: vielleicht die verlassenen Nester einer ausgestorbenen Spezies, die einst zusammen mit den Gillies die Inseln bewohnten. Aber diese lebten in völlig andersartigen Behausungen: in flüchtig errichteten Unterschlüpfen aus Seetang, die alle paar Wochen beseitigt und neu errichtet wurden, während diese Vaarghs so ziemlich das Stabilste und Unzerstörbarste waren, das es auf dieser Wasserwelt gab. »Was sind das für Dinger?« hatten die Erstsiedler gefragt, und die Gillies hatten einfach gesagt: »Es sind *vaarghs.*« Was das aber bedeutete, blieb der Phantasie jedes einzelnen Menschen überlassen. Schließlich war ja die Kommunikation mit den Kiemlingen bis heute immer noch eine reine Glückssache.

Im Näherkommen erkannte Lawler, daß die wartende Frau Sundira Thane war – wie dieser Priester ein Neuzugang auf Sorve. Eine hochgewachsene, ernst wirkende junge Frau, die vor ein paar Monaten auf einem von Delagards Schiffen als Passagier von Kentrup Island angekommen war. Sie übte den Beruf einer Wartungs- und Reparatur-Spezialistin aus – Boote, Netze, Schiffsausrüstung und dergleichen –, doch ihr wirkliches Interessengebiet schienen die Hydraner zu sein. Lawler hatte sagen hören, daß sie eine Expertin für deren Kultur, Biologie und alle anderen Lebensbereiche sei.

»Bin ich zu früh dran?« fragte sie.

»Wenn du nicht selber denkst, es ist zu früh, dann nicht. Komm rein.« Der Zugang zu Lawlers Vaargh war ein niedriger dreieckiger Einschnitt in der Wand, eine Art Durchschlupf für Zwerge. Lawler kauerte sich zusammen und schob sich durch die Öffnung, und die Frau kam ihm hinterhergekrochen. Sie war beinahe so lang wie er selber, und sie wirkte irgendwie verkrampft, geistesabwesend, bedrückt.

Fahles Frühlicht fiel schräg in den Vaargh. Auf der Grundfläche teilten schmale Trennwände aus demselben Material wie die Außenwandung drei kleinere spitzwinkelige Räume ab: seine Praxis, sein Schlafzimmer und ein Vorzimmer, das er auch als Wohnzimmer benutzte.

Es war noch immer sehr früh, etwa sieben Uhr. Lawler wurde allmählich hungrig. Aber er würde mit dem Frühstück noch eine Weile warten müssen, das begriff er jetzt. Statt dessen träufelte er ganz beiläufig ein paar Tropfen seiner Taubkrauttinktur in einen Becher, goß ein wenig Wasser hinzu und schüttete das Ganze hinunter, als wäre es weiter nichts als eine Medizin, die er sich selber zur allmorgendlichen Einnahme verordnet hatte. Gewissermaßen stimmte das sogar. Lawler warf der Frau einen hastigen, etwas schuldbewußten Blick zu, aber sie achtete ganz und gar nicht auf das, was er tat. Sie starrte auf seine kleine Sammlung von Relikten von der ERDE. Jeder, der hierherkam, tat das. Zögernd fuhr sie mit der Fingerspitze über die Bruchkante der kleinen orange-schwarzen Tonscherbe. Dann blickte sie über die Schulter hinweg Lawler fragend an. Er lächelte. »Das kam einst aus einer Gegend, die Griechenland hieß«, sagte er. »Vor langer, langer Zeit auf der ERDE einmal sehr berühmt.«

Die starken Alkaloide der Droge waren augenblicklich mit dem Blutkreislauf durch seinen Körper geschwemmt worden und traten nun ins Gehirn ein. Er fühlte, wie die Verkrampftheit, die ihn nach seinen Begegnungen an diesem Morgen befallen hatte, allmählich verebbte.

»Ich leide unter ständigem Husten«, sagte Thane, »Und er geht nicht weg.«

Und wie auf ein Stichwort brach sie in ein rauhes, trockenes Gebell aus. Ein Husten, das konnte auf Hydros eine ebenso harmlose Infektion sein wie sonstwo; aber es konnte auch etwas sehr Ernstes sein. Alle Insulaner wußten dies.

Es gab hier einen im Wasser lebenden Fungus, einen Pilz, der sich gewöhnlich in den nördlichen gemäßigten Gewässerzonen aufhielt und der im Verlauf seines Fortpflanzungsprozesses dichte schwarze Sporenwolken in die Atmosphäre stieß, Sporen, die sich parasitär in unterschiedlichen maritimen Lebensformen ansiedeln konnten. Wenn ein Meeressäuger beim Luftholen an der Wasseroberfläche solche Sporen einatmete, setzten sie sich im warmen Rachen ihres Wirtstieres fest, keimten sogleich und trieben ein dichtes Gewirr grellroter Hyphen, und dieses Pilzgeflecht konnte mit Leichtigkeit in die Lungen, Eingeweide, den Magen, ja sogar in das Gehirn des Wirtsorganismus eindringen. Der Körper des Wirtes wurde im Innern dann zu einer dichtgepackten Masse von scharlachrot brennenden Fadendrähten, die auf der Suche nach dem auf Kupfer basierenden Atmungspigment Hämocyanin waren. Die meisten hydranischen Seebewohner hatten dieses Hämocyanin im Blut, wodurch dieses eine bläuliche Färbung bekam. Und der Fungus schien für das Hämocyanin ebenfalls Verwendung zu haben.

Der Tod durch Pilzbefall war eine langwierige und scheußliche Krankheit. Der Wirtssäuger, aufgeschwollen von den Gasen, die der eingedrungene Parasit absonderte, trieb hilflos an der Wasseroberfläche, mußte schließlich zugrundegehen, worauf kurz danach der Fungus seine ausgereifte ›Frucht‹ durch eine in das Abdomen des Wirts gebohrte Öffnung austrieb. Diese Frucht war eine kugelige Ligninmasse, die bald danach zerplatzte und eine weitere Generation reifer, ausgewachsener Fungi entließ, die ihrerseits im Laufe der Zeit neue Sporenwolken hervorbringen würden, und so ging der Kreislauf weiter.

Diese ›Killerfungus‹-Sporen konnten sich auch in der menschlichen Lunge festsetzen, was allerdings keinerlei Vorteil für irgendwen mit sich brachte; der Mensch war nicht in der Lage, den Pilz mit dem ersehnten Hämocyanin zu versorgen, und der Fungus mußte demzufolge notgedrungen im Verlauf seiner Suche danach jeden Bereich im Körper des unwilligen Wirtes aufsuchen und aufzehren, was eine nutz- und ergebnislose Verschwendung von Energie bedeutete.

Erste Symptome eines Fungusbefalls beim Menschen

zeigten sich in einem hartnäckigen chronischen Husten, der sich nicht legte.

»Beginnen wir mit ein paar Auskünften über dich«, sagte Lawler. »Danach werden wir das mal untersuchen.«

Er holte ein neues Formblatt aus der Schublade und schrieb den Namen Sundira Thane darauf.

»Alter?«

»Einunddreißig.«

»Geburtsort?«

»Khamsilaine Island.«

Er blickte auf. »Ist das auf Hydros?«

»Aber ja«, sagte sie, ein wenig zu gereizt. »Natürlich!« Ein erneuter Hustenanfall packte sie. Als sie wieder sprechen konnte, fragte sie: »Hast du noch nie was von Khamsilaine gehört?«

»Es gibt ziemlich viele Inseln. Und ich komme nicht viel zum Reisen. Nein, ich hab noch nie davon gehört. In welcher See treibt es?«

»Im Azurro.«

»Im Azurro«, wiederholte Lawler unsicher. Er hatte nur eine höchst verschwommene Vorstellung davon, wo das azurblaue Meer sich befinden mochte. »Ja, da schau her. Da bist du ja wirklich schon ein ganz schönes Stück gereist, was?« Sie gab ihm darauf keine Antwort. Nach einer Pause fragte er weiter: »Aber hierher bist du doch vor einiger Zeit von Kentrup gekommen, stimmt das?«

»Ja.« Erneuter Hustenanfall.

»Und wie lang hast du dort gelebt?«

»Drei Jahre.«

»Und vorher?«

»Achtzehn Jahre auf Velmise. Zwei Jahre auf Shaktan. Etwa ein Jahr auf Simbalimak.« Sie blickte ihn feindselig an und sagte: »Simbalimak liegt ebenfalls im Azurro.«

»Ich habe von Simbalimak gehört«, erwiderte er.

»Vorher auf Khamsilaine. Also ist dies hier jetzt meine sechste Insel.«

Lawler notierte sich dies.

»Jemals verheiratet gewesen?«

»Nein.«

Auch dies schrieb er nieder. Die generelle Abscheu vor der Endogamie bei den jeweiligen Insularpopulationen hatte auf Hydros zu einer inoffiziellen Praxis der Exogamie geführt. Single-Personen, die sich partnerschaftlich zu binden beabsichtigten, zogen gemeinhin auf irgendeine andere Insel, um sich dort einen Gefährten zu suchen. Aber wenn eine dermaßen attraktive Frau wie Sundira Thane dermaßen viele Inseln abgegrast hatte, ohne sich je zu binden, dann konnte das nur bedeuten, daß sie entweder besonders wählerisch, oder aber, daß sie gar nicht auf Partnersuche war.

Lawler vermutete letzteres. Der einzige Mann, in dessen Gesellschaft er sie jemals länger verweilen gesehen hatte, seit sie vor ein paar Monaten auf Sorve aufgetaucht war, war Gabe Kinverson gewesen, der Fischer. Der Mann war ein launenhafter, wenig kommunikationsbereiter Typ mit einem markant zerkerbten Gesicht, ein starker, zäher Bursche und (vermutete Lawler jedenfalls) auf eine tierhafte Weise interessant, aber doch kaum der Typ Mann, den eine Frau wie Sundira Thane heiraten wollen würde, sofern sie natürlich auf eine Heiratspartnerschaft aus war. Aber Kinverson seinerseits hatte ja auch noch nie viel eheliche Bindungswut gezeigt.

»Wann haben diese Hustenattacken begonnen?« fragte er.

»Vor acht, nein, vor zehn Tagen. Etwa in der letzten Dreimondnacht, würde ich sagen.«

»Hattest du jemals zuvor ähnliche Beschwerden?«

»Nein. Nie.«

»Fieber? Brustschmerzen? Schüttelfrost?«

»Nein.«

»Hast du beim Husten Sputumauswurf? Blut?«

»Sputum? Meinst du, flüssigen Schleim? Nein, da war nie so was...«

Wieder überfiel sie der Krampfhusten, diesmal noch heftiger. Ihre Augen füllten sich mit Tränen, das Gesicht rötete sich, der ganze Körper schien zu zucken. Hinterher hockte sie, den Kopf zwischen den hochgezogenen Schultern nach vorn geneigt, da und sah erschöpft und elend aus.

Lawler wartete, bis sie wieder bei Atem war.

Endlich sagte sie: »Wir sind gar nicht durch die Breiten gekommen, in denen die Killer-Fungi wachsen. Das sage ich mir immer wieder.«

»Das bedeutet aber nichts, wie du weißt. Ihre Sporen können im Wind Tausende von Kilometern weit getragen werden.«

»Innigsten Dank.«

»Du vermutest doch nicht ernsthaft, daß du infiziert bist?«

Sie blickte ihn fast zornig von unten her an. »Woher soll ich das wissen? Vielleicht stecke ich von der Brust bis zu den Zehen voller roter Drähte, und wie sollte ich das erkennen können? Ich merke nur, daß ich unentwegt husten muß. Du bist es, der mir sagen soll, warum.«

»Vielleicht kann ich das«, erwiderte Lawler. »Vielleicht auch nicht. Wir wollen uns das erst mal anschaun. Zieh die Bluse aus.«

Er holte sein Stethoskop aus einer Lade.

Das Abhorchgerät war ein lächerlich primitives Instrument: nichts weiter als ein zwanzig Zentimeter langes Seebambusrohr, an dem an zwei biegsamen Schläuchen zwei Ohrmuscheln aus Plastik befestigt waren. Lawler hatte praktisch keinerlei modernes medizinisches Hilfsgerät zur Verfügung, eigentlich gar keines, das Ärzte im einundzwanzigsten und sogar im zwanzigsten Jahrhundert für zeitgemäß erachtet haben würden. Er mußte mit primitiven, geradezu mittelalterlichen Instrumenten zurechtkommen. Eine Röntgenuntersuchung hätte ihm sekundenschnell verraten, ob die Frau an Pilzbefall litt. Doch woher sollte er einen Röntgenschirm bekommen? Hydros hatte fast keinen Kontakt zu dem weiten Universum jenseits des Firmaments, und es gab weder Ex- noch Importhandel. Sie mußten schon glücklich sein, daß sie überhaupt so etwas wie medizinisches Hilfsgerät hatten. Und ein paar Ärzte, selbst so halbgebackene, wie er einer war. Die Humankolonie litt an ererbter Armut. Sie hatte so wenig Menschenmaterial mit einer so beschränkten Reserve an beruflichen Fähigkeiten.

Mit entblößtem Oberkörper stand die Frau bei der Auskultationsbank und sah zu, wie er sich die Stethoskophalterung um den Hals legte. Sie war sehr schlank, ja beinahe schon zu mager; die Arme lang, muskulös in der Art, wie die Arme einer mageren Frau muskulös sind, mit harten, kleinen flachen Muskelpaketen; die Brüste klein, hochgelagert und weit auseinanderstehend. Die Physiognomie in der Mitte des breiten, starkknochigen Gesichtes zusammengedrängt: kleiner Mund mit dünnen Lippen, schmale Nase, kühle graue Augen. Lawler fragte sich, wie er auf den Gedanken hatte kommen können, sie sei attraktiv. An ihr war überhaupt nichts im herkömmlichen Sinn als hübsch zu bezeichnen. Es liegt an ihrer Haltung, entschied er: der Kopf auf dem langen Hals etwas vorgereckt, das kräftige Kinn vorgeschoben, die Augen rasch, wach, in ständiger Bewegung. Sie wirkte kräftig, ja beinahe aggressiv. Zu seiner Verblüffung merkte er, daß sie ihn sexuell erregte, aber nicht, weil sie halb nackt vor ihm stand – Nacktheit, teilweise oder völlige, war auf der Insel Sorve weiter nichts Außergewöhnliches –, sondern wegen der starken Vitalität, die sie ausstrahlte.

Es war schon lange her, daß er etwas mit irgendeiner Frau zu schaffen gehabt hatte. In der jetzigen Zeit war es die bei weitem vorzuziehende, leichtere Lösung, zölibatär zu leben, frei von Plage und Plunder, sobald du erst einmal die anfänglichen Gefühle der Vereinsamung und Ödnis überwunden hattest, wenn es möglich war, und ihm war das schließlich gelungen. Außerdem war er in seinen Bindungen nie besonders vom Glück begünstigt gewesen. Seine einzige Ehe, als er gerade dreiundzwanzig war, hatte weniger als ein Jahr gehalten. Alle späteren Beziehungen waren beiläufig, zufällig, fragmentarisch geblieben. Kurz: nicht die Mühe wert.

Das kurze Aufflammen endokriner Erregung erlosch rasch. Einen Moment später war er wieder ganz Arzt: Dr. Lawler bei einer Untersuchung.

»Jetzt bitte den Mund weit, ganz weit öffnen.«

»Da gibt es nicht sehr viel zu öffnen.«

»Na, mach es eben, so gut es geht.«

Sie sperrte den Mund auf. Er hatte einen kleinen Tubus mit einem Licht an der Spitze, ein von seinem Vater ererbtes Utensil; die Minibatterie mußte alle paar Tage neu aufgeladen werden. Er schob es der Frau in den Rachen und spähte hindurch.

»Also, stecke ich voller roter Drähte?« fragte sie, nachdem er die Sonde zurückgezogen hatte.

»Sieht nicht danach aus. Ich kann weiter nichts erkennen als eine leichte Rötung im Epiglottisbereich, weiter gar nicht ungewöhnlich.«

»Was ist das, die Epiglottis?«

»Der Lappen, der deine Glottis schützt. Mach dir da mal keine Gedanken.«

Er drückte ihr das Stethoskop ans Brustbein und horchte.

»Kannst du die Drähte da drin wachsen hören?«

»Schscht!«

Langsam schob Lawler das Stethoskop über den flachen harten Bereich zwischen den Brüsten, um die Herztöne abzuhören, dann tastete er weiter über den Brustkorb entlang.

»Ich versuche jetzt, hörbare Anzeichen für eine Entzündung im Perikardium zu entdecken«, sagte er zu seiner Patientin. »Das ist der Beutel um dein Herz. Und ich horche auch auf die Geräusche, die durch die Luft in den Röhrchen und Kavernen deiner Lungen entstehen. Atme jetzt mal tief ein und halt die Luft an. Versuche, nicht zu husten.«

Aber sofort und keineswegs überraschend begann sie zu krächzen. Lawler drückte das Stethoskop weiter gegen ihren Körper, obwohl das Gehuste nicht aufhören wollte. Jede Information war nützliche Information. Schließlich legte sich der Hustenanfall, und die Patientin war erneut hochrot im Gesicht und wirkte erschöpft.

»Tut mir leid«, keuchte sie. »Als du gesagt hast, ich soll nicht husten, war das wie eine Art Signal an meinen Kopf, und ich mußte einfach ...«

Ein erneuter Husten kam über sie.

»Nur ruhig«, sagte er, »ganz ruhig.«

Diesmal dauerte der Anfall nicht so lange. Er horchte sie dabei ab, nickte, lauschte weiter. Alles hörte sich normal an.

Aber er hatte noch nie einen Fall von Killer-Fungus zu behandeln gehabt. Er wußte nichts weiter über die Erkrankung, als was er vor langer Zeit von seinem Vater darüber gehört oder von anderen Ärzten auf anderen Inseln gehört hatte. Er überlegte, ob sein Stethoskop ihm wirklich verraten konnte, ob sich da etwas in den Lungen festgesetzt hatte oder nicht, und was es war.

»Dreh dich um«, befahl er.

Er horchte die Geräusche vom Rücken her ab. Er ließ die Patientin die Arme heben und tastete mit den Fingern ihre Flanken nach fremdartigen Wucherungen ab. Sie wand sich unter der Berührung, als würde er sie kitzeln. Er nahm eine Blutprobe aus der Armvene und schickte sie hinter einen Wandschirm in der Ecke, damit sie ihm dort eine Urinprobe produziere. Er besaß so etwas wie ein Mikroskop, das Sweyner, der Mechaniker, ihm zurechtgebastelt hatte. Die Auflösung war kaum besser als bei einem Spielzeugmikro, aber falls sich im Blut irgendwelche lebenden Fremdorganismen eingenistet hatten, würde er sie vielleicht trotzdem ausmachen können.

Ach, verdammt, er wußte so schrecklich wenig.

Sein Patientenkontingent war tagtäglich eine Herausforderung seines ärztlichen Könnens. Meistens mußte er sich so durchmogeln. Sein medizinisches Wissen bestand eigentlich nur aus einer recht dünnen Mixtur von praktischen Prozeduren, die er seinem Vater abgeguckt hatte, der ein hervorragender Arzt gewesen war, von verzweifelter Herumraterei und mühsam erworbenen eigenen Kenntnissen, die er sich nach und nach auf Kosten seiner Patienten erwerben konnte. Lawler hatte sein Medizinstudium erst zur Hälfte hinter sich gebracht, als sein Vater starb, worauf er selber, noch keine zwanzig Jahre alt, sich plötzlich in die Position des ›Doktors‹ auf der Insel Sorve katapultiert sah. Auf dem ganzen Planeten Hydros gab es keine echte medizinische Ausbildung oder irgendwas, das man auch nur entfernt als modernes medizinisches Hilfsmittel, Apparat oder Arznei hätte bezeichnen können, außer den Dingen, die Lawler selber sich aus den maritimen Lebensformen, seiner Phantasie und Gebeten zusammenmixen konnte. Zu Lebzeiten seines bedeutenden, leider früh dahingeschiedenen Vaters hatte irgendeine freundliche Wohlfahrts-Organisation auf Sunrise ab und zu einmal Päckchen mit medizinischer Ausrüstung und Medikamenten abgeworfen, aber eben nur sehr selten und sporadisch, und sie mußten dann auch noch zwischen den zahlreichen Inseln verteilt werden. Außerdem hatten diese vom Himmel fallenden Wohltätigkeiten schon seit langem nicht mehr stattgefunden. Die besiedelte Galaxie war recht ausgedehnt, und nirgendwo machte man sich noch viel Gedanken wegen der paar Leute, die auf Hydros lebten. Lawler tat, was er konnte, aber seine besten Bemühungen waren eben oftmals nicht gut genug. Wenn sich ihm die Chance bot, konferierte er mit den Ärzten von anderen Inseln, in der Hoffnung, von ihnen etwas zu lernen. Ihr medizinisches Können war zwar ebenso trübe wie das seine, doch er hatte entdeckt, daß es zuweilen durch den Austausch gegenseitigen Unwissens möglich wurde, in den Leuten ein Fünkchen der Erkenntnis zu zünden. Manchmal.

»Du kannst dich wieder anziehen«, sagte Lawler.

»Ist es der Schwamm, was meinst du?«

»Es ist nichts weiter als ein nervöser Reizhusten«, beschied er sie. Er hatte jetzt den Abstrich der Blutprobe auf dem gläsernen Objektträger und starrte durch das Monokular des Mikroskops darauf. Was war denn das da? Rot auf rot? Konnten das scharlachrote Myzelfasern sein, die sich durch die rötliche Dunstschicht ringelten? Nein. Nein, eine optische Täuschung, eine Sehschwäche in seinem Auge. Das war ganz normales Blut. »Du bist völlig in Ordnung«, sagte er und schaute zu ihr hinauf. Ihr Oberkörper war noch immer nackt, die Hemdbluse war halb über den hageren Arm gezogen. Ihr Gesichtsausdruck verriet Argwohn. »Warum mußt du dir unbedingt einbilden, du hast eine scheußliche Krankheit?« fragte Lawler. »Es ist weiter nichts als ein festsitzender Husten.«

»Weil ich eben sicher sein will, daß ich *keine* scheußliche Krankheit habe. Deshalb bin ich ja zu dir gekommen.«

»Nun, das ist nicht der Fall.« Er hoffte zu Gott, daß er sich nicht irrte. Aber eigentlich gab es ja keinen Grund, wieso er nicht recht haben sollte.

Er sah ihr zu, als sie ihre Hemdbluse anzog, und ertappte sich bei der Frage, ob zwischen ihr und Gabe Kinverson tatsächlich etwas ›lief‹. Der Inseltratsch interessierte ihn eigentlich kaum, also war er vorher nicht auf einen solchen Gedanken gekommen, doch nun stellte er mit Bestürzung fest, daß er ihm unangenehm war.

Er fragte: »Hast du in der letzten Zeit ungewöhnlich starke Belastungen durchgemacht?«

»Nicht daß ich wüßte. Nein.«

»Zu schwer gearbeitet? Schlecht geschlafen? Eine Liebesbeziehung, die nicht gut läuft?«

Sie warf ihm einen merkwürdigen Blick zu. »Nein. In allen drei Punkten.«

»Nun, manchmal überanstrengen wir uns, ohne es selber zu merken. Dann wird der Stress sozusagen integriert und Teil unserer Routine. Ich sage dir, deine Beschwerden sind weiter nichts als ein nervöser Reizhusten.«

»Weiter nichts?« fragte sie enttäuscht.

»Ja *willst* du denn, daß es Killer-Fungus sein soll? Schön, dann bist du halt vom Killer-Fungus befallen. Und wenn du in das Stadium kommst, wo dir die roten Fäden aus den Ohren sprießen, dann zieh dir einen Sack über den Kopf, damit deine Mitmenschen nicht vor dir erschrecken. Sie könnten ja sonst fürchten, sie seien in Gefahr. Was natürlich erst sehr viel später der Fall sein wird, wenn du anfängst Sporen abzustoßen.«

Sie lachte. »Ich hab nicht gewußt, daß du so ein Witzbold bist.«

»Bin ich nicht.« Er nahm ihre Hand. Er überlegte, ob er dabei sei, sie anzumachen, oder aber nur den gütigen Onkel spielte, die Rolle des ›lieben alten Doc Lawler‹. »Jetzt hör mir mal zu«, sagte er. »Ich kann bei dir keinen organischen Schaden entdecken. Darum ist es wahrscheinlich, daß dein Husten nur eine nervöse Angewohnheit ist, die du dir irgendwie zugelegt hast. Sobald du damit anfängst, reizt du die Rachenschleimhaut und so weiter. Der Husten wird automatisch und immer heftiger. Irgendwann vergeht er dann von selber wieder, aber das kann lange dauern. Ich werde dir ein Nervenberuhigungsmittel geben, einen Tranquilizer, der deinen Hustenreflex lang genug stillegt, daß die mechanische Irritation aufhört und du dir nicht andauernd weitere Hustensignale gibst.«

Auch das kam für ihn überraschend, daß er bereit war, ihr von seinem Taubkraut abzugeben. Noch nie hatte er zu jemandem ein Wort über seine Droge verloren, geschweige denn sie einem Patienten verordnet. Doch irgendwie erschien ihm dies nun als richtig. Und er hatte einen ausreichenden Vorrat und konnte etwas abgeben.

Er holte aus dem Kabinett einen kleinen trocknen Flaschenkürbis, füllte einige Kubikzentimeter des Elixiers hinein und verschloß ihn mit einem Stopfen aus Seeplastik.

»Das ist eine Droge, die ich selbst aus Taubkraut destilliere, aus einem der Algenstämme, die in der Lagune wachsen. Du nimmst jeden Morgen davon fünf, sechs Tropfen in einem Glas Wasser. Nicht mehr, es ist sehr stark.« Er betrachtete sie eindringlich forschend. »Die Pflanze steckt voll starker Alkaloide, die dich restlos betrunken machen können. Wenn du bloß an einem Wedel knabberst, bist du eine ganze Woche lang bewußtlos. Oder vielleicht auch für immer. Das hier ist ein stark verdünnter Extrakt, aber geh dennoch behutsam damit um.«

»Du selbst hast auch ein Tröpfchen davon genommen, als wir hier hereinkamen, stimmt's?«

Sie hatte ihn also doch beobachtet. Rasche Augen, eine scharfe Beobachterin. Interessant.

»Auch ich bin hin und wieder mal nervös«, sagte Lawler.

»Mache ich dich nervös?«

»Alle meine Patienten machen mich nervös. Ich verstehe nämlich nicht besonders viel von Medizin, und es wäre mir peinlich, wenn das jemand merkte.« Er zwang sich ein Lachen ab. »Nein, das stimmt gar nicht. Ich verstehe nicht genug von der Medizin, wie ich eigentlich müßte, aber immerhin so viel, daß es reicht. Aber ich hab herausgefunden, daß die Droge mich beruhigt, wenn der Morgen nicht besonders gut läuft, und der heutige hat nicht besonders angenehm für mich angefangen. Es hatte aber nichts mit dir zu tun. Übrigens, du kannst deine erste Dosis auch gleich hier einnehmen.«

Er maß die Tropfen ab. Sie nippte zögernd und schnitt eine Grimasse, nachdem sie das seltsam süßliche Aroma der Alkaloide wahrnahm.

»Spürst du, wie es wirkt?« fragte Lawler.

»Ja, blitzschnell! He, das ist aber guter Stoff!«

»Vielleicht sogar ein bißchen zu gut. Ein wenig heimtückisch.« Er notierte sich etwas in ihrem Patientenbogen. »Fünf Tropfen in einem Glas Wasser, jeden Morgen. Nicht mehr. Oder du bekommst vor dem nächsten Monatsersten keine Nachfüllung.«

»Zu Befehl, Doktor.«

Ihr ganzer Gesichtsausdruck hatte sich verwandelt; sie wirkte nun viel entspannter, die kühlen grauen Augen blickten wärmer, fast zwinkerten sie ihm zu, die Lippen waren nicht mehr so verkniffen, die gespannten Wangenmuskeln waren etwas weicher. Insgesamt sah sie jünger aus. Lawler hatte noch nie vorher die Wirkung des Taubkrauts bei anderen beobachten können. Sie war unerwartet dramatisch.

»Wie hast du die Droge entdeckt?« fragte sie.

»Die Kiemlinge benutzen das Taubkraut als Relaxans bei der Speisefischjagd in der Bucht.«

»Du meinst, die Sassen?«

Die pilierte Pedanterie, mit der sie ihn korrigierte, überraschte Lawler. Als ›Eingesessene‹ und daher ›Sassen‹ bezeichneten sich die dominanten Lebensformen auf Hydros. Aber jeder andere, der länger als einige Monate auf Hydros verweilt hatte, nannte sie ›Gillies‹,

›Kiemlinge‹; jedenfalls auf Sorve. Er dachte, vielleicht sind die Bräuche auf ihrer Heimatinsel anders, da draußen im Azurro. Oder aber es war jetzt die Mode bei jüngeren Leuten. Das wechselte. Er erinnerte sich selbst, daß er zehn Jahre älter war als sie. Höchstwahrscheinlich aber verwendete sie den förmlichen Terminus aus Achtung, da sie sich in der Rolle einer Erforscherin der Gillie-Kultur sah. Ach, zum Teufel, was immer sie bevorzugte, er wollte ihr da gern gefällig sein.

»Ja, die Sassen«, sagte er. »Sie reißen ein paar Algenstränge ab, umwickeln damit einen Köder und werfen es den Speisefischen zu, und wenn die das dann schlucken, werden sie schlaff und treiben wehrlos an die Wasseroberfläche. Dann kommen die Sassen heran und sammeln sie ein, ohne sich um die messerscharfen Tentakelspitzen kümmern zu müssen. Ein alter Seebär namens Jolly hat mir das erzählt, als ich ein Junge war. Später hab ich mich wieder dran erinnert und bin in den Hafen rausgefahren und hab ihnen dabei zugeschaut. Dann habe ich diese Algen gesammelt und mit ihnen experimentiert. Ich dachte, ich könnte sie vielleicht als Anästhetikum verwenden.«

»Und? Ging das?«

»Bei Speisefischen, ja. Aber ich führe kaum je Operationen an denen aus. Als ich es an Menschen einsetzte, fand ich heraus, daß die Dosierung, die für eine sichere Betäubung nötig war, zugleich auch schon tödlich wirkte.« Lawler lächelte bitter. »Meine Lehrlingszeit als Chirurg: Versuch und Irrtum. Überwiegend Irrtum. Doch nach einiger Zeit fand ich heraus, daß eine Tinktur in extrem hoher Verdünnung ein äußerst potentes Beruhigungsmittel ergab. Wie du ja nun selber feststellen kannst. Das Zeug ist phantastisch. Wir könnten es in der ganzen Galaxis verkaufen, wenn wir die Möglichkeit hätten, irgendwas von hier irgendwohin zu transportieren.«

»Und niemand weiß von dieser Droge, außer dir?«

»Außer mir und den Gillies«, sagte er. »Oh, Verzeihung, den Sassen. Und jetzt natürlich dir. Die Nachfrage nach Tranquilizern ist hierorts nicht besonders groß.« Er gluckste. »Weißt du, ich bin heute früh aufgewacht und hatte die aberwitzige Idee, ich könnte die Sassen dazu überreden, daß sie es uns erlauben, an ihr Kraftwerk eine Meerwasser-Entsalzungsanlage anzuschließen, sofern die das Ding jemals in Gang kriegen. Ich wollte ihnen eine lange herzbewegende Nummer vorführen, von wegen Zusammenarbeit zwischen den Spezies. Es war ein blödsinniger Gedanke, eben so dieses Zeug, das einen in der Nacht überkommt und das dann wieder verfliegt wie Nebeldunst, wenn die Sonne aufgeht. Sie wären sowieso niemals darauf eingegangen. Was ich allerdings wirklich machen sollte ... ich sollte einen großen Kessel Taubkraut zusammenbrauen und sie damit so richtig sturzbesoffen machen. Ich wette, dann würden sie uns alles tun lassen, was wir wollen.«

Sie sah keineswegs begeistert drein. »Das war doch wohl ein dummer Witz, oder?«

»Ja. Hoffe ich wenigstens.«

»Wenn nicht, dann gib die Idee so schnell wie möglich auf, weil das zu nichts führen kann. Jetzt ist nicht der rechte Zeitpunkt, die Sassen um Gefallen zu bitten. Sie sind derzeit ziemlich ernsthaft wütend auf uns.«

»Weswegen?« fragte Lawler.

»Das weiß ich nicht. Aber irgendwas juckt sie derzeit ganz bestimmt. Ich war gestern abend drüben auf ihrer Inselseite, und da steckten sie mitten in einer großen Besprechung. Und als sie mich sahen, reagierten sie ganz und gar nicht freundlich.«

»Tun sie das jemals?«

»Ach, mir gegenüber schon. Aber gestern abend wollten sie nicht einmal mit mir sprechen. Sie ließen mich nicht einmal in ihre Nähe, und sie nahmen ihre

Mißfallensstellung ein. Verstehst du was von ihrer Körpersprache? Sie waren brettersteif!«

Wegen der Taucher, dachte er. Sie mußten bereits von dem Unfall mit den Tauchern gewußt haben. Also deshalb. Aber darüber wollte er jetzt nicht reden; nicht mit der Frau da und auch sonst mit keinem.

»Die Sache mit diesen Aliens«, sagte er, »ist eben, daß sie so *anders* sind. Sogar wenn wir uns einbilden, wir verstehen sie, kapieren wir ganz und gar nichts. Und ich sehe auch nicht, wie sich dieses Problem lösen lassen sollte. Aber hör mal, wenn dein Husten in zwei, drei Tagen nicht verschwindet, dann komm noch einmal her, und ich mach noch ein paar weitere Tests. Aber hör damit auf, dich selber zu zermürben mit der Angst vor Killer-Pilzen in deinen Lungen, ja? Was immer da ist, mykologisch ist es *nicht*.«

»Eine erfreuliche Auskunft«, sagte sie. Sie trat noch einmal vor das Bord mit Lawlers Artefakten. »Und diese kleinen Sächelchen stammen alle von der ERDE?«

»Ja. Mein Ur-Urgroßvater hat sie gesammelt.«

»Wirklich? Echte Gegenstände von der ERDE?« Vorsichtig berührte sie die ägyptische Statuette, dann den Steinsplitter, der von irgendeiner bedeutenden Mauer stammte (Lawler hatte vergessen, welche Mauer und was ihre Bedeutung gewesen war). »Echte Stücke von der ERDE. Ich habe noch nie vorher so etwas gesehen. Weißt du, die ERDE kommt mir nicht einmal als etwas Wirkliches vor. Eigentlich war sie das für mich noch nie.«

»Für mich schon«, sagte Lawler. »Aber ich kenne viele, die ebenso empfinden wie du. Sag mir Bescheid über deinen Husten, okay?«

Sie bedankte sich und kroch hinaus.

UND JETZT ENDLICH mein Frühstück, sagte Lawler sich. *Endlich!* Ein hübsches Peitschenfischfiletchen, Algentoast und frischgepreßten Mamagordo-Saft!

Doch er hatte es zu lang hinausgeschoben. Er hatte keinen rechten Appetit mehr und stocherte nur an seinem Frühmahl herum.

Eine Weile später erschien ein weiterer Patient vor dem Vaargh. Brondo Katzin, der den Fischmarkt auf der Insel betrieb, hatte einen nicht völlig toten Pfeilfisch verkehrt angefaßt, und nun steckte ihm ein dicker, glatter, fünf Zentimeter langer Grätenpin mitten durch die linke Hand, von einer Seite zur anderen. »Das mußte dir mal vorstellen, wie einer dermaßen blöd sein kann…«, wiederholte Katzin, ein Kerl mit einer Brust wie ein Faß und einem ebenso großen leeren Kopf. »Das mußte dir vorstellen!« Seine Augen waren vor Schmerz herausgequollen, die Hand war geschwollen und schimmerte wächsern und war doppelt so groß wie normal. Lawler schnitt die Dorngräte heraus, tupfte die Wunde von beiden Seiten gründlich aus, um das Gift und andere Reizstoffe herauszuwaschen, und gab dem Fischhändler eine Handvoll Gemberkrauttabletten gegen die Schmerzen. Katzin glotzte seine geschwollene Pranke an und schüttelte trübselig den Kopf. »Dermaßen blöd…«, wiederholte er.

Lawler hoffte, daß er die Trichome soweit entfernt hatte, daß die Wunde nicht zu eitern begann. Wenn nicht, bestand für Katzin die Gefahr eines Gangräns, und er würde die Hand, vielleicht gar den ganzen Arm verlieren. Eine Arztpraxis, dachte Lawler, ist bestimmt etwas leichter zu betreiben auf einem Planeten mit einigem festen Boden unter den Füßen, mit einem Raumflughafen und überhaupt so was wie modernerer Technik… Nun, *er* tat sein Bestes mit dem, was er zur Verfügung hatte. Und – jucheissa – der Tag hatte grad begonnen!

4

GEGEN MITTAG KROCH Lawler aus seinem Vaargh, um eine kurze Arbeitspause einzulegen. Es war der seit Monaten der geschäftigste Morgen gewesen. Angesichts der Humangesamtbevölkerung von achtundsiebzig Personen auf der Insel, von denen überdies die meisten recht gesund waren, vergingen manchmal Tage, ohne daß Lawler einen einzigen Patienten zu versorgen hatte. An solchen Tagen verbrachte er den Morgen gern damit, in der Lagunenbucht umherzuwaten und medizinisch nutzbare Algen zu sammeln. Natim Gharkid half ihm dann oft dabei und wies ihn auf die eine und andere brauchbare Pflanze hin. Manchmal aber trödelte Lawler nur einfach, schlenderte umher, schwamm, fuhr in einem Fischerboot auf die Lagune, oder er saß nur still da und schaute aufs Meer. Heute war kein solcher Tag. Zuerst war da Dana Sawtelles Kleiner mit Fieber, dann kam Marya Hain mit Krämpfen, weil sie am Abend zuvor zu große Mengen Crawl-Austern gegessen hatte. Ninber Tanamind, bei dem der gewohnte Tremor und die Migräne wieder eingesetzt hatten. Der junge Bard Thalheim mit einer üblen Knöchelverstauchung nach allzu unbedachter Herumtollerei auf der glatten Seite der Ufermauer. Lawler murmelte die passenden Beschwörungsformeln, behandelte mit den am geeignetest erscheinenden Salben und schickte sie allesamt mit den vertrauten Prognosen und Beruhigungen fort. Höchstwahrscheinlich würden sie sich in ein, zwei Tagen schon besser fühlen. Der gewohnte Dr. Lawler war vielleicht keine medizinische Leuchte als Praktiker, doch Dr. Placebo, sein unsichtbarer Assistent, brachte es dennoch meist früher oder später zuwege, die Patienten von ihren Beschwerden zu befreien.

Im Augenblick aber wartete kein Patient mehr auf

Lawler, und es erschien ihm als ein guter ärztlicher Rat für den Doktor persönlich, etwas frische Luft zu schöpfen. Er trat in die helle Mittagssonne, streckte sich, vollführte mit ausgebreiteten Armen einige Kreiselbewegungen. Dann spähte er hangabwärts zum Hafen. Dort lag die Bucht, friedlich, freundlich, vertraut, das stille eingeschlossene Lagunenwasser sanft gekräuselt. In diesem Moment sah es wundervoll schön aus, eine gläserne, leuchtend-golden schimmernde Fläche, ein glühender Spiegel. Die dunklen Wedel der verschiedenen Meerespflanzen schwangen träge im seichteren Bereich. Weiter draußen durchschnitten hin und wieder blitzende Finnen den Glast. An der Pier der Werft dümpelten ein paar von Delagards Booten in der Dünung. Lawler hatte das Gefühl, als könne dieser Sommermittag ewig weiterdauern, als würden Nacht und Winter nie mehr zurückkehren. Unverhofft durchströmte ein Gefühl des Friedens und Wohlbehagens seine Seele: ein Geschenk, ein Stückchen zufälliges Glück.

»Lawler«, sagte eine Stimme zu seiner Linken.

Eine trockene, brüchige, krächzende Stimme, eine Knochenstatt-Stimme, knirschend von Asche und Geröll. Ein elendes, undeutliches, ausgebranntes Wrack von Stimme, das Lawler dennoch irgendwie als die Stimme Nid Delagards erkannte.

Er war über den Südweg vom Ufer herangekommen und stand nun zwischen Lawlers Vaargh und dem kleinen Bottich, in dem Lawler seine frisch gesammelten Algen für medizinische Zwecke aufbewahrte. Delagard wirkte erhitzt, zerknautscht und verschwitzt, und die Augen waren merkwürdig glasig, als hätte ihn ein Schlaganfall gestreift.

»Was ist denn jetzt schon wieder passiert, verdammt noch mal?« fragte Lawler sehr ärgerlich.

Delagard gab ein wortloses Schmatzen von sich, sein Mund schnappte wie der eines Fisches auf dem Trocknen, aber es kam nichts.

Lawler preßte die Finger in die fleischige Masse von Delagards Arm. »Kannst du nicht reden? Verdammt, nun mach schon! Sag mir, was passiert ist!«

»Jaah. Jaah.« Delagard bewegte schwerfällig und langsam den Kopf wie einen axial taumelnden Ball. »Es ist ganz furchtbar schlimm. Schlimmer, als ich mir je vorgestellt habe.«

»Ja, was denn?«

»Ach, diese verdammten Taucher. Die Gillies sind wegen denen wirklich enorm aufgebracht. Und sie wollen es uns ganz besonders dick zeigen. Enorm dick! Das hab ich dir heute früh sagen wollen, dort drunten im Schuppen, ehe du abgehauen bist.«

Lawler zwinkerte ein paarmal mit den Lidern. »In Gottes Namen, was quasselst du da eigentlich?«

»Gib mir mal erst einen Schnaps.«

»Ja. Aber ja. Komm rein.«

Er goß für Delagard ein deftiges Quantum von dem dicklichen meerfarbenen Gesöff ein, dann, nach kurzem Zögern, versorgte er sich mit einer etwas kleineren Menge. Delagard schüttete seinen Drink auf einen Zug hinunter und hielt den Becher zum Nachfüllen hin. Und Lawler schenkte ihm ein.

Nach einer Weile begann Delagard zu sprechen. Er tastete sich durch die Wörter, als sei er von einer plötzlichen Sprechlähmung befallen. »Die … die Kiemlinge sind vorhin zu mir gekommen, mich besuchen, ungefähr zehn, zwölf. Direkt aus dem Wasser sind sie raufgekommen und in die Werft und haben meine Leute aufgefordert, sie sollen mich rausholen, weil sie mit mir reden wollten.«

Was war das? Gillies? Auf dem von Menschen bewohnten Inselende? So etwas hatte es seit Jahrzehnten nicht mehr gegeben. Die Gillies kamen nie weiter südwärts als bis zu der Landzunge, auf der sie ihr Kraftwerk gebaut hatten. Niemals.

Delagard warf Lawler einen gequälten Blick zu.

»›Was wollt ihr von mir?‹ hab ich sie gefragt. Mit den entsprechenden feinsten Höflichkeitsgesten, Lawler, bestimmt, alles in feinster Manier. Ich glaube, die Gillies, die da gekommen waren, das waren ihre ganz großen Gillie-Bosse, aber woher sollte man das sicher wissen? Man kann sie doch nicht unterscheiden, oder? Jedenfalls, sie haben irgendwie bedeutend ausgesehen. Sie fragten: ›Bist du Nid Delagard?‹ Als wenn sie das nicht wüßten. Und ich hab das bestätigt und dann haben sie mich erwischt.«

»Dich *erwischt?*«

»Ich meine, sie haben mich leibhaftig gepackt. Haben ihre komischen kleinen Flossen auf mich gelegt. Mich an die Mauer meiner eigenen Werft gedrückt und mich mit Gewalt festgehalten.«

»Du kannst von Glück sagen, daß du überhaupt noch da bist und drüber reden kannst.«

»Mach keine Witze, Doc. Ich sag dir, ich hab eine Scheißangst gekriegt. Ich glaubte schon, die werden mich da an Ort und Stelle ausnehmen und filetieren. Da! Da schau nur, die Spuren von ihren Klauen auf meinem Arm.« Er präsentierte als Beweis ein paar schwach rötliche Hautstellen. »Und mein Gesicht ist geschwollen, oder? Ich hab versucht, den Kopf wegzudrehen, aber einer von den Typen hat mir eine verpaßt. Vielleicht unabsichtlich, aber schau dir das mal an, schau nur! Zwei von ihnen haben mich festgehalten, und ein dritter schob mir die Nase ins Gesicht und fing an, mir Sachen zu sagen, und ich mein, er hat mich damit regelrecht vollgesabbert, *Sachen,* mit lautem dröhnenden Gebell ... *oumwang-bouffff-ßßßiezzd* und so weiter. Zuerst war ich dermaßen durcheinander, daß ich überhaupt nichts kapiert hab. Aber dann fing ich an klar zu begreifen. Weil, die wiederholten das nämlich immer und immer wieder, bis sie sicher waren, ich hab es kapiert. Und was es war, es war ein Ultimatum!« Delagards Stimme sank einige Oktaven tiefer. »Wir sind von der Insel verbannt. Sie schmeißen uns raus! Wir haben dreißig Tage Zeit, von hier zu verschwinden. Alle, bis zum letzten Kind.«

Plötzlich hatte Lawler das Gefühl, als wiche der Boden unter seinen Füßen weg.

»Was?«

In Delagards Augen lag nun ein hartes, verzweifeltes Glitzern. Er forderte mit einer Handbewegung einen weiteren Becher Schnaps. Lawler goß ein, ohne darauf zu achten, wieviel. »Jeder menschliche Insulaner, der sich nach diesem Termin noch auf Sorve aufhält, wird in die Lagune geworfen und darf nicht wieder an Land. Alles, was wir hier erbaut haben, wird zerstört. Der Wasserspeicher, die Werft, die Gebäude da auf dem Platz, alles. Was wir in unseren Vaarghs zurücklassen, wird ins Meer geworfen. Alle hochseetüchtigen Schiffe, die wir im Hafen zurücklassen, werden versenkt. Wir sind erledigt, Doc! Sorve ist nicht mehr unsere Insel. Wir sind verbannt, erledigt, kaputt!«

Lawler starrte ihn ungläubig an. Ein kreisender Wirbel von Gefühlen durchströmte ihn rasch: Orientierungsverlust, Deprimiertheit, Verzweiflung. Dann wurde er verwirrt und begriff nicht mehr. Von Sorve fortgehen? *Weg von Sorve?*

Er begann zu zittern. Mühsam gewann er wieder die Kontrolle über sich.

Zwischen den Zähnen sagte er: »Es ist ganz gewiß keine Heldentat, einige Taucher bei einem Industrie-Entwicklungsprojekt umzubringen. Aber das da erscheint mir denn doch als ziemlich übertriebene Reaktion. Du hast sie bestimmt mißverstanden.«

»Ja, Scheiße, hab ich! Keine Spur ... Die haben außerordentlich deutlich gemacht, was sie meinten.«

»Und wir müssen alle fort?«

»Wir alle, ja. In dreißig Tagen.«

Habe ich mich da nicht verhört, fragte Lawler sich. Ist das alles wirklich wirklich?

»Haben sie dir einen Grund angegeben?« fragte er. »War es wegen der Taucher?«

»Natürlich wegen denen«, sagte Delagard mit leiser, von Scham verschleierter Stimme. »Wie du schon heut früh gesagt hast: Diese Kiemlinge wissen immer ganz genau über alles Bescheid, was wir tun.«

»O Jesus!« Inzwischen begann sein Zorn die erste schockierte Bestürzung abzulösen. Delagard hatte frech und unbekümmert das Leben aller auf der Insel hausenden Menschen aufs Spiel gesetzt – und er hatte verloren. Die Gillies hatten ihn vorher bereits gewarnt: Mach so was nicht noch mal, oder ihr fliegt hier raus! Und Delagard hatte es *trotzdem* wieder getan! »Was bist du doch für ein widerwärtiges, dreckiges Schwein, Delagard!«

»Aber ich weiß doch gar nicht, wie sie mir draufgekommen sind. Ich hab alle erdenklichen Vorsichtsmaßnahmen getroffen. Wir haben sie in der Nacht gelandet. Wir haben sie zugedeckt gehalten, bis wir im Schuppen waren, und auch der war abgeschlossen ...«

»Aber sie wußten es trotzdem.«

»Haben sie«, konzedierte Delagard. »Diese Kiemlinge wissen immer alles, was los ist. Wenn du mit der Frau von 'nem andern schläfst, die wissen es. Aber es ist ihnen egal. Bloß hier nicht. Wenn einem ein paar Taucher draufgehen, dann ist es ihnen auf einmal gar nicht mehr egal und sie werden wütend.«

»Was hatten sie dir beim letztenmal gesagt, als es einen Taucherunfall gegeben hat? Als sie dich abgemahnt haben, bei deinen Arbeiten keine Taucher mehr zu beschäftigen? Was sagten sie, was sie tun würden, falls sie dich wieder dabei erwischen würden?«

Delagard blieb stumm.

»Was haben sie gesagt?« Lawler fragte heftiger.

Delagard fuhr sich mit der Zungenspitze über die Lippen. »Daß sie uns von Sorve vertreiben würden«, murmelte er, und wieder blickte er wie ein gescholtener Schuljunge auf seine Füße.

»Aber du hast es trotzdem getan. *Trotzdem!*«

»Wer hätte das schon ernstgenommen? Himmel, Lawler, wir leben hier seit hundertfünfzig Jahren! Haben die was dagegen gehabt, als wir hierherkamen? Wir fielen vom Himmel und haben uns genau auf ihren blöden Inseln niedergelassen. Na, und? Haben sie zu uns gesagt: Verschwindet, ihr abstoßend häßlichen haarigen Vierbeiner aus der Fremde? Nein, haben sie nicht. Sie haben sich keinen Furz um uns geschert.«

»Es gab aber Shalikomo«, sagte Lawler.

»Ja, aber vor langer Zeit. Ehe du oder ich geboren wurden.«

»Die Gillies haben auf Shalikomo eine Menge Menschen umgebracht. Unschuldige.«

»Andere Gillies. Eine andere Situation.«

Delagard drückte die geballten Fäuste gegeneinander, die Knöchel gaben ein knackendes Geräusch von sich. Seine Stimme wurde heller und lauter. Es schien ihm ziemlich rasch zu gelingen, die Schuldgefühle und Zerknirschung abzuschütteln, die ihn zuvor bedrückten. Das war ein besonderer Kniff, den der Mann beherrschte, dachte Lawler, dieser Stehaufmännchen-Mechanismus seiner eignen Wertigkeit. »Shalikomo war eine Ausnahme«, sagte er. Die Sassen waren zu der Überzeugung gelangt, es gebe auf Shalikomo, das eine sehr kleine Insel war, zu viele von den Menschen und hatten angeordnet, daß einige fortgehen müßten; aber die Menschen auf Shalikomo hatten sich nicht einigen können, *wer* fort sollte und wer bleiben, und so verließ kaum jemand die Insel; und schließlich entschieden die Gillies selber, wie viele Menschen sie unter sich auf der Insel haben wollten, und töteten den Rest. »Das ist eine uralte Geschichte«, sagte Delagard.

»Sicher, es war vor langer Zeit«, gab Lawler zu. »Aber was bringt dich zu dem Glauben, daß es sich nicht erneut ereignen könnte?«

Delagard sagte: »Die Kiemlinge waren sonst an keinem anderen Ort je besonders feindselig. Gut, sie *mögen* uns nicht, aber sie hindern uns auch nicht daran, zu tun, was wir wollen, solang wir auf unserem Teil der Insel bleiben und nicht zu zahlreich werden. Wir ernten Kelp, wir fischen soviel wir wollen, wir errichten Gebäude, wir jagen Speisefisch, wir treiben alles mögliche, von dem man vermuten könnte, daß es Andersartigen nicht paßt, und sie sagten nicht ein Wort dagegen. Und wenn es mir gelungen ist, ein paar Taucher als Hilfskräfte bei der Mineralgewinnung auf dem Meeresgrund auszubilden, wodurch die Gillies genauso profitieren würden wie wir, wieso hätte ich deiner Meinung nach daran denken sollen, daß der tödliche Unfall von ein paar Tieren bei der Arbeit sie dermaßen aufregen würde, daß sie … daß sie …«

»Vielleicht war das der letzte Strohhalm, der dem Kamel das Rückgrat brach.«

»Wie? Was, zum Teufel, meinst du damit?«

»Eine alte Spruchweisheit von der ERDE. Vergiß es. Ich meine damit, daß diese Sache mit den Tauchern irgendwie ihre Toleranzgrenze überstieg und daß sie uns jetzt weghaben wollen.«

Lawler schloß kurz die Augen und malte sich aus, wie er seine Siebensachen packen und in ein Boot steigen würde, das zu einer fremden Insel fuhr. Die Vorstellung fiel ihm nicht leicht … Wir werden von Sorve fortmüssen … Wir werden von Sorve fortmüssen … Wir müssen …

Dann merkte er, daß Delagard immer noch weitersprach.

»Das war ehrlich ein Tiefschlag, kann ich dir sagen. Mit so was hätte ich nie gerechnet. Da steh ich, und zwei Brocken von Kiemlingen drücken mich gegen die Wand, halten mir die Arme fest und ein dritter schnieft mir direkt in die Nase und sagt: *Ihr alle müßt binnen dreißig Tagen von hier verschwinden. Haut ab – oder …* Was glaubst du, wie ich mir da vorgekommen bin, Doc? Besonders weil mir ja klar war, daß ich dafür verantwortlich bin. Du hast heut früh gesagt, ich hab kein Gewissen, aber du hast überhaupt keine verdammte Ahnung von mir. Du hältst mich für einen sturen Bauernklotz, für einen rücksichtslosen Ausbeuter, einen Kriminellen. Aber was weißt du denn schon? Du versteckst dich hier ganz allein, säufst dich um den Verstand und hockst dich hin und urteilst über andere Leute, die im kleinen Finger mehr Energie und Zielstrebigkeit verfügen als du in deinem ganzen ...«

»Hör auf mit dem Gesäusle, Delagard.«

»Du hast gesagt, ich hab kein Gewissen.«

»Und? Hast du eins?«

»Also, das will ich dir aber doch mal sagen, Lawler: Ich komme mir vor wie die letzte Scheiße, weil ich so was über uns gebracht hab. Ich bin nämlich auch hier geboren, weißt du! Und du brauchst also keineswegs so hochnäsig deinen Rotz von wegen Erste, Alteingesessene Familie über mich zu schnauben. Nicht bei mir! Meine Familie war von Anfang an hier, genau wie deine. Wir – wir Delagards – haben die Insel praktisch *gemacht!* Und wenn ich jetzt eröffnet bekomme, daß ich wie ein Stück verfaulter Fisch weggeworfen werden soll, daß alle anderen auch wegmüssen ...« Wieder veränderte sich seine Stimme. Der Zorn zerschmolz; er sprach auf einmal leiser, eindringlich, beinahe demütig. »Ich möchte nur, daß du weißt, daß ich die volle Verantwortung für meine Handlungen auf mich nehme. Und ich werde folgendes tun ...«

»Still!« Lawler unterbrach ihn mit erhobener Hand. »Hörst du den Lärm?«

»Lärm? Was für Lärm? Wo?«

Lawler wies mit dem Kopf zur Tür. Auf einmal drangen von dem langgestreckten dreieckigen Platz, der die zwei Vaargh-Siedlungen der Insel trennte, Rufe und lautes Geschrei.

Delagard nickte. »Doch, ja, jetzt hör ich's. Vielleicht ein Unfall?«

Aber Lawler war bereits zur Tür hinaus und strebte in weiten eiligen Schritten dem Platz zu.

AN DER ›PLAZA‹ standen drei wettergebeutelte Gebäude – eigentlich eher Schuppen, Nissenhütten, wackelige Unterschlupfe, an jeder Seite eines. Das größte ›Gebäude‹, zum Inselinnern gelegen, war die Schule. An dem nähergelegenen der zwei hangabwärts weisenden Dreiecksschenkel lag das kleine Café, das Lis Niklaus betrieb, Delagards ›Weib‹. Gegenüber lag das Gemeindezentrum.

Vor der Schule stand ein aufgeregt brabbelndes Häuflein Kinder. Die beiden Lehrer waren auch da. Vor dem Gemeindezentrum schwankte ein Halbdutzend der älteren männlichen und weiblichen Menscheninsulaner taumelnd, wie von einem Hitzschlag getroffen, wild im Kreis herum. Lis Niklaus war vor ihr Café getreten und starrte mit weit offenem Mund ins Leere. Gegenüber befanden sich zwei von Delagards Bootskapitänen: der vierschrötige Klotz Gospo Struvin und der langbeinige schmale Bamber Cadrell. Sie standen oben an der Rampe, die vom Uferkai auf die Plaza führte, und sie klammerten sich ans Geländer wie Männer, die darauf warten, daß jede Sekunde eine Flutwelle über sie hinwegrasen wird. Dazwischen, und den Platz mit seiner Körpermasse teilend, stand der Koloß des Fischhändlers Brondo Katzin wie ein riesenhaftes betäubtes Tier und stierte auf seine nicht mehr bandagierte rechte Hand, als wäre ihm auf dieser soeben ein Auge gewachsen.

Aber es gab nirgends Anzeichen für einen Unfall, nirgendwo einen Verletzten.

»Was ist denn hier los?« fragte Lawler.

Lis Niklaus wandte sich auf eine merkwürdig schwerfällige Art ihm zu. Sie schwang mit dem ganzen Körper herum wie eine Statue. Eine große Frau, fest und massiv im Fleisch, ein gewaltiger gelber Haarwust, und die Haut so tiefgebräunt, daß sie beinahe schwarz wirkte. Delagard hatte seit dem Tod seiner Frau mit ihr zusammengelebt, seit fünf, sechs Jahren, sie aber nicht geheiratet. Vielleicht, um das Erbe für seine Söhne nicht zu gefährden, munkelten die Leute. Er hatte vier erwachsene Söhne, von denen jeder auf einer anderen Insel lebte.

Heiser, fast wie erstickt, sagte Lis: »Bamber und Gospo sind grad von der Werft raufgekommen ... und sie sagen, die Gillies sind hergekommen... sie haben gesagt... sie haben uns... sie haben Nid gesagt...«

Ihre Stimme verlor sich in einem unzusammenhängenden Gestammle.

Die verhutzelte, zwergenhafte Mendy Tanamind, Nimbers uralte Mutter, sagte piepsend: »Wir müssen fort! Wir müssen fort!« Und sie kicherte schrill.

»Da ist gar nichts komisch dran«, sagte Sandor Thalheim. Der war ebenso uralt wie Mendy. Er schüttelte heftig den Kopf, so daß sein bartsprossiger Kehlwammensack wabbelte.

»Und das alles wegen ein paar Viechern«, sagte Bamber Cadrell. »Wegen drei dummen toten Tauchern.«

Also hatte sich die Neuigkeit bereits herumgesprochen. Schlimm, schlimm, dachte Lawler. Delagards Leute hätten die Klappe halten sollen, bis wir uns was ausgedacht haben, wie wir mit der Sache fertigwerden können.

Jemand schluchzte. Medy Tanamind kicherte wieder. Brondo Katzin durchbrach seine Erstarrung und knurrte unablässig vor sich hin: »Die verfluchten stinkigen Gillies!«

»Was ist denn hier los?« fragte Delagard, der endlich auch auf dem Pfad von Lawlers Vaargh herangestampft kam.

»Deine Kerle Bamber und Gospo haben es übernommen, die Neuigkeit zu verbreiten«, sagte Lawler. »Jetzt wissen alle Bescheid.«

»Was? Wie? Die Mistkerle! Die mach ich fertig!«

»Dafür ist es ein bißchen zu spät.«

Weitere Leute kamen jetzt auf die Plaza. Lawler sah Gabe Kinverson, Sundira Thane, Father Quillan, die Sweyners. Und dicht hinter ihnen noch mehr Leute. Sie drängten heran, vierzig, fünfzig, sechzig Personen, praktisch alle. Sogar fünf oder sechs der Klosterschwestern waren da und hielten sich dicht in einem weiblichen Stoßtrupp zusammen. Die Sicherheit in der Masse, dachte Lawler. Dag Tharp tauchte auf. Marya und Gren Hain. Josc Yanez, Lawlers siebzehnjähriger Lehrling, der eines Tages der nächste Inseldoktor hatte sein sollen. Onyos Felk, der Kartograph. Natim Gharkid war von den Algenfeldern heraufgekommen, er war naß bis zur Hüfte. Also hatte sich inzwischen die Nachricht in der ganzen Gemeinde verbreitet.

Auf den Gesichtern war zumeist Schock zu lesen, Verblüffung und Ungläubigkeit. Ist es wahr? fragten sie. Kann so was möglich sein?

Delagard rief laut: »Hört mir mal alle zu. Es besteht keinerlei Grund zu Besorgnis! Wir werden die Geschichte zurechtbügeln!«

Gabe Kinverson trat zu Delagard. Er wirkte doppelt so groß wie der Reeder, war ein gewaltiger Brocken Mann, nichts als vierschrötiges Kinn, massige Schultern und kalte, meergrün funkelnde Augen. Er war stets irgendwie von einer Aura von Gefahr, von potentieller Gewalttätigkeit umgeben.

»Die haben uns rausgeschmissen?« fragte Kinverson. »Die haben wirklich gesagt, wir müssen weg?«

Delagard nickte.

»Wir haben dreißig Tage Zeit, dann müssen wir fort sein. Haben sie sehr deutlich zu verstehen gegeben. Es kümmert sie nicht, wohin wir gehen, aber wir dürfen nicht mehr hierbleiben. Aber ich werde alles schon richtig schaukeln. Da könnt ihr euch drauf verlassen.«

»Mir scheint's, du hast bereits alles geschaukelt«,

sagte Kinverson. Delagard wich einen Schritt zurück und glotzte ihn an, als mache er sich kampfbereit. Aber der Wasserjäger wirkte eher verwirrt als zornig. »Dreißig Tage und dann weg«, sagte er halb zu sich selber. »Das haut ja wohl alles um!« Er kehrte Delagard den Rücken zu, kratzte sich den Hinterkopf und schritt davon.

Vielleicht macht sich Kinverson ja tatsächlich weiter keine Sorgen, dachte Lawler. Der verbrachte sowieso ganz allein die meiste Zeit auf dem Meer und machte Jagd auf alle möglichen Fische, die nicht in die Lagunenbucht kommen mochten. Kinverson hatte nie aktiv am Gemeinschaftsleben auf Sorve teilgenommen; er schwamm hindurch, ähnlich wie die Inseln auf Hydros im Ozean drifteten, verschlossen, unabhängig, gut geschützt, irgendeinen selbstgewählten Kurs steuernd.

Aber andere reagierten viel aufgeregter. Eliyana, Brondo Katzins zerbrechlich wirkende goldhaarige Partnerin, schluchzte wild. Father Quillan versuchte sie zu trösten, war aber sichtlich selbst recht durcheinander. Die verhutzelten alten Sweyners redeten leise heftig miteinander. Einige der jüngeren Frauen mühten sich, ihren verängstigten Kindern die Vorgänge zu erklären. Lis Niklaus hatte aus ihrem Café ein Gemäß Traubenkrautschnaps geholt, und das kreiste nun rasch zwischen den Männern, die daraus heftige, dumpf-verzweifelte Schlucke tranken.

Lawler sagte leise zu Delagard: »Und wie, präzise gesagt, willst du mit dem Ganzen fertigwerden? Hast du irgendwie einen Plan?«

»Hab ich«, erwiderte Delagard. Auf einmal wirkte er wieder wie voller ungezähmter Energie. »Ich hab dir doch gesagt, ich übernehme die volle Verantwortung, und das meinte ich ernst. Ich werde auf meinen Knien zu den Gillies rutschen, und wenn ich ihnen die – äh – Hinterflossen lecken muß, dann tu ich das und bitte um Vergebung. Und sie werden früher oder später weich werden. Sie werden nicht wirklich auf diesem gottverdammten absurden Ultimatum beharren.«

»Ich bewundere deinen Optimismus.«

Delagard redete weiter: »Und wenn die nicht nachgeben wollen, dann biete ich mich freiwillig für die Exilierung an. Bestraft nicht das ganze Volk, werde ich sagen. Nur mich. Ich bin der Schuldige. Ich will nach Velmise ziehen, oder nach Salimil, oder an jeden Ort, der euch genehm ist, und ihr werdet meine Visage auf Sorve niemals wieder zu Gesicht bekommen, das ist ein feierliches Gelöbnis … Lawler, es wird funktionieren. Die Gillies sind vernünftige Geschöpfe. Sie werden einsehen, daß es keinem vernünftigen Zweck dient, wenn sie eine alte Dame wie hier unsere Mendy von der Insel vertreiben, die achtzig Jahre lang ihre Heimat war. *Ich* bin der Schurke, der mörderische Taucherkiller-Schuft, und ich werde verschwinden, wenn es sein muß. Allerdings glaube ich kein bißchen daran, daß es soweit kommen wird.«

»Du könntest damit durchkommen. Vielleicht aber auch nicht.«

»Ich werd vor denen auf dem Bauch kriechen, wenn es sein muß!«

»Und du wirst dann einen von deinen Söhnen aus Velmise hierher schicken, wenn sie dich verbannen, stimmt's?«

Delagard wirkte verdutzt. »Ja, aber was wär da dran falsch?«

»Sie könnten vielleicht auf den Gedanken kommen, daß es dir mit deinem Angebot zu emigrieren nicht so richtig ernst ist. Vielleicht denken sie, ein Delagard ist wie der andere.«

»Du meinst, es könnte ihnen nicht genügen, wenn ich als Einziger fortgehe?«

»Genau das hab ich grad gesagt. Sie erwarten von dir möglicherweise etwas mehr als nur das.«

»Und was zum Beispiel?«

»Was würdest du sagen, wenn sie dir eröffneten, ja, sie würden die restliche Humanbevölkerung Sorves begnadigen, vorausgesetzt du verpflichtest dich, daß weder du *noch einer aus deiner Familie* jemals wieder den Fuß nach Sorve setzt und daß die gesamten Werftanlagen der Delagards niedergerissen werden?«

Delagards Augen begannen zu glitzern. »Nein. So was würden die doch nie verlangen!«

»Sie haben es bereits gefordert. Und noch viel mehr.«

»Aber ... wenn ich fortgehe ... ich meine, wirklich ehrlich weg ... und wenn meine Söhne sich feierlich verpflichten, nie wieder einem Taucher irgendwie Schaden ...«

Lawler kehrte ihm den Rücken zu.

Er selbst hatte den ersten Schock überwunden; der schlichte Satz *Wir müssen Sorve verlassen* war Teil seines Denkens, seiner Gefühle geworden, ja ihm bis in die Knochen bewußt geworden. Und er nahm das Ganze sehr gelassen hin, alles in allem gesehen. Er fragte sich, warum. Von einem Augenblick zum nächsten war ihm die Existenz auf diesem Eiland, die er sich sein ganzes Leben lang aufgebaut hatte, aus den Händen gerissen worden.

Ihm fiel seine Reise nach Thibeire ein. Wie tief-beunruhigend all diese unvertrauten Gesichter auf ihn dort gewirkt hatten, daß er von ihnen weder die Namen kannte noch etwas über ihre persönliche Lebensgeschichte wußte; wie das war, einen Weg entlanggehen und nicht wissen, wohin er führt. Und wie glücklich er gewesen war, nach ein paar Stunden wieder ›daheim‹ zu sein.

Und nun würde er ganz in die Fremde ziehen müssen, würde dort für den Rest seines Lebens bleiben müssen, unter fremden Leuten leben müssen ... Ihm würde jegliches Gefühl verlorengehen, daß er der Lawler von der Insel Sorve sei, und er würde ein Niemand werden, ein Irgendwer, ein Neu-Zugereister, ein *Aus-*

länder, ein Eindringling in einer fremden Gemeinschaft, in der er weder seinen Platz hatte noch eine Aufgabe ... Das war eigentlich ziemlich schwer zu schlucken. Und trotzdem, er hatte sich nach diesem ersten Moment bestürzter Unsicherheit und Desorientierung irgendwie in einem Zustand dumpfer Hinnahme eingerichtet, als lasse ihn die Vertreibung ebenso unberührt, wie dies bei Gabe Kinverson der Fall zu sein schien, oder bei Gharkid, diesem verdrehten Einzelgänger. Seltsam. Aber vielleicht hab ich es nur noch nicht richtig begriffen, sagte Lawler sich.

Sundira Thane trat zu ihm. Sie wirkte erregt, und auf ihrer Stirn lag eine dünne Schweißschicht. Die ganze Körperhaltung drückte irgendwie starke Anspannung und starke Selbstzufriedenheit aus.

»Ich sagte dir doch, sie sind böse auf uns. Na? Na, und? Sieht doch so aus, wie wenn ich recht gehabt hätte.«

»Das stimmt«, sagte Lawler.

Sie blickte ihn prüfend an. »Also, wir werden wirklich hier fortmüssen. Ich zweifle daran nicht im mindesten.« Ihre Augen funkelten hell. Sie schien das alles unendlich zu genießen und wirkte fast wie betrunken davon. Es fiel Lawler ein, daß dies bereits die sechste Insel war, auf der sie mit ihren einunddreißig Jahren bisher gelebt hatte. Anscheinend machte es ihr nichts aus, herumzuwandern. Vielleicht genoß sie es sogar.

Er nickte bedächtig. »Wieso bist du so sicher?«

»Weil die Sassen niemals eine getroffene Entscheidung umstoßen. Wenn sie was sagen, dann halten sie sich daran. Und die Tötung von Tauchern wiegt offenbar für sie schwerer als die von Speisefischen und Knallern. Sie haben nichts dagegen, wenn wir in der Bucht nach Nahrung fischen. Sie selber essen ja auch Speisefisch. Aber die Taucher, also die sind irgendwie was anderes. Für sie empfinden die Sassen irgendwie eine Art Beschützerinstinkt.«

»Ja«,sagte Lawler, »wahrscheinlich ist das so.«

Sie starrte ihm fest in die Augen. Sie war fast so groß wie er. »Du lebst hier schon lang, was, Lawler?«

»Mein ganzes Leben.«

»Ach. Tut mir leid, dann wird es für dich ziemlich hart werden.«

»Ich werde damit zurechtkommen«, erwiderte er. »Einen zweiten Arzt kann jede Insel brauchen. Sogar so was Halbgebackenes wie mich.« Er lachte. »Sag mal, was macht denn dein Husten?«

»Ich hab kein einziges Mal husten müssen, seitdem du mir dein Dope gegeben hast.«

»Das hatte ich erwartet.«

Auf einmal stand Delagard wieder neben Lawler. Ohne sich für die Gesprächsunterbrechung zu entschuldigen, sagte er: »Würdest du mit mir zu den Gillies gehen, Doc?«

»Wozu?«

»Sie kennen dich und schätzen dich. Du bist der Sohn deines Vaters, und damit hast du 'nen Stein bei ihnen im Brett. Sie halten dich für einen ernsthaften und ehrenwerten Mann. Und wenn ich versprechen muß, von der Insel fortzugehen, könntest du für mich bürgen und ihnen sagen, ich mein es wirklich ernst, wenn ich verspreche, wegzugehen und nie zurückzukommen.«

»Wenn du ihnen das versprichst, werden sie dir auch ohne meine Hilfe glauben. Sie erwarten einfach nicht, daß irgendein vernunftbegabtes Geschöpf sich zu Lügen erniedrigt, nicht einmal von dir vermuten sie das. Aber damit ist ja immer noch nichts geändert.«

»Geh doch trotzdem mit, Lawler!«

»Es ist Zeitverschwendung. Wir sollten vielmehr darangehen, unsere Evakuierung zu planen.«

»Aber laß es uns doch wenigstens versuchen! Wenn wir das nicht wenigstens tun, wissen wir doch gar nichts.«

Lawler überlegte. »Jetzt gleich?«

»Nein, nach Einbruch der Dunkelheit«, erwiderte Delagard. »Im Augenblick wollen *die* wirklich niemand von uns empfangen. Sie sind vollauf damit beschäftigt, ihr neues Kraftwerk zu eröffnen. Das haben sie nämlich vor zwei Stunden endlich in Gang gekriegt, mußt du wissen. Und sie haben eine Leitung vom Kai zu ihrem Inselende gelegt, und die transportiert Strom.«

»Wie schön für sie.«

»Wir treffen uns bei Sonnenuntergang drunten am Kai, ja? Und dann gehn wir zusammen zu ihnen rüber und reden mit ihnen. Willst du das machen, Lawler?«

WÄHREND DES NACHMITTAGS saß Lawler still in seinem Vaargh und versuchte sich klarzumachen, was es bedeuten würde, von der Insel fortzumüssen; er werkelte an der Vorstellung herum, drehte und wendete sie, und sie bedrückte ihn. Es fanden sich keine Patienten bei ihm ein. Delagard hatte sein Versprechen am frühen Morgen nicht vergessen und ihm ein paar Flaschen Beerenkraut-Brandy herüberschicken lassen, und Lawler trank ein paar Schlückchen davon, und dann noch ein paar, ohne daß er irgendeine Wirkung verspürt hätte. Er überlegte, ob er sich noch eine Dosis von seinem Tranquilizer gönnen dürfe, aber irgendwie erschien ihm das nicht als besonders klug. Außerdem war er sowieso momentan ruhig genug; ihn beherrschte nicht die übliche Rastlosigkeit, sondern eher eine Art dumpfer geistiger Lähmung, eine schwer auf ihm lastende Niedergeschlagenheit, und dafür waren seine rosa Tropfen kaum ein brauchbares Antidot.

Ich werde von der Insel Sorve fortgehen, dachte er.

Ich werde an einem anderen Ort sein, auf einer Insel, die ich nicht kenne, unter Menschen leben, von denen ich nicht ihre Namen weiß, nicht ihre Herkunft, und deren inneres Wesen mir ein absolutes Rätsel sein wird.

Er sagte sich, das wird schon gutgehen, und in ein paar Wochen fühlst du dich auf Thibeire, Velmise, Kaggeram oder wie immer die Insel heißen wird, auf der du dich schließlich niederläßt, ebenso heimisch wie auf Sorve. Aber er wußte auch, daß dies nicht stimmte. Dennoch redete er sich das unablässig ein.

Sich damit abzufinden, das schien zu helfen. Hinnahme, vielleicht gar Gleichgültigkeit. Das Blöde war nur, daß er nicht beständig auf diesem reduzierten Niveau eines betäubten Bewußtseins verharren konnte. Immer wieder flackerte in ihm plötzlich schockhaft Bestürzung auf, das Gefühl eines drohenden unerträglichen Verlusts, ja sogar ganz unverhohlene Furcht. Und dann mußte er wieder von vorn beginnen.

Als die Dämmerung kam, kroch Lawler aus seinem Vaargh und machte sich auf den Weg zum Uferwall hinab.

Zwei Monde waren bereits aufgegangen und ein blasser Splitter von Sunrise war wieder am Firmament aufgetaucht. In der Bucht zuckten die Dämmerungsfarben, lange goldene Reflexe in Streifen, und purpurne, und sie verblichen rasch zum Nachtgrau, während er noch hinsah. Im seichten Wasser schwammen zielstrebig die Schatten rätselhafter Meeresgeschöpfe umher. Alles war so friedlich: die Bucht im schwindenden Tageslicht, so still, so verzaubert.

Dann aber schlichen sich Vorstellungen von der bevorstehenden Seereise in seine Gedanken. Er blickte über das Hafenbecken hinaus auf die weite Wüste der feindlichen, unbegreiflichen See. Wie weit würden sie segeln müssen, bis sie auf eine Insel stießen, die sie aufzunehmen bereit wäre? Ein Turn von einer Woche? Von zwei Wochen? Oder von einem Monat? Lawler war nie draußen auf hoher See gewesen, nicht einmal einen einzigen Tag lang. Damals, diese Fahrt nach Thibeire, die war doch nur ein Tagesausflug in einem Fell-Rindenboot gewesen, kaum über das Flachwasser hinaus zu der anderen Insel, die damals so nahe an Sorve herangedriftet war.

Lawler erkannte, daß er sich vor dem Meer fürchtete. Die See, das war ein gewaltiges, ein weltweites Maul, das (wie er es sich manchmal vorstellte) in irgendeinem urtümlichen Schluckkrampf ganz Hydros konvulsivisch verschlungen haben mußte, wobei nur diese winzigen Treibinseln übrig geblieben waren, die von den Gillies erbaut worden waren. Und diese See würde auch ihn verschlingen, wenn er versuchen würde, sie zu durchqueren.

Ärgerlich hielt er sich selber vor, daß so etwas töricht sei, daß schließlich Männer wie Gabe Kinverson Tag um Tag auf die hohe See hinausführen und es überlebten, daß Nid Delagard hundertmal zwischen den Inseln gesegelt sei, daß Sundira Thane sogar von einer Insel aus dem Azurro-Meer nach Sorve gekommen war, und das lag dermaßen weit weg, daß er davon noch nicht einmal etwas gehört hatte. Nein, es würde schon alles gut verlaufen. Er würde eben eines von Delagards Booten besteigen, und nach einer Woche oder auch nach zweien würde er darin zu der Insel gelangen, die dann seine künftige Heimstatt sein würde.

Und dennoch – die Schwärze, die Unermeßbarkeit, die zerschmetternde Kraft dieser schrecklichen weltumspannenden See …

»Lawler?« rief eine Stimme.

Er wandte sich um. Zum zweitenmal an diesem Tag trat Nid Delagard hinter ihm aus dem Schatten.

»Also komm doch«, sagte der Reeder. »Es wird schon spät. Gehen wir und reden wir mit den Gillies«.

5

Ein kleines Stück weiter unten an der Küste schimmerte im Kraftwerk der Gillies elektrisches Licht. Weitere Lampen, zu Dutzenden, vielleicht Hunderten, waren in den Straßen der Gillie-Siedlung dahinter entzündet. Die unerwartete Katastrophenmeldung von der Ausweisung hatte das andere bedeutende Tagesereignis vollkommen überschattet: Den Beginn der turbinengetriebenen Elektrostromerzeugung auf Sorve Island.

Es war ein kühles grünliches, ein irgendwie trügerisches Licht. Die Gillies verfügten über eine Art Technologie, die so etwa den Entwicklungsstand des achtzehnten, neunzehnten Jahrhunderts auf dem Planeten ERDE erreicht hatte, und sie hatten so was wie eine Glühbirne erfunden, indem sie für die Glühfäden Fasern des extrem vielseitig anwendbaren See-Bambus benutzten. Die ›Birnen‹ waren kostspielig und schwierig zu produzieren, und die große Voltaische Säule, die bisher die einzige Stromquelle der Insel gewesen war, war schwerfällig und eigensinnig und gab nur träge und unzuverlässig Elektrizität ab, außerdem brach sie beständig zusammen. Nun aber – nach wieviel Jahren Arbeit? Fünf? Zehn? – erglommen die Glühbirnen der Insel durch die Energie aus einer neuen, unerschöpflichen Quelle aus dem Meer: Warmes Oberflächenwasser wurde zu Dampf konvertiert, der Dampf trieb den Turbinengenerator an, aus dem Generator floß der Strom und brachte die Lampen auf Sorve zum Leuchten.

Die Gillies waren bereit gewesen, den Menschen auf der anderen Inselhälfte einen Teil des Stroms abzugeben, im Gegengeschäft: Sweyner sollte ihnen dafür Glühbirnen liefern, Dann Henders sollte bei der Verkabelung helfen, usw. Lawler – neben Delagard, Nicko Thalheim und ein, zwei weiteren Männern hatte eine wesentliche Rolle bei diesem Arrangement gespielt. Es war der einzige bescheidene Triumph ihrer Bemühungen um ›zwischenrassische Kooperation‹ gewesen, den die Menschen in den letzten paar Jahren erreicht hatten. Die Verhandlungen hatten sich zäh und mühselig über fast sechs Monate hingezogen.

Noch an diesem Morgen, erinnerte sich Lawler, hatte er gehofft, er könnte ganz allein ein ähnliches Kooperationsabkommen mit den Gillies aushandeln. Jetzt kam ihm das vor, als läge es Millionen Jahre zurück. Und jetzt trotteten sie hier dahin in der beginnenden Nacht, um zu betteln, daß man sie doch wenigstens weiter auf der Insel leben lassen möge.

Delagard sagte: »Wir gehen direkt zur Häuptlingshütte, ja? Hätte in dem Fall ja auch wenig Zweck, sich nicht gleich an die Spitze zu wenden.«

Lawler zuckte die Achseln. »Wie du meinst.«

Sie machten einen Bogen um das Kraftwerk und strebten darin, immer noch entlang der Küste, auf das Gillie-Gebiet zu. Die Insel wurde hier rasch breiter und stieg von dem niedrigen Niveau hinter dem Kai zu einem weiten runden Plateau an, auf dem im wesentlichen die Gillie-Siedlung stand. Jenseits davon befand sich ein steiler Abhang, an dem die dicke hölzerne Uferbefestigung der Insel direkt an den tief unten liegenden dunklen Ozean grenzte.

Das Gillie-Dorf war in einer unregelmäßigen Rundform angelegt; die wichtigsten Gebäude lagen in der Mitte, die übrigen ungeordnet über die Peripherie verteilt. Der hauptsächliche Unterschied zwischen diesen Bautypen schien ihre Dauerhaftigkeit zu sein; die im Zentrum, anscheinend für Zeremonialzwecke bestimmt, waren aus den gleichen Kelpholzbohlen errichtet, aus denen die Insel selbst auch gebaut war; die äußeren, in denen die Gillies wohnten, waren schlampig errichtete zelt- oder hüttenähnliche Gebilde aus feuchtem grünen Seegras, das locker auf Seebambusstangen lag. In der heißen Sonne verströmten sie einen scheußlichen Fäulnisgeruch, und sobald die Bedachung einen gewissen Grad der Trocknung erlangt hatte, wurde sie entfernt und durch frisches Gras ersetzt. Eine spezielle ›Kaste‹ unter den Gillies schien unablässig damit beschäftigt zu sein, diese Hütten abzureißen und neue zu errichten.

Um den Teil der Insel zu umwandern, den die Gillies für sich beanspruchten, würde man etwa einen halben Tag brauchen. Als Lawler und Delagard bis zum Zentrum der Siedlung gelangt waren, war Sunrise bereits untergegangen, und das Hydros-Kreuz strahlte hell am Firmament.

»Da sind sie«, sagte Delagard. »Laß mich erst mal reden. Wenn sie anfangen und werden gemein, steigst du ein. Es ist mir egal, wenn du ihnen sagst, daß du mich für einen abgebrühten Scheißkerl hältst. Wenn es nur funktioniert.«

»Glaubst du allen Ernstes, daß da irgendwas noch funktionieren wird?«

»Schhhh! So was will ich von dir nicht hören.«

Ein Halbdutzend Gillies (alles Männchen, vermutete Lawler) kam ihnen von der Dorfmitte her entgegen. Als sie bis auf zehn, zwölf Meter herangerückt waren, hielten sie inne und bildeten gegen die zwei Menschen eine gerade Phalanx.

Delagard hob die Hände zu der Geste, die bedeutete: »Wir kommen in Frieden.« Es war die fundamentale globale Grußformel zwischen Gillies und Menschen. Kein Kommunikationsaustausch begann jemals ohne sie.

Nun hätten eigentlich die Gillies mit ihren gruftigen Wimmerlauten antworten müssen, die besagten: »Wir erkennen euch als Friedfertige und wollen eure Botschaft empfangen.« Aber die Gillies sagten gar nichts. Sie standen nur da und blickten ihnen starr entgegen.

»Ich hab kein gutes Gefühl bei der Geschichte. Du etwa?« sagte Lawler leise.

»Warte. So warte doch!«

Delagard vollzog die Friedensgeste noch einmal. Dann gab er die Handsignale, die bedeuteten: »Wir sind eure Freunde und erweisen euch unseren tiefen Respekt.« Einer der Kiemlinge gab einen Laut von sich, der stark an einen Furz erinnerte.

Mit ihren glitzernden gelben Äuglein, die dicht beisammen an der Basis der kleinen Köpfe lagen, betrachteten die Gillies die zwei Menschen in einer Weise, die zugleich irgendwie eisig und gleichgültig wirkte.

»Laß mich's mal versuchen«, murmelte Lawler.

Er trat einen Schritt vor. Der Wind stand hinter den Gillies und wehte ihm ihren schweren feuchten Moschusduft entgegen, in den sich der schärfere Gestank des verrottenden Seetangs von den Hütten mischte.

Lawler machte das Friedenszeichen. Es bewirkte keine Reaktion, ebensowenig die Geste »Wir sind Freunde…« Nach einer angemessenen Pause vollzog er die Geste, die signalisierte: »Wir ersuchen um Gehör bei den Herrschern.«

Wieder gab einer der Gillies einen Flatulenzton von sich. Lawler überlegte, ob es wohl dieselbe Person sein könne, die ihn am frühen Morgen so bedrohlich angeschnaubt und angeknurrt hatte, als er sich dem Kraftwerk zu nähern versucht hatte.

Delagard entbot die Zeichen »Bitte-um-Vergebung-für-unwillentliches-Eindringen«. Schweigen; und kalte wachsame Augen blickten sie gleichmütig an.

Lawler versuchte es mit »Wie-dürfen-wir-unseren-Fauxpas-gutmachen?«. Er bekam keine Reaktion darauf.

»Die verdammten Bastarde«, murmelte Delagard. »Am liebsten würde ich ihnen einen Speer in ihre feisten Wänste rammen.«

»Das wissen sie«, sagte Lawler. »Und deswegen wollen sie auch mit dir nicht schachern.«

»Ich verzieh mich. Rede du mit ihnen.«

»Wenn du meinst, der Versuch lohnt sich.«

»Du hast bei ihnen nichts auf dem Kerbholz. Erinnere sie daran, wer du bist. Wer dein Vater war, und was er für sie getan hat.«

»Sonst noch Vorschläge?« fragte Lawler.

»Also, schau mal, ich versuch ja bloß zu helfen. Aber nur zu, mach es, wie immer du denkst. Ich bin auf der Werft. Komm doch auf dem Rückweg vorbei und sag mir, wie es läuft.«

Und er glitt in die Dunkelheit davon.

LAWLER RÜCKTE EIN paar Schritte näher auf die sechs Gillies zu und begann die ganze Eröffnungsgestikulation von neuem. Danach identifizierte er sich: Valben Lawler, Arzt, Sohn des Bernat-Lawler-Doktors. Des großen Heilers, an den sie sich gewiß erinnerten, des Mannes, der ihren Nachwuchs von der Geißel der Finnenfäule erlöst hatte.

Die bittere Komik entging ihm nicht: Das waren genau die Eröffnungspassagen der Ansprache, die er sich in der verflossenen halben schlaflosen Nacht im Geiste zurechtgedoktert hatte. Nun bekam er ja doch noch Gelegenheit, seinen Sermon loszuwerden. Unter ganz veränderten Umständen allerdings.

Sie blickten ihn reaktionslos an.

Immerhin, diesmal haben sie nicht gefurzt, dachte er. Er signalisierte: »Uns wird befohlen, die Insel zu verlassen. Trifft dies zu?«‹

Der Gillie an der linken Flanke gab ein dumpfes Rauschen von sich, das eine Bejahung bedeutete.

»Dies bringt uns große Betrübnis. Gibt es einen Weg, wie wir erreichen könnten, daß diese Anordnung zurückgenommen wird?«

Negativ, kam das Röhren des rechten Gillie.

Lawler starrte sie hoffnungslos an. Der Wind war stärker geworden und trieb ihm ihren schweren Körpergeruch eimerweise ins Gesicht, und er mußte ein Gefühl der Übelkeit unterdrücken. Stets waren ihm die Kiemlinge fremdartig und rätselhaft geblieben, und ein wenig abstoßend. Ihm war klar, daß er sie als Gegebenheit akzeptieren sollte, als eben einen Aspekt der Welt, in der er sein Leben lang lebte, genau wie der Ozean oder der Himmel. Aber trotz aller Vertrautheit – für ihn blieben sie einfach Geschöpfe einer anderen Schöpfung. Sternlinge. Aliens: *Die* und *wir*, Menschen und Nicht-Menschen … keine Verwandtschaft. Wie kommt das? überlegte er. Ich bin doch genauso ein Kind dieser Welt wie sie.

Aber er gab nicht auf und bedeutete ihnen: »Es war ein unseliger Unfall, daß die Taucher starben. Es steckte keine böse Absicht dahinter.«

Dröhnen. Pfeifen. Zischen. Das hieß: »Uns interessiert nicht, warum es geschah, sondern daß es überhaupt geschah.«

Hinter den sechs Kiemlingen blinkten fahle grünliche Lichter und beleuchteten die seltsamen Gebilde – Statuen, Maschinen, Götterbilder? – in der freien Mitte der Siedlung, diese merkwürdigen Klumpen und Knollen aus Metallen, die so mühsam aus dem Körnergewebe kleiner Meeresbewohner gewonnen wurden und hier zu willkürlich wirkenden, oxydationszerfressenen Schrotthaufen zusammengestellt waren.

»Delagard verspricht, er wird nie wieder Taucher einsetzen«, erklärte er den Gillies nun demütig, in der Hoffnung auf einen Ansatzpunkt.

Pfeifen. Dröhnen. Gleichgültigkeit.

»Wollt ihr uns denn nicht sagen, wie wir das wieder ins reine bringen können? Wir bedauern, was geschah. Bedauern es zutiefst.«

Keine Reaktion. Kalte gelbe Augen, starr und abweisend.

Das Ganze ist idiotisch, dachte Lawler. Als redete man mit dem Wind.

»Aber verdammt, dies hier ist unsere *Heimat!*« rief er und begleitete seine Worte mit der entsprechenden Gestik. »Seit eh und je!«

Drei kollernde Töne in absteigender Terz.

»Was? Wir sollen uns eine andere Heimat suchen?« fragte Lawler. »Aber wir lieben diese Insel! Ich bin hier geboren. Wir haben euch noch nie vorher Schaden zugefügt, keiner unter uns. Mein Vater – ihr wißt doch, daß mein Vater ... er half euch damals, als ...«

Erneut das Flatulenzgeräusch. Es klingt genau so, wie es gemeint ist, dachte er.

Es hatte keinen Sinn, es weiter zu versuchen. Er begriff, daß es völlig nutzlos sein würde. Sie verloren allmählich die Geduld mit ihm. Bald würden sie grollen und schnauben und ihm ihre Verärgerung kundtun. Und dann konnte alles mögliche passieren.

Durch eine Wedelbewegung der Flosse bedeutete ihm einer der Gillies, daß die Konferenz beendet sei. Die Entlassung war unübersehbar.

Lawler machte eine Geste der Enttäuschung und signalisierte Trauer, Beklommenheit, Verdruß.

Darauf reagierte überraschend einer der Kiemlinge mit einer hastigen Rouladenphrasierung, die beinahe so etwas wie Mitgefühl hätte ausdrücken können. Oder war es nur ein Produkt von Lawlers optimistischem Wunschdenken? Er wußte es wirklich nicht. Aber dann trat zu seiner Verblüffung die Kreatur aus der Phalanx heraus, kam mit unerwarteter Geschwindigkeit auf ihn zugewatschelt und streckte ihm die stummeligen Flossenarme entgegen. Er war dermaßen überrascht, daß er sich nicht bewegen konnte. Was war denn das? Der Gillie türmte sich vor ihm auf wie eine Mauer. Jetzt passiert's, dachte er. Der Angriff. Der beiläufige und tödliche Ausbruch verärgerter Gereiztheit. Und er stand wie angewurzelt da. Ein verzweifeltes Zucken seines Selbsterhaltungstriebes schrie in ihm auf, doch er brachte nicht die Willenskraft auf zu fliehen. Der Gillie faßte ihn an einem Arm, zog ihn näher und umschlang ihn in einer heftigen Umarmung, die ihm fast den Atem raubte. Lawler fühlte, wie die scharfengebogenen Krallen ihm sacht ins Fleisch drangen, aber sie hielten ihn mit merkwürdiger, unbegreiflicher Zartheit. Ihm fielen die roten Male ein, die Delagard ihm gezeigt hatte.

Also, gut. Mach, was du willst. Mir ist es schnurzegal.

Nie zuvor war er einem Gillie so nahe gekommen. Sein Kopf wurde an die gewaltige Brust gepreßt. Er hörte im Innern das Herz schlagen, nicht in dem vertrauten menschlichen *Pa-dam,* sondern eher wie *Pum-pum-pum, Pum-pum-pum.* Wenige Zentimeter von seiner Wange entfernt lag das unergründliche Gillie-Gehirn. Gilliegestank quoll ihm durch die Nase und füllte seine Lungen. Ihm war schwindlig und übel -- doch merkwürdigerweise fühlte er keinerlei Furcht. Es war etwas dermaßen Überwältigendes in dieser Umarmung, in die ihn der Gillie so plötzlich gerissen hatte, daß momentan in ihm kein Raum war für Furcht. Die intime Nähe des Aliens löste in seinem Bewußtsein einen Wirbel aus. Eine Empfindung von der Gewalt eines Wintersturms, so stark wie die WOGE selbst schoß aus den Tiefen seiner Seele empor: In seinem Mund – der Geschmack von Tang. Die salzige See toste durch seine Adern.

Der Gillie hielt ihn so eine Weile, als wolle er ihm etwas mitteilen – *etwas, das sich in Worten nicht ausdrücken ließ.* Die Umarmung war weder herzlich noch unfreundlich. Sie überstieg vielmehr sein Begriffsvermögen vollkommen. Der Zugriff der starken Arme war fest und grob, aber offenbar sollte er dabei nicht verletzt werden. Lawler kam sich vor wie ein kleines Kind, das von einer häßlichen, unvertrauten und wenig liebevollen Pflegemutter umarmt wird. Oder eine Puppe an der Brust des gewaltigen Tieres.

Dann gab ihn der Gillie frei und schubste ihn brüsk, aber sacht von sich und schlurfte wieder zu den anderen zurück. Lawler zitterte am ganzen Leib und stand starr da. Er schaute den Gillies zu, die sich nun nicht mehr um ihn kümmerten, sondern schwerfällig kehrtmachten und zu ihrem Dorf zurückkehrten. Lange stand er so da, blickte ihnen nach und begriff gar nichts. Der scharfe Tanggeruch haftete noch an ihm, und er hatte in diesem Augenblick das Gefühl, er werde ihn ewig mit sich tragen.

Wahrscheinlich war das ihre Art, Lebewohl zu sagen, entschied er schließlich.

Ja, das war es. Ein Gillie-Abschied, eine zärtliche Abschiedsumarmung. Nun ja, vielleicht nicht grade besonders *zärtlich,* aber eben doch so etwas wie ein letzter Gruß. Ergibt das einen Sinn? Nein, eigentlich nicht. Aber alles andere ergibt ebenfalls keinen Sinn. Also, bezeichnen wir es als Abschiedsgeste, dachte er. Und lassen es dabei bewenden.

DIE NACHT WAR SCHON fortgeschritten. Er suchte sich seinen Weg, das Ufer entlang, wieder an dem Kraftwerk vorbei, hinunter zur Werft und zu dem klapprigen kleinen Holzhaus, in dem Delagard wohnte. Delagard verabscheute es, in Vaarghs zu hausen. Er ziehe es vor, stets in der Nähe seiner Werft zu sein, sagte er.

Lawler traf ihn allein an; er war noch wach, saß an einem unruhig flackernden rauchenden Feuer und trank Beerenkrautschnaps. Es war ein kleiner Raum, vollgestopft mit Angelhaken und Leinen, Netzen, Riemen, Ankern, aufgeschichteten Häuten von Teppichfisch, Kisten voll Schnaps. Es sah hier aus wie in einem Lagerraum, nicht wie in einer Wohnung. Es war die Behausung des reichsten Mannes auf der Insel.

Delagard schnüffelte. »Du stinkst wie ein Gillie! Was hast du angestellt, dich von ihnen hernehmen lassen?«

»Richtig geraten. Du solltest das selber mal ausprobieren. Du könntest dabei noch ein paar neue Varianten lernen.«

»Sehr komisch. Aber du stinkst wirklich, als hättest du es grad mit 'nem Gillie getrieben, weißt du. Haben die dich fertigzumachen versucht?«

»Einer von ihnen kam mir recht nahe, als ich gehen wollte«, sagte Lawler. »Ich glaub, es war ein Zufall.«

Delagard zuckte die Achseln. »Na ja. Hast du was bei denen erreicht?«

»Nichts. Hast du wirklich erwartet, ich würde?«

»Man soll nie die Hoffnung aufgeben. Ein Trübsalbläser wie du glaubt das wahrscheinlich nicht, aber es gibt immer Hoffnung. Wir haben einen Monat lang Zeit, sie umzustimmen. Möchtest du 'nen Drink, Doktor?«

Delagard schenkte bereits ein. Lawler nahm den Becher und schüttete den Inhalt rasch durch die Kehle.

»Es ist an der Zeit, daß du dir diese Scheiße aus den Augen kratzt, Nid. Zeit, daß du einsiehst und dir diese Wunschvorstellung abschminkst, daß wir sie noch überreden könnten.«

Delagard hob den Blick. Sein rundes Gesicht wirkte in dem flackernden fahlen Licht massiger, als es in Wirklichkeit war, die Schatten ließen die Fleischwammen am Hals hervortreten und machten die gebräunten, ledrig aussehenden Wangen zu flappigen Hängebacken. Die Augen wirkten klein wie Knöpfe und müde.

»Meinst du wirklich?«

»Gar kein Zweifel. Sie wollen uns wirklich los sein. Nichts, was wir sagen oder tun könnten, wird daran was ändern.«

»Das haben sie dir gesagt, ja?«

»Das war gar nicht nötig. Ich lebe schon lang genug auf dieser Insel, um zu wissen, daß sie immer meinen, was sie sagen. Du im übrigen ja auch.«

»Ja«, sagte Delagard nachdenklich. »Ich weiß das auch.«

»Also, es ist an der Zeit, daß wir uns den Tatsachen stellen. Wir haben nicht die kleinste verdammte Chance, sie zu einer Zurücknahme ihrer Entscheidung zu bewegen. Was glaubst du, Delagard? Gibt's noch 'ne Chance? Um Himmels willen, sag schon, *gibt es noch eine?*«

»Nein. Ich glaub nicht, daß wir eine haben.«

»Also, wann hörst du dann damit auf, so zu tun, als ob doch? Muß ich dich daran erinnern, was sie auf Shalikomo getan haben, als sie uns rauswarfen und die Leute nicht fortgingen?«

»Das war auf Shalikomo, und es ist lang her. Hier ist Sorve. Und heute.«

»Und Gillies sind Gillies. Willst du hier ein zweites Shalikomo erleben?«

»Du weißt meine Antwort darauf, Doc.«

»Also? Du hast von Anfang an gewußt, daß keine Hoffnung besteht, sie umzustimmen. Du hast bloß so getan, nicht wahr? Um der ganzen Gemeinde zu demonstrieren, wie tief dich die Scheiße bedrückt, in die du uns alle ganz allein hineingebracht hast.«

»Du glaubst, ich hab dir Scheiße serviert?«

»Ja, das glaub ich.«

»Aber das ist nicht wahr. Kapierst du denn nicht, wie ich mich fühle, weil ich das alles über uns gebracht habe? Ich fühl mich wie ein Abfallhaufen, Lawler. Und wofür hältst du mich denn überhaupt? Für ein mieses gefühlloses blutsaugerisches Biest? Meinst du, ich könnte einfach achselzuckend zu den Leuten sagen: Pech, Leute, eine Weile hat das mit den Tauchern prima geklappt, und dann ging's eben schief, also müssen wir uns von hier verziehen, tut mir leid, wenn es euch lästig ist, und tschüs, bis später? Sorve ist meine Heimatgemeinde, Doc. Und ich dachte, ich müßte wenigstens zeigen, daß ich zumindest versuchen will, den Schaden gutzumachen, den ich angerichtet hab.«

»Also gut, du hast es versucht. Wir haben es beide versucht. Und haben nichts erreicht, genau wie wir beide es von Anfang an erwarteten. Und was wirst du *jetzt* tun?«

»Was soll ich denn tun?«

»Das hab ich dir bereits gesagt. Hör auf mit dem Gesülze, daß du den Gillies die Flossen küssen und sie um Vergebung anflehen willst. Wir müssen uns ausdenken, wie wir von hier wegkommen und wohin wir gehen sollen. Fang an und plane die Evakuierung, Delagard. Die Sache ist *dein* Baby. Du hast das alles angerichtet. Jetzt mußt du dich eben darum kümmern, es wieder klarzukriegen.«

Delagard sagte langsam: »Nur zu deiner Information, ich hab mich bereits haargenau damit beschäftigt. Während du mit den Kiemlingen verhandelt hast, hab ich heut abend schon Botschaft an die drei von meinen Schiffen geschickt, die derzeit im Fährbetrieb laufen, und ihre sofortige Rückkehr befohlen, damit sie uns als Transporter zur Verfügung stehen.«

»Transporter – wohin?«

»Da, trink erst noch mal 'nen Schluck.« Delagard goß ein, ohne auf Lawlers Reaktion zu warten. »Ich werd dir was zeigen.«

Er öffnete eine Lade und holte eine Seekarte heraus. Eigentlich war es ein laminierter Plastikglobus von zirka sechzig Zentimetern, der von der Hand eines meisterlichen Könners aus Dutzenden verschiedenfarbiger Einzelstreifen zusammengesetzt war. Aus dem Innern drang das Ticken eines Uhrmechanismus. Lawler beugte sich näher. Seekarten waren etwas Seltenes und sehr kostbar. Er hatte nie eine aus unmittelbarer Nähe erblickt.

»Dismas, Onyos Felks Vater, hat dies vor fünfzig Jahren geschaffen«, sagte Delagard. »Mein Großvater hat es gekauft, als der alte Felk auf den Gedanken kam, er müsse unbedingt ins Seehandelsgeschäft gehen, und Geld brauchte, um Schiffe zu bauen. Erinnerst du dich noch an die Felk-Flotte? Drei Schiffe. Die WOGE hat alle drei mitgenommen. Verdammtes höllisches Pech, du bezahlst deine Schiffe, indem du deine Seekarte verkaufst, und dann gehen dir die Schiffe flöten. Besonders wenn es sich um die beste Navigationskarte handelt, die je angelegt wurde. Onyos hätte sein linkes Ei hergegeben, um das zurückzukriegen, aber wozu sollte ich verkaufen? Ich hab ihn das Ding einsehen lassen, ab und zu mal.«

Runde purpurrote Medaillons von der Größe eines Daumennagels schoben sich langsam über die Karte auf- und niederwärts, etwa dreißig, vierzig an der Zahl, vielleicht auch mehr, getrieben von dem inneren Mechanismus im Globus. Die meisten folgten einem glatten Kurs, strebten von einem Pol zum anderen, doch hin und wieder glitt eines der Plättchen fast unmerklich in einen anderen Längsstreifen hinüber, so wie eine echte Insel vielleicht tatsächlich etwas weiter westlich oder östlich abdriftet, obwohl sie noch immer von dem Hauptstrom getragen wird, der sie auf den Pol zuführt. Lawler bewunderte die raffinierte Konstruktion dieses Globus.

»Kennst du dich damit aus?« fragte Delagard. » Das da sind die Inseln. Hier ist das Mare Nostrum, unsere Heimatliche See. Und die Insel da, das ist Sorve.«

Ein kleines rotes Plättchen, das in Äquatorhöhe langsam vor dem grünen Untergrund des Streifens, auf dem es lag, nordwärts zog: ein bedeutungsloser kleiner Fleck, ein sich bewegender Farbklecks, weiter nichts. Lawler dachte: So winzig – und so teuer.

»Hier siehst du die ganze Welt, na, also jedenfalls so, wie wir sie uns vorstellen. Das da sind die bewohnten Inseln, das sind die in Dunkelrot – also die von uns Menschen bewohnten. Hier ist das Schwarze Meer, da das Rote Meer, und dort drüben ist das Gelbe Meer.«

»Und wo ist die Himmelblaue See, das Azurische Meer?« fragte Lawler.

Delagard sah etwas verdutzt drein. »Ganz da drüben, praktisch bereits auf der anderen Halbkugel. Was weißt du denn über das Azurro, Doc?«

»Ach, eigentlich gar nichts. Vor kurzem hat jemand es mir gegenüber erwähnt, weiter nichts.«

»Eine verdammt weite Fahrt von hier aus wäre das, bis ins Azurro. Ich war noch nie da.« Delagard drehte den Globus und zeigte Lawler die andere Hälfte. »Hier hast du das Leere Meer. Und dieser große dunkle Fleck da unten, das ist der Geist über den Wassern. Erinnerst du dich an die tollen Geschichten, die der alte Jolly immer dazu erzählt hat?«

»Dieser brummige alte Schwindler. Du glaubst doch nicht wirklich, daß er auch nur irgendwo in die Nähe gekommen ist, oder?«

Delagard kniff ein Auge zu. »Aber seine Geschichten waren doch hinreißend, was?«

Lawler nickte und ließ seinen Geist kurz in die Vergangenheit zurückschweifen, fast fünfunddreißig Jahre zurück zu dem endlos wiederholten Garn, das der wettergegerbte alte Mann von seiner einsamen Fahrt über das Leere Meer gesponnen hatte, von den geheimnisvollen, traumhaften Begegnungen mit dem ›Geist‹, einer Insel, die dermaßen groß war, daß alle anderen Inseln der Welt darauf Platz gefunden hätten, einem riesigen, bedrohlichen Ding, das den ganzen Horizont ausfüllte, wie ein schwarzer Wall in diesem fernen, stillen Winkel der Welt aus dem Ozean aufragte. Auf dem Meeresatlas hier erschien sie nur als dunkler regloser Flecken, etwa so groß wie eine Männerhand, ein kantiger schwärzlicher Makel auf der ansonsten reinen Weite der fernen anderen Hemisphäre, und ziemlich tief drunten liegend, fast schon in der Südpolarregion.

Er drehte den Globus wieder zur anderen Hälfte zurück und betrachtete die langsam wandernden Inseln.

Er überlegte, wie eine vor so langer Zeit gefertigte Seekarte die heutigen Positionen dieser Eilande einigermaßen brauchbar angeben könne. Sie waren doch zweifellos inzwischen durch allerlei kurzfristige Klimaphänomene von ihrem ursprünglichen Kurs abgelenkt worden. Oder hatte der Schöpfer des Werkes dies alles berücksichtigt, gestützt auf ein zauberisches Geheimwissen, ein Erbteil aus der Großen Welt der Wissenschaften in der jenseitigen Galaxis? Auf Hydros war alles so primitiv, daß Lawler stets aufs neue verblüfft war, wenn irgendein Mechanismus tatsächlich funktionierte; allerdings wußte er, daß es auf anderen bewohnten Welten des Raumes anders war, auf denen es festes Land gab und reichliche Metallressourcen, und Methoden, leicht von einer Welt in die andere zu reisen. Der Technikzauber der alten verlorenen Mutterwelt ERDE war auf jene neuen Welten übergegangen. Aber hier, auf Hydros, war davon nichts zu spüren.

Nach einer Weile sagte er: »Was meinst du, wie exakt ist dieser Globus? Wo er doch fünfzig Jahre alt ist und überhaupt.«

»Haben wir in den letzten fünfzig Jahren irgendwas Neues über Hydros gelernt? Das da ist die beste Seekarte, die wir haben. Der alte Felk war ein Meister seiner Kunst, und er hat mit allen gesprochen, die über irgendeine der Seen gefahren sind. Und er hat seine Informationen verglichen mit Beobachtungen, die vom Weltraum aus, auf Sunrise, gemacht wurden. Nein, die Karte ist schon genau. Verdammt genau.«

Lawlers Blick folgte der Wanderung der Inseln wie hypnotisiert. Vielleicht bot die Karte ja tatsächlich verläßliche Information, vielleicht auch nicht; er besaß nicht die Qualifikation, das zu entscheiden. Er hatte noch nie begriffen, wie überhaupt jemand auf der See den Weg zurück zur Heimatinsel finden konnte, geschweige denn eine ferne Insel anzusteuern vermochte, angesichts der Tatsache, daß sowohl das Schiff wie die Inseln sich ja beständig in Bewegung befanden. Ich muß gelegentlich Gabe Kinverson danach fragen, dachte er.

»Schön. Und wie sieht dein Plan aus?«

Delagard zeigte auf dem Globus auf Sorve. »Siehst du die Insel im Südwesten von uns, die aus dem nächsten Streifen heraufzieht? Das ist Velmise. Sie zieht nach Nordost, und rascher als wir, und sie wird in etwa einem Monat in bequemer Nähe vorbeikommen. Zu dem Zeitpunkt wird es eine Fahrt von zehn Tagen von hier aus bedeuten, möglicherweise auch weniger. Ich werde meinem Sohn auf Velmise Botschaft übermitteln und ihn bitten, uns aufzunehmen, freundlicherweise alle achtundsiebzig Personen.«

»Und wenn er sagt, sie haben keine Lust dazu? Velmise ist doch verdammt klein.«

»Wir haben andere Alternativen. Von der anderen Seite zieht Salimil heran. Es wird so um die anderthalb Wochen von uns entfernt sein, wenn wir wegmüssen.«

Lawler erwog die Aussichten einer Bootsfahrt von zweieinhalb Wochen auf offenem Meer. Unter dem sengenden Auge der Sonne, in dem beständigen beizenden Salzwind, getrockneten Fisch als Nahrung, unter den Füßen das kleine Deck, auf dem man auf und ab stapfen konnte, und nichts ringsum zu sehen als Meer und immer weiter Meer.

Er griff nach der Schnapsflasche und füllte sich seinen Becher selber wieder.

Delagard sagte: »Und wenn auch Salimil uns nicht aufnehmen will, dann haben wir da drunten noch Kaggeram, oder Shakran … oder sogar Grayvard. Ich hab Verwandte dort. Ich denke, ich werde da schon was drehen können. Das wäre dann eine Fahrt von acht Wochen.«

Acht Wochen? Lawler versuchte sich das vorzustellen.

Nach einer Weile sagte er: »Niemand wird binnen dreißig Tagen Platz für achtundsiebzig Menschen schaffen können. Velmise nicht, Salimil nicht, keiner.«

»In dem Fall werden wir uns eben in Kontingente aufteilen müssen, und einige gehen dahin, die übrigen dorthin.«

»Nein!« Lawler reagierte plötzlich sehr heftig.

»Nein?«

»Ich will das nicht … Ich will, daß die Gemeinde beisammenbleibt.«

»Und wenn das nicht möglich ist?«

»Wir müssen einen Weg finden. Wir dürfen nicht

Menschen, die ihr Leben lang miteinander gelebt haben, über den ganzen verdammten Ozean zerstreuen. Wir sind eine einzige Familie, Nid.«

»Sind wir das? Also, ich glaube, ich seh das nicht so.«

»Dann siehst du es eben jetzt mal so!«

»Na ja, also ...« – Delagard saß still da und runzelte die Stirn – »... im äußersten Fall könnten wir ja auch einfach auf einer Insel landen, die nicht dauernd von Menschen bewohnt ist oder grad jetzt nicht, und wir könnten die dort hausenden Gillies um Asyl bitten. So was hat es schon früher mal gegeben.«

»Ja, aber die Gillies würden wissen, daß wir von unseren eigenen Gillies hier vertrieben wurden, und warum.«

»Vielleicht würde das keine Rolle spielen. Du kennst sie doch ebensogut wie ich, Doc. Es gibt 'ne Menge von ihnen, die uns gegenüber ziemlich tolerant sind. Für die sind wir weiter nichts als wieder ein neuer Beweis, ein Beispiel für die unergründlichen Abläufe des Universums, etwas, das ihnen einfach zufällig aus dem großen Meer des Raumes an den Strand gewaschen wurde. Sie wissen durchaus, daß es sinnlos ist, an den unerforschlichen Ratschlüssen des Universums herumzurätseln. Und deshalb, vermute jedenfalls ich, haben sie uns einfach achselzuckend aufgenommen, als wir ursprünglich zu ihnen kamen.«

»Die Gescheitesten unter ihnen denken vielleicht so. Aber die übrigen verabscheuen uns und wollen mit uns nicht das geringste zu tun haben. Warum aber sollten uns die Gillies einer anderen Insel aufnehmen, nachdem uns die Gillies auf Sorve als Mörderbande hinausgeworfen haben?«

»Wir werden's schon schaffen«, sagte Delagard gelassen, sichtlich völlig unberührt von dem häßlichen Wort. Er wiegte seinen Drink zwischen beiden Handflächen und starrte in den Becher. »Wir gehen nach Velmise. Oder nach Salimil. Oder nach Grayvard, wenn's sein muß. Oder an irgendeinen vollkommen neuen Ort. Und wir bleiben alle beisammen und bauen uns ein neues Leben auf. Dafür werde ich sorgen. Du kannst dich drauf verlassen, Doc.«

»Hast du genug Schiffe für uns alle?«

»Ich habe sechs. Dreizehn Mann pro Boot, und wir werden uns noch nicht einmal beengt fühlen. Hör auf, dir Sorgen zu machen, Doc. Trink noch einen.«

»Ich hab mich grad bedient.«

»Aber du hast wohl nichts dagegen, wenn ich ...?«

»Aber bitte.«

Delagard lachte. Er wurde nun allmählich sichtlich betrunken. Er streichelte den Globus, als wäre es die Brust einer Frau, dann hob er die Kugel behutsam hoch und verstaute sie wieder in der Lade. Der Schnapskürbis war nahezu leer. Delagard zauberte von irgendwo her eine neue Flasche und goß sich kräftig ein. Er schwankte ein wenig dabei, fing sich aber kichernd wieder.

Nuschelnd sagte er: »Ich versichre dir eins feierlich, Doc, und das ist, ich werd mir den Arsch aufreißen, damit wir 'ne neue Insel kriegen, und ich werd uns sicher hinbringen. Du glaubst mir das doch, Doc, wenn ich es dir sage, ja?«

»Aber sicher glaube ich dir.«

»Und du kannst mir auch in deiner Herzenstiefe verzeihen, was ich da mit diesen Tauchern gemacht hab?« fragte er brabbelnd.

»Na sicher. Klar.«

»Du bist ein Lügner, Doc. Du vera... verabscheust mich ganz und gar ...«

»Jetzt komm mal wieder runter, Nid. Was passiert ist, das ist passiert. Wir müssen eben jetzt einfach damit zu leben versuchen.«

»Gesschbrochen wie der wahre Phi... Philosoph. Komm, trink noch ein' mit mir.«

»Mir recht.«

»Und auch noch einen für den guten alten Nid Delagard. Und wieso auch nicht? Noch 'en Kleinen für den lieben alten Delagard, genau! So, da isser, Nid. Ach, Mann, dank dir, Nid. Ganz, ganz herzlichen Dank, Nid. Verdammt, iss das Zeug gut... Verdammt... gut, das... Zeug...« Delagard gähnte, die Lider sanken ihm herab, der Kopf neigte sich der Tischplatte zu. »Guter... Stoff ...«, mümmelte er, gähnte wieder, rülpste leise, und dann schlief er ein. Lawler trank aus und verließ den Schuppen.

ES WAR SEHR STILL draußen, nur das leise Schmatzen der kleinen Lagunenwellen am Ufer war zu hören, und das war er so gewöhnt, daß er es kaum wahrnahm. Es war noch ein, zwei Stunden vor der Dämmerung. Das Kreuz am Himmel brannte wild und schrecklich und durchschnitt das schwarze Firmament von Horizont zu Horizont wie ein leuchtendes vierarmiges Gerüst, das da droben errichtet war, um zu verhindern, daß die Welt ungehemmt durch den Himmel stolperte.

Lawler war von einer Art kristallener Klarheit erfüllt. Fast konnte er sein Gehirn ticken hören.

Er erkannte, daß es ihm nichts ausmachen würde. von Sorve fortzugehen. Das erstaunte ihn. Du bist betrunken, sagte er sich.

Vielleicht war er das. Doch irgendwo, irgendwann im Verlauf der Nacht war der Schock über die verhängte Ausweisung von ihm gewichen. Ob völlig verschwunden oder nur zeitweilig verdrängt, das wußte er nicht. Aber jetzt vermochte er immerhin die Vorstellung plötzlich ins Auge zu fassen, ohne davor zurückzuscheuen. Er würde mit dem Weggang fertigwerden. Nein, da war sogar noch etwas anderes: Die Aussicht auf diesen Abschied hatte etwas – Belebendes, Fröhliches an sich. Wie war das möglich?

Doch, ja, es war irgendwie erregend. Bisher war sein Leben nach einem festen Muster verlaufen, war wie erstarrt gewesen: Lawler, der Arzt auf Sorve, ein Mann aus Erster Familie, ein Lawler-von-*den*-Lawlers, der mit jedem Tag um einen Tag alterte, seine täglichen Pflichten erfüllte und die Kranken heilte, so gut es eben ging; der am Gestade entlangwanderte, ein bißchen in der Lagune schwamm, mal ein wenig angelte; die erforderliche Zeit aufwandte, um seinem Schüler das Arzthandwerk beizubringen; der aß und trank, alte Freunde besuchte, dieselben alten ›guten‹ Freunde wie in seiner Kindheit; Lawler, der sich dann schlafenlegt, um wieder aufzuwachen und das Ganze von neuem zu beginnen, winters und sommers und winters, in Regentagen und in Dürrezeiten ... Doch jetzt sollte sich dieses Webmuster des Alltags ändern. Er würde an einen fremden Ort ziehen, um dort zu leben. Er konnte vielleicht ein ganz *ganz anderer sein.* Der Gedanke faszinierte ihn. Betroffen stellte er fest, daß er beinahe ein wenig dankbar war. Aber er lebte hier schon dermaßen lange. Er war so lange nur er selbst gewesen.

Also, du bist sturzbesoffen, sagte er noch einmal zu sich. Und lachte. Stinkesturzbesoffen!

Dann kam er auf die Idee, er könnte durch die schlafende Siedlung schlendern, einen sentimentalen Rundgang machen, um Abschied zu nehmen, sich alles so zu betrachten, als wäre dies bereits seine letzte Nacht auf Hydros; er könnte dabei alles noch einmal in der Erinnerung durchleben, was ihm widerfahren war, an dem Platz und an jener Stelle, jede kleine Begebenheit seines Lebens. Wo er mit dem Vater gestanden und aufs Meer hinausgeschaut hatte; wo er den phantastischen Geschichten des alten Jolly gelauscht hatte; wo er seinen ersten Fisch gefangen und zum erstenmal ein Mädchen in den Armen gehalten hatte. Schauplätze seiner Freundschaften und seiner Liebesgeschichten (soweit davon die Rede sein konnte). Den Teil der Bucht, wo er damals Nicko Thalheim beinahe harpuniert hätte. Und die Stelle hinter dem Ossarium, wo er damals den graubärtigen

Marinus Cadrell beim Bumsen mit Mariam, Damis Sawtelles Schwester, beobachtet hatte, die jetzt als Nonne im Kloster lebte. Und dabei fiel ihm wieder ein, daß er selber ein paar Jahre später es mit Mariam getrieben hatte, drunten im Gillie-Bezirk, weil sie beide die Gefahr liebten. Alles kam ihm wieder ins Gedächtnis zurück. Die verschwommene dunkle Gestalt seiner Mutter. Seine Brüder, der eine, der viel zu früh gestorben war, und der andere, der zur See gegangen und für immer aus Lawlers Leben davongetrieben war. Und sein Vater, erschreckend in seiner Unermüdlichkeit und Unnahbarkeit, ein von allen verehrter Mann, der ihn unablässig antrieb, medizinische Techniken zu erlernen, wo er doch viel lieber drunten in der Bucht herumgeplanscht hätte... in seinen Knabenjahren, die so gar nicht unbeschwerte Kindheit gewesen waren; so viele unzählbare Stunden ihm aufgezwungenen Studiums, so viel Verzicht auf Spiel und Spaß... *Eines Tages wirst du hier der Doktor sein,* hatte der Vater ihm immer wieder eingehämmert. *Du wirst Arzt sein.* Und seine Frau, Mireyl, als sie die Fähre nach Morvendir bestieg. Die Zeit tickte rückwärts. *Klick,* und es war der Tag seiner Fahrt zur Insel Thibeire. *Klick,* und er und Nestor Yanez wie besoffen vor Angst und Gelächter vor dem wütenden Gillie-Weibchen, das sie mit Ginzo-Eiern beworfen hatten. Und *klick,* da war diese Abordnung mit den langen Gesichtern, die ihm eröffnete, daß sein Vater tot sei und er von nun an der Inseldoktor. *Klick,* und er fand heraus, was es hieß, ein Kind in die Welt zu holen. *Klick,* und er tanzte fröhlich-betrunken mitten in einer Dreimondnacht auf der äußersten Spitze des Damms... mit Nicko und Nestor Lyonides und Moira und Meela und Quigg... ein fröhlicher, glücklicher junger Valben Lawler, der ihm jetzt vorkam wie jemand, den er einmal, vor vielen Jahren, gekannt hatte. Diese ganze Zeit, seine ganzen über vierzig Jahre Leben auf Sorve zogen retrospektiv an ihm vorbei. *Klick, klick, klick.*

Ja, ich will einen schönen langen Spaziergang machen – durch die Vergangenheit –, bevor die Sonne aufgeht, dachte er. Vom einen Ende der Insel bis zum anderen. Dennoch erschien es ihm als vorzügliche Idee, zunächst einmal zu seinem Vaargh zurückzukehren, bevor er sich auf seine Vergangenheitssuche begab. Allerdings war er nicht sicher, warum er das besser fand.

Beim Einstieg durch das niedere Türloch stolperte er und landete auf dem Bauch. Und so blieb er liegen, bis Stunden später die Morgensonne hereinschien und ihn aufweckte.

Eine Weile konnte er sich an nichts erinnern, was er während der vergangenen Nacht gesagt oder getan hatte. Dann kehrte die Erinnerung zurück. Er war von einem Gillie an die Brust gedrückt worden. Der Geruch haftete noch immer auf seiner Haut. Und danach: Delagard und Schnaps, Schnaps und noch mehr Schnaps. Und die Aussicht auf eine Seereise … nach Velmise oder Salimil oder vielleicht sogar Grayvard … Und dann dieser sonderbare, merkwürdig erfreuliche Moment der Erregung bei dem Gedanken, Sorve hinter sich lassen zu können. War das alles wirklich so gewesen? Ja. Aber wahrhaftig ja. Er war wieder nüchtern jetzt, doch das Gefühl war immer noch da.

Aber – heiliger Himmel! – was ist mit meinem Kopf!

Wieviel Zeug, fragte er sich, hat Delagard denn letzte Nacht in mich reingekippt?

»Doktor? Ich hab was an meinem Fuß!« sagte eine helle Kinderstimme von draußen vor seinen Vaargh.

»Einen Augenblick, komme gleich«, antwortete Lawler mit Reibeisenstimme.

6

IM GEMEINDEHAUS war für den Abend eine Versammlung einberufen worden, um die Lage zu besprechen. Die Luft im Raum war dumpf und stickig, es roch penetrant nach Schweiß. Auch sonst war die Atmosphäre emotional geladen. Lawler saß in der Ecke gegenüber dem Eingang – wie immer. Von hier aus konnte er alles beobachten. Delagard war nicht erschienen, hatte vielmehr ausrichten lassen, er müsse sich um dringliche Arbeiten auf der Werft kümmern und erwarte Nachricht von seinen Schiffen auf See.

»Das Ganze ist 'ne Falle«, sagte Dann Henders. »Die Gillies haben es satt, daß wir hier sind, aber sie wollen sich nicht die Mühe machen und uns selbst abmurksen. Also schmeißen sie uns aufs Meer raus, und dort bringen uns dann die Rammerhörner und Seeleoparden für sie um.«

»Woher weißt du das?« fragte Nicko Thalheim.

»Ich weiß es nicht. Ich vermute es bloß. Ich versuche, mir einfach begreiflich zu machen, wieso die uns wegen so 'ner unbedeutenden Sache wie diesen drei ersoffenen Tauchern von der Insel vertreiben sollten.«

»Aber drei tote Taucher sind eben keine bedeutungslose Sache!« rief Sundira laut. »Du redest über intelligente Lebewesen!«

»Intelligent?« fragte Dag Tharp spöttisch.

»Aber sicher doch. Und wenn ich eine Gillie wäre und mir würde bekannt, daß die gottverdammten Menschen Taucher umbringen, dann würde ich diese Mörder ebenfalls loswerden wollen.«

Henders sagte: »Also, davon mal abgesehen. Ich sag, wenn die Kiemlinge uns wirklich von hier vertreiben, dann werden wir feststellen, daß der ganze verfluchte Ozean sich gegen uns erhebt, sobald wir in See stechen.

Und ganz und gar nicht etwa zufällig. Die Gillies beherrschen die Tierwelt im Meer. Das ist schließlich bekannt. Und sie werden die Meerestiere gegen uns benutzen und uns auslöschen.«

»Und wenn wir einfach nicht zulassen, daß die Gillies uns vertreiben?« fragte Damis Sawtelle. »Wenn wir uns zur Wehr setzen?«

»Uns zur Wehr setzen? Kämpfen?« sagte Bamber Cadrell. »Kämpfen – wie denn? – und womit? Hast du den Verstand verloren, Damis?«

Die beiden waren Kapitäne eines Fährboots und gestandene praktische Männer, und seit ihrer Knabenzeit befreundet. Aber in diesem Augenblick stierten sie einander stumpf und giftig an, als wären sie lebenslange Feinde.

»Widerstand«, sagte Sawtelle. »Eine Guerilla-Aktion.«

»Wir schleichen uns zu ihnen rüber, auf ihre Inselseite, und schnappen uns was von dem Zeug aus diesem Heiligtum dort, das irgendwie nach was Bedeutendem aussieht«, schlug Nimber Tanamind vor. »Und dann geben wir es ihnen erst zurück, wenn sie sich bereiterklären, uns bleiben zu lassen.«

»Also, das kommt mir ausgesprochen blödsinnig vor«, sagte Cadrell.

Nicko Thalheim sagte: »Mir auch. Denen ihre geheiligten Klunker zu klauen, das bringt uns nicht weiter. Bewaffneter Widerstand, das ist die Karte, auf die wir setzen müssen, genau wie Damis es sagt. Eine absolute Guerilla-Taktik. Das Blut der Kiemlinge strömt durch die Straßen, bis sie ihren Ausweisungsbefehl widerrufen. Auf dem Planeten hier kennen sie ja nicht einmal den Begriff Krieg. Also werden sie nicht mal wissen, was wir verdammt da machen, wenn wir kämpfen.«

»Shalikomo«, sagte eine Stimme aus dem Hintergrund. »Wißt ihr nicht mehr, was da geschehen ist?«

»Shalikomo, genau!« rief eine andere Stimme. »Die

werden uns genauso abschlachten wie die damals. Und wir werden überhaupt nichts dagegen tun können.«

»Richtig«, sagte Marya Hain. »Wir sind es nämlich, die über kein Konzept vom Kämpfen verfügen, nicht die. Die wissen ganz genau, wie sie töten müssen, wenn sie es wollen. Und womit wollen wir sie angreifen? Mit Schuppmessern? Mit Hammer und Stichel? Wir sind keine Kämpfer. Unsere Urahnen waren es. Vielleicht. Aber wir wissen ja nicht einmal so recht, was das Wort bedeutet.«

»Dann müssen wir es lernen«, sagte Thalheim. »Wir können uns doch nicht einfach so aus unserer Heimat vertreiben lassen!«

»Ach, wirklich?« fragte Marya Hain. »Was bleibt uns denn für eine Wahl? Wir sind doch hier nur geduldet. Und jetzt haben sie eben ihre Erlaubnis widerrufen. Es ist ihre Insel. Wenn wir Widerstand zu leisten versuchen, nehmen sie einen nach dem andern und schmeißen uns ins Meer, genau wie sie es auf Shalikomo getan haben.«

»Aber wir würden eine Menge von ihnen mitnehmen«, sagte Damis Sawtelle hitzig.

Dan Henders brach in Gelächter aus. »Ins Meer? Ja, richtig! Wir drücken ihnen die Schädel unter Wasser, bis sie ersaufen.«

»Ach, du weißt schon, was ich meine«, brummte Sawtelle. »Wenn die einen von uns umbringen, töten wir einen von ihnen. Wenn sie erst mal Verluste haben, werden sie es sich verdammt rasch überlegen und uns nicht länger vertreiben wollen.«

»Sie würden uns schneller töten, als wir es mit ihnen könnten«, sagte Poilin Stayvols Frau, Leynila. Stayvol war nach Gospo Struvin der rangälteste Kapitän in Delagards Flotte. Derzeit war er gerade mit dem Kentrup-Fährschiff unterwegs. Man konnte sich stets darauf verlassen, daß die stämmige, hitzige Leynila gegen alles opponierte, wofür Damis eintrat. Das war schon seit ihrer Kindheit so. »Sogar Mann um Mann – was würde uns das bringen?« fragte sie herausfordernd.

Dana Sawtelle nickte und ging durch den Raum hinüber und stellte sich neben Marya und Leynila. Die meisten Frauen standen nun auf der einen Seite, und die Handvoll Männer, aus denen die Kriegspartei bestand, auf der anderen. »Leynila hat recht. Wenn wir zu kämpfen versuchen, werden wir alle umkommen. Was hätte das für einen Sinn? Wenn wir kämpften wie großartige Helden, und am Ende wären wir allesamt tot, wieso wäre das besser für uns, als wenn wir einfach in ein Schiff gestiegen und anderswohin gegangen wären?«

Ihr Mann fuhr sie an: »Halt den Mund, Dana!«

»Ich werd den Teufel tun und still sein, Damis! Verdammt, nein! Denk bloß nicht, ich sitz hier lammfromm wie ein Kind, während ihr Kerle davon quasselt, daß ihr einen Angriff gegen eine körperlich überlegene Gruppe von Aliens machen wollt, die uns noch dazu zahlenmäßig um ungefähr das Zehnfache übertreffen. Wir *können* nicht gegen sie kämpfen!«

»Wir müssen aber.«

»Nein! Nein!«

»Das ganze Gerede ist doch Unsinn, das mit Kämpfen und so. Die bluffen doch bloß«, sagte Lis Niklaus. »Die werden uns schon nicht wirklich rausschmeißen.«

»O doch, das werden sie ...«

»Nicht, wenn Nid sich darum kümmert!«

»Es war aber grad dein teurer Nid, der uns überhaupt erst in diese Lage gebracht hat!« kreischte Marya Hain.

»Und er wird uns da auch wieder rausholen. Im Moment sind die Gillies eben aufgebracht, aber sie werden ...«

»Was hältst du davon, Doc?« rief jemand laut.

Lawler hatte sich während der Debatte still verhalten und abgewartet, bis die Gefühlsüberschwänge sich etwas erschöpft hatten. Es war immer ein Fehler, wenn man bei derartigen Sachen zu früh in den Ring stieg.

Jetzt stand er auf. Und plötzlich wurde es sehr still. Aller Augen waren auf ihn gerichtet. Sie erwarteten von ihm ›die Lösung‹. Ein Wunder, irgendeine Hoffnung oder die Aussicht auf eine Gnadenfrist. Sie rechneten damit, daß er sie ihnen geben werde. Er, eine Stütze der Gemeinde, Sprößling eines berühmten Gründervaters, der getreue verläßliche Inseldoktor, der den Körper eines jeden besser kannte als der selbst, der kluge kühle Denker, der hochgeschätzte Erteiler scharfsinnigen Rats...

Er blickte sie alle an, von einem zur anderen, ehe er zu sprechen begann.

»Damis, Nicko, Nimber, es tut mir leid. Aber ich glaube, das ganze Gerede von Widerstand führt uns zu keiner brauchbaren Entscheidung. Wir müssen uns damit abfinden, daß dies keine gangbare Alternative ist.« Aus der Ecke der Kriegspartei kam sofort ein Murren. Er brachte es mit einem kalten starren Blick zum Schweigen. »Ein Kampf gegen die Gillies, das wäre, als wollte man versuchen, die See leerzutrinken. Wir haben keine Waffen. Uns stehen bestenfalls vielleicht vierzig körperlich taugliche Kämpfer zur Verfügung – gegen Hunderte von ihnen. Die Idee ist es nicht einmal wert, daß man darüber nachdenkt.« Die Stille wurde eisig. Er merkte aber, wie seine ruhigen Worte zu wirken begannen: Blicke wurden getauscht, Köpfe begannen zu nicken. Er wandte sich direkt an Lis Niklaus: »Lis, die Gillies bluffen nicht, und Nid hat keine Chance, sie umzustimmen. Sie werden ihren Ausweisungsbefehl nicht widerrufen. Nid hat mit ihnen geredet, und ich selber ebenfalls. Und du weißt das. Und wenn einer von euch glaubt, die Gillies ändern ihre Meinung, dann ist er ein Traumtänzer.«

Wie ernst, wie düster sie auf einmal alle aussahen! Die Sweyners, Dag Tharp, ein Grüppchen Thalheims, die Sawtelles. Sidero Volkin mit seiner Frau Elka. Dann Handers, Martin Yanez. Der junge José Yanez. Lis. Leo

Martello. Pilya Braun. Leynila Stayvol. Sundira Thane. Er kannte sie alle so gut, alle, bis auf wenige Ausnahmen. Sie waren seine Familie, ganz wie er in der versoffenen Nacht zu Delagard gesagt hatte. Ja, ja, es stimmte wirklich. Alle auf dieser Insel.

»Freunde«, sagte er, »wir sehen besser den Tatsachen ins Auge. Mir gefällt das Ganze ebensowenig wie euch, aber uns bleibt nichts anderes übrig. Die Gillies fordern uns auf zu verschwinden? Dann müssen wir eben. Es ist *ihre* Insel. Sie sind in der Überzahl, und sie haben die materielle Gewalt. Und wir, wir werden uns daran gewöhnen, bald irgendwo anders zu leben, und damit hat sich's. Ich wollte, ich könnte euch irgendwas Erfreulicheres anbieten, aber das kann ich nicht. Niemand kann das. Keiner!«

Er machte sich auf ein paar heftige Einsprüche von Thalheim oder Tanamind oder Damis Sawtelle gefaßt. Doch die hatten auf einmal nichts weiter zu sagen. Und es gab schließlich auch nichts, was jemand hätte dagegen sagen können. Das ganze Getöse von bewaffnetem Widerstand war nichts weiter gewesen als ein Pfeifen gegen den Wind. Die Versammlung endete ohne Beschlußfassung. Es blieb ihnen keine andere Wahl, als sich zu fügen. Alle hatten es jetzt erkannt.

LAWLER STAND AN DER KAIMAUER zwischen Delagards Werft und dem Kraftwerk der Gillies; es war ein Spätnachmittag in der zweiten Woche nach dem Ultimatum, und er blickte auf die sich verändernden Farben in der Bucht hinaus, als drunten Sundira Thane vorbeigeschwommen kam. Zwischen zwei Schlägen hob sie kurz den Kopf und nickte Lawler zu. Er grüßte zurück und winkte. Ihre langen schlanken Beine blitzten in einem Scherenschlag kurz auf, und sie schoß vorwärts, während sich ihr Oberkörper aus dem Wasser hob, um dann plötzlich und rasch in einem Bogen unterzutauchen.

Den Bruchteil einer Sekunde lang sah Lawler Sundiras weiße knabenhafte Pobacken über dem Wasser blitzen, dann zog sie rasch dicht unter der Oberfläche dahin, ein schlanker brauner, nackter Wassergeist, der in steten kraftvollen Zügen von der Küste fortschwamm. Lawler folgte ihr mit den Augen, bis er sie nicht mehr sehen konnte. Sie schwimmt wie ein Gillie, dachte er. Sie war seiner Schätzung nach drei, vier Minuten lang nicht zum Atemholen aufgetaucht. Brauchte sie denn gar nicht zu atmen?

Mireyl war ebenfalls eine so gute Schwimmerin gewesen.

Er verzog das Gesicht. Es bestürzte ihn, daß die Erinnerung an seine lang entschwundene eheliche Partnerin auf einmal so plötzlich und derart ungerufen aus der Vergangenheit auftauchen konnte. Er hatte ewig nicht mehr an Mireyl gedacht. Dann aber fiel ihm ein, daß er doch gerade erst in der vergangenen Nacht, als er so besoffen umhergewandert war, an sie gedacht hatte. Mireyl, ach ja … eine alte Geschichte.

ER KONNTE SIE BEINAHE leibhaftig sehen. Auf einmal war er wieder dreiundzwanzig, der junge neue Inselarzt, und da war sie, mit hellem Haar und heller Haut und straffem Körper, breit in den Schultern und im Becken, tiefliegendes Gravitationszentrum, ein kräftiges kleines Geschoß von Weib, rund, muskulös und untersetzt. Ihr Gesicht wurde ihm nicht deutlich. Irgendwie vermochte er sich an das Gesicht überhaupt nicht mehr zu erinnern.

Eine wundervolle Schwimmerin, das war sie. Im Wasser bewegte sie sich wie ein Speer. Sie schien nie müde zu werden und konnte endlos lang unter Wasser bleiben. So kräftig und aktiv er selber war, es fiel ihm doch stets schwer, mit ihr mitzuhalten, wenn sie schwammen. Meist kehrte sie um und wartete dann lachend auf ihn, und er holte sie ein, packte sie und drückte sie fest an sich.

Jetzt schwammen sie gerade. Er kam auf sie zu, und sie breitete ihm die Arme entgegen. Ringsum schwammen kleine Glitzerdinger, geschmeidig und freundlich.

»Wir sollten heiraten«, sagte er.

»Sollen wir das?«

»Ja, das sollen wir.«

»Die Frau des Arztes ... Ich hab nie dran gedacht, den Doktor zu heiraten.« Sie lachte. »Aber irgendwer muß es ja wohl tun.«

»Nein. Keine muß es tun. Aber bei dir möchte ich es gern.«

Sie schlüpfte von ihm fort und schwamm weiter. »Fang mich, dann nehm ich dich!«

»Das ist unfair. Du hast 'ne halbe Länge Vorsprung.«

»Nichts ist je fair«, rief sie ihm zu.

Er grinste und machte sich an die Verfolgung. Er schwamm schneller als jemals zuvor, und diesmal zog er mit ihr gleich, als sie etwa auf halber Strecke in der Bucht waren. Er hätte nicht sagen können, ob er sein Leistungsvermögen über das übliche Maß steigerte, oder ob sie sich absichtlich von ihm einholen ließ. Vielleicht traf beides zu.

Und dann hatte der Doktor ein eheliches Weib.

»Bist du glücklich?« fragte er oft.

»O ja. Ja.«

»Ich auch.«

Eine gute, feste Ehe. Glaubte er jedenfalls. Aber sie war ruhelos. Ursprünglich war sie von einer anderen Insel gekommen, und nun wollte sie weiterziehen und ›die Welt kennenlernen‹, aber er war an Sorve gefesselt: durch seine Arbeit, durch seine disziplinierte, angeborene Gelassenheit, durch unzählige unsichtbare Bindungen. Er begriff nicht, wie stark der Drang zur Vagabondage in ihr wirklich war; ihre Sehnsucht nach fremden Inseln hatte er für eine blaße Übergangsphase gehalten, aus der sie herauswachsen würde, wenn sie sich erst einmal an das eheliche Dasein mit ihm auf Sorve gewöhnt hatte.

Und nun, eine andere Szene. Drunten im Hafen, elf Monate nach der Hochzeit. Mireyl, die an Bord einer von Delagards Inter-Insular-Fähren steigt, Zielhafen Morvendir, und die kurz stehenbleibt, auf die Pier zurückblickt und ihm zuwinkt. Ohne zu lächeln. Auch er lächelte wohl kaum, als er linkisch zurückwinkte. Und dann kehrte sie ihm den Rücken und war fort.

Lawler hatte danach nie wieder etwas von ihr oder über sie gehört. Das war nun zwanzig Jahre her. Hoffentlich ging es ihr gut, wo immer sie sein mochte.

IN WEITER FERNE sah Lawler Schwärme von Luftgleitlingen die Wasserfläche durchstoßen und sich zu ihrem wilden Luftflug mit gespreizten Finnen emporschleudern. Ihre Schuppen blitzten rot und golden, genau wie die Edelsteine in den Geschichtenbüchern seiner Kindheit. Er hatte noch nie echte Edelsteine gesehen – auf Hydros gab es so etwas nicht –, doch es war schwer vorstellbar, daß sie schöner sein sollten als diese Luftgleitlinge im Flug durch die untergehende Sonne. Und er vermochte sich auch keine schönere Szenerie auszumalen als die Bucht von Sorve in ihrer Abendfärbung. Was für ein prachtvoller Sommerabend! Es gab andere Zeiten im Jahr, da war die Luft nicht dermaßen weich und mild – wenn die Insel in Polargewässern driftete, wenn schwarze Stürme und messerscharfer Hagel auf sie niederpeitschten. Zeiten, in denen die Witterung zu rauh war und keiner mehr sich bis zum Rand der Bucht wagen konnte, um Fische oder Pflanzen zu holen, Zeiten, in denen sie alle von Trockenfisch und Algenpulver lebten, von getrockneten Tangsträhnen, wo sich alle in den Vaarghs verkrochen und unglücklich darauf warteten, daß die Sommerzeit wiederkäme. Aber die Sommer! Ach, diese Sommer, in denen die Insel durch tropische Breiten schwamm! Nichts konnte wundervoller sein! Die Ausweisung im Mittsommer machte die Vertreibung von der Insel nur um so schmerzhafter spürbar … man entzog ihnen die schönste Zeit des ganzen Jahres.

Aber das war schließlich die Geschichte der Menschheit von Anfang an, nicht wahr? dachte er. Ein Rausschmiß nach dem anderen. Vom Paradiesgarten Eden an ein Exil nach dem anderen.

Und wie er da so über die Bucht in all ihrer Schönheit blickte, verspürte er scharf ein erneutes Verlustgefühl: Sekunde um Sekunde stürzte sein Leben auf Sorve unwiederbringlich von ihm fort. Zwar fühlte er gleichzeitig auch noch diese seltsame Erregung bei der Vorstellung vom Beginn eines neuen Lebens an anderem Ort, wie in der ersten Nacht, aber doch nicht unablässig.

Er dachte über Sundira nach. Wie es sein mochte, mit ihr zu schlafen. Es wäre absurd, sich nicht einzugestehen, daß er sich von ihr angezogen fühlte. Diese langen glatten Beine, der schlanke geschmeidige Athletenkörper. Ihre Energie, die knappe, selbstbewußte Art. Er stellte sich vor, daß er mit den Fingern über die kühle glatte Haut an der Innenseite ihrer Schenkel streichle. Daß er den Kopf in die Grube zwischen Schulter und Hals bette. Die kleinen festen Brüste unter seinen Händen, die kleinen Brustwarzen, die sich gegen seine Handflächen aufrichteten. Wenn Sundira sich der Liebe nur halb so energisch widmete wie dem Schwimmen, dann mußte sie sensationell sein.

Seltsam, dieses Verlangen nach einer Frau, auf einmal wieder. Er hatte nun so lange schon autonom und selbstgenügsam gelebt: Wenn er jetzt diesem Verlangen nachgab, bedeutete dies, daß er ein Stück seiner sorgsam aufgebauten Schutzpanzerung preisgeben müsse. Doch der Abschied von der Insel hatte alles mögliche ans Licht gespült, was in seiner Seele bisher ruhig geschlummert hatte.

NACH EINER WEILE merkte Lawler, daß mindestens zehn Minuten verstrichen sein mußten, vielleicht sogar mehr, und er hatte Sundira nicht ein einziges Mal auftauchen und Luft holen sehen. So etwas schaffte nicht einmal eine sehr starke Schwimmerin, jedenfalls keine menschliche. In plötzlicher Angst suchte er die Wasserfläche nach ihr ab.

Dann sah er sie auf dem Deichweg von links her auf ihn zukommen. Die dunklen feuchten Haare waren straff im Nacken zusammengerafft, und sie trug ein loses blaues Wickelkleid aus Kriechtang, das vorn offenstand. Sie mußte nach Süden geschwommen und direkt neben der Bootswerft über die Rampe an Land gestiegen sein, ohne daß er es bemerkt hatte.

»Was dagegen, wenn ich mich dir anschließe?« fragte sie.

Lawler machte eine einladende Handbewegung. »Hier ist genug Platz.«

Sie trat an seine Seite und lehnte sich wie er mit den Ellbogen auf die Brüstung gestützt nach vorn und blickte aufs Wasser hinaus.

»Du hast so ernst dreingesehen, vorhin, als ich vorbeigeschwommen bin. So tief in Gedanken.«

»Wirklich?«

»Warst du?«

»Ich nehm es an.«

»Über große Dinge nachdenkend, Doktor?«

»Ach, eigentlich nicht. Ich hab bloß so gedacht.« Er war nicht so recht bereit, ihr zu eröffnen, was ihm vorhin durch den Kopf gegangen war. »Ich hab versucht, mich mit dem Gedanken abzufinden, daß ich hier fort muß«, improvisierte er rasch. »Wieder ins Exil gehen zu müssen.«

»Wieder?« fragte sie. »Das versteh ich nicht. Was soll das heißen: wieder? Mußtest du früher schon einmal von einer Insel fort? Ich dachte, du lebst schon immer auf Sorve.«

»Das stimmt. Aber das diesmal ist für uns insgesamt das zweite Exil, nicht wahr? Erst wurden unsere Vorfahren von der ERDE vertrieben. Und nun wir von unserer Insel.«

Sie wandte sich ihm zu und schaute ihn verwirrt an. »Wir sind keine Exilanten der ERDE. Kein ERDEgeborener hat sich je auf Hydros niedergelassen. Die ERDE wurde hundert Jahre vor der Ankunft der ersten Menschen hier schon zerstört.«

»Das spielt keine Rolle. Wir kommen alle ursprünglich von der ERDE, wenn du bis zum Anfang zurückgehst. Und wir haben sie verloren. Das ist wie ein Exil. Ich meine, für uns alle, für jeden einzelnen Menschen, für alle, auf welcher Welt im Raum sie auch leben.« Und auf einmal sprudelten die Worte nur so aus ihm heraus. »Schau, wir hatten einst eine Mutter-Welt, einen gemeinsamen Ursprungsplaneten, und er ist dahin, zerstört und vernichtet. Ausgelöscht. Nichts ist mehr übrig als die Erinnerung... und eine ziemlich verschwommene überdies... nichts, nur ein paar Händevoll kleinster Trümmerstücke wie jene, die du in meinem Vaargh gesehen hast. Mein Vater erzählte uns gern, daß die ERDE ein Ort voll bestürzend-schöner Wunder gewesen ist, der schönste Planet, der jemals existierte. Eine Welt der Gärten, pflegte er zu sagen. Ein Paradies. Vielleicht war sie das ja. Es gibt Leute, die behaupten, daß sie ganz und gar nicht so war, sondern ein abscheulicher Ort, ein Jammertal, aus dem die Menschen flohen, weil sie das Elend nicht mehr ertragen konnten. Ich weiß es nicht. Das alles ist inzwischen zur Mythologie verkommen. Aber ganz gleich, wie sie war, sie war unsere Heimat, und wir haben sie verlassen, und danach war die Tür ein für allemal hinter uns zugefallen.«

»Ich denke niemals an die ERDE«, sagte Sundira.

»Ich schon. Alle übrigen galaktischen Rassen haben noch ihre Mutterwelt. *Wir nicht!* Wir müssen in der Diaspora leben, über Hunderte von Welten verstreut, fünfhundert von uns hier, tausend anderwärts, wir müssen uns in der Fremde ansiedeln. Und werden mehr oder weniger von den nicht-irdischen verschiedenen Geschöpfen toleriert, auf deren Planeten es uns leidlich gelang, Fuß zu fassen. *Das* meine ich mit *Exil!*«

»Aber selbst wenn es die ERDE noch gäbe, wir könnten ja gar nicht auf sie zurückkehren. Nicht von hier, von Hydros aus. Hydros ist unsere Heimat, nicht die ERDE. Und niemand vertreibt uns von Hydros ins Exil.«

»Immerhin, wir werden von Sorve vertrieben. Das kannst du schlecht wegdiskutieren.«

Ihr Gesichtsausdruck, der merkwürdig, spöttisch und ein wenig ungeduldig, geworden war, wurde wieder weicher. »Dir kommt es wie das Exil vor, weil du nie irgendwo anders gelebt hast. Für mich ist eine Insel nichts weiter als eine Insel. Sie sind alle mehr oder weniger gleich. Wirklich. Ich lebe eine Weile auf der einen, und dann bekomme ich das Gefühl, jetzt möchte ich weiterziehen, und dann gehe ich eben woanders hin.« Sundira ließ ihre Hand flüchtig auf seiner ruhen. »Ich weiß, für dich ist das anders. Tut mir leid.«

Lawler entdeckte, daß er verzweifelt gern zu einem anderen Thema wechseln wollte.

Die Sache stimmte ganz und gar nicht. Jetzt hatte er ihr Mitgefühl erregt, und das bedeutete, sie reagierte auf etwas an ihm, was sie als sein Selbstmitleid interpretieren mußte. Das Gespräch hatte auf dem falschen Fuß begonnen und humpelte nun so weiter. Anstatt über die Vertreibung ins Exil und über die schwere Bürde der armen heimatlosen Menschenkinder zu jammern, die wie Sandkörner in der Galaxis verstreut lebten, hätte er Sundira besser sagen sollen, wie hinreißend sie auf ihn gewirkt hatte, als sie ihren hübschen Sterz beim Tauchen in die Höhe gereckt hatte, und ob sie nicht Lust habe, jetzt gleich mit ihm zu seinem Vaargh raufzugehen und vor dem Abendessen noch eine fröhliche kleine Vögelei mit ihm zu veranstalten? Aber es war zu spät, um jetzt noch auf diesen Kurs umzusteigen. Oder doch nicht?

Nach einer Weile fragte er: »Was macht der Husten?«

»Dem geht's gut. Aber ich könnte ein bißchen mehr von der Medizin brauchen. Ich hab nur noch für zwei Tage.«

»Wenn du nichts mehr hast, komm zum Vaargh rauf. Ich geb dir dann Nachschub.«

»Mach ich«, sagte sie. »Und ich würde mir auch gern deine Sachen von der ERDE genauer ansehen.«

»Wenn du das willst, gern. Wenn sie dich interessieren, sag ich dir, was ich darüber weiß. Viel ist es nicht. Allerdings verlieren die meisten Leute rasch das Interesse, wenn ich davon anfange.«

»Mir war nicht klar, daß dich ERDE dermaßen fasziniert. Ich bin noch nie einem begegnet, der sich darüber viel Gedanken gemacht hätte. Für die meisten von uns ist sie halt nur der Ort, an dem vor ewig langer Zeit mal unsere Vorfahren gelebt haben. Aber das übersteigt unser Begriffsvermögen, ehrlich. Das können wir nicht erfassen. Und wir denken darüber ebensowenig nach wie darüber, wie unsere Ur-Ur-Ur-Ur-Urgroßeltern vielleicht einmal aussahen.«

»Aber ich tu es«, antwortete Lawler. »Ich könnte dir aber nicht sagen, warum. Ich denke an alle möglichen Sachen, die sich meinem Begriffsvermögen entziehen. Beispielsweise wie das sein mag, auf einer Welt mit festem Land zu leben. Wo deine Füße auf festen schwarzen Boden treten, aus dem Pflanzen wachsen, einfach so in der freien Luft, Pflanzen, die zwanzigmal so groß sind wie ein Mensch.«

»Du meinst – Bäume?«

»Ja, Bäume.«

»Ich weiß von Bäumen. Was für wundersame Dinge sie sind. Mit Stengeln, so dick, daß du sie mit den Armen nicht umfassen kannst. Und von oben bis unten von fester, rauher brauner Haut bedeckt. Unglaublich!«

»Du sprichst, als hättest du schon mal welche gesehen.«

»Ich? Aber nein, wie sollte ich? Ich bin eine Hydrosgeborene, wie du. Aber ich habe Leute getroffen, die auf Festlandwelten gelebt hatten. Während meiner Zeit auf Simbalimak war ich ziemlich viel mit einem Mann von Sunrise zusammen, und der erzählte mir von Wäldern und von Vögeln … und von Bergen und all den anderen Dingen, die wir hier nicht haben. Bäume. Insekten. Wüsten. Das alles kam mir recht erstaunlich vor.«

»Das kann ich mir denken«, sagte Lawler. Aber das Gespräch jetzt machte ihn auch nicht fröhlicher als die vorherige Unterhaltung. Er wollte nichts von Wäldern, Vögeln und Bergen hören – und nichts über den Mann von Sunrise, mit dem sie auf Simbalimak so oft zusammen war.

Sie blickte ihn seltsam an. Es gab eine lange zähe Pause. Eine Pause, in der unterschwellig etwas ausgesagt wurde. Aber, verdammt, er begriff den Text nicht.

Dann, mit verändertem, brüskem Ton sagte sie: »Du bist nie verheiratet gewesen, Doktor?« Die Frage kam so überraschend, wie wenn ein Gillie auf einmal Flickflack turnte.

»Doch. Einmal. Aber nicht lange. Es ist schon ziemlich lange her. Ein schlimmer Irrtum. Und du?«

»Nie. Vermutlich weiß ich nicht, wie man so was anstellt. Sich *auf ewig* an eine einzige Person zu binden. Mir kommt so was dermaßen komisch vor.«

»Man behauptet, daß es möglich ist«, bemerkte Lawler. »Und ich hab es auch mit eigenen Augen erlebt. Aber natürlich hab ich nur sehr wenig persönliche Erfahrung damit.«

Sie nickte unbeeindruckt. Irgendwie schien sie sich mit einem Problem herumzuschlagen. Genau wie er selbst. Und sein Problem kannte er: sein Zaudern, die von ihm selbst errichteten Grenzen zu überschreiten, hinter denen er sein Leben verschanzt hatte, nachdem Mireyl ihn verlassen hatte; seine Weigerung, sich dem Risiko erneuter schmerzlicher Verletzung auszusetzen.

Inzwischen war er sein diszipliniertes zölibatäres Leben gewohnt geworden. Mehr als nur angepaßt eigentlich: Ihm erschien es als das, was er haben wollte, weil es seinen tiefsten Bedürfnissen entsprach. Nichts gewagt und nichts – verloren. Wartete die Frau da darauf, daß er den ersten Zug machte? Allem Anschein nach, ja. Aber würde er ihn machen? Konnte er? Er hatte sich doch selbst in der Falle seiner unbiegsamen Gleichmütigkeit gefangen, und irgendwie sah er keine Möglichkeit, wie er sich mit Anstand aus ihr davonstehlen könnte.

Der leichte Sommerwind aus dem Süden trug ihm den Geruch ihrer seefeuchten Haare zu und ließ ihr Umhängetuch flattern, was Lawler deutlich daran gemahnte, daß Sundira darunter nackt war. Der rötlichgelbe Schein der sinkenden Sonne auf ihrer nackten Haut verwandelte die feinen zarten, fast unsichtbaren Härchen darauf in Gold, das auf ihren Brüsten funkelte. Ihr Körper war noch feucht vom Schwimmen, die kleinen helleren Brustwarzen hatten sich in der Abendkühle aufgerichtet. Sie war geschmeidig und fest und verlockend.

Und er begehrte sie.

Also gut. Dann zimpre nicht so herum. Du bist schließlich keine fünfzehn mehr. Was du jetzt machst, du sagst ihr: »Anstatt auf den Morgen zu warten, komm doch gleich mit mir in meinen Vaargh, dann geb ich dir die Medizin. Und dann laß uns zusammen essen und ein paar Gläschen trinken. Ich würde dich wirklich gern besser kennenlernen.« Und dann die Sache nach Gefühl weiterspielen. Er hörte die Worte in der Luft, fast so, als hätte er sie bereits ausgesprochen.

Doch in eben diesem Moment kam Gabe Kinverson direkt von seiner Tagesarbeit auf See über den Pfad daher. Er trug noch seine Fangausrüstung, schwere zeltähnliche Schutzkleidung, die ihn vor den scharfen Hieben der Fleischfischtentakeln bewahren sollte. Unter einem Arm trug er ein gefaltetes Segel. Er machte halt und stand riesenhaft eine Weile ein Dutzend Meter entfernt da, eine klobige Gestalt, gespenstisch wie ein scharfkantiges Riff, und von ihm strahlte wie immer diese merkwürdige Aura einer großen Kraft aus, von versteckter Gewalt, von Gefährlichkeit, die nur mit äußerster Schwierigkeit unter Kontrolle gehalten werden konnte.

»Da bist du ja«, sagte er zu Sundira. »Hab dich schon gesucht. 'n Abend, Doc.« Seine Stimme klang ruhig, ausdruckslos, rätselhaft. Aber Kinverson klang auch nie so bedrohlich, wie er aussah. Er nickte Sundira zu, und sie kam ohne Zögern zu ihm.

»War nett, mal mit dir zu reden, Doktor«, sagte sie über die Schulter zu Lawler.

»Aber gewiß.«

Kinverson will ja bloß, daß sie ihm das Segel flickt, beruhigte Lawler sich selber.

Na sicher, was sonst.

WIEDER HATTE ER EINEN seiner ERDEN-Träume. Eigentlich waren es zwei, der eine sehr schmerzlich, der andere war nicht so übel. Lawler wurde mindestens einmal im Monat von einem heimgesucht, manchmal auch von beiden.

Diesmal war es der gemütlichere Traum, und er wanderte tatsächlich eigenfüßig und auf festem Boden über die ERDE. Er trug keine Schuhe, und es hatte vor kurzem geregnet, und der Boden war weich und warm, und wenn er die Zehen spreizte und sie in die Erde grub, sah er den feuchten Boden wie Ranken zwischen ihnen heraufsprießen, ähnlich wie es beim Sand war, wenn er im seichten Teil der Bucht umherstakte. Der Boden der ERDE aber war ein dunkleres Material als Sand und viel schwerer. Und er gab unter dem Tritt in sehr unvertrauter Weise nach, nur ganz wenig.

Er ging durch einen Wald. Überall um ihn herum waren Bäume, Gewächse wie Holzkelp-Pflanzen mit langen Stämmen und dichten Laubkronen weit droben, aber viel, viel massiver als irgendein Holzkelp, den er je gesehen hatte, und das Laub stand so weit über ihm, daß er die Gestalt der Blätter nicht erkennen konnte. In den Wipfeln flatterten Vögel umher. Sie produzierten seltsame melodische Laute, eine Musik, die er nie zuvor gehört hatte und an die er sich nach dem Erwachen nie erinnern konnte. Allerart fremdartiger Geschöpfe strichen durch den Wald, manche gingen auf zwei Beinen wie ein Mensch, manche krochen auf ihren Bäuchen dahin, und manche standen auf sechs oder acht kleinen Stelzen. Er nickte ihnen im Vorübergehen grüßend zu, und sie erwiderten seinen Gruß, diese irdischen Geschöpfe.

Dann kam er an einen Ort, wo der Wald sich auftat, und er sah vor sich einen Berg aufragen. Er sah aus wie aus dunklem Glas mit Einsprengseln von spiegelhellen Unebenheiten, und in dem warmen goldenen Sonnenlicht war sein Strahlen wunderbar. Er füllte das halbe Firmament aus. Und Bäume wuchsen darauf. Sie wirkten so klein, daß er einen mit der Hand hätte umfassen können, doch er wußte, daß dies nur deshalb so wirkte, weil der Berg so weit von ihm entfernt war, und daß diese Bäume in Wirklichkeit mindestens so hoch waren wie jene in dem Wald, aus dem er gerade gekommen war, vielleicht sogar größer.

Er umwanderte irgendwie den Fuß des Berges. Auf dessen anderer Seite befand sich ein langer, abfallender Einschnitt, ein Tal, und jenseits dieses Tales sah er etwas Dunkles sich breiten, und er wußte, das war eine Stadt; eine Stadt voller Menschen, mehr Menschen, als er sich ohne Mühe vorzustellen vermochte. Er schritt darauf zu, er gedachte sich unter diese irdischen Menschen zu begeben und ihnen zu erklären, wer er sei und von woher er gekommen war, und er wollte sie nach ihrem Leben fragen, und ob sie seinen Ur-Urgroßvater kannten, Harry Lawler, oder vielleicht seinen Vater oder Großvater.

Doch so eifrig er auch gehen mochte, er rückte der Stadt nicht näher. Sie blieb unentwegt drüben am Horizont, dort unten am Ende des Tales. Stundenlang ging er, tagelang, er ging wochenlang… und stets blieb die Stadt unerreichbar, entzog sich ihm beharrlich, und wenn er dann schließlich erwachte, war er erschöpft und verkrampft wie von einer gewaltigen körperlichen Anstrengung und war müde, als hätte er überhaupt keinen Schlaf gefunden.

AM MORGEN KAM Josc Yanez, sein junger Schüler. wie gewohnt zum Unterricht in den Vaargh. Auf der Insel herrschte ein straffes Ausbildungssystem; man durfte nicht zulassen, daß irgendein Handwerk, irgendeine Kunst ausstarb. Seit den Anfängen der Niederlassung war dies nun das erste Mal, daß der Doktorslehrling *kein* Lawler war. Aber die Lawler-Tradition würde mit ihm enden, und wenn er einmal nicht mehr war, würde eine andere Familie die Verantwortung übernehmen müssen.

»Werden wir die ganze medizinische Ausrüstung mitnehmen können, wenn wir fortgehen?« fragte Josc.

»Soweit Platz an Bord ist«, beschied ihn Lawler. »Die Instrumente, die meisten Drogen, das Buch der Rezepturen.«

»Die Patientenkartei?«

»Falls genug Platz ist. Ich weiß nicht.«

Josc war siebzehn, ein großer schlaksiger Bursche. Sanftmütig, eine Seele von Mensch mit einem offenen, stets zu einem Lächeln bereiten Gesicht, und geschickt im Umgang mit den Patienten. Er schien begabt für die Doktorei. Er genoß die langen Stunden des Lernens, wie Lawler selbst, als Junge eher aufsässig und mit Wespen im Hintern, das nie ertragen hätte können. Es war jetzt das zweite Jahr von Joscs Ausbildung, und Lawler vermutete, daß Josc bereits die Hälfte der Grundtechniken beherrschte; den Rest und die diagnostische Geschicklichkeit würde er sich ebenfalls mit der Zeit aneignen. Der Junge stammte aus einer Familie von Seefahrern; der ältere Bruder, Martin, war Kapitän auf einem von Delagards Schiffen. Es paßte genau zu dem Bild von Josc, daß er sich wegen der Krankenblätter der Patienten Sorgen machte. Lawler bezweifelte, daß man sie würde mitnehmen können; auf Delagards Schiffen schien nicht viel Platz für Cargo zu sein, und es gab vordringlichere Prioritäten als die Patientenkartei. Also würden er und Josc eben die Krankengeschichten der Inselbevölkerung unter sich aufteilen und auswendig lernen müssen, ehe der Auszug begann. Aber das würde weiter kein großes Problem sein. Er selbst hatte die meisten Fälle sowieso bereits im Gedächtnis. Und Josc, vermutlich, ebenso.

»Hoffentlich komme ich auf dasselbe Schiff wie du«, sagte der Junge. Neben Bruder Martin war Lawler für Josc sein größtes Heldenidol.

»Nein«, sagte Lawler ernst. »Wir werden auf verschiedenen Schiffen Dienst tun. Falls dann meins Schiffbruch erleiden sollte, dann bist immer noch du da und kannst die ärztliche Betreuung vornehmen.«

Josc schaute drein, als hätte ihn der Blitz getroffen. Weshalb? Wegen der Vorstellung, das Schiff seines Helden könne kentern und Lawler zugrunde fahren? Oder bei dem Gedanken, er selbst werde wirklich eines Tages der Koloniearzt sein? Vielleicht schon sehr bald?

Wahrscheinlich war es das. Lawler erinnerte sich, was für Gefühle ihn überkommen hatten, als er zum erstenmal begriff, daß hinter seiner Lehrzeit ja ein ganz aktueller Zweck, eine gezielte Absicht steckte, hinter diesem zermürbenden, endlosen öden Drill: Daß nämlich von ihm eines Tages erwartet wurde, an die Stelle seines Vaters zu treten und alle seine beruflichen Aufgaben zu erfüllen wie er. Er war damals so um die vierzehn gewesen. Und als er zwanzig war, war sein Vater tot, und er selber war der Doktor.

»Hör mal, mach dir deswegen keine großen Gedanken«, sagte Lawler. »Mir wird schon nichts passieren. Aber wir müssen eben mit dem Schlimmsten rechnen, Josc. Du und ich, wir verfügen über das gesamte medizinische Wissen, das es in der Kolonie gibt. Wir haben die Pflicht, es zu bewahren.«

»Ja. Natürlich.«

»Also gut. Das bedeutet, wir werden in verschiedenen Schiffen reisen. Verstehst du, was ich damit meine?«

»Ja. Ja, ich verstehe«, sagte der Junge. »Ich würde zwar lieber bei dir bleiben, aber ich versteh es wirklich.« Er lächelte. »Wir wollten heute über Pleuralinflammation arbeiten, oder?«

»Über entzündliche Prozesse des Brustfells, ja«, erwiderte Lawler und entfaltete seinen zerlesenen, verblichenen Anatomischen Atlas. Josc beugte sich vor, wach, aufmerksam, voll Lernbegierde. Der Junge war wirklich inspirierend. Er gemahnte Lawler an etwas, das er in der letzten Zeit fast vergessen hätte, daß sein Beruf mehr war als nur ein Job: Es war eine Berufung … »Entzündungen und Pleuralergüsse sind dran, beide. Symptomerkennung, Genese, therapeutische Maßnahmen.« Er hörte im Hinterkopf die Stimme seines Vaters, tief, gelassen, unerbittlich, dröhnend wie ein großer Gong. »Ein plötzlich auftretender stechender Brustschmerz beispielsweise …«

DELAGARD SAGTE: »Es tut mir leid, aber ich hab keine übermäßig guten Neuigkeiten.«

»Oh?«

Sie befanden sich in Delagards ›Büro‹ auf der Werft. Und es war Mittag, Lawlers gewohnte Pausenzeit zwischen den Sprechstunden. Delagard hatte ihn gebeten, er möge vorbeischauen. Auf dem Holzkelp-Tisch stand eine bereits geöffnete Flasche Beerenkrautschnaps, doch Lawler hatte es abgelehnt, mitzutrinken. Nicht während der Arbeitszeit, hatte er erklärt. Er hatte sich stets bemüht, einen klaren Kopf zu bewahren, wenn er Patienten erwartete (abgesehen natürlich von den Schlückchen Taubkraut-Elixier, und das, sagte er sich, schadete ja dabei nicht. Wenn es überhaupt einen Einfluß hatte, dann höchstens den, daß er klarer denken konnte).

»Ich hab inzwischen ein paar Reaktionen, leider keine guten. Velmise verweigert uns die Aufnahme, Doc.«

Es war, als hätte man ihn in den Unterleib getreten.

»Das haben sie dir mitgeteilt?«

Delagard schob ein Blatt Nachrichtenpergament über den Tisch. »Vor 'ner knappen halben Stunde hat mir Dag Tharn das da gebracht. Von meinem Sohn Kendy, auf Velmise. Er sagt, die hatten gestern abend ihre Ratsversammlung, und der Beschluß war gegen uns. Ihre Einwanderungsquote pro Jahr ist sechs, und sie sind willens, sie auf zehn zu erhöhen, angesichts der außergewöhnlichen Umstände. Aber mehr zu tun sind sie nicht bereit.«

»Also nicht alle achtundsiebzig.«

»Nein. Auf keinen Fall. Die alte Geschichte wie bei Shalikomo. Jede Insel fürchtet sich davor, zu viele Menschen aufzunehmen und dadurch die Gillies in Aufregung zu versetzen. Sicher, man könnte argumentieren, daß zehn Asylanten besser sind als gar keiner... Wenn wir zehn nach Velmise absetzen können, zehn nach Salimil, und noch zehn nach Grayvard ...«

»Nein!« sagte Lawler. »Ich will, daß wir alle zusammenbleiben.«

»Aber das weiß ich doch. Okay!«

»Wenn Velmise also ausfällt, was ist die nächste Möglichkeit?«

»Dag verhandelt derzeit grade mit Salimil. Du weißt ja, ich hab auch dort einen Sohn sitzen. Vielleicht verfügt der über etwas mehr Überzeugungsfähigkeit als Kendy. Oder vielleicht sind die Leute von Salimil nicht ganz so miese Kneifärsche! Himmel, man könnte glauben, wir verlangen von Velmise, sie sollen ihre ganze verdammte Siedlung räumen und uns Platz machen. Die könnten uns leicht unterbringen. Vielleicht wär's 'ne Weile ein bißchen eng, aber so was läßt sich doch hinkriegen. Shalikomos passieren doch nicht immer wieder!« Delagard fummelte in einem Stapel Pergamentblätter auf dem Tisch herum und reichte sie dann Lawler hinüber. »Also, Velmise ist Scheiße. Die Pest über sie. Wir werden schon was finden. Ich will eigentlich jetzt, daß du dir das da mal anschaust.«

Lawler warf einen Blick auf die Blätter. Auf jedem stand eine Liste von Namen in Delagards großer kühner Handschrift gekrakelt.

»Was soll das?«

»Ich hab dir doch vor einigen Wochen schon gesagt, ich habe sechs Schiffe, und das rechnet sich dann auf dreizehn Mann pro Schiff. Aber wie es sich zeigt, werden wir ein Schiff mit elf Personen haben, zwei mit je vierzehn, und die anderen drei mit dreizehn. Du wirst gleich begreifen, warum. Das sind die Passagierlisten, die ich aufgestellt habe.« Er tippte mit dem Finger auf das oberste Blatt. »Da. Das sollte dich am meisten interessieren.«

Lawler überflog das Blatt rasch. Da stand:

ICH UND LIS
GOSPO STRUVIN
DOC LAWLER
QUILLAN
KINVERSON
SUNDIRA THANE
DAG THARP
ONYOS FELK
DANN HENDERS
NATIM GHARKID
PILYA BRAUN
LEO MARTELLO
NEYANA GOLGHOZ

»Na? Wie ist das? Gut?« fragte Delagard.

»Was soll das?«

»Hab ich doch grad gesagt. Die Passagierlisten. Die für unser Schiff, die *Queen of Hydros.* Ich glaub, es ist 'ne ziemlich gute Auswahl.«

Lawler starrte Delagard verwundert an. »Du Erzgauner, Nid. Du bringst es wirklich fertig, deinen eigenen Arsch gut abzusichern!«

»Aber, wovon redest du denn bloß?«

»Ich rede davon, mit welch unendlicher Mühe es dir gelungen ist, für deine persönliche Sicherheit und Bequemlichkeit zu sorgen, während wir auf See sind. Und du genierst dich nicht einmal, mir diese Liste zu zeigen, was? Nein, ich wette, du bist sogar noch stolz drauf! Du hast auf deinem Schiff den einzigen Arzt der Kolonie, dazu noch den erfahrensten Kommunikator, das Beste, was wir annähernd an Ingenieur zu bieten haben, und den Kartographen. Und Gospo Struvin ist zufällig auch der Spitzenkäptn deiner Flotte. Gewiß keine üble Basis-Besatzung für eine Reise von gottweißwielang zu einem gottweißwiefernen Ziel. Und dazu kommt noch Kinverson, der Jäger der See, der dermaßen stark ist, daß man ihn kaum als einen Menschen bezeichnen kann, und der sich auf dem Meeres-Ozean auskennt wie du auf deiner Werft. Ein verdammt gutes Team, das du dir da ausgesucht hast! Und keinerlei Störfälle, keine lästigen Kinder oder alte Leute, keiner, der irgendwie krank wäre. Gar nicht dumm, mein lieber Freund!«

Einen Moment lang, aber wirklich nur ganz kurz, flammte in Delagards glitzernden Äuglein Verärgerung auf.

»Also, sieh doch mal, Doc. Es ist schließlich das Flaggschiff. Und es wird möglicherweise doch keine ganz so leichte Fahrt, wenn wir am Ende gar bis Grayvard fahren müssen. Wir müssen überleben.«

»Müssen? Mehr als die anderen?«

»Du bist unser einziger Arzt. Willst du auf allen Schiffen gleichzeitig präsent sein? Dann versuch es. Ich hab mir das so gedacht: Da du nur auf einem Schiff mitreisen kannst, könntest du ja auch genauso gut auf meinem sein.«

»Aber klar doch.« Lawler fuhr mit dem Finger den Rand des Pergamentbogens entlang. »Aber selbst wenn ich dein Prinzip von ›Delagard-über-alles-und-vorallem‹ gelten lassen würde, mir gehen trotzdem ein paar deiner Kandidaten nicht so recht ein. Was soll dir beispielsweise Gharkid nützen? Als ein Mensch ist der doch eine absolute Null.«

»Aber er kennt sich mit Seetang aus. Und darin ist er einzigartig, auch wenn er sonst nichts weiß. Er kann uns bei der Nahrungssuche helfen.«

»Das klingt vernünftig.« Lawler warf einen Blick auf Delagards prallen Bauch. »Und wir wollen doch nicht hungern, da draußen, wie? Na?« Er warf wieder einen Blick auf die Passagierliste. »Und warum Braun? Und Golghoz?«

»Die können fest zupacken und machen keinen Ärger.«

»Und Martello? Ein *Dichter?*«

»Der ist nicht bloß Dichter. Der kann auf einem Schiff gut zupacken und kennt sich aus. Und überhaupt, wieso eigentlich *keinen* Dichter? Die Sache wird doch zweifellos so was wie eine Odyssee. Die Auswanderung einer ganzen Insel. Da haben wir gleich einen, der uns unsere Geschichte niederschreibt.«

»Sehr hübscher Einfall«, sagte Lawler. »Man nimmt sich gleich seinen persönlichen Homer mit auf die Reise, damit die liebe Nachwelt nur ja auch alles richtig über die gewaltige Reise erfährt. Also, das gefällt mir.« Wieder überflog er die Liste. »Ich stelle fest, du hast nur vier Frauen vermerkt, bei zehn Männern.«

Delagard lächelte. »Der sexualspezifische Proporz entzieht sich meiner Kontrolle weitgehend. Wir haben auf dieser Insel sechsunddreißig weibliche Wesen, gegen zweiundvierzig männliche. Aber elf der Damen gehören dieser bescheuerten Schwesternschaft an, das darfst du nicht vergessen. Die schick ich auf einem eigenen Schiff ganz für sich alleine los. Sollen sie doch lernen, wie sie es segeln müssen, wenn sie können. Also haben wir eben nur fünfundzwanzig Frauen und Mädchen, aber fünf Schiffe, die Mütter müssen bei ihren kleinen Kindern bleiben undsoweiter, undsoweiter. Ich hab berechnet, daß wir auf unserem Schiff Platz für vier haben.«

»Darunter vor allem Lis, wie ich begreife. Und wie wählst du die übrigen drei Weiber aus?«

»Braun und Golghoz haben bereits für mich gearbeitet, sie hatten auf den Trips nach Velmise und Salimil angeheuert. Und wenn ich schon Weiber an Bord lasse, dann können das ja ebensogut welche sein, die zupacken können und wissen, was getan werden muß.«

»Und Sundira? Ja, schon gut, sie ist erfahren im Ausbessern von Zubehör. Das scheint vernünftig.«

»Genau«, sagte Delagard. »Und außerdem ist sie auch noch Kinversons Partnerin, klar? Wenn sie uns nützlich ist, und die beiden sind auch noch Partner, wozu sollte man sie trennen?«

»Also, soweit ich weiß, sind sie keineswegs feste Partner.«

»Ach, wirklich? Na, mir sieht es aber ganz danach aus. Ich seh sie fast die ganze Zeit nur zusammen«, sagte Delagard. »Jedenfalls ist das die Besatzung für unser Schiff, Doc. Für den Fall, daß die Flotte sich auf See trennen muß, haben wir da ein paar gute Leute, mit deren Hilfe wir es schaffen können. Und jetzt die Belegschaft für Schiff Nummer Zwei, die *Sorve Goddess:* Da haben wir Brondo Katzin und sein Weib, die ganzen Thalheims, die Tanaminds ...«

»Moment mal!« warf Lawler ein. »Ich bin mit der ersten Liste noch nicht fertig. Über Father Quillan fiel bisher kein Wort. Ist der auch eine nützliche Person? Den hast du doch wohl nur gewählt, nehme ich an, um dich mit Gott gut zu stellen?«

Delagard steckte den Hieb unbeeindruckt weg. Er gab ein dröhnendes ›Hoho‹ von sich. »Ja, da soll mich doch! Nein, daran hab ich überhaupt nicht gedacht. Aber es wär gar keine schlechte Idee, nein, ehrlich, sich einen Pfaffen mitzunehmen. Denn wenn da einer *droben* was ausrichten kann, dann der. Nein, der Grund, weshalb ich den Pastor ausgewählt hab, ist ganz einfach: Er macht mir so großen Spaß. Ich finde, er ist ein enorm interessanter Kerl.«

Natürlich, dachte Lawler.

Es erwies sich stets als ein Fehler, wenn man von Delagard erwartete, daß er in irgendeiner Sache konsequent sei.

IN DIESER NACHT stellte sich der andere Traum von der ERDE ein. Der Traum, der weh tat, der Traum, vor dem er sich am liebsten jedesmal versteckt hätte. Es war lange her, seitdem er beide Träume in aufeinanderfolgenden Nächten träumte, und darum war er ganz unvorbereitet, denn er hatte angenommen, der Traum der letzten Nacht werde ihm diesen anderen für einige Zeit ersparen. Aber nein. Nein, er konnte ihm nicht entkommen. Die ERDE würde ihn stets und immer verfolgen.

Dort hing sie am Himmel über Sorve: ein wundervoller blaugrüner Ball. Und drehte sich langsam und präsentierte ihre schimmernden Meere, ihre grandiosen gelbbraunen Kontinente. Über die Maßen schön war sie, dieses leuchtende Juwel im Himmel. Er sah die Gebirgsketten über die Rücken der Kontinente ragen wie schartige graue Zähne. Über den Spitzen breitete sich rein und weiß Eisschnee. Und Lawler stand auf dem obersten Kamm des hölzernen Dammes seiner kleinen Insel und ließ sich davon-, hinauftreiben in den Himmel, und er stieg weiter, bis er Hydros verlassen hatte und weit draußen im Weltraum über der blaugrünen Kugel schwebte, die einst die ERDE war, und auf sie niederschaute wie ein Gott. Dann sah er die Städte: Haus um Haus, nicht oben zugespitzt wie ein Vaargh, sondern breit und flach, über unermeßliche Weiten eines neben dem anderen, und dazwischen breite Verkehrswege. Und auf denen bewegten sich Leute, Tausende, viele Tausende, eilig zu Fuß, und manche fuhren in kleinen Kutschen, die aussahen wie über Land fahrende Boote. Über ihnen in der Luft hingen die geflügelten Geschöpfe, die ›Vögel‹ hießen, wie die Gleiter und die anderen Hadros-Fische, die er kannte und die fähig waren, zu kurzen Flügen über die Wasseroberfläche hinaus in die Luft zu stoßen. Aber hier flogen sie die ganze Zeit in der Luft und schwebten großartig dahin und umkreisten den Planeten unermüdlich in unendlichen, weiten Bögen. Und zwischen den Vögeln waren auch Maschinen, die fliegen konnten. Sie waren aus Metall und glatt und glänzend, mit kurzen Flügeln und langen, tubusförmigen Leibern. Lawler sah sie vom Angesicht der ERDE aufsteigen und mit unglaublicher Geschwindigkeit über weite Entfernungen fliegen, wobei sie die Bewohner der ERDE von Insel zu Insel, von Stadt zu Stadt, von Kontinent zu Kontinent trugen, ein so ausgedehnter Verkehr, daß ihm beim Zusehen die Seele zu taumeln und kreisen begann.

Er schwamm durch Dunkelheit, weit über der leuchtenden blau-grünen Welt, und er beobachtete und wartete, und er wußte, was als nächstes geschehen würde, und fragte sich hoffnungsvoll, ob es vielleicht diesmal *nicht* geschehen werde.

Aber natürlich geschah es. Wie früher. Wie er es so vielmals durchlebt hatte, mit Schweißausbrüchen aus allen Poren und Muskelkrämpfen vor Schrecken und Angst. Und niemals gab es vorher eine Warnung. Es fing einfach an: Die heiße gelbe Sonne schwoll plötzlich an, wurde noch heller und monströs mißgestaltet – und die gezackte Feuerzunge züngelte durch den Himmel …

Und von den Hügeln und aus den Tälern stiegen die Flammen empor, aus den Wäldern und den Häusern. Die kochenden Meere. Die verbrannten Ebenen. Die schwarzen Aschewolken, die den Himmel verfinsterten. Und das geschwärzte Land, das aufbrach. Die nackten häßlichen Berge, die sich auf den zerstörten Feldern türmten. Der Tod, Tod, Tod …

Stets wünschte er sich, er könne aufwachen, ehe es soweit kam. Doch es gelang ihm nie, und er mußte stets alles bis zum Ende sehen, auch die kochenden Meere, auch die zu Asche verbrannten grünen Wälder.

Der erste Patient am nächsten Morgen war Sidero Volkin, einer von Delagards Schiffszimmermännern. Er hatte sich einen Feuerwurmdorn in der Wade geholt, während er im seichten Wasser vom Kiel eines der Boote eine zu dick angewachsene Schicht von Ringmuscheln entfernte. Etwa ein Drittel von Lawlers Patienten kam mit Wunden zu ihm zur Behandlung, die sie sich im harmlosen, seichten Wasser der Bucht zugezogen hatten. Diese seichten und sanften Gewässer wurden nämlich nur allzu häufig von Geschöpfen heimgesucht, die es sich angelegen sein ließen, menschliche Wesen zu stechen, zu beißen, zu zersäbeln, zu speeren, in sie einzudringen oder sie auf andere Weise zu plagen.

»Das Biest ist direkt am Boot entlang auf mich zugeschwommen und aufgetaucht und hat mich angeglotzt«, sagte Volkin. »Ich mit dem Beil auf den Kopf los, und der Schwanz kommt von der anderen Seite rüber und sticht mich. Das Mistviech, ich hab es dann halbiert, aber das bringt mir jetzt wenig.«

Die Wunde war schmal, aber tief und bereits entzündet. Diese Feuerwürmer waren lange, sich windende Geschöpfe, die scheinbar nichts weiter waren als zähe biegsame Röhren mit einem unangenehmen kleinen Maul am einen und einem gemeinen Stachel am anderen Ende. Es machte keinen großen Unterschied, mit welchem Ende sie dich erwischten: Sie steckten voller Mikroorganismen, die in Symbiose mit dem Feuerwurm lebten und für menschliche Wesen schädlich waren, und wenn sie mit menschlichem Körpergewebe in Berührung gerieten, verursachten diese symbiontischen Epiphyten sogleich Reizungen und Komplikationen. Volkins Bein war gerötet und angeschwollen und bei Berührung schmerzempfindlich, von der Wunde aus verlief eine feuerrote, geflechtartige Entzündungsspur über die Haut; es sah aus wie Ritualnarben eines satanischen Kultes.

»Das wird jetzt weh tun«, sagte Lawler, während er eine lange Bambusnadel in eine Schüssel mit stark antiseptischer Flüssigkeit tauchte.

»Als ob ich das nicht wüßte, Doc!«

Lawler führte die Nadel in die Wunde ein, stocherte darin herum und träufelte so viel von der bakteriziden Flüssigkeit hinein, wie Volkin seinem Gefühl nach ertragen konnte. Der Schiffszimmerer blieb völlig bewegungslos, fluchte nur hin und wieder fast lautlos, während Lawler in seinem Fleisch herumstocherte, was zweifellos höllisch schmerzen mußte.

»Da hast du was gegen die Schmerzen«, sagte Lawler und reichte ihm ein Tütchen mit einem weißen Pulver. »Du wirst dich ein paar Tage lang ganz lausig mies fühlen. Dann dürfte die Entzündung zurückgehen. Außerdem wirst du heut nachmittag Fieber kriegen. Also nimm dir heut frei.«

»Kann ich nicht. Delagard läßt mich nicht weg. Wir müssen die Schiffe seeklar machen. Und da ist noch 'ne Menge zu tun.«

»Nimm dir heut den Rest frei«, sagte Lawler noch einmal. »Und wenn Delagard dir irgendwie dreckig kommt, dann sagst du ihm, er kann sich bei mir beschweren. In einer halben Stunde bist du nämlich so benebelt, daß du sowieso zu keiner vernünftigen Arbeit mehr fähig bist. So, und jetzt zieh ab.«

Volkin zögerte kurz am Eingang des Vaargh.

»Also, das weiß ich ehrlich zu schätzen, Doc!«

»Verschwinde. Und leg das Bein hoch, ehe du umkippst!«

Der nächste Patient, der draußen wartete, war ebenfalls einer von Delagards Belegschaft. Neyana Golghoz. Die Frau war untersetzt, wirkte gemütlich, etwa vierzig Jahre. Ihre Haare waren außergewöhnlich orangerot. Das flache breite Gesicht war übersät von rötlichen Flecken. Ursprünglich stammte sie von der Insel Kaggeram, war aber vor etwa fünf, sechs Jahren nach Sorve zugezogen. Sie arbeitete irgendwie im Wartungsbereich bei Delagards Flotte und fuhr beständig zwischen den sich begegnenden Inseln hin und her. Vor sechs Wochen hatte sich zwischen ihren Schulterblättern ein Hautkrebs zu verbreiten begonnen, und Lawler hatte ihn chemotherapeutisch beseitigt, indem er lösungsgetränkte Nadeln unter die Wucherungen schob, bis die malignen Partikel sich ablösten und abgehoben werden konnten. Die Prozedur war für beide wenig erfreulich gewesen. Lawler hatte der Patientin aufgetragen, sich einmal monatlich zur Nachuntersuchung einzufinden, damit er prüfen könne, ob sich rezidive Symptome gezeigt hatten.

Neyana streifte das Arbeitshemd ab und wendete ihm den Rücken zu, und Lawler untersuchte die Vernarbung mit den Fingern. Wahrscheinlich war die Partie immer noch schmerzempfindlich, aber die Frau reagierte überhaupt nicht auf die Berührung. Wie die meisten menschlichen Insulaner war sie mit einem recht gleichmütig-stumpfsinnigen und geduldigen Temperament ausgerüstet. Für die Humanpopulation war das Leben auf Hydros einfach, zuweilen beschwerlich, aber nie sehr fröhlich. Man hatte keine große Auswahl, nicht viele Alternativen, welchen Beruf man ergriff, wen man heiratete, wo man leben konnte. Wenn einer nicht den Mut aufbrachte und sein Glück auf einer der anderen

Inseln versuchen wollte, waren die wesentlichen Marksteine seines Lebens festgelegt, sobald er oder sie erwachsen war. Und wagte man sich an einen anderen Ort, so stellte man wahrscheinlich fest, daß auch dort die Möglichkeiten durch so ziemlich die gleichen Umstände beschränkt waren. Das hatte mit der Zeit einen gewissen Stoizismus herangezüchtet.

»Sieht gut aus«, beschied Lawler die Patientin. »Du meidest weiterhin die Sonne, Neyana?«

»Da kannste Gift drauf nehmen, daß ich das mach!«

»Schmierst du die Salbe drauf?«

»Da kannste Gift drauf nehmen.«

»Nun, dann wirst du damit weiter keine Probleme haben.«

»Du bist 'n verdammt guter Doktor, Doc«, informierte ihn Neyana. »Ich hab da mal wen auf der anderen Insel gekannt, und der hatte auch so 'nen Hautkrebs, und bei dem hat der sich richtig durch die Haut reingefressen und er ist gestorben. Aber du, du kümmerst dich um uns, du beschützt uns.«

»Ich tu, was ich kann.« Dankbarkeitsäußerungen seiner Patienten machten ihn immer verlegen. Er selber kam sich meist wie ein Fleischhauer vor, wenn er sie mit derart urzeitlichen Methoden traktieren mußte, während auf anderen Planeten – hatten jedenfalls die berichtet, die von draußen gekommen waren – den Ärzten alle nur erdenklichen Wunderbehandlungen zur Verfügung standen. Dort benutzten sie Schallwellen und Elektrizität und Strahlen und alles mögliche andere, was er kaum begriff, und sie hatten Medikamente,. die alles in fünf Minuten heilen konnten. Während er sich mit selbstgemachten Salben und Tränklein aus Seetang benügen mußte, mit improvisierten Instrumenten aus Holz und dem einen und anderen Stückchen Eisen oder Nickel. Immerhin, er hatte der Patientin die Wahrheit gesagt: Er tat wirklich, was er nur konnte.

»Wenn ich mal was für dich tun kann, Doc, dann brauchste das bloß zu sagen. Jederzeit.«

»Das ist sehr freundlich von dir«, sagte er.

Neyana kroch hinaus. Nicko Thalheim kroch herein. Er war wie Lawler auf Sorve geboren und ebenso Abkömmling einer Ersten Familie mit einem Pedigree über fünf Generationen bis zu den Tagen, als der Planet noch Strafkolonie war. Nicko war eine der führenden Persönlichkeiten der Insel, ein derber rotgesichtiger Mann mit dickem Genick und ausladenden Schultern. Als Kinder waren er und Lawler Spielgefährten gewesen, und auch jetzt waren sie noch gute Freunde. Insgesamt gab es sieben Thalheims auf der Insel, machten also ein Zehntel der Humanbevölkerung aus. Nickos Vater, seine Frau, seine Schwester und seine drei Kinder. Es war ungewöhnlich, daß eine Familie drei Kinder hatte. Thalheims Schwester hatte sich vor etlichen Monaten der Klosterfrauengruppe am anderen Ende der Insel angeschlossen; sie war jedermann inzwischen unter dem Namen ›Schwester Boda‹ bekannt. Thalheim war über ihren Profeß nicht erfreut gewesen.

»Läuft der Eiter aus dem Abszeß gut ab?« fragte Lawler.

Thalheim hatte eine Infektion in der linken Achselhöhle. Lawler vermutete, daß ihn da irgendwas in der Bucht gestochen haben könnte, doch Thalheim verneinte das. Es war eine hartnäckige Sache und eklig, immer wieder floß Eiter heraus. Lawler hatte den Abszeß schon dreimal geschnitten und zu säubern versucht, aber er hatte sich immer wieder neu entzündet. Beim letztenmal hatte er vom Weber Harry Travish aus Seeplastik eine kleine Auffangröhre fertigen lassen und sie festgesteckt, damit darin der Eiter aufgefangen und von der entzündeten Stelle weggeleitet werde.

Er hob nun den Verband ab, zerschnitt die Stichnaht, durch die der Auffangtubus festgehalten wurde, und inspizierte die Entzündung. Die ganze Haut im Umkreis war gerötet und fühlte sich unter den Fingern heiß an.

»Tut höllisch weh«, sagte Thalheim.

»Ja, und es sieht auch ziemlich übel aus. Tust du auch wirklich die Medizin drauf, die ich dir gegeben habe?«

»Aber sicher mach ich das.«

Es klang nicht überzeugend. Lawler sagte: »Das kannst du halten, wie du willst, Nicko. Aber wenn sich die Entzündung ausbreitet und den Arm runterwandert, werde ich dir vielleicht den ganzen Arm amputieren müssen. Meinst du, du kannst auch mit nur einem Arm richtig weiterarbeiten?«

»Ist ja bloß mein linker, Val.«

»Das kann ja wohl kaum dein Ernst sein.«

»Nein. Natürlich nicht.« Er stöhnte knurrend, als Lawler die Geschwulst erneut berührte. »Also, vielleicht hab ich ja mal einen Tag auf die Medizin vergessen, oder vielleicht auch zwei. Tut mir leid, Val.«

»In einiger Zeit wird es dir noch viel mehr leid tun.«

Und kühl und ohne Zimperlichkeit säuberte Lawler den Infektionsherd, als schnitte er an einem Stück Holz herum. Thalheim blieb bei der Prozedur stumm und bewegte sich nicht.

Als Lawler den Drainagetubus wieder anheftete, sagte Thalheim auf einmal: »Wir kennen uns schon sehr lange, Val.«

»Ja, fast vierzig Jahre.«

»Und uns hat es alle beide nicht gedrängt, auf eine andere Insel zu gehen.«

»Ich bin nie auf so einen Gedanken gekommen«, sagte Lawler. »Aber davon mal abgesehen, ich war schließlich hier der Doktor.«

»Genau. Und mir hat es einfach hier gefallen.«

»Ja«, sagte Lawler. Worauf wollte er hinaus?

»Weißt du, Val«, sprach Thalheim weiter. »Ich hab drüber nachgedacht, über diese Geschichte, daß wir hier fort müssen. Es ist mir zuwider. Es macht mich innerlich ganz krank.«

»Ich bin auch nicht begeistert davon, Nicko.«

»Klar. Aber du scheinst dich damit abgefunden zu haben.«

»Was bleibt mir denn anderes übrig?«

»Vielleicht gibt's doch 'ne andere Möglichkeit, Val.«

Lawler schaute ihn an und wartete.

Thalheim fuhr fort: »Ich hab dich bei der Gemeindeversammlung gehört. Was du da gesagt hast, daß es zu nichts führt, wenn wir versuchen, uns gegen die Gillies zu wehren. Ich war da nicht einverstanden mit dir, aber nachdem ich noch mal über alles nachgedacht habe, sah ich, daß du recht hast. Trotzdem überlege ich mir die ganze Zeit, ob es nicht doch eine Möglickeit gibt, daß ein paar von uns hierbleiben können.«

»Was?«

»Also, wenn zehn, zwölf von uns sich am anderen Ende verstecken, dort wo die Schwestern sich niedergelassen haben. Du, und ich, meine Familie, und die Katzins, die Hains – das wäre ein Dutzend. Und außerdem 'ne recht anständige Gruppe, keine Reibereien, alle mitsammen Freunde. Wir verhalten uns ganz still, gehen den Gillies aus dem Weg, fischen auf der anderen Seite der Insel und versuchen so weiterzuleben wie bisher.«

Der Gedanke war dermaßen absurd, daß er Lawler an einem ungeschützten Punkt traf. Eine verrückte Sekunde lang fühlte er sich tatsächlich in Versuchung. Hierbleiben, trotz allem? Die vertrauten Pfade, die liebe vertraute Bucht nicht aufgeben zu müssen? Und die Gillies kamen nie zum unteren Inselende. Vielleicht merkten sie es gar nicht, wenn ein paar Humaninsulaner zurückblieben ...

Doch, nein!

Die Aberwitzigkeit des Plans knallte ihm ins Bewußtsein wie die Faust der Tidenwoge. Die Gillies brauchten gar nicht zur Inselspitze zu gehen, um zu wissen, was dort los war. Sie wußten immer irgendwie, was sich irgendwo auf ihrer Insel tat. Sie würden sie innerhalb von fünf Minuten finden und sie über den rückwärtigen Deich ins Meer werfen, und damit hatte es sich dann. Außerdem, selbst wenn es ein paar Leuten gelingen sollte, der Aufmerksamkeit der Gillies zu entgehen, wie konnte jemand annehmen, sie würden danach genauso weiterleben können, wie sie es gewohnt waren, wo doch der größere Teil der Gemeinde in der Fremde lebte? Nein. Nein, das Ganze war absurd und unmöglich.

»Na, was hältst du davon?« fragte Thalheim.

Nach einer kurzen Pause sagte Lawler: »Vergib mir, Nicko. Aber es ist ebenso hirnrissig wie dieser Vorschlag von Nimber neulich, wir sollten den Gillies eins ihrer Götzenbilder stehlen und es als Sicherheitspfand behalten.«

»Meinst du wirklich?«

»Ja!«

Thalheim schaute stumm zu, wie Lawler ihm die Geschwulst unter dem Arm verband.

Dann sagte er: »Du hast schon immer die Dinge mit einem praktischen Verstand gesehen. Irgendwie kaltblütig, Val, aber praktisch, immer praktisch. Du gehst einfach nicht gern ein Risiko ein, denk ich mir.«

»Nicht wenn die Chancen eine Million zu eins gegen mich sind.«

»Du glaubst, es ist so schlimm?«

»Es kann nicht klappen, Nicko. Auf gar keine Weise. Nun gib es schon zu. Keiner kann die Gillies austricksen. Die Idee ist das reine Gift, sie ist selbstmörderisch.«

»Ja, vielleicht.«

»Nicht vielleicht.«

»Einen Moment lang kam sie mir recht gut vor.«

»Wir hätten nicht die geringste Chance«, sagte Lawler.

»Nein. Nein. Wir hätten wirklich keine Chance, was?«

Thalheim schüttelte den Kopf. »Ich möchte aber wirklich so gern hier auf der Insel bleiben, Val. Ich will von hier nicht weg. Ich würde alles dafür geben, wenn ich bleiben dürfte.«

»Ich auch«, sagte Lawler. »Aber wir ziehen fort. Wir müssen!«

SUNDIRA THANE kam in seine Sprechstunde, als sie ihren Taubkraut-Tranquilizer ganz aufgebraucht hatte. Ihre energiegeladene lebhafte Persönlichkeit wirkte in dem kleinen Sprechzimmer des Vaargh wie ein Trompetenstoß.

Allerdings hustete sie auch wieder. Und Lawler wußte auch, warum, und es war nicht etwa, weil fremdartige Fungi ihre Lungen befallen hatten. Sie machte einen angespannten, überreizten Eindruck. Und das Leuchten, das ihren Augen diese intensive Lebendigkeit verlieh, war diesmal nicht Ausdruck ihrer inneren Stärke, sondern der Angst.

Lawler füllte den kleinen Vorratskürbis mit einem frischen Vorrat der rosa Tropfen, genug für die Zeit bis zum Tag des Auszugs. Danach, wenn der Husten sie auch auf See noch immer belästigte, konnte sie von seinem Vorrat abbekommen.

Sie sagte: »Eins von diesen verrückten Weibern war grad vorhin im Ort, hast du davon schon gehört? Sie hat allen Leuten erzählt, daß sie uns das Horoskop gestellt hat, und keiner wird die Reise zu der neuen Insel überleben. Nicht ein Mensch, hat sie gesagt. Einige werden auf See zugrundegehen, und die übrigen werden glatt über den Rand der Welt hinaussegeln und im Himmel landen.«

»Das war Schwester Thecla, nehme ich an. Sie behauptet, daß sie das Zweite Gesicht hat.«

»Und? Stimmt es?«

»Sie hat mir mal mein Horoskop gestellt, vor langer Zeit, vor Gründung der Schwesternschaft, als sie sich noch herabließ, mit Männern zu sprechen. Damals sagte sie, ich würde bis in ein reifes hohes Alter ein glückliches erfülltes Leben führen. Und jetzt sagt sie, wir gehen alle zugrunde. Also muß eins von diesen beiden Horoskopen falsch sein, meinst du nicht auch? So, und jetzt mach mal den Mund auf, ich will mir mal deinen Hals und Kehlkopf anschauen.«

»Vielleicht hat aber Schwester Thecla gemeint, daß du zu denen gehörst, die direkt in den Himmel segeln werden?«

»Schwester Thecla ist keine besonders zuverlässige Informationsquelle«, sagte Lawler. »Um es drastisch zu sagen: Schwester Thecla ist eine psychisch ernstlich gestörte Person – Mund auf!«

Er schaute ihr in den Rachen. Er sah dort eine leichte Gewebsreizung, weiter nichts Besonderes, eben was man so als Folge eines gelegentlichen psychosomatischen Hustens erwarten durfte.

»Wenn Delagard wüßte, wie man in den Himmel fährt, der hätte das längst getan«, sagte er. »Er hätte längst einen Pendelverkehr mit Fährschiffen eingerichtet. Und die frommen Schwestern hätte er längst dorthin verfrachtet. Und was deinen Hals angeht, so ist das immer noch das gleiche wie anfangs. Spannungen, nervöser Reizhusten. Versuch eben, dich mehr zu entspannen. Dich beispielsweise von Schwestern fernzuhalten, die dir deine Zukunft weissagen wollen, wäre eine gute Idee.«

Sundira lächelte. »Ach, diese armen törichten Weiber. Sie tun mir leid.« Obgleich die Konsultation beendet war, machte sie keine Anstalten zu gehen. Sie ging vielmehr zu dem Bord, auf dem er seine kleine Kollektion von irdischen Artefakten aufbewahrte, und betrachtete sie eine Weile lang intensiv. »Du hast versprochen, daß du mir sagst, woher diese Sachen stammen.«

Er trat neben sie. »Das Metallfigürchen ist am ältesten. Es ist ein Gott, den man in einem Land namens

Ägypten verehrte. Vor vielen tausend Jahren. Ägypten war ein Land an einem großen Fluß, eines der ältesten Länder auf der ERDE überhaupt, in denen die Zivilisation entstand. Er ist entweder der Sonnengott oder der Gott des Todes. Oder beides. Ich bin mir da nicht sicher.«

»Beides? Wie kann der Gott der Sonne auch der des Todes sein? Die Sonne ist die Quelle des Lebens, sie ist hell und warm. Der Tod, der ist etwas Düsteres, Dunkles. Er ist ...« Sie stockte. »Aber die Sonne der ERDE war auch todbringend, nicht wahr? Willst du damit sagen, daß sie das in diesem Land namens Ägypten gewußt haben, Tausende von Jahren, bevor es wirklich geschehen ist?«

»Das bezweifle ich stark. Aber die Sonne stirbt jeden Abend. Und sie wird am nächsten Morgen wiedergeboren. Vielleicht liegt hier der Zusammenhang.« Oder auch nicht. Er stellte bloße Vermutungen an. Er wußte doch so wenig.

Sie nahm das kleine Bronzefigürchen auf und wog es in der flachen Hand, wie um das Gewicht abzuschätzen.

»Viertausend Jahre. Ich kann mir viertausend Jahre einfach nicht vorstellen.«

Lawler lächelte. »Manchmal halte ich es genauso wie du jetzt und versuche mir vorzustellen, daß sie mich an den Ort zurückführt, an dem sie gemacht wurde. Trockener Sand, keine Sonne, ein blauer Fluß mit Bäumen an beiden Ufern. Städte mit Tausenden Menschen darin. Gewaltige Tempel und Paläste. Aber es ist sehr schwierig, die Vision klar und deutlich zu halten. Alles, was ich wirklich im Geiste sehen kann, sind ein Meer und eine kleine Insel.«

Sie stellte die Statuette wieder ab und wies auf den Tonscherben. »Und dieses Stück hartes bemaltes Material, sagst du, stammt aus ... Griechenland?«

»Ja, Griechenland. Es ist Töpferware. Sie machten das aus Lehm. Da, schau, du kannst noch ein Stückchen der

Malerei erkennen, die Gestalt eines Kriegers und den Speer, den er wohl trug.«

»Was für eine wundervolle Umrißlinie. Es muß ein Meisterstück gewesen sein. Aber das werden wir nie erfahren, nicht wahr? Wann ist Griechenland gewesen? Nach Ägypten?«

»Viel später. Und trotzdem noch sehr, sehr alt. Es gab bei ihnen Dichter und Philosophen, und große Künstler. Homer war ein Grieche.«

»Homer?«

»Er schrieb die *Odyssee* und die *Iliade.*«

»Verzeih, aber ich weiß nicht ...«

»Das sind berühmte Versepen, sehr lange. Eines war über einen Krieg, das andere über eine Seefahrt. Mein Vater hat mir oft Geschichten erzählt, die aus ihnen stammten, die paar Teilstückchen, an die er sich noch aus den Erzählungen *seines* Vaters erinnerte. Und der hatte sie von seinem Großvater Harry gelernt, dessen Großvater noch auf der ERDE geboren war. Damals war es erst sieben Generationen her, daß es die ERDE noch gab. Wir vergessen das manchmal ... manchmal vergessen wir sogar, daß es die ERDE überhaupt jemals gab. Siehst du das runde braune Medaillon da? Das ist eine Erdkarte. Mit den Festlanden und den Meeren.«

Von all seinen Schätzen, dachte Lawler oftmals, war dies der kostbarste. Es war zwar weder das älteste Stück seiner Sammlung, noch das schönste, aber es trug eben das Abbild der ERDE in sich eingegraben. Er hatte keine Ahnung, wer es gemacht hatte, oder wann es gemacht worden war, oder zu welchem Zweck. Es war eine flache harte Scheibe und größer als seine Geldmünze aus dem Land ›United States of America‹, aber doch noch so klein, daß er sie in der Handfläche halten konnte. Am Rand verliefen Lettern, die keiner zu entziffern vermochte, und in der Mitte lagen zwei sich überschneidende Kreise, auf denen die Karte der ERDE eingraviert war, zwei Kontinente in der einen Hemisphäre, zwei in der anderen, und am unteren Rand der Welt in beiden Kreisen lag ein fünfter Kontinent, und einige große Inseln ragten aus den Weiten der Meere. Vielleicht waren ja auch sie Kontinente, wenigstens ein paar davon. Denn Lawler begriff nicht so recht, wo der Unterschied lag, wenn es eine Insel war und wenn es ein Kontinent war.

Er zeigte auf den linken Kreis. »Man nimmt an, daß Ägypten hier war, etwa hier in der Mitte. Und Griechenland irgendwo ein bißchen weiter hier oben. Und das da drüben, auf der anderen Seite könnten vielleicht die United States of America gewesen sein. Und dieses kleine Stück Metall nennt man eine Münze, und sie benutzten es dort, in diesen United States.«

»Wofür?«

»Als Geld«, sagte Lawler. »Solche Münzen waren Geld.«

»Und das verrostete Ding da?«

»Das war eine Waffe. Man nannte es Kanone. Es spuckte kleine Bolzen aus, die Geschosse hießen.«

Sie schauderte ein wenig zurück. »Du hast da nur diese sechs Gegenstände von der ERDE … und einer davon muß ausgerechnet eine Waffe sein. Aber so waren sie, die damals, nicht wahr? Dauernd kämpften sie gegeneinander? Brachten sich gegenseitig um? Taten sich gegenseitig weh?«

»Ja, manche waren so, besonders in den älteren Tagen. Später hat sich das geändert, glaube ich.« Lawler zeigte auf den groben Steinsplitter, sein letztes Exponat. »Das kommt von irgendso einer Mauer, die sie damals hatten, einer Mauer zwischen Ländern, weil es da Krieg gab. Das wäre, wie wenn es hier bei uns Mauern zwischen den Inseln geben würde, falls du dir so was vorstellen kannst. Irgendwann kam dann ein Frieden, und sie rissen die Mauer ein, und alle feierten heftig, und Stücke von der Mauer wurden aufbewahrt, damit keiner jemals vergessen sollte, daß es die Mauer einmal gab.« Lawler zuckte die Achseln. »So waren eben Menschen. Manche waren gut, und andere eben nicht. Ich denke nicht, daß sie so sehr anders waren als wir.«

»Aber ihre Welt war anders.«

»Sehr anders, ja. Seltsam und wunderbar.«

»Du kriegst immer so einen ganz besondren Ausdruck in den Augen, wenn du über die ERDE redest. Das hab ich schon neulich nachts bemerkt, drunten an der Bucht, als du davon gesprochen hast, daß wir alle im Exil leben. Da war so ein Glühen in deinen Augen, ein Ausdruck der Sehnsucht, nehme ich an. Du hast gesagt, manche Leute glaubten, die ERDE war ein wundervoller Paradiesgarten, und andere, sie war ein entsetzliches Jammertal voller Grauen, und alle wollten weg von dort. Aber du mußt einer von denen sein, die glauben, sie war ein Paradiesgarten.«

»Nein«, antwortete Lawler. »Ich hab es dir doch gesagt: Ich weiß wirklich nicht, wie es dort wirklich war. Ich vermute, ziemlich übervölkert, eng, schäbig und verdreckt, als es aufs Ende zuging, sonst wäre es wohl kaum zu diesen gigantischen Auswanderungswellen von dort gekommen. Aber ich weiß es nicht. Ich nehme an, die Wahrheit darüber werden wir nie erfahren.« Er schwieg und sah sie fest an. »Das einzige, was ich weiß: Dort war einmal unsere Heimat. Und das sollten wir nie vergessen: Unsere eigentliche wirkliche Heimat. Wir können uns noch so viel selber betrügen und uns vormachen, wir sind auf Hydros zuhause – wir bleiben trotzdem alle immer nur Besucher hier.«

»Besucher?« fragte Sundira.

Sie stand sehr nahe bei ihm. Die grauen Augen schimmerten hell, die Lippen schimmerten feucht. Lawler hatte das Gefühl, als höben und senkten sich ihre Brüste rascher als gewöhnlich unter dem leichten Wickeltuch. Seine Einbildung? Oder zeigte sie ihm, daß sie ihn wollte?

»Fühlst du dich denn auf Hydros zu Hause?« fragte er. »So ganz wirklich, echt zu Hause?«

»Aber natürlich. Du nicht?«

»Ich wollte, ich könnte es.«

»Aber du bist doch hier geboren!«

»Na und?«

»Ich versteh nicht…«

»Nun, bin ich ein Gillie? Ein Taucher? Ein Fleischlingsfisch? Die fühlen sich hier zu Hause. Die *sind* hier zu Hause!«

»Aber du doch auch.«

»Du begreifst noch immer nicht«, sagte Lawler.

»Ich bemühe mich. Ich würde dich gern verstehen.«

Das wäre jetzt der Augenblick, dachte Lawler, um nach ihr zu greifen, sie fest an mich zu ziehen, sie zu streicheln, dies und das zu tun, mit Händen und Lippen… es zu tun. Sie will dich verstehen, sagte er sich. Also gib ihr ihre Chance.

Und dann hörte er Delagards Stimme im Kopf: *Außerdem ist sie Kinversons Partnerin, oder? Und wenn die zwei verbandelt sind, und sie erweist sich als nützlich, wozu sollte man sie trennen?*

»Ja«, sagte er, und sein Ton war plötzlich abweisend. »Eine Menge Fragen, und kaum Antworten. Ist es nicht immer so?« Und plötzlich wollte er allein sein. Er tippte mit dem Zeigefinger auf den Flakon mit dem Tranquilizer. »Der Vorrat mußte dir für zwei weitere Wochen reichen, genau bis zum Termin unserer Abfahrt. Und wenn der Husten sich nicht wieder bessert, laß es mich wissen.«

Sie reagierte ein wenig bestürzt auf diese brüske Verabschiedung. Dann aber lächelte sie, bedankte sich und ging.

Ach, Mist, Mist, Mist! dachte er.

DELAGARD SAGTE: »Die Schiffe sind so ziemlich in Schuß, und wir haben noch eine ganze Woche Zeit! Meine Männer haben sich regelrecht die Klöten abgerissen, um das hinzukriegen.«

Lawler stand am Rand der Werft und schaute aufs Wasser hinaus, wo Delagards ›Flotte‹ ankerte, alle Schiffe bis auf eins, das noch im Trockendock hing und dessen Rumpf ausgebessert wurde. Zwei Schiffszimmerer arbeiteten eifrig daran. Und auf den anderen Schiffen waren drei Männer und vier Frauen eifrig mit Hämmern und Hobeln am Werken. »Ich vermute natürlich, daß du das eben nicht wörtlich gemeint hast.«

»Was? Wie? Ach so. Sehr komisch, Doc. Aber hör mal, jeder, der für mich arbeitet, hat Klöten, sogar die Weiber. Ich drück mich halt nun mal so ordinär aus. Oder es ist eben eine meiner kleinen sprachlichen Absonderlichkeiten, was dir lieber ist. Möchtest du dir ansehen, was wir gemacht haben?«

»Ich war noch nie an Bord eines großen Schiffes, stell dir vor. Nur mal so in Fischerbooten, Rutenbooten, weißt du?«

»Es gibt für alles ein erstes Mal. Komm, ich zeig dir das Flaggschiff.«

Sobald er an Bord war, erschien Lawler das Schiff viel kleiner als Delagards Schiffe sonst, wenn sie draußen in der Bucht ankerten. Aber, nun ja, es sah doch einigermaßen geräumig genug aus. Fast wie eine Miniatur-Insel. Lawler spürte das leichte Rollen unter den Sohlen, sogar hier im Flachwasser. Der Kiel war aus demselben gelben zäh-festen Kelpholzmaterial gefügt, aus dem auch der Inselgrund gefertigt war, aus langen zähen Fasern, die dicht zusammengepreßt und gebündelt und mit Pech kalfatert waren. Aber die Außenhülle der Schiffsrümpfe hatte eine andere Kalfaterung. Ebenso wie die Inseldeiche eine Deckschicht von lebendem Seefingerkraut überzog, das sich fortwährend selbst ergänzte und neustrukturierte im Anprall des Meeres gegen die Inseleinfassung, genau wie die hölzernen Bohlen des Lagunenbodens durch Schichten von schützenden Algen verstärkt wurden, so umspannten auch dichte grüne Geflechte der Seefinger den Schiffsrumpf bis fast zur Reling herauf. Die stummeligen kleinen blaugrünen Schläuche des Gewächses, die für Lawler stets mehr wie winzige Fläschchen als wie Finger ausgesehen hatten, überzogen den Schiffsrumpf mit einem dichten stachligen Mantel, der sich dicht unter der Wasserlinie in einem dichten wulstigen Geflecht ausstülpte. Das Deck war eine feste Fläche aus irgendeiner leichteren Holzart und sorgsam versiegelt, um das Schiffsinnere trocken zu halten, wenn Bugseen über Bord schwappten. Mittschiffs erhoben sich zwei Masten. Luken auf dem Vorschiff und am Heck führten in geheimnisvolle untere Regionen.

Delagard sagte: »Also, wir haben hauptsächlich die Decks frisch abgedichtet und den Rumpf neu belegt. Wir wollen überall wasserdicht sein. Es ist möglich, daß wir es mit ein paar häßlichen Stürmen zu tun kriegen werden, und mit Sicherheit wird uns da draußen irgendwo die verfluchte Tidenwelle einholen. Auf einem interinsularen Trip könnten wir um Schlechtwettergebiete herumskippern, und wenn es einigermaßen gut läuft für uns, besteht die Hoffnung, daß wir dem Schlimmsten von der Tidenwoge entgehen, aber diesmal wird's vielleicht nicht ganz so leicht.«

»Ja, aber das soll doch eine Inselfahrt werden«, sagte Lawler.

»Schon, aber vielleicht nicht zwischen den Inseln, wie wir es gern hätten. Manchmal muß der Mensch, besonders bei so einer Reise, eben den langen Umweg nehmen.«

Lawler kam da nicht ganz mit, aber da Delagard nicht näher darauf einging, hakte er nicht nach. Delagard schleppte ihn durch das ganze Schiff und spulte dabei eine Masse technischer Angaben herunter: Das ist das Kajüthaus, dort das Deckhaus, die Brücke, das Vorschiff und das Achterdeck, das Bugspriet, die Winsch, der Wasserläufer, die Kranbrücke und die Winde. Das da sind Gaffelhaken, da ist der Ruderkasten, das da ist das

Kompaßhaus. Drunten haben wir da die Mannschaftsquartiere, den Frachtraum, die Magnetronkammer, den Funkraum, die Schiffszimmerei … und dies … und das … Lawler hörte kaum zu. Die meisten Begriffe sagten ihm sowieso nichts. Was ihm allerdings auffiel: Alles unter Deck war so unglaublich dichtgedrängt, alles ineinander gequetscht. Er war die Intimität und Abgeschlossenheit seines Vaargh gewöhnt. Aber hier würden sie sich alle gegenseitig in den Unterhosen rumkriechen sehen. Lawler versuchte sich vorzustellen, daß er es auf dem weiten offenen Ozean zwei, drei, ja vier Boot-Wochen lang in diesem überfüllten Boot würde aushalten müssen … und nirgendwo eine Insel in Sicht.

Na, also nicht grad ein Boot, sagte er sich. Ein Schiff! Ein hochseetüchtiges Segelschiff!

»Wie lauten die letzten Bescheide von Salimil?« fragte er, als Delagard ihn endlich aus der beklemmenden Enge des Schiffsbauches nach oben geleitete.

»Dag verhandelt grad jetzt mit denen. Die Ratssitzung sollte eigentlich heute früh stattfinden. Meiner Vermutung nach kommen wir mit Leichtigkeit durch. Die haben dort 'ne Menge Platz. Und mein Sohn Tylie rief mich letzte Woche von Salimil an und sagte mir, daß vier Ratsmitglieder fest für uns und zwei weitere nicht abgeneigt sind.«

»Von wie vielen?«

»Neun.«

»Klingt gut.« Also würden sie wohl nach Salimil gehen. Na schön. Wenn es denn sein mußte. Er beschwor ein Bild von Salimil in sich herauf, wie er es sich vorstellte – natürlich ziemlich genauso wie Sorve, aber irgendwie größer, großartiger, üppiger –, und er malte sich aus, wie er seine medizinische Ausrüstung in einem Vaargh verstaute, den sein Kollege, Dr. Nikitin von Salimil, für ihn bereitgestellt hatte. Mit Nikitin hatte er viele Male über Funk gesprochen. Jetzt fragte er sich, wie der Mann tatsächlich aussehen mochte. Salimil, doch, das konnte angehen. Lawler wollte gern glauben, daß Rylie Delagard wußte, wovon er redete, und daß Salimil sie aufnehmen werde. Dann fiel ihm ein, daß Kendy, der andere Delagard, der auf Velmise lebte, ebenso fest überzeugt gewesen war, daß man dort den Flüchtlingen aus Sorve Asyl gewähren werde.

Sidero Volkin kam an Deck gehumpelt und wandte sich an Delagard. »Dag Tharp ist da. In deinem Büro.«

Delagard grinste. »Da haben wir unsere Antwort. Gehn wir an Land.«

Aber Tharp war bereits unterwegs zum Ufer und kam ihnen entgegen, als sie von Bord kletterten, und sobald Lawler den verdatterten Ausdruck in dem scharfen roten Gesicht des kleinen Funkers sah, wußte er, wie die Antwort aus Salimil ausgefallen war.

»Nun?« fragte Delagard trotzdem.

»Sie haben uns abgewiesen. Fünf Stimmen gegen vier. Sie haben nicht genug Wasser, sagen sie. Weil der Sommer so trocken war. Sind allerdings bereit, sechs Personen aufzunehmen.«

»Die Saukerle! Sollen sie in der Hölle braten!«

»Soll ich ihnen das sagen?« fragte Tharp.

»Du sagst denen gar nichts. Mit denen vergeuden wir nicht noch mehr Zeit. Wir schicken ihnen auch nicht die sechs Leute. Entweder alle – oder keiner, wohin wir auch gehen.« Er schaute Lawler ins Gesicht.

»Und was kommt als nächstes?« fragte Lawler. »Shaktan? Kaggeram?« Die Namen der Inseln gingen ihm leicht über die Lippen. Doch er hatte keine Ahnung, wo sie sich befanden oder wie es dort sein mochte.

»Die werden uns mit dem gleichen Scheiß abspeisen« sagte Delagard.

»Ich könnte es aber trotzdem mit Kaggeram versuchen«, sagte Tharn. »Ich erinnere mich, die sind dort ziemlich honnete Leute. Ich war da mal vor zehn Jahren, als ...«

»Scheiß auf Kaggeram«, sagte Delagard. »Die haben dort ebenfalls so 'ne Räteregierung. Die werden eine Woche brauchen, um darüber zu debattieren, dann machen sie 'ne öffentliche Versammlung und 'ne Volksabstimmung und den ganzen Quatsch. Aber wir haben nicht mehr soviel Zeit.« Delagard schien in Gedanken zu versinken. Er wirkte weltenweit weg. Wie jemand, der unter höchster geistiger Anspannung abstruse Berechnungen anstellt. Die Augen hatte er halb geschlossen, die dichten schwarzen Brauen standen eng beisammen. Eine dicke Schale von Schweigen umgab ihn. Schließlich sprach er: »Grayvard ...«

»Aber Grayvard liegt acht Wochen weit weg«, warf Lawler ein.

»Grayvard?« Tharp blickte bestürzt drein. »Du willst, daß ich Grayvard anrufe?«

»Nicht du. Ich. Ich spreche selber mit denen, direkt vom Schiff aus.« Wieder schwieg er eine Weile. Und wieder sah er aus, als sei er woanders und stelle im Geiste Berechnungen an. Dann nickte er, anscheinend befriedigt über das Ergebnis, und sagte: »Ich hab Vettern auf Grayvard. Beim Himmel, ich werd schließlich wissen, wie ich mit meinen eignen Gevattern verhandeln muß. Was ich ihnen anbieten muß. Die werden uns aufnehmen. Da könnt ihr verdammt sicher sein. Gar kein Problem! Also – Grayvard!«

Lawler blickte ihm nach, als er wieder dem Schiff zustrebte.

Grayvard? Grayvard?

Er wußte fast nichts darüber; eine Insel am äußeren Rand der Inselgruppe, in der auch Sorve trieb; eine Insel, die fast ebensoviel Zeit in dem angrenzenden Roten Meer verbrachte wie im Mare Nostrum, dem Heimat-Meer. Und es lag so weit entfernt, daß es nur gerade noch einen halbwegs realen Bezug zu Sorve hatte.

In der Schule hatte Lawler gelernt, daß es auf vierzig der Hydros-Inseln Humankolonien gebe. Vielleicht war die offizielle Zahl mittlerweile auf fünfzig oder sechzig gestiegen; er wußte es nicht. Die tatsächliche Gesamtzahl lag wahrscheinlich um etliches höher, denn alle lebten noch immer unter dem bedrückenden Schatten des Massakers auf Shalikomo, das sich zur Zeit der Dritten Generation abgespielt hatte, und wo immer die Humanpopulation auf einer Insel zu stark anwuchs, zogen zehn, zwanzig Personen fort, um sich anderwärts eine neue Existenz aufzubauen. Die Siedler auf diesen neuen Inseln verfügten nicht immer von vornherein über die Mittel, mit dem restlichen Hydros in Funkkontakt zu treten. Darum verlor man leicht den Überblick über die genauen Zahlen. Gut, schätzungsweise achtzig Inseln durfte man inzwischen annehmen, vielleicht hundert, die von Menschen bewohnt waren. Verstreut über einen ganzen Planeten, der angeblich sogar größer sein sollte, als selbst die ERDE einst gewesen war. Die Kommunikation zwischen den Inseln war lückenhaft und außerhalb der eigenen kleinen Eilandgruppe auch schwierig. Verschwommene interinsulare Bündnisse entstanden und lösten sich wieder auf, während die Inseln in ihren Strömungen wanderten.

Einst, vor langer Zeit war das, hatten einige Menschen den Versuch gemacht, sich eine eigene Insel zu erbauen, damit sie nicht bestandig unter den Augen von Gillies Nachbarn leben müßten. Sie hatten sich mit der Bauweise vertraut gemacht und die Fasern zu verflechten begonnen, doch bevor sie damit sehr weit gediehen waren, wurde ihre Insel von gewaltigem Seegetier angegriffen und zerstört. Es gab Dutzende Tote. Man nahm allgemein an, die Ungeheuer seien von den Gillies geschickt worden, weil es diesen anscheinend nicht gefiel, daß die Menschen sich ihr eigenes kleines unabhängiges Reich errichten wollten. Danach hatte keiner mehr einen solchen Versuch unternommen.

Aber Grayvard, dachte Lawler. Na ja, dann also.

Eine Insel ist so gut wie die andere, beruhigte er sich.

Irgendwie würde es ihm gelingen, sich anzupassen, wo immer sie landen mochten. Aber würden sie auf Grayvard auch tatsächlich willkommen sein? Ja, würden sie es überhaupt finden können, da draußen irgendwo in der Weite zwischen dem Heimatmeer und der Roten See? Ach, zum Teufel, sollte Delagard sich damit rumschlagen. Wozu sollte er sich plagen? Er hatte darauf sowieso keinen Einfluß.

GHARKIDS STIMME, schwach, piepsig, heiser, drang zu Lawler, als er langsam zu seinem Vaargh zurückging.

»Doktor? Herr Doktor?«

Er war schwer beladen und taumelte unter dem Gewicht zweier riesiger tropfender Körbe mit Algen, die er an einem Schulterjoch schleppte. Lawler blieb stehen und wartete auf ihn. Gharkid kam herangewankt, dann ließ er Lawler die Körbe praktisch vor die Füße plumpsen.

Gharkid war ein kleiner drahtiger Kerl, so viel kürzer als Lawler, daß er den Kopf zurücklegen mußte, um ihm ins Gesicht blicken zu können. Er lächelte mit blitzenden weißen Zähnen aus dem dunklen Gesicht. Der Mann hatte was Ernsthaftes und zugleich Gefälliges an sich. Doch die kindliche Einfalt, die fröhliche ländliche Arglosigkeit, die er zur Schau stellte, konnten gelegentlich ein wenig lästig werden.

»Was soll denn das alles?« Lawler besah sich das Pflanzengewirr, das aus den Körben quoll, grüne und rote Tangsträhnen, gelbe mit grellen Purpuradern.

»Für dich, Herr Doktor. Medizin. Wenn wir fortgehen. Zum Mitnehmen.« Gharkid grinste breit. Er schien sehr zufrieden mit sich selber zu sein.

Lawler kniete nieder und stocherte in dem matschigen Gewirr herum. Einige der Wasserpflanzen konnte er identifizieren. Die bläuliche da war schmerzlindernd; die mit den dunklen bandartigen, seitlich abführenden Blättern lieferte das brauchbarere der zwei verfügbaren

Antiseptika, und diese da – ja, tatsächlich, das war Taubkraut. Ohne Zweifel, Taubkraut. Der gute alte Gharkid. Lawler blickte auf, und während sich ihre Augen begegneten, blitzte da in Gharkids dunklem Blick etwas auf, das ganz und gar nicht naiv und kindhaft war.

»Um's mit aufs Schiff zu nehmen«, sagte er, wie wenn Lawler es vorhin nicht begriffen hätte. »Das sind die guten Pflanzen, die für die Medizin. Ich hab mir gedacht, du wirst sie brauchen, einen Extravorrat.«

»Das hast du sehr gut gemacht«, sagte Lawler. »Komm, ich helf dir das rauf zum Vaargh zu tragen.«

Es war eine reiche Ausbeute. Der Mann hatte von allem, das irgendwie medizinisch brauchbar war, etwas gesammelt. Lawler selbst hatte die Sache immer und immer wieder aufgeschoben, und schließlich war Gharkid einfach raus in die Bucht gefahren und hatte den ganzen Arzneibestand aufgestockt. Wahrhaftig, eine gute Arbeit, dachte Lawler. Ganz besonders das Taubkraut. Ihm blieb gerade noch ausreichend Zeit, das alles zu destillieren und fertigzustellen, ehe sie lossegeln mußten, die Pülverchen, Salben, Öle und Tinkturen zu bereiten. Und dann war seine Schiffsapotheke für den langen Trip nach Grayvard recht gut bestückt. Der kannte sich wirklich mit seinen Algen aus, der alte Gharkid. Und wieder einmal fragte sich Lawler, ob der Mann wirklich so einfältig war, wie es den Anschein hatte, oder ob das nur Tarnung war. Gharkid erweckte oft den Eindruck, als sei er eine leere Seele, eine *tabula rasa,* ein unbeschriebenes Blatt, auf das jeder kritzeln konnte, was er wollte. Doch es mußte mehr in ihm stecken, irgendwo tief drinnen. Aber was?

DIE LETZTEN TAGE vor der Abreise waren schlimm. Zwar räumten alle die unabdingbare Notwendigkeit des Aufbruchs ein, aber nicht jeder hatte geglaubt, daß es wirklich soweit kommen werde, und nun brach diese Wirklichkeit mit schrecklicher Gewalt über sie herein. Lawler sah alte Frauen vor ihren Vaarghs ihre Habseligkeiten in Bündeln aufhäufen, und dann starrten sie ihren Besitz mit stumpfem Blick an, packten um, schleppten das Bündel zurück ins Haus und brachten andere Dinge heraus. Manche der Frauen und auch einige der Männer weinten unablässig, manche stumm, andere nicht so lautlos. Die ganze Nacht hindurch konnte man das hektische nervöse Schluchzen hören. In den schlimmsten Fällen verabreichte Lawler Taubkraut. »Nur ruhig, ganz ruhig«, sagte er immer wieder. »Still, still!« Thom Lyonides war drei Tage lang ohne Unterbrechung besoffen, grölte herum und fing dann mit Bamber Cadrell eine Prügelei an und erklärte, keiner werde ihn dazu bringen, die Planken von so einem Schiff zu betreten. Delagard und Gospo Struvin kamen vorbei und fragten, was, zum Teufel, der Krach solle, und Lyonides sprang Delagard an, hatte Schaum vor dem Mund und kreischte wie ein Irrer. Delagard versetzte ihm einen Hieb ins Gesicht, und Struvin packte ihn am Hals und würgte ihn, bis er sich wieder beruhigte. »Bringt ihn auf sein Schiff«, befahl Delagard Cadrell. »Und sorgt dafür, daß er dort bleibt, bis wir ablegen.«

Am vorletzten und auch am letzten Tag fanden sich Gruppen von Gillies direkt an der Grenzlinie zwischen ihrem Gebiet und der Menschensiedlung ein, standen nur da und beobachteten auf ihre unergründliche Weise, als wollten sie sich vergewissern, ob die Menschen sich auch tatsächlich zum Auszug anschickten. Inzwischen hatten alle Sorvesen eingesehen, daß es keine Rettung gab, daß die Ausweisung nicht zurückgenommen werden würde. Auch die letzten Zweifler, die bisher die Augen verschlossen hatten, mußten nun unter dem Druck dieser starren, unerbittlichen, fischigen Blicke sich der Wahrheit stellen: Sorve war für sie auf alle Zeit verloren. Grayvard sollte ihr neues Zuhause werden. Soviel stand fest.

KURZ VOR DEM ENDE, wenige Stunden vor dem Aufbruch, stieg Lawler zum entferntesten Punkt der Insel, auf der anderen, der Bucht gegenüberliegenden Seite, wo das hohe Bollwerk direkt an den Ozean grenzte. Es war Mittag, und das Wasser war voller glastender Lichtreflexe.

Von seinem erhöhten Aussichtspunkt aus schaute Lawler übers weite offene Meer und stellte sich vor, daß er nun darüber hinfahren mußte, weitab von jedem Ufer. Er wollte sich prüfen, herausfinden, ob er sich noch immer fürchtete vor dieser endlosen Wasserwelt, in die er nun sehr, sehr bald hinausziehen würde.

Nein. Nein, da war nichts mehr. Seine ganze Furcht schien damals, in dieser Nacht der Besäufnis in Delagards Höhle, von ihm gewichen zu sein. Und war nicht zurückgekehrt. Er spähte in die Ferne, und er sah nichts als Meer, und auch das war gut so. Dort war nichts, wovor man sich hätte fürchten müssen. Er würde seine Insel eben mit den Planken eines Schiffs vertauschen, und das war ja im Grunde auch wirklich nichts weiter als eine Miniaturinsel. Also, welches war die schlimmste vorstellbare Möglichkeit? Daß sein Schiff in einem Sturm auf den Grund fahren könnte, wahrscheinlich, oder von der Tidenflutwelle zerschmettert würde und er sterben mußte. Na und? Früher oder später würde er sowieso sterben müssen. Das war nichts Neues. Aber schließlich passierten Schiffsuntergänge ja auch nicht dermaßen häufig. Die Chancen standen nicht schlecht, daß sie sicher nach Grayvard gelangten. Und dort würde er wieder an Land gehen und sein neues Leben beginnen.

Was er aber weit stärker noch immer fühlte, war nicht Bangnis vor der bevorstehenden Reise, sondern immer wieder eine scharfe, stechende Kümmernis, ein grämlich schmerzliches Verlustgefühl angesichts all dessen, was er hier zurücklassen mußte. Das schmerzliche Gefühl quoll rasch in ihm empor und verschwand ebenso rasch wieder, aber ungestillt.

Nun aber begannen sich seltsamerweise die Dinge, die er zurücklassen mußte, von ihm zu lösen. Er stand mit dem Rücken zur Siedlung und starrte auf die gewaltige dunkle Weite des Wassers hinaus, und alles schien in dem leichten Wind, der an ihm vorbei aufs Meer hinausstrich, davonzuwehen: Sein furchtbar ehrfurchtgebietender Vater, seine sanfte, unerreichbare Mutter, die fast vergessenen Brüder. Seine ganze Kindheit, die Jugend, das Erwachsensein, die Episode seiner kurzen Ehe, die Jahre als Inselarzt, als *der* Dr. Lawler seiner Generation… Alles schwand plötzlich dahin. Alles fiel von ihm ab. Er fühlte sich merkwürdig leicht, so als könnte er sich einfach in diesen leichten Wind hinaufschwingen und durch die Luft bis nach Grayvard schweben. Alle Fesseln waren gelöst. In einem Nu, einem kurzen Augenblick, war alles, das ihn hier band, von ihm abgefallen. Alles.

Zweiter Teil

Das Meer der Leere

1

Die ersten vier Tage der Fahrt waren geruhsam verlaufen, was beinahe verdächtig war. »Richtig gruslig, das ist es«, sagte Gabe Kinverson und wackelte feierlich mit dem Kopf. »Eigentlich müßte es hier draußen, mitten im Nirgendwo, Ärger geben.« Er blickte auf die langsame, gleichmäßige graublaue Dünung hinaus. Der Wind blieb fest. Die Segel waren voll. Die Schiffe blieben dicht beisammen und zogen über die glasige See nach Nordwesten, auf Grayvard zu. Die neue Heimat, das neue Leben; für die achtundsiebzig Reisenden, die Verbannten, die Ausgestoßenen, war dies wie eine zweite Geburt. Aber konnte eine Geburt – sei es die erste oder die zweite – so leicht vonstatten gehen? Und wie lange noch, bevor es aufhörte, so leicht zu sein?

Am ersten Tag, während sie noch durch die Bucht segelten, hatte Lawler sich dabei ertappt, daß er immer wieder nach achtern wanderte und zur Insel Sorve zurückblickte, bis sie immer mehr entschwand und unsichtbar wurde.

Während dieser ersten Stunden der Reise hatte Sorve sich noch hinter ihm erhoben wie ein langgestreckter gelbbrauner Hügel. Es schien immer noch real und greifbar geblieben. Er hatte den vertrauten Mittelkamm und die sich breitenden Schenkel ausmachen können, die grauen Spitzen der Vaarghs, das Kraftwerk, die verstreuten Gebäude der Delagard-Werft. Er bildete sich sogar ein, er könne die Reihen düsterer Gillies ausmachen, die sich zum Strand begeben hatten, um die Abfahrt der sechs Schiffe zu überwachen.

Dann nahm das Wasser eine neue Färbung an; das leuchtende Dunkelgrün der seichten Bucht wurde von der Farbe des Ozeans abgelöst, die hier ein dunkles

Blau war, mit Grau vermischt. Hier war wirklich der Punkt der Trennung vom Land, wenn die Bucht hinter einem lag. Lawler empfand dies, als wäre eine Falltür unter ihm aufgegangen und er ohne Rettungsleine ins Bodenlose gestürzt worden. Sobald der künstliche Meeresboden hinter ihnen zurückgeblieben war, begann Sorve rapide zu schrumpfen, wurde immer weniger, schließlich nur mehr eine dunkle Linie überm Horizont, und dann war es verschwunden.

Weiter draußen würde der Ozean wieder andere Färbungen aufweisen, je nach den Mikroorganismen, die in ihm lebten, je nach dem Klimaumfeld, je nach den Stoffen, die aus der Tiefe heraufgewälzt wurden. Die einzelnen Meeresgebiete des Großozeans waren nach der in ihnen vorherrschenden Färbung benannt worden: das Rote Meer, das Gelbe, Azurblaue, Schwarze Meer. Fürchten mußte man das ›Leere Meer‹, eine Seegegend wie fahlblaues Eis, eine Wasserödnis. Gewaltige Teile des Ozeans waren von dieser Art, und es gab beinahe nichts Lebendiges in ihnen. Allerdings führte der geplante Kurs der Expedition nirgendwo in die Nähe eines dieser Leeren Meere.

Die Flottille zog in enggeschlossener Keilformation dahin, und es war beabsichtigt, dies Tag und Nacht durchzuhalten. Jedes Schiff des Konvois stand unter dem Kommando eines der Fährschiffkapitäne Delagards, mit einer Ausnahme: Das Schiff mit den elf Frauen der ›Schwesternschaft‹ wurde von ihnen selber gesteuert. Delagard hatte ihnen einen seiner Männer angeboten, doch sie hatten, wie er es erwartet hatte, ein Männerkommando abgelehnt. »Ein Boot zu segeln, das ist doch kein Problem«, wies ihn Schwester Halla zurecht. »Wir werden einfach darauf achten, wie ihr das macht, und genau das gleiche tun.«

Die *Queen of Hydros,* Delagards Flaggschiff mit Gospo Struvin als Kapitän, lag an der Spitze der Keilformation. Danach folgten die *Black Sea Star* unter Poitin

Stayvol und die *Sorve Goddess* unter Bamber Cadrell; dahinter die restlichen drei Schiffe in breiterer Linie, die übrigen Schiffe, in der Mitte die *Hydroskreuz* mit den Konventschwestern, flankiert von den *Three Moons* unter Martin Yanez und der *Golden Sun* mit Käptn Damis Sawtelle.

Nun war nichts mehr zu sehen als der Himmel und die See, der weite flache Horizont und die sanfte Dünung des Ozeans. Über Lawler senkte sich ein merkwürdiges friedliches Gefühl; er fand es erstaunlich leicht, in die überdimensionale Weite einzutauchen und sich darin zu verlieren. Die See ging ruhig, und es sah so aus, als werde sie in alle Ewigkeit so bleiben. Sorve war nicht mehr sichtbar, gewiß, Sorve war fort. Doch was machte das? Sorve war nicht mehr von Bedeutung.

Er ging auf dem Deck nach vorn und genoß dabei den Wind in seinem Rücken, der das Schiff voranschob und ihn Augenblick um Augenblick von allem, was er je gekannt hatte, immer weiter entfernte.

Father Quillan stand beim Fockmast. Der Geistliche trug eine dunkelgraue Hülle aus irgendeinem ungewöhnlichen Webstoff, der weich und luftig aussah, ein Kleidungsstück, das er von einer fremden Welt mitgebracht haben mußte. Auf Hydros gab es derartige Stoffe nicht.

Lawler blieb bei ihm stehen. Quillan deutete mit weit ausholender Armbewegung über das Wasser. Das Meer sah aus wie ein gewaltiger, wild funkelnder blauer Edelstein, der sich überallhin ausdehnte, als wäre der ganze Planet eine einzige glatte schimmernde Kugel. »Wenn man sich das so betrachtet, käme man doch nie auf den Gedanken, daß es in der Welt noch etwas anderes geben könnte als Wasser, nicht wahr?«

»Hier jedenfalls.«

»Ein derartig riesiger Ozean. Und diese Leere überall.«

»Das zwingt einem die Vermutung auf, daß es Gott geben muß, wie? Diese scheinbare Unendlichkeit.«

Der Priester blickte Lawler bestürzt an.

»Tut es das?«

»Ich weiß es nicht, ich habe dich gefragt.«

»Glaubst du an Gott, Lawler?«

»Mein Vater glaubte.«

»Aber wie ist es mit dir?«

Lawler zuckte die Achseln. »Mein Vater hatte mal eine Bibel. Er las uns daraus vor. Irgendwie ging das Buch dann vor langer Zeit verloren. Oder man hat es gestohlen. Ich erinnere mich daran, aber nur wenig. Und Gott sprach, es werde ein Festes zwischen den Wassern und es scheide die Wasser von den Wassern. Und Gott nannte dies Feste Himmel ... Da, diesen Himmel dort oben, richtig, Father Quillan? Hinter unserem Himmel? Und die Gewässer jenseits davon, sofern es sie gibt, die sind der Ozean des Raumes?« Der Priester starrte ihn verblüfft an. »Und Gott sprach, es sammle sich das Wasser unter der Feste an einem Orte, daß man das Trockene sehe. Und also geschah es. Und Gott nannte das Trockene Erde, und die Sammlung der Wasser nannte er Meer.«

Quillan fragte: »Sie kennen die ganze Bibel auswendig?«

»Nein, nur eine Winzigkeit. Die erste Seite. Das ganze übrige Zeug ergab für mich einfach keinen Sinn ... diese ganzen Propheten und Könige und Schlachten und so.«

»Und Jesus?«

»Die Geschichten mit dem waren weiter hinten. Ich bin nie bis dorthin gekommen mit Lesen.« Lawler blickte zu dem stetig davongleitenden Horizont: Blau, das sich unter anderem Blau ins Unmeßbare weiterkrümmte. »Aber da es hier kein trockenes Land gibt auf Hydros, hat Gott anscheinend für hier eine andere Schöpfungsabsicht verfolgt als bei der Erschaffung der ERDE. Meinen Sie nicht auch? Gott nannte das *trockene Land* ERDE. Und das *nasse Land* nannte er dann wohl

Hydros, vermute ich. Das muß eine fürchterliche Arbeit gewesen sein, die Erschaffung all dieser verschiedenen Welten. Nicht bloß die ERDE, sondern auch jede einzelne andere Welt in der Galaxis. Iriarte, Fenix, Megalo Kastro, Darma Barma, Mentirosa, Copperfield, Nabomba Zom, den ganzen Sack voll, die Abermillionen Planeten. Mit einer bestimmten speziellen Absicht für jede einzelne Welt, oder wozu hätte er sonst dermaßen viele schaffen sollen? Und es war doch wohl der eine gleiche Gott, oder, der sie erschaffen hat?«

»Ich weiß es nicht«, sagte Quillan.

»Aber du bist doch – Priester!«

»Das bedeutet nicht, daß ich alles weiß. Es bedeutet nicht einmal, daß ich überhaupt etwas weiß.«

»Glaubst du an Gott?« fragte Lawler.

»Ich weiß es nicht.«

»Glaubst du an überhaupt irgend etwas?«

Quillan schwieg lange. Sein Gesicht war völlig ohne Ausdruck, als wäre momentan seine Seele aus dem Körper gewichen.

»Nein, ich glaub nicht«, sagte er dann.

DIE SEE WIRKTE aus irgendeinem unerfindlichen Grund jetzt auf einmal flacher, als es von der Insel aus der Fall gewesen war. Die Nacht brach hier plötzlicher herein, fast schlagartig. Die Sonne sackte durch den westlichen Himmel, schwebte einen kurzen Augenblick über der Kimmung des Meeres und tauchte unter. Und praktisch gleichzeitig wurde es hinter ihnen dunkel, und das KREUZ begann aufzuleuchten.

»Erste Wache, Essenfassen!« brüllte Natim Gharkid und trommelte auf einen Topfboden.

Die Bootsmannschaft der *Queen of Hydros* war in zwei Wachen eingeteilt, die sich im Vierstundenrhythmus abwechselten. Die zu einer Wache gehörenden Exilanten nahmen ihre Mahlzeiten gemeinsam ein. Zur ersten Wache gehörten Leo Martello, Gabe Kinverson,

Pilya Braun, Gharkid, Dag Tharp und Gospo Struvin; die zweite Wache setzte sich aus Neyana Golghoz, Sundira Thane, Dann Henders, Delagard, Onyos Felk, Lis Niklaus und Father Quillan zusammen. Es gab keine gesonderte Offiziersmesse; Delagard, der Reeder, und Struvin, sein Kapitän, aßen mit den übrigen in der Kombüse. Lawler, der keine festen Arbeitszeiten hatte, sondern ununterbrochen im Dienst war, unterlag als einziger nicht dieser Einteilung. Das kam seinem persönlichen Biorhythmus entgegen: Er konnte seine Morgenmahlzeit in der Dämmerung mit der zweiten Wache, das Abendessen mit der ersten bei Sonnenuntergang einnehmen. Aber es verlieh ihm auch ein seltsames Gefühl der Ungebundenheit, so als gehörte er nicht wirklich dazu. Bereits jetzt, in den ersten Tagen der Reise, begannen die zu den zwei Wachen gehörigen Passagiere so etwas wie Teamgeist zu entwickeln, und Lawler gehörte zu keinem der beiden Teams.

»Grünkraut-Eintopf heut abend«, Lis Niklaus, als die Leute in die Kombüse kamen. »Gebackene Pilotfischflossen, Fischgrütze-Pfannkuchen und Weichbeersalat.« Es war der dritte Abend der Reise. Die Speisenfolge war bisher jedesmal dieselbe gewesen, und jedesmal hatte Lis mit fröhlicher Stimme dieses Menü angekündigt, als erwarte sie Stürme der Begeisterung. Sie übernahm vorwiegend das Kochen, und Gharkid und gelegentlich Delagard halfen dabei. Es waren karge Mahlzeiten, und es bestand wenig Aussicht, daß sie im weiteren Verlauf der Fahrt besser werden würden: Getrockneter Fisch, Pfannkuchen aus Fischmehl, Trockenalgen, Brot aus Algenmehl, ergänzt durch Gharkids jüngsten Fang von frischen Algen oder was sonst an Lebendigem am Tag ins Netz gegangen war. Bislang waren das stets nur Pilotfische gewesen. Seit der Abfahrt von Sorve waren diese geschwinden, neugierigen und gierigen speernasigen Geschöpfe in ganzen Schwärmen hinter dem Konvoi hergeschwommen. Kinverson, Pilya Braun und Henders waren die Fänger; sie arbeiteten von dem Fischplateau am Heck aus mit einer Rollenwinsch.

Struvin bemerkte: »War'n leichter Tag heut.«

»Zu leicht«, grunzte Kinverson und beugte sich über seinen Teller.

»Was willste? Willste Stürme? Die Tidenwoge?«

Kinverson zuckte die Achseln. »Eine leichte See macht mich mißtrauisch.«

Dag Tharp spießte eine zweite Fischmehlfrikadelle auf und sagte: »Wie steht's mit dem Wasser heut abend, Lis?«

»Noch ein Schuß für jeden, mehr gibt's nicht für diesmal.«

»Shit! Der Fraß macht durstig, weißte?«

»Wir werden noch viel durstiger sein, wenn wir schon in der ersten Woche unseren ganzen Wasservorrat saufen«, sagte Struvin. »Ihr wißt das ebensogut wie ich. Lis, hol ein paar rohe Fischfilets raus für den Funker und bring sie ihm.«

Vor der Abfahrt von Sorve hatten die Dorfbewohner so viele Trinkwasserbehälter an Bord genommen, wie die Schiffe nur tragen wollten. Dennoch hatten sie zum Zeitpunkt der Ausfahrt nur etwa ausreichend Vorräte für drei Wochen, berechnet auf rationierten Verbrauch. Sie würden sich unterwegs auf Regenfälle verlassen müssen; und wenn es nicht regnen sollte, würden sie andere Wege finden müssen, an Trinkwasser zu gelangen. Rohen Fisch zu essen, das war eine Möglichkeit. Jedermann wußte das. Doch Tharp mochte das nicht. Er blickte finster von seinem Teller auf. »Laß das! Ich kann rohen Pilotfisch nicht ausstehen!«

»Das nimmt aber den Durst«, sagte Kinverson ruhig.

»Es nimmt einem den Appetit«, sagte Tharp. »Ach, scheiß doch drauf, da bleib ich lieber durstig.«

Kinverson zuckte die Achseln. »Wie du willst. In ein, zwei Wochen denkst du bestimmt anders darüber.«

Lis setzte eine Schüssel mit bläßlichgrünen Fleischstücken auf den Tisch. Die rohen nassen Fischstücke waren in Streifen von frischgeernteten Gelbalgenblättern gewickelt. Tharp stierte trübselig auf die Schüssel. Dann schüttelte er den Kopf und wandte sich ab. Nach einem kurzen Zögern nahm Lawler sich von dem Gericht, auch Struvin und Kinverson. Der rohe Fisch war für Lawler angenehm kühl auf der Zunge, irgendwie besänftigend, beinahe durststillend. Beinahe.

»Was hältst denn du davon, Doc?« fragte Tharp nach einer geraumen Weile.

»Also – gar nicht so übel.«

»Wenn ich vielleicht bloß so dran lecken würde...« sagte der Funker.

Kinverson lachte vor sich hin und auf seinen Teller hinunter. »Du Arsch.«

»Was hast grad gesagt, Gabe?«

»Willst du wirklich, daß ich es wiederhole?«

»Verzieht euch auf Deck, ihr zwei, wenn ihr 'nen Krach haben müßt«, sagte Lis Niklaus verärgert.

»Krach? Ich und der Dag?« fragte Kinverson erstaunt. Er hätte Tharp mit einer Hand in der Luft verhungern lassen können. »Red keinen Stuß, Lis!«

»Ach, du willst Knaatsch?« schrie Tharp und sein kleines scharfes Rotfuchsgesicht wurde womöglich noch röter. »Na, dann komm, Kinverson. Komm raus! Denkste, ich hab Angst vor dir?«

»Das solltest du aber«, sagte Lawler leise. »Er ist viermal so schwer wie du.« Er grinste und wandte sich dann an Struvin. »Wenn wir unsere Wasserration für heute abend aufgebraucht haben, wie wäre es dann mit einer Runde Schnaps, Gospo? Gegen den Durst.«

»Aber klar!« brüllte Struvin. »Schnaps! Schnaps!«

Lis reichte ihm die Flasche. Struvin betrachtete sie mit verkniffenem Gesicht. »Das ist ein Sorve-Brandy. Den heben wir uns besser auf, bis wir wirklich verzweifelt sind. Gib mir das Zeug von Khuviar, bitte. Der

Branntwein von Sorve ist die reinste Pisse.« Aus einem Schrank holte Lis ein anderes Gefäß, ein länglich gerundetes, dunkel schimmerndes. Struvin fuhr mit der Hand zärtlich über die Flasche und grinste genüßlich. »Khuviar, genau! Auf der Insel verstehen sie wirklich was von Schnaps. Und vom Wein. War da mal einer unter euch bei denen? Nein, ich merk schon, ihr habt keine Ahnung. Die trinken dort den ganzen Tag und die ganze Nacht. Es sind die glücklichsten Leute auf dem ganzen Planeten.«

»Ich war einmal dort«, sagte Kinverson. »Sie waren die ganze Zeit über besoffen. Sie taten die ganze Zeit nichts weiter als saufen und kotzen, und dann soffen sie weiter.«

»Jaaa, aber *was* die trinken«, sagte Struvin. »Aaach, was für köstliches Gesöff!«

»Und wer macht bei denen die Arbeit, wie kommen sie weiter«, fragte Lawler, »wenn sie nie nüchtern sind? Wer fängt den Fisch? Wer bessert die Netze aus?«

»Niemand«, sagte Struvin. »Es ist ein erbärmliches Drecksnest. Sie werden manchmal grad soweit wieder nüchtern, daß sie in die Bucht rausfahren können, um sich 'ne Ladung Beerenkraut zu holen, und das vergären sie dann zu Wein oder destillieren es zur Schnaps … und dann sind sie wieder betrunken. Ihr würdet es nicht glauben, wie die leben. Am Leib tragen sie nur Lumpen. Und sie hausen in Tanghütten, genau wie die Gillies. In ihrer Zisterne ist brackiges Wasser. Es ist ein scheußlich widerlicher Ort. Aber wer hat behauptet, daß alle Inseln gleich sein müßten? Keine Insel ist wie die andere. Ganz und gar nicht. So hab ich es jedenfalls immer gesehen: Jede Insel war 'ne Sache für sich und wollte gar nicht sein wie andere. Und auf Khuviar, da verstanden sie halt nun mal was vom Saufen. Da, Tharp, du sagst, du hast Durst? Na, dann nimm einen Schluck von meinem köstlichen Khuviar-Brandy. Ich lad dich ein. Trink!«

»Ich mag aber keinen Brandy«, maulte Tharp, »Und das weißt du verdammt gut, Gospo. Und außerdem macht das Gesöff dich bloß noch durstiger, klar? Es trocknet dir die ganze Haut drinnen im Maul aus. Stimmt's, Doc? Da drüber solltest du dir mal klarwerden.« Er stieß einen explosiven Seufzer aus. »Ach, was soll's ... also her mit dem rohen Fisch!«

Lawler reichte ihm die Schüssel. Tharp spießte sich einen Brocken mit der Gabel auf, drehte es prüfend hin und her, als habe er nie zuvor ein Stück von einem ungekochten Fisch gesehen, und biß vorsichtig ein wenig davon ab. Er wälzte es mit der Zunge im Mund herum, dann schluckte er und überlegte. Und dann nahm er ein zweites Stück.

»He, Leute«, sagte er. »Das geht ja. Das ist in Ordnung. Das schmeckt ja gar nicht mal schlecht.«

»Arschloch«, sagte Kinverson noch einmal. Diesmal aber lächelte er dabei.

NACH DEM ESSEN begaben sich alle an Deck zur Wachablösung. Henders, Golghoz und Delagard, die in der Takelung herumgeklettert waren, kamen herab, und Martello, Pilya Braun und Kinverson übernahmen ihre Positionen.

Das Strahlen des Kreuzes teilte den schwarzen Himmel in vier Quadranten. Die See war dermaßen glatt, daß man die Spiegelung als weiße starre Feuerlinie auf dem Wasser ruhen sah, die sich bis in rätselhafte Fernen erstreckte, wo sie verschwamm und sich auflöste. Lawler stand an der Reling und blickte auf die schwachen zuckenden Lichtpunkte zurück, welche die Positionen der anderen fünf Schiffe markierten, die gleichmäßig in ruhiger Keilformation hinter ihnen hergezogen kamen. Da war Sorve, die gesamte kleine Inselgemeinschaft, zusammengepfercht in die paar Schiffe. Die Thalheims und Tanaminds, die Katzins, die Yanez' und Sweyners und Sawtelles und der Rest, die vertrauten, die alten, alten Namen. Nach Einbruch der Nacht setzten alle Schiffe Positionslichter an die Reling, hohe schmauchende Fackeln aus getrockneten Algen, die ein rauchiges orangerotes Licht gaben. Delagard war von geradezu fanatischer Sorge beherrscht, daß die Flottille beisammenbleiben müsse, daß kein Schiff je aus der Formation ausbreche. Alle verfügten über eine eigene Funkstelle, die miteinander die ganze Nacht hindurch in Kontakt blieben, damit kein Schiff sich verliere.

»Leichter Wind kommt auf!« rief jemand. »Fockhals los!«

Lawler bewunderte, mit welcher Kunstfertigkeit die Segel in den Wind gesetzt wurden. Er wünschte sich, daß er ein wenig mehr davon begriffe. Segeln, das erschien ihm als etwas beinahe Zauberisches, als ein geheimnisvolles, verwirrendes Mysterium. Auf diesen Schiffen Delagards, die imposanter waren als die kleinen Fischerkähne, mit denen die Insulaner in der Bucht umhergeschippert waren oder zu zaghaften Vorstößen ein Stück weit darüber hinaus, trug jeder der zwei Masten ein großes Dreieckssegel aus dichtgeknüpften Bambusstreifen und darüber an einer Rah ein kleineres rechteckiges Segel. Zwischen den Masten war ein weiteres kleineres Dreieckssegel befestigt. Die Hauptsegel waren an schwere hölzerne Spieren gebunden; Anordnungen von Seilen mit darauf laufenden Wülsten und Gaffelklampen hielten sie in Position, und sie wurden durch Falleinen und Flaschenzüge bedient.

Unter normalen Bedingungen bedurfte es eines Teams von drei Mann, um die Segel herumzuwerfen, und eines vierten am Ruder, der die Kommandos gab. Das Team Martello/Kinverson/Braun stand unter dem Kommando von Gospo Struvin; die andere Wachmannschaft bestand aus Neyana Golghoz, Dann Henders und Delagard selbst an den Segeln, und Onyos Felk, der Kartograph und Navigator übernahm Struvins Stelle am Ruder. Sundira Thane war Ablösung bei Struvins Wache, Lis Niklaus bei der von Felk. Lawler hielt sich dann immer abseits und sah zu, während sie unverständliches Zeug brüllten wie »Vierkant brassen!« – »Wind achtern Baum!« – »Hart lee! Hart lee!« Immer aufs neue holten sie die Segel ein, wenn die Windrichtung sich änderte, schwangen sie herum und zogen sie in ihrer neuen Stellung wieder hoch. Und irgendwie – ungeachtet der Tatsache, ob der Wind gegen das Schiff stand oder von achtern kam – gelang es ihnen stets, die gleiche Richtung beizubehalten.

Die einzigen, die sich an diesen Arbeiten nie beteiligten, waren Dag Tharp, Father Quillan, Natim Gharkid und Lawler. Tharp war viel zu leicht und spillerig, als daß er an den Seilen viel hätte ausrichten können; außerdem war er sowieso die meiste Zeit unter Deck und damit beschäftigt, das Kommunikationsnetz zwischen den Schiffen aufrecht zu erhalten. Der Priester galt generell als von sämtlichen Bordarbeiten entbunden; Natim Gharkids Aufgaben beschränkten sich auf die Kombüse und das Schleppnetz für den Frischalgenvorrat. Und Lawler, der zwar gern beim Takeln mit zugegriffen hätte, war zu scheu, um zu bitten, man solle ihm diese Kunst beibringen, und hielt sich zurück; er hoffte auf eine Einladung, mitzuhelfen, aber sie erfolgte nicht.

Während er so an der Reling stand und der Decksmannschaft bei der Arbeit in der Takelung zusah, kam aus der dunklen See etwas emporgeschwirrt und traf ihn im Gesicht. Er fühlte ein heftiges Stechen in der Wange, ein heißes sengendes Gefühl, als peitschten ihm rauhe Schuppen über die Haut. Und um ihn herum breitete sich ein intensiver scharfsaurer Seegeruch aus, der bitter und stechend wurde, als er ihm tiefer in die Nase drang. Zu seinen Füßen hörte er etwas feucht klatschen.

Er sah hinunter. Auf dem Deck zappelte ein geflügeltes Wesen, etwa so lang wie seine Hand, umher. Im ersten Moment des Aufpralls hatte Lawler gedacht, es könnte ein Luftgleiter sein, doch diese waren graziöse, elegante Geschöpfe, regenbogenbunt, schmal und optimal aerodynamisch gestaltet, um möglichst großen Auftrieb zu erreichen; und sie zeigten sich nie nach Einbruch der Dunkelheit. Diese kleine nachtschwirrende Monstrosität dagegen sah mehr wie ein Wurm mit Flügeln aus und war bleich, schlaff und häßlich, hatte kleine schwarze Knopfaugen und auf dem oberen Rückenteil einen zuckenden Kamm kurzer, steifer roter Borsten. Diese Borsten hatten Lawler bei ihrem Zusammenstoß getroffen.

Die runzeligen kantigen Flügel, die aus den Flanken ragten, bewegten sich in unangenehm pulsender Weise immer langsamer. Das Geschöpf ließ hinter sich eine schwärzliche Schleimschicht zurück, während es auf den Decksplanken umherzuckte. So abstoßend es aussah, es wirkte jetzt harmlos, ja mitleiderregend in seinem Todeskampf.

Aber die Häßlichkeit der Kreatur faszinierte Lawler. Er kniete nieder, um sie sich genauer anzusehen. Doch eine Sekunde später war Delagarde aus der Takelung neben ihm und schob die Spitze seines Stiefels unter den Leib des Wurms. Mit einem einzigen geschickten Schwung hob er ihn auf und schleuderte ihn in hohem Bogen über die Reling ins Meer.

»Wozu tust du das?« fragte Lawler.

»Damit das Biest nicht hochspringt und dir deine dumme Nase abbeißt, Doc. Erkennst du 'ne Meerhexe nicht, wenn du eine siehst? 'nen Schleimaal?«

»Hexenfisch? Schleimaal?«

»Na ja, noch ein ganz junger. Sie werden ungefähr so lang, wenn sie erwachsen sind, und es sind ganz gemeine Biester.« Delagard breitete die Hände etwa einen halben Meter weit aus. »Wenn du nicht weißt, was hier draußen was ist, Doc, dann läßt du es besser nicht auf Bißnähe an dich rankommen. Ist 'ne gute Überlebensregel, hier draußen.«

»Ich werde sie mir zu Herzen nehmen.«

Delagarde lehnte sich an die Reling und schenkte ihm ein zähnefletschendes Grinsen, das wahrscheinlich ermunternd sein sollte. »Und wie gefällt dir das Leben auf See bisher?« Er war verschwitzt von der Arbeit in der Takelung, atmete heftig, war irgendwie aufgedreht. »Ist der Ozean nicht wundervoll?«

»Er hat bestimmt seine Reize, vermute ich. Und ich gebe mir große Mühe, sie zu entdecken.«

»Nicht gerade glücklich, was? Nicht genug Platz in der Kabine? Die Gesellschaft nicht anregend genug? Die Aussicht langweilig?«

Lawler fand das nicht komisch.

»Nid, tu mir 'nen Gefallen und verpiß dich!«

Delagard scheuerte an einem Flecken Hexenfischschleim auf seinem Stiefel herum.

»Mann, ich wollte doch bloß einen netten kleinen Schwatz mit dir halten.«

LAWLER BEGAB SICH unter Deck und bahnte sich einen Weg zu seiner Kabine am Heck. Hier unten gab es einen engen dumpfigen Gang längsschiffs, der nur von dem fettigen spuckenden Lichtschein der Fischtranfunzeln erhellt wurde, die in knöchernen Wandhaltern brannten. Die schwere rauchgeschwängerte Luft brannte ihm in den Augen. Er hörte die Oberflächenwellen gegen die Bordwand schwappen und das dumpfe verzerrte Echo in den Spanten. Von droben drang das schwere Knirschen der Masten in den Krampen.

Als Schiffsarzt stand Lawler eine der drei kleinen Einzelkabinen am Heck zu: Struvin hatte die daneben gelegene Backbordkabine. Delagard und Lis Niklaus bewohnten zusammen die größte von den dreien weiter drüben am Steuerbordschott. Alle übrigen hausten zusammengedrängt im Vorschiff in zwei langen Abteilen, die als Aufenthaltsräume für Passagiere benutzt worden waren, als das Schiff als Fähre zwischen den Inseln eingesetzt war. Die erste Wache hatte das Abteil backbord, die zweite das steuerbord bezogen und dort ihren Kram verstaut.

Kinverson und Sundira waren in verschiedenen Wachen gelandet, hatten demzufolge also ihre Kojen nicht im selben Abteil. Lawler war darüber erstaunt. Nicht daß es so wichtig gewesen wäre, wirklich, wer wo schlief; es gab in diesen überfüllten Räumen sowieso kaum eine Möglichkeit zu ungestörter Intimität, so daß alle, die Lust auf ein paar lustvolle Momente hatten, sowieso ein Deck tiefer kriechen mußten, in den Frachtraum, um dort, zwischen Packkisten gequetscht, ihre Kopulationsbedürfnisse zu stillen. Aber waren die zwei überhaupt ein Paar, wie Delagard gesagt hatte, oder nicht? Dem Anschein nach nicht, das wurde Lawler mehr und mehr klar. Oder, falls doch, dann war es wohl eine recht lockere Beziehung. Seit Beginn der Fahrt schienen sie einander ja kaum überhaupt beachtet zu haben. Vielleicht war ihre Beziehung auf Sorve, was immer und wie immer und ob überhaupt da etwas war, weiter nichts gewesen als eine kurze Eskapade ohne Bedeutung, ein zufälliges Zusammenprallen körperlicher Bedürfnisse, ein angenehmer Zeitvertreib.

Lawler stieß mit der Schulter die Tür zu seiner Kabine auf und trat ein. Der Raum war nicht viel größer als ein Schrank und enthielt nichts weiter als eine Koje, eine Waschschüssel und eine kleine Holzkiste, in der er seine spärlichen persönlichen Besitztümer aufbewahrte, die er von Sorve mitgenommen hatte. Delagard hatte niemandem viel persönliches Gepäck erlaubt. Lawler hatte einige Kleidungsstücke gewählt, sein Angelzeug, ein paar Töpfe, Tiegel und Teller, einen Spiegel. Natürlich hatte er auch die Artifakte von der ERDE mitgenommen. Sie lagen auf einem Bord, seiner Koje gegenüber.

Den Rest seiner Habe, wenn man es als solche bezeichnen konnte, seine bescheidenen Möbel und Lampen und einige Ziergegenstände, die er aus Strandgut selbst gefertigt hatte, hatte er den Gillies vererbt. Seine Praxisausrüstung, die meisten seiner Medikamente und die schmale Bibliothek handschriftlicher Fachtexte befanden sich vorn neben der Kombüse in einer Kabine, die als Krankenstation diente. Der Großteil der Arzneivorräte lagerte drunten im Frachtdeck.

Er entzündete einen Wachsstock und besah sich im Spiegel seine Wange. Der ›Spiegel‹ war ein klobiges grobes Stück Seeglas, das Sweyner vor Jahren für ihn gefertigt hatte, und das dabei gewonnene Abbild war grob, verquollen und wolkenhaft undeutlich. Glas von hoher Qualität war auf Hydros eine Seltenheit, wo die einzige Rohstoffquelle für Quarz die Diatomeenbänke, die Kieselalgenablagerungen, auf dem Boden der Bucht waren. Doch Lawler hing an diesem Spiegel, so voller Blasen und so trüb er sein mochte.

Die heftige Begegnung mit dem Schleimaal schien keinen ernstlichen Schaden angerichtet zu haben. Über dem linken Wangenknochen war eine leichte Abschürfung zu erkennen, eine geringe Schmerzempfindung, wo ein paar der rötlichen Borsten in der Haut abgebrochen waren, weiter nichts. Lawler tupfte die Stelle mit einigen Tropfen von Delagards Beerenkraut-Brandy ab, gegen eine eventuelle Infektion. Sein sechster Sinn als Arzt sagte ihm, er brauche sich weiter keine Sorgen zu machen.

Seine Taubkrautflasche stand neben der mit dem Brandy. Er betrachtete sie nachdenklich einige Sekunden lang.

Er hatte seine normale Tagesration bereits genommen, vor dem Frühstück. Er brauchte keine weitere Dosis. Noch nicht.

Aber, zum Teufel, warum eigentlich nicht, dachte er. Was soll's!

SPÄTER ERTAPPTE ER sich dabei, daß er zu den Mannschaftsquartieren wanderte, auf der Suche nach Gesellschaft; er hatte keine Ahnung, wen er suchte.

Es war bereits wieder Wachablösung. Die zweite Schicht tat jetzt Dienst, der Gemeinschaftsschlafraum steuerbord war leer. Lawler spähte in den anderen Raum und sah dort Kinverson in seiner Koje schlafen. Natim Gharkid saß mit geschlossenen Augen im Schneidersitz da, als befinde er sich in Trance oder irgendeiner Meditation. Und Leo Martello kauerte über einer niedrigen Holztruhe und kritzelte im dünnen Lampenschein eifrig in ausgebreiteten Papieren herum. Wahrscheinlich, dachte Lawler, arbeitet er an seinem unendlichen Epos.

Martello war um die dreißig, kräftig, voller Energie; meist schoß er umher, als hätte er Sprungfedern im Hintern. Große braune Augen, ein freimütig-offenes Gesicht. Er ging gern mit kahlgeschorenem Kopf. Sein Vater war als Freiwilliger nach Hydros gekommen, ein Selbstexilierter, ein Landekapselmann. Er war auf Sorve aufgetaucht, als Lawler noch ein Junge war, und hatte Jinna Sawtelle, die ältere Schwester von Damis, geheiratet. Beide waren jetzt schon tot, hinweggerissen von der WOGE, als sie in einem kleinen Boot zu unguter Zeit draußen waren.

So etwa ab seinem vierzehnten Lebensjahr hatte Martello auf der Delagard-Werft gearbeitet; aber sein Hauptanspruch, etwas Besonderes zu sein, basierte auf dem gewaltigen Gedicht, das zu schreiben er behauptete: eine gewaltige Nacherzählung der grandiosen Auswanderung von der dem Untergang geweihten ERDE zu den Neuen Welten der Galaxis. Seit Jahren arbeitete er daran (behauptete er). Niemand hatte mehr als ein paar Zeilen davon gesehen.

Lawler blieb im Türluk stehen, da er nicht stören wollte.

»Ah, Doktor«, sagte Martello. »Sie kommen mir gerade recht. Ich brauche was gegen Sonnenbrand. Ich hab es heute wahrhaftig arg übertrieben.«

»Na, dann wollen wir uns das mal ansehen.«

Martello ließ das Hemd von den Schultern gleiten. Trotz seiner dunklen Bräunung sah man die Rötung unter den Epidermalschichten. Die Sonne von Hydros war stärker als jene, in deren Strahlen die Evolution der menschlichen Urahnenrasse erfolgt war. Lawler hatte stets alle Hände voll zu tun gehabt, um Hautkrebse, UV-Überbelastungsvergiftungen und alle nur erdenklichen dermatologischen Probleme zu behandeln.

»Na, es sieht ja nicht allzu bös aus«, beruhigte Lawler den Mann. »Komm morgen früh bei mir vorbei, dann kümmere ich mich darum. Wenn du glaubst, du wirst heut nicht schlafen können, kann ich dir aber auch gleich was geben.«

»Nein nein. Es geht schon. Ich schlaf eben auf dem Bauch.«

Lawler nickte erleichtert. »Was macht das berühmte Epos?«

»Es geht zäh voran. Ich habe den Fünften Gesang umzuschreiben begonnen.«

Lawler war nur milde überrascht, als er sich selbst auf einmal sagen hörte: »Darf ich mal reinschauen?«

Martello war noch mehr überrascht. Dann schob er ihm eines der sich rollenden Algenpapierblätter zu. Lawler hielt es mit beiden Händen offen, um lesen zu können. Martellos Schrift war knabenhaft-linkisch und unelegant, voller gewaltiger Schleifen und Schnörkel.

Nun schossen die Langschiffe hinaus
Ins dunkle Herz der Finsternis
Goldwelten, schimmernde, riefen
und unsere Väter folgten dem Ruf.

»Und unsere *Mütter* auch«, bemerkte Lawler.

»Jaja, die auch«, erwiderte Martello, leicht verärgert.

»Sie bekommen einen eigenen Gesang, ein bißchen später.«

»Gut so«, sagte Lawler. »Sehr stark, die Poesie. Aber natürlich, ich verstehe nicht genug davon. Du schätzt es nicht, wenn sich Gedichtzeilen reimen?«

»Doktor! Der Endreim ist schon seit Hunderten von Jahren aus der Mode!«

»Ach, wirklich? Das habe ich gar nicht gewußt. Mein Vater hat uns manchmal Gedichte vorgesagt, alte Sachen von der ERDE. Die scheinen dort damals aber gern gereimt zu haben. *It is an ancien Mariner / And he stoppeth one of three. / ›By thy long grey beard and glittering eye, / Now where-fore stopp'st thou me?‹«**

»Was für ein Gedicht ist das?« fragte Martello.

»Es hieß *The Rime of the Ancient Mariner.* Und es handelt von einer Fahrt übers Meer – einer sehr unseligen Reise. *The very deep did rot; O Christ! / That ever this should be! / Yea, slimy things did crawl with legs / Upon the slimy sea.*«**

»Stark. Kannst du noch mehr davon auswendig?«

»Nur ein paar verstreute Zeilen«, gestand Lawler.

»Wir sollten uns mal zusammensetzen und über Poesie reden, Doc. Ich hab ja gar nicht gewußt, daß du Gedichte kennst.« Über Martellos sonniges Gesicht flog flüchtig ein Schatten. »Auch mein Vater liebte diese alten Gedichte. Von dem Planeten, auf dem er lebte, bevor er hierherkam, hatte er ein Buch mit Gedichten von der ERDE mitgebracht. Wußtest du das?«

»Nein«,sagte Lawler aufgeregt. »Wo ist es?«

---

* Es ist ein alter Seemann, / und der hält einen von dreien an. / »Bei deinem langen grauen Bart und funkelnden Auge, / sag, warum hältst du mich an?«

** Die Tiefe selbst vermoderte: O Gott! / daß es so etwas geben konnte! / Schleimiges Zeug mit Beinen kroch / auf dem schleimigen Meer. – Samuel Taylor Coleridge (1772–1834), ›Die Ballade vom alten Seemann‹; zitiert nach ›Gedichte der englischen Romantik‹, hrsg. von Raimund Borgmeier, Stuttgart: Philipp Reclam jun., 1980

»Fort. Er hatte es dabei, als er und Mutter ertrunken sind.«

»Das hätte ich gern gelesen«, sagte Lawler betrübt.

»Manchmal hab ich Momente, da glaube ich, daß ich dieses Buch genauso schmerzlich vermisse wie meine Eltern«, sagte Martello. Dann setzte er naiv hinzu: »Ist es abscheulich, so was zu sagen, Doktor?«

»Ich glaub nicht. Ich glaube, ich verstehe, was du meinst.« *Water, water, every where,* dachte er. *And all the boards did shrink.* »Hör zu, Leo, komm nach deiner Schicht am Morgen sofort zu mir, ja? Dann behandle ich dir den verbrannten Rücken.«

*Water, water every where! Nor any drop to drink.**

UND NOCH EIN WENIG später stand Lawler wieder an Deck, allein unter dem pulsierenden Schwarz des nächtlichen Himmels in der kühlen, steten Brise aus dem Norden. Es war nach Mitternacht. Delagard, Henders und Sundira hingen in der Takelung und riefen sich ihm unverständliche Worte zu. Das Kreuz stand genau im Zenit über dem Schiff.

Lawler schaute hinauf, zu der säuberlichen Zackenformation, zu den Tausenden unvorstellbar großen explodierenden Wasserstoffkugeln, die da so exakt am Himmel aufgereiht standen … eine Linie in der Richtung, die zweite Linie quer dazu angeordnet. Ihm gingen noch Martellos ungeschliffene Verse im Kopf herum: *Nun schossen die Langschiffe hinaus / Ins dunkle Herz der Finsternis …* Konnte einer der Sonnensterne in dieser eindrucksvollen Konstellation dort oben die Sonne der ERDE sein? Nein. Nein! Man sagte, daß dieser Stern von Hydros aus nicht sichtbar sei. Nein, die Gestirne, die das Kreuz bildeten, waren andere. Doch irgendwo, tiefer drinnen in der Dunkelheit, verborgen

---

* Wasser, Wasser überall, / und alle Planken schrumpften; / Wasser, Wasser überall, / und keinen Tropfen zu trinken.

hinter dem gewaltigen Lichtgalgen des Kreuzes, mußte diese eher kleine gelbe Sonne sich befinden, unter deren milden Strahlen die ganze Menschheitssaga begonnen hatte. *Goldwelten, schimmernde, riefen / Und unsre Väter folgten dem Ruf.* Ja, und unsere Mütter ebenfalls! Diese Sonne der ERDE hatte in wenigen Minuten wilder kosmischer Wut ihr vorheriges Geschenk, das Leben, zunichte gemacht. Hatte sich am Ende gegen das von ihr Geschaffene gewandt und es erbarmungslos mit harter Strahlung ausgetilgt, die in einem Augenblick den Mutterplaneten der Menschheit zu einem Klumpen schwarzer Kohle verbrannt hatte.

Lawler hatte sein ganzes Leben lang von der ERDE geträumt; von den frühen Tagen an, als ihm sein Großvater die ersten Geschichten aus der Welt der Vorfahren erzählt hatte, aber dennoch war sie ihm noch immer rätselhaft geblieben, ein Geheimnis. Und er wußte, dies würde immer so bleiben. Der Planet Hydros lag zu fernab, war zu rückständig, viel zu weit weg von irgendwelchen möglicherweise noch existierenden Zentren der Gelehrsamkeit. Es gab hier niemanden, der ihn hätte lehren können, wie es auf der ERDE einmal gewesen war. Er hatte wirklich kaum eine Ahnung davon, von der Musik, der Literatur, den bildenden Künsten, der Geschichte. Ihn hatten nur sporadische Tröpfchen von Daten erreicht, und da auch noch meistens nur die äußere Verpackung, nicht die Sache selbst. Lawler wußte beispielsweise, daß es einmal etwas gegeben hatte, das als ›Oper‹ bezeichnet worden war, doch er vermochte sich einfach nicht vorzustellen, wie das gewesen sein mochte: Leute, die eine Geschichte *sangen?* Und hundert Musikanten, die alle zugleich *spielten?* Er hatte noch nie hundert Menschen gleichzeitig an einem Ort versammelt gesehen. Und die ›Kathedralen‹? die ›Symphonien‹? die ›Hängebrücken‹? ›Autobahnen‹? Er hatte die Namen von diesen Dingen gehört, aber *was* diese Dinge waren, das blieb ihm ein Rätsel. Geheimnisse über Geheimnisse. Die verlorenen Geheimnisse der ERDE.

Diese kleine Kugel – beträchtlich kleiner als Hydros, so sagten sie jedenfalls – hatte Großreiche und Herrscherdynastien hervorgebracht, Könige und Generäle, Helden und Halunken, Märchen und Mythen, Dichter, Barden, große Meister ihrer Künste und Koryphäen der Wissenschaft, Tempel und Türme, Statuen und ummauerte Städte. Lauter grandiose und wundersame Dinge, deren Wesen er, der sein ganzes Leben auf dem erbärmlich armseligen Wasserplaneten Hydros zugebracht hatte, kaum erahnen konnte. Die ERDE, die *uns* hervorgebracht hat und uns nach jahrhundertelangem Bemühen hinaussandte ins Herz der Dunkelheit, zu den fernen Welten einer uns gleichgültig gegenüberstehenden Galaxie. Und dann war die Tür hinter uns mit einem Knall zugeschlagen. Einem Inferno von Strahlung. Und hier waren wir nun, Schiffbrüchige zwischen den Sternen.

Goldwelten, schimmernde, riefen …

Und da hocken wir jetzt, an Bord eines winzigen weißen Klackses, und treiben durch das gewaltige Meer auf einem Planeten, der selber nichts weiter ist als ein Klacks in der schwarzen See der Unendlichkeit, die uns alle verschlingt.

*Alone, alone, all, all alone. / Alone on a wide wide sea!**

An die folgende Zeile konnte Lawler sich nicht mehr erinnern. Aber das machte auch nichts, dachte er, eher im Gegenteil. Er stieg wieder unter Deck. Er wollte versuchen, ein wenig Schlaf zu finden.

ER HATTE EINEN ANDEREN Traum, einen Traum von der ERDE; doch er war verschieden von denen, die ihn über so viele Jahre heimgesucht hatten. Diesmal träumte er nicht vom Sterben der ERDE, sondern von dem Ab-

---

* Allein, allein, ganz allein / allein auf einem weiten, weiten Meer!

schied von ihr, von der Großen Diaspora, der Zerstreuung, der Aussaat, dem Fluchtflug zu den Sternen. Und wieder schwebte er über der vertrauten blaugrünen Kugel seiner Träume; und wie er so hinabschaute, sah er, wie von ihr tausend blitzende schlanke Nadeln sich erhoben, oder vielleicht eine Million, jedenfalls viel zu viele, als daß er sie hätte zählen können. Und alle stiegen sie ihm entgegen, strebten nach draußen, oben, stießen langsam in den Raum vor, ein beständiger nach außen gerichteter Strom, Myriaden winziger Lichtpunkte, die in die Schwärze vorstießen, die den blaugrünen Planeten umgab. Er wußte, das waren die Schiffe der Raumfahrer, die unter den Menschen, die sich entschlossen hatten, die ERDE zu verlassen, die Forscher, die Wanderer, die Siedler, die in das Große Unbekannte vorstießen, die sich vom Mutterplaneten einen Weg suchten zwischen den unzähligen Sternen der Galaxis. Lawler verfolgte ihre Bahnen durch die Himmel, spürte hinter ihnen her bis an ihr Ziel, zu den vielen Welten, deren Namen er einmal gehört hatte, Welten, die für ihn ebenso geheimnisvoll, zauberhaft und – unerreichbar waren wie die ERDE selbst: Nabomba Zom, wo das Meer scharlachrot und die Sonne blau ist. Alta Hannalanna, wo sich die großen Schleimwürmer mit Perlen von gelbem Jade in der Stirn durch den schwammigen Grund graben. Und Galgala, den Goldenen Planeten. Und Xamur, wo die Luft wie ein Meer von Wohlgerüchen ist und die elektrisch aufgeladene Atmosphäre knisternd in Schönheit wabert. Und Marajo mit seinem funkelnden Sand. Und Iriarte. Und Mentiroso. Und Mulano mit seinen Doppelsonnen. Und Ragnarek. Und Olympos. Und Malebolge. Und Sunrise …

Und sogar Hydros, dieser Planet am Arsch der Welten, von dem es kein Entrinnen gab …

Die Sternenschiffe von der ERDE flogen in jede nur erdenkliche Richtung, nur fort und weg. Und irgendwann unterwegs erlosch hinter ihnen der leuchtende

Punkt, der einst die ERDE gewesen war. Lawler wälzte sich unruhig im Schlaf umher. Und wieder sah er diesen entsetzlichen Feuerball und dann die endgültige Finsternis, die über die ERDE hereinbrach, und er stöhnte im Schlaf vor Schmerz, Bedauern und Verlangen… diese ERDE gab es nicht mehr. Aber keiner sonst schien zu begreifen, daß sie in Trümmer fiel… alle waren viel zu sehr damit beschäftigt, vorwärts zu streben, zu expandieren, immer höher und immer weiter zu gelangen. Wohin?

TAGS DARAUF wanderte Gospo Struvin übers Deck und stieß mit den Füßen gegen etwas, das wie ein achtlos hingeworfener Haufen gelblicher nasser Taue aussah. Und er sagte: »He, wer hat denn das Netz da rumliegen lassen?«

Und Kinverson sagte an dem Tag dutzendmal: »Ich hab es euch ja gesagt… ich trau 'ner glatten See nicht.«

Und der Priester, Father Quillan, sagte: »Oh-yeah, mag ich auch durch die Schatten im Tale des Todes schreiten, es soll mich kein Unheil schrecken…«

2

DER TOD STRUVINS war zu plötzlich eingetreten, und zu einem zu frühen Punkt der Reise, als daß sie ihn irgendwie hätten akzeptieren, ja auch nur begreifen können. Auf Sorve war der Tod immer nahe: Einer fuhr mit dem Fischboot zu weit in die Bucht hinaus, und ein Sturm erhob sich aus dem Nichts, oder man wanderte gemütlich über den Hafendeich, und die WOGE brach ohne Vorwarnung herein und spülte dich fort, oder du entdecktest im Flachwasser ein paar köstlich aussehende Muscheln, und dann erwiesen sie sich als gar nicht so gesund. Aber das Leben an Bord des Schiffes schien ein Bereich relativer Unverletzlichkeit zu sein. Vielleicht gerade *weil* es so zerbrechlich war, nichts weiter als eine winzige Holzschale, ein bloßer Klacks, der inmitten der unvorstellbaren Unermeßlichkeit dahintrieb, hatten sich alle verführen lassen zu glauben, daß sie an Bord sicher seien. Lawler hatte damit gerechnet, daß es Schwierigkeiten geben werde und Spannungen und Entbehrungen, vielleicht auch die eine oder andere schwerere Verletzung unterwegs nach Grayvard, Herausforderungen an seine in manchem dürftigen medizinischen Fähigkeiten. Aber ein *Todesfall?* In diesen friedlichen Gewässern? Und dann noch der Tod des *Kapitäns?* Und dies nach fünf Tagen seit der Abreise von Sorve. Und wie die ersten paar Tage dieser geisterhaften Ruhe beunruhigend und verdächtig waren, so erschien Struvins Tod ihm nun um so mehr als ein böses Omen, eine schreckliche Warnung vor unweigerlich auf sie zukommenden weiteren Kalamitäten.

Die Reisenden wuchsen enger zusammen, so wie sich rosa neue Haut um eine Wunde bildet. Jeder betrug sich entschlossen positiv, betont hoffnungsvoll und demonstrativ taktvoll, bemüht, der sowieso überstrapazierten

Psyche der anderen nicht zu nahe zu treten. Delagard verkündete, daß er das Schiffskommando selbst übernehmen werde. Um die Teams der Deckswachen auszugleichen, wurde Onyos Felk der ersten Wache zugeteilt: Er sollte das Team Martello/Kinverson/Braun in den Wanten leiten, Delagard selbst übernahm das neue Team Golghoz/Henders/Thane.

Nach dem kurzen Verlust seiner Kontrolle, als er von Struvins Tod hörte, zeigte Delagard nun äußerlich das Bild von Kompetenz und höchster Unerschrockenheit. Er stand starr und hochgereckt auf der Brücke und überwachte die Arbeit des Tagesteams in der Takelung. Der Wind stand klar aus dem Osten. Die Fahrt ging weiter.

VIER TAGE SPÄTER schmerzten Lawlers Hände noch immer von der Berührung mit dem Netztier, seine Finger blieben weiterhin steif und taub. Das deutliche rote Linienmuster war mittlerweile zu einem trüben Braun verblichen, doch vielleicht würde Pilya recht behalten, und es würden Narben zurückbleiben. Aber das störte ihn kaum; an seinem Körper befanden sich zahlreiche Narben, die er sich über die Jahre hin durch die eine oder andere Achtlosigkeit zugezogen hatte. Aber die Fingersteifheit beunruhigte ihn. Er brauchte die Sensitivität seiner Finger, und nicht nur für chirurgische Eingriffe, die er hin und wieder ausführen mußte, sondern für die subtilen Palpitationen und Sondierungen am Körper seiner Patienten, die er für seine Diagnose unbedingt brauchte. Er konnte mit steckenstumpfen Fingern die Botschaften nicht entziffern, die ihr Körper aussandte.

Auch Pilya schien sich wegen seiner Hände Sorgen zu machen. Als sie zu ihrer Wache an Deck kam, trat sie zu ihm und ergriff behutsam seine Hände, genau wie sie dies kurz nach Gospo Struvins Tod getan hatte.

»Sieht nicht gut aus«, sagte sie. »Tust du auch deine Salbe drauf?«

»Aber ganz brav. Nur, sie sind inzwischen soweit wieder geheilt, daß die Salbe nicht mehr viel nützen kann.«

»Und die andere Medizin? Die rosa Tropfen? Der Schmerzstiller?«

»O ja. Ja. Ohne die würde ich es wohl kaum aushalten.«

Sie streichelte sacht mit ihren Fingern über die seinen. »Du bist ein so guter Mann, ein so *ernsthafter* Mann. Wenn dir etwas zustoßen würde, es würde mir das Herz brechen. Ich hab gesehen, wie du mit dem – Ding gekämpft hast, das den Käptn umgebracht hat, und ich hab eine fürchterliche Angst um dich gehabt. Und auch dann, als ich merkte, daß deine Hände verletzt waren.«

Auf dem kantigen stumpfnasigen Gesicht lag ein Ausdruck strahlender reinster Hingabe. Pilya war grobschlächtig und wenig schön, nur ihre Augen waren warm und voller Licht. Und der Kontrast zwischen ihrem Goldhaar und der glatten olivdunklen Haut war höchst reizend. Sie war eine starke, eine unkomplizierte junge Frau, und der Emotionsstrom, den sie jetzt projizierte, war starke und unkomplizierte, bedingungslose Liebe. Lawler wollte sie nicht zu grausam zurückweisen und entzog ihr behutsam seine Hände, lächelte sie dabei aber die ganze Zeit wohlwollend und unverbindlich an. Es wäre so leicht gewesen, das Angebot anzunehmen, einen stillen Winkel im Frachtdeck zu finden, sich die kleine harmlose Lust zu gönnen, die er sich so lange Zeit versagt hatte. Ich bin schließlich weder Priester noch sonst Zwangseunuch, erinnerte er sich. Ich habe schließlich weder ein Zölibats- noch ein Keuschheitsgelübde abgelegt… Aber irgendwie hatte er das Vertrauen zu seinen eigenen Gefühlen eingebüßt. Er war nicht bereit, sich sogar auf ein so unbedrohliches Abenteuer einzulassen, wie dieses es wahrscheinlich sein würde, weil er sich seiner selber nicht mehr sicher war.

»Meinst du, wir werden es überstehen?« fragte sie auf einmal unerwartet.

»Überstehen? Aber sicher werden wir!«

»Nein«, sprach sie weiter. »Ich hab immer noch Angst, daß wir alle hier auf See zugrunde gehen werden. Alle. Gospo war nur der erste.«

»Aber nein, es wird schon klappen«, sagte Lawler. »Das hab ich dir doch neulich schon gesagt, und ich sag es dir jetzt noch einmal. Gospo hatte einfach Pech. Mehr steckt da nicht dahinter. Es gibt immer mal jemand, der kein Glück hat.«

»Aber ich will leben. Ich will nach Grayvard kommen. Auf Grayvard wartet ein Ehemann auf mich. Das hat mir Schwester Thecla gesagt, als sie vor unserer Abreise mein Schicksal gelesen hat. Sie hat gesagt, wenn ich am Ende der Reise ankomme, werde ich meinen Gemahl finden.«

»Diese Schwester Thecla hat einer Menge Menschen eine ganze Menge verrücktes Zeug prophezeit, was uns am Ende unserer Reise widerfahren soll. Du solltest nichts auf das Geschwätz von Prophetinnen geben. Aber wenn du dir einen festen ehelichen Partner wünschst, Pilya, dann hoffe ich, daß in deinem Fall Schwester Thecla ausnahmsweise mal die Wahrheit prognostiziert hat.«

»Ich brauche einen älteren Mann. Jemanden der gescheit ist und stark, einen, der mich nicht nur liebt, sondern mir auch etwas beibringt. Keiner hat mir je was beigebracht, weißt du. Nur die Arbeit an Bord. eines Schiffs, also arbeite ich eben auf Schiffen und bin für Delagard hierhin und dorthin und überallhin gefahren, und ich hab nie einen festen Mann gehabt. Aber jetzt, jetzt will ich einen. Es ist Zeit für mich. Ich seh doch hübsch aus, oder nicht?«

»Sehr hübsch«, sagte Lawler.

Arme Pilya, dachte er, und er und fühlte fast so etwas wie Schuldgefühle, daß er sie nicht lieben konnte.

Sie wandte sich von ihm weg, als begreife sie, daß das Gespräch nicht in die von ihr gewünschte Richtung führte, und nach einer Pause sagte sie: »Ich denke immer an die kleinen Sachen von der ERDE, die du mir gezeigt hast, die du jetzt bei dir in der Kabine aufbewahrst, diese wunderschönen Fragmente. Wie bezaubernd sie sind. Ich hab dir gesagt, ich möchte gern eins davon haben, aber du hast es abgelehnt und gesagt, du kannst mir nicht eines davon geben, aber jetzt habe ich es mir sowieso anders überlegt, und ich will gar keins mehr. Sie sind Vergangenheit, mich interessiert nur noch die Zukunft. Du lebst zu stark in der Vergangenheit, Doktor.«

»Für mich gibt es da mehr Platz als in der Zukunft. Mehr Raum, sich umzusehen.«

»Nein nein, die Zukunft ist sehr gewaltig. Die Zukunft setzt sich immer weiter und weiter fort. Warte nur ab und sieh, ob ich nicht recht habe. Du solltest dieses alte Zeug wegwerfen. Ich weiß, das wirst du niemals tun, aber du solltest es.« Sie lächelte ihn schüchtern und zärtlich an. »Ich muß jetzt rauf«, sagte sie dann. »Du bist ein sehr feiner Mensch, ich dachte, ich muß dir das sagen. Und ich möchte auch, daß du weißt, daß du in mir einen Freund hast, wenn du einen brauchst.« Und damit wandte sie sich um und eilte davon.

Lawler sah ihr nach, als sie ins Tauwerk kletterte. Arme Pilya, dachte er noch einmal. Was bist du doch für ein liebes Kind. Aber ich könnte dich nie richtig lieben, wie ich es müßte. Trotzdem, du bist ein feiner Mensch.

Sie kletterte leicht und geschmeidig und war Augenblicke später hoch droben. Sie kletterte wie einer von den Affen, an die er sich aus den Geschichtenbüchern seiner Kindheit erinnerte; diese Bücher, die so voller unverständlicher Berichte aus der Landmassenwelt ERDE waren, einem Ort, an dem es Dschungel gab, Wüsten, Gletscher, und Affen und Tiger, Kamele und schnelle Pferde, Eisbären, Walrosse, Geißen, die von Bergzacke zu Bergzacke sprangen. Was waren Bergzacken? Und was Geißen? Er hatte sich selbst eine Vorstellung von ihnen erfinden müssen – aus den spärlichen Hinweisen in den Geschichten. Geißen waren irgendwie hager und zottig, mit enorm langen Beinen mit stählerner Sprungkraft in den Muskeln. Und Felszacken waren rauhe nach oben gestemmte Gesteinsblöcke, so ähnlich wie Holzkelpquader, nur unvorstellbar viel härter. Affen waren häßliche kleine Menschen, braun und ganz behaart und sehr schlau, und sie huschten hurtig unter Geschwätz und Gekreische durch Baumwipfel. Nun, Pilya war ganz und gar anders. Doch sie schwang sich dort oben in der Takelung her und hin, als wäre sie in ihrer natürlichen Umgebung.

Und dann merkte Lawler mit Bestürzung, daß er sich nicht mehr erinnern konnte, wie das damals war, als er Anya, Pilyas Mutter, geliebt hatte ... vor zwanzig Jahren. Er wußte nur noch, daß er es getan hatte. Alles andere, die Laute, die Anya dabei von sich gegeben hatte, wie sie sich bewegte, die Form ihrer Brüste – alles dahin. So vergangen wie die ERDE selbst war ihr Stöhnen. Ganz so, als wäre nie etwas zwischen ihnen gewesen. Anya hatte ebensolche goldene Haare und diese olivdunkle Haut gehabt wie Pilya, daran erinnerte er sich noch, aber jetzt glaubte er auf einmal, ihre Augen wären blau gewesen. Nach Mireyls Verschwinden war Lawler in einem elenden Zustand gewesen, als blutete er aus tausend Wunden, und Anya war einfach dahergekommen und hatte ihm ein wenig Trost geschenkt. Und wie die Mutter, so die Tochter. Waren Mütter und Töchter auch im Liebesakt gleich? Trieb sie eine ihnen unbewußte Kraft der Gene? Würde Pilya sich in seinen Armen winden, verschwimmen, sich unter seinen Augen in ihre eigene Mutter verwandeln? Und würde er in ihrer Umarmung die verlorene Erinnerung an Anya wiederfinden? Lawler erwog diese Gedanken. Er überlegte, ob das Experiment sich lohnte. Nein, entschied er dann. Nein.

»Studierst du die Wasserblumen, Doktor?« fragte Father Quillan, der auf einmal neben ihm stand.

Lawler blickte zu ihm hin. Der Priester hatte eine merkwürdig gleitende Art, sich einem zu nähern; er materialisierte sich quasi aus der Luft, als bestünde er irgendwie aus Ektoplasma, und kam scheinbar ohne Bewegung zu ihm an der Reling geschwebt. Und dann stand er plötzlich neben ihm in metaphysisch wabernder Unbestimmtheit.

»Wasserblumen?« fragte Lawler geistesabwesend und ein wenig amüsiert darüber, daß der Geistliche ihn mitten in recht lasziven Spekulationen ertappt hatte. »Oh. Ach ja, dort. Ja, ich sehe sie.«

Und wie hätte er sie auch nicht sehen können? An diesem strahlenden sonnigen Morgen war die Fläche des Meeres mit Blüten des Wassers allüberall bedeckt. Es waren hochgereckte fleischige Stengel von etwa einem Meter Länge mit leuchtenden, faustgroßen, sporenförmigen Gebilden am anderen Ende, höchst bunt und grellfarbig, hell scharlachrote mit gelben, grüngestreiften Petalen, darunter seltsame pralle schwarze Luftsäcke. Diese Luftsäcke hingen dicht unter der Wasseroberfläche und hielten die Wasserblüten in schwimmender Stellung. Sogar wenn einmal eine größere Woge heranrollte, trieben die Blüten sofort danach wieder zurück in ihre senkrechte Position – wie nimmermüde Stehaufmännchen, die immer und immer wieder umgeworfen werden konnten, aber unweigerlich immer wieder in ihre Vertikalstellung zurückfanden.

»Welch wundersame Elastizität«, sagte Quillan.

»Wahrhaftig – eine mahnende Lektion für uns alle«, sagte Lawler, der sich auf einmal veranlaßt fühlte, eine Laienpredigt zu halten. »Wir müssen uns immer bemühen, ihrem Beispiel nachzueifern. Wir bekommen in diesem Leben unentwegt Schläge versetzt, immer wieder, und jedesmal müssen wir uns wieder aufrichten und weitermachen. Wir sollten uns die Wasserblüte zum Vorbild nehmen: Flexibel allen Verletzungen ausweichend, völlig resistent, fähig, allen Schicksalsschlägen zu widerstehen. Leider aber sind *wir* nicht so widerstandsfähig wie Wasserblumen, nicht wahr, Father?«

»Ich würde sagen, du bist es, Doktor!«

»Ach, wirklich?«

»Man schätzt dich wirklich, weißt du das nicht? Jeder, mit dem ich gesprochen habe, äußerte sich voll des Lobes über deine Geduld, deine Toleranz, dein Wissen und deine Charakterstärke. Die Menschen sagen mir, du bist eine der stabilsten, stärksten und geschmeidigsten Personen der Gemeinschaft. Besonders was deine Charakterstärke angeht.«

Das klang wie die Beschreibung eines völlig Fremden, der weit weniger starr und unbeugsam war als Valben Lawler. Er lachte glucksend. »Äußerlich erwecke ich vielleicht diesen Eindruck. Das könnte sein. Aber wie falsch das alles ist.«

»Ich war stets davon überzeugt, daß eine Person das ist, als was sie anderen erscheint«, erklärte der Priester. »Was einer von sich selber denkt und hält, das ist ungenau und absolut irrelevant. Der wahre Wert einer Person läßt sich nur an der Wertschätzung durch andere wirklich bemessen.«

Lawler warf dem Mann einen verblüfften Blick zu. Aber dessen schmales Asketengesicht sah vollkommen ernst und fest aus.

»Und *das* ist es, woran du glaubst?« fragte Lawler und merkte, daß seine Stimme etwas gereizt klang. »Sowas Absurdes hab ich schon seit langem nicht mehr gehört. Aber natürlich, nein, nein, du spielst nur so ein bißchen mit mir herum, ja? Solche Spielchen spielt ihr doch gern.«

Der Geistliche gab darauf keine Antwort. Dann schwiegen sie beide im kühlen Frühsonnenschein. Lawler starrte in die weite Leere hinaus, bis sich sein Blick verlor, und er nur noch ein großes tanzendes Farbengemisch sah, ein Ballet der Wasserblüten.

Nach ein paar Sekunden schaute er genauer hin, was sich da draußen abspielte.

»Ich hege die Vermutung, daß nicht einmal die Wasserblüten völlig unverletzbar sind, wie?« sagte er und streckte den Arm hinaus. Das Maul eines riesenhaften Unterwassertieres war am jenseitigen Rand des Meeresblütenfeldes aufgetaucht und zog nun dicht unter der Oberfläche zwischen ihnen dahin, ein gewaltiger dunkler Schlund, in dem die farbigen Blütenköpfe dutzendweise verschwanden. »Man kann so flexibel sein, wie nur möglich, aber es kommt irgendwann immer was daher, macht dir einen Strich durch die Rechnung und frißt dich. Stimmt es nicht, Father Quillan?«

Die Antwort des Priesters ging in einem plötzlichen heftigen Windstoß verloren.

Wieder trat ein langes, recht unterkühltes Schweigen ein. In Lawlers Kopf hallten noch Quillans Worte nach: *Eine Person ist stets das, als was sie anderen erscheint ... Was einer so über sich selber denkt und von sich glaubt, ist ungenau und absolut irrelevant.* Das war doch absoluter Unsinn, oder? Oder doch nicht? Nein, selbstverständlich war es Quatsch.

Und dann hörte er seine eigene Stimme plötzlich und zu seiner völligen Verblüffung fragen: »Father Quillan, was hat dich eigentlich zu dem Entschluß gebracht, überhaupt nach Hydros zu kommen?«

»Der Grund?«

»Ja, der Grund. Das hier ist ein verdammt ungastlicher Planet, wenn man zufällig ein Mensch ist. Er ist nicht für uns geschaffen, und es gelingt uns hier nur so knapp, trotz der unwirtlichen Bedingungen zu leben, und sobald einer mal hier ist, kommt er nie wieder fort. Was veranlaßte dich dazu, dich hier freiwillig auf Lebenszeit zu verbannen?«

Die Augen Quillans verloren auf merkwürdige Weise ihre Stumpfheit. Mit bemerkenswertem Feuer sagte er: »Ich bin gekommen, weil mich Hydros unwiderstehlich anzieht.«

»Das ist keine befriedigende Antwort.«

»Nun, dann ...« Die Stimme des Priesters war auf einmal scharf geworden, als merke er, daß Lawler ihn bedrängte, etwas preiszugeben, das er lieber für sich behalten wollte. »Nehmen wir an, ich bin hierher gekommen, weil hier der Ort ist, an dem sich zuletzt der ganze Müll der Galaxis einfindet. Das hier ist doch eine Welt, die ausschließlich bevölkert ist von Aussteigern, Ausgestoßenen, den Überflüssigen und Unangepaßten aus dem Kosmos. Ist es nicht so?«

»Aber keineswegs!«

»Ihr alle seid Abkömmlinge von Kriminellen. In der übrigen Galaxis gibt es heute keine Kriminellen mehr. Auf den übrigen Welten gibt es heutzutage keine Soziopathen mehr. Alle Menschen sind geistig gesund.«

»Das bezweifle ich allerdings stark!« Lawler vermochte nicht zu glauben, daß der Priester das ernstgemeint haben könne. »Sicher, wir sind Abkömmlinge von verurteilten Straftätern, einige von uns. Und das ist kein Geheimnis. Von Menschen, die jedenfalls irgendwann einmal als Verbrecher *galten*. Mein eigener Ururgroßvater beispielsweise wurde hierher deportiert, weil er einfach Pech hatte, weiter nichts. Er hat unabsichtlich einen Menschen getötet. Doch nehmen wir mal an, du hast recht, und wir sind hier alle nichts weiter als Abschaum und Menschheitsmüll und die Abkömmlinge von Menschheitsmüll. Damit wäre meine Frage immer noch nicht befriedigend beantwortet: Warum kommst du dann hierher zu uns?«

Die frostigen blauen Augen des Geistlichen leuchteten. »Ist das denn nicht offensichtlich? Weil ich genau hierher gehöre!«

»Damit du deinen himmlischen Auftrag bei uns erfüllen und uns zum Heil führen kannst?«

»Aber keineswegs. Ich bin um meinetwillen gekommen, nicht euretwegen.«

»Ach? Also bist du aus reinem Masochismus hier eingewandert? Getrieben von einem Zwang zur Selbstbestrafung? Ist es das, Father Quillan?« Der Geistliche schwieg. Aber Lawler wußte, er hatte das Richtige getroffen. »Eine Bestrafung wofür? Für ein Verbrechen? Du hast mir soeben gesagt, es gibt keine Verbrecher mehr.«

»Meine Verbrechen richteten sich gegen GOTT. Und somit bin ich grundsätzlich einer von eurer Art. Zu einem Auswurf und Verworfenen, wegen meiner mir angeborenen Natur.«

»Ein Verbrechen gegen Gott...«, sagte Lawler nachdenklich. ›Gott‹, das war für ihn ein ebenso ferner und unklarer Begriff wie ›Affen‹, ›Dschungel‹, ›Felszinnen‹ und ›8erggeißen‹. »Was für ein Verbrechen könnte man denn überhaupt gegen Gott begehen? Wenn er angeblich allmächtig ist, muß er höchstwahrscheinlich auch völlig unverletzlich sein, und wenn er nicht allmächtig ist, wie könnte es dann Gott sein? Aber davon mal abgesehen, es ist erst ein, zwei Wochen her, daß du mir gesagt hast, du wüßtest nicht, ob du an Gott glaubst oder nicht.«

»Und auch dies ist bereits ein Verbrechen wider IHN.«

»Ja, aber nur, wenn man an ihn glaubt. Wenn es ihn nämlich *nicht* gibt, kann es ja kaum eine Sünde oder ein Verbrechen gegen ihn sein, nicht an ihn zu glauben.«

»Du argumentierst so raffiniert wie ein Theologe«, sagte Quillan anerkennend.

»Hast du das neulich wirklich ernst gemeint, als du sagtest, daß du dir in deinem Glauben nicht sicher bist?«

»Ja.«

»Und du hast doch nicht etwa so neckische Verbalspielchen mit mir getrieben? Nicht so einen raschen Klacks Zynikersenf auf meinen Teller, weil es dich momentan grad überkam, witzig zu sein?«

»Nein. Ganz gewiß nicht. Ich schwöre es dir.« Quillan streckte die Hand aus und legte sie auf Lawlers Handgelenk; es war eine unerwartet intime und vertrauliche Berührung, die Lawler unter anderen Umständen möglicherweise als unannehmbare Zudringlichkeit hätte empfinden können, die jedoch in diesem Moment beinahe als liebenswert erschien. Mit dunkler, aber klarer Stimme sagte der Priester: »Ich habe mein Leben dem Dienst Gottes geweiht, als ich noch sehr jung war. Das hört sich ziemlich bombastisch an, ich weiß. Aber in der praktischen Wirklichkeit bedeutete es eine Riesenmenge schwerer und unangenehmer Arbeit, nicht bloß lange Gebetsstunden in kalten, zugigen Räumen zu unmöglich frühen oder späten Zeiten, morgens und nachts, sondern auch Arbeiten, die so ekelhaft sind, daß wahrscheinlich nur ein Arzt begreifen kann, was ich meine. Sozusagen die ständige Waschung der dreckigen Füße der Armut. Schön und gut, ich hatte es mir gewählt. Und ich wußte vorher, daß ich mich freiwillig dazu entschließen mußte, und ich erwartete auch keine Orden dafür. Was ich aber nicht wußte, Lawler, was ich mir im Anfang nicht einmal im entferntesten hätte träumen lassen, das war folgendes: Je tiefer ich mich darauf einließ, meinem Gott zu dienen, indem ich der leidenden Menschheit zu dienen versuchte, desto stärker und häufiger verletzbar wurde ich und desto häufiger überkamen mich Perioden absoluter seelischer Abgestumpftheit. Über lange Perioden hin fühlte ich mich von dem Universum um mich herum vollkommen abgeschnitten, die Menschen wurden mir so fremd, als wären sie Außergalaktische, und ich besaß nicht mehr einen Funken von Glauben und Zutrauen in die Höhere Macht, in deren Dienst ich feierlich mein ganzes Leben überantwortet hatte. Es gab Zeiten, da fühlte ich mich so absolut allein und verlassen, daß ich es dir wirklich nicht beschreiben könnte. Und je wütender ich mich in die Arbeit stürzte, desto sinnloser wurde das alles. Es war ein höchst grausamer Jux: Ich plagte mich ab, nehme ich heute an, um mir Gottes Gnade zu erwirken. Und statt dessen verpaßte ER mir ein paar deftige Löffel voll von Seiner Gnädigen Abwesenheit. Kommst du noch mit, Lawler?«

»Und was glaubst du, was diesen Zustand seelischer Abgestumpftheit in dir bewirkt hat?«

»Um das herauszufinden, bin ich hierher gekommen.«

»Und wieso gerade hierher?«

»Weil es hier keine organisierte *Kirche* gibt. Und nur höchst fragmentarische Humangemeinschaften. Weil dieser Planet als solcher uns Menschen feindlich ist. Und weil es ein Endpunkt ist, von dem aus es keine Rückkehr gibt, keine Umkehr. Genau wie das Leben selber auch.« In den Augen des Geistlichen tanzte nun etwas, das sich dem Begreifen Lawlers entzog, etwas so Verwirrendes wie eine Kerzenflamme, die statt nach oben, nach unten brennt. Er schien Lawler aus einer tiefen Ferne der Negation heraus anzustarren, einer Ewigkeit, die er erreicht wußte und in die er sehnlichst zurückzukehren wünschte. »Ich wollte mich hier bei euch selbst loswerden, verstehst du? Um mich dabei vielleicht selber wiederzufinden. Oder doch – Gott.«

»Gott? Wo denn? Irgendwo da drunten auf dem Grund dieses unermeßlichen Ozeans?«

»Warum nicht? Sonstwo ist ER doch nirgends zu finden, oder?«

»Ich weiß das wirklich nicht«, begann Lawler. Doch dann ertönte von hoch über ihnen ein durchdringender Schrei.

»Land in Sicht!« rief Pilya Braun. Sie war in den vordersten Toppen und stand auf der Rah. »Insel im Norden! Insel im Norden!«

ABER ES GAB KEINE Inseln in diesen Gewässern. Weder nördlich noch südlich, noch östlich oder westlich! Wenn so etwas bekannt gewesen wäre, dann hätten ja alle an Bord seit Tagen danach Ausschau gehalten. Aber noch nie hatte jemand etwas von Inseln in dieser Gegend berichtet.

Onyos Felk, der im Ruderhaus stand, stieß ein ungläubiges Grunzen aus. Kopfschüttelnd stapfte der Kartograph auf seinen kurzen Säbelbeinen auf Pilya zu. »Was schnatterst du da, Mädchen? Was für 'ne Insel? Was hätte 'ne Insel in dieser See verloren?«

»Woher soll ich das wissen?« rief Pilya zurück. Sie klammerte sich mit einer Hand an ein Tau und beugte sich weit über das Deck hinaus. »Hab ich das da vielleicht hingespuckt?«

»Aber da *kann* keine Insel sein!«

»Na, dann komm doch rauf und schau es dir selber an, du alter vertrockneter Stockfisch!«

»Was? Wie?«

Lawler hob die Hand über die Augen und spähte in die Ferne. Doch er sah nichts als hüpfende Wasserblüten. Aber Father Quillan zerrte ihn aufgeregt am Arm. »Da! Siehst du es nicht?«

Sah er da etwas? Doch, ja, er glaubte, daß da etwas war: Eine dünne gelblich-braune Linie am nördlichen Horizont. Vielleicht. Aber – eine Insel? Wie hätte er das entscheiden können?

Inzwischen waren alle an Deck und rannten aufgeregt herum. Mittendrin Delagard, der in einem Arm sorgsam den Meeresglobus schützte und in der anderen ein kurzes, dickes Spähglas aus einem gelblichen Metall hielt. Onyos Felk watschelte eilig zu ihm und wollte nach dem Globus greifen. Delagard blitzte ihn giftig an und stieß ihn mit einem Zischen zurück.

»Aber ich muß mir anschauen, was ...«

»Laß deine Pfoten davon, ja!«

»Das Mädchen sagt, da ist eine Insel. Und ich will ihr beweisen, daß das unmöglich sein kann.«

»Aber sie sieht doch was, oder? Vielleicht ist es eine Insel. Du weißt auch nicht alles, Onyos. Nicht alles.« Und mit wilder, fast besessener Energie schob sich Delagard an dem Kartographen vorbei, der mit offenem Mund dastand, und begann mit Hilfe seiner Ellbogen und seiner Zähne in die Takelung hinaufzuklettern. Dabei umklammerte er noch immer den Globus und das

Fernglas mit den Händen. Irgendwie erreichte er die Rah, quetschte sich irgendwie zurecht und hielt sich den Spähtubus vors Auge. Unten auf Deck breitete sich ein lastendes Schweigen aus. Und nach einer unendlich langen Pause blickte Delagard wieder zu den Leuten hinab und rief: »Verdammt, wenn das keine Insel ist!« Er reichte Pilya das Suchglas und begann fieberhaft auf dem Globus zu suchen, wobei er die Ellbogen weit spreizte und übertrieben mit den Fingern herumfuhr. »Nicht Velmise, nein. Auch nicht Salimil. Kaggeram? Nein. Nein. Kentrup?« Er schüttelte den Kopf. Aller Augen waren auf ihn gerichtet. Eine recht gute schauspielerische Leistung, dachte Lawler. Delagard reichte Pilya den Globus und nahm das Fernglas wieder an sich und versetzte ihr einen leichten Klaps auf das Hinterteil. Dann spähte er wieder hinaus. »Ja, da soll uns alle doch gleich der liebe Gott in den Arsch beißen! Es ist wahrhaftig eine neue Insel! Genau! Sie sind noch mitten im Bau! Das muß man gesehen haben! Die Balken! Die Gerüste! Also, gottverflixt nochmal!« Und er warf das Suchglas aufs Deck hinab, wo Dann Henders es geschickt auffing, ehe es auf den Deckplanken zerbersten konnte. Er hielt es ans Auge, und alle anderen drängten sich um ihn. Delagarde kam aus der Takelung wieder herabgeklettert und brabbelte dabei andauernd vor sich hin: »Also, der soll uns doch innen Arsch beißen, soll er, der liebe Gott!«

Das Spähglas ging von Hand zu Hand. Doch wenige Minuten später war das Schiff der neuen Insel nahe genug gekommen, daß man sie mit bloßem Auge ausmachen konnte. Und Lawler starrte ehrfürchtig und fasziniert auf die Erscheinung.

Es war eine schmale Konstruktion, vielleicht so zwanzig bis dreißig Meter breit und hundert Meter lang. Der höchste Punkt lag nur wenige Meter über dem Meeresspiegel, eine Erhebung, die wie der Buckelrücken eines gigantischen Seegetiers aussah, das dicht unter der Oberfläche dahinschwamm. Etwa ein Dutzend Gillies waren schwerfällig darum herum beschäftigt, zerrten und schoben Balken zurecht, kanteten sie aufrecht, schnitten mit seltsamen Gillie-Werkzeugen Kerben und Verzahnungen, umwickelten sie mit Seilen und Schnüren.

Die See in der Nähe brodelte von Leben und Aktivität. Einige der sich tummelnden Geschöpfe waren Gillies, erkannte Lawler, zahllose Gillies. Ihre kleinen Schädelkuppen tanzten in den gemächlichen Wellen auf und ab wie die Köpfe von Seeblumen. Aber er sah auch die langen schimmernden geschmeidigen Gestalten von Tauchern zwischen ihnen. Sie holten Kelpholzbalken vom Meeresgrund herauf, so sah es aus, übergaben sie im Wasser den Gillies, die ihrerseits sie zurechtschnitten, kanteten und über eine Unterwasserkette an die Küste der neuen Insel weiterreichten, wo andere Arbeitsgillies sie an die Luft heraufholten und sie für den Einbau zurechtmachten.

Die *Black Sea Star* war steuerbord längsgegangen. Auf dem Deck bewegten sich Gestalten und gestikulierten und winkten. Backbord kam die *Sorve Goddess* rasch auf, und die *Three Moons* lag nicht weit zurück.

»Da drüben ist eine Plattform«, sagte Gabe Kinverson. »An der Nordseite der Insel, links.«

»Heiliges Jesulein, ja!« rief Delagard. »Und schaut euch nur mal die Maße an!«

Jenseits der Insel schwamm bewegungslos wie vertäut etwas, das wie eine zweite Insel aussah, was sich jedoch als gigantisches Seegeschöpf erwies, so wie die Insel selbst ihnen zunächst erschienen war. Diese ›Plattformen‹ waren die größte animalische Lebensform auf Hydros, von der je ein Mensch gehört hatte, und sie war sogar noch gewaltiger als die alles-verschlingenden walähnlichen Tiere, die man als ›Mauler‹ bezeichnete: gewaltige flache, vage kastenartige klobige Formen, die dermaßen unbeweglich waren, daß man sie leicht für Inseln halten konnte. Sie trieben erratisch in allen Meeren umher und ernährten sich, vielmehr ließen sich passiv ernähren durch den Strom von Meeresmikroorganismen, die durch peripher an ihrem Körper angelegte Filterschlitze in sie einströmten. Wie sie es bewerkstelligten, selbst bei unentwegter Nahrungsaufnahme Tag und Nacht, genug zu fressen, um nicht zugrunde zu gehen, das überstieg das menschliche Begriffsvermögen. Lawler stellte sich vor, diese Geschöpfe müßten wohl etwa so träge sein wie Treibholz, was ihren Metabolismus anging – bloße gigantische, kaum empfindungsbegabte Fleischklumpen. Und dennoch, die großen purpurnen Augen, die zu je sechs in Dreierreihen auf ihrem Rücken angeordnet und deren jedes einzelne einen Durchmesser von der Schulterbreite eines Mannes hatte, schienen eine Art dumpfer Intelligenz zu verraten. Gelegentlich hatte sich ein solches Plattformtier in die Sorve-Bucht verirrt und war dort umhergetrieben, der Bauch kaum ein Stück oberhalb der Unterwasserplanken des Buchtbodens. Einmal war Lawler in einem Fischerkahn, ohne etwas zu merken, direkt über eine solche Kreatur hinweggerudert und hatte plötzlich höchst verwirrt in eine Reihe von diesen großen traurigen Augen geblickt, die durch das klare Wasser mit einer fast göttlichen Gleichgültigkeit, ja, wie er sich damals eingebildet hatte, mit seltsam mitleidigem Ausdruck zu ihm zurückgeschaut hatten.

Diese jetzige Plattform schien nichts mehr und nichts weniger zu sein als eine Art Werkbank. Auf ihrem Rücken schufteten ganze Teams von Gillies. Sie bewegten sich knietief im Wasser und rollten und flochten lange Algenstränge zusammen, die von schimmernden grünen Tentakeln aus der Tiefe auf die Plattform geschoben wurden. Diese Tentakeln waren armdick, sehr beweglich und trugen am Ende fingerähnliche Ausstülpungen. Keiner – nicht einmal Kinverson – hatte die geringste Ahnung, zu welchem Geschöpf diese Extremitäten gehören könnten.

Der Priester sagte: »Ist es nicht wundervoll, wie sie alle zusammenwirken, diese verschiedenen Tiere!«

Lawler wandte sich Quillan zu. »Niemand hat bisher gesehen, wie eine Insel gebaut wurde, jedenfalls soweit ich weiß. Unserer Kenntnis nach sind alle Inseln Hunderte, ja Tausende von Jahren alt. Also *so* machen sie das! Was für ein Anblick!«

»Eines Tages«, sagte der Priester, »wird es auf diesem Planeten echtes festes Land geben wie auf anderen Welten. Der Boden des Meeres wird sich in Millionen Jahren heben. Und indem sie sich diese künstlichen Eilande bauen und aus dem Meer herauskommen, um auf ihnen zu leben, bereiten sich die Gillies auf ihre nächstfolgende Evolutionsphase vor.«

Lawler mußte blinzeln. »Woher weißt du das?«

»Ich habe auf Sunrise Seminare über Geologie und Evolutionstheorie besucht. Ihr glaubt wohl immer noch, daß man uns Geistlichen nichts weiter beibringt als die Liturgie und Bibelzitate? Oder daß wir die Bibel wortwörtlich nehmen müßten? Dieser Planet hier hat eine sehr geruhsame geohistorische Entwicklung, weißt du. Es gab keine dynamischen Krustenbewegungen, durch die Gebirgsketten oder ganze Kontinente aus dem frühzeitlichen Ozean nach oben getrieben wurden, wie dies auf Welten mit Landmassen der Fall war, darum blieb alles auf ungefähr dem gleichen Niveau und vorwiegend unter Wasser. Im Lauf der Zeit konnte das Meer jede Landformation erodieren, die über den Wasserspiegel hinausgeragt hatte. Doch das wird sich ändern. Im Kern des Planeten baut sich zunehmend Druck auf. Gravitationsspannungen im Innern schaffen nach und nach Turbulenz, und in dreißig Millionen Jahren, oder in vierzig, fünfzig …«

»Moment mal«, sagte Lawler. »Was ist denn dort los?«

Delagar und Dag Tharp brüllten sich gegenseitig wüst an. Auch Dann Henderson war in den Streit verwickelt. Er war knallrot im Gesicht, auf seiner Stirn stand dick eine Ader. Tharp war ein nervöser, leicht erregbarer Mann, der immer irgendeinen Krach mit irgendwem über irgendwas hatte; doch der Anblick des gewöhnlich zurückhaltenden, eher leisen Henders, anscheinend in höchster Erregung, erzwang Lawlers sofortige Aufmerksamkeit.

Er ging zu den Männern hinüber.

»Was ist denn los?«

Delagard antwortete: »Ach, nur ein bißchen Gehorsamsverweigerung, Doc, ich komme schon damit zurecht.«

Tharps schnabelartige Nase war tiefrot angelaufen, der wulstige Kehlsack an seinem Hals bebte.

»Henders und ich haben vorgeschlagen, wir sollten rüber zu der Insel segeln und die Gillies da um Asyl und Zuflucht bitten«, sagte er zu Lawler. »Wir könnten in der Nähe Anker werfen und ihnen beim Bau ihrer Insel helfen. Das wär doch gleich von Anfang an eine Art Partnerschaft. Aber Delagard hier, der sagt, nein nein, wir fahren weiter bis Grayvard. Habt ihr 'ne Ahnung, wie lang wir brauchen, um nach Grayvard zu kommen? Wie viele von diesen hinterhältigen Netzdingern an Bord kriechen können, bevor wir da hinkommen? Oder wer weiß, was sonst noch da draußen auf uns lauert? Und Kinverson sagt, wir haben bisher verdammtes Glück gehabt, daß wir bisher noch nicht auf was richtig Bösartiges gestoßen sind; aber wie lange noch können wir damit rechnen ...«

»Wir segeln nach Grayvard«, sagte Delagard eisig.

»Siehst du? Da habt ihr's!«

Henders sagte: »Wir sollten aber zumindest darüber abstimmen, was meinst du, Doc? Je länger wir unterwegs sind, desto höher wird das Risiko, daß wir in die WOGE geraten oder auf irgendwelche ekligen Kreaturen treffen, wie sie Gabe uns beschrieben hat, oder in 'nen mörderischen Sturm oder all so was. Hier haben wir 'ne echte Insel vor uns, noch dazu grad im Bau. Und wenn die Gillies schon Taucher und was-weiß-ich-sonst als Helfer beim Bau einsetzen, sogar 'ne Plattform, wieso sollten sie dann nicht daneben auch die Hilfe von uns Menschen annehmen? Und dankbar dafür sein? Aber *der* da weigert sich ja, drüber auch nur mal nachzudenken!«

Delagard warf dem Schiffsingenieur einen giftigen Blick zu. »Seit wann haben die Gillies jemals unsere Hilfe haben wollen? Du weißt doch, wie das daheim auf Sorve war, Henders.«

»Aber hier ist nicht Sorve.«

»Die Dinge sind überall die gleichen.«

»Und woher willst du das so genau wissen?« schnauzte Henders zurück. »Jetzt hör mir mal zu, Nid, wir müssen mit denen von den anderen Schiffen reden, und damit hat sich's dann. Dag, du gehst und rufst Yanez und Sawtelle und die anderen, und dann ...«

»Du bleibst genau da, wo du jetzt bist, Dag«, sagte Delagard.

Tharp blickte von Delagard zu Henders und wieder zu dem Reeder zurück. Er bewegte sich nicht, aber seine Kinnwammen bebten vor Wut.

Delagard sagte: »So, und jetzt hört mir mal zu! Wollt ihr wirklich auf 'nem erbärmlichen winzigen Inselchen leben, das erst in Monaten oder gar Jahren fertiggebaut sein wird? Und worin wollt ihr leben? In Tanghütten? Seht ihr da irgendwo einen Vaargh? Gibt es da eine Bucht, aus der wir brauchbare Rohstoffe heraufholen könnten? Und – die würden uns sowieso nicht aufnehmen. Die wissen, daß man uns mit einem Tritt in den Arsch aus Sorve rausgeschmissen hat. Jeder einzelne Gillie auf diesem ganzen Planeten weißt das, glaubt mir!«

»Aber wenn diese Gillies da uns nicht haben wollen«, sagte Tharp, »wie kannst du dann dermaßen sicher behaupten, daß die auf Grayvard uns aufnehmen wollen?«

Delagards Gesicht lief rot an. Momentan sah es so aus, als hätte der Stich gesessen. Lawler fiel ein, daß Delagard bisher noch kein Wort darüber verloren hatte, daß und ob er ihre Ankunft und Landung auf Grayvard mit den dortigen wirklichen Inselbesitzern arrangiert habe. Einzig die Humankolonie nämlich hatte sich zur Aufnahme der Ausgestoßenen bereiterklärt.

Doch Delagard faßte sich sehr rasch wieder. »Dag, du hast nicht einen Furz von Ahnung, wovon du quasselst. Seit wann müssen wir die Gillies um die Erlaubnis für die Emigration und Migration von Insel zu Insel bitten? Sobald die mal Menschen auf ihre Inseln lassen, ist es ihnen schietegal, was für Menschen das sind. Sie können sowieso kaum Männlein und Weiblein bei uns unterscheiden. Solang wir nicht in ihren Inselsektor auf Grayvard vordringen, gibt's bestimmt keine Probleme.«

»Du tust aber verdammt sicher«, sagte Henders. »Aber wozu müssen wir bis nach Grayvard fahren, wenn das gar nicht nötig ist? Wir wissen bisher immer noch nicht, ob es nicht möglich ist, daß wir uns auf einer etwas näher gelegenen Insel festsetzen, auf der es noch keine Humankolonie gibt. Diese Gillies da drüben wären vielleicht bereit, uns aufzunehmen. Und außerdem ... ja, vielleicht wären sie sogar froh darüber, wenn wir ihnen ein bißchen beim Bau helfen würden.«

»Klar«, sagte Delagard. »Sie wären ganz besonders glücklich, wenn sie einen Funkexperten und einen Schiffsingenieur bekämen. Die haben ihnen nämlich grad noch gefehlt. Also schön: Ihr zwei wollt da drüben auf dieser Insel leben? Fein. Dann schwimmt rüber. Na los! Alle beide, verschwindet von Bord, und zwar gleich!« Er packte Tharp am Arm und begann ihn zur Reling zu zerren. Tharp glotzte ihn mit weit aufgerissenen Augen an. »Na los! Bewegt euch!«

»Einen Moment«, sagte Lawler ruhig.

Delagard ließ Tharp los und beugte sich auf den Fußballen balancierend vor. »Hast du was zu sagen, Doc?«

»Ja. Wenn die beiden über Bord gehen, dann gehe ich mit.«

Delagard lachte. »Mach dir nicht in die Hose, Doc! Hier wird keiner über Bord geworfen. Was glaubst du denn, wer ich bin?«

»Möchtest du darauf wirklich eine Antwort, Nid?«

»Also, jetzt schau mal«, sagte Delagard, »das Ganze läßt sich auf einen ganz einfachen Nenner bringen. Dies hier sind alles *meine* Schiffe, und ich bin jetzt der Kapitän auf diesem Schiff und außerdem der Leiter der ganzen Expedition, und keiner wird mir das streitig machen. Aus reiner Seelengröße und Herzensgüte habe ich jedermann aus der ehemaligen Humankolonie auf Sorve eingeladen, mit uns zu unserer neuen Heimat auf der Insel Grayvard zu fahren. Und die ist unser Ziel. Und eine Volksabstimmung darüber, ob wir versuchen sollten, uns auf diesem winzigen Splitterchen einer neu entstehenden Insel niederzulassen, kommt überhaupt nicht in Frage. Wenn Dag und Dann gern dort leben möchten, schön. Ich werde sie sogar höchstpersönlich im Gleiter rüberbringen. Aber es wird hier keine Abstimmungen geben – und es wird keine Abweichung vom Grundplan dieses Unternehmens geben. Ist das klar? Dann? Dag? Ist das klar, Doktor?«

Delagard hatte die Fäuste geballt. Der Mann war wirklich ein Kämpfer.

Henders sagte: »Wenn ich mich recht erinnere, warst schließlich du es, der uns in diese Scheiße überhaupt erst reingebracht hat, Nid. Das kam wohl auch aus deiner Seelengröße und Herzensgüte, ja?«

»Halt mal den Rand, Dann!« sagte Lawler. »Ich muß nachdenken.«

Er warf einen Blick zu der jungen Insel hinüber. Sie waren inzwischen so nahe herangekommen, daß er den gelblichen Schimmer in den Augen der Gillies sehen konnte. Sie schienen ihrer Arbeit nachzugehen, ohne sich im geringsten um die näherziehende Flottille der Menschenschiffe zu kümmern.

Und plötzlich begriff Lawler, daß Delagard recht hatte

und daß Henders und Tharp sich irrten. So glücklich er gewesen wäre, wenn die Reise hier und jetzt ein Ende hätte finden können, wußte er doch, daß es eine völlig absurde und nicht in Betracht kommende Idee war, daß sie sich hier niederlassen sollten. Die Insel war winzig, ein bloßer Splitter Holz in der See, der sich kaum über die Wellen erhob. Und selbst wenn die Gillies bereit sein sollten, sie aufzunehmen, war da einfach nicht ausreichend Platz für sie.

Ruhig sagte er also. »Gut also, Nid. Ausnahmsweise gebe ich dir recht. Dieses Inselchen ist nicht der rechte Ort für uns.«

»Fein, fein. Sehr gescheit von dir. Man kann sich doch wahrhaftig immer darauf verlassen, daß du den Standpunkt der Vernunft vertrittst, Doc, wie?« Dann legte Delagard die hohle Hand an den Mund und brüllte zu Pilya in der Takelung hinauf: »Scharf in den Wind! Verschwinden wir von hier!«

»Wir hätten trotzdem abstimmen müssen«, brummte Dag Tharp mürrisch und rieb sich den Arm.

»Das laß mal besser«, sagte Lawler zu ihm. »Das hier ist Delagards persönliche Party. Wir sind bloß seine Gäste.«

3

VOM BEGINN DER FOLGENDEN Woche an schlug das Wetter von Grund auf um. Der nordwestliche Kurs Richtung Grayvard führte die Flottille immer mehr aus den tropischen Gewässern und der starken Sonne und den klarblauen Himmeln des immerwährenden Sommers heraus, die in diesen mittleren Breiten vorherrschten. Nun waren sie in gemäßigtere Breiten vorgedrungen, und die See war hier kühl, und dumpfkalte Nebeldünste stiegen von ihr auf, wenn die warmen Winde vom Äquator heraufbliesen. Mittags war der Dunst verschwunden, aber das weite Himmelsgewölbe war oft die ganze Zeit häufig von Flockengewölk oder gar einer trüben lastenden Wolkendecke überzogen. Nur eines blieb unverändert: Es regnete noch immer nicht. Das war schon seit der Abfahrt des kleinen Konvois von Sorve so; und allmählich bot dieses Ausbleiben Anlaß zur Besorgnis.

Die See selbst zeigte hier ebenfalls ein anderes Gesicht. Die vertrauten Gewässer der Heimatsee, ihres Mare Nostrum, lagen nun weit hinter ihnen, und sie befuhren die Gelbe See, die durch eine scharfe Demarkationslinie von den blauen Wassern im Osten abgegrenzt war. Ein dicker ekliger Schaumteppich von kotzgelben Mikro-Algen mit rötlichen Streifen darin, die aussahen wie koaguliertes Blut, bedeckte das Wasser bis zum Horizont.

Es war häßliches Zeug, aber fruchtbar. Es wimmelte im Wasser von Leben, und die meisten Lebensformen waren ihnen neu und unbekannt. Gewichtige schwerfällige Fische von Manneslänge, mit breiten Köpfen, stumpfblauen Schuppen und schwarzen, blind wirkenden Augen schnüffelten um die Schiffe herum; sie sahen aus wie treibende Balken. Ab und zu tauchte mit bestürzender Schnelligkeit ein wunderschöner samtiger Seeleopard aus den Tiefen herauf und verschlang eins von diesen Tieren als Ganzes. An einem Nachmittag tauchte aus dem Nichts zwischen dem Flaggschiff und dem Bug von Bamber Cadrells Schiff ein untersetztes röhrenförmiges Ding auf, mindestens zwanzig Meter lang und mit Kiefern wie ein Beil, durchkreuzte wuchtig die Heckwellen des Flaggschiffs, hob sich hoch und schlug wild mit dem Kinn aufs Wasser, und nachdem das Monster weitergezogen war, trieben in den gelben Wogen überall Stücke von den breitköpfigen Blaufischen umher. Und dann tauchten kleinere dieser Beilköpfe herauf und begannen zu fressen. Es gab hier auch reichlich Speisefisch, die in wirbelnden Zügen die Flottille umkreisten, wobei die scharfspitzigen Tentakeln wie Messer ins Wasser fuhren; doch sie hielten sich gemeinerweise immer von Kinversons Treibangeln fern.

Ganze Armeen von Millionen kleiner vielbeiniger Geschöpfe mit glitzernden durchsichtigen Leibern fuhren wie Sensen durch den gelben Meeresschaum und schnitten breite Schneisen, die sich hinter ihnen sogleich wieder schlossen. Gharkid holte ein volles Netz von ihnen hoch – sie zappelten und warfen sich heftig gegen die Maschen, wohl von Panik im freien Tageslicht erfaßt, und versuchten zurück ins Meer zu gelangen – und als dann Dag Tharp (keineswegs in vollem Ernst) vorschlug, man solle doch mal herausfinden, ob sie nicht vielleicht gut schmeckten, dünstete Gharkid prompt eine Portion von dem Zeug in ihrem eignen pissegelben Meerwasser und verzehrte sie mit demonstrativer Ungerührtheit.

»Gar nicht so übel«, sagte er. »Probiert doch mal.«

Auch zwei Stunden danach schien er noch immer kregel und gesund zu sein. Also riskierten es auch andere. Darunter Lawler. Sie aßen das Getier mitsamt der Beine ganz und gar. Die kleinen Krustentiere waren knackig, schmeckten leicht süßlich und waren offenbar nahrhaft. Bei niemandem zeigten sich negative Reaktionen. Gharkid verbrachte den Tag an seinem Kran und zog die Beinlinge zu Tausenden in seinem Treibnetz herauf, und an diesem Abend feierten sie ein großes Fest.

Aber andere Lebensformen des Gelben Meeres waren weniger befriedigend. Kriechfähige grüne Quallenfische, die zwar harmlos, aber eklig waren, krochen in großer Zahl irgendwie an Deck, wo sie in wenigen Minuten zu verwesen begannen. Man mußte sie alle wieder über Bord fegen, und das beanspruchte beinahe einen vollen Tag. In einem anderen Teil der See ragten die starren schwarzen Fruchttürme einer Riesenalge morgens sieben, acht Meter über die Wasserfläche und explodierten in der mittäglichen Wärme, wobei sie Tausende kleiner harter Körner gegen die Schiffe schleuderten, daß jedermann Deckung suchen mußte. Auch Hexenfische gab es hier. In Trupps von zehn, zwanzig Stück flogen die wurmählichen Dinger zischend und sausend so hundert Meter weit übers Wasser, und ihre scharfkantigen lederartigen Schwingen flatterten mit einer verzweifelten Zielstrebigkeit, bis sie wieder ins Wasser platschten. Manchmal zogen sie so nahe am Schiff vorbei, daß Lawler die scharfen roten Borstenkämme auf ihrem Rücken erkennen konnte, und dann fuhr er sich mit der Hand an die linke Wange, wo immer noch eine rauhe Stelle an seine persönliche Begegnung mit einem der Tiere gemahnte.

»Wieso fliegen die so?« fragte er Kinverson. »Wollen sie etwas aus der Luft fangen?«

»Nee, ist nicht so, daß was in der Luft ist«, sagte Kinverson. »Ist was im Wasser, das *sie* fangen will. Die sehen hinter sich ein großes Maul aufklappen und versuchen wegzukommen. Ist 'ne ziemlich brauchbare Art der Flucht. Sonst gehen sie bloß in die Luft, wenn sie sich paaren. Die Weibchen fliegen voraus, und die

Männchen kommen hinter ihnen her. Und die Kerle, die am schnellsten und längsten fliegen, kriegen sie dann, die Weiber.«

»Kein schlechtes Auswahlsystem. Sofern man Geschwindigkeit und Ausdauer heranzüchten will.«

»Hoffen wir, daß wir das nicht aktuell miterleben müssen. Die scharfen Biester kommen zu Tausenden rauf. So daß wirklich die ganze Luft voll ist von ihnen. Und sie sind ganz und gar verrückt vor Geilheit.«

Lawler deutete auf die Stelle auf seiner Wange. »Ich kann's mir vorstellen. Letzte Woche hat mich eins ihrer Kleinen genau hier erwischt.«

»Wie klein?« fragte Kinverson ohne besonderes Interesse.

»So um die fünfzehn Zentimeter.«

»Na, da haste ja Glück gehabt, daß es so klein war. Da draußen treiben sich 'ne Menge wirklich gemeiner Dinger rum.«

DU LEBST ZU SEHR in der Vergangenheit, hatte Pilya zu ihm gesagt. Doch wie sollte er denn nicht? Die Vergangenheit lebte in ihm. Nicht nur die ERDE, dieser ferne mythische Ort, sondern auch Sorve, ganz besonders Sorve, wo sein Fleisch und Blut, sein Geist und seine Seele entstanden waren. Die Vergangenheit stieg zu allen Zeiten immer wieder in ihm herauf. So auch jetzt, hier an der Reling, während er auf diese fremdartige Gelbe See hinausblickte.

ER WAR ZEHN JAHRE alt, und sein Großvater hatte ihn zu sich in seinen Vaargh gerufen. Er hatte sich drei Jahre vorher aus der Doktorpraxis zurückgezogen und verbrachte seine Tage nun damit, über die Ufermauer zu spazieren; er war zusammengeschrumpft und sah gelblich aus, und es war klar, daß er nicht mehr sehr lange zu leben haben würde. Er war ein sehr alter Mann, so alt, daß er sich sogar noch an einige der Siedler der ersten Generation erinnern konnte, sogar noch an seinen eigenen Großvater, an Harry Lawler, den ›Gründer-Harry‹.

»Ich hab da etwas für dich, Junge«, sagte der Großvater. »Da komm her. Näher! Siehst du das Bord da, Valben? Mit den Dingen von der ERDE drauf? Bring sie mir her.«

Es gab da vier ERD-Dinge, zwei flache, runde aus Metall, ein großes aus rostigem Metall und ein Stück bemalter Tonscherben. Es waren einmal sechs Stücke gewesen. Aber die kleine Statuette und das rohe Steinstück befanden sich damals bereits im Vaargh von Valbens Vater. Der Großvater hatte schon damit begonnen, seinen Besitz weiterzugeben.

»Da, Junge«, sagte der alte Mann. »Ich möchte, daß das dir gehört. Es ist von meinem Großvater Harry, und der hat es von *seinem* Großvater, der es von der ERDE mitnahm, als er in den Raum ging. Und nun gehört es dir.« Und er reichte ihm den orange und schwarz bemalten Tonscherben.

»Nicht für meinen Vater? Für meinen Bruder?«

»Nein, dies ist für dich«, sagte der Großvater. »Damit es dich an die ERDE erinnert. Du wirst aber gut darauf achtgeben und es nicht verlieren, ja? Denn wir besitzen nur sechs Dinge von der ERDE, und wenn sie uns verlorengehen, können wir sie nie mehr ersetzen. Da, nimm. Nimm!« Und er drückte Valben das Tonstück in die Hand. »Das stammt aus Griechenland. Vielleicht hat es einmal Sokrates gehört. Oder Platon. Und nun gehört es dir.«

Dies war das letzte Mal, daß er mit seinem Großvater gesprochen hatte.

Danach trug er monatelang den bemalten Scherben überall mit sich herum. Und wenn er mit den Fingern über die gezackte Bruchstelle strich, schien es ihm, als werde die ERDE in seiner Hand wieder lebendig, als spräche aus diesem Stückchen gebrannten Tons Sokrates persönlich zu ihm, oder Platon. Wer immer sie gewesen sein mochten.

ER WAR FÜNFZEHN. Sein Bruder Coirey, der davongelaufen war, um zur See zu fahren, war zu Besuch heimgekommen. Er war neun Jahre älter, der älteste von den einst drei Brüdern, doch der mittlere, der junge Bernat, war schon vor so langer Zeit gestorben, daß Valben sich kaum noch an ihn erinnern konnte. Coirey hatte eines Tages der nächste Inseldoktor werden sollen, hatte aber dafür kein Interesse aufbringen mögen. Das Amt eines Doktors hätte ihn an eine einzige Insel gebunden. Aber Coirey sehnte sich nach dem Meer, dem Meer, dem weiten Meer. Und so war er fortgegangen – aufs Meer; und Briefe waren von ihm eingetroffen, von Orten, die für Valben nur Namen bedeuteten: Velmise und Sembilor und Thetopal und Meisa Meisanda; und nun war Coirey selbst zurückgekommen, nur für einen kurzen Zwischenstop auf Sorve auf der Fahrt nach einem Ort namens Sumbalimak, der in einem Azur-See genannten Meer lag, so weit weg, daß es fast wie auf einer anderen Welt erschien.

Valben hatte seinen Bruder vier Jahre nicht mehr gesehen. Und er wußte nicht, was er erwarten sollte. Der Mann, der dann eintrat, hatte das Gesicht seines Vaters, das Gesicht, das auch er allmählich bekam, mit kräftigen Zügen, starker Kieferpartie, langer gerader Nase, doch er war dermaßen von Sonne und Wind gebräunt, daß seine Haut aussah wie ein Stück alter Fischhautteppich, und über die eine Wange lief eine scharfe Narbe, rötlichblau vom Auge bis zum Mundwinkel. »Da hat mich ein Fleischfisch erwischt«, sagte er. »Aber ich hab ihn auch erwischt.« Und er knuffte Valbens Oberarmmuskel. »He, Junge, du bist gewachsen. Du bist genauso lang wie ich, Mann, wahrhaftig. Aber leichter bist du. Was du brauchst, das ist ein bißchen mehr Fleisch auf die Knochen.« Coirey zwinkerte ihm zu. »Willste nicht irgendwann mal mit mir nach Meisa Meisanda mitkommen? Die kennen sich dort aus mit dem Essen. Jeder Tag ein Festtag. Und die Weiber, Junge! Die Weiber!« Er runzelte die Stirn und sagte: »Du stehst doch auf Weiber, oder? Klar tuste das. Richtig? Also, wie wär's damit, Val? Wenn ich von Simbalimak zurückkomme, machst du dann 'nen Trip nach Meisa Meisanda mit mir?«

»Aber du weißt doch, ich kann hier nicht weg, Coirey. Ich muß doch studieren.«

»Studieren?«

»Vater bringt mir die Medizin bei.«

»Ah ja, richtig. Das hatte ich doch glatt vergessen. Du wirst ja der nächste Doktor Lawler sein. Aber deswegen kannst du doch vorher mal 'ne kleine Seereise mit mir machen, oder was spricht dagegen?«

»Nein«, sagte Valben. »Nein, das kann ich nicht.«

Und dann verstand er, warum der Großvater ihm den kleinen Tonscherben von der ERDE geschenkt hatte und nicht seinem älteren Bruder Coirey.

Sein Bruder war nie wieder nach Sorve zurückgekehrt.

DANN WAR ER SIEBZEHN und steckte ganz tief in seinem Studium der Heilkunst.

»Es wird höchste Zeit, daß du mal mit mir zusammen eine Autopsie durchführst, Valben«, sagte sein Vater. »Bislang war ja alles reine Theorie bei dir. Aber früher oder später mußt du den Sack mal aufmachen und sehen, was drinsteckt.«

»Sollten wir nicht besser damit warten, bis ich mit meiner Anatomie durch bin?« sagte Valben. »Dann hätte ich ein klareres Bild von dem, was ich sehe.«

»Aber das ist der beste Anatomie-Unterricht, den es gibt«, sagte sein Vater.

Und dann zog er ihn mit nach drinnen in das Operationszimmer. Auf dem Tisch lag jemand unter einer leichten Decke oder einem Wasserlattich-Tuch. Er zog das Tuch weg. Valben sah eine alte Frau mit grauen Haaren und schlaffen Brüsten, die flach zur Seite hingen, und einen Moment danach wurde ihm klar, daß er die Frau ja kannte, daß er da Bamber Cadrells Mutter anschaute, Samara, die Ehefrau von Marinus. Und natürlich mußte er sie kennen: Es gab auf der Insel nur sechzig Menschen, also wie hätte da einer von ihnen ein Fremder sein können? Aber trotzdem – die Frau von Marinus, die Mutter von Bamber – nackt hier vor ihm auf dem Operationstisch…

»Sie ist heute früh gestorben, sehr plötzlich, fiel einfach in ihrem Vaargh um. Marinus hat sie hergebracht. Höchstwahrscheinlich das Herz, aber ich wollte mich vergewissern, und auch du mußt so was irgendwann mal zum erstenmal sehen.« Sein Vater nahm den Kasten mit den chirurgischen Instrumenten. Dann sagte er leise: »Mir hat meine erste Autopsie auch nicht gefallen. Aber so etwas ist nun einmal nötig, Valben. Du mußt wissen, wie eine Leber aussieht, eine Milz, die Lungen, ein Herz, und du kannst das nicht richtig begreifen, nur indem du darüber nachliest. Du mußt den Unterschied erkennen lernen zwischen gesunden Organen und beschädigten. Außerdem – wir bekommen hier nicht allzu viele Leichen, an denen wir arbeiten könnten. Diese Gelegenheit hier – ich darf sie dich einfach nicht verpassen lassen.«

Er wählte ein Skalpell, demonstrierte Valben, wie man es richtig in die Hand nahm, und machte den ersten Schnitt. Dann legte er nach und nach die Geheimnisse bloß, die der tote Körper von Samara Cadrell noch enthielt.

Anfangs war es schlimm, sehr schlimm.

Dann stellte er fest, daß er es ertragen konnte, daß er sich an die Scheußlichkeit gewöhnte, Teil zu sein bei einer derartigen blutigen Entweihung des Heiligtums eines Körpers.

Und nach einiger Zeit faszinierte es ihn sogar, nachdem es ihm gelungen war zu verdrängen, daß das hier vor ihm einmal eine Frau gewesen war, die er Zeit seines Lebens gekannt hatte, und er sah nur noch ein Gefüge innerer Körperorgane von unterschiedlicher Färbung, Textur und Gestalt.

Doch in dieser Nacht, nachdem er sein Studienpensum erfüllt hatte und allein mit Boda Thalheim hinter der Wasserzisterne war und als seine Hände über ihren flachen seidenglatten Bauch glitten, mußte er unablässig daran denken, daß unter dieser bezaubernden festgespannten Trommel weicher Haut gleichfalls nur ein Gefüge innerer Organe von unterschiedlicher Färbung, Textur und Gestalt ruhten, so ziemlich jenen ähnlich, die er am Nachmittag gesehen hatte, diese schimmernden Darmwindungen und all das übrige, und daß diese festen runden Brüste komplizierte Drüsen waren, die sich nur wenig von denen in den schlaffen Brüsten Samara Cadrells unterschieden, die ihm sein Vater vor ein paar Stunden mit geschickten Skalpellschnitten bloßgelegt hatte. Und er zog seine Hände von dem glatten Leib Bodas zurück, als hätte der sich unter seiner Zärtlichkeit in den schlaffen Körper Samaras verwandelt.

»Was ist denn, Val?«

»Ach, nichts. Nichts.«

»Willst du denn nicht?«

»Aber sicher will ich. Aber … ich weiß nicht …«

»Komm, laß mich dir helfen.«

»Ja. Oh, Boda! Oh, ja! Ja!«

Und wenig später klappte alles wunderbar. Aber er fragte sich trotzdem, ob er jemals wieder bei einem Mädchen liegen würde, ohne daß ihn die lebhaften Bilder ihres Pancreas, ihrer Nieren und Eileiter ungewollt und unerwünscht überfallen würden, und es kam ihm der Gedanke, daß der Beruf eines Arztes wahrlich eine recht komplizierte Sache sei.

BILDER AUS VERGANGENEN Tagen. Phantome, Spukerscheinungen, die ihn sein ganzes Leben lang begleiten würden.

DREI TAGE SPÄTER stieg Lawler in den Frachtraum des Schiffs hinab, um seinen Arzneivorrat zu ergänzen. Er trug nur einen kleinen Wachsstock zur Beleuchtung mit sich. In dem Halbdunkel wäre er beinahe in Kinverson und Sundira hineingelaufen, die zwischen den Packkisten hervorkamen. Sie sahen verschwitzt und zerzaust aus, auch ein wenig verlegen, als sie ihn erblickten, und es konnte kaum Zweifel geben, was sie da unten getrieben hatten.

Kinverson schaute ihm keck direkt in die Augen und sagte: »Morgen, Doc.«

Sundira sagte nichts. Sie schlug nur das klaffende Wickelkleid zusammen, ging mit ausdruckslosem Gesicht vorbei und streifte Lawler nur mit einem kurzen Blick und schaute dann sofort beiseite. Sie schien weniger verlegen zu sein, als daß sie sich vielmehr in eine Hülle von Selbstzufriedenheit zurückzog. Pikiert nickte Lawler, als handelte es sich um eine völlig neutrale Begegnung in einem völlig unverfänglichen Teil des Schiffes, und ging weiter zu dem Winkel des Frachtraums, wo seine Vorräte lagerten.

Es war das erste richtige Indiz, das ihm je begegnet war, daß Kinverson und Thane ein Liebespaar waren, und die Erkenntnis traf ihn tiefer, als er erwartet hätte. Kinversons Rede über das Paarungsverhalten bei den Schleimaalen, den Hexenfischen, erst vor ein paar Tagen war das, fiel ihm wieder ein, und er überlegte, ob das in irgendwie doppeldeutiger, spöttischer Weise auf ihn gezielt hatte. *Die Kerle, die am schnellsten fliegen, kriegen sie, die Weiber.*

Nein. Nein. Lawler wußte, daß er daheim auf der Insel ausreichend Gelegenheit gehabt hatte, etwas mit Sundira anzufangen. Aber er hatte sich aus Gründen, die ihm damals als vernünftig erschienen waren, anders entschieden.

Also, weshalb war er jetzt dermaßen gekränkt?

Du begehrst sie heftiger, als du dir selbst eingestehen magst, wie?

Ja. Das war es. Und ganz besonders in diesem Augenblick.

Warum? Weil sie was mit einem anderen hat?

Aber, was spielte das schon für eine Rolle. Er begehrte sie. Das wußte er auch vorher schon, aber er hatte nichts unternommen. Vielleicht war jetzt der Moment gekommen, sich einmal etwas intensiver mit der Frage zu beschäftigten, warum er nichts getan hatte.

ER SAH DIE BEIDEN später an diesem Tag wieder zusammen, am Heck bei der Winschbrücke. Wie es aussah, hatte Kinverson etwas Ungewöhnliches gefangen, und er zeigte es ihr – ganz der stolze Jäger, der mit seiner Beute vor seinem Weibchen prahlt.

»Doc?« rief Kinverson und schob den Kopf über den Rand der Brücke, und er lächelte auf eine Weise, die entweder offene Herzlichkeit, oder aber gedankenlose Herablassung verriet. Lawler konnte nicht erkennen, was von beidem es war. »Komm doch mal eben 'nen Moment rauf, Doc, ja? Wir haben hier was, das dich vielleicht interessiert.«

Sein erster Impuls war, den Kopf zu schütteln und einfach weiterzugehen. Andererseits wollte er den beiden aber nicht die Genugtuung verschaffen, daß er ihnen aus dem Weg gehe. Schließlich, wovor fürchtete er sich? Daß er die Abdrücke von Kinversons Pfoten auf ihrem ganzen Körper demonstriert bekommen sollte? Er befahl sich, kein Trottel zu sein, und kletterte über die kleine Leiter zum Krandeck hinauf.

Kinverson hatte hier alle möglichen Fischfanggeräte in den Planken verschraubt, Gaffeln und Haken und Schnüre und dergleichen. Und hier befanden sich auch die Schleppnetze, die Gharkid für seinen Algenfang benutzte.

In einer gelben Pfütze lag schlaff ein graziöses grünliches Geschöpf, das wie ein Taucher aussah, nur kleiner. Es sah so aus, als hätte Kinverson es soeben an Bord gehievt. Lawler konnte es nicht einordnen; höchstwahrscheinlich ein Säugetier, Lungenatmer, wie so viele andere Bewohner des hydrotischen Ozeans.

»Was habt ihr denn da?« fragte er Kinverson.

»Also ehrlich, Doc, da sind wir uns gar nicht sicher.«

Das Geschöpf hatte eine niedrige flache Stirn und eine verlängerte Schnauze mit stoppligen grauen Borstenhaaren sowie einen schlanken Stromlinienleib, der in einem dreigefächerten Schwanz endete, und hatte einen deutlich hervortretenden Rückgratkamm. Die vorderen Gliedmaßen waren zu flachen Flippern ausgebildet, die denen der Gillies recht ähnlich sahen. Scharfe kurze Krummkrallen traten aus ihnen hervor. Die Augen waren schwarz, rund und schimmerten, und sie waren geöffnet.

Es sah nicht so aus, als atme das Tier. Aber es wirkte auch nicht tot. In den Augen lag ein Ausdruck – von Furcht? Verwirrtheit? Wer hätte es sagen können? Es waren Alienaugen. Doch schienen sie irgendwie besorgt zu sein.

Kinverson sagte: »Das da hatte sich in einem von Gharkids Netzen verheddert, und ich hab es reingeholt, um das Netz wieder klar zu kriegen. Weißt du, da kannste dein ganzes Leben hier draußen auf diesem Ozean zubringen und es kommen dir immer wieder neue Viecher vor die Augen.« Er stupste das Tier in die Flanke, und es reagierte mit einer kaum merklichen schwachen Bewegung des Schwanzes. »Das da ist erledigt, meinst du nicht auch? So ein hübsches kleines Ding.«

»Ich will es mir mal näher anschauen«, sagte Lawler spontan.

Er kniete sich zu dem Tier und legte ihm behutsam die Hand auf die Flanke. Die Haut war feucht, warm, vielleicht fiebrig. Und jetzt konnte er auch die schwachen Atemgeräusche ausmachen. Das Tier rollte die Augen, um zu sehen, was Lawler machte, aber ohne besonders großes Interesse. Dann sank das Maul schlapp nach unten und öffnete sich klaffend, und Lawler sah mit Bestürzung ein seltsames holzartiges Gewirr; etwas Kugeliges aus lose verwobenen weißen Fasersträngen, das den ganzen Mund- und Gurgelbereich des Tieres blockierte. Und die Faserstränge gliederten sich zu einem dicklichen Stengel, der im tieferen Schlund des Tieres verschwand.

Dann tastete Lawler mit den Händen den Abdominalbereich ab und spürte im Innern starren Widerstand, Knoten und Klumpen, wo eigentlich alles weich und geschmeidig hätte sein müssen. Seine Hände hatten inzwischen endlich ihre Stumpfheit wieder verloren, und er vermochte die Topographie im Leib des Geschöpfes zu entziffern, als hätte er es mit dem Skalpell aufgeschnitten. Wo immer er hintastete, er konnte die Symptome eines inneren Wucherwuchses ertasten. Er rollte das Geschöpf auf den Rücken und sah, daß Strähnen des gleichen holzartigen Geflechts direkt über dem Schwanzansatz auch aus dem Anus hervorragten.

Plötzlich stieß das Tier einen trocknen, keuchenden Schnarrlaut aus. Das Maul öffnete sich weiter, als Lawler es für möglich gehalten hätte. Das faserige Holzgeflecht darin wurde sichtbar, schob sich aus dem Tiermaul, als säße es auf einer Plattform, und begann von einer Seite zur anderen zu schwingen. Lawler stand rasch auf und trat zurück. Etwas, das wie eine kleine rosa Zunge aussah, trat aus der Faserkugel hervor und zuckte wild über die Decksplanken, zog sich zurück und schoß wieder hervor, wie von einer irren Kraft angetrieben. Lawler trat gerade noch rechtzeitig mit dem Stiefel zu, ehe die Zunge an ihm vorbei auf Sundira zufuhr. Aus der Kugel trat eine zweite unabhängige Zunge hervor. Auch diese zertrat er. Die Kugel wackelte träge, wie um neue Energie zu sammeln, um noch ein paar weitere dieser Zungen hervorzustülpen.

Er zischte Kinverson zu: »Schmeiß das Ding ins Meer, und schnell!«

»Waas?«

»Heb's schon auf und schaff es rüber. Schnell!«

Kinverson hatte der ärztlichen Untersuchung verblüfft und ein wenig überheblich zugesehen. Doch Lawlers scharfer Befehlston drang zu ihm durch. Er schob seine breite Pranke unter die Mittelpartie des Tieres, hob es hoch und warf es in einer einzigen raschen Bewegung in die Luft. Das Tier fiel klatschend ins Wasser wie ein lebloser Sack. Aber im letzten Moment gelang es ihm, sich zu strecken, und es tauchte mit dem Kopf voraus glatt ins Wasser, als ob angeborene Reflexe noch immer partiell funktionierten. Es folgte ein geglückter heftiger Schlag des Schwanzes, dann glitt das Geschöpf sekundenschnell unter Wasser und außer Sicht.

»Was hat denn das, verdammt, alles bedeuten sollen?« fragte Kinverson.

»Parasitenbefall. Das Tier da war von der Schnauze bis zum Schwanz von irgendeinem pflanzlichen Gewächs durchwuchert, das Maul war ganz voll davon, hast du das nicht gesehen? Und so war es durch den ganzen Leib hindurch bis zum anderen Ende. Es war völlig durchwachsen davon. Und diese kleinen rosa Zungen – also, ich vermute, das waren Ableger, die nach einem neuen Wirtsorganismus suchten.«

Sundira schauderte zusammen. »So etwas wie die Killerfungi?«

»Sowas ähnliches, ja.«

»Und du glaubst, es hätte uns befallen können?«

»Na, es hat es ja ziemlich deutlich versucht«, sagte Lawler trocken. »Außerdem, in einem Ozean von dieser Größe können es sich Parasiten nicht leisten, wirtsspezifische Vorlieben zu pflegen. Sie müssen sich festsetzen, wo immer es nur geht.« Er schaute starr über Bord, als rechne er fast damit, daß unzählige von Parasiten befallene Tiere hilflos überall um das Schiff herumschwimmen könnten. Doch da drunten war nur der gelbliche, rotgestreifte Schaum. Er wandte sich wieder Kinverson zu. »Ich wünsche, daß vorläufig jeglicher Fischfang eingestellt wird, bis wir aus diesem Seebereich raus sind. Ich geh jetzt zu Dag Tharp und sage ihm, er soll den gleichen Befehl an die übrigen Schiffe senden.«

»Aber wir brauchen frisches Fleisch, Doc.«

»Möchtest du persönlich die Verantwortung übernehmen und jeden Fang dahingehend untersuchen, ob er von diesem Pflanzenparasiten frei ist?«

»Verdammt, nein!«

»Schön, dann wird vorläufig hier nicht mehr gefischt. So einfach ist das. Ich lebe wirklich lieber eine Weile von Trockenfisch, als daß mir so was im Bauch wächst. Du nicht?«

Kinverson nickte ernst.

»Und dabei war es so ein hübsches kleines Ding.«

EINEN TAG SPÄTER, sie segelten noch immer durch das Gelbe Meer, liefen sie in die erste große Tidenwoge. Dabei war eigentlich nur überraschend, daß sie so lange auf sich hatte warten lassen, wenn man bedachte, daß sie nun schon wochenlang übers Meer fuhren.

Es war unmöglich, diesen ozeanischen Flutwellen ganz zu entgehen. Die drei kleinen, rasch kreisenden Monde des Planeten zogen in komplizierten, sich überschneidenden Orbits unablässig um den Planeten, und in regelmäßigen Zeitabständen lagen sie auf Positionen, durch die sie eine starke Gravitationswirkung auf den gewaltigen Wasserglobus ausübten, den sie umkreisten. Dadurch wurde eine große mächtige Gezeiten-›Beule‹ ausgelöst, die kontinuierlich mit der Umdrehung des

Planeten um dessen Mittelbereich wanderte. Kleinere Gezeitenwirkungen, die von den Gravitationsfeldern der einzelnen Monde ausgelöst wurden, liefen im Winkel dazu. Die Gillies hatten ihre Inseln in einer Weise konstruiert, daß sie den unausweichlichen Tidenwogen standhalten konnten, wenn diese auf sie zurollten. Manchmal, selten allerdings, gerieten die kleineren Tidenbewegungen auf den Weg der Großen Tide, und dann entstand diese gewaltige Turbulenz, die als die ›Woge‹ bekannt war. Die Inseln der Gillies waren so gebaut, daß sie auch der Großen Woge standhalten konnten, doch kleine einzelne Boote oder auch Schiffe waren ihr hilflos ausgeliefert. Darum fürchtete jeder Seefahrer sie mehr als irgend etwas sonst.

Die erste Tidenschwellung war eher eine von der milderen Art. Der Tag war irgendwie bleiern und dumpfig, die Sonne sah fahl, verschwommen, kraftlos aus. Das erste Team hatte Wache, Martello, Kinverson, Gharkid, Pilya Braun. »Kabbelsee voraus!« rief Kinverson vom Auslug. Onyos Felk am Ruder griff nach seinem Fernglas. Nach seiner Morgenvisite (über Funk) auf den anderen Schiffen war Lawler gerade auf Deck gekommen und spürte, wie die Planken unter seinen Füßen stießen und bockten, als hinge das Schiff mit seinen Wurzeln an irgendwas Festem. Gelbe Gischt flog ihm wirbelnd ins Gesicht.

Er blickte zum Ruderhaus. Felk dort signalisierte ihm mit brüsken Armbewegungen etwas.

»Die Sturzsee kommt«, brüllte der Kartograph. »Geh unter Deck!«

Lawler sah, daß Pilya und Leo Martello die Taue festmachten, die das Segelwerk hielten. Und im nächsten Augenblick kamen sie aus der Takelung herab. Gharkid war schon unter Deck. Kinverson kam vorbeigetrabt und nickte ihm zu. »Komm runter, Doc. Gleich geht's hier draußen los.«

»Ja«, sagte Lawler, blieb aber doch noch einen Augenblick an der Reling. Jetzt sah er es. Sie kam aus dem Nordwesten wie ein kleiner Gruß des fernen Grayvard auf sie zugelaufen – eine dicke graue Wasserwand, die im scharfen Winkel über den Horizont zog und mit beeindruckender Geschwindigkeit auf sie zurollte. Lawler stellte sich vor, daß eine Art Stange dicht unter der Oberfläche durch die See fuhr und diesen langen unausweichlichen Wall hochdrückte. Vor ihm her kam ein kalter salziger Wind, ein freudloser Vorbote.

»Doc!« rief Kinverson noch einmal von der Deckluke her. »Manchmal fegen die glatt das ganze Deck sauber, wenn sie aufprallen!«

»Ich weiß«, sagte Lawler. Doch die Wucht der heranbrausenden Flutwelle hielt ihn wie gebannt fest. Mit einem Achselzucken verschwand Kinverson nach unten. Lawler war nun allein auf Deck. Er begriff, daß die anderen möglicherweise die Luke dichtmachen und ihn hier allein lassen würden. Er warf noch einen letzten Blick auf die Flutwelle, dann rannte er schnell zum Einstiegsloch. Drunten waren alle, außer Henders und Delagard, im Kajütsniedergang versammelt und machten sich auf den bevorstehenden Zusammenprall bereit. Kinverson knallte den Lukendeckel hinter Lawler zu und sicherte ihn mit Krampen.

Aus der Tiefe des Schiffs, irgendwo auf das Heck zu, drang ein eigenartiges mahlendes Knirschen.

»Das Magnetron läuft an«, sagte Sundira Thane.

Lawler wandte sich ihr zu. »Du hast so was schon mal erlebt?«

»Zu oft. Aber diesmal wird es nicht arg sein.«

Das mahlende Geräusch wurde lauter. Das ›Magnetron‹ schickte einen Kraftstrahl nach unten, der gegen den schmelzflüssigen Eisenball im Kern des Planeten drückte und so eine Hebelwirkung bekam, durch die das Schiff ein, zwei Meter aus dem Wasser gehoben wurde, oder auch etwas mehr, wenn nötig, gerade ausreichend, um es über den stärksten Anprall der Flutwelle hinwegzutragen. Diese Magnetfeldverschiebung war die einzige Supertechnologie, welche die Menschen von anderen Welten der Galaxis mit nach Hydros hatten bringen können. Dann Henders hatte einmal gesagt, ein derart starker Apparat wie das Magnetron müsse doch weit mehr Nutzanwendungsmöglichkeiten für die Kolonisten haben als nur die, Delagards Fährboote in stürmischer See vor dem Kentern zu bewahren, und aller Wahrscheinlichkeit nach hatte Henders damit recht; doch Delagard hielt die Magnetrons unter Schloß und Riegel auf seinen Schiffen. Sie waren sein Privateigentum, die Kronjuwelen des Delagardischen See-Imperiums und der Grundstock für den Wohlstand seiner Familie.

»Sind wir schon hoch?« fragte Niklaus ängstlich.

»Wenn das Mahlen aufhört«, antwortete Neyana Golghoz. »Da. Na also.«

Alles war still.

Das Schiff schwebte direkt über dem Kamm der Flutwelle.

Aber nur kurz: So stark das Magnetron auch war, es hatte seine Grenzen. Doch ein Moment reichte durchaus. Die Flutwelle strich unter ihnen durch, und das Schiff hob sich sanft über sie hinweg und glitt auf der Rückseite sacht in das Wellental dahinter. Beim Wiedereintritt ins Wasser schwankte und zitterte und bebte das Schiff. Die Wucht des Aufsetzens war größer, als Lawler erwartet hatte, und er mußte sich anstrengen, um nicht zu Boden geworfen zu werden.

Und dann war es vorbei. Sie schwammen wieder auf ebenem Kiel.

Delagard erschien im Luk, das zum Frachtdeck führte und grinste fröhlich und selbstgefällig. Dann Henders kam gleich danach.

»So, das war's, Leute«, verkündete der Reeder. »Alles zurück auf die Posten. Die Fahrt geht weiter.«

Die See hinter der Flutwelle war mäßig aufgewühlt

und schaukelte wie eine Wiege. Als Lawler wieder an Deck war, sah er, wie die Welle nach Südost abzog, eine immer kleiner werdende Falte quer durch die Weite der schäumenden See. Er erblickte die gelbe Flagge der *Golden Sun*, die rote der *Three Moons*, die grün-schwarze der *Sorve Goddess*. Weiter in der Ferne konnte er die anderen zwei Schiffe ausmachen, sicher und anscheinend unbeschädigt.

»Nun, das war ja gar nicht so schlimm«, sagte er zu Dag Tharp, der direkt nach ihm an Deck gestiegen war.

»Wart's ab«, sagte Tharp. »Wart es nur ab.«

4

UND WIEDER WANDELTE sich die See. Ein rascher kalter Meeresstrom von Süden her durchzog sie hier und mähte eine Schneise durch die Gelbalgenfelder. Anfangs war da nur ein schmaler Streifen klaren Wassers durch die Algengischt sichtbar, dann wurde er breiter, und als der Konvoi den Meeresstrom selbst erreicht hatte, war ringsum wieder nur reines, klarblaues Wasser.

Kinverson fragte Lawler, ob er glaube, daß die Meeresbewohner hier frei von diesen pflanzlichen Parasiten seien. Die Fahrenden hätten seit Tagen keinen frischen Fisch mehr geschmeckt. »Holt halt was rauf«, erwiderte Lawler, »dann werden wir es uns anschauen. Aber seid vorsichtig, wenn ihr es an Deck bringt.«

Doch es gab keinen Fang, mit dem Kinverson hätte vorsichtig sein müssen. Die Netze kamen leer wieder herauf, und nichts biß an seinen Haken an. Und doch lebten in diesen Wassern Fische, massenhaft sogar. Doch sie hielten sich vom Schiff fern. Ab und zu sah man ganze Schwärme hastig davonschießen. Die übrigen Schiffe berichteten das gleiche. Man hätte genauso gut durch Totwasser segeln können.

Bei den Mahlzeiten erhob sich Murren in der Messe.

»Ich kann kein' Fisch nich kochen, wenn keiner einen fängt«, sagte Lis Niklaus. »Beschwert euch bei Gabe.«

Kinverson blieb ungerührt. »Ich kann sie nicht fangen, wenn sie nicht in unsere Nähe kommen wollen. Wem das nicht paßt, der kann ja selber rausgehen und hinter ihnen dreinschwimmen und sie mit der Hand fangen. Klar?«

DIE FISCHE BLIEBEN weiterhin fern, doch nun gelangten die Schiffe in eine Zone, in der es unbekannte neue

Algen im Überfluß gab, die massenweise als eine rote dichtverflochtene Variante und eine breitblättrige, höchst saftige blaugrüne Art mitten darunter auftraten. Gharkid jubelte. »Die werden prima schmecken«, verkündete er. »Das weiß ich einfach. Und wir kriegen reichlich Nährstoffe von denen.«

»Aber wenn du diese Sorte noch nie vorher gesehen hast …?« hielt Leo Martello dagegen.

»Sowas sehe ich. Die da sind eßbar – und gut dazu.«

Gharkid testete sie höchstpersönlich, in der furchtlosen, arglosen Weise, die Lawler an ihm für so außergewöhnlich hielt. Die roten Algen, berichtete der Tester, waren für Salate geeignet. Die blaugrüne Spezies, entschied er, sollte man am besten in etwas Fischtran dünsten. Er hing fast den ganzen Tag lang auf der Winschbrücke und holte Ladung um Ladung an Bord, bis das halbe Schiffsdeck von nassen Algenhaufen übersät war.

Lawler begab sich zu ihm. Er hockte da und sortierte den glitschigen triefenden Matsch. Zwischen dem Tang wanderten kleinere Meerestiere umher: kleine Schnecken und Kräbbchen und winzige Krustentierchen mit hellroten Panzern, die wie Märchenschlösser aussahen. Gharkid schien sich keine Sorgen darüber zu machen, daß möglicherweise einige dieser winzigen blinden Passagiere giftige Stacheln, kleine Beißkieferchen besitzen könnten, mit denen sie eklig kneifen könnten, oder toxische Absonderungen, oder sonstige unbekannte Gefahren bergen könnten. Er kämmte sie mit einem Schilfkamm von seinen Algensträngen fort, und, wenn es so rascher ging, benutzte er ganz einfach die Finger. Als er Lawler herankommen sah, strahlte Gharkid ihn mit breitem Lächeln an, die weißen Zähne blitzten in seinem dunklen Gesicht, und er sagte: »Die See war uns heute gnädig, sie hat uns eine reiche Ernte beschert.«

»Natim? Wo hast du das alles gelernt, was du über Meerespflanzen weißt?«

Gharkid sah verwirrt drein. »Im Meer, wo denn sonst? Aus dem Meer kommt unser Leben. Und du gehst einfach rein, und dann findest du, was gut ist. Du versuchst das und dann suchst du das. Und das behältst du im Kopf.« Er zupfte etwas aus einem Klumpen Rotalgen und hielt es entzückt Lawler zum Betrachten hin. »Das ist so zart, so schön, so zerbrechlich.« Es war so etwas wie eine Meeresschnecke, gelb mit kleinen rötlichen Pünktchen, fast wie ein Bröckchen des gelben Meerschaums, der nun hinter ihnen lag. Auf stummeligen Stengeln wogte ein Dutzend bemerkenswert intensiv wirkender schwarzer Augen von etwa der Größe menschlicher Fingerkuppen auf und ab. Lawler entdeckte weder Schönheit noch Zartheit in dem klumpigen gelben Wesen, aber Gharkid war ganz bezaubert davon. Er hob es dicht vor die Augen und lächelte es an. Dann warf er es sanft über Bord in die See zurück.

»Das gesegnete Geschöpf der See«, sagte Gharkid in einem Ton von solch allumfassender liebevoller Güte, daß Lawler gereizt wurde und ärgerlich sagte: »Du willst wissen, wozu es geschaffen wurde.«

»O nein, Doktor-Sir. Nein, ich frage nie. Wer bin ich denn, daß ich die See fragen dürfte, warum sie tut, was sie tut?«

Seine Stimme klang dermaßen ehrfürchtig, daß man fast den Eindruck gewann, als betrachte er das Meer als seinen Gott. Vielleicht tat er das ja wirklich. Auf jeden Fall war keine Antwort nötig; es war eine unmögliche Frage für einen Menschen von Lawlers Denkweise, und er kam mit derlei nicht zurecht. Es lag ihm fern, Gharkid überheblich zu behandeln, und schon gar nicht, ihn zu verletzen, und er kam sich angesichts des unschuldigen Entzückens des Marines beinahe unrein vor. Also lächelte er hastig und ging weiter. Weiter drüben sah er den Father Quillan auf dem Deck stehen, der sie aus der Entfernung beobachtete.

»Ich hab ihm bei der Arbeit zugeschaut«, sagte der Priester, als Lawler zu ihm trat. »Wie er den ganzen Seetang sortiert und auf Haufen teilt. Er arbeitet unablässig. Er wirkt so weich und mild, doch irgendwo trägt der Mann tief im Innern eine tiefe Wut mit sich herum. Was weißt du übrigens von ihm?«

»Von Gharkid? Nicht viel. Ein Einzelgänger, spricht nicht viel. Ich habe keine Ahnung, wo er lebte, ehe er vor ein paar Jahren in Sorve auftauchte. Anscheinend interessiert er sich für nichts außer für Algen.«

»Ein rätselhafter Mensch.«

»Ja. Ein Rätsel. Früher dachte ich, er ist vielleicht ein Denker, der weiß-der-Himmel-was für ein philosophisches Problem in der Abgeschiedenheit seines Kopfes zu lösen versucht. Doch inzwischen bin ich mir nicht mehr so sicher, ob in seinem Schädel außer der Kontemplation der verschiedenen Algenarten noch was anderes vor sich geht. Man verwechselt leicht Wortlosigkeit mit Gedankentiefe, aber das weißt du ja. Inzwischen neige ich mehr und mehr zu der Überzeugung, daß der Mann ganz und gar so einfältig ist, wie er es zu sein scheint.«

»Ja, so könnte es sein«, sagte der Priester. »Allerdings würde mich das sehr wundern. Mir ist nämlich noch nie ein wahrhaft einfältiger Mensch begegnet.«

»Meinst du das im Ernst?«

»Du hältst sie vielleicht dafür, aber es stimmt nie. In meiner Arbeit bekommt man hin und wieder die Möglichkeit, in die Seele der Menschen zu schauen, wenn sie einem endlich ihr Vertrauen schenken können, oder wenn sie endlich davon überzeugt sind, daß ein Priester nichts weiter ist als ein Schutzschleier zwischen ihnen und Gott. Und dabei entdeckst du dann, daß sogar die einfachen Seelen keineswegs einfältig sind. Schuldlos vielleicht, aber niemals simpel. Das menschliche Bewußtsein, selbst das minimal entwickelte, ist viel zu komplex, als daß es je simplex sein könnte. Verzeih also, Doktor, wenn ich dir vorschlage, deine erste Gharkid-Hypothese wieder aufzugreifen. Ich bin überzeugt, daß er denkt. Ich bin überzeugt, er ist ein Gottsucher – genau wie wir anderen alle auch.«

Lawler lächelte. An Gott glauben, schön, das war eine Sache, aber Gott *suchen*, das war doch wohl etwas ganz anderes. Gharkid mochte ja, dachte Lawler, gut und gern auf irgendeiner primitiven, unkritischen Ebene ›gläubig‹ sein. Aber der Gott-Sucher, das war dieser Quillan hier. Es amüsierte Lawler stets aufs neue, wie die Menschen ihre eigenen Sehnsüchte und Nöte auf ihre Umwelt projizierten und sie dabei in den Rang allgemeingültiger Gesetze des Universums erhoben.

Aber wollten sie wirklich alle ›Gott finden‹? Jeder einzelne dieser Sucher? Quillan, ja, doch, der schon. Für ihn bestand da sozusagen ein beruflicher Zwang. Aber Gharkid? Kinverson? Delagard? Und Lawler selbst?

Er schaute Quillan lange eindringlich an. Mittlerweile hatte er gelernt, im Gesicht des Geistlichen zu lesen. Es gab da zwei Ausdrucksmodi. Der eine war sozusagen das aufrichtige, gottesfromme Gesicht. Das andere war kalt, zynisch und gottesleer. Er wechselte von dem einen zum anderen, je nach den seelischen Stürmen, die in ihm toben mochten. Im Augenblick, argwöhnte Lawler, bekam er den frommen, den aufrechten Quillan vorgesetzt.

Er fragte ihn: »Du hältst also auch mich für einen der nach Gott sucht?«

»Selbstverständlich tust du das!«

»Weil ich ein paar Bibelzitate kenne?«

»Weil du meinst, du kannst dein Leben in SEINEM Schatten verbringen, ohne auch nur einen Augenblick die Tatsache SEINER Existenz zu akzeptieren. So etwas ist eine Situation, die automatisch ihr Gegenteil erzeugt. Leugne GOTT, und du bist dazu verurteilt, dein Leben lang nach IHM zu suchen, und sei es nur, um herauszufinden, ob du recht hattest, IHN für nichtexistent zu halten.«

»Und das ist genau deine Situation, Father.«

»Aber gewiß doch!«

Lawler blickte übers Deck zu Gharkid, der geduldig den jüngsten Algenfang sortierte, abgestorbene Stränge wegschnitt und sie über Bord warf. Er sang leise tonlos vor sich hin.

»Und wenn du Gott weder leugnest noch ihn akzeptierst, was dann?« fragte Lawler. »Wärst du dann nicht der wahrhaft Einfältige?«

»Wahrscheinlich, ja. Aber ich müßte einen solchen Menschen erst noch finden.«

»Dann schlage ich vor, du unterhältst dich mal mit unserem Freund Gharkid.«

»Oh, das habe ich bereits getan.«

NOCH IMMER FIEL kein Regen. Die Fische beschlossen, sich wieder in die Nähe von Kinversons Fanggeräten zu begeben, doch die Himmel blieben unergiebig. Die Fahrt dauerte nun schon die dritte Woche, und die Trinkwasservorräte, die sie aus Sorve mitgenommen hatten, gingen bedenklich zur Neige. Außerdem hatte das Wasser einen dumpfen brackigen Geruch angenommen. Rationierung war ihnen allen zur zweiten Natur geworden, aber die Aussichten, eventuell die ganzen acht Wochen der Reise nach Grayvard mit dem auskommen zu müssen, was sich in den Vorratsbottichen befand, waren bedrückend.

Noch war es nicht so weit, daß sie den Flüssigkeitsbedarf aus den Augen, dem Blut und dem Rückenmark von Seetieren decken mußten – Kinverson hatte von derartigen Überlebenstechniken berichtet –, die er auf langen, einsamen Seereisen ohne Regen angewandt hatte –, und die Lage war noch nicht so verzweifelt, daß man den Apparat hervorholen mußte, mit dem aus Meerwasser Trinkwasser destilliert werden konnte. Das war der letzte Ausweg, aber die Methode war wenig effizient und mühselig, das Trinkwasser sammelte sich nur tropfenweise und reichte auch nur für die Minimalversorgung.

Aber es blieben ihnen einige andere Möglichkeiten. Roher Fisch steckte voller Feuchtigkeit, bei relativ niedrigem Salzgehalt, und so gehörte er inzwischen zu jedermanns täglichem Proviant. Lis Niklaus wirkte wahre Wunder, wenn sie den Fisch säuberte und in hübsche kleine Appetithappen zurechtschnitt, aber selbst so wurde es mehr und mehr zu einer langweiligen, manchmal sogar widerwärtigen Ernährungsweise. Sich die Haut und die Kleidung mit Seewasser zu benetzen, half auch etwas. Es verminderte die Körperwärme und reduzierte dadurch das innere Flüssigkeitsbedürfnis. Außerdem war es die einzige Möglichkeit, sich zu säubern, da die Wasservorräte an Bord dafür zu knapp und zu kostbar waren.

Aber dann verdunkelte sich unerwartet eines Nachmittags der Himmel, und es fiel ein Wolkenbruch auf sie nieder. »Eimer!« brüllte Delagard. »Flaschen, Fässer, Becher, alles, was ihr habt, raus an Deck!«

Wie von Dämonen gehetzt rannten sie auf und ab und zerrten alles hervor, womit sich Wasser auffangen ließ, bis das ganze Deck ubersat war von aller Art Gefäßen. Dann zogen sie sich allesamt aus und tanzten nackend wie die Irren im Regen herum und wuschen die Salzkrusten von den Leibern und aus den Kleidern. Delagard hüpfte auf der Brücke herum, ein untersetzter Satyr mit behaarten üppigen Brüsten. Lis tanzte mit ihm und lachte und schrie und stampfte, die langen gelben Haare klebten ihr auf den Schultern, und die deftigen Kugelbrüste sprangen wie Planeten, die aus der Bahn zu geraten drohten. Der hagere, ausgemergelte Dag Tharp tanzte mit der stämmigen Neyana Golghoz, die kräftig genug aussah, als könnte sie ihn sich mit Leichtigkeit über die Schulter schleudern. Lawler genoß den Regen allein für sich am hinteren Mast, als Pilya Braun vorbeigetanzt kam. Ihre Augen blitzten, die Lippen waren in einem auffordernden Grinsen geöffnet. Die olivdunkle Haut schimmerte wundervoll unter dem Regen. Lawler tanzte ein paar Augenblicke mit ihr und genoß bewundernd den Anblick ihrer kräftigen Schenkel und die vollen Brüste, aber als sie durch ihre Bewegungen andeutete, daß sie mit ihm gern zu einem gemütlichen Plätzchen unter Deck davontanzen würde, tat Lawler, als begreife er nicht, und nach einer Weile gab sie auf.

Gharkid sprang wie ein Geißbock hinten zwischen seinen Algenhaufen herum. Dann Henders und Onyos Felk hielten sich an den Händen und hüpften beim Kompaßhaus herum. Father Quillan, eine bleiche Knochengestalt ohne seine Soutane, schien in Trance zu sein, er stierte mit glasigem Blick und weit ausgebreiteten Armen und rhythmisch zuckenden Schultern gen Himmel. Leo Martello tanzte mit Sundira, und die beiden waren ein schönes Paar, schlank, kräftig und beweglich. Lawler spähte nach Kinverson umher und entdeckte ihn vorn am Bug. Dort stand er, ohne zu tanzen, stand da ganz ruhig und ließ den Regen über seinen nackten starken Leib strömen.

Das Unwetter war nach einer Viertelstunde wieder vorbei.

Lis rechnete hinterher aus, daß sie dabei einen zusätzlichen Wasservorrat für gerade einen Tag gewonnen hatten.

LAWLER WAR UNABLÄSSIG beruflich beschäftigt: Unfälle an Bord, Blasen, Verstauchungen, leichte Formen von Dysenterie, einmal auch ein Schlüsselbeinbruch auf Bamber Cadrells Schiff. Lawler begann die Anspannung zu spüren, wenn er versuchte, die ganze Flottille zu betreuen. Die meisten Konsultationen erledigte er über Funk, über Dag Tharps unbegreiflichen Geräteverhau in der Funkkabine der *Queen of Hydros* gebeugt. Doch Knochenbrüche ließen sich nun einmal nicht so leicht durch die Luft richten. Er fuhr mit dem Gleiter zu Cadrells *Sorve Goddess* hinüber, um die Sache zu erledigen.

Die Fahrt im Wassergleiter war eine ungemütliche Sache. Das Ding war ein durch Menschenkraft bewegtes leichtgewichtiges Konstrukt aus Hydrofolie und war so spillerig wie die Riesenkrebse, die Lawler hin und wieder zimperlich über den Grund der Sorve-Bucht hatte staksen sehen: eine blasse Schale aus laminierten Bändern des allerleichtesten Holzes, mit Tretpedalen versehen, mit Schwimmpontons, Auslegern unter Wasser für den Auftrieb und einem High-Efficiency-Antrieb. Auf der Außenhaut wuchs eine Schicht lebender Schleim-Mikroorganismen, um die Reibungsverluste zu minimieren.

Dann Henders begleitete Lawler diesmal. Der Gleiter wurde an Davits ins Wasser gelassen, und sie mußten an Tauen zu ihm hinabklettern. Lawlers Füße befanden sich wenige Zentimeter über dem Meer, als er sich in den vorderen der zwei Sitze des Gleiters setzte. In der sanften Dünung tanzte das zerbrechliche Fahrzeug leicht auf und ab. Lawler hatte das Gefühl, daß nur eine dünne Haut ihn gegen den gahnenden Abgrund abschirmte. Er malte sich aus, daß aus der Tiefe Greifarme zu ihm heraufwüchsen, daß ihn aus den Wellen höhnische tellergroße Augen anstarrten, daß silberblitzende Mäuler sich auftäten, um zuzubeißen.

Henders setzte sich hinter ihn. »Fertig, Doc? Dann los!«

Mit aller Kraft die Pedale tretend, waren beide gerade stark genug, den Gleiter auf Abhubgeschwindigkeit zu bringen. Die ersten Augenblicke waren die schwersten. Sobald sie etwas Tempo hatten, hob sich die Oberschicht der Hydzofolien über das Wasser, was die Reibung verringerte, und auf dem schmaleren, kleineren darunterliegenden Gleiterpaar kamen sie dann rasch voran.

Allerdings durften sie das Trettempo nicht verringern. Wie alle Schnellschiffe mußte auch der Gleiter ununterbrochen durch seine eigene Bugwelle steigen; wenn sie das Tempo auch nur einen Augenblick lang verminderten, würde der Sog sie nach unten ziehen. Aber auf der kurzen Fahrt glitschten keine Tentakeln auf sie zu, und keine zähnestarrenden Kiefer knabberten an ihren Zehen. Hilfreiche Taue erwarteten sie und hievten sie an Deck der *Sorve Goddess.*

Die Clavicularfraktur war Nimber Tanamind, ein hervorragender Hypochonder, dessen Beschwerden diesmal ausnahmsweise und unzweideutig echt waren. Ein herabkommender Baum hatte ihm das linke Schlüsselbein angebrochen, und die ganze obere Partie seines stämmigen Torsos war blau und geschwollen. Und ausnahmsweise jammerte Nimber diesmal auch überhaupt nicht. Vielleicht war es der Schock, vielleicht Angst, vielleicht betäubte ihn der Schmerz; er hockte jedenfalls still an einem Haufen von Netzen, sah wie betäubt aus, die Augen verdreht, die Arme zuckten, die Finger bewegten sich seltsam unkontrolliert. Brondo Katzin und sein Weib, Eliyana, standen bei ihm, und Nimbers eigenes Weib, Salai, stapfte in der Nähe unruhig auf und ab.

»Nimber«, sagte Lawler mit einigem Mitgefühl. Sie waren fast gleichaltrig. »Du verdammter Idiot. Nimber, was hast du denn diesmal mit dir angestellt?«

Tanamind hob ein wenig den Kopf. Er wirkte ängstlich. Er sprach nicht, befeuchtete sich nur mit der Zunge die Lippen. Schweiß schimmerte auf seiner Stirn, obwohl der Tag kühl war.

»Wann ist das passiert?« fragte Lawler Bamber Cadrell.

»Vor etwa 'ner halben Stunde «, antwortete der Kapitän.

»Und er war die ganze Zeit bei Bewußtsein?«

»Ja.«

»Habt ihr ihm irgendwas gegeben? Ein Beruhigungsmittel?«

»Nur ein bißchen Schnaps«, sagte Cadrell.

»Gut. Also fangen wir an. Legt ihn flach auf den Rücken ... – ja, genau so, ganz flach ausstrecken. Gibt's hier ein Kissen oder so was, das wir ihm unterlegen können? Hier, genau zwischen die Schulterblätter.« Er holte ein Tütchen mit Schmerzpulver aus seiner Bereitschaftstasche. »Wasser, damit ich das auflösen kann! Und ich brauche auch ein paar Tuchkompressen. Eliyana? Etwa so lang, und mach sie in Wasser heiß ...«

Nimber stöhnte nur einmal, als Lawler ihm die Schultern dehnte, damit das Schlüsselbein sich biegen und der Knochen wieder in die richtige Stellung kommen konnte. Dann schloß er die Augen und schien sich in eine Meditation zu versenken, während Lawler die Schwellung zu reduzieren und gleichzeitig Nimbers Arm zu immobilisieren versuchte, damit er die Fraktur nicht wieder öffnete.

»Gebt ihm noch einen Schluck Schnaps«, befahl er, als er fertig war. Und zu Nimbers Frau: »Salai, von jetzt an wirst du der Arzt sein müssen. Sollte er Fieber bekommen, gibst du ihm eins davon morgens und abends. Sollte sein Gesicht auf dieser Seite anschwellen, ruft mich. Sollte er über eine Taubheit in den Fingern klagen, ruft mich gleichfalls. Alle anderen Beschwerden, über die er möglicherweise klagt, sind wahrscheinlich nicht übermäßig wichtig.« Lawler schaute Cadrell an. »Und jetzt, Bamber, hätte ich auch gern einen Schluck von eurem Schnaps.«

»Läuft bei euch Leuten alles glatt?« fragte Cadrell.

»Abgesehen vom Tod von Gospo, ja. Und hier?«

»Ach, hier läuft alles prima.«

»Gut, so was zu hören.«

Als Gespräch war dies nicht gerade viel. Aber die Wiederbegegnung hatte sowieso etwas seltsam Steifes an sich gehabt, von dem Moment an, da er an Bord gekommen war. Wie geht's dir, Doc, schön dich zu sehen, willkommen an Bord, ja – aber keine Spur eines echten Kontakts, der Austausch tieferer Gefühle war weder angeboten noch erbeten worden. Sogar Nicko Thalheim, der etwas verspätet an Deck kam, hatte nur gelächelt und grüßend genickt. Als wäre man unter Fremden. In diesen wenigen Wochen waren diese Menschen und er einander fremd geworden. Lawler erkannte, wie gründlich verkapselt und abgekapselt er durch dieses isolierte Leben auf dem Flaggschiff geworden war. Und die Menschen hier in ihrem Mikrokosmos der *Sorve Goddess*. Er fragte sich, was aus der Inselgemeinschaft geworden sein würde, wenn sie sich schließlich in der neuen Heimat neu formieren sollte.

Die Rückfahrt zum Flaggschiff verlief ereignislos. Er begab sich sofort in seine Kabine.

Sieben Tröpfchen Taubkraut. Ach, nimm zehn.

ER WURDE OFT von Gedanken an die verlorene ERDE überfallen, wenn er nachts an der Reling stand, den dunklen, geheimnisschweren Geräuschen der See lauschte und in die undurchdringliche dunkle Leere starrte, die über den Reisenden lastete. Die neurotische Beschäftigung mit ihrer Mutterwelt schien zu wachsen, je länger die sechs Schiffe Tag um Tag, Nacht um Nacht über den Wasserplaneten fuhren. Zum abertausendstenmal versuchte Lawler sich auszumalen, wie es dort gewesen sein mochte, als der Planet noch lebte. Diese großen Inseln, die man ›Länder‹ nannte und die von Königen und Königinnen beherrscht wurden, die über alle Begriffe reich und mächtig waren. Die grausamen Kriege. Sensationelle Waffen, die ganze Welten zerstören konnten. Und dann dieser große Auszug, die Wanderung in den Weltraum, als die Menschheit die Myriade Sternschiffe losgeschickt hatte, in denen die Vorfahren jedes einzelnen heute irgendwo in der Galaxis lebenden Menschen reisten. Die Urahnen eines jeden. Alle hatten sie einen einzigen gemeinsamen Ursprung: diesen kleinen Planeten, der nun tot war.

Sundira, die gleichfalls gern nachts auf dem Deck umherwanderte, tauchte an seiner Seite auf.

»Grübelst du wieder über die Bestimmung des Kosmos nach, Doktor?«

»Wie gewöhnlich. Ja.«

»Und was ist heut nacht das Leitthema?«

»Ironie. All diese vielen Jahre, in denen die Menschheit auf der ERDE sich sorgte, sie könnte sich in einem von ihren krankhaften, ekligen kleinen Kriegen selbst auslöschen. Aber es ist ihr nie gelungen. Und dann ging ihr eigener Sonnenstern hin und erledigte die Sache binnen Stunden für sie, und sie gleich mit.«

»Dem Himmel sei Dank, wir waren da schon fort, um hier zwischen den Sternen zu siedeln.«

»Ja«, brummte Lawler und blickte unfreundlich auf die von Ungeheuern wimmelnde See. »Und war es nicht ein Segen für uns ...«

SIE KEHRTE SPÄTER noch einmal zurück. Er hatte sich nicht von der Reling fortbewegt.

»Stehst du immer noch da, Valben?«

»Ich bin's immer noch, ja.« Sie hatte ihn nie vorher mit seinem Rufnamen angesprochen. Er empfand es als seltsam, daß sie es jetzt tat; es war sogar irgendwie unpassend. Er konnte sich nicht erinnern, wann ihn jemand zuletzt mit ›Valben‹ angeredet hatte.

»Könntest du noch einmal meine Gesellschaft ertragen?«

»Aber ja«, sagte er. »Kannst du nicht einschlafen?«

»Hab es gar nicht versucht. Drunten läuft eine Gebets-Session, wußtest du das?«

»Und wer sind die heiligmäßigen Seelen, die daran teilnehmen?«

»Der Priester natürlich. Und Lis, Neyana, Dann. Und Gharkid.«

»Gharkid? Kommt er endlich aus seinem Schneckenhaus heraus?«

»Also, er sitzt eigentlich nur so dabei. Father Quillan redet natürlich die ganze Zeit. Er sagt ihnen, wie schwer zu finden Gott ist, und wie mühsam es für uns ist, unseren Glauben an ein Höchstes Wesen zu bewahren, das nie zu uns spricht, uns nie ein sichtbares Zeichen gibt, daß es überhaupt existiert. Was es für jeden für eine Mühe bedeutet zu glauben, und daß das nicht richtig ist, denn es sollte überhaupt nicht mühsam sein, sondern wir müßten nur ganz einfach blindlings losspringen und die Existenz Gottes akzeptieren, aber das fällt eben den meisten von uns zu schwer. Undsoweiter und so fort. Und die anderen schlucken das alles gierig. Gharkid lauscht ergeben, und ab und zu nickt er. Das ist ein seltsamer Typ, dieser Gharkid. Hast du nicht Lust, runterzukommen und dir anzuhören, was der Priester sagt?«

»Nein! Ich hab bereits mehrfach das Privileg gehabt, ihm über dieses Thema lauschen zu dürfen. Danke!«

Dann standen sie stumm eine Weile da.

Und dann fragte Sundira zusammenhanglos auf einmal: »Valben… was ist das für ein Name, Valben?«

»Ein irdischer Name.«

»Nein, das kann nicht sein. John, Richard, Elizabeth, das sind Namen von der alten ERDE. Aber *Valben*, das hab ich noch nie gehört.«

»Na, dann ist es halt vielleicht doch kein Name von der ERDE. Mein Vater sagte, daß er daher kommt. Aber er kann sich natürlich geirrt haben…«

»Valben«, wiederholte sie, als schmecke sie den Klang ab. »Vielleicht ein Familienname, ein besonderer. Für mich ist er neu. Möchtest du gern, daß ich dich lieber Valben nenne?«

»Lieber? Nein, aber nenn mich ruhig Valben, wenn du magst. Aber eigentlich tut das kaum jemand.«

»Und wie nennen die dich, die du magst? *Doc*, nicht wahr?«

»Doc ist ganz in Ordnung. Manche nennen mich Lawler. Ein paar wenige – Val. Aber nur ganz wenige.«

»Val. Das klingt für mich besser als Doc. Darf ich dich dann Val nennen?«

Nur seine ältesten Freunde sagten Val zu ihm, Männer wie Nicko Thalheim, Nimber Tanamind, Nestor Yanez. Aber von den Lippen dieser Frau klang das ganz und gar nicht richtig. Aber was sollte das schon für eine Rolle spielen? Er konnte sich ja dran gewöhnen. Und ›Val‹ war schließlich immer noch besser als ›Valben‹.

»Wie du es lieber möchtest«, sagte er.

DREI TAGE SPÄTER kam eine weitere Tidenwoge auf sie zu. Von Westen. Sie war mächtiger als die erste, doch die Magnetrons wurden ohne Schwierigkeiten damit fertig. Hinauf und hinüber und runter auf der Rückseite, und dann ein kleiner Stoß, und das war es dann auch schon.

Das Wetter blieb kühl und trocken. Und sie zogen weiter.

MITTEN IN DER NACHT gab es einen lauten dumpfen Schlag gegen den Schiffsrumpf, als wenn man gegen ein Riff gelaufen wäre. Lawler fuhr in seiner Koje hoch, gähnte, rieb sich die Daumen in die Augenkuhlen und fragte sich, ob er geträumt habe. Alles blieb für den Augenblick still. Dann folgte ein weiterer, härterer Stoß. Also kein Traum. Gewiß, er schlief noch halb, aber gleichzeitig war er auch halb wach. Er zählte im Kopf eine Minute ab, anderthalb Minuten. Ein erneuter Stoß. Er hörte die Bohlen und Wsanten des Rumpfes stöhnen und sich ächzend verschieben.

Er wickelte sich irgendwas um den Unterleib und trat hinaus in Richtung Niedergang. Er war jetzt hellwach. Lichter waren angesteckt worden, aus der Backbordkabine kamen mit verquollenen Gesichtern Leute, manche splitternackt, so wie sie geschlafen hatten. Lawler stieg an Deck. Henders, Golghoz, Delagard, Niklaus und Thane, das Team der nächtlichen Schiffswache, rannten aufgeregt umher, eilten von einer Seite des Schiffs zur anderen, als verfolgten sie die Bewegungen eines Feindes, der sie von unten her angriff.

»Da kommen sie wieder!« schrie einer.

Und *rumms!* Hier oben an Deck wirkte der Anprall heftiger – das Schiff schien zu erbeben und seitlich wegzuhüpfen und das Geräusch des Aufschlags an der Wandung war lauter, ein deutliches scharfes Krachen.

Er stieß bei der Reling auf Dag Tharp.

»Was ist denn los?«

»Schau da raus, dann siehst du's.«

Die See war still. Droben standen an entgegengesetzten Enden des Himmels zwei Monde, und das Kreuz hatte den allnächtlichen Abstieg in die Morgendämmerung begonnen und hing schon tief im Westen. Die drei Reihen der Flottillenformation hatte sich aufgelöst, und die sechs Schiffe bildeten jetzt einen weiten, lose geformten Kreis. Im freien Wasser in der Mitte der Gruppe waren etwa zehn, zwölf längliche, leuchtendblaue Phosphoreszenzstreifen sichtbar, die knapp unter der Meeresoberfläche wie Lichtpfeile dahinschossen. Noch während Lawler bestürzt zusah, reckte sich einer der Lichtstreifen mit enormer Schnelligkeit und schoß schnurgerade auf das Schiff links von ihnen zu, auf Kollisionskurs, eine glühende Nadel in der Dunkelheit. Von irgendwoher kam ein unheilverkündendes schrilles Pfeifen, das zunehmend lauter wurde, je näher der Lichtstrahl dem Schiff kam.

Dann der Aufschlag. Lawler hörte das Krachen und sah, wie das Schiff ein wenig über den Kiel wegrollte. Schwach waren über das Wasser Schreie zu hören.

»Rammerhörner«. sagte Tharp. »Sie wollen uns zum Absaufen bringen.«

Lawler klammerte sich an die Reling und schaute hinab. Seine Augen hatten sich inzwischen an die Dunkelheit gewöhnt, und er konnte die Angreifer im Schein ihrer eigenen Lumineszenz deutlich sehen.

Sie sahen aus wie lebendige Raketen, zehn, fünfzehn Meter lange schmale Leiber, die von kräftigen doppelten waagerecht angeordneten Schwanzflossen vorwärts getrieben wurden. Aus dem stumpfen Kopf ragte ein einzelnes massives gelbes Horn, das schätzungsweise fünf Meter lang war und so kräftig wie ein Kelpstamm und das in einer stumpfen, aber gefährlich aussehenden Spitze endete. Die Torpedos schwammen wütend in dem freien Bereich zwischen den Schiffen herum, gewannen durch wütendes Schlagen der Schwanzflossen eine unglaubliche Geschwindigkeit und rammten ihr Kopfhorn gegen die Schiffe, in der offenkundigen Hoffnung, die Wandung aufzubrechen. Dann machten sie in einer Art von wahnwitziger Hartnäckigkeit kehrt, schwammen ein Stück weit weg und griffen um so wütender erneut an. Je schneller sie schwammen, desto stärker wurde das Leuchten, das von ihren Flanken ausstrahlte, und desto lauter wurden die Pfeiflaute, die sie ausstießen.

Kinverson tauchte von irgendwo auf und schleppte ein Ding heran, das aussah wie ein schweres Faß, in Reifen aus Algenfasern gebunden. »Hilf mir mal dabei, Doc, bitte!«

»Wohin willst du denn damit?«

»Zur Brücke. Es ist ein Sonar.«

Die Tonne – oder was immer es war – war für Kinverson allein beinahe zu schwer. Lawler faßte an einem verknoteten Strick mit an, der auf seiner Seite von dem Ding hing. Zusammen gelang es ihnen, den Kessel übers Deck zur Brücke zu schleppen. Dort stieß Delagard zu ihnen, und zu dritt hievten sie ihn nach oben.

»Verdammte Rammerhörner«, knurrte Kinverson. »Hab ich's doch gewußt, daß die früher oder später aufkreuzen würden.«

Von drunten dröhnte ein neuer Aufprall, und Lawler sah, wie das zuckende blaue Licht vom Schiffsrumpf abprallte und in die andere Richtung davonschoß.

Von allen seltsamen Geschöpfen, die das Meer bisher gegen sie ausgesandt hatte, erschienen Lawler diese hier, die sich blindlings gegen sie rammten, am schrecklichsten. Andere konnte man zertreten, andere ins Wasser zurückstoßen, sorgsam auf verdächtig aussehende ›Netze‹ achten. Doch was sollte man gegen diese Spieße tun, die von unten nachts heranfuhren, diese gewaltigen Tiere, die es darauf anlegten, dein Schiff zu versenken, und die dazu auch durchaus in der Lage waren?

»Sind die wirklich stark genug, den Rumpf zu durchdringen?« fragte er Delagard.

»Es soll passiert sein. Ach, Himmel … Himmel!«

Kinversons gewaltige Gestalt ragte dunkel vor dem Mondlicht über dem großen Kessel auf. Er hatte ihn inzwischen vorn auf der Brücke in Stellung gebracht. Dann hatte er einen langen stoffumwickelten Stock von der Kesselwand losgebunden, und den packte er nun mit beiden Fäusten und ließ ihn auf den trommelähnlichen Boden der Tonne niedersausen. Ein lautes Dröhnen donnerte auf das Wasser hinab.

Und Kinverson schlug wieder und wieder und wieder zu.

»Was macht er denn da?« schrie Lawler.

»Er sendet ein Gegensonar. Rammerhörner sind blind. Sie orientieren sich ganz und gar durch Schallwellen, deren Echos sie von ihrem Ziel auffangen. Und Gabe bringt jetzt ihren Richtungssinn durcheinander.«

Kinverson schlug mit sagenhafter Wut und Energie auf seine Trommel. Die Luft bebte von dem Gedröhn. Aber konnte das das Wasser durchdringen? Anscheinend ja. Drunten schossen die Rammerhörner zwischen den Schiffen noch schneller herum, so daß die grellblauen Lichtspuren ihrer Bewegungen komplizierte Schlingenmuster bildeten. Doch diese Muster wurden wirr. Eine chaotische Verwirrung schien in den Bewegungen der Tiere einzutreten, während Kinverson weiter auf die Pauke einhieb. Sie schossen in wilden Zuckungen durchs Wasser, brachen ab und zu an die Oberfläche, flogen durch die Luft und platschten mit gewaltigem Spritzen wieder zurück. Einer prallte gegen das Schiff, doch es war nur ein leichter streifender Schlag. Ihr kreischendes Pfeifen wurde arhythmisch und diskordant. Kinverson hielt einen Moment lang inne, als werde er müde, und es sah schon beinahe so aus, als würden sich die Rammer neu formieren können. Doch dann nahm er sein Schlagen mit noch größerer Wut als vorher wieder auf, und er trommelte und trommelte mit dem Knüppel unablässig drauf los. Plötzlich gab es drunten ein gewaltiges Rauschen, und zwei riesige Angreifer sprangen gleichzeitig aus den Fluten. Im Lichtschein der übrigen Rammer sah Lawler, daß das Horn des einen in die Kiemen des anderen eingedrungen war, ja effektiv tief in den Schädel gebohrt war. Und dann fielen die riesigen Tiere, noch immer so gräßlich aneinander hängend, ins Wasser zurück und begannen zu sinken. Ihr Abstieg in die Tiefen ließ sich durch die Leuchtspur eine kurze Weile verfolgen, die sie hinter sich zurückließen. Dann waren sie nicht mehr zu sehen.

Kinverson versetzte der Trommel drei letzte gedehnte Schläge – *Wumm – Wumm – Wuuumm* – und ließ den Arm sinken.

»Dag? Dag, wo zum Teufel, steckst du?« fragte Delagards Stimme aus der Dunkelheit. »Ruf die Flotte der Reihe nach an. Frag nach, ob es – Gottsollschützen – irgendwo ein Leck gibt.«

Inzwischen war alles auf dem Wasser wieder dunkel

und ruhig. Aber als Lawler dann die Augen schloß, kam es ihm vor, als zuckten unter seinen Lidern blaue Blitze auf und ab.

DIE NÄCHSTE FLUTWELLE war die bisher stärkste. Und sie brach zwei Tage früher über sie herein, als sie erwartet hatten; wahrscheinlich weil Onyos Felk sich in seinen Berechnungen geirrt hatte. Und die Flutwelle traf auf sie mit grandiosem Eifer und geradezu jauchzender Bösartigkeit, während sie in einer Flaute in trägem Gewässer tümpelten und von dem grauen Tang ein seltsam verführerisches Duftgemisch in die Luft aufstieg. Die WOGE erwischte sie breitseits. Lawler war unter Deck und arbeitete an der Inventarliste seiner medizinischen Vorräte. Zunächst glaubte er, die Rammer seien zurückgekehrt, so heftig war der Aufprall. Doch nein, nein, das war etwas ganz anderes als der punktuelle Stoß eines Rammerhorns; es war mehr wie eine Riesenhand, die flach gegen das Schiff prallte und es rückwärts auf seinem Kurs zurückfegte. Lawler hörte, wie das Magnetron anlief, und wartete auf die Empfindung des Abhebens, auf die plötzliche Stille, die bedeutete, daß sie auf dem Verdrängungsfeld über der grimmigen WOGE schwebten. Doch es kam keine Stille, und Lawler mußte sich blitzschnell verzweifelt an seine Kojenkante klammern, als das Schiff sich bestürzend steil aufrichtete. Er wurde gegen den Spant geschleudert, und alles stürzte von seinen Borden, rutschte in einem wirren Haufen ganz plötzlich über den Boden und türmte sich in einem heillosen Durcheinander an der anderen Kabinenwand auf.

War es das nun? *Die WOGE?* Endlich? Und würden sie das durchstehen können?

Er klammerte sich fest und wartete. Das Schiff sackte zurück, knallte mit einem kolossal lauten Krachen in das Wellental, das die Flutwoge hinter sich zurückgelassen hatte, und dann taumelte es zur anderen Seite, und alles, was von den Borden gefallen war, rutschte wieder in die andere Ecke der Kabine. Dann richtete sich das Schiff wieder auf Kiel. Alles war still. Lawler hob den Gott aus Ägypten und das griechische Tonfragment auf und legte sie wieder an ihren Platz.

Kam noch mehr? Ein zweiter Schwall?

Nein. Alles still, alles stabil.

Sinken wir etwa?

Ja, offenbar jetzt. Vorsichtig hangelte Lawler sich aus seiner Kabine und lauschte. Delagard brüllte droben irgend etwas. Alles in Ordnung, sagte er. Ein schwerer deftiger Stoß, aber alles in Ordnung.

Die Wucht der mächtigen Flutwelle hatte sie in ihrem Sog mitgerissen, sie vom Kurs abgebracht und sie eine halbe Tagesreise nach Osten abgetrieben. Aber wie durch ein Wunder waren alle sechs Schiffe wie eine geschlossene Einheit davongetrieben. Und da schwammen sie nun, zwar nicht mehr in Formation, aber dennoch in Sichtweite zueinander, träge auf dem wieder glatten Meer. Es dauerte eine ganze Stunde, bis die ursprüngliche Keilformation wieder hergestellt war, und sechs weitere Stunden, bis sie die vorherige Position wieder erreichten. Gar keine schlechte Leistung, wirklich. Sie fuhren weiter.

5

DIE CLAVICULA von Nimber Tanamind schien anständig zu verheilen. Lawler mußte nicht noch einmal zur *Sorve Goddess* hinüberpaddeln, um den Bruch zu überprüfen, da nichts von dem, was Salai, Nimbers Eheweib, ihm über seinen Zustand berichtete, auf Komplikationen hinwies. Er erklärte ihr also nur, wie sie die Verbände wechseln müsse und worauf sie im Umfeld der Fraktur achten solle.

Martin Yanez von der *Three Moons* rief rüber und sagte, der alte Sweyner, der Glasbläser, sei im Gesicht von einem schnellfliegenden Hexenfisch verletzt worden, und nun sei sein Genick so versteift, daß er den Kopf nicht mehr geradehalten könne. Lawler erklärte Yanez, was er dagegen tun solle. Von der *Hydra Cross*, dem Schiff der Schwesternschaft, kam eine ungewöhnliche Anfrage: Schwester Boda klagte über stechende Schmerzen in der linken Brust. Es würde wenig Zweck gehabt haben, hinüberzufahren und sie zu untersuchen. Er wußte, daß die Schwestern so etwas nicht erlauben würden. Er schlug als Medikation Schmerzmittel vor und ersuchte, sie möchten ihn nach der nächsten Menstruation der Schwester wieder anrufen. Das war das letzte, was er von der schmerzenden Brust der Schwester Boda hörte.

Auf der *Black Sea Star* stürzte eine Frau aus der Takelung und renkte sich dabei den Arm aus. Lawler führte Poilin Stayvol über Funk Schritt für Schritt durch den Prozeß der Einrenkung. Jemand auf der *Golden Sun* erbrach schwarze Galle. Es stellte sich heraus, daß der Mann herumexperimentiert und ›Kaviar‹ gegessen hatte, den Rogen von Pfeilkopffischen. Lawler riet zu einer behutsameren Diät. Auf der *Sorve Goddess* klagte jemand über immer wiederkehrende Alpträume. Lawler riet zu einem Tröpfchen Schnaps vor dem Zubettgehen. Ansonsten war es für ihn die übliche Routine.

Father Quillan (vielleicht war er neidisch?) bemerkte, es müsse doch wundervoll befriedigend für Lawler sein, dermaßen gebraucht zu werden, von so wesentlicher Bedeutung für das Leben einer ganzen Gemeinschaft zu sein, fähig zu sein, die Leidenden zu heilen, jedenfalls doch meistens, wenn sie sich mit ihren Schmerzen an ihn wandten.

»Befriedigend? Ja, vielleicht. Aber darüber hab ich nie viel nachgedacht. Es ist einfach meine Arbeit.« Und genau dies war es. Dennoch verstand Lawler, daß etwas Wahres in den Worten des Priesters steckte. Der Einfluß, den er auf Sorve ausgeübt hatte, war nahezu göttergleich gewesen, nun ja, also wenigstens dem eines Priesters gleich. Aber was bedeutete es letzen Endes, über fünfundzwanzig Jahre hin der Inseldoktor gewesen zu sein? Daß er früher oder später das Genitalgehänge jedes menschlichen männlichen Sorveaners in der Hand gehabt hatte? Die Hand in der Scheide jeder Frau? Daß nahezu alle unter fünfundzwanzig von ihm ans Tageslicht gezogen worden waren, blutend und strampelnd, und daß er ihnen der ersten Klaps versetzt hatte? Das alles hatte ganz selbstverständlich zu einer ganz natürlichen Bindung geführt: Es verlieh dem Arzt ein gewisses Anspruchsrecht auf die Menschen – und umgekehrt. Kein Wunder, dachte Lawler, daß die Leute überall den Ärzten eine derartige Verehrung erweisen. Für sie ist der Arzt der Heilende, der Heiland, der Wissenskundige, der Wunderwirker. Der sie beschützt, der ihnen Erleichterung verschafft und die Schmerzen dämpft. Und so ist das schon seit den Tagen der Höhlenmenschen, dachte Lawler, damals dort auf der armen beschissenen, dem Untergang geweihten ERDE. Er selbst war nur ein später Spätling in einer langen, sehr langen Reihe. Und – anders als der unselige Father Quillan und andere seinesgleichen, deren undankbare Aufgabe es war, die unsichtbaren Segnungen eines unsichtbaren Gottes zu verbreiten – war er *tatsächlich* in einer Position, in der er sichtbare und greifbare Wohltaten spenden konnte. Manchmal. Und darum, ja doch, er war dank seiner Berufung innerhalb der Gemeinschaft eine mächtige und einflußreiche Gestalt, der Mann, in dessen Händen Leben oder Tod liegen konnten, hochgeachtet, unvermeidlich und – vermutete er – wohl auch ein wenig gefürchtet. Und ja, das war wohl irgendwie befriedigend. Schön, also, er genoß es. Aber er sah nicht, was das für einen großen Unterschied machte.

Sie waren jetzt im Grünen Meer, und hier machte es der dichte Bestand der Kolonien einer bezaubernden Wasserpflanze fast unmöglich, daß die Schiffe vorankamen. Das Gewächs sah aus wie eine Sukkulente mit dicklichen, glatten löffelförmigen Blättern an einem braunem Zentralstamm und einem zentralen Sporophorenstengel, auf dem grelle gelbpurpurne Geschlechtskörper saßen. Luftgefüllte Blasen sorgten für die Schwimmfähigkeit der Pflanzen. Unterhalb der Wasserfläche wanden sich graue Federwurzeln wie Greifarme ineinander und waren zu dunklen Matten verflochten. Dort waren die Pflanzen dermaßen dicht verknüpft, daß sie praktisch einen Teppich über die ganze Meeresfläche bildeten. Und die Schiffe stießen mit dem Bug in dieses Gewirr, verloren Fahrt und kamen schließlich zum Stillstand.

Kinverson und Neyana Golghoz waren mit dem Wassergleiter draußen und versuchten mit Macheten den Algenfilz zu zerteilen.

»Hat keinen Zweck«, sagte Gharkid zu niemandem speziell. »Ich kenne die Pflanzen da, wenn du eine aufschneidest, verwandelt sie sich in fünf neue.«

Gharkid hatte recht. Kinverson hackte aus Leibeskräften los, während Neyana den Gleiter mit tierischer

Wut voranbewegte, doch es zeigte sich keine Öffnung. Es war für einen einzelnen Mann, und mochte er noch so stark sein, einfach unmöglich, eine ausreichend breite Schneise in diese Pflanzenmasse zu schneiden, die eine Fahrrinne für die Schiffe ergeben hätte. Die abgehackten Pflanzenteile begannen sofort ein Eigenleben, man konnte beinahe sehen, wie sie nachwuchsen, die Schnittstelle verschlossen, neue Wurzeln trieben, frische schimmernde Löffelblätter und neue Sporenkolben emporreckten.

»Ich will mal in meiner Apotheke nachsehen«, sagte Lawler. »Vielleicht hab ich was, das wir über sie streuen können, das sie nicht mögen.«

Er stieg in den Frachtraum. Er dachte an diese große Flasche mit dem schwarzen viskosen Öl, die ihm vor langer Zeit von seinem Arztkollegen Nikitin von der Insel Salimil als Dank für eine Gefälligkeit gesandt worden war. Angeblich vermochte Dr. Nikitins Öl Feuerblumen abzutöten, eine unangenehm brennende Pflanze, die zuweilen für menschliche Schwimmer problematisch wurde, den Gillies aber überhaupt nichts ausmachte. Lawler hatte nie Anlaß gehabt, das Öl zu verwenden, denn die letzte Feuerblumen-Epidemie in der Bucht von Sorve hatte sich ereignet, als er noch ein junger Mann war. Aber dieses Öl war der einzige Stoff in seiner Sammlung von Drogen, Medizinen, Salben und Tränklein, das dazu bestimmt war, pflanzliches Leben zu schädigen. Vielleicht erwies es sich als wirksam gegen die Pflanzen, mit denen sie es nun zu tun hatten. Er sah nicht, daß es etwas schaden könnte, den Versuch zu wagen.

Die Gebrauchsanweisung war in winziger, aber säuberlicher Schrift von Dr. Nikitin selbst verfaßt worden und besagte, daß eine Konzentration von einem Teil Öl auf tausend Teile Wasser ausreichen würden, eine Hektarfläche in der Bucht von den Feuerblumen zu befreien. Lawler machte die Mixtur 1:100, und dann ließ er sich höchstpersönlich an den Davits über die See hinaustragen und verspritzte sein Gift vor dem Bug der *Queen of Hydros*.

Aber das See-Unkraut schien vollkommen unbeeinträchtigt zu bleiben. Als aber dann das verdünnte Öl durch den verwachsenen Pflanzenteppich tiefer hinabsickerte und sich im Wasser verbreitete, setzte unter Wasser eine Bewegung ein, die sich rasch zu einem Brodeln steigerte. Aus den Tiefen kamen Fische zu Tausenden, zu Millionen, kleine alptraumhafte Wesen mit großen klaffenden Mäulern, schmalen schlangenhaften Leibern und breit ausladenden Schwanzenden. Sie mußten in riesiger Zahl dort unter den Pflanzen angesiedelt gewesen sein, und nun stieg die ganze Kolonie wie durch einen einmütigen Entschluß an die Oberfläche. Sie zwängten sich gewaltsam durch die verwucherten Knollen der Treibwurzeln und gaben sich oben einer wilden Paarungsorgie hin. So unwirksam Dr. Nikitas Herbizid-Öl bei den Pflanzenwucherungen war, auf die unter ihnen lebenden Seetiere schien es eine aphrodisiakische Wirkung auszuüben. Das wilde Geschlechtsgetümmel einer dermaßen riesigen Zahl dieser kleinen schlängchenhaften Geschöpfen wirbelte die See zu einer derartig starken Turbulenz auf, daß die engverschlungenen Pflanzenteppiche aufgerissen wurden und sich die Schiffe durch die dabei entstehenden Fahrrinnen weiterbewegen konnten. Kurz nacheinander durchquerten alle sechs Schiffe die Zone der Verstopfung und gelangten wieder in die offene See.

»Was bist du doch für ein schlauer Hund, Doc«, sagte Delagard.

»Klar. Nur daß ich keine Ahnung hatte, daß so was passieren würde.«

»Du hast es nicht gewußt?«

»Keine Spur. Ich wollte nur versuchen, diese Wucherpflanzen zu vernichten. Ich hatte keine Ahnung, daß da unter ihnen diese Fische leben. Und jetzt hast du mal gesehen, wie zahlreiche grandiose wissenschaftliche Errungenschaften gemacht werden.«

Delagard runzelte die Stirn. »Und wie das?«

»Durch puren Zufall.«

»Ah, ja!« sagte Father Quillan. Und Lawler sah, daß der Priester gerade wieder einmal in der zynisch-zweifelnden Zyklusphase war. Mit spöttischem pseudo-salbungsvollem Ton rief Quillan: »Gottes Wege sind gewunden und voller Rätsel, wenn ER SEINE Wunder wirkt.«

»Ja, wahrlich«, erwiderte Lawler. »So ist es.«

EINIGE TAGE SPÄTER wurde das Wasser für eine Zeitlang flach und war kaum tiefer als die Bucht von Sorve und höchst klar. Gigantische Korallenkronen wuchsen von einem leuchtend-weißen sandigen Meeresboden herauf, der so nahe zu sein schien, daß man ihn fast glaubte berühren zu können. Manche Korallen waren grün, manche ockergelb, andere – die meisten – von einem dumpfen dunklen Blau, das schon beinahe schwarz war. Die grünen Korallen verzweigten sich zu phantastischen barocken Türmen, die blau-dunkle Variante hatte die Gestalt von Sonnenschirmen und lange ausladende Arme, die ockerfarbenen waren wie große flache Gehörne, weit ausladend und sich immer weiter verzweigend. Es gab auch noch eine große scharlachrote Koralle, die als einzelne Kugelmasse wuchs, die sich lebhaft von dem weißen Sand abhob und die gefurchte Form eines menschlichen Gehirns aufwies.

An einigen Stellen hatten die Korallen sich so üppig vermehrt, daß sie fast bis an die Meeresoberfläche reichten. Um sie herum leckten kleine weiße Katzenkopfwellen. Die Formationen, die länger der Luft ausgesetzt gewesen waren, waren abgestorben und in dem harten Sonnenlicht weißgebleicht, und direkt unter ihnen zeigte sich eine Schicht von sterbenden Korallen, die eine stumpf-braune Färbung annahmen.

»Der Beginn der Entstehung des festen Landes auf Hydros«, bemerkte Father Quillan. »Der Meeresspiegel braucht sich nur ein wenig zu senken, dann ragen alle diese Korallen übers Wasser. Und dann werden sie sich zersetzen und Boden bilden, und samentragende, in der Luft lebende Pflanzen werden sich entwickeln und verbreiten, und auf geht es. Zuerst natürliche Inseln, dann hebt sich der Meeresboden noch ein wenig höher, und wir bekommen Kontinente.«

»Und wie lange, glaubst du, dauert es, bis das passiert?« fragte Delagard.

Quillan zuckte die Achseln. »Dreißig Millionen Jahre. Vielleicht vierzig. Vielleicht noch länger.«

»Dem Himmel sei Dank!« blökte Delagard. »Dann brauchen wir uns ja vorläufig deswegen keine Sorgen zu machen.«

Sorgen machte ihnen allerdings dieses Korallenmeer. Die ockerfarbene Spezies, mit den hornförmigen Spitzen, sah rasiermesserscharf aus, und stellenweise lagen ihre Spitzen nur wenige Meter unter dem Kiel. Es konnte gut andere Meeresbereiche geben, wo noch weniger freies Wasser war. Und wenn dann ein Schiff über diese Messer fuhr, konnte es vom Bug bis zum Heck aufgeschlitzt werden.

Also mußten sie sehr behutsam voranziehen und immer neue sichere Fahrrinnen zwischen den Korallen suchen. Zum erstenmal seit dem Auszug aus Sorve konnten sie nachts nicht durchsegeln. Tagsüber, wenn die Sonne wie ein Leuchtfeuer funkelnde Muster auf den schimmernden weißen Sandboden zeichnete, steuerten die Fahrenden einen behutsamen Zickzack-Kurs zwischen den Korallenauswüchsen. Und sie starrten staunend zu den unvorstellbar zahlreichen Schwärmen goldschuppiger Fische hinunter, die um die Korallenwälder wimmelten; stumme unendliche Scharen, die durch jede Gasse und jeden Spalt zwischen den Korallen drängten und sich am üppigen Mikroleben des Riffs gütlich taten. Abends ankerten die sechs Schiffe dicht beisammen in einer sicheren Nische und warteten da bis zum nächsten Morgen. Alle kamen an Deck und beugten sich über Bord und grüßten Freunde auf den anderen Schiffen, ja manche unterhielten sich laut schreiend. Es waren die ersten echten Kontakte für viele seit ihrem Aufbruch.

Das nächtliche Schauspiel war womöglich noch bestürzender als das am Tage: Im kühlen Licht des Kreuzes und der drei Monde, wobei Sunrise ein gerüttelt Maß an Brillanz beitrug, erwachten die Korallengeschöpfe zum Leben und tauchten zu Millionen und Abermillionen aus winzigen Cavernen und Schlüpfen im Riff: Lange peitschenförmige Tiere, stellenweise scharlachrot oder zartrosa, schwefeliges Gelb bei dieser Art, ein opakes helles Aquamarin bei einer anderen Spezies... alles entrollte sich, strebte nach draußen, peitschte heftig das Wasser, um die noch winzigeren Lebewesen zu verschlingen, die dort schwebten. Durch die Alleen zwischen den Korallenbänken kamen bestürzende schlangenhafte Geschöpfe, ganz Augen, Zähne und blitzende Schuppen, und glitten geschäftig über den Meeresgrund, wo sie die eleganten Spuren ihrer Bäuchlingsbewegungen im Sand hinterließen. Sie strahlten eine pulsierende grünliche Lumineszenz aus. Und aus Myriaden finsterer Verstecke tauchten die offensichtlichen Könige des Riffs hervor: feistgeschwollene roten Tintenfischen ähnliche Geschöpfe mit plumpen sackartigen Leibern, die durch lange wirbelnde, sich windende Fangarme geschützt wurden ein pulsierendes, abschreckendes blau-weißes Licht ausstrahlten. In der Nacht wurde jede Korallenspitze zum Thron für einen dieser großen Oktopoden: Und da hockte das Tier, schimmerte gemütlich vor sich hin und überwachte sein Reich mit leuchtenden gelbgrünen Augen, die größer waren als eine Männerhand.

Diese riesigen Augen schienen nur eines zu sagen:

Wir sind hier die Herren, und ihr seid ganz und gar unwichtig. Kommt, schwimmt herab zu uns, damit wir euch einem nützlicheren Zweck zuführen. Und dann öffneten sich scharfe gelbe Schnabelmäuler einladend. *Kommt doch herunter zu uns. Kommt! Kommt!*

Der Korallenbestand begann dünner zu werden, wurde immer sporadischer und hörte schließlich ganz auf. Der Meeresboden blieb flach und noch eine Weile länger sandig; dann, plötzlich, war der leuchtendweißen Sandboden zu Ende, und das türkisblaue Wasser, das so klar und heiter gewesen war, machte wieder dem undurchsichtigen dunklen Blau der tiefen See Platz, über die leichte kabbelige Wellen liefen.

In Lawler machte sich das Gefühl breit, als ob diese Reise nie ein Ende nehmen werde. Inzwischen war das Schiff nicht nur zu seiner ›Insel‹, sondern zu seiner ganzen Welt geworden. Und er würde einfach hier an Bord weiter und immer so weiter arbeiten. Und die anderen Schiffe fuhren neben dem seinen her wie benachbarte Planeten im Nichts.

Seltsamerweise empfand er dies als völlig richtig. Inzwischen hatte ihn der Rhythmus der Fahrt erfaßt. Er genoß das ständige Schaukeln des Schiffs, nahm die kleinen Entbehrungen auf sich und genoß sogar die gelegentlichen Heimsuchungen durch Ungeheuer. Er hatte sich eingerichtet, sich angepaßt. Aber – wurde er mürbe? Oder war er vielleicht zum Asketen geworden und brauchte eigentlich kaum etwas und kümmerte sich wenig um irdisches Wohlbehagen? So mochte es sein. Er nahm sich vor, Father Quillan bei nächster Gelegenheit dazu zu befragen.

DANN HENDERS hatte sich den Unterarm an einer Gaffel aufgerissen, als er Kinverson half, einen zappelnden mannslangen Fisch an Bord zu hieven, und da Lawlers Vorrat an Bandagen danach aufgebraucht war, stieg er in den Frachtraum, um Nachschub zu holen. Er fühlte sich nun immer ein wenig unbehaglich, wenn er dort hinabstieg, seit jener Begegnung mit Kinverson und Sundira; er vermutete, die zwei schlichen sich auch weiterhin dort hinunter, und er wünschte ihnen nicht noch einmal zu begegnen.

Doch Kinverson war gerade auf Deck und eifrig damit beschäftigt, seinen Fang auszunehmen. Lawler tastete im Dunkel mittschiffs eine Weile herum, und als er wieder nach oben steigen wollte, stieß er praktisch mit Sundira Thane zusammen, die in dem schmalen, schlecht beleuchteten Gang direkt auf ihn zukam.

Sie schien ebenso erstaunt wie er, und ihre Verblüffung schien echt zu sein. »Val?« Ihre Augen weiteten sich und sie machte hastig einen ungeschickten Schritt nach rückwärts, ehe sie sich berührten.

Und dann schwankte das Schiff heftig, und sie wurde wieder nach vorn geschleudert und ihm direkt in die Arme.

Es war ganz bestimmt Zufall; nie würde sie zu einem derart plumpen Trick greifen. Lawler stemmte sich gegen die Packkisten, ließ seine geschichteten Bandagenstapel fallen und fing sie auf, als sie gegen ihn taumelte. Er hielt sie fest, bis sie wieder festen Stand hatte. Das Schiff setzte zur Gegenbewegung an, und er hielt Sundira weiter fest, damit sie nicht gegen die andere Wand geschleudert werde. Und dann standen sie beide da, Nase an Nase, Aug in Aug, und lachten.

Und dann richtete das Schiff sich wieder auf, und Lawler merkte erst jetzt, daß er sie noch immer in den Armen hielt – und es genoß.

Soweit war das also her mit seinem angeblichen Asketentum. Ach, zum Teufel. Ja, wirklich, zum Teufel damit! Seine Lippen näherten sich den ihren, oder vielleicht kamen auch ihre auf seinen Mund zu, er war danach nie so ganz sicher, wie es gekommen war. Aber es war ein langer, ein aktiver und durchaus interessanter Kuß. Und danach – obwohl das Schiff nun weit weniger schlingerte – hätte es eigentlich nichts gebracht, sie wieder loszulassen. Seine Hände allerdings gerieten in Bewegung, die eine schweifte zu ihrer Taille und auf den Rücken, die andere glitt tiefer zu ihrem festen muskulösen Hinterteil, und er zog sie noch fester an sich. Oder sie ihn?

Lawler trug nichts als ein gelbes Wickeltuch um die Hüften. Sundira hatte nur ein hüftlanges graues Wickelkleidchen an. Es war ganz leicht, beides abzustreifen. Das Ganze ereignete sich ganz schlicht, ganz glatt und in vorhersehbarer Weise, war aber trotz der Vorhersehbarkeit keineswegs etwa langweilig: Vielmehr hatte es die scharfe unausweichliche Klarheit eines Traumes an sich, und die unbegrenzten geheimnisvollen Versprechungen des Traumes ebenfalls. Träumerisch erforschte Lawler Sundiras Haut. Sie war weich und warm. Träumerisch ließ sie ihre Finger in Lawlers Nacken spielen. Träumend führte er die Hand von ihrem Rücken nach vorn und zwischen ihre fest gegeneinander gepreßten Leiber, durch die Grube zwischen ihren Brüsten, wo er – wie ihm jetzt schien – vor mehreren hundert Jahren mit seinem Stethoskop gelauscht hatte – und tiefer hinab, über den flachen Bauch zwischen die Schenkel. Er berührte sie dort. Sie war feucht. .Und dann übernahm sie mehr und mehr die Führung, stieß ihn zurück, nicht unsanft, sondern offenbar nur, um ihn zu einer Stelle zwischen den Kisten zu lenken, wo Platz genug war, daß sie sich hinlegen konnten, oder doch beinahe. Und nach einer Weile begriff er ihre Absicht.

Es war ein ziemlich enger Winkel. Und sie waren beide langbeinige Geschöpfe. Doch irgendwie bekamen sie die Sache in den Griff. Beide sprachen sie nicht dabei. Sundira war voller Leben und aktiv und geschickt, und Lawler war voller Stärke und Eifer. Sie brauchten nicht mehr als einen Augenblick, um ihren Rhythmus zu synchronisieren, dann liefen sie unter vollen Segeln glatt im Wind.

Hinterher lagen sie lachend und keuchend da, die Beine ineinander verschlungen. Lawler fühlte, daß jetzt nicht der rechte Augenblick war, etwas zu sagen, das sentimental oder romantisch klingen könnte. Aber irgend etwas mußte er schließlich sagen. Also brach er schließlich das Schweigen und fragte: »Du bist mir doch nicht hier runter nachgegangen?«

Sie schaute ihn mit einer Mischung von Überraschung und Belustigung an.

»Warum hätte ich das tun sollen?«

»Wie kann ich das wissen?«

»Ich kam her, um Werkzeug zum Tauspleißen zu holen. Ich hatte keine Ahnung, daß du hier unten warst.«

»Aber es tut dir nicht leid, oder?«

»Nein, wieso? Tut es dir leid?«

»Aber ganz und gar nicht.«

»Das ist gut«, sagte sie. »Das hätten wir schon vor langer Zeit machen können, weißt du.«

»Hätten wir das?«

»Aber selbstverständlich. Warum hast du so lange damit gewartet?«

Er schaute sie eindringlich im schwachen rauchigen Schimmer der Tranfunzel an. In den kühlen grauen Augen stand ein amüsiertes Funkeln, doch, ja, es war eindeutig Belustigung, aber kein Spott. Dennoch gewann er den Eindruck, daß sie die Sache viel leichter nehme als er.

»Das gleiche könnte ich auch dich fragen«, sagte er.

»Nun«, sagte sie nach einer kurzen Pause, »ich habe dir aber mehrmals Gelegenheit geboten. Du hast dich höchlichst bemüht, sie nicht zu nutzen.«

»Ich weiß.«

»Weshalb?«

»Das ist eine lange Geschichte«, erwiderte er. »Außerdem eine ziemlich langweilige. Spielt es eine Rolle?«

»Eigentlich nicht.«

»Das ist gut.«

Sie schwiegen, und er dachte, daß es schön wäre, wenn sie sich noch einmal liebten. Er begann wie beiläufig ihren Arm und ihren Schenkel zu streicheln, entdeckte ein erstes schwaches Beben der Reaktion, doch mit bemerkenswerter Beherrschtheit und Takt beendete sie die Sache, bevor das Ganze soweit vorangeschritten war, daß es kein Halten mehr gab, und machte sich sacht aus Lawlers Umklammerung frei.

»Später«, sagte sie freundlich. »Ich hatte nämlich wirklich einen Grund, warum ich herunterkam.«

Sie stand auf, wickelte sich ihr Kleid wieder um, lächelte ihn fröhlich, aber kühl an, kniff ein Auge zu und verschwand im Lagerteil am Heck.

Lawler war bestürzt über ihre Gelassenheit. Gewiß, er hatte nicht das Recht zu erwarten, daß sie von dem Erlebnis gerade ebenso durcheinander sein sollte, wie er es nach seiner langen selbstauferlegten Periode zölibatärer Enthaltsamkeit zwangsläufig war. Ja, sie hatte es gewollt, gern. Und sie hatte es anscheinend auch wirklich genossen. Und dennoch – war es für sie wirklich nichts weiter gewesen als eine nette zufällige Beiläufigkeit? Es sah beinahe so aus.

FATHER QUILLAN beschloß an einem trübträgen Nachmittag, aus Natim Gharkid einen echten Katholiken zu machen. Jedenfalls erweckte das, was er da mit großer Intensität zu tun schien, diesen Eindruck, als Lawler an ihnen vorüberwanderte und von der Brücke hinabschaute. Der Priester sah verschwitzt aus und von innerem Feuer erfüllt und lieferte dem kleinen braunhäutigen Mann eine wortreiche Glaubenssuada. Gharkid lauschte aufmerksam und ungerührt, wie es seine Art war. »GOTTvater, GOTTsohn und GOTTheiligergeist«, sagte Quillan. »Ein einziger Gott, doch in dreifacher Gestalt.« Gharkid nickte feierlich. Lawler, der unsichtbare Lauscher, mußte bei dem ihm unvertrauten Terminus ›Heiliger Geist‹ blinzeln. Was – beim Himmel – mochte *das* sein? Doch der Priester war schon weiter vorangeschritten. Jetzt erklärte er etwas, das er die ›Unbefleckte Empfängnis‹ nannte. Lawler verlor das Interesse und schlenderte davon; doch als er eine Viertelstunde später wieder an seinen alten Platz zurückkam, war der Geistliche noch immer in Fahrt und redete jetzt über Freikauf und Erlösung, Erneuerung, über Essenz und Existenz, über den Begriff der ›Sünde‹ und wie diese in einem Lebewesen sein könne, das nach dem Bilde Gottes erschaffen wurde, und wieso es nötig geworden war, einen Heiland und Heilsbringer in die Welt zu entsenden, der durch seinen Tod alle Sünden und Übel der Menschheit auf sich nehmen sollte. Manches erschien Lawler als nicht ganz so unsinnig, anderes kam ihm wie der wildeste aberwitzigste Quatsch vor, aber nach einer Weile fand er den Unsinn dermaßen überwältigend, daß er Quillans feurige Hingabe an einen so absurden Glauben geradezu als eine Beleidigung empfand. Der Priester war doch viel zu intelligent, dachte Lawler, als daß er mit echter Überzeugung eine derart blödsinnige Annahme von einem Gott vertreten konnte, der eine Welt erschaffen haben sollte, die so mit Makeln behaftet war, daß sie in kürzester Zeit aus dem Ruder lief, um dann einen ›Aspekt seines Selbst‹ auf diese Welt zu entsenden, um diese von ihren eingebauten Schwachstellen zu ›erlösen‹, und zwar indem er sich umbringen ließ. Und es erzürnte Lawler ganz besonders, daß der Priester, nachdem er sich mit seinem Glauben so lange recht zurückgehalten hatte, sich nun ausgerechnet den unglücklichen Gharkid als erstes Opfer seiner Bekehrungswut auserkoren hatte.

Später trat er zu Gharkid und sagte: »Du darfst das nicht ernstnehmen, was Father Quillan da gesagt hat. Es würde mir sehr leid tun, wenn ich sehen müßte, daß du auf diesen unsäglichen Quatsch hereinfällst.«

In Gharkids unerforschlichen Augen blitzte kurz Erstaunen auf.

»Du denkst, ich fall da drauf rein?«

»Es sah mir ganz so aus.«

Gharkid lachte leise in sich hinein. »Ach, der Mann versteht doch nichts«, sagte er und ging davon.

IM SPÄTEREN TAGESVERLAUF suchte Father Quillan Lawler auf und sprach ihn pikiert an: »Ich wäre dir dankbar, wenn du davon Abstand nehmen könntest, deine Meinung zu Gesprächsthemen zu äußern, die du heimlich belauschst. Geht das in Ordnung, Doktor?«

Lawler wurde rot im Gesicht. »Was meinst du damit?«

»Du weißt sehr gut, was ich meine.«

»Ah ja, vermutlich.«

»Wenn du zu unserem Dialog etwas beizutragen hast, dann komm und setz dich zu Gharkid und mir und laß es uns hören. Aber schleich dich nicht hinter meinem Rücken an.«

Lawler nickte und sagte: »Es tut mir leid.«

Quillan bedachte ihn mit einem langen frostigen Blick. »Ach, wirklich?«

»Findest du es anständig, deine Glaubensvorstellungen einem derart simplen Gemüt wie Gharkid aufzudrängen?«

»Darüber haben wir uns doch bereits unterhalten. Er ist nicht so einfältig, wie du denkst.«

»Möglich«, gab Lawler zu. »Mir hat er jedenfalls gesagt, daß er von deinen Dogmen nicht sonderlich beeindruckt ist.«

»Das stimmt. Aber wenigstens geht er mit unvernageltem Kopf an diese Dinge heran. Wohingegen du ...«

»Schon gut«, sagte Lawler. »Was soll's, ich bin von Natur aus nicht religiös. Ich kann's nicht ändern. Also, nur zu, mach einen Katholiken aus Gharkid. Es ist mir wirklich egal. Von mir aus mach einen noch besseren

Katholiken aus ihm, als du selber bist. Das dürfte ja nicht schwer sein. Wozu sollte ich mir darüber überhaupt Gedanken machen? Ich sagte bereits, daß es mir leid tut, daß ich mich dazu geäußert habe. Es tut mir leid. Also, nimmst du meine Entschuldigung an?«

»Ja, gewiß.« Die Antwort kam nach einigem Zögern.

Doch danach herrschte zwischen den beiden Männern eine Zeitlang eine gewisse Gespanntheit. Lawler hielt sich demonstrativ abseits, wann immer er den Priester und Gharkid zusammen sah. Aber es war klar zu sehen, daß auch Gharkid nicht mehr Sinn in diesen Lehren zu finden vermochte als Lawler, und nach einiger Zeit fanden die Zwiegespräche mit dem Priester ein Ende. Und das bereitete Lawler mehr Vergnügen, als er sich hätte vorstellen können.

Es kam eine Insel in Sicht, die erste auf der ganzen langen Reise, es sei denn, man zählte jene mit, welche die Gillies gerade zu bauen begonnen hatten. Dag Tharp rief sie über Funk, doch es kam keine Antwort.

»Sind die bloß ungesellig«, sagte Lawler zu Delagard, »oder ist es eine reine Gillie-Insel?«

»Bloß Gillies«, sagte Delagard. »Kein Menschenschwanz dort, bloß verdammte Kiemlinge. Glaub mir. Das ist keine von unseren Inseln.«

Drei Tage darauf sichteten sie eine weitere mondsichelförmige Insel, die wie ein schlafendes Tier am nördlichen Horizont lagerte. Lawler borgte sich vom Rudergänger das Spähglas aus und glaubte dann, er könne an der Ostseite Spuren menschlicher Behausungen ausmachen. Tharp raste hinunter in die Funkkabine, doch Delagard beorderte ihn zurück und sagte, er solle sich die Mühe sparen.

»Ist das auch eine Gillie-Insel?« fragte Lawler.

»Diesmal nicht. Aber es hat keinen Zweck, mit denen Kontakt aufzunehmen. Wir werden sie nicht besuchen.«

»Aber vielleicht lassen sie uns unseren Wasservorrat auffüllen. Wir sind verdammt knapp, fast am Ende.«

»Nein!« beschied ihn Delagard. »Das ist Thetopal da draußen. Meine Schiffe haben keine Landegenehmigung dort. Meine Beziehungen zu den Thetopali sind ganz und gar nicht gut. Die würden uns nicht mal einen Eimer voll abgestandener Pisse abgeben.«

»Thetopal?« Onyos Felk schaute verwirrt drein. »Bist du sicher?«

»Na sicher bin ich sicher. Was sollte es denn sonst sein? Das da drüben ist Thetopal.«

»Thetopal«, wiederholte Felk. »Also schön, dann isses eben Thetopal. Wenn du es sagst, Nid.«

Jenseits von Thetopal tauchten keine Inseln mehr in der See auf. Nichts als Wasser war ringsum zu sehen. Es war, als führen sie durch ein leeres Universum.

Lawlers Berechnungen nach mußten sie etwa die halbe Strecke bis Grayvard bewältigt haben, allerdings war das nur eine Schätzung. Mit Sicherheit war nur zu sagen, daß sie mindestens seit vier Wochen auf See waren; aber die Abgeschlossenheit an Bord und die unabänderlich gleichen täglichen Routineaufgaben machten es ihm schwer, ein irgendwie exakteres Gefühl für den Ablauf von Zeit zu entwickeln.

Seit drei Tagen harkte ohne Unterbrechung ein scharfer kalter Wind aus dem Norden auf die Flottille ein und wirbelte ringsum die See zu wütendem Tosen auf. Die erste Sturmwarnung war eine abrupte Veränderung der Atmosphäre, die in der Korallenriff-Region weich und beinahe tropisch-warm gewesen war. Nun plötzlich wurde die Luft sehr klar und straff, so daß sich das Firmament hoch und zitternd und fahl über den Schiffen wölbte wie eine riesige Metallkuppel. Lawler, der stets ein Amateur-Meteorologe gewesen war, fühlte sich davon beunruhigt. Er unterbreitete Delagard seine Ängste, der sie durchaus ernstnahm und den Befehl gab, die Schiffe zu verschalken. Wenig später erklang in der Ferne ein trommelndes Grollen, das die ersten scharfen Windstöße ankündigte, ein länger andauerndes dunkles Dröhnen, und dann kamen die Sturmböen selbst heran, rasche, nervöse, nur kurz dauernde Schwälle eisiger Luft, die über die See leckten und bissen und stießen, als rührten sie die Wasser mit einem Stößel um. Und mit ihnen kamen verstreute kleinere Salven von Hagel, aber kein Regen.

»Es wird noch schlimmer«, brummte Delagard. Er blieb beständig an Deck, als das Wetter sich verschlechterte, und schlief kaum ein paar Stunden. Father Quillan hielt sich viel in seiner Nähe auf, und dann standen die beiden da wie zwei alte Intimfreunde und spähten in den Wind. Lawler sah, wie sie miteinander redeten, mit den Händen deuteten, den Kopf schüttelten. Was hatten diese beiden einander eigentlich zu sagen? Dieser grobschlächtige, vulgäre Kloß mit seinen ordinären Leibeswonnen und der hagere enthaltsame von Gott gepeitschte priesterliche Melancholiker? Jedenfalls standen sie da beisammen im Ruderhaus, zusammen im Kompaßhaus, zusammen auf dem Achterdeck. Versuchte Quillan inzwischen, Delagard zu bekehren? Oder versuchten die beiden, gemeinsam den Sturm durch Beten abzulenken?

Der Sturm kam dennoch. Das Meer wurde eine riesige Wüstenei splitternden Wassers. Gischt, so dünn wie weißer Rauch, erfüllte die Luft. Der volle Sturm fiel über sie her wie ein niedersausender Hammer, knatterte brennend an den Ohren vorbei und hinterließ ein wirres widerhallendes Tosen. Sie nahmen entsprechend Tuch weg, doch die Segeltaue rissen trotzdem, und die schweren Rahen klatschten von einer Seite zur anderen.

Alle Mann waren auf Deck. Martello, Kinverson und Henders stiegen unter höchster Gefahr in der Takelung umher und mußten sich anseilen, um nicht ins tosende Wasser geschleudert zu werden. Die anderen zerrten an den Tauen, während Delagard wütend Befehle brüllte. Lawler schuftete mit den anderen; in einem solchen Sturm gab es kein Sonderprivileg für den Doktor.

Der Himmel war schwarz. Aber die See war noch schwärzer – außer wo sie von weißlichem Schaum bedeckt war, oder wenn eine gigantische Woge sich neben ihnen wie eine riesige grüne Glaswand emporwuchtete. Das Schiff schlingerte kopfüber hinein und in die Tiefe, anstatt sich darüber hinwegzuheben, taumelte in dunkle glatte Kuhlen, rollte, als eine große Welle mit einem schrecklichen Schmatzen leewärts zurückwich, um dann erneut auf sie niederzubrechen und Sturzbäche über das Deck zu ergießen. Das Magnetron war für einen solchen Sturm unbrauchbar: die Winde kamen aus gegenläufigen Richtungen, prallten zusammen und umringten sie mit turbulentem Wasser, das von allen Seiten her auf sie eindrang, so daß es unmöglich war, sich darüber zu heben. Sie hatten alles fest verzurrt und abgeschottet, und was nur ging, hatten sie unter Deck geschafft, doch die hochgestauten Wellen fanden alles übrige, einen Eimer, einen Schemel, ein Gaff, ein Wasserfaß, und trieben es polternd und rutschend über das Deck her und hin, bis es über Bord ging und verschwand. Die Nase des Schiffs tauchte ein und hob sich und tauchte erneut unter. Jemand mußte sich übergeben, ein anderer schrie laut. Lawler sah flüchtig eins der anderen Schiffe – er hatte keine Ahnung, welches es war, denn es führte keine Flagge – dicht längsseits in einem torkelnden Schwanken hoch über ihr Schiff hinaufgetrieben, als müsse es gleich direkt auf ihr Deck herunterkrachen, und dann wieder versacken, als werde es direkt in die Tiefe gerissen.

»Die Masten!« schrie jemand gellend. »Sie kommen gleich runter! Geht in Deckung!«

Doch die Masten hielten, auch wenn es so aussah, als müßten sie bestimmt aus den Sockeln brechen und in die See gerissen werden. Aber ihr verzweifeltes Beben erschütterte den ganzen Schiffskörper. Lawler merkte auf einmal, daß er sich an jemanden klammerte – es war Pilya –, und als Lis Niklaus in einer heftigen Bö hilflos über das Deck gerutscht kam, griffen sie beide zu und zogen sie wieder herein wie einen gefangenen Fisch. Lawler rechnete damit, daß jeden Moment ein sintflutartiger Regen kommen werde, und es ärgerte ihn, daß sie bei diesem Sturm keine Chance hatten, Behältnisse aufzustellen und das gute süße Trinkwasser aufzufangen. Doch die Winde blieben trocken, trocken und knisternd. Einmal wagte er einen Blick über die Reling, und im Schimmer der Gischt sah er, daß das Meer voller kleiner starrer Glitzeraugen war. Eine Halluzination? Nein, das glaubte er nicht. Es waren Drakkenköpfe: eine ganze Armee, eine Riesenlegion von diesen langen, bösartig aussehenden Schnauzen ragte überall ringsum aus dem Wasser. Myriaden scharfer Zähne bereiteten sich auf den Moment vor, wenn die *Queen of Hydros* kentern und ihre dreizehn Menschen ins Meer stürzen würden.

Der Sturm blies und blies und blies, aber das Schiff hielt stand und brach und brach und brach nicht. Es kam ihnen jegliches Zeitgefühl abhanden. Es gab weder Nacht, noch gab es Tag; es gab nur den Sturm. Onyos Felk rechnete später aus, daß es ein Dreitagesturm war, und vielleicht hatte er ja damit recht. Alles endete jedenfalls so rasch, wie es begonnen hatte, und die schwarzen Winde verwandelten sich in eine klare helle Kraft, die blitzte und schnitt wie ein Messer; und dann, wie auf ein Stichwort hin, verzog sich der Sturm von einem Augenblick zum anderen, und die Stille kehrte wieder, und die Reisenden empfanden sie als ebenso bestürzend.

In dieser Stille schlich sich Lawler wie betäubt über das triefende Deck. Es war übersät von zerfetzten Tangsträngen, Klumpen von Quallen, von wütend zappelnden Geschöpfen aller Art – Meeresmüll, den die brandenden Wogen emporgespült hatten. Seine Hände schmerzten, wo die frischen Wunden den alten Schmerz von der Netznesselverätzung wieder aufleben ließen. Stumm hakte er im Kopf das Register ab: Da war Pilya, dort Gharkid, da Father Quillan und Delagard, Tharp, Golghoz, Felk, Niklaus. Martello? – Ah ja, droben. Dann Henders. Ja.

Sundira?

Er sah sie nicht. Und dann sah er sie, und wünschte sich, es wäre nicht so: Sie war auf dem Vorschiff, und sie war vollkommen durchnäßt. Ihr Kleid klebte an ihr, als trüge sie überhaupt nichts außer ihrer Haut. Und außerdem war Kinverson neben ihr. Sie begutachteten irgendein Geschöpf aus der Tiefe, das er entdeckt hatte und mit dem er jetzt vor ihr angab: irgendeine Art Seeschlange, ein langes schlaffes, irgendwie komisch aussehendes Ding mit einem breiten, aber harmlos wirkenden Maul und Reihen kreisrunder grüner Flecken längs auf dem schlaffen gelben Leib, was irgendwie clownhaft wirkte. Die beiden lachten. Kinverson ließ das Tier vor ihr zappeln, ja, er stieß es ihr fast ins Gesicht, und sie lachte und schubste es fort. Dann ließ Kinverson das Tier am Schwanz baumeln und belustigte sich an seinen kläglichen Zuckungen. Sundira fuhr mit den Händen über die glatten Flanken, als wollte sie es liebevoll streicheln, es über seine Entwürdigung hinwegtrösten, und dann schleuderte Kinverson das Tier zurück ins Meer. Darauf legte er Sundira den Arm um die Schultern, und die beiden verschwanden aus Lawlers Blickfeld.

Wie leicht die beiden miteinander umgingen. Wie selbstverständlich, wie verspielt und wie beunruhigend vertraut. Lawler wandte sich ab. Delagard kam übers Deck auf ihn zu. »Hast du Dag irgendwo gesehen?« rief er.

Lawler deutete mit der Hand. »Da, dort drüben.« Der Funker kauerte wie ein Lumpenbündel an der Steuerbordreling und wackelte mit dem Kopf, als könne er nicht begreifen, daß er überlebt hatte.

Delagard schob sich nasse Haarsträhnen aus dem Gesicht und blickte sich um. »Dag! Dag! Setz dein verdammtes Horn in Betrieb, schnell! Wir haben die ganze verdammte Flotte verloren!«

Bestürzt drehte Lawler sich um und starrte auf die gespenstisch ruhige See hinaus. Delagard hatte recht. Nicht eins der anderen Schiffe war zu sehen. Die *Queen of Hydros* schwamm ganz allein auf dem Wasser.

»Glaubst du, sie sind untergegangen?« fragte Lawler den Reeder.

»Wir können nur noch beten«, erwiderte Delagard.

ABER ES ZEIGTE sich, daß die anderen Schiffe nicht verloren waren. Sie waren nur außer Sichtweite getrieben worden. Eines nach dem anderen nahm wieder den Funkkontakt mit dem Flaggschiff auf, als Tharp sie anrief. Der Sturm hatte sie nur wie Spreu zerstreut und in diese und jene Richtung auf dem Meer verschlagen; doch sie waren alle noch da. Die *Queen of Hydros* behielt ihre Position bei, und die übrigen Schiffe des Konvois steuerten auf sie zu. Gegen Einbruch der Dunkelheit war die gesamte Flottille wieder vereinigt. Delagard gab Order, daß Schnaps für jedermann ausgeteilt werde, um das glückliche Überleben gebührend zu feiern; es waren die Reste von Gospo Struvins ›Khuviar‹-Vorrat. Father Quillan postierte sich auf der Brücke und führte die Besatzung in einem nicht übermäßig langen Dankgebet an. Lawler entdeckte zu seiner Verblüffung, daß auch er einige hastige Worte des Dankes murmelte.

6

Was immer zwischen Kinverson und Sundira vor sich ging, es schien keineswegs auszuschließen, was immer sich zwischen Sundira und Lawler an Beziehung zu entwickeln begann. Lawler war unfähig, diese Mehrfachbeziehungen zu verstehen; allerdings war er auch erfahren genug in derartigen Sachen, um zu wissen, daß die sicherste Methode, eine solche Beziehung zu ersticken, darin bestand, sie zu begreifen. Nein, er würde einfach annehmen müssen, was kam.

Eines wurde recht rasch deutlich: Kinverson bekümmerte es überhaupt nicht, daß Sundira sich mit Lawler eingelassen hatte. Anscheinend war ihm Besitzdenken im Sexualbereich unbekannt. Anscheinend war Sex für ihn etwas ebenso Natürliches wie Atmen, und er tat es, ohne weiter darüber nachzudenken. Mit jedem bereitwilligen Partner, sobald sein Körper danach verlangte, als Erfüllung eines reinen natürlichen Bedürfnisses, ein mechanischer, automatischer Vorgang. Und offenbar glaubte er, daß auch alle anderen so darüber dächten.

Als Kinverson sich am Arm verletzte und damit zu Lawler kam, damit der die Wunde säuberte und verbände, fragte er während der Behandlung: »Also du bumst jetzt auch mit Sundira, Doc?«

Lawler zurrte die Bandage fest.

»Ich sehe nicht ein, warum ich dir darauf eine Antwort geben müßte. Es geht dich ganz und gar nichts an.«

»Stimmt. Aber natürlich treibst du's mit ihr. Sie ist eine prima Frau. Zu scharf für mich, im Kopf, meine ich, aber das stört mich nicht. Und es stört mich auch nicht, was ihr zwei beide mitsammen macht.«

»Äußerst freundlich von dir«, sagte Lawler.

»Aber natürlich hoffe ich, das gilt auch umgekehrt.«

»Was meinst du damit?«

»Ich meine, daß da zwischen Sundira und mir durchaus noch was weiterläuft«, sagte Kinverson. »Hoffentlich verstehst du das.«

Lawler starrte ihn an. »Sie ist eine reife, erwachsene Frau. Sie kann tun, was sie will, und wann sie will und mit wem sie will.«

»Fein. Es ist ziemlich eng auf so 'nem Schiff. Und wir wollen hier doch keinen Ärger – wegen einem Weib.«

In wachsender Gereiztheit sagte Lawler: »Du tust, was du willst, und ich tu, was ich will, und reden wir nicht mehr davon. So wie du von ihr sprichst, klingt das, als wäre sie ein Teil der Schiffsausrüstung, und wir beide wollten sie benutzen.«

»Hm, ja«, sagte Kinverson. »Aber doch ein verdammt gutes Stück Ausrüstung.«

NICHT LANGE DANACH wanderte Lawler in die Kombüse und stieß dort auf Kinverson und Lis Niklaus, und die beiden kicherten und begrapschten und würgten sich und grunzten wie Gillies in der Brunft. Lis blinzelte und gluckste ihm rauh über Kinversons Schulter zu: »Hallo, Doc!« Es klang, als wäre sie stark betrunken. Lawler sah sie betroffen an und verzog sich eilends.

Die Kombüse war eigentlich alles andere als ein Ort für Intimitäten; aber anscheinend machte sich Kinverson weiter keine großen Sorgen, daß Sundira oder gar Delagard entdecken könnte, er habe auch was mit Lis. Immerhin, dachte Lawler, Kinverson beweist einen stetigen Charakter, es kümmert ihn nicht, und nichts kümmert ihn. Und keiner.

In der Woche nach dem Sturm fanden Lawler und Sundira mehrmals Gelegenheit, sich im Frachtdeck zu treffen. Sein Körper, dessen Feuer so lange geschlummert hatten, lernte sehr schnell wieder, was Leidenschaft war. Aber von Sundira schlug ihm keine Leidenschaft entgegen, jedenfalls spürte er sie nicht – es sei denn rasches, gekonntes, begeistertes, doch beinahe unpersönliches körperliches Lustempfinden *wäre* so etwas wie Leidenschaft. Lawler fand das nicht. Früher, als er noch jünger war, vielleicht, aber jetzt nicht mehr.

Sie sprachen nie miteinander, während sie sich körperlich liebten, und wenn sie danach beisammen lagen, um wieder in die Wirklichkeit zurückzufinden, schien es fast, als hätten sie eine Abmachung getroffen, ihr Gespräch auf harmlose Gemeinplätze zu beschränken. Diese neue Verkehrsordnung trat sehr rasch in Kraft. Lawler fügte sich ihrem Diktat, wie er es von Beginn an getan hatte: Sundira genoß offensichtlich, was da mit ihnen beiden geschah, doch ebenso deutlich schien sie eine Vertiefung der Transaktion nicht zu wünschen. Wann immer sie sich auf Deck begegneten, sprachen sie stets in einem oberflächlichen, beiläufigen Plauderton miteinander – glatt, höflich und nichtssagend. Er sagte nicht ein einziges Mal zu ihr: »Sundira, ich habe seit ungezählten Jahren für keinen Menschen das empfunden, was ich für dich fühle.« Und sie sagte niemals: »Ich kann es kaum erwarten bis zum nächstenmal, Val, daß wir uns da drunten wieder treffen.« Und er sagte nie: »Wir sind was ganz besonderes, wir zwei, von derselben Art, und wir passen wirklich nicht zu den anderen.« Und sie sagte niemals: »Der Grund, warum ich von Insel zu Insel wandere, ist der, daß ich immer nach etwas *mehr* gesucht habe, wo immer ich auch war.«

Anstatt daß er sie nun besser kennenlernte, seit sie eine Liebesaffäre hatten, mußte er erkennen, daß sie ihm immer ferner rückte und ungreifbarer wurde. Damit hatte er nicht gerechnet. Er wünschte sich – mehr. Doch er sah nicht, wie es dazu kommen sollte, es sei denn, *sie* würde es so wollen.

Aber sie schien es darauf abgesehen zu haben, ihn sozusagen auf Distanz zu halten, von ihm nicht mehr zu fordern als eben das, was sie sowieso bereits von Kinverson bekam. Wenn Lawler sie nicht gründlich mißverstand, dann wollte sie Intimität nicht in einer anderen Dimension als dieser rein körperlichen. Lawler hatte noch nie eine Frau wie sie getroffen, die dermaßen desinteressiert an Dauer, Stabilität, weiterführender Vereinigung der Seelen gewesen wäre, eine Frau, die allem Anschein nach alles, was sich in ihrem Leben ereignete, hinnahm und annahm, wie es kam, und die sich nie darüber Sorgen machte, wie sie es mit dem Vergangenen verbinden sollte, noch mit einer potentiellen Zukunft. Und dann fiel Lawler ein, daß er sehr wohl jemanden kannte, der genauso war.

Der Lawler aus den verschwundenen Tagen auf der Insel Sorve, vor langer Zeit, der seine Geliebten nahm und fallenließ und zu anderen wechselte, ohne über die Lust und Freude des Augenblicks hinauszudenken. Aber jetzt war er doch ein anderer geworden. Jedenfalls hoffte er es.

IN DER NACHT hörte Lawler gedämpftes Geschrei und Poltern aus der Nebenkabine. Delagard und Lis stritten sich. Es war nicht das erste Mal, doch klang es diesmal lauter und erregter als sonst.

Als Lawler dann verfrüht am Morgen in die Kombüse zum Frühstück kam, hockte Lis mit abgewandtem Gesicht an ihrem Herd. Von der Seite sah ihr Gesicht geschwollen aus, und als sie sich ihm zuwandte, sah er eine gelbliche Schwellung auf dem Wangenknochen und eine zweite um das Auge. Eine Lippe war aufgeplatzt und dick geschwollen.

»Soll ich dir was dafür geben?« fragte er.

»Ich werd's überleben.«

»Ich hab heut nacht Geräusche gehört ...«

»Ich bin aus meiner Koje gefallen, weiter nichts.«

»Und bist zehn Minuten lang durch die Kabine getaumelt und hast gebrüllt und geflucht? Und als Nid dich aufhob, fand er es ebenfalls nötig, zu brüllen und zu fluchen? Gib's auf, Lis.«

Sie starrte ihn kalt und mürrisch an. Es sah aus, als

werde sie gleich losweinen. Nie zuvor hatte er diese stabile, diese spottlustige Frau so knapp vor einem Zusammenbruch gesehen.

Ruhig sagte er: »Das Frühstück kann ein bißchen warten. Ich könnte die Platzwunde säubern und dir was geben, um die Schmerzen aus den Prellungen zu vertreiben.«

»Ach, ich bin das schon gewohnt, Doc.«

»Schlägt er dich denn oft?«

»Oft genug.«

»Lis, heutzutage schlägt kein Mann mehr eine Frau!«

»Das sag mal dem Nid.«

»Möchtest du das? Ich tu's.«

Panik flammte in ihren Augen auf. »Nein! Um Himmels willen, kein Wort zu ihm, Doc! Er würde mich totschlagen.«

»Du fürchtest dich wirklich vor ihm, Lis?«

»Du nicht?«

Lawler war verblüfft. »Nein. Wieso sollte ich?«

»Na, vielleicht hast du wirklich keine Angst. Aber du bist eben du. Ich denke, ich bin noch ganz gut davongekommen. Ich hab was gemacht, was ihm nicht recht ist, und das hat er rausgekriegt, und er hat es viel, viel übler aufgenommen, als ich mir das je gedacht hätte. Aber ich hab was draus gelernt. Nid ist ein heftiger Mensch. Gestern nacht – ich hab wirklich geglaubt, er bringt mich um.«

»Nächstesmal ruf mich. Oder schlag gegen die Kabinenwand.«

»Es wird kein nächstesmal geben. Von jetzt an werd ich brav sein. Ich mein es ernst.«

»Dermaßen fürchtest du dich vor ihm?«

»Ich liebe ihn, Doc. Kannst du das glauben? Ich liebe diesen Mistkerl. Und wenn er nicht will, daß ich mit anderen herumvögele, dann tu ich es eben nicht. Er ist mir zu wichtig.«

»Obwohl er dich prügelt?«

»Daran erkenne ich, wie wichtig ich für ihn bin.«

»Aber das kannst du doch nicht im Ernst sagen, Lis.«

»Aber ich tu es. Wirklich.«

Er schüttelte den Kopf. »Himmel! Der Kerl schlägt dich grün und blau, und du sagst mir, das tut er, weil er dich so heiß liebt?«

»Von sowas verstehst du nichts, Doc«, sagte Lis. »Das hast du noch nie begriffen. Nie begreifen können.«

Lawler starrte sie verblüfft an. Er versuchte zu begreifen. In diesem Augenblick war ihm diese Menschenfrau so fremd wie ein Gillie.

»Ja, wahrscheinlich stimmt das«, sagte er.

NACH DEM STURMWIND blieb die See weiterhin eine Zeitlang ruhig. Nie völlig glatt, aber auch nicht bedrohlich. Sie gerieten in einen neuen Gürtel mit dichter Meeresflora, allerdings diesmal weniger dicht, und sie gelangten hindurch, ohne Dr. Nikitins tödliches geschlechtsstimulierendes Öl einsetzen zu müssen. Ein wenig später stießen sie erneut auf Driften rätselhafter dichtgepackter gelbgrüner Algen. Die quollen über die See herauf, als das Schiff vorbeifuhr, und stießen aus dunklen schwappenden Blasen, die von kurzen stacheligen Stengeln hingen, trübselig pfeifende Fürze aus: *Kehrtumm,* schienen sie zu stöhnen, *kehrtummm, kehrtummm.* Bestürzende, beunruhigende Laute. Ohne Zweifel, hier war ein unheilvoller Ort. Doch es dauerte nicht lang, da lagen diese seltsamen Algenformationen hinter ihnen, doch die Furzgeräusche waren noch eine halbe Tagesreise lang zu hören.

Am darauffolgenden Tag zeigte sich eine weitere unbekannte Lebensform: eine gigantische, in Kolonien schwimmende Spezies, ein Geschöpf, das in sich selbst eine ganze Population umfaßte, Hunderte, vielleicht Tausende von unterschiedlich spezialisierten Organismen, die von einem einzigen riesigen Schwimmer ausgingen, der fast so groß war wie ein Plattformfisch. Der fleischige, durchsichtige Zentralkörper schimmerte aus dem Wasser zu ihnen herauf wie eine kaum untergetauchte Insel; und beim Näherkommen sahen sie dann die unzähligen Bestandteile des Organismus bei ihren jeweiligen Aufgaben sich bebend, windend und kreisend bewegen – hier ruderten Teile des Organismus, dort bildete ein anderer Schleppnetze für den Fischfang, die kleinen flatternden Organe an den Rändern wirkten als Stabilisatoren für den ganzen mächtigen Organismus bei seiner pompösen Fahrt durch die Wasser.

Als die Schiffe in seine Nähe kamen, stülpte das Geschöpf etliche Dutzend helle röhrenähnliche Gebilde einige Meter hoch in die Luft, die aussahen, als ragten schimmernde Kamine über das Wasser auf.

»Was glaubst du, was das ist?« fragte Father Quillan.

»Sehgeräte?« schlug Lawler vor. »Sowas wie Periskope?«

»Nein! Sieh nur, jetzt kommt aus den Dingern etwas heraus ...«

»Vorsicht!« brüllte Kinverson aus der Takelung. »Es schießt auf uns!«

Lawler riß den Priester mit sich auf die Decksplanken, gerade noch rechtzeitig, bevor ein Klumpen einer viskosen rötlichen Substanz vorbeizischte. Der Klumpen fiel mitten aufs Deck, nur zwei drei Meter hinter den beiden. Er sah wie ein großer orangefarbener formloser Kotfladen aus und zitterte. Dampf stieg davon auf. Ein halbes Dutzend weiterer ähnlicher Projektile landeten verstreut anderwärts auf Deck, und weitere kamen nach.

»Verdammt! Verdammt! Verdammt!« brüllte Delagard und stapfte wütend umher. »Die Scheiße brennt mir das Deck an! Eimer und Schaufeln! Schnell! Los! Los! Felk! Schaff deinen Arsch da raus, verdammt!«

Wo die Geschosse aufgeschlagen waren, zischten und dampften die Deckplanken, in die sich das Zeug hineinfraß. Felk kämpfte verbissen am Ruder, um das

Schiff aus der Schußlinie zu manövrieren. Unter seinem krächzenden Kommando schleppte die Deckswache Taue von Seite zu Seite, wuchtete die Rahen herum und setzte die Segel neu. Lawler, der Priester und Lis Niklaus eilten auf dem Deck umher und schaufelten die weichen ätzenden Geschosse über Bord. Auf dem gelben Holz der Decksplanken blieben dunkle Brandspuren zurück, wo immer die säurehaltigen Klumpen aufgetroffen waren. Die inzwischen fernergerückte Monadenkolonie schleuderte weiter Geschosse gegen das Schiff – in einer Art blinder hirnloser Feindseligkeit –, die allerdings inzwischen harmlos ins Wasser fielen, wo sie kleine Dampfwölkchen hervorriefen, ehe sie kochend in der Tiefe versanken.

Die Brandnarben auf den Decksplanken waren zu tief, als daß man sie hätte wegschleifen können. Lawler vermutete, sie würden sich von Deck zu Deck und schließlich durch den Schiffsrumpf gebrannt haben, wenn man sie nicht sofort über Deck geschafft hätte.

Am folgenden Morgen erblickte Gharkid steuerbord eine graue Wolke sirrender Leiber in der Luft.

»Hexenfische im Paarungstaumel.«

Delagard gab fluchend Order, den Kurs zu ändern.

»Nein«, erklärte Kinverson, »das wird nichts mehr nützen. Wir haben nicht genug Zeit für ein Manöver. Holt die Segel ein.«

»Was?«

»Holt sie runter, oder sie werden wie Netze die Hexenfische auffangen, wenn der Schwarm gegen uns kommt. Und dann stecken wir bis zum Arsch zwischen denen hier an Deck.«

Delagard fluchte noch heftiger und ließ die Segel einholen. Und kurz darauf trieb die *Queen of Hydros* mit nackten Masten unter einem harten weißen Himmel dahin. Und dann kamen die Hexenfische.

Die abstoßenden stachelrückigen, geflügelten Würmer breiteten sich in rasender Lust millionenfach genau unter dem Wind vor der Flottille aus. Es war eine See von Hexenfischen, man sah kaum das Wasser unter den peitschenden Leibern. Wie aufschäumende Wogen schossen sie in die Luft – die Weibchen voran, unzählige Weibchen, so daß sie fast die Sonne verdunkelten. Wütend schlugen sie mit ihren leuchtenden kantigen kleinen Flügeln; verbissen reckten sie die stumpfnasigen Köpfe nach oben; und immer näher kamen sie, in ganzen breiten Kohorten kamen sie wie vom Wahnsinn gepeitscht heran. Und die Männchen dicht hinter ihnen.

Es störte sie überhaupt nicht, daß da Schiffe ihren Weg kreuzten. Schiffe waren weiter nichts als eine Ablenkung, eine zufällige Störung für diese Fische in ihrer wütenden sexuellen Glut. Ein Gebirge hätte sie vielleicht abgelenkt. Aber sie folgten ihrem genetisch vorgegebenen Programm, und sie folgten ihm blindlings und ohne Zögern. Und wenn dies bedeutete, daß sie kopfüber gegen die Bordwand der *Queen of Hydros* prallten, nun denn. Wenn es hieß, daß sie dabei ein paar Meter über Deck flogen und dann gegen den Fuß eines Masts oder gegen die Tür zum Niedergang prallten, auch gut. Es spielte keine Rolle. Dann sollte es eben so sein. Es befand sich niemand von der Besatzung mehr auf dem Oberdeck, als die fliegende Armada der Hexenfische dort ankam. Lawler hatte ja bereits seine Erfahrung gemacht, was es bedeutete, von einem noch unreifen Exemplar getroffen zu werden. Ein voll ausgewachsenes Tier in der Hitze der Begattungszwänge würde wahrscheinlich zehnmal schneller fliegen als das Jungtier, das ihn getroffen hatte – und ein derartiger Zusammenstoß wäre wohl höchstwahrscheinlich gravierend gewesen. Die streifende Berührung einer dieser Flügelspitzen konnte das Fleisch bis auf den Knochen aufschlitzen. Die scharfen Dornstacheln konnten blutige Wunden hinterlassen.

Es blieb also keine andere Wahl, als sich zu verstecken und zu warten. Und zu warten… und zu warten. Alle suchten Schutz unter Deck. Über Stunden hin erfüllte das schwirrende Zischen des Hochzeitszuges die Luft, unterbrochen von Wimmern und dem Krachen plötzlicher heftiger Zusammenstöße.

Schließlich trat wieder Stille ein. Vorsichtig wagten sich Lawler und ein paar andere an Deck.

Die Luft war wieder frei, der Schwarm war weitergezogen. Aber wo irgendwelche Aufbauten an Deck den Flug der Fische behindert hatten, türmten sich tote und sterbende Hexenfische wie Ungeziefer. So zerschmettert die meisten waren, manche besaßen immer noch genug Lebenskraft und zischten, bissen und versuchten sich zu erheben und sich den Leuten ins Gesicht zu schleudern, die das Deck säuberten. Sie brauchten den ganzen Tag, um wieder klar Schiff zu machen.

Den Hexenfischen folgte eine dunkle Wolke, die Regen versprach, jedoch statt dessen einen schleimigen Überzug entließ, eine wandernde Masse eines kleinen fliegenden Mikroorganismus, die faulig roch, das Schiff in unzählbaren Massen bedeckte und auf Masten und Segeln und Takelung und jedem Quadratmillimeter des Decks eine glitschige stinkende Schicht hinterließ. Die Reinigung beanspruchte weitere drei Tage.

Und danach kamen wieder Rammhörner, und Kinverson kam wieder mit seiner Trommel auf Deck gestapft und trieb sie durch sein Getöse in Verwirrung.

Und nach den Rammhörnern …

Lawler begann in der gewaltigen den Planeten umspannenden Meeresmasse mehr und mehr eine starrsinnige, unversöhnliche und feindliche Kraft zu sehen, die unermüdlich bald dies, bald jenes als Reaktion gegen die Anwesenheit der Reisenden ins Feld schickte. Als löste diese Anwesenheit auf der Weite des Meeres einen Juckreiz aus, und als kratzte sich der Ozean. Manchmal war dieses Kratzen recht intensiv. Lawler fragte sich, ob sie lang genug leben würden, um Grayvard erreichen zu können.

Ein segensreicher Tag kam, mit üppigem Regen. Endlich. Er spülte die Reste des schleimigen Mikroorganismus und den Gestank der toten Hexenfische von Deck und erlaubte den Fahrenden, die Trinkwasserbehälter aufzufüllen. Im Gefolge des Regens erschien ein Schwarm von Tauchern und tummelte sich fröhlich und unbekümmert längsseits des Schiffes. Sie sprangen durch den Schaum wie geschmeidige Tänzer, die Touristen in ihrer Heimat willkommen heißen: Doch kaum war der Taucherschwarm davongezogen, da rückte wieder eines dieser Fäkalienbomben schleudernden Koloniewesen heran und beschoß das Schiff erneut mit Brandbomben. Es war beinahe, als hätte der Ozean verspätet erkannt, daß er durch die Entsendung des Regens und dann der Taucher sich den Reisenden gegenüber zu sehr von der freundlichen Seite gezeigt habe, und als wollte er ihnen nun wieder sein wahres Gesicht zeigen.

Und dann blieb wieder alles einige Zeitlang ruhig. Die Winde wehten günstig, die Geschöpfe der Tiefe nahmen Abstand von dem gewohnten Muster ständiger Angriffe. Die sechs Schiffe zogen weiter ihrem Ziel entgegen. Ihre Heckwasser erstreckten sich lang wie große Straßen über die unermeßliche Einsamkeit, die sie bereits durchquert hatten.

In der Stille eines makellosen Morgens – die See beinahe wellenlos glatt, die Brise fest, der Himmel schimmernd wie ein Opal, der wundervolle blaugrüne Ball von Sunrise knapp über dem Horizont sichtbar und einer der Monde noch erkennbar – stieß Lawler, als er an Deck kam, auf eine Gruppe, die auf der Brücke diskutierte. Delagard war da und Kinverson und Onyos Felk und Leo Martello. Und dann entdeckte Lawler auch Father Quillan, der halb hinter Kinversons mächtiger Gestalt verdeckt stand.

Delagard hantierte mit seinem Spähglas. Er bestrich damit die Ferne und berichtete den übrigen etwas, und die deuteten, spähten, gaben Kommentare dazu.

Lawler hangelte sich die Leiter hinauf.

»Ist was im Gange?«

»Irgendwas ja«, sagte Delagard. »Eins von den Schiffen ist fort.«

»Im Ernst?«

»Sieh selbst!« Delagard reichte ihm das Spähglas. »Eine problemlose Nacht. Zwischen Mitternacht und Morgen nichts Außergewöhnliches, melden mir die Spähgasten. Aber zähl mal, wie viele Schiffe du sehen kannst. Eins, zwei, drei, vier.«

Lawler setzte das Glas ans Auge. »Eins. Zwei. Drei. Vier.«

»Welches fehlt?«

Delagard zerrte an seinen dichten fettigen Locken. »Bin mir noch nicht sicher. Sie haben die Flaggen nicht gehißt. Gabe glaubt, es ist die Schwesternschaft, die verschwunden ist. Daß die sich heimlich in der Nacht abgesetzt haben und auf einen eignen unabhängigen Kurs gegangen sind.«

»Aber das wär doch verrückt«, sagte Lawler. »Die haben doch gar keine Ahnung von Navigation.«

»Bislang haben sie's aber ganz gut geschafft gehabt«, bemerkte Leo Martello.

»Ja, aber nur weil sie einfach im Konvoi mitgefahren sind. Aber wenn die jetzt versuchen, allein weiterzumachen …«

»Jaja«, sagte Delagard, »es wäre verrückt. Aber die *sind* schließlich verrückt. Diese verdammten Lesben, denen trau ich jederzeit zu, daß die …«

Er brach ab. Man hörte Tritte auf der Leiter unterhalb.

»Dag? Bist du das?« rief Delagard. Und zu Lawler gewandt erklärte er: »Ich hab ihn in den Funkraum geschickt, er sollte mal ein wenig rumhorchen.«

Tharps Schrumpfkopf erschien, dann auch der Rest von ihm.

»Die *Golden Sun* ist abgängig«, verkündete er.

»Die Schwestern fahren auf der *Hydros Cross*«, sagte Kinverson.

»Richtig«, sagte Tharp beißend. »Aber die *Hydros Cross* hat geantwortet, als ich sie grad vorhin gerufen hab. Und die *Star*, die *Three Moons* und die *Goddess*. Aber von der *Golden Sun* nur Funkstille.«

»Bist du ganz sicher?« fragte Delagard.

»Wenn du's selber versuchen willst, bitte, geh und versuch's. Ich hab die ganze Flotte gerufen. Und vier Schiffe haben geantwortet.«

»Auch das Schiff der Schwestern?« bohrte Kinverson nach.

»Ich hab mit Schwester Halla persönlich gesprochen. Reicht das?«

Lawler sagte: »Wer führt die *Golden Sun?* Ich hab es vergessen.«

»Damis Sawtelle«, antwortete Leo Martello.

»Damis würde doch nie so 'nen Alleingang wagen. Dazu ist er gar nicht der Typ.«

»Nein«, sagte Delagard mit einem Blick, in dem sich Argwohn und Zweifel mischten. »Das ist er nicht, oder, Doc?«

DEN GANZEN TAG lang versuchte Tharp immer wieder, die Frequenz der *Golden Sun* einzufangen. Die Funker der anderen vier Schiffe bemühten sich gleichfalls.

Aber auf dem Kanal der Golden Sun blieb alles still. Totenstill.

Delagard stapfte wütend auf und ab. »Ein Schiff, das verschwindet nicht einfach so in der Nacht!«

»Also, das da hat es anscheinend getan«, bemerkte Lis Niklaus.

»Du halt dein verdammtes Maul!«

»Oh, wie nett von dir, Nid, wirklich.«

»Halt die Klappe, oder ich stopf sie dir!«

»Das bringt uns nicht weiter«, mischte Lawler sich ein. Dann fragte er Delagard: »Hast du jemals schon so ein Schiff verloren? Das so ganz einfach verschwand, meine ich, ohne S.O.S. und so? Ohne Meldung?«

»Ich hab noch nie ein Schiff verloren – Punkt!«

»Aber die hätten sich doch über Funk gemeldet, wenn sie in Schwierigkeiten gesteckt hätten, ja?«

»Wenn es ihnen möglich gewesen wäre«, sagte Kinverson.

»Was soll das heißen?« fragte Delagard scharf.

»Mal angenommen, ein ganzer Haufen von diesem Netz-Zeugs kommt nachts an Bord gekrochen. Wachablösung ist um drei Uhr früh, die Leute aus der Takelung kommen runter, die Freiwache kommt rauf an Deck – und sie alle treten in dieses Netzzeug und werden über Bord gezerrt. Und damit ist die halbe Schiffsbesatzung einfach futsch. Damis oder sonstwer kommt während des Massakers aus dem Ruderhaus, um nachzuschauen, was los ist, und das Netz erwischt auch ihn. Und dann die restlichen, einen nach dem anderen ...«

»Aber Gospo hat gebrüllt wie ein Irrer, als ihn das Netz erwischte«, warf Pilya Braun ein. »Ihr glaubt doch nicht, daß eine ganze Schiffsbesatzung von diesen Dingern gepackt werden und über Bord gezogen werden kann, ohne daß ein einziger genug Lärm schlagen könnte, um die übrigen zu warnen, was los ist?«

»Dann waren es eben nicht die Netzdinger«, sagte Kinverson. »Sondern was anderes, das an Bord kam. Oder es war das Netz und noch was anderes. Und sie sind alle tot.«

»Und dann kam eins von den Mäulern vorbei und hat auch noch das ganze Schiff verschluckt?« fragte Delagard. »Wo ist das verdammte Schiff, verdammt? Vielleicht sind alle an Bord tot, aber was ist mit dem *Schiff* passiert?«

»Ein Schiff unter Segeln kann in ein paar Stunden weit abdriften, sogar in einer ruhigen See«, bemerkte Onyos Felk. »Zehn, fünfzehn, zwanzig Kilometer – wer weiß schon? Und fährt immer weiter. Wir würden es nie finden, und wenn wir 'ne Million Jahre danach suchen.«

»Oder es ist gesunken«, sagte Neyana Golghoz. »Irgendwas kam von unten rauf, und es hat ein Loch in den Bauch gebohrt, und dann ist es einfach abgesoffen.«

»Ohne das kleinste Notsignal?« fragte Delagard. »Schiffe sinken nicht innerhalb von zwei Minuten. Irgendwer würde genug Zeit gehabt haben, uns zu rufen.«

»Was weiß denn ich?« sagte Neyana. »Sagen wir, es sind *fünfzig* Dinger von unten raufgekommen und haben Löcher gebohrt. Und dann war das Schiff *plötzlich* voller Löcher. Und dann wäre es nämlich schneller gesunken, als du einen Furz lassen kannst. Es sinkt einfach, *schwupp,* und keiner hat mehr Zeit, was zu tun. Ich weiß ja nicht, ich mein ja mal nur so.«

»Wer war an Bord der *Golden Sun?*« fragte Lawler.

Delagard zählte an seinen Fingern ab. »Damis und Dana und ihr kleiner Junge. Sidero Volkin. Die Sweyners. Das macht sechs.«

Jeder Name sauste nieder wie ein Beil. Lawler dachte an den knorrigen alten Werkzeugmacher und an seine verhutzelte alte Frau. Wie geschickt Sweyner mit seinen Händen immer war, und wie gekonnt er das beschränkte Material einsetzte, das ihnen auf Hydros zur Verfügung stand. Und Volkin, der Schiffszimmerer, der zähe, hart schuftende Mann. Und Damis. Dana.

»Wer sonst noch?«

»Laß mich nachdenken. Irgendwo muß ich die Liste haben. Aber laß mich nachdenken. Die Hains? Nein, die sind mit Yanez auf der *Three Moons*. Aber Freddo Wong war mit an Bord und sein Weib – wie hieß die doch noch, verdammtnochmal …?«

»Lucia«, sagte Lis.

»Stimmt, Lucia. Freddo und Lucia Wong, und dann

noch dieses Mädchen mit den hübschen Titten. Richtig, Berylda. Und der kleine Bruder von Martin Yanez, glaub ich. Ja. Doch, ja.«

»Josc«, sagte jemand.

»Genau, Josc.«

Lawler spürte einen wütenden Schmerz. Dieser hochgescheite lernbegierige Junge. Der eines Tages der neue Doktor sein und die Last des Heilers von Lawlers Schultern nehmen sollte.

Dann hörte er eine Stimme: »Also, das macht zehn. Aber wieviel waren die denn? Vierzehn an Bord? Also fehlen uns noch vier Namen.«

Von allen Seiten kamen Namensvorschläge. Es war wirklich nicht leicht, sich zu erinnern, wer auf welchem Schiff gesegelt war, so viele Wochen nach dem Aufbruch von Sorve. Aber es mußten vierzehn Menschen an Bord der *Golden Sun* in See gestochen sein, darüber war man sich allgemein einig.

Vierzehn Tote, dachte Lawler. Die Größe dieses Verlusts ließ ihn schwindeln. Er fühlte den Schock bis in die Knochen. Er kam sich persönlich beraubt vor. Diese Menschen hatten teilgehabt an seinem Leben, an seiner Vergangenheit. Und sollten fort sein? Dahin, verschwunden, ohne ein Wort der Warnung, für immer? Fast ein Fünftel der Humanbevölkerung – auf einen Schlag ausgelöscht. Auf Sorve hatten sie in einem bösen Jahr vielleicht zwei oder drei Todesfälle. In den meisten Jahren nur einen. Und nun vierzehn Tote auf einmal. Das Verschwinden der *Golden Sun* hatte ein tiefes, schmerzliches Loch in ihre Gemeinschaft gerissen. Aber war denn diese Gemeinschaft nicht bereits zerstört? Würde es ihnen auf Grayvard etwas wieder aufzubauen gelingen, was sie gezwungenermaßen auf Sorve hatten zurücklassen müssen?

Ach, Jsoc. Und die Sawtelles. Die Sweyners. Die Wongs. Volkin. Berylda Cray. Und vier weitere.

Lawler verließ die anderen, die auf der Brücke

immer weiter diskutierten, und ging unter Deck. Kaum war er in seiner Kabine, griff er nach der Taubkrautflasche. Acht Tropfen, neun, zehn, elf … ach, gönnen wir uns diesmal ein Dutzend? Ja. Ja, ein Dutzend. Und zum Teufel! Die doppelte Dosis … das würde allem den schmerzenden Stachel nehmen.

»Val?« Die Stimme Sundiras an seiner Kabinentür. »Ist alles okay?«

Er ließ sie eintreten. Ihre Augen streiften das Glas in seiner Hand und wanderten dann wieder zu seinem Gesicht zurück.

»Himmel, du leidest ja wirklich drunter.«

»Als hätte man mir ein paar Finger abgehackt.«

»Haben sie dir dermaßen viel bedeutet?«

»Einige schon.« Das Taubkrautelixier begann zu wirken. Er spürte, wie der scharfe Schmerz dumpfer wurde. Seine eigene Stimme kam ihm pelzig vor. »Die anderen waren nur Menschen, die ich kannte, Teil des Insel-Ambiente, gute altvertraute Gesichter. Einer war mein Schüler.«

»Josc Yanez.«

»Du hast ihn gekannt?«

Sie lächelte traurig. »Ein bezaubernder Junge. Einmal, ich war schwimmen, und er kam auch ins Wasser, und dann redeten wir ein bißchen. Meistens über dich. Er hat dich richtig angebetet, Val. Mehr noch sogar als seinen Bruder, den Seefahrer.« Dann flog ein Schatten über Sundiras Gesicht. »Ich mach die Sache für dich nur schlimmer, nicht besser.«

»Nein – nicht wirklich.«

Inzwischen war seine Zunge schwer und dick geworden, und er begriff, er hatte sich eine zu hohe Dosis verabreicht.

Sie nahm ihm das Glas aus der Hand und stellte es beiseite.

»Es tut mir leid«, sagte sie. »Ich wollte, ich könnte dir helfen.«

Dann komm doch, näher, ganz nah, wollte er sagen, und konnte es irgendwie nicht.

Aber sie schien ihn auch so verstanden zu haben.

ZWEI TAGE LANG ankerte die Flottille mitten im Nirgendwo, während Delagard Dag Tharp im Nacken hing, damit der sämtliche Funkfrequenzen durchcheckte, um die *Golden Sun* zu orten. Er bekam Funkstationen auf einem halben Dutzend Inseln herein, er fing die Funksignale eines Schiffes namens *Empress of Sunrise* auf, das im Fährverkehr im Azur-Meer verkehrte, und eine schwimmende Bergwerksstation weit droben im Nordosten, deren Existenz alle überraschte und für Delagard nicht gerade eine erfreuliche Nachricht war. Doch von der *Golden Sun* fing Tharp nicht das kleinste Flüstern auf.

»Also gut«, sagte Delagard schließlich. »Wenn sie noch auf Kiel sind, finden sie vielleicht 'ne Möglichkeit, sich mit uns in Verbindung zu setzen. Wenn nicht – dann können sie eben nicht. Nur wir können hier nicht ewig weiter herumhocken.«

»Werden wir je erfahren, was mit ihnen passiert ist?« fragte Pilya Braun.

»Wahrscheinlich nicht«, antwortete ihr Lawler. »Der Ozean ist groß, und er steckt voller Gefahren, von denen wir nicht die geringste Ahnung haben.«

»Aber wenn wir wüßten, was sie erwischt hat«, sagte Dann Henders, »hätten wir 'ne bessere Chance, uns selber zu schützen, wenn das nochmal kommt und uns holen will.«

»Wenn wir auf das stoßen, was immer sie vielleicht erwischt hat, und es will uns erwischen«, sagte Lawler, »dann werden wir eventuell erkennen, was es war. Nicht vorher.«

»Dann laßt uns bloß hoffen, daß uns diese Erkenntnis erspart bleibt!«

7

An einem Tag voll dichten Nebels und heftig wogender See tauchten unbekannte trapezoidförmige Geschöpfe mit dicken, zackenbewehrten grünen Rückenpanzern längsseits des Schiffes auf und begleiteten es eine Weile. Sie sahen aus wie schwimmende Vorratstonnen, die sich Schwimmflossen zugelegt hatten.

Die Panzerköpfe waren flach und breit, mit zugespitzten Schnauzen, und als Augen hatten sie nackte kleine weiße Schlitze. Ihre ausladenden Unterkiefer sahen erbarmungslos aus. Lawler stand an der Reling und beobachtete die Erscheinung, als Onyos Felk zu ihm trat und sagte: »Kann ich dich mal für 'ne Minute sprechen, Doc?«

Felk entstammte wie Lawler einer Ersten Familie, doch diese Tatsache galt nicht mehr viel, seit die Gemeinde in See gestochen war. Der Kartograph war so um die Mitte fünfzig, ein mürrischer, kurzbeiniger, schwerknochiger kleiner Mann, der nie ein Weib genommen hatte. Angeblich wußte er eine Menge über hydranische Planetographie und die entsprechende Ozeanographie, und wenn es im Verlauf der Jahre anders gekommen wäre, hätte sehr leicht Felk es sein können, und nicht Nid Delagard, der die Sorve-Werft kontrollierte, aber die Felks waren berüchtigt für ihr Pech und – für ihre Fehlentscheidungen.

»Geht es dir nicht gut, Onyos?« fragte Lawler.

»Wenn du erst mal hörst, was ich dir zu sagen habe, wird's dir auch nicht mehr so gut gehen. Komm mit runter.«

Aus seinem Abteil im Vorschiff brachte er eine kleine grünliche Kugel an, einen Meeresglobus, allerdings keineswegs vergleichbar mit dem raffinierten Mechanowerk, das Delagard gehörte. Dieses Planetolabium mußte mittels eines kleinen hölzernen Schlüssels aufgezogen werden, und bei jeder Neubenutzung mußten die Positionen der Inseln von Hand neu gesetzt werden; also schlichtweg ein Jux im Vergleich zu Delagards phantastischem Apparat. Felk benötigte ein paar Minuten, sein Gerät zu justieren, dann hielt er es Lawler hin und sagte: »Da. Schau mal da genau hin, hierher. Das ist Sorve, da. Und das ist Grayvard, da ganz weit droben im Nordwesten. Und das ist der Kurs, den wir gesegelt sind ...«

Die Beschriftung war eng, verblichen und schwer zu entziffern. Die Inseln lagen dermaßen eng beisammen, daß es Lawler schwerfiel, klar zu begreifen, was er da sah, auch sobald er die Bezeichnungen entziffert hatte. Aber er folgte dem Zeigefinger von Felk westwärts um den Globus, und während der Kartograph ihre bisherige Reise nachvollzog, vermochte Lawler mehr und mehr die Symbole auf der Karte umzusetzen in einen begreifbaren Linienkurs ihrer bisherigen Reise.

»Hier befanden wir uns, als das Netzzeug Struvin gepackt hat. Hier waren wir, als wir die Gillies beim Bau dieser neuen Insel beobachtet haben. Und hier traten wie in das Gelbe Meer ein, und hier, als uns die Rammhörner zum ersten Mal angriffen. Die große Flutwelle kam da uber uns und brachte uns leicht vom Kurs ab, so. Kannst du mir folgen, Doktor?«

»Sprich weiter!«

»Hier ist die Grüne See. Und gleich dahinter kommt die Stelle mit den Korallen. Und hier kamen wir an diesen zwei Inseln vorbei, der von den Gillies und der, von der Delagard behauptet hat, daß es Thetopal ist. Und dann kam dieser dreitägige Orkan, der die Flotte zerstreute. Die Hexenfisch-Schwärme waren hier drüben. Und hier ging uns die *Golden Sun* verloren.« Felks plumper Finger war nun weit um die Rundung des kleinen Globus vorgestoßen. »Fällt dir nicht allmählich einiges Merkwürdige auf, Doc?«

»Zeig mir doch noch mal, wo Grayvard liegt.«

»Hier. Hier oben. Nordwestlich von Sorve.«

»Verstehe ich das nicht richtig, oder gibt es da einen nautischen Grund wegen der Meeresströmungen, daß wir genau westwärts den Äquator entlang segeln, anstatt auf einem nördlich diagonalen nach Grayvard?«

»Wir segeln nicht strikt westlich«, sagte Felk.

Lawler runzelte die Stirn. »Nicht?«

»Diese Karte ist sehr klein, und man sieht die Breitenlinien nur schwer, wenn man nicht daran gewöhnt ist. Aber tatsächlich fahren wir nicht nur nicht exakt nach Westen, sondern nach *Süd*west.«

»Also – weg von Grayvard?«

»Ja, weg von Grayvard.«

»Und du bist dir da absolut sicher?«

Für einen Moment zeigte Felks Gesicht den Ausdruck unterdrückten Ärgers, aber nur ganz flüchtig, und seine Augen funkelten. Mit mühsam gebändigter Stimme sagte er: »Nehmen wir nur mal diskussionshalber an, daß ich fähig bin, eine solche Seekarte zu lesen, Doc, ja? Und daß ich am Morgen, wenn ich aufstehe und sehe, wo die Sonne aufgeht, mich noch erinnern kann, wo sie am Tag zuvor aufging, und den Tag davor und so fort, und wo sie vor einer Woche aufging, und daß ich mir daraus wenigstens ungefähr ableiten kann, ob wir nach Nordwest oder nach Südwest segeln, klar?«

»Und wir sind diese ganze Zeit nach Südwesten gefahren?«

»Nein. Wir fuhren auf korrektem Nordwestkurs los. Aber irgendwo bei dem Korallenmeer schwenkten wir wieder in tropische Gewässer und fuhren dann strikt westwärts, genau am Äquator entlang, und kamen Tag für Tag weiter vom Kurs ab. Ich wußte, daß was nicht stimmte, aber ich begriff erst, wie faul die Sache war, als wir an diesen Inseln vorbeikamen. Denn das war ganz und gar nicht Thetopal. Nicht bloß, daß das echte

Thetopal in diesem Moment in gemäßigten Gewässern droben Richtung Grayvard treibt, sondern es ist außerdem eine runde Insel. Was wir sahen, war sichelförmig, erinnerst du dich? Tatsächlich sind wir an der Insel Hygala vorbeigefahren. Da ist sie, da unten.«

»Praktisch auf dem Äquator.«

»Genau. Wir sollten aber weit nordwärts von Hygala gewesen sein, wenn wir auf Kurs nach Grayvard gewesen wären. Tatsächlich aber stand Hygala nördlich von uns. Und als Delagard unsere Position neu berechnete, als der Sturm die Flotte zerstreut hatte, brachte er uns auf einen noch südlicheren Kurs. Wir sind jetzt ein gutes Stück unterhalb des Äquators. Das kannst du aus der Stellung des Kreuzes ablesen, wenn du was vom nächtlichen Sternenhimmel verstehst. Aber ich nehme an, du hast wohl nicht drauf geachtet. Aber seit wenigstens einer Woche fahren wir jetzt exakt im Winkel von neunzig Grad zu unserem angelegten Kurs. Möchtest du sehen, wohin wir jetzt fahren? Oder hast du's dir bereits selbst ausgerechnet?«

»Sag es mir.«

Felk drehte die Karte. »Da – dorthin führt uns unser jetziger Kurs. Du siehst da nirgendwo Inseln, oder?«

»Wir fahren – in das Leere Meer?«

»Wir sind bereits drin. Seit unserem Aufbruch waren Inseln spärlich. Wir haben nur zwei gesichtet, zwei und eine halbe auf der ganzen Fahrt, und seit Hygala gar keine mehr. Und es werden jetzt auch keine mehr kommen. Das Leere Meer heißt deswegen so, weil die Strömungen keine Inseln hierher tragen. Wären wir noch auf Kurs nach Grayvard, dann lägen wir jetzt hier droben nördlich des Äquators, und wir müßten inzwischen an vier verschiedenen Inseln vorbeigekommen sein. An Barinan, Sivalak, Muril und Thetopal. Eins, zwei, drei, vier. Während hier drunten jenseits von Hygala gar nichts ist.«

Lawler starrte auf den Quadranten, den Felk vor ihn

gedreht hatte. Er sah die kleine Sichelgestalt, die Hygala darstellte; aber westlich und südlich davon sah er nur Nichts und Leere, Leere und noch mehr Leere, und dann – weit um die Krümmung des kleinen Globus herum – entdeckte er den dunklen Fleck, der als ›Geist über den Wassern‹ bekannt war.

»Du denkst, Delagard hat bei der Berechnung unseres Kurses einen Fehler gemacht?«

»Auf so eine Idee würde ich erst ganz zuletzt kommen. Die Derlagards befahren mit ihren Schiffen diesen Planeten, seit er noch Strafkolonie war. Das weißt du doch. Der würde ebensowenig den Fehler machen und uns auf Südwestkurs setzen, wenn er nach Nordwest will, wie du bei der Unterschrift Lawler falsch buchstabieren würdest.«

Lawler legte die Daumen an die Schläfen und drückte lange fest zu.

»Aber *warum* sollte Nid uns in die Leere See bringen wollen, um Himmels willen?«

»Ich hab mir gedacht, daß du ihn genau das vielleicht mal fragst.«

»Ich?«

»Manchmal sieht es so aus, wie wenn er fast ein bißchen Achtung vor dir hätte«, sagte Felk: »Möglich, daß er dir sogar 'ne ehrliche Antwort gibt – oder auch nicht. Aber *mir* würde er verdammt nochmal gar nichts sagen. Klar? Das ist doch wohl klar, Doc?«

KINVERSON WAR mit seinen Haken und Taljen für den täglichen Fischzug beschäftigt, als Lawler ihn am selben Morgen wenig später aufsuchte. Mürrisch blickte er auf und sah Lawler mit jener absoluten Gleichgültigkeit an, die der von einer Insel, einem Entermesser, einem Gillie erwartet hätte. Dann wandte er sich wieder seiner Tätigkeit zu.

»Also sind wir vom Kurs ab. Das hab ich gewußt. Was macht mir das schon aus, Doc?«

»Du hast es gewußt?«

»Das sieht mir hier nicht nach nördlichen Gewässern aus.«

»Du hast die ganze Zeit gewußt, daß wir auf die Leere See zusegeln? Und du hast keinem ein Wort davon gesagt?«

»Ich weiß, daß wir vom Kurs ab sind, aber das bedeutet nicht zwangsläufig, daß ich weiß, wir fahren ins Leere Meer.«

»Felk sagt es. Er hat es mir auf seiner Karte gezeigt.«

»Aber Felk hat nicht immer recht, Doc.«

»Angenommen diesmal schon?«

»Nun, dann steuern wir auf die Leere zu«, sagte Kinverson ruhig. »Na und?«

»Statt nach Grayvard.«

»Na und?« wiederholte Kinverson. Er nahm einen Angelhaken, betrachtete ihn, nahm ihn zwischen die Zähne und bog ihn anders zurecht.

Das Gespräch führte zu nichts. »Macht es dir denn überhaupt nichts aus, daß wir in die falsche Richtung fahren?«

»Nein. Wieso, verdammt, sollte mir das was ausmachen? Eine stinkige Insel ist genau wie die andere. Mir ist es schietegal, wo wir am Ende ankommen und siedeln.«

»Aber es gibt keine Inseln in der Leeren See, Gabe!«

»Dann leben wir halt weiter auf dem Schiff. Was macht das schon? Ich kann im Leeren Meer prima leben. Es ist nicht leer von Fischen, Doc, oder? Viele soll's ja nicht grad geben, aber wenn es dort Wasser gibt, dann gibt es immerhin einige. Und wenn es an einem Ort Fische gibt, dann kann ich dort leben. Ich hätte in meinem alten kleinen Kahn leben und überleben können, wenn es nötig geworden wäre.«

»Und wieso bist du nicht in deinem alten kleinen Kahn weiterhin geblieben?« fragte Lawler, der allmählich ärgerlich wurde.

»Weil ich zufällig grad bei euch auf Sorve lebte. Aber ich könnte genauso leicht auch in meinem Boot überleben. Meinst du wirklich, eure Inseln sind so was verdammt Wundervolles. Doc? Ihr latscht auf harten Holzbrettern herum, die ganze Zeit, und die ganze Zeit freßt ihr Tang und Fisch, und es ist zu heiß, wenn die Sonne scheint, und zu kalt, wenn es regnet, und das nennt ihr Leben. Jedenfalls ist das die Art Leben, die *wir* haben. Nicht besonders viel. Deshalb ist es mir ziemlich egal, ob das auf Sorve oder Salimil stattfindet, oder in einer Kabine auf der *Queen of Hydros* – oder in einem verdammten kleinen Ruderboot. Ich will bloß was zu essen haben, wenn ich hungrig bin, und ich will ficken, wenn ich fickerig bin, und am Leben bleiben, bis ich sterbe, klar?«

Es war vielleicht die längste Rede, die Kinverson je von sich gegeben hatte. Er wirkte über sich selbst ganz erstaunt, daß er soviel gesagt hatte. Als er fertig war, starrte er Lawler einen Augenblick lang in sichtlichem Ärger und verwirrt kalt an. Dann wandte er sich erneut seinem Fanggerät zu.

Lawler fragte: »Es stört dich also gar nicht, daß unser großer Führer uns direkt ins Unbekannte führt und daß er sich nicht mal die Mühe macht, uns davon zu unterrichten, was er damit bezweckt?«

»Nein. Das stört mich gar nicht. Mich stört eigentlich kaum was – außer Leuten, die mir auf den Nerv gehen. Ich lebe jeden Tag und von Tag zu Tag. Laß mich in Frieden, Doc. Ich habe zu tun. Okay?«

DAG THARP SAGTE: »Willst du jetzt schon deine Anrufe machen? Du bist 'ne Stunde zu früh dran, Doc, weißt du?«

»Möglich. Macht das was?«

»Wie du willst.« Tharps Hände glitten über die Schaltscheiben und Knöpfe. »Wenn du so früh anrufen willst, dann ist es mir recht. Aber gib nicht mir die

Schuld, wenn da draußen keiner auf dich vorbereitet ist.«

»Hol mir zuerst mal Bamber Cadrell rein.«

»Sonst rufst du aber immer die *Star* zuerst.«

»Weiß ich. Ruf mir heute Cadrell zuerst.«

Tharp blickte verwirrt auf. »Hast du 'nen Zitteraal im Arsch, heut morgen, Doc?«

»Wenn du hörst, was ich Cadrell zu sagen hab, dann wirst du schon merken, was mich stört. Und jetzt ruf ihn endlich an, ja?«

»Schon gut. Gleich. Sofort.« Von der Funkkonsole ertönte Schnarren und Klicken. »Dieser verflixte Nebel«, brummte Tharp. »Es issen Wunder, daß mir nicht der ganze Kram hier verrottet. Meldet euch, *Goddess!* Meldet euch, *Goddess!* Hier ruft die *Queen*. *Goddess? Goddess*, meldet euch.«

»*Queen*, hier die *Goddess*«, ertönte eine Knabenstimme, quäkend und hell. Auf der *Sorve Goddess* war Bard, Nicko Thalheims Sohn, der Funker.

»Sag ihm, ich will mit Cadrell sprechen«, erklärte Lawler.

Tharp sprach ins Mikrophon. Die blecherne Antwort konnte Lawler nicht genau verstehen.

»Wie war das?«

»Er sagt, Bamber ist am Ruder. Seine Wache läuft noch zwei Stunden.«

»Sag ihm, er soll Bamber sofort vom Ruder ans Horn holen. Es duldet keinen Aufschub.«

Weiteres Spucken und Klicken. Anscheinend machte der Junge Einwände. Tharp wiederholte Lawlers Verlangen, und danach herrschte auf der anderen Seite eine Minute lang Stille.

Schließlich war die Stimme von Bamber Cadrell zu hören: »Was ist denn bloß so verdammt wichtig, Doc?«

»Schick den Jungen weg, dann sag ich's dir.«

»Er ist mein Funker.«

»Schön und gut, aber ich will nicht, daß er hört, was ich dir sagen werde.«

»Probleme, was?«

»Ist der Kleine noch da?«

»Ich hab ihn rausgeschickt. Was ist los, Doc?«

»Wir liegen neunzig Grad vom Kurs ab, in äquatorialen Gewässern und fahren nach Süd-Südwest. Delagard steuert uns direkt ins Leere Meer.« Neben Lawler hatte Dag mitgehört und holte jetzt scharf und verblüfft Luft. »Hast du das gemerkt, Bamber?«

Und wieder ein langes Schweigen von der *Sorve Goddess*.

»Selbstverständlich hab ich das, Doc. Für was für 'nen miserablen Nautiker hältst du mich denn?«

»Aber – in die Leere See, Bamber!«

»Richtig. Ich hab dich gut gehört.«

»Aber wir sollten doch nach Grayvard segeln!«

»Auch das ist mir bekannt, Doc.«

»Und für dich ist das ganz in Ordnung, daß wir in die falsche Richtung fahren?«

»Ich nehme an, Delagard weiß schon, was er tut.«

»Du *nimmst* es an?«

»Es sind seine Schiffe. Ich arbeite nur für ihn. Als wir nach Süden ausscherten, nahm ich an, es gibt im Norden irgendwelchen Ärger, vielleicht einen Sturm, irgendwas Übles, das er vermeiden möchte. Er besitzt sämtliche brauchbaren Seekarten, Doc. Wir folgen einfach seiner Führung.«

»Mitten in die Leere See hinein?«

»Delagard ist nicht verrückt«, sagte Cadrell. »Über kurz oder lang werden wir wieder nordwärts abdrehen. Daran zweifle ich gar nicht.«

»Und der Gedanke, ihn zu fragen, was der plötzliche Kurswechsel soll, der ist dir nie gekommen?«

»Ich sag dir doch, ich nehme an, das hatte einen guten Grund. Ich nehme an, er weiß schon, was er tut.«

»Du nimmst verdammt viel einfach nur so an«, sagte Lawler.

THARP SCHAUTE von seiner Funkkonsole auf. Die gewöhnlich tief in runzligen Fleischfalten versteckten Augen funkelten groß vor Verblüffung.

»Das Leere Meer?«

»So sieht es aus.«

»Aber das ist doch Wahnsinn!«

»Ja, nicht wahr? Aber tu bitte so, als wüßtest du von nichts, Dag. Für kurze Zeit, ja? Und jetzt ruf mir Martin Yanez.«

»Nicht Stayvol? Den rufst du doch sonst immer zuerst.«

»Yanez«, sagte Lawler fest und kämpfte gegen die Erinnerung an Joscs Gesicht an, das lernbegierig zu ihm heraufgelächelt hatte.

Hantierungen an Knöpfen und Hebelchen, und dann drang die quäkende Stimme des Funkers der *Three Moons* durch die Statik – es war eins der Hain-Mädchen, Lawler war nicht sicher, welches –, dann, einen Moment später, kam die tiefe ruhige Stimme von Martin Yanez: »Nichts zu berichten, Doc. Gesundheitlich ist hier alles in Ordnung.«

»Das ist kein beruflicher Routineanruf«, sagte Lawler.

»Was dann? Habt ihr was von der *Golden Sun* gehört?« Auf einmal war Erregung in der Stimme zu hören, Hoffnung.

»Nichts, leider«, sagte Lawler ruhig.

»Ach.«

»Ich wollte rausfinden, was du von unserer Kursänderung hältst.«

»Was für eine Kursänderung meinst du?«

»Komm mir nicht mit solchem Scheiß, Martin, ich bitte dich!«

»Seit wann macht sich der Doktor Sorgen um Navigationsprobleme?«

»Ich hab gesagt, komm mir nicht mit so 'nem Scheiß!«

»Bist du jetzt der Navigator, Doc?«

»Ich bin ein davon Betroffener. Das sind wir alle. Und es handelt sich unter anderem auch um *mein* Leben. Also, was geht hier vor, Martin? Oder hat Delagard dich dermaßen fest im Genick, daß du es mir nicht sagen willst?«

»Du klingst schrecklich aufgeregt«, sagte Yanez. »Wir haben einen Abstecher nach Süden gemacht. Na und?«

»Und warum?«

»Das solltest du besser Delagard fragen.«

»Hast *du* ihn gefragt?«

»Das brauche ich nicht. Ich folge einfach seinen Anweisungen und seiner Führung. Er segelt nach Süden – ich segle nach Süden.«

»Bamber hat so ziemlich das gleiche gesagt. Seid ihr Kerle denn allesamt bloß seine Marionetten und laßt euch von ihm herumschubsen, wie es ihm paßt? Himmel, Martin, wieso steuern wir denn nicht mehr Richtung Grayvard?«

»Ich hab dir schon gesagt, frag Delagard.«

»Das hab ich auch vor. Aber vorher wollte ich herausfinden, was die übrigen Schiffskapitäne davon halten, daß wir ins Leere Meer fahren.«

»Ach, fahren wir dorthin?« Yanez' Stimme war so ruhig wie immer. »Ich dachte, wir machen nur einen kurzen Abstecher nach Süden, und Delagard will aus irgendeinem Grund nicht darüber sprechen. Soweit ich weiß, ist unser Fernziel immer noch Grayvard.«

»Und das glaubst du wirklich?«

»Wenn ich dir sage, es ist so, würdest du mir glauben?«

»Ich möchte schon.«

»Es ist die Wahrheit, Doc. So wahr ich meinen Bruder geliebt habe, es ist bei Gott die Wahrheit. Delagard hat kein Wort über eine Kursänderung gesagt, und ich hab nicht gefragt, und auch Bamber und Poilin nicht. Und ich nehme an, die Schwestern haben noch nicht mal bemerkt, daß wir vom Kurs abgewichen sind.«

»Aber du hast mit Cadrell und Stayvol darüber gesprochen?«

»Aber sicher.«

»Stayvol ist mit Delagard ziemlich dick befreundet. Dem trau ich nicht. Was hat er gesagt?«

»Er steht genauso vor einem Rätsel wie wir anderen.«

»Und du glaubst, das stimmt?«

»Ja. Aber was macht das schon für einen Unterschied? Wir alle folgen Delagards Führung. Wenn du wissen willst, was los ist, dann frag ihn selbst. Und wenn er es dir sagt, dann informiere mich, Doc!«

»Versprochen.«

»SOLL ICH STAYVOL jetzt auch noch anrufen?« fragte Dag Tharp dann.

»Nein. Ich glaube, den überspringe ich vorläufig.«

Tharp zerrte an den Wammen unter seinem Kinn. »Heilige Scheiße!« sagte er. »Ach du allerheiligste Scheiße! Meinst du, es ist 'ne Verschwörung? Daß die ganzen Käptns da was Linkes vorhaben und keinem was sagen?«

»Nein. Ich glaube Martin Yanez. Was immer da vor sich geht, Delagard wird vielleicht Stayvol eingeweiht haben, aber die anderen beiden höchstwahrscheinlich nicht.«

»Und Damis Sawtelle?«

»Was ist mit ihm?«

»Angenommen, er hat sich mit Delagard über Funk in Verbindung gesetzt, als er den Kurswechsel bemerkt hat, und hat ihn gefragt, was das soll, und Delagard hat gesagt, das geht ihn einen feuchten Scheiß was an, und Damis ist so sauer geworden, daß er mitten in der Nacht einfach gewendet hat und sein Schiff jetzt allein nach Grayvard führen will? Damis hat 'n ziemlich hitziges Temperament, wie wir wissen. Und da sitzt er jetzt, inzwischen tausend Kilometer nördlich von uns, und wenn wir Ortungsrufe nach ihm aussenden, beachtet er sie nicht, weil er sich von der Flotte abgesetzt hat.«

»Eine nette Theorie. Aber kann Delagard mit deiner Radiostation hier umgehen?«

»Nein«, sagte Tharp. »Nicht daß ich wüßte.«

»Also, wie soll dann Damis mit ihm gesprochen haben, wenn du nicht die Verbindung hergestellt hast?«

»Das issen Argument.«

»Sawtelle ist nicht einfach so sang- und klanglos aus eigenen Stücken abgehauen. Darauf möchte ich wetten, Dag. Nein, die *Golden Sun* liegt auf dem Grund des Meeres, mitsamt Damis Sawtelle und allen, die sonst noch an Bord waren. Irgendein Geschöpf, das in diesem Meer da lebt, kam in der Nacht heran und hat sie schnell und leise versenkt; irgendwas sehr Schlaues, Trickreiches, und wenn wir Glück haben, finden wir nie heraus, was es war. Es hat keinen Zweck, sich jetzt Gedanken über die *Golden Sun* zu machen. Was wir aber dringend herausfinden müssen, ist, wieso wir südwärts, anstatt nach Norden fahren.«

»Wirst du mit Delagard reden, Doc?«

»Ja, ich glaube, das sollte ich wohl«, antwortete Lawler.

8

DELAGARD HATTE GERADE seine Wache beendet. Er wirkte müde. Die massigen Schultern waren nach vorn gesackt, der Kopf hing müde auf dem Stiernacken. Als er sich anschickte, den Niedergang zu seinem Quartier hinabzusteigen, rief Lawler ihm zu, er solle warten.

»Was gibt's denn, Doc?«

»Könnten wir über was reden?«

Delagard senkte kurz die Lider. »Grad jetzt gleich?«

»Ich denk schon, ja.«

»Also schön, dann komm mit runter zu mir.«

Delagards Kabine war mehr als doppelt so groß wie die Lawlers, aber vollgestopft mit Bergen achtlos weggelegter Kleidung, leerer Branntweinflaschen, allem möglichen Schiffszubehör, sogar einigen wenigen Büchern. Bücher waren auf Hydros eine derartig große Seltenheit, daß Lawler mit Bestürzung reagierte, als er sie so achtlos umherliegen sah.

»Willst du was trinken?« fragte Delagard.

»Nicht grad jetzt schon, danke. Aber laß dich von mir nicht stören.« Dann zauderte Lawler doch ein wenig. »Nid, es ist da ein kleines Problem aufgetaucht. Wir scheinen da irgendwie ein wenig vom Kurs abgekommen zu sein.«

»Ach, sind wir?« Es klang nicht überrascht.

»Wie es scheint, befinden wir uns auf der falschen Seite des Äquators und fahren nach Süd-Südwest, anstatt nach Nord-Nordwest. Und das ist eine ziemlich beträchtliche Abweichung vom festgelegten Plan.«

»So weit vom Kurs ab?« sagte Delagard in gespieltem Erstaunen, aber ohne jede Leichtigkeit. »In die völlig falsche Richtung, wie?« Er spielte mit seinem Schnapsbecher, massierte sich das rechte Schlüsselbein, als habe er da Schmerzen und sortierte ein paar Stücke in dem wirren Durcheinander auf dem Tisch um. »Das ist ein verdammt dicker Navigationsfehler, wenn es wahr ist. Da muß jemand heimlich ins Kompaßhaus geschlichen und den Kompaß glatt absichtlich umgedreht haben, um uns zu täuschen. Aber bist du dir deiner Sache da ganz sicher, Doc?«

»Spiel mir nicht den Hampelmann vor. Dafür ist es zu spät. Was hast du vor, Nid?«

»Du verstehst einen Dreck von Hochseenavigation. Wie willst du also unterscheiden können, in welche Richtung wir segeln?«

»Ich hab mich bei ein paar Experten kundig gemacht.«

»Aha. Onyos Felk? Bei dem verblödeten alten Kacker?«

»Ja, ich hab mit ihm gesprochen. Und mit anderen. Onyos ist nicht immer so völlig zuverlässig, da geb ich dir recht. Aber die anderen sind es. Das kannst du mir glauben.«

Delagard starrte ihn mit einem mordlüsternem Blick an, die Augen zu Schlitzen verkniffen, die Kiefermuskeln verspannt. Dann beruhigte er sich, trank einen Schluck und dann den ganzen Rest aus seinem Becher, und dann versank er in nachdenkliches Schweigen.

»Also schön«, sagte er schließlich. »Ich will dich einweihen. Felk hat ausnahmsweise mal recht. Wir fahren nicht nach Grayvard.«

Die schnodderige Selbstsicherheit, mit der er das sagte, wirkte auf Lawler wie ein plötzlicher Hieb ins Zwerchfell.

»Heiliger Himmel, Nid! Warum denn nicht?«

»Weil sie uns in Grayvard nicht haben wollen. Von Anfang nicht haben wollten. Sie haben sich mit der gleichen Scheiße rausgeredet wie alle die anderen Inseln, mit denen ich Kontakt aufgenommen habe, daß sie möglicherweise ein Dutzend Flüchtlinge aufnehmen könnten, allerhöchstens, aber nicht unser gesamtes Kontingent. Ich hab alles in Bewegung gesetzt und sämtliche Fäden gezogen. Was ich nur konnte. Aber die sind nicht von ihrer Entscheidung abgegangen. Und damit saßen wir mit unserm nackten Arsch in der Kälte und hatten keinen Ort, an den wir uns retten können.«

»Du hast uns also schon seit Beginn der Fahrt belogen? Hast die ganze Zeit geplant gehabt, uns ins Leere Meer zu bringen? Was hast du dir eigentlich dabei gedacht? Und wozu hierher, von allen gottverlassenen Weltgegenden?« Lawler schüttelte ungläubig den Kopf. »Du hast wirklich verdammt viel Chuzpe, Nid!«

»Ich hab euch nicht *alle* angelogen. Ich hab dem Gospo Struvin die Wahrheit gesagt. Und Father Quillan.«

»Gospo, das versteh ich ja noch. Sozusagen. Der war dein Topkapitän. Aber wo kommt Quillan da ins Spiel?«

»Ooch, ich sprech mit ihm über viele Dinge.«

»Bist du zum Katholizismus konvertiert? Und der ist dein Beichtvater?«

»Er ist mein Freund. Er steckt voll von interessanten Ideen.«

»Ja, das glaub ich gern. Und was für eine besonders interessante Idee hat der fromme Vater Quillan bezüglich unserer Kursänderung geäußert?« Lawler hatte ein Gefühl, als träume er das Ganze nur. »Hat er dir etwa versprochen, daß er durch machtvolles Beten und heilige Beharrlichkeit ein Wunder für uns wirken kann? Hat er dir angeboten, dir im Leeren Meer irgendeine hübsche unbewohnte Insel hervorzuzaubern, auf der wir uns dann vielleicht niederlassen könnten?«

»Er hat mir gesagt, wir sollten uns in Richtung auf die Fläche über den Wassern aufmachen«, erwiderte Delagard gleichmütig.

Wieder ein Hieb, diesmal stärker als zuvor. Lawlers Augen wurden groß. Er nahm selbst einen deftigen

Schluck von Delagards Branntwein und wartete, bis sich dessen Wirkung bemerkbar machte. Delagard schaute ihm von der anderen Seite des Tisches her geduldig, aber wachsam an und war womöglich sogar ein wenig amüsiert.

»Die Fläche über den Wassern«, sagte Lawler, als er sich wieder gefestigt genug fühlte, um zu sprechen. »Das hast du doch gesagt ... *über den Wassern?*«

»Genau richtig, Doc.«

»Und wieso, wenn du mir das erklären könntest, findet dieser Father Quillan es eine so gute Idee, daß wir dorthin fahren sollen?«

»Weil er weiß, daß ich schon immer dorthin gehen wollte.«

Lawler nickte. Er fühlte, wie ihn die heitere Gelassenheit der äußersten Verzweiflung überkam. Noch ein Schluck von Delagards Brandy, das erschien ihm jetzt als recht erwünscht. »Ja sicher, Father Quillan glaubt an die Segensträchtigkeit irrationaler Eingebungen. Und da uns ja sowieso keine andere Zuflucht bleibt, kannst du selbstverständlich ebensogut unser ganzes beschissenes verlorenes Häuflein um den halben Globus und an den verrücktesten, fremdartigsten und am weitesten entfernten Ort von Hydros schippern, von dem wir absolut ganz und gar nichts wissen, außer der Tatsache, daß noch nicht mal die Gillies tollkühn genug sind, sich auch nur in die Nähe zu begeben, ja?«

»So ist es.« Delagard ließ den sarkastischen Ton mit einem leisen Lächeln an sich abgleiten.

»Der Father Quillan erteilt wundervollen Rat. Darum war er wohl auch solch ein grandioser Erfolg als Kleriker.«

Mit verwirrender Ruhe sprach Delagard einfach weiter. »Ich habe dich einmal gefragt, ob du dich noch an die Geschichten erinnerst, die Jolly früher immer darüber erzählt hat.«

»Märchen, Seemannsgarn. Ja.«

»Sowas ähnliches hast du damals auch gesagt. Aber du erinnerst dich dran?«

»Also, mal sehen. Jolly behauptete, er habe die ganze Leere See durchquert, ganz allein, und sei dort auf die *Fläche* gestoßen, die seiner Beschreibung nach eine riesige Insel war, viel, viel größer als irgendeine von den Gillie-Inseln. Ein Ort der Wärme und Üppigkeit, an dem fremdartige hochwachsende Pflanzen Früchte tragen, wo es Teiche mit frischem Wasser gibt und die reich sind an Nahrung.« Lawler sann eine Weile nach und tastete in seiner Erinnerung umher. »Er wäre am liebsten für immer dort geblieben, so angenehm war dieser Ort. Aber eines Tages, als er draußen war und fischte, blies ihn ein Sturm hinaus aufs offene Meer, er verlor seinen Kompaß, und ich glaube, dann erfaßte ihn auch noch zu alledem die WOGE, und als er sein Boot wieder unter Kontrolle bekam, war er schon halbwegs wieder daheim und hatte keine Möglichkeit mehr, zu der *Fläche* zurückzukehren. Also fuhr er einfach weiter bis zurück nach Sorve. Und dann hat er sich bemüht, Leute zu finden, die mit ihm zusammen wieder dorthin fahren würden, aber niemand hatte dazu große Lust. Sie haben ihn alle ausgelacht, und keiner hat auch nur ein Quentchen von dem geglaubt, was er berichtete. Und irgendwann ist er dann verruckt geworden. Stimmt das so?«

»Ja«, sagte Delagard. »Im Kern ist das die Geschichte.«

»Es ist eine phantastische Geschichte. Wenn ich zehn Jahre alt wäre, ich würde jetzt fast durchdrehen bei der Vorstellung, daß wir genau dorthin segeln.«

»Das könntest du trotzdem, Doc. Es wird nämlich das eine große Abenteuer in unser aller Leben sein.«

»Ach, wirklich?«

»Als Jolly zurückkam, war ich vierzehn«, sprach Delagard weiter. »Und ich habe genau zugehört, was er uns erzählt hat. Ganz, ganz genau. Vielleicht war er ja verrückt, aber mir kam das nicht so vor, jedenfalls anfangs nicht. Und ich glaubte ihm aufs Wort … Eine ausgedehnte, fruchtbare reiche und unbewohnte Insel … die nur darauf wartete, von *uns* in Besitz genommen zu werden … und keine stinkigen Gillies weit und breit, die uns in die Quere kommen könnten! Für mich klingt das wie das Paradies. Ein Land, in dem Milch und Honig fließen. Ein Wunderland. Du möchtest doch auch unsere Gemeinschaft beisammenhalten, ja? Also – warum sollten wir uns dann mit einem eklig engen Fleckchen, das sonst keiner haben will, auf der Insel von irgendwem sonst zufriedengeben und wie Bettler von der mildtätigen Duldung dieser Leute leben? Was für eine bessere Möglichkeit gäbe es denn für mich, unsere Leute zu entschädigen, für den Schaden, den ich ihnen zugefügt habe, als daß ich sie wegbringe, um den Globus herum, damit sie in einem Paradies leben können?«

Lawler starrte ihn sprachlos an.

»Nid, du hast völlig den Verstand verloren!«

»Nein, das glaub ich nicht. Das Land liegt da irgendwo in Reichweite für den, der's nimmt, und wir können es uns nehmen. Die Gillies sind dermaßen voller abergläubischen Vorstellungen darüber, daß sie da nie hinziehen würden. Na schön, aber wir können es. Und wir können es besiedeln, darauf bauen, es gestalten. Wir können es so gestalten, daß es uns das gibt, was wir am meisten ersehnen.«

»Und was wäre das, das wir am meisten ersehnen?« soufflierte Lawler in einem Gefühl, als hätte er sich leicht von dem Planeten gelöst und in die Luft erhoben und sei darin in die Schwärze des Weltraums geschwebt.

»Macht«, sagte Delagard. »Die Kontrolle. Wir wollen dieses Land beherrschen. Wir haben lang genug auf Hydros gelebt wie klägliche erbarmungswürdige Flüchtige und Asylanten. Es ist höchste Zeit, daß wir das ändern und dafür sorgen, daß die Gillies uns in den Arsch kriechen müssen. Ich möchte dort eine Siedlung aufbauen, die zwanzigmal größer ist als jede existierende Gillie-Insel – ach was, fünfzigmal größer! – und eine richtige Kommune auf die Beine stellen, fünftausend, zehntausend Menschen, und einen Raumflughafen errichten und Handelsbeziehungen zu anderen von Menschen bewohnten Planeten in dieser beschissenen Galaxie, und ich will, daß wir endlich anfangen können, wie richtige Menschen zu leben, anstatt als elende Seegrasfresser auf gut Glück durch den Ozean zu driften, wie wir das seit hundertfünfzig Jahren tun.«

»Und dabei bleibst du so ruhig, deine Stimme klingt so vernünftig...«

»Ach, du denkst, ich bin verrückt?«

»Möglich. Vielleicht auch nicht. Was ich allerdings wirklich glaube, das ist, daß du ein monströser egozentrischer Hundesohn bist. Uns alle als Geiseln zu nehmen, für deine absurde Wunschvorstellung. Du hättest einen Teil von uns auf fünf, sechs verschiedenen Inseln aussteigen lassen können, wenn Grayvard uns nicht alle aufnehmen wollte.«

»Du selbst hast gesagt, daß du das nicht willst. Weißt du nicht mehr?«

»Aber ist das hier besser? Daß du uns hier ins Nichts mitschleppst? Unser aller Leben aufs Spiel setzt, nur weil du einem Märchen nachjagen willst?«

»Doch, es ist besser!«

»Du Mistkerl. Du vernagelter, hirnverbrannter Scheißkerl! Ja, du bist wirklich verrückt!«

»Nein, das bin ich nicht«, sagte Delagard. »Ich habe jahrelang an diesem Plan gearbeitet. Mein halbes Leben lang denke ich darüber nach. Ich hab Jolly immer wieder ausgequetscht, und ich bin vollkommen sicher, daß er diese Reise gemacht hat, wie er behauptete, und daß die *Fläche* genau das ist, was er darüber sagte. Jahrelang hab ich geplant, eine Expedition dorthin zu entsenden.

Gospo wußte Bescheid. Er und ich, wir wollten zusammen dorthin fahren, in fünf Jahren so ungefähr. Und dann boten mir die Gillies den perfekten Anlaß, als sie uns so einfach von Sorve vertrieben; und die anderen Inseln wollten uns nicht alle aufnehmen, also dachte ich mir, jetzt ist der Augenblick, hier ist deine Chance ... Ergreif sie, Nid! Und das hab ich getan.«

»Also hattest du das alles schon so vor, als wir aus Sorve aufbrachen.«

»Ja.«

»Und du hast nicht einmal deine Schiffskapitäne davon in Kenntnis gesetzt.«

»Nur Gospo.«

»Und der hielt das für eine superschlaue Idee.«

»Genau«, sagte Delagard. »Er hielt die ganze Zeit zu mir. Und auch Father Quillan steht fest zu mir, seit ich ihn eingeweiht habe. Er gibt mir vollkommen recht.«

»Aber sicher tut er das. Je fremder, desto besser: Je weiter weg von der Zivilisation entfernt er sich verstecken kann, desto lieber ist es ihm. Die *Fläche* ist für ihn das Gelobte Land. Und wenn wir hinkommen, kann dieser hirnverbrannte Fanatiker in diesem deinem Land voll Milch und Honig seine Kirche aufbauen, und er ist der Hohepriester, Archemandrit, Kardinal, Papst – oder wie er sich sonst zu nennen beliebt – und *du* baust dir gleichzeitig dein Imperium auf, wie, Nid? Und alle sind glücklich und zufrieden.«

»Ja. Du hast es genau erfaßt.«

»Also ist alles nach Plan und fest im Griff. In deinem. Und da sind wir jetzt, am Rand des Leeren Meeres, und wir fahren von Minute zu Minute immer tiefer hinein.«

»Es paßt dir nicht, Doc? Willst du das Schiff verlassen? Schön, ich hindere dich nicht. Geh. Wir fahren weiter, ob es dir paßt oder nicht.«

»Und deine Kapitäne? Glaubst du wirklich, die bleiben bei dir, sobald sie das wahre Ziel kennen?«

»Wetten, daß? Sie fahren, wohin ich es ihnen befehle.

Das haben sie immer getan, und das werden sie weiter so machen. Möglich, daß die Schwestern ausscheren, wenn sie irgendwie rausfinden, wohin es geht, aber das kann mir nur recht sein. Wozu taugen sie schließlich schon, diese verrückten Schnepfen? Sie würden uns sowieso nur Schwierigkeiten machen, wenn wir am Ziel sind. Aber Stayvol, der segelt überall hin, wohin ich ihn beordere. Und Bamber und Martin ebenfalls. Und der arme Arsch Damis hätte das auch gemacht. Direkt weiter bis zum Ziel, und keine Fragen. Und wir werden hinkommen, und wir werden die verdammt größte und reichste Stadt bauen, die Hydros je gesehen hat, und werden dort in Glück und Wohlstand auf ewig leben. Ich garantiere es dir, es wird so sein! Magst du noch einen Schluck, Doc? Aber ja doch, ich glaub, du hast ihn nötig. Nimm dir einen steifen Dreimaster. Du siehst wirklich aus, als ob du ihn brauchst.«

FATHER QUILLAN STAND an der Bordwand und starrte wie in Ekstase auf die Leere hinaus, die hier sogar noch leerer wirkte als der endlose Strang von Wasser, den sie inzwischen bereits hinter sich gelassen hatten. Er schien sich gerade in einer seiner spirituellen Hochphasen zu befinden. Das Gesicht war gerötet, die Augen glühten.

»Ja«, sagte er, »ich habe Delagard zu dieser Reise geraten. Zu der Fläche über den Wassern.«

»Und wann war das? Als wir noch auf Sorve lebten?«

»Aber nein. Auf See. Kurz nachdem Gospo Struvin getötet wurde. Der Tod von Gospo traf Delagard tief, mußt du wissen. Er kam zu mir und sagte, ›Father, ich bin kein religiöser Mensch, aber ich muß mit jemandem sprechen, und du bist der einzige hier, dem ich trauen kann. Vielleicht kannst du mir helfen.‹ Das waren seine Worte. Und dann erzählte er mir von dieser Fläche über den Wassern. Was das sei und warum er dorthin segeln wollte. Und über den Plan, den er mit Gospo ersonnen hatte. Und er wußte nicht, was er tun sollte, nun, da

Gospo nicht mehr war. Er wollte immer noch unbedingt dorthin, aber er war sich nicht sicher, daß er es schaffen würde. Wir sprachen lange über diesen Begriff – Fläche, Gesicht, Antlitz, Festes über den Wassern – und er erklärte mir alles ausführlich, so wie er es von einem alten Seemann vor langer Zeit gehört hatte. Und nachdem ich die ganze Geschichte gehört hatte, drängte ich ihn, seinen Plan weiter durchzuführen, selbst ohne die Hilfe Gospos. Ich erkannte die Bedeutung seines Unterfangens, und ich sagte zu ihm, daß er der einzige Mensch auf diesem Planeten sei, der dabei überhaupt eine Aussicht auf Erfolg hatte. Nichts darf dir im Weg sein, sagte ich zu ihm. Zieh weiter, sagte ich, und führe uns in dieses Paradies, zu dieser unverderbten, jungfräulichen Insel, auf daß wir einen Neuen Anfang setzen können. Und er wendete sein Schiff und steuerte gen Süden.«

»Und warum«, fragte Lawler mit einiger Zurückhaltung, »glaubst du, daß es uns gelingen sollte, auf dieser … ah … jungfräulichen Insel, zu der du und Delagard uns bringen wollt, einen Neubeginn zu schaffen, der Bestand hat? Mit einer Handvoll Menschen, die sich in der Wildnis niederlassen, im Unbekannten, wo wir keine Ahnung von irgend etwas haben?«

Quillan antwortete mit einer Stimme, die so schneidend klang, als fräste sie seine Worte auf Metallplatten: »Weil ich daran glaube, daß dies wortwörtlich das Paradies ist. Der Garten Eden. Wie es geschrieben steht.«

Lawler mußte erst einmal schlucken. »Meinst du das wirklich im Ernst? Der echte, ursprüngliche Garten Eden, in dem Adam und Eva gelebt haben?«

»Das wahre Eden, ja. Das Paradies ist überall dort und dort wirklich, wo es nicht von der Ur-Sünde berührt und verderbt wurde.«

»Also stammt Delagards Vorstellung von diesem *Paradies* dort von dir? Das hätte ich mir denken können. Und ich darf wohl annehmen, du bist auch überzeugt, daß Gott dort wohnt. Oder benutzt er das bloß als sein Feriendomizil?«

»Das weiß ich nicht. Aber ich würde gern glauben, daß ER dort ist. ER ist immer dort, wo das Paradies ist. Wo immer das sein mag.«

»Na klar«, sagte Lawler. »Der Erschaffer des Universums haust genau hier auf Hydros auf einer riesigen Sumpfinsel, die von halbverrottetem Tang bedeckt ist. Daß ich nicht lache, Father! Ich weiß ja noch nicht mal, ob *du* überhaupt an deinen Gott *glaubst*. So zu fünfzig Prozent, nehme ich an, bist du da auch nicht ganz so sicher.«

»Nein, so halb und halb bin ich nicht sicher«, antwortete der Geistliche.

»Wenn du deine ›toten‹ Phasen hast.«

»Ja. In Zeiten, wo ich völlig überzeugt bin, daß wir eine völlig zweck- und sinnlose Weiterentwicklung aus den niederen Tiergattungen sind. Wenn es mir wieder einfällt, daß der ganze lange Evolutionsprozeß von der Amöbe bis zum Homo erectus auf der ERDE, von Mikroorganismen aller Art bis zu fühlenden, denkenden Wesen von aller nur erdenklichen Art auf allen möglichen Planeten, nichts weiter ist als ein Automatismus, genau wie die Bewegung eines Planeten um seine Sonne ... und genauso ohne irgendeinen Sinn. Wenn ich denke, daß nichts das alles in Bewegung gesetzt hat. Daß nichts es in Bewegung hält, außer der inhärenten Wesenheit.«

»Und das glaubst du – manchmal, so halbwegs?«

»Nicht halbwegs. Aber manchmal. Meistens – nein.«

»Und in diesen Phasen, in denen es nicht so ist? Was geschieht da?«

»Dann glaube ich, daß es eine Prima Causa gab, die das alles in Bewegung setzte, und aus Gründen, die wir vielleicht nie erfahren werden. Und ER, dieser Erste Verursacher, hält das alles am Laufen – aus SEIner gewaltigen Liebe für SEIne Geschöpfe heraus. Denn GOTT ist

LIEBE, genau wie Jesus das gesagt hat, in dem Teil der Heiligen Schriften, bis zu dem du in deiner Lektüre nicht vorgedrungen bist: *Wer aber ohne Liebe ist, der erkennet Gott nicht; denn Gott ist Liebe.* Gott ist Verbindung. Zusammensein. Gott ist das Ende der Einsamkeit, ist die Höchste Verschmelzung. Und ER wird uns alle, so wenig wir dessen würdig sind, in SEInen Schoß nehmen, und dort werden wir leben ewiglich und ohne Leiden und Qual.«

»Und das glaubst du – jedenfalls meistens.«

»Ja. Meinst du nicht, du könntest das ebenfalls?«

»Nein!« sagte Lawler. »Es wäre ja sehr wünschenswert, aber ich kann nicht.«

»Also hast du das Gefühl, daß alles ohne Sinn, Ziel und Zweck ist?«

»Das – nein, nicht ohne Sinn. Aber wir werden nie erfahren, was dieser Sinn und Zweck ist. Oder – *wer* da was beabsichtigt. Dinge geschehen … so wie die *Golden Sun* mitten in der Nacht einfach verschwunden ist, aber wir finden nicht immer glatt heraus, warum etwas geschieht. Und wenn wir's dann doch tun, dann wartet da kein väterlich-göttlicher Schoß und kein Himmel auf uns, die uns aufnehmen, und kein Leben nach dem Leben in glorioser Seligkeit. Da wird einfach nichts von alldem sein.«

»Ach«, sagte der Priester und nickte. »Mein armer Freund. Du steckst Tag um Tag in jenem Zustand, in den ich nur in Momenten nacktester Verzweiflung gerate.«

»Das mag schon sein. Aber ich ertrage es irgendwie.« Lawler kniff die Augen zusammen und spähte über die funkelnde See nach Südwesten, als erwarte er, daß dort im nächsten Augenblick eine dunkle gewaltige Insel in Sicht kommen müsse. Es hämmerte in seinem Schädel. Ihn verlangte danach, den Schmerz in Taubkraut-Elixier zu ertränken.

»Ich bete für dich, daß es dir bald möglich sein

wird, deine Pein zu überantworten, sie endlich abzutreten.«

»Verstehe«, sagte Lawler dunkel.

»Verstehst du? Verstehst du es wirklich?«

»Ich verstehe, daß du in deinem Verlangen nach dem Paradies uns alle an Delagard verschachert hast, ohne auch nur zwei Sekunden lang zu zögern.«

»Du drückst es sehr hart aus«, sagte der Priester.

»Ja, vermutlich. Ich bedaure das. Und du meinst nicht, ich hätte einigermaßen Grund, verärgert zu sein?«

»Mein Kind ...«

»Ich bin nicht dein *Kind!*«

»Aber du bist immerhin doch SEIN Kind.«

Lawler seufzte. Zwei Verrückte, dachte er, Delagard und Quillan ... der eine ist zu allem bereit, um der Erlösung willen, der andere, weil er die Welt erobern will.

Quillan legte sacht seine Hand auf die Lawlers und lächelte.

»Gott liebt dich«, sagte er leise. »Gott wird dir SEINE Gnade zuteil werden lassen, fürchte dich nicht.«

»SAG MIR ALLES, was du über dieses Flache über den Wassern weißt, alles«, sagte Lawler zu Sundira.

Sie waren in seiner Kabine. »Nicht viel«, sagte sie. »Ich weiß, daß es eine riesig große Insel sein soll – oder ein inselähnliches Etwas, unendlich viel größer als jede der bekannten und bewohnten Inseln. Tausende Hektar groß. Eine enorme, dauerhaft verankerte Landmasse.«

»Soviel weiß ich auch bereits. Aber hast du bei deinen zahlreichen Gesprächen mit den Gillies noch irgendwas anderes herausgefunden? Verzeihung – deinen endlosen Gesprächen mit den Sassen.«

»Die mochten nicht gern darüber sprechen. Mit einer Ausnahme, eine Sassin, mit der ich auf Simbalimak befreundet war. Sie war bereit, mir einige Fragen zu beantworten.«

»Und?«

»Sie sagte, es ist ein verbotener Ort, den niemand betreten darf.«

»Ist das alles? Sag mir mehr darüber.«

»Ach, das ist alles ziemlich verworrenes Zeug.«

»Ja, das kann ich mir denken. Aber sag's mir trotzdem. Bitte, Sundira.«

»Sie hat sich ziemlich rätselhaft ausgedrückt. Absichtlich, nehme ich an. Aber ich bekam den Eindruck, daß die Fläche nicht nur einfach *tabu* ist, also geheiligt, bzw. verflucht, und man sie nicht betreten darf, sondern daß sie auch praktisch unbewohnbar ist – und körperlich gefährlich. ›Es ist der Ursprung der Schöpfung‹, sagte sie. Sie glauben, daß ein gestorbener Sasse an diesen Ursprung zurückkehrt. Und der Ausdruck, den sie dafür verwenden, lautet er oder sie sei ›aufs Antlitz gegangen‹. Ich bekam damals den Eindruck von etwas, das vor Energie kocht – etwas Heißem, Wildem und sehr, sehr Starken. So als liefe dort ununterbrochen eine Kernreaktion ab.«

»Himmel«, flüsterte Lawler tonlos. So warm es in der dumpfen kleinen Kabine war, er spürte, wie ein Frösteln seine Beine heraufkroch. Auch seine Finger waren kalt und zuckten. Er wandte sich um und holte die Taubkrautflasche vom Bord. Dann goß er sich ein Schlückchen davon in einen Meßbecher. Er blickte Sundira fragend an, doch sie schüttelte den Kopf. »Heiß und wild und stark«, sagte er. »Eine atomare Kernreaktion.«

»Aber du mußt verstehen, daß dies nicht *ihre* Vorstellung war. Es ist meine Interpretation, gestützt auf ihre unbestimmten und zweifellos metaphorischen Ausdrücke. Du weißt ja, wie kompliziert es ist zu begreifen, was die Sassen zu uns sagen.«

»Ich weiß es.«

»Doch ich begann mich damals zu fragen, während sie mit mir darüber sprach, ob nicht vielleicht vor langer Zeit dort ein Experiment der Sassen durchgeführt worden sein könnte, eine Art Kernkraftwerk-Projekt, das außer Kontrolle geriet. Irgend etwas in dieser Richtung. Natürlich ist das eine bloße Vermutung, klar? Aber aus der ganzen Art, wie sie darüber redete, erkannte ich, wie beunruhigt sie war, und sie blockte immer wieder ab, wenn ich ihr zu viele Fragen stellte, aber anscheinend glaubt sie, daß an diesem Ort *etwas* existiert, das man tunlichst meiden sollte. Etwas, über das sie nicht einmal nachdenken und schon gar nicht sprechen will.«

»Mist, verfluchter Mist!« Lawler schüttete die ganze Dosis Taubkrautextrakt in einem Zug hinunter und verspürte sofort die beruhigende Wirkung. »Eine atomar verseuchte Wüste. Eine unentwegt weiterlaufende atomare Kettenreaktion. Das paßt nicht besonders gut zu dem, was mir Delagard gesagt hat. Oder dieser Father Quillan.«

»Du hast mit denen darüber gesprochen? Warum? Wieso ist auf einmal dieses große Interesse an diesem Globusbereich?«

»Im Augenblick ist das Thema Nummer Eins.«

»Val, möchtest du vielleicht mich liebenswürdigerweise informieren, was da los ist?«

Er zögerte, aber nur kurz, dann sagte er ruhig: »Seit Tagen segeln wir nicht mehr auf dem Kurs nach Grayvard. Wir liegen derzeit südlich vom Äquator und fahren gemütlich immer tiefer in das Leere Meer hinein. « Sie schaute ihn bestürzt an. Und er sprach unerbittlich weiter: »Und unser Ziel ist dieses ›Antlitz über dem Wasser‹.«

»Du sagst das, als meinst du das wirklich im Ernst.«

»Das tu ich.«

Sie wich von ihm zurück. Es war eine reflexhafte zuckende Ausweichbewegung, als hätte er die Hand erhoben, um sie zu schlagen.

»Und – das hat Delagard angerichtet?«

»Genau. Er hat es mir selbst gesagt. Noch keine halbe Stunde ist das her. Ich hatte ihm ein paar Fragen über den Kurs gestellt, den wir jetzt segeln.« Dann gab er ihr eine rasche Zusammenfassung: Jollys Seefahrergarn, Delagards Traum, in jenem fernen Land eine Stadt zu gründen und dadurch Macht über den ganzen Planeten zu erringen, über die Ur-Sassen und alle anderen, sein Plan, einen Raumflughafen zu errichten, und so irgendwann Hydros in den Interstellarhandel einzuklinken.

»Und Father Quillan? Wie paßt der da rein?«

»Er predigt Delagard und peitscht ihn voran. Er ist zu der Überzeugung gelangt – und frag mich nicht, wie –, daß diese feste Fläche dort irgendwie so eine Art Paradies ist und daß Gott – also *sein* Gott, nach dem er sein ganzes Leben lang vergeblich gesucht hat – genau dort sein Hauptquartier aufschlägt, wenn er grad mal in dieser Gegend weilt. Also brennt er darauf, daß Delagard ihn dorthin bringt, damit er endlich mal *seinem* Gott die Hand schütteln und Guten Tag sagen kann.«

Sundira sah ihn mit dem bestürzten Blick einer Frau an, der soeben bewußt geworden ist, daß sich an der Innenseite ihres Schenkels ein Reptilchen nach oben schlängelt.

»Ja, sind die beiden denn wahnsinnig? Was meinst du?«

»Jeder, der davon redet, daß er ›beschlossen hat, die politische Kontrolle oder die Macht zu übernehmen‹, erscheint mir einfach als verrückt«, sagte Lawler. »Und ebenso geht es mir mit Leuten, die sich darauf kapriziert haben, ›Gott zu finden‹. Für mich sind das einfach aberwitzige Wahnideen. Und wer widersinnigen Ideen nachhängt, der ist nach meiner diagnostischen und Begriffsdefinition paranoid, also leidlich verrückt. Leider hat einer von den beiden das Kommando über unseren Konvoi.«

ES DUNKELTE BEREITS, als Lawler aufs Hauptdeck zurückkehrte. Die Tagwache kletterte in der Takelung herum und zog unter Onyos Felks Anweisungen Segel ein. Es wehte ein frischer nördlicher Wind, ziemlich steif und kräftig bereits, und er sah so aus, als werde er im nächsten Augenblick sich zu einem Sturm auswachsen. Es drohte ihnen ein Orkan, der in wirbelnden Wolkenmassen von Süd heraufzog. Lawler sah weit in der Ferne Sturzbäche von Wasser niederregnen, während der Wind die See zu weißem Schaum aufwirbelte: Wetterleuchten zitterte über den Himmel, ein ungewohnter, ein seltener Anblick, dann ein schreckeinflößender gelber Gabelblitz, und fast sofort darauf das schwere Grollen des Donners.

»Eimer! Behälter! Da kommt Wasser!« brüllte Delagard.

»Ja – genug Wasser, um uns alle zu ersäufen«, knurrte Dag Tharp halblaut vor sich hin, als er an Lawler vorbei das Deck entlangtrottete.

»Dag, wart mal!«

Der Funker wandte sich um. »Was issen, Doc?«

»Wir zwei müssen die anderen Schiffe anrufen, sobald dieser Sturm vorbei ist. Ich hab mit Delagard gesprochen. Der führt uns genau zu dem Festen über dem Wasser, Dag.«

»Du machst wohl Witze!«

»Ich wollte, es wär so.« Lawler spähte zu den rasch dahinfliegenden Wolken empor. Der Himmel hatte eine unheimliche metallene Färbung angenommen, trübgrau, und vom Rand der großen schwarzen Gewitterwolke, die nun genau südlich von den Schiffen hing, fuhren kleine züngelnde Blitze. Das Meer nahm mehr und mehr das wilde Aussehen an, das es während des Dreitagesturms gehabt hatte. »Hör zu, wir haben jetzt keine Zeit, darüber zu reden. Aber Delagard hat sich ein ganzes Floß voll närrischer Begründungen zurechtgezimmert für seine Entscheidung. Und wir müssen ihm Einhalt gebieten.«

»Und wie sollen wir das machen?« fragte Tharp. Mit peitschender Wildheit schob sich an Steuerbord eine große Woge heran.

»Wir müssen mit den anderen Käptns sprechen. Eine Art Generalversammlung veranstalten. Allen auf allen Schiffen erklären, was vorgeht. Eine Abstimmung durchführen, nötigenfalls Delagard absetzen, irgendwie.« Er sah den Plan klar vor sich: Eine Volksversammlung aller Sorveser, die Aufdeckung der phantastischen Wahrheit über ihr Ziel, die leidenschaftliche Anklage gegen den Schiffseigner wegen seines krankhaften Ehrgeizes, dann der direkte Appell an den gesunden Verstand der Bevölkerung. Er würde sein Renommee als logischer und vernünftiger Mann gegen Delagard und seine größenwahnsinnigen Visionen und seine wilde und starrsinnige Natur ins Spiel bringen. »Wir dürfen einfach nicht zulassen, daß er uns wild und kopfüber an einen verrückten Ort zerrt, auf den er sich kapriziert hat. Wir müssen das verhindern.«

»Aber die Käptns sind ihm treu ergeben.«

»Werden sie auch weiter loyal bleiben, wenn sie erfahren, wie die wahre Situation ist?«

Eine weitere Woge traf das Schiff, ein scharfer Schlag wie mit dem Handrücken, und ließ es nach backbord krängen. Eine plötzliche Sturzsee kam über die Reling. Kurz danach zuckte ein schrecklicher Blitz auf, dem fast sofort der ohrenbetäubende Donner folgte, und dann prallte der Regen wie ein Brett herunter.

»Wir reden noch drüber«, rief Lawler Tharp zu. »Später, wenn der Sturm sich ausgetobt hat.«

Der Funker ging weiter zum Bug. Lawler klammerte sich an die Reling. Er erstickte fast im Regen und im Wasser, die ihn von mehreren Seiten gleichzeitig angriffen: aus der wild springenden schäumenden See und mit der schweren und beinahe festen Wassermasse aus den Wolken. Mund und Nase waren voll Wasser, frisches und salziges Wasser gemischt. Er hustete und drehte den Kopf weg; er kam sich bereits halb ertrunken vor, und er hustete und keuchte und schniefte, bis er endlich wieder Luft bekam. Eine mitternächtliche Finsternis hatte sich über das Schiff gesenkt. Die See war unsichtbar, außer wenn ein Blitz die Schwärze aufriß und die dunklen riesigen gähnenden Wasserhöhlen ringsum sichtbar werden ließ, wie dunkle Kammern, die sie zu verschlingen drohten. Schemenhaft waren dunkle Gestalten auf Deck auszumachen, die auf Delagards und Felks gebrüllte Befehle hierhin und dorthin eilten. Die Segel waren inzwischen geborgen. Die *Queen of Hydros* rollte und torkelte heftig unter der vollen Wut des Sturms und drehte die kahlen Spieren in den Wind. Bald schoß sie in einer turmhohen See empor, bald sackte sie in einen gähnenden Abgrund und prallte mit furchtbarem Krachen auf den Boden des gischtenden Wellentals. Lawler hörte fernes Kreischen. Er hatte das überwältigende Gefühl, daß von allen Seiten Wasser erbarmungslos über ihn hereinbrach.

Und dann, mitten im unglaublichen Getöse des Sturms, dem schrecklichen Dröhnen, das auf sie einhämmerte, dem schrillen Kreischen des Windes und dem Donnergrollen und Trommeln des Regens, kam etwas, das noch furchtbarer war als alles Vorherige: der Klang der Stille, eine absolute Geräuschlosigkeit senkte sich wie durch einen Zauber wie ein Vorhang über dem Tumult. Alle an Bord bemerkten es gleichzeitig und hielten in ihren Tun inne, blickten bestürzt und verwirrt und angsterfüllt auf.

Sie dauerte etwa zehn Sekunden lang, diese seltsame Lautlosigkeit, aber es war eine Ewigkeit.

Und dem folgte etwas völlig Unbegreifliches. Und es war dermaßen niederschmetternd beängstigend, daß Lawler gegen den Drang ankämpfen mußte, sich auf die Knie zu werfen. Es war ein dumpfes Brüllen, das von einer Sekunde zur nächsten an Stärke zunahm, so daß es kurz darauf die ganze Luft erfüllte wie das Brüllen aus einem Maul, größer als die ganze Galaxis. Lawler wurde völlig taub davon. Jemand kam vorbeigelaufen – Pilya Braun, machte er sich später klar – und zerrte ihn heftig am Arm. Sie zeigte nach Luv und brüllte ihm etwas zu. Lawler verstand kein Wort und starrte sie nur an, und sie wiederholte es, und diesmal drang ihre dünne Stimme klar genug durch das monströse Brüllen zu ihm durch.

»Was treibst du an Deck?« fragte sie. »Geh nach unten! Runter! Verstehst du nicht – es ist die WOGE!«

Er spähte angestrengt in die Schwärze und sah dann etwas Langes, Hohes, das von einem goldenen Feuer im Innern zu glühen schien, in weiter Ferne über dem Ozean liegen: eine helle Linie über den ganzen Horizont, höher als jede Mauer, fließend im eigenen Licht. Er starrte benommen hin. Zwei Gestalten rannten an ihm vorbei, schrien ihm Warnungen zu, und er nickte zurück: Jaja, ich seh es, ich hab verstanden. Aber er konnte die Augen noch immer nicht von dem fernen heranrollenden Ding abwenden. Warum glühte es dermaßen? Wie hoch war es? Wo war es hergekommen? Irgendwie war es wunderschön: die schneeweißen Schaumzungen entlang der Krone, das kristallartige Schimmern im Kern, die ungebrochene Reinheit und Klarheit der sich nähernden Bewegung. Im Herankommen verschlang es den Sturm, überlagerte sein Chaos mit eigener titanenhaft geballter Ordnung. Lawler schaute gebannt zu, bis es schon beinahe zu spät war. Dann stürzte er zum vorderen Niedergang. Dort hielt er kurz inne und blickte zurück, und er sah die WOGE über dem Schiff emporragen wie einen Gott, der auf den Wassern reitet. Er stürzte sich durch das Luk und verschloß es hinter sich. Kinverson erschien neben ihm und rammte die Verkeilung fest. Stumm rutschte er die Leiter ins Herz des Schiffs hinab und kauerte sich dort bang in Erwartung des Aufpralls zu den anderen.

DRITTER TEIL

Das Feste Land über den Wassern

1

Das Schiff glitt wie auf Öl dahin und zog steuerlos seine Bahn um die Welt. Unter den Füßen spürte Lawler die weite rollende Dünung des Weltmeeres, das gewaltige Wogen des Planeten, die Wassermasse, auf der sie lagen und die sie unwiderstehlich mit sich forttrug. Sie waren nichts als Treibgut. Ein vereinzeltes Atom, das durch die Leere taumelt. Sie waren ein Nichts, und die Unermeßlichkeit der rasenden See war Alles.

Mittschiffs hatte er eine Stelle gefunden, wo er sich niederkauern und sich mit einem dicken Polster aus Decken gegen ein Schott verkeilen konnte. Aber er rechnete eigentlich nicht damit, daß er es überleben werde. Die Mauer aus Wasser war zu riesig gewesen; die See zu stürmisch, und ihr Schiff allzu zerbrechlich.

Einzig aus Geräuschen und Bewegungen versuchte er zu erraten, was jetzt auf Deck geschah.

Die *Queen of Hydros* schlitterte mit der Bewegung der Woge, in der sie gefangen war, hilflos über die See dahin, fest im Griff der tieferen Krümmung der Wasseraufstülpung. Selbst wenn es Delagard gelungen war, sein Magnetron rechtzeitig in Gang zu setzen, so hatte es doch offenbar wenig oder gar keine Wirkung gezeitigt und das Schiff nicht vor dem heranrollenden Aufprall geschützt, auch nicht dagegen, daß es einfach davon gepackt und fortgerissen wurde. Wie schnell oder langsam die WOGE dahinzog, Ihre Geschwindigkeit war nun zwangsläufig auch die Bewegung des Schiffes, das von dem gewaltigen Wasserberg vorwärtsgeschoben wurde. Lawler hatte noch nie eine dermaßen gigantische WOGE erlebt. Und vielleicht hatte dies auch sonst keiner in der kurzen hundertfünfzigjährigen Geschichte menschlicher Niederlassungen auf Hydros.

Eine einzigartige Verkettung in den Positionen der drei Monde und der Schwesterwelt höchstwahrscheinlich: das teuflische Zusammenwirken von Gravitationskräften. Ja, das mußte diese unvorstellbare Wasserbeule hervorgerufen und sie um den Bauch des Planeten in Kreisbewegung gebracht haben.

Aber irgendwie schwamm das Schiff noch immer. Lawler konnte sich nicht vorstellen, wieso. Aber er war ziemlich sicher, daß es immer noch wie ein Korken auf dem Wasser tanzte, denn er konnte die stetige Geschwindigkeit wahrnehmen, mit der die WOGE weiterzog. Diese unerbittliche Kraft rammte ihn gegen das Schott und drückte ihn dort so fest, daß er zu keiner Bewegung fähig war. Wenn sie bereits gekentert wären, rechnete er sich aus, hätte die WOGE inzwischen längst davongezogen sein müssen und sie wären sang- und klanglos auf der Rückseite am Absaufen. Doch nein. Nein. Das Schiff fuhr. Mitten *in* der WOGE steckten sie und wurden herumgewirbelt, kielober, kielunter, und alles im Schiff, was nicht festgemacht war, flog krachend umher. Er konnte das hören, Scheppern und Rasseln, als schüttelte ein Riese das Schiff in seiner Faust, und so war es ja wahrlich auch. Nach oben und unten und oben und unten. Er rang nach Luft, er keuchte, als wäre es er selber, nicht das Hauptdeck, der da unentwegt untergetaucht wurde und dann wieder auftauchen durfte. Hinab und wieder empor, und runter und rauf und runter. In seiner Brust hämmerte es. Benommenheit überkam ihn, aber auch eine Art betrunkener Leichtigkeit und Leere im Gehirn, die es ihm unmöglich machten, irgendwie Panik zu empfinden. Er wurde derart wild umhergewirbelt, daß er keine Furcht mehr empfinden konnte, es war dafür einfach keine Stelle in seinem Kopf frei.

Wann sacken wir endlich ab? Jetzt? Jetzt? Oder jetzt?

Oder würde die WOGE sie niemals loslassen, sondern sie ohne Ende um den Globus tragen, ewig kreisend wie ein von seiner schrecklichen Eigenkraft bewegtes Rad?

Aber dann kam der Zeitpunkt, an dem alles wieder stabil wurde. Wir sind davon frei, dachte er, wir treiben wieder aus eigenem. Doch, nein, nein. Es war nur eine Illusion. Nach ein, zwei Augenblicken fing das Wirbeln erneut an, und heftiger als zuvor. Lawler spürte, wie ihm das Blut aus dem Kopf in die Beine schoß und umgekehrt und wieder umgekehrt. Seine Lungen schmerzten. Bei jedem Atemzug brannte es wie Feuer in seinen Nasenlöchern.

Es gab ein Krachen und Gepolter, das aus dem Schiffsinnern zu kommen schien, und lauteres Getöse, das von draußen zu kommen schien. Er hörte ferne Stimmen rufen, gelegentliche Schreie. Da war das Brüllen des Windes – oder doch jedenfalls die akustische Einbildung, als hörte er den Wind brüllen. Und da war dieses dunklere Dröhnen der WOGE selbst. Und ein helles knisterndes Zischen, das in scharfes Fauchen überging und das Lawler überhaupt nicht einordnen konnte: vielleicht der wütende Zusammenstoß von Wasser und Himmel an ihrem Kontaktpunkt. Oder vielleicht auch war die WOGE von unterschiedlicher Dichte, und ihre eigenen hydratischen Komponenten – nur flüchtig gebunden durch das Moment der übergeordneten Kraft – waren in Widerstreit zueinander geraten.

Und dann endlich trat erneut eine Weile Stille ein, und diesmal schien sie zu dauern und zu dauern und kein Ende finden zu wollen. Also, jetzt versinken wir, dachte Lawler. Wir sind fünfzig Meter tief unten, und wir sinken weiter. Gleich werden wir ertrinken. Jeden Moment kann der Druck des uns umgebenden Wassers unsere kleine Blase von einem Schiff zerquetschen, und die See bricht herein, und dann haben wir es überstanden.

Er wartete, daß diese Wasserimplosion endlich

komme. Ein rascher Tod – sollte es eigentlich sein. Die Faust des Wassers gegen die Brust würde den Blutstrom zum Gehirn abwürgen; er würde im Nu bewußtlos sein. Und er würde nie erfahren, wie die Geschichte endete: das langsame Tiefersinken, die berstenden Balken und Planken, die Geschöpfe der Tiefe, die neugierig hereinkommen, glotzen und überlegen und schließlich fressen würden.

Aber es geschah nichts. Alles blieb still. Sie schwebten treibend in einer Zeit außerhalb der Zeit, ruhig und still. Lawler kam der Gedanke, daß sie wohl bereits tot sein müsse, sein müßten, daß dies hier das nächste Leben sein müsse, an das er nie hatte glauben können, und er schaute sich lachend um, weil er hoffte, Father Quillan irgendwo zu entdecken, damit er ihm sagen konnte: »Hattest du dir das *so* vorgestellt? Als ein endloses Dahintreiben im Schwebezustand? Genau an der Stelle, wo du gestorben bist, immer noch mit Bewußtsein behaftet, und um dich herum nichts weiter als eine maßlose Stille?

Er mußte über seine Torheit lächeln. Wenn es das Leben danach gab, dann war es bestimmt nicht die bloße Fortsetzung des augenblicklichen. Nein, er befand sich durchaus noch in seinem alten gewohnten Leben. Und dort waren seine ihm vertrauten alten Füße, die vertrauten alten Hände mit den blasser gewordenen Narben in den Handflächen. Und das war das Geräusch seines eigenen Atems. Er lebte noch. Und das Schiff mußte demzufolge noch schwimmen. Die WOGE war also doch vorbeigezogen.

»Val?« fragte eine Stimme. »Bist du okay?«

»Sundira?«

Sie kam durch den engen, durch alles mögliche losgebrochene Zeug verstopften Gang auf ihn zugekrochen. Ihr Gesicht war sehr blaß, und sie wirkte wie betäubt. In den Augen stand ein starres Funkeln. Lawler regte sich, befreite sich von einer Planke, die von irgendwoher herabgestürzt und auf seiner Brust gelandet war, ohne daß er davon etwas gemerkt hätte, und dann wand er sich aus seinem gemütlichen Schlupfwinkel heraus. Sie trafen sich auf halber Strecke.

»Himmel«, sagte sie leise. »Oh, du mein Gott im Himmel!«

Dann begann sie zu weinen. Lawler griff nach ihr, um sie zu trösten, und merkte, daß auch er weinte. Und so hielten sie sich aneinander fest in dieser gespenstischen traumartigen Stille und weinten.

EINE DER LUKEN war geöffnet, und durch sie fiel ein Lichtstrahl herein. Hand in Hand stiegen sie ins Freie.

Das Schiff schwamm aufrecht, saß ganz normal im Wasser, als sei überhaupt nichts gewesen. Das Deck war naß und schimmerte, wie Lawler es nie zuvor hatte blitzen sehen. Es sah aus, als ob eine Million Deckgasten es eine Million Jahre lang geschrubbt hätten. Das Ruderhaus war noch das Kompaßhaus, das Quarterdeck, auch die Brücke. Verblüffenderweise standen auch die Masten noch, allerdings hatte der Vormast eine seiner Rahen verloren.

Kinverson stand bereits wieder auf Deck bei seinem Hebebaum, und Lawler sah Delagard vorn am Bug, breitbeinig und reglos aufgepflanzt und vom Schock wie verblödet. Es sah aus, als hätte er Wurzeln durch die Decksplanken getrieben, als wäre er dort an dieser Stelle die ganze Zeit über gestanden, während das Schiff von der WOGE davongerissen wurde. Weiter drüben nach steuerbord zu stand Onyos Felk in genau der gleichen reglosen Erstarrtheit.

Nach und nach kamen die übrigen aus ihren Schlupfwinkeln: Neyana Golghoz, Dann Henders, Leo Martello, Pilya Braun. Dann auch Gharkid, der von einem Mißgeschick unter Deck ein bißchen hinkte, und Lis Niklaus, und dann Father Quillan. Sie wanderten mit vorsichtig schiebenden Schritten umher wie Schlafwandler, als vergewisserten sie sich zögerlich, ob das Schiff auch wirklich noch intakt war; sie berührten die Reling, die Mastblöcke, das Dach der Back. Der einzige, der fehlte, war Dag Tharp. Lawler nahm an, er sei unter Deck geblieben, um mit den anderen Schiffen Funkkontakt aufzunehmen.

Die anderen Schiffe? Es war nirgendwo etwas von ihnen zu sehen.

»Sieh nur, wie still es ist«, flüsterte Sundira.

»Still. Ja, und leer.«

Es sah so aus, wie man sich wohl den Ersten Tag der Schöpfung vorstellen konnte. Nach allen Seiten hin erstreckte sich eine völlig gestalt- und gesichtslose Wasserfläche, die See, graublau und ruhig, glatt und ohne die geringste Dünung, ohne Woge, ohne eine einzige Schaumkrone, ohne die kleinste Kräuselung: eine träge gleichmäßige horizontale Leere. Der Durchzug der WOGE schien alle Energie mit sich fortgerissen zu haben.

Auch der Himmel war glatt und grau und nahezu leer. Im fernen Westen hing eine vereinzelte breite Wolke, hinter der die Sonne unterging. Von jenseits des Horizontes stieg eine fahle Helligkeit auf. Von dem Sturm, der der WOGE vorausgeeilt war, war keine Spur mehr zu sehen. Er war genauso restlos verschwunden wie die WOGE selbst.

Aber die anderen Schiffe? Die anderen?

Lawler wanderte langsam von einer Seite des Schiffes zur anderen und wieder zurück. Seine Augen suchten das Wasser nach Auffälligem ab, nach Zeichen, nach Hinweisen: treibenden Balken, Fetzen von Segeln, Kleidungsstücken, um ihr Leben kämpfenden Schiffbrüchigen. Schon einmal hatte er auf dieser Reise – nach dem großen dreitägigen Orkan – so auf die See hinausgestarrt, auf der kein anderes Schiff sich zeigte. Damals war die Flotte nur von den Winden zerstreut worden und hatte sich wenige Stunden später neu formiert. Diesmal, fürchtete er, würde es nicht so kommen.

»Da ist Dag«, murmelte Sundira. »Mein Gott, sein Gesicht!«

Tharp kam durch die Heckluke herauf. Er war bleich, die Augen leer, die Schultern eingezogen, und seine Arme baumelten schlaff herab. Delagard löste sich aus seiner Starre, fuhr herum und fragte beißend: »Also? Wie sieht es aus?«

»Nichts. Es gibt keine Meldungen.« Tharps Stimme war nur ein hohles Geflüster. »Kein Ton! Ich hab's immer wieder versucht: Meldet euch, *Goddess*, meldet euch, *Star*, meldet euch, *Moons*, meldet euch, *Cross*! Hier ist die *Queen*. Meldet euch! Meldet euch! Meldet euch!« Er klang fast, als hätte er den Verstand verloren. »Nicht ein Laut. Nichts!«

Delagards feistes Gesicht nahm eine bleigraue Färbung an und wurde ganz schlaff.

»Kein einziger von allen?«

»Nichts, Nid. Sie kommen nicht rüber. Sie sind nicht mehr da.«

»Dann ist dein Radio kaputt.«

»Aber ich habe Inselstationen empfangen. Ich hab Kentrup reingekriegt. Und Kaggeram. Das war 'ne schlimme WOGE, Nid. 'ne ganz böse.«

»Aber meine Schiffe ...«

»Nichts.«

»Meine Schiffe, Dag!«

Delagards Augen rollten wild. Er stürzte vorwärts, als wollte er Tharp bei den Schultern packen und bessere Nachrichten aus ihm herausschütteln. Kinverson tauchte aus dem Nichts auf und trat zwischen die beiden. Er hielt Delagard zurück, der zitterte und auf den Beinen schwankte.

»Geh wieder runter!« befahl Delagard dem Funker. »Versuch es weiter!«

»Das hat keinen Zweck«, sagte Tharp.

»Meine Schiffe! Meine Schiffe!« Delagard fuhr auf dem Absatz herum und rannte an die Reling. Einen

Moment lang fürchtete Lawler, er werde sich über Bord stürzen. Doch er wollte nur auf irgend etwas einschlagen. Er machte Keulen aus seinen Fäusten und schmetterte sie wieder und wieder auf die Reling, und das mit einer dermaßen verblüffenden Kraft, daß das Geländer sich bog, einknickte und unter der Wucht seiner Schläge brach. »Meine Schiffe!« winselte Delagard.

Auch Lawler merkte, daß er zu zittern begonnen hatte. Die Schiffe, ja. Und alle, die auf ihnen waren. Er wandte sich Sundira zu und sah in ihren Augen, daß sie mit ihm litt. Sie wußte, welchen Schmerz er fühlte. Doch wie konnte sie das wirklich mitfühlen? Für sie waren diese Menschen allesamt Fremde gewesen. Für ihn bedeuteten sie seine ganze Vergangenheit, die Substanz seines ganzen Lebens, im guten wie im schlimmsten Sinne. Nicko Thalheim, Sandor, Nickos alter Vater, Bamber Cadrell, die Sweyners, die Tanaminds, Brondo, diese armen verrückten Schwestern, Volkin, Yanez, Stayvol, alle, jeder einzelne von ihnen, die er gekannt hatte, alles, seine Kindheit, die Jugendzeit, seine Mannesjahre, die Garanten gemeinsamer Erinnerungen aus einem ganzen Leben… allesamt und alles auf einmal fort und ihm entrissen. Wie sollte Sundira das begreifen? War sie je Teil einer über lange Zeit hin gewachsenen Gemeinschaft gewesen? Hatte sie so etwas ja erlebt? Sie hatte ihre Geburtsinsel verlassen, ohne weiter noch einen Gedanken an sie zu verschwenden, und war dann von Ort zu Ort gewandert, ohne je zurückzuschauen. Niemand kann nachvollziehen, wie es ist, etwas zu verlieren, das man selbst nie gehabt hat.

»Val…« Sie sagte es ganz leise.

»Laß mich in Ruhe. Bitte!«

»Wenn ich dir doch nur irgendwie helfen könnte…«

»Aber das kannst du nicht.«

UND DANN SENKTE sich Dunkelheit über sie. Das Kreuz begann am Himmel aufzuziehen, aber es hing merkwürdig schief, schräg von Südwest nach Nordost. Es ging kein Wind. Die *Queen of Hydros* dümpelte träge auf der stillen See. Sie waren alle noch immer auf Deck. Keiner hatte sich die Mühe gemacht, wieder Segel zu setzen, obwohl es schon Stunden her war, daß die WOGE davongezogen war. Doch das spielte in dieser Reglosigkeit, in dieser Flaute kaum eine Rolle.

Delagard wandte sich an Onyos Felk und fragte mit tonloser Stimme: »Was meinst du, wo wir sind?«

»Grob geschätzt, oder willst du, daß ich meine Instrumente hole?«

»Bloß deine Vermutung, Onyos, verdammt noch mal!«

»Im Meer der Leere.«

»Darauf bin ich auch selber schon gekommen. Gib mir eine Gradbestimmung!«

»Denkst du, ich bin ein Zauberer, Nid?«

»Ich denke, daß du ein vernagelter Arsch bist. Aber du kannst mir doch wenigstens eine Längenposition bestimmen. Schau dir das beschissene Kreuz an!«

»Ich seh das beschissene Kreuz«, sagte Felk giftig. »Und es sagt mir, daß wir südlich vom Äquator stehen, und ziemlich viel tiefer westlich als bevor die WOGE uns erwischt hat. Wenn du's genauer haben willst, dann laß mich runtergehen und versuchen, meine Instrumente zu finden.«

»Viel weiter westlich?« fragte Delagard.

»Ja, ziemlich. Ein dickes Stück weit. Da haben wir wirklich mal tolle Fahrt gemacht.«

»Also geh und such deine Instrumente.«

Als Felk nach längerem Suchen in dem Chaos unter Deck mit seinem Handwerkszeug wieder auftauchte, sah Lawler, ohne viel zu begreifen, zu, was er mit den ungeschlachten, grobkonstruierten Navigationsinstrumenten anstellte, die wahrscheinlich einem Seefahrer des 16. Jahrhunderts auf der ERDE nur ein verächtliches Lachen abgenötigt hätten. Felk arbeitete ruhig, brummte nur ab und zu vor sich hin, während er das Kreuz anpeilte, überlegte, erneut visierte und überlegte. Nach einer Weile blickte er zu Delagard auf und sagte: »Wir sind noch weiter westlich, als mir angenehm ist.«

»Und unsere Position?«

Felk sagte es ihm. Delagard wirkte überrascht. Er stieg seinerseits unter Deck, blieb lange dort und tauchte schließlich mit seinem Globus wieder auf. Lawler trat zu ihm, als Delagard mit dem Finger die Längengrade entlangzufahren begann. »Aha. Da. Da.«

Sundira fragte: »Kannst du erkennen, wohin er zeigt?«

»Wir sind mitten im Herzen des Leeren Meeres. Wir liegen fast in gleicher Distanz zu diesem ›Antlitz‹ wie zu den bewohnten Inseln hinter uns. Wir sind mitten im Nirgendwo, ganz klar, und wir sind ganz allein hier.«

2

DAHIN WAR NUN jegliche Hoffnung darauf, eine Versammlung der Schiffe einzuberufen, um den geballten Gemeinschaftswillen der Sorve-Kolonie gegen Delagard ins Spiel zu bringen. Die gesamte Sorve-Gemeinschaft war auf genau dreizehn Personen zusammengeschrumpft. Inzwischen wußten alle auf dem einzigen geretteten Schiff, wohin die Reise wirklich gehen sollte. Manchen – wie Kinverson oder Gharkid – schien dies nichts auszumachen; für Männer wie sie war ein Ziel so gut wie ein anderes. Aber andere – Neyana, Pilya, Lis – würden kaum bereit sein, gegen irgend etwas zu opponieren, was Delagard beabsichtigte, und sei es noch so abwegig. Und wenigstens einer, Father Quillan, war Delagards geschworener Weggenosse auf der Suche nach diesem Land über den Wassern.

Damit blieben noch Dag Tharp und Dann Henders, Leo Martello, Sundira, Onyos Felk. Onyos verabscheute Delagard. Gut, einer für meine Seite, sagte sich Lawler. Und Tharp und Henders, die hatten mit Delagard bereits Knatsch gehabt wegen der Zielrichtung; sie würden auch vor weiteren Auseinandersetzungen nicht zurückschrecken. Martello hingegen war ein Delagardist, und Lawler war nicht sicher, wie er sich bei einem Entscheidungskampf mit dem. Reeder verhalten würde. Sogar Sundira war eine unbekannte Größe. Lawler hatte kein Recht zu erwarten, daß sie sich auf seine Seite schlagen werde, wie eng auch ihre Beziehungen inzwischen zu werden schienen. Vielleicht war sie sogar neugierig auf dieses neue Land und wartete begierig darauf, zu erfahren, worum es sich dabei wirklich handelte. Schließlich hatte sie sich ja als Beruf die Erforschung der Welt der Kiemlinge gewählt.

Also blieben vier gegen den Rest, oder bestenfalls

sechs. Nicht einmal die Hälfte der Besatzung. Es wird nicht reichen, dachte Lawler.

Mehr und mehr verstärkte sich seine Überzeugung, daß es ein vergeblicher Versuch sein würde, Delagard unter Kontrolle zu bringen. Der Mann war dazu einfach eine zu bedeutende Größe. Fast so etwas wie die WOGE: Es paßte einem zwar nicht, wohin sie einen schleppte, aber man konnte nicht viel dagegen unternehmen. Wirklich nicht.

Im Gefolge der Katastrophe schwirrte Delagard mit scheinbar unerschöpflicher Energie auf Deck umher, um das Schiff für die Fortsetzung der Reise wieder tauglich zu machen. Die Masten wurden ausgebessert, die Segel gehißt. Und wenn Delagard schon früher voller Antrieb und Zielstrebigkeit war, so wirkte er jetzt geradezu wie von Dämonen besessen, wie eine erbarmungslose Naturgewalt. Ja, dachte Lawler, der Vergleich mit der WOGE scheint wirklich passend. Der Verlust seiner kostbaren Schiffe schien Delagard über eine Willensschwelle hinaus und in einen ganz neuen Bereich von zielstrebigem Aktionismus getrieben zu haben. Voller Wut und wechselnder Launen, geradezu knisternd vor Energieüberladung, fungierte er jetzt als Zentrum in einem kinetischen Energiewirbel, der es nahezu unmöglich machte, ihn anzusprechen. *Mach das! Du machst das da! Bring das in Ordnung! Schaff das da weg!* Es blieb einfach um ihn kein Raum, als daß einer (wie Lawler) da hätte ankommen und sagen können: »Wir werden es dir nicht erlauben, Nid, das Schiff dahin zu führen, wohin du willst!«

Am Morgen nach der WOGE hatte Lis Niklaus frische Prellungen und Platzwunden im Gesicht. »Ich hab gar nichts zu ihm gesagt«, erzählte sie Lawler, während dieser den Schaden zu beheben versuchte. »Er ist einfach ausgerastet und wild geworden, sobald wir in der Kabine waren, ging auf mich los und hat mich geschlagen.«

»Ist so was früher schon passiert?«

»So wie jetzt? Nein. Jetzt ist er wirklich verrückt geworden. Vielleicht hat er auch Angst gehabt, daß ich was sagen könnte, was ihm nicht paßt. Aber er, er kann an nichts anderes denken als an dieses ›Antlitz‹, dieses *Land-über-den-Wassern*. Er redet sogar im Schlaf davon. Er verhandelt über Abmachungen, bedroht Konkurrenten, verspricht Wunder – ach, ich weiß nicht, was sonst noch.« Stämmig, groß, ein Vollweib, wirkte Lis auf einmal ganz in sich zusammengefallen und schwächlich, als würde Delagard ihre Lebenskraft aus ihr in sich herübersaugen. »Je länger ich mit dem zusammen bin, desto mehr macht er mir angst. Da denkst du, der ist ja bloß ein reicher Reeder, der hat nichts weiter im Sinn als Fressen und Saufen und Ficken und wie er noch reicher werden kann, weiß der Himmel, wozu. Und dann, ganz selten mal, erlaubt er dir, ein bißchen tiefer in ihn hineinzuschauen, und dann siehst du die Teufel.«

»Teufel?«

»Ja. Teufel, Visionen, Wahnvorstellungen, Wunschträume. Ich weiß nicht. Er glaubt, daß diese große Insel da ihn zu einem Herrscher machen wird, oder so was, oder vielleicht zu einem Gott … daß ihm alle anderen untertan und gehorsam sein werden, nicht nur wir hier, sondern auch die anderen Leute auf den Inseln und auch die Gillies. Und Leute auf anderen Welten: Hast du gewußt, daß er vorhat, einen Raumflughafen zu bauen?«

»Ja. Er hat es mir selbst erzählt«, sagte Lawler. »Und er wird es auch schaffen! Er bekommt immer, was er haben will, dieser Mann. Er gönnt sich und niemand Ruhe, er gibt nie auf. Der denkt noch im Schlaf. Ich mein das ganz ernst.« Lis betastete vorsichtig eine blaurote Stelle zwischen ihrem Wangenbein und dem linken Auge. »Meinst du wirklich, du kannst versuchen und ihn bremsen?«

»Ich bin mir nicht sicher.«

»Sei vorsichtig. Er bringt dich um, wenn du dich ihm in den Weg stellst. Sogar dich, Doc. Er würde dich töten, wie er einen Fisch tötet.«

DAS LEERE MEER schien ein treffender Name zu sein. Es *war* leer und gestaltlos, ohne Inseln, ohne Korallenriffe, ohne Stürme und kaum je ein Wölkchen am Himmel. Die heiße Sonne schüttete lange orangehelle Lichtbahnen über die matte, glasig-blaugraue Dünung. Der Horizont schien eine Million Kilometer weit in der Ferne zu liegen. Der Wind wehte schlaff und unstet. Höhere Dünung kam nun nur noch selten auf und war unbedeutend, kaum mehr als eine Kräuselung auf der Fläche des Wassers. Das Schiff durchschnitt sie mühelos.

Aber es gab hier auch wenig maritime Lebensformen. Kinverson warf seine Treibangeln und -netze vergeblich aus; Gharkid holte in seinen Netzen kaum irgendwelche brauchbaren Tanggewächse herauf. Hin und wieder zog ein Schwarm glitzernder Fische vorbei, oder man sah in der Ferne sich größere Meeresgeschöpfe tummeln, doch selten genug kam etwas nahe genug an das Schiff heran und ließ sich fangen. Die an Bord vorhandenen Vorräte – getrockneter Tang und Fisch – nahmen rapide ab. Delagard befahl die Kürzung der Tagesrationen. Es sah so aus, als werde die weitere Reise zu einem Hungertrip werden. Und eine Durststrecke noch dazu. Während des grandiosen Wolkenbruchs kurz vor dem Erscheinen der WOGE war nicht genug Zeit geblieben, die gewöhnlichen Auffangbehältnisse aufzustellen. Und so sank der Wasserspiegel in den Fässern nun unter diesem heiteren wolkenleeren Himmel von Tag zu Tag drastischer.

Lawler bat Onyos Felk, ihm auf der Karte zu zeigen, wo sie sich befanden. Der Kartograph äußerte sich vage wie gewöhnlich über seine Geographie, zeigte aber schließlich auf einen Punkt weit draußen im Leeren

Meer zwischen Äquator und der vermuteten Position des Landes über den Wassern.

»Kann das korrekt sein?« fragte Lawler. »Ist es wirklich möglich, daß wir so weit gekommen sind?«

»Die WOGE raste mit unglaublicher Geschwindigkeit dahin und hat uns den ganzen Tag lang mitgetragen. Das wirkliche Wunder ist, daß das Schiff dabei nicht einfach zerspellt ist.«

Lawler betrachtete die Karte. »Wir sind zu weit, als daß wir noch umkehren könnten, wie?«

»Wer spricht denn von Umkehren? Du? Ich? Delagard ganz bestimmt nicht!«

»Wenn wir es wollten«, sagte Lawler. »Nur so, falls.«

»Wir wären besser dran, wenn wir einfach so weiterfahren«, sagte Felk düster. »Aber eigentlich bleibt uns auch gar keine andere Möglichkeit. Da liegt diese ganze Leere hinter uns. Wenn wir wenden und in bekannte Gewässer zurückzufahren versuchen, sind wir wahrscheinlich verhungert, bevor wir an einen Ort kommen, wo es was gibt. Das Feste Land über dem Wasser zu finden, das ist so ziemlich die einzige Chance, die wir noch haben. Dort gibt es vielleicht was zu essen und Trinkwasser.«

»Meinst du?«

»Was weiß denn ich?« sagte Felk.

LEO MARTELLO SAGTE: »Hast du 'ne Minute Zeit für mich, Doc? Ich möchte dir was zeigen.«

Lawler war in seiner Kabine und sortierte seine Papiere. Er hatte drei Kästen mit Krankengeschichten für vierundsechzig ehemalige Sorve-Bürger, die vermutlich auf See zugrundegegangen waren. Lawler hatte erbittert mit Delagard darum gestritten, diese Unterlagen mitnehmen zu dürfen, als sie von der Insel aufgebrochen waren, und dieses eine Mal hatte er gewonnen. Und nun? Sie weiter aufbewahren? Wozu? In der vagen Hoffnung, daß es eine Chance gab, daß die fünf verschwundenen Schiffe wieder auftauchen könnten, alle Mann gesund an Bord? Sie bewahren, damit irgendein künftiger Inselhistoriker sie auswerten könne?

Martello kam der Funktion eines Inselhistorikers noch am nächsten von allen. Vielleicht würde er diese jetzt nutzlosen Dokumente gern in die späteren ›Cantos‹ seines epischen Werks einarbeiten wollen.

»Was gibt's denn, Leo?«

»Ich habe über die WOGE geschrieben«, sagte Martello. »Was uns geschehen ist, wo wir jetzt sind, wohin wir vielleicht gehen. Über all dies. Ich dachte mir, du möchtest vielleicht lesen, was wir bisher getan haben.«

Sein Grinsen war einladend. Die feuchten braunen Augen blitzten vor Aufregung. Lawler begriff, daß Martello maßlos stolz war auf sich und nach Beifall hungerte. Er beneidete ihn ein wenig um diesen Überschwang, diese Offenheit, diesen ungebremsten Enthusiasmus. Hier, inmitten dieser verzweifelten Reise ins wahrscheinliche Verderben, war der Junge fähig, Worte zu finden und zu Poesie zu machen. Es war erstaunlich!

»Bist du damit nicht ein bißchen vorschnell?« fragte er Martello. »Beim letztenmal warst du, glaub ich, gerade bis zur Emigration von der ERDE und zur Kolonisation der erste Sternwelten gekommen.«

»Genau. Aber ich denk mir, ich komme irgendwann in meinem Gedicht an den Punkt, wo ich von unserem Leben auf Hydros berichten muß, und diese Reise hier wird dabei eine bedeutende Rolle spielen. Also habe ich mir gedacht, warum soll ich das nicht gleich jetzt niederschreiben, wo alles noch frisch in meinem Kopf ist, anstatt zu warten, bis ich so in vierzig, fünfzig Jahren ein alter Mann bin?«

Ja, warum eigentlich? dachte Lawler.

Während der letzten Wochen hatte Leo das Haar auf seinem kahlgeschorenen Schädel wachsen lassen; da war inzwischen kräftiges braunes Haar nachgesprossen. Er sah damit zehn Jahre jünger aus. Martello würde wahrscheinlich noch fünfzig Jahre länger leben (sofern irgend jemand auf diesem Schiff überhaupt überlebte). Vielleicht sogar siebzig weitere Jahre. Viel Zeit, um Gedichte zu schreiben. Doch ja, es war vielleicht richtig, daß er seine dichterischen Eindrücke gleich schriftlich festhielt.

Lawler streckte die Hand aus. »Fein. Dann laß mich mal sehen.«

Er las einige Zeilen und tat, als überfliege er den Rest. Es war ein langatmiger Erguß von der gleichen ungekonnten, kitschtriefenden Art wie jenes andere Bruchstück seines ›großen Epos‹, das Martello ihm zu lesen erlaubt hatte; allerdings hatte dieses Fragment hier wenigstens den Vorzug, daß es dank der persönlichen Erfahrung etwas mehr Leben zeigte.

Aus der Höhe stürzte die Flut der Finsternis
Drang tief in uns ein, bis ins Mark der Knochen.
Schwer kämpften wir und mühten uns,
Um nicht zu kentern, als der neue Feind, gewaltiger
Noch als der erste kam: Die WOGE war es!
Und brachte große Angst, erstickend
In der Kehle und eisig in der Brust.
Die WOGE! Schreckensfeind, der mächtigste von allen,
Erhob sich wie ein Wall aus Tod im Angesicht der
See … Wir aber zitterten und zagten und fielen
Verzweifelt nieder auf die Knie …

Lawler blickte auf. »Ziemlich stark, Leo.«

»Ich glaube, ich habe eine völlig neue Ebene damit erreicht. Bei den ganzen historischen Passagen mußte ich mich von außen herantasten, aber dies hier, das war ganz nah‹ …« Er streckte die Hände flach aus. »Ich brauchte es nur niederzuschreiben, so schnell ich die Worte aufs Papier bringen konnte.«

»Du warst eben inspiriert.«

»Ja, genau, das ist das richtige Wort.« Scheu griff Martello nach dem Manuskriptblatt. »Ich könnte es dir auch hierlassen, Doc, wenn du es vielleicht noch genauer lesen möchtest.«

»Nein nein, danke. Ich möchte lieber warten, bis du den ganzen Gesang fertig hast. Du hast noch nichts darüber geschrieben, wie wir hinterher wieder auf Deck kommen und feststellen, daß wir tief mitten im Leeren Meer stecken.«

»Ich hab gedacht, ich warte damit, bis wir wirklich das Feste Land über den Wassern erreicht haben. Derzeit ist unsere Reise ja nicht besonders interessant, nicht? Es passiert überhaupt nichts. Aber wenn wir dort ankommen...« Er brach bedeutungsvoll ab.

»Ja?« fragte Lawler. »Was glaubst du, wird dann dort geschehen?«

»Wundersames, Doc! Phantastische Wunder und nie gehörte Zauberdinge!« Martellos Augen leuchteten. »Ich kann's kaum erwarten. Ich will darüber einen *Canto* dichten, auf den Homer selbst stolz hätte sein können. Homer!«

»Ich bin sicher, du wirst das schaffen«, versicherte Lawler.

AUS DER LEERE der See tauchten plötzlich wieder Hexenfische auf, zu Hunderten, zu Tausenden. Es bestand kein Grund, daß man hier mit ihnen hätte rechnen müssen; alles in allem wirkte das Meer hier sogar noch leerer als zu Beginn.

Doch an diesem glühenden Mittag tat sich das Meer auf und belagerte das Schiff mit Schleimaalen. Sie hoben sich alle zugleich aus den Fluten und wirbelten in dicken Wolken über das Mittschiff. Lawler war an Deck. Er hörte ein Schwirren und duckte sich automatisch in den Schutz des Vormasts. Die Hexenfische waren einen halben Meter lang und so dick wie sein Arm, und sie flogen durch die Luft wie blitzschnelle tödliche Geschosse. Die eckigen ledrigen Schwingen waren weitgespreizt, die nadelscharfen Stachelreihen auf dem Rücken aufgerichtet.

Manche überflogen das Deck in einem einzigen weiten Bogen und landeten klatschend auf der anderen Seite wieder im Wasser. Andere prallten gegen die Masten oder das Dach der Back, oder sie türmten sich in den schlaffen Segeln, oder aber ihre Flugkraft war einfach mitten auf Deck erschöpft und sie knallten mit wütenden Zuckungen auf die Planken. Lawler sah zwei von ihnen verbissen Seite an Seite dicht an sich vorbeifliegen: ein bösartiges Glitzern in den Augen. Danach kamen drei, die noch enger beisammen flogen, als wären sie durch ein Joch gehalten; und dann so viele, daß er nicht mehr zählen konnte. Er hatte keine Chance, bis zum Luk und in Sicherheit zu gelangen. Es blieb ihm nichts anderes übrig, als sich zu verstecken, sich zu ducken und zu warten.

Er hörte einen Schrei von weiter hinten, und aus einer anderen Richtung kam ein verärgertes Grunzen. Er blickte auf und sah Pilya Braun droben in der Takelung hängen, wo sie sich mühsam festhielt; während sie versuchte, einen ganzen Schwarm abzuwehren. An einer Wange hatte sie einen blutenden Riß.

Ein dicker Hexenfisch streifte Lawler am Arm, richtete jedoch keinen Schaden an, da die Stacheln zur anderen Seite gewandt waren. Und gerade als Delagard aus der Decksluke kam, streifte ihn ein weiterer an der Brust, wo im Hemd ein Riß entstand, der sich sogleich blutig färbte. Der Fisch fiel Delagard vor die Füße, der ihn in rasendem Zorn unter dem Stiefelabsatz zermalmte.

Drei, vier Minuten lang war der Angriff wie ein Hagel von Wurfspeeren. Dann war alles vorbei. Die Luft war wieder still, die See ruhig und glatt, wie eine Fläche aus zerstoßenem Glas, die sich bis in die Unendlichkeit erstreckte.

»Mistviecher«, sagte Delagard mit schwerer Zunge. »Die werd ich vernichten. Ausrotten werd ich die, jeden einzelnen verdammten Satanskerl von denen!«

Wann? Wenn er das Feste Land über den Wassern in Besitz genommen und sich zum Allerhöchsten Herrscher über den ganzen Planeten aufgeschwungen hat?

»Laß mich den Schnitt mal anschauen, Nid«, sagte Lawler zu ihm.

Delagard schüttelte ihn ab. »Weiter nichts als ein Kratzer. Ich spür ihn schon nicht mehr.«

»Schön, wie du willst.«

Neyana Golghoz und Natim Gharkid kamen von drunten und begannen die toten und sterbenden Fische zu einem Haufen zusammenzukehren. Martello hatte eine üble Rißwunde am Arm und eine Reihe Hexenfischstacheln im Rücken stecken und kam zu Lawler, um sich verarzten zu lassen. Lawler befahl ihm, runter in die Sanitätsstation zu gehen und dort auf ihn zu warten. Pilya kam aus der Takelung und zeigte ihm gleichfalls ihre Verletzungen: ein blutender Schnitt quer über die Wange, ein weiterer direkt unter den Brüsten. »Dafür werden wir ein paar Nähte brauchen fürchte ich«, erklärte er ihr. »Tut es sehr weh?«

»Es sticht ein bißchen. Es brennt. Es brennt ziemlich stark. Aber ich werd schon wieder.«

Sie lächelte. Lawler erkannte, daß sie immer noch in ihn verliebt war, die Sehnsucht (oder was immer es war) nach ihm schimmerte noch immer in ihren Augen. Sie wußte wohl, daß er mit Sundira Thane schlief, doch dadurch schien sich für sie nichts geändert zu haben. Möglicherweise war es ihr ja nur recht, daß die Hexenfische sie so verletzt hatten, denn sie zog damit seine Aufmerksamkeit auf sich, und sie würde die Berührung seiner Hände auf ihrer Haut fühlen. Sie tat Lawler leid, und ihre dulderische Hingabe machte ihn traurig.

Delagard kam, noch immer blutend, hinzu, als

Neyana und Gharkid sich anschickten, den Haufen Hexenfische über Bord zu schaufeln. »Halt! Wartet mal!« befahl er barsch: »Wir hatten seit Tagen keinen frischen Fisch mehr.«

Gharkid starrte ihn völlig verdutzt an. »Du willst doch nicht Hexenfisch essen, Käptn-Sir?«

»Wir können's ja mal versuchen, oder?«

Es stellte sich heraus, daß gebackener Hexenfisch ungefähr so schmeckte wie alte Stoffreste, die man ein paar Wochen lang in Urin mariniert hat. Lawler würgte drei Bissen hinunter, ehe er aufgab. Kinverson und Gharkid weigerten sich, das Zeug überhaupt nur zu probieren. Auch Dag Tharp, Henders und Pilya verzichteten auf ihre Portionen. Leo Martello bezwang mutig einen halben Fisch. Der Priester stocherte an dem seinen mit offenkundigem Widerwillen, aber frettchenhafter Verbissenheit herum, als hätte er seiner Heiligen Jungfrau das Gelübde abgelegt, alles brav zu essen, was man ihm vorsetzen würde, und sei es noch so eklig.

Delagard dagegen fraß seine ganze Portion auf und verlangte nach mehr.

»Sag bloß, du *magst* dieses Zeug?« fragte Lawler.

»Der Mensch muß essen, oder? Ein Mann muß bei Kräften bleiben, Doc. Oder bist du anderer Meinung? Protein ist Protein. Oder, was sagst du, Doc? Da, iß doch auch noch was.«

»Nein, danke«, knurrte Lawler. »Ich werd versuchen, ohne solches Zeug über die Runden zu kommen.«

AN SUNDIRA FIEL ihm eine Verwandlung auf. Die Änderung der Ziel- und Zweckbestimmung ihrer Seefahrt schien sie von irgendeiner selbstauferlegten Zurückhaltung im Intimbereich befreit zu haben; ihr Liebesspiel war nicht länger gekennzeichnet von langen Perioden eines stachligen Schweigens zwischen Ausbrüchen von seichtem Geschwätz. Wenn sie nun in der dunklen, moderduftenden Ecke im Frachtdeck beisammen lagen, die sie zu ihrem Lieblings-Liebesnest erkoren hatten, öffnete sie sich ihm nun auch überraschend seelisch in heftigen autobiographischen Monologen.

»Ich war schon als kleines Mädchen immer sehr neugierig. Viel zu neugierig, als gut für mich war, glaube ich. Andauernd watete ich in der Bucht herum, sammelte alles mögliche Zeug im Flachwasser, wurde gekniffen und gebissen. Als ich so an die vier war, hab ich mir einen kleinen Krebs da unten in mein Schlitzchen gesteckt.« Sie lachte, als Lawler entsetzt aufstöhnte. »Ich weiß nicht mehr, ob ich herausfinden wollte, was mit der Krabbe passieren würde, oder was mit meinen Schlitzchen. Dem Tier machte es anscheinend wenig aus. Meinen Eltern schon.«

Ihr Vater war der ›Bürgermeister‹ auf der Insel Khamsilaine gewesen, was anscheinend eine Art Regierungschef bei den Insulanern des Azurmeeres darstellte. Die Humankolonie auf Khamsilaine war recht groß, an die fünfhundert Personen. Für Lawlers Begriffe war das eine enorme Zahl und eine unvorstellbar komplexe Masse von Individualitäten. Über ihre Mutter äußerte Sundira sich nur vage: irgendwie war sie eine Gelehrte, vielleicht Historikerin, mit der Erforschung der Galaktischen Migrationsstadien der Humanspezies, doch sie war sehr früh gestorben, und Sundira konnte sich kaum noch an sie erinnern. Anscheinend aber hatte sie einiges vom suchenden Geist ihrer Mutter geerbt. Ganz besonders faszinierten sie die Kiemlinge, die Gillies – die Sassen, wie sie nie müde wurde, sie korrekt zu bezeichnen, obwohl Lawler diesen formellen Terminus etwas altmodisch und bombastisch fand. Mit vierzehn Jahren hatte sie mit einem älteren Jungen zusammen begonnen, die Gillies auf Khamsilaine bei ihren Geheimzeremonien zu belauschen. Sie hatten auch selbst ein bißchen sexuell herumexperimentiert, Sundiras erste Erfahrungen, wie sie beiläufig zu Lawler sagte, der zu seinem eigenen Erstaunen diesen Jungen bitterlich beneidete. Ein derart berückendes Geschöpf wie Sundira lieben zu dürfen, in so jungen Jahren? Was für ein himmlisches Privileg das gewesen wäre! Gewiß, auch in seinen Jungmännerjahren hatte es nicht an Mädchen gemangelt, eher im Gegenteil, wann immer er es irgendwie arrangieren konnte, sich von den Medizinstudien wegzustehlen, die ihn im Vaargh seines Vaters festhielten. Allerdings war es nicht gerade ihr suchender forschender Geist gewesen, der ihn zu diesen Mädchen hingezogen hatte. Er fragte sich flüchtig, wie wohl sein Leben verlaufen wäre, wenn es damals, in seiner Jugend, auf Sorve eine Sundira gegeben hätte. Wenn er sie geheiratet hätte, statt Mireyl? Es war eine bestürzende hypothetische Vorstellung: Jahre und Jahrzehnte in enger Partnerschaft mit dieser außergewöhnlichen Frau, anstatt des einsamen Außenseiterlebens, das er sich schließlich erwählte. Eine Familie. Eine tiefe Dauerhaftigkeit.

Er stieß diese ablenkenden Erwägungen von sich. Weiter nichts als nutzlose Phantastereien, das waren sie. Er und Sundira waren Tausende von Kilometern voneinander entfernt und durch viele Jahre getrennt aufgewachsen. Und selbst wenn es anders gewesen wäre, was immer sie auf Sorve an Dauerhaftem aufzubauen versucht hätten, es wäre ja doch auf jeden Fall durch die Vertreibung zerstört worden. Alle Pfade hatten zu dieser driftenden Exil-Existenz geführt, auf dieses winzige tanzende Schiff in der Mitte des Leeren Meeres.

Sundira hatte sich von ihrem neugierigen forschenden Verstand schließlich in einen schweren Skandal verstricken lassen. Sie war Anfang zwanzig, der Vater noch immer der Inselbürgermeister; sie lebte allein am Rande der Humansiedlung von Khamsilaine und verbrachte soviel Zeit bei den Sassen, wie diese es zuließen. »Es wär eine intellektuelle Herausforderung für mich. Ich wollte soviel wie möglich über die Welt lernen. Und diese Welt begreifen, das bedeutete, daß ich die Sassen begreifen lernen mußte. Ich war mir sicher, daß etwas im Gange war; etwas, das keiner von uns erkannte.«

Sie erlernte ihre Sprache fließend – was auf Khamsilaine offenbar recht ungewöhnlich war. Ihr Vater ernannte sie zur Diplomatischen Abgesandten der Humanpopulation bei den Sassen, und sämtliche Wechselbeziehungen liefen nur über sie. Sie verbrachte ebensoviel von ihrer Zeit im Dorf der Sassen am Südende der Insel wie in ihrer eigenen Siedlung. Die meisten duldeten ihre Anwesenheit nur einfach, wie dies bei den Sassen allgemein Brauch ist; einige begegneten ihr mit offener Ablehnung, und auch dies war eher die Regel. Doch gab es einige, die schon fast freundlich zu ihr waren. Sundira gewann das Gefühl, daß sie allmählich einige von diesen als echte Individuen kennenlernte, daß sie nicht mehr nur die unheimlichen, bedrohlich großen ununterscheidbaren Fremdwesen waren, die diese Sassen offensichtlich für die meisten Menschen stets blieben.

»Und das war mein Fehler – und ihrer auch, daß wir uns zu stark annäherten. Ich mißbrauchte unsere Vertrautheit und ihr Vertrauen. Ich erinnerte mich an bestimmte Dinge, die ich als Mädchen gesehen hatte, als Tomas und ich an Orten herumspionierten, an denen wir nicht hätten sein dürfen. Und ich stellte Fragen. Und erhielt nur ausweichende Antworten. Quälend vage Antworten. Also beschloß ich, wieder zu spionieren.«

Aber was Sundira in den geheimen Kammern der Gillies gesehen haben mochte, sie schien nicht in der Lage, es Lawler mitzuteilen. Vielleicht wollte sie ihn nicht einweihen, vielleicht aber hatte sie auch nicht genug gesehen, um irgend etwas zu begreifen. Sie machte Andeutungen bezüglich irgendwelcher Zeremonien, Vereinigungen, Rituale, Mysterien, aber die Unbestimmtheit der Beschreibungen schien eher auf ihr mangelndes Verständnis zurückzuführen zu sein als auf ihre Weigerung, ihr Wissen mit ihm zu teilen. »Ich schlich mich an die selben Orte wie vor Jahren zusammen mit Tomas. Aber diesmal wurde ich dabei ertappt. Ich dachte schon, sie bringen mich um. Statt dessen führten sie mich vor meinen Vater und befahlen ihm, *er* solle mich töten. Er versprach ihnen, daß er mich ertränken werde, und das schien ihnen zu genügen. Wir fuhren in einem Fischerboot hinaus, und ich sprang über Bord. Doch er hatte mit einem Bootsmann aus Simbalimak ausgemacht, daß der mich auf der Rückseite der Insel aufnehmen würde. Ich schwamm drei Stunden bis dorthin. Und ich bin nie nach Khamsilaine zurückgekehrt. Und ich habe meinen Vater niemals wiedergesehen und auch nicht mit ihm gesprochen.«

Lawler fuhr ihr sacht über die Wange. »Also verstehst du auch etwas davon, im Exil zu leben.«

»Ein wenig, ja.«

»Aber du hast bisher nie ein Wort darüber verloren.«

Sie zuckte die Achseln. »Was machte das schon? Du hast dermaßen gelitten. Hättest du dich irgendwie leichter gefühlt, wenn ich dir gesagt hätte, daß auch ich meine Heimatinsel verlassen mußte?«

»Vielleicht.«

»Ich bin mir nicht sicher«, sagte sie.

EIN PAAR TAGE später, sie waren wieder im Frachtraum, und wieder sprach sie zu Lawler von dem Leben, das sie hinter sich gelassen hatte. Ein Jahr auf Simbalimak – und eine ernste Liebesgeschichte dort, auf die sie bereits einmal angespielt hatte, und weitere Versuche, in die Geheimnisse der Gillies einzudringen, was beinahe ebenso katastrophal endete wie ihre Schnüffelei auf Khamsilaine – und dann war sie weitergezogen, ganz fort aus dem Azurblauen Meer und nach Shaktan. Ob dies auf den Druck der Gillies hin geschah, oder weil ihre Liebesbeziehung zerbrochen war, wurde Lawler nicht so recht klar, aber er mochte auch nicht danach fragen.

Von Shaktan nach Velmise, von dort nach Kentrup, und danach schließlich von dort nach Sorve… ein ruheloses und allem Anschein nach nicht übermäßig glückliches Leben. Hinter der letzten Antwort wartete stets immer schon die neue Frage. Weitere Versuche, die Geheimnisse der Gillies zu enträtseln, und als Folge davon immer neue Schwierigkeiten. Weitere Liebesgeschichten, die zum Scheitern verurteilt waren. Ein im Grunde einsames, brüchiges und unstetes Leben. Und warum war sie nach Sorve gekommen? »Warum sollte ich nicht nach Sorve gehen? Ich wollte weg von Kentrup. Und Sorve bot sich da an. Es war gerade in der Nähe, und es gab dort einen Platz für mich. Ich hatte vor, dort einige Zeit zu bleiben und dann wieder weiterzuziehen.«

»Und hast du dir das für dein ganzes Leben so vorgestellt gehabt? An einem Ort eine Weile bleiben, dann woanders hin ziehen, und immer so weiter?«

»Ja, wahrscheinlich«, sagte sie.

»Aber wonach hast du denn gesucht?«

»Nach der Wahrheit.«

Lawler sagte nichts dazu, sondern wartete.

»Ich glaube immer noch, daß hier etwas vorgeht, wovon wir kaum etwas ahnen. Die Sassen bilden eine global einheitliche Gesellschaft. Sie ist nicht von Insel zu Insel verschieden. Es besteht eine Verbindung zwischen den einzelnen Sassen-Gruppen, zwischen den Sassen und den Tauchern, den Sassen und den Plattformen, den Sassen und den Mäulern. Und wenn ich mich nicht irre, auch zwischen den Sassen und den Hexenfischen. Und ich will herausfinden, was diese Verbindung ist.«

»Warum sorgst du dich deswegen so?«

»Auf Hydros werde ich den Rest meines Lebens verbringen müssen. Ist es da nicht sinnvoll, wenn ich soviel wie möglich darüber lerne?«

»Also beunruhigt es dich gar nicht so sehr, daß Delagard uns gekidnappt hat und uns jetzt wie Gefangene herumschleppt?«

»Nein. Je mehr ich von diesem Planeten sehe, desto größer sind meine Chancen, ihn zu verstehen.«

»Und du hast keine Angst, daß wir zu diesem Land über den Wassern segeln? Uns in unerforschte Gewässer vorwagen?«

»Nein.« Und nach einer Pause: »Doch. Ein bißchen vielleicht schon. Sicher hab auch ich Angst. Aber nicht sehr.«

»Und wenn einige von uns Delagard daran hindern wollten, seinen Plan auszuführen, würdest du mitmachen?«

»Nein.« Sie sagte es ohne Zögern.

3

An manchen Tagen wehte nicht das leiseste Lüftchen, und das Schiff lag wie tot auf der völlig glatten See unter einer prallen Sonne, die immer mehr anschwoll. Die Luft hier tief in den Tropen war heiß und trocken, und manchmal machte es schon Mühe, auch nur zu atmen. Delagard vollbrachte Wunder am Ruder, befahl diese oder jene Segelsetzung, um die schwächste Brise aufzufangen, und irgendwie kamen sie meistens weiter voran und zogen stetig nach Südwest und immer in diese leblose Wasserwüste hinein. Doch es gab auch andere Tage, die schrecklichen Tage, an denen man das Gefühl bekam, daß nie wieder ein voller Wind die Segel blähen werde, niemals mehr, und daß sie alle für immer hier festliegen würden, bis sie zu Skeletten verdorrt waren. »So nutzlos wie ein gemaltes Schiff auf einem gemalten Meer«, sagte Lawler.

»Wie war das?« fragte Father Quillan.

»Ein Gedicht. Ein sehr altes, von der Erde. Eins meiner Lieblingsgedichte.«

»Du hast schon früher daraus zitiert, nicht wahr? Ich erinnre mich noch an einen Vers. Irgendwas mit ›Wasser, Wasser, ringsumher …‹«

»Ja, ›und doch kein Schluck zu trinken‹«, sagte Lawler.

Das Trinkwasser war inzwischen fast aufgebraucht. Auf dem Boden der Fässer war nur noch ein klebriger dunkler Rest, und Lis verteilte die Rationen tröpfchenweise.

Lawler hatte Anspruch auf eine Extraration, wenn er sie für medizinische Zwecke benötigte. Er überlegte sich, wie er mit seiner Tagesdosis von Taubkraut zurechtkommen solle. Das Destillat mußte in starker Verdünnung eingenommen werden, oder es war schädlich; aber er durfte sich kaum den Luxus gestatten, soviel Wasser nur für sein kleines privates Laster zu vergeuden. Also, was tun? Die Tinktur mit Seewasser mischen? Damit konnte er – wenigstens eine Zeitlang – hinkommen; es würden sich allerdings akkumulative Nebenwirkungen in den Nieren zeigen, wenn er das über längere Zeit praktizierte, aber schließlich durfte man ja immer noch auf etwas Regen hoffen, morgen oder in ein paar Tagen, und dann konnte er sich wieder innerlich sauberspülen.

Es bestand natürlich auch die Möglichkeit, die Droge ganz einfach nicht mehr zu nehmen.

Er versuchte das eines Morgens – als ein reines Experiment. Gegen Mittag setzte ein merkwürdiges Kopfjucken ein. Am Spätnachmittag juckte seine ganze Haut, als hätte er eine Schuppenflechte. Und als es dämmerte, hatte er einen Tremor und schwitzte vor Verlangen nach der Droge.

Sieben Tropfen – und seine Übererregtheit machte wieder der alten vertrauten und geliebten Abstumpfung Platz. Aber sein Vorrat nahm immer mehr ab. Und dieses Problem war für Lawler gravierender als die Trinkwasserknappheit. Schließlich, *hoffen* durfte man ja immer noch, daß es bald einmal wieder regnen werde. Aber das Taubkraut schien in diesen Gewässern nicht zu wachsen.

Er hatte eigentlich damit gerechnet, die Pflanze zu finden, wenn sie in Grayvard landeten. Aber das Schiff würde nun nie mehr nach Grayvard kommen: Er hatte gerade noch genug Taubkraut für ein paar Wochen, schätzte er. Vielleicht nicht einmal soviel. Und bald würde es aufgebraucht sein, restlos.

Und dann? Was dann?

Versuch einfach, es bis dahin mit etwas Meerwasser zu mischen.

SUNDIRA ERZÄHLTE ihm noch mehr aus ihrer Kindheit auf Khamsilaine, ihren turbulenten Jugendjahren, von den späteren Wanderungen von Insel zu Insel, von ihren ehrgeizigen Erwartungen und Hoffnungen, den heftigen Bemühungen und den Fehlschlägen. Sie saßen stundenlang in der dumpfen Dunkelheit, die Beine zwischen die Packkisten ausgestreckt, Hand in Hand wie Jungverliebte, während das Schiff ruhig durch die tropische See glitt. Sie fragte ihn auch nach seinem Leben aus, und er erzählte ihr die kleinen Episödchen aus seiner ereignislosen Knabenzeit und aus den gleichmäßig ruhigen, sorgsam bewußt so gestalteten Erwachsenenjahren auf der einen Insel, die er gekannt hatte.

Dann stieg er eines Nachmittags hinunter, um sich aus seinen Vorratskisten frische Medikamente zu holen, und hörte Keuchen und Gestöhn aus einem dunklen Winkel des Frachtraums dringen. Und es war *ihr* besonderes Versteck, das Liebesnest … und es war die Stimme einer Frau. Neyana war in der Takelung, Lis in ihrer Kombüse, Pilya hatte Freiwache und aalte sich auf Deck. Die einzige andere Frau an Bord war Sundira. Wo war Kinverson? Er war mit Pilya in der Ersten Wache, also hatte auch er jetzt frei. Also war es wohl Kinverson, dort hinter diesen Kisten, der Sundiras bereitwilligem Körper diese keuchenden Lustlaute entlockte.

Also hatte die Beziehung zwischen den beiden – und Lawler wußte nur zu gut, von welcher Art sie war – ganz und gar nicht aufgehört; auch jetzt nicht, trotz der neuen Intimität zwischen ihr und ihm, der anvertrauten privaten Dinge aus ihrem Leben und des zuckersüßen Händchenhaltens.

Acht Tropfen Taubkrautextrakt halfen ihm, das zu verkraften. Mehr oder weniger.

Er prüfte nach, was von seinem Vorrat noch übrig war. Nicht viel. Gar nicht mehr viel.

AUCH DAS ESSEN wurde allmählich zum Problem. Es war schon so lange her, daß sie Frischfisch gefangen hatten, daß ein neuerlicher Angriff eines Schwarms von Hexenfischen schon beinahe als etwas Erwünschtes erschien. Sie zehrten von ihrem immer knapper werdenden Vorrat von Dörrfisch und Algenpulver, ganz als wären sie mitten in einem tiefen arktischen Winter. Manchmal gelang es ihnen, eine Ladung Plankton an Bord zu holen, indem sie eine Stoffbahn hinter dem Heck herzogen; aber Plankton schmeckte, als äße man groben Sand, und war außerdem bitter und schwer verdaulich. Es traten erste Mangelsymptome auf. Wohin Lawler blickte, er sah rissige Lippen, glanzloses Haar, fleckige Haut, fahle ausgemergelte Gesichter.

»Es ist Wahnsinn«, brabbelte Dag Tharp. »Wir müssen umkehren, oder wir werden alle sterben.«

»Und wie?« fragte Onyos Felk. »Riechst du irgendwo Wind? Wenn hier irgendwas weht, dann nur von Ost.«

»Das macht doch nichts«, sagte Tharp. »Wir werden schon einen Weg finden. Warum schmeißen wir nicht diesen Scheißkerl Delagard über Bord und wenden. Was meinst du dazu, Doc?«

»Ich meine, daß wir sehr bald Regen brauchen und einen dicken Schwarm Fische.«

»Ach, du bist also nicht mehr auf unserer Seite? Ich hab gedacht, du brennst genauso drauf, daß wir kehrtmachen, wie wir.«

»Onyos hat da einen stichhaltigen Punkt erwähnt«, sagte Lawler zurückhaltend. »Der Wind steht hier gegen uns. Und möglicherweise würden wir es nicht schaffen, wieder ostwärts zurückzukreuzen, ob mit oder ohne Delagard.«

»Was sagst du da, Doc? Daß wir glatt um die ganze Welt herumfahren müssen, bis wir auf der anderen Seite wieder in unsere Heimatsee kommen?«

»Vergeßt bloß nicht das Land«, mischte Dann Henders sich ein. »Erst kommen wir mal dahin, bevor wir auf der anderen Seite der Welt wieder rauffahren können.«

»Das Land«, sagte Tharp dumpf. »Dieses Land, Land, Land! Ich scheiß drauf, auf dieses Land!«

»Ich wollte, es würde dazu kommen«, sagte Henders.

ENDLICH KAM eine frische Brise auf und sprang von Nordost auf Ostsüdost, wehte mit erstaunlicher Kühle und Kraft, und die See ging hoch und unstet und warf häufig Brecher über das Heck. Und plötzlich gab es wieder Fische, große silbrig-schimmernde Mengen, und Kinverson holte einen schweren Fang ein.

»Immer langsam!« mahnte Delagard, als sie bei Tisch saßen. »Stopft euch nicht gleich so voll, sonst platzt ihr!«

Lis übertraf sich selbst in der Zubereitung und zauberte sozusagen aus dem Nichts ein Dutzend verschiedene Tunken. Leider gab es noch immer kein frisches Wasser, und das machte den Genuß beim Essen mühselig. Erneut riet Kinverson, sie sollten den Fisch roh verzehren, wegen der in ihm enthaltenen Feuchtigkeit. Wenn man die blutigen frischen Stücke in Meerwasser tauchte, wurden sie etwas genießbarer, obwohl es das Durstproblem nur verschlimmerte.

»Was passiert, wenn wir Meerwasser trinken, Doc?« fragte Neyana Golghoz. »Stirbt man davon? Wird man verrückt?«

»Verrückt sind wir doch schon«, sagte Dag Tharp leise.

»Wir können ein gewisses Quantum Salzwasser aushalten«, dozierte Lawler und dachte dabei an die Menge, die er selbst in jüngster Zeit zu sich genommen hatte; allerdings gedachte er darüber nicht zu sprechen. »Wenn wir Trinkwasser hätten, könnten wir in der Tat die Menge durch eine Beimischung von zehn-, fünfzehn Prozent Salzwasser strecken, und es würde uns nicht schaden. Tatsächlich könnten wir dadurch den

Salzverlust ausgleichen, den wir durch ständiges Schwitzen in diesem heißen Klima erleiden. Aber mit reinem Meerwasser können wir nicht lange überleben. Zwar könnten wir es im Körper zu reinem Wasser ausfiltern, aber unsere Nieren würden die Akkumulation der Salze nicht abbauen können, ohne dem übrigen Körpergewebe Flüssigkeit zu entziehen. Wir würden also ziemlich rasch austrocknen. Und dann: Fieber, Erbrechen, Delirium, der Tod.«

Dann Henders stellte eine Reihe kleiner Destillierapparate auf, indem er klare Plastikfolie über die Öffnung von Gefäßen spannte, die etwas Seewasser enthielten. In jedem Topf war sorgfältig ein Becher plaziert, um die Tropfen aufzufangen, die an der Unterseite der Plastikfolie kondensierten. Es war allerdings eine mühselige Prozedur. Es war irgendwie unmöglich, auf diese Weise genug Trinkwasser für ihre Bedürfnisse zu gewinnen.

»Und wenn es weiter nicht regnet?« fragte Pilya Braun. »Was werden wir dann machen?«

Lawler wies mit der Hand auf Father Quillan. »Wir könnten es ja mal mit Beten versuchen.«

AM FOLGENDEN ABEND klebte die Hitze an ihnen wie ein Handschuh, und das Schiff lag fast völlig reglos in der See. Als Lawler zu seiner Kabine ging, um sich schlafen zu legen, hörte er Henders und Tharp im Funkraum flüstern. Ihre Stimmen klangen aufreizend rauh und krächzend.

Als Lawler kurz im Gang innehielt, kam Onyos Felk durch den Niedergang herunter, nickte ihm kurz grüßend zu und trat dann in den Funkraum. Und als Lawler vor der Tür zu seiner Kabine zögerte, hörte er Felk sagen: »Der Doc ist da draußen. Soll ich ihn reinholen?«

Die Antwort konnte er nicht hören, doch sie war wohl bejahend, denn Felk machte kehrt und winkte ihm. »Würdest du wohl 'ne Minute herkommen, Doc?«

»Es ist spät, Onyos. Was gibt's denn?«

»Nur eine Minute.«

Tharp und Henders hockten fast Knie an Knie in dem winzigen Kabuff, eine spuckende Trankerze verbreitete trübes Licht. Eine Flasche Traubenschnaps und zwei Becher standen auf dem Tisch. Tharp trank gewöhnlich nicht, erinnerte sich Lawler.

Henders fragte: »Einen Schluck, Doc?«

»Nein, ich glaub, lieber nicht. Danke.«

»Läuft alles klar?«

»Ich bin müde«, sagte Lawler mit recht wenig Geduld. »Also, was gibt's, Dann?«

»Wir, Dag und ich, haben über Delagard geredet. Und Onyos. Und darüber, wie der uns in diese idiotische beschissene Scheiße von 'ner Reise reingetrieben hat. Was hältst du von ihm, Doc?«

»Delagard?« Lawler zuckte die Achseln. »Ich wißt doch, was ich von ihm halte.«

»Wir wissen alle, was wir alle denken. Wir kennen uns schon so verdammt lange. Aber sag es uns trotzdem.«

»Ein Mann von sehr starker Entschlußkraft. Stur, Halsstarrig, stark, völlig skrupellos. Seiner selbst absolut sicher.«

»Verrückt?«

»Das kann nicht sagen.«

»Ich möchte wetten, du kannst!« warf Dag Tharp ein. »Weil du nämlich denkst, daß er völlig irre ist.«

»Das ist sehr gut möglich. Oder aber auch nicht. Manchmal ist es nicht so leicht, zwischen besessener Zielstrebigkeit und Wahnsinn zu unterscheiden. Viele geniale Menschen haben in ihrer Zeit als wahnsinnig gegolten.«

»Ach, du meinst, er ist ein Genie?« fragte Henders grinsend.

»Nicht unbedingt. Aber er ist ein außergewöhnlicher Mensch, das wenigstens. Ich bin nicht qualifiziert, über seine Denkvorgänge zu urteilen. Es ist durchaus möglich, daß er verrückt ist. Aber er kann vollkommen vernünftige Gründe für sein Verhalten vorlegen, darauf möchte ich wetten. Diese ganze Geschichte mit diesem ›Antlitz‹, dem Festen Land über dem Wasser, kann für ihn durchaus logisch, sinnvoll und konsequent sein.«

Felk sagte: »Tu doch nicht so unschuldig, Doc! Jeder Irre glaubt doch, daß sein Wahnsinn völlig sinnvoll ist. In der ganzen Welt hat's noch nie 'nen Irren gegeben, der geglaubt hat, daß er irre ist.«

»Du bewunderst ihn, den Delagard?« fragte Henders.

»Eigentlich nicht«, erwiderte Lawler achselzuckend. »Aber er hat beachtliche Qualitäten, wie ihr zugeben müßt. Und er ist ein Mann mit Visionen. Auch wenn ich nicht unbedingt glaube, daß seine Visionen besonders wundervoll sind.«

»Aber du magst ihn?«

»Nein. Nein, ganz und nicht.«

»Na, wenigstens in dem Punkt redest du ja mal offen.«

»Sagt mal, was soll eigentlich das Ganze?« fragte Lawler. »Wenn ihr nämlich bloß so ein bißchen Spaß haben und euch bei 'ner Flasche nett die Zeit vertreiben möchtet, um einander vorzubeten, was für ein miserabler Schweinehund Delagard ist, dann würde ich nämlich wirklich lieber in meine Falle gehen. Klar?«

»Wir wollen bloß rauskriegen, wo du stehst, Doc«, sagte Dann Henders. »Sag uns bloß eins, willst du, daß unsere Reise so weitergeht wie bisher?«

»Nein.«

»Und? Wozu bist du bereit, um das zu ändern?«

»Gibt es denn etwas, das wir tun *können?*«

»Ich hab dich was gefragt. Eine Gegenfrage reicht mir nicht als Antwort.«

»Ihr plant zu meutern, ja?«

»Hab ich davon was gesagt? Ich kann mich nicht erinnern, Doc.«

»Ein tauber Blinder hätte es dir an den Lippen ablesen können!«

»Meuterei«, sagte Henders. »Also, wenn nun tatsächlich ein paar von uns beschließen, daß sie aktiv in die Entscheidung eingreifen wollen, wohin unser Schiff fahren soll … was würdest du dazu sagen, Doc, wenn das wirklich der Fall wäre? Und was würdest du tun?«

»Es ist ein arg dummer Plan, Dann.«

»Ach meinst du, Doc?

«Früher mal, da war ein Zeitpunkt, wo ich genauso scharf drauf war, Delagard zur Umkehr zu bewegen. Dag weiß das. Ich hab mit ihm drüber gesprochen. Man muß Delagard Einhalt gebieten, sagte ich damals. Das weißt du doch noch, Dag, oder? Aber das war, bevor die WOGE uns bis hierher verschlagen hatte. Und seitdem hatte ich ausreichend Zeit zum Nachdenken, und ich hab meine Meinung geändert.«

»Wieso denn das?«

»Aus drei Gründen. Erstens gehört das Schiff Delagard, ob es uns paßt oder nicht, und mir gefällt der Gedanke nicht besonders, es ihm wegzunehmen. Ein moralisch strittiger Punkt, könntet ihr sagen. Und ihr könntet eine Rechtfertigung darin finden, daß er unser aller Leben aufs Spiel setzt, ohne unsere ausdrückliche Einwilligung, denke ich mir. Aber dennoch halte ich es für keine besonders gescheite Idee. Delagard ist zu raffiniert. Er ist zu gefährlich. Zu stark. Er ist ständig auf der Hut. Und viele der übrigen an Bord sind ihm treu ergeben – oder haben Angst vor ihm, was so ziemlich auf das gleiche hinausläuft. Sie würden uns nicht helfen. Aber wahrscheinlich würden sie *ihm* helfen. Wenn ihr was Schräges gegen Delagard versucht, könntet ihr das ziemlich sicher schwer bereuen.«

Henders' Gesichtsausdruck war ausgesprochen eisig:

»Du hast gesagt, du hast drei Gründe. Bisher haben wir nur zwei gehört.«

Lawler fuhr fort: »Drittens ist da die Sache, über die Onyos neulich gesprochen hat. Selbst wenn ihr das Schiff in eure Gewalt bringen könnt, wie wollt ihr sicherstellen, daß es uns ins Mare Nostrum zurückbringt? Denkt doch mal realistisch drüber nach! Es geht kein Wind. Unsere Proviant- und Wasservorräte gehen rascher zu Ende, als ich mir auch nur klarmachen möchte. Und wenn wir nicht irgendwie einen Westwind finden, dann bleibt uns doch zu diesem Zeitpunkt als einzige Hoffnung nur, daß wir eben mehr oder weniger in Richtung auf dieses Feste Land über den Wassern zusegeln, als unserer einzigen Chance, uns dort eventuell frisch zu verproviantieren.«

Henders warf dem Kartographen einen fragenden Blick zu. »Denkst du noch immer so, Onyos?«

»Wir stecken ziemlich tief drin, ja. Und in der letzten Zeit haben wir auch meistens Flaute. Also schätze ich, daß uns wirklich kaum viel andere Chancen bleiben, ehrlich, als den jetzigen Kurs fortzusetzen.«

»Deine ehrliche Meinung?« fragte Henders.

»Ja, ich glaub schon«, sagte Felk.

»Wir sollen also weiter den Befehlen eines wahnsinnigen Führers folgen, der uns an ein Ziel treibt, von dem wir nichts wissen? Einem Ort, an dem so unendliche Gefahren auf uns lauern, daß wir sie uns gar nicht vorstellen können?«

»Die Idee gefällt mir ebensowenig wie dir. Aber wie unser Doc hier gesagt hat, wir müssen realistisch sein. Allerdings – sollte der Wind drehen …«

»Schön, Onyos. Oder wenn Engel vom Himmel herabschweben und uns mit schönem kühlen Wasser vollpissen!« Danach herrschte in dem kleinen stickigen Gelaß ein etwas feindseliges Schweigen. Schließlich blickte Henders auf und sagte: »Also schön, Doc. Damit kommen wir nicht weiter. Und ich möchte auch deine

Zeit nicht weiter beanspruchen. Wir haben dich auch bloß zu 'nem kleinen Schluck unter Freunden hereingebeten, aber ich sehe ja, wie müde du bist. Also, gute Nacht, Doc. Und – schlaf gut!«

»Und ihr werdet es versuchen, Dann?«

»Ich seh nicht, daß dich das so oder so was angeht, Doc!«

»Also schön«, sagte Lawler. »Dann gute Nacht.«

»Onyos, du bleibst doch noch 'ne Weile?« fragte Henders.

»Wenn du gern möchtest, Dann«, antwortete Felk.

Es hörte sich an, als zögere der Kartograph kaum noch, sich überzeugen zu lassen.

Ein Haufen Narren, dachte Lawler, als er sich zu seiner Koje begab. Spielen da Meuterei! Er zweifelte sehr daran, daß dabei irgendwas herauskommen werde. Felk und Tharp waren Schwächlinge, und Henders allein konnte nicht mit Delagard fertigwerden. Am Ende würde gar nichts erreicht sein und das Schiff würde weiter Kurs auf das ›Antlitz‹ nehmen. Das erschien ihm als das wahrscheinlichste Ergebnis der ganzen Verschwörungspläne.

IRGENDWANN IN DER NACHT hörte Lawler Lärm von oben, Rufe, heftiges Stampfen, rennende Füße auf dem Oberdeck. Ein wütender Schrei, gedämpft zwar durch die Planken, aber unverkennbar ein in rasender Wut ausgestoßenes Brüllen, und er begriff, daß er sich geirrt hatte. Sie hatten es trotz allem doch gewagt. Er richtete sich auf und blinzelte. Ohne sich etwas anzuziehen tappte er in den Gang und die Leiter hinauf.

Es war schon fast Morgen. Der Himmel war schwarzgrau, das Kreuz hing, wie in diesen Breiten inzwischen gewohnt, in seltsam gekippter Position am Firmament. Auf dem Deck spielte sich in der Nähe des Vorschiffluks ein Drama ab. Oder war es eine Farce?

Zwei zuckende Gestalten jagten sich wild gestikulierend und schreiend um die offenstehende Luke. Nach einer Weile sahen seine schlafverklebten Augen klarer und er erkannte Dann Henders und Nid Delagard. Henders war der Jäger, Delagard der Gejagte.

Henders hielt eine von Kinversons Gaffeln wie einen Speer umklammert. Und wie er so hinter Delagard rund um das Luk herumlief, stieß er damit immer und immer wieder in die Luft, offenbar in der klaren Absicht, die Waffe dem Reeder in den Rücken zu treiben. Einmal mußte er ihn wenigstens bereits getroffen haben, denn Delagards Hemd war zerfetzt, und Lawler sah in Schulterhöhe eine dünne gezackte Blutspur, die aussah wie ein eingewebter roter Faden im Stoff, und das Rot wurde immer breiter.

Aber Henders betrieb die Jagd ganz allein. Dag Tharp stand bei der Reling, glotzäugig und starr wie eine Statue. Onyos Felk ganz in seiner Nähe. In der Takelung hingen Leo Martello und Pilya Braun, gleichfalls wie erstarrt, und schauten verblüfft und benommen zu.

»Dag!« brüllte Henders. »Um des Erlösers willen, Dag! Wo bist du denn? Hilf mir doch, den Kerl fertigzumachen, Mann!«

»Hier! Hier bin ich – hier drüben«, flüsterte der Funker heiser mit einer Stimme, die keine fünf Meter weit zu hören war. Und rührte sich nicht von der Stelle.

»Um Christi willen!« sagte Henders noch einmal, diesmal angewidert. Er drohte Tharp mit der Faust und sprang erneut in einem verzweifelten Satz auf Delagard zu, um ihn zu erwischen. Doch es gelang Delagard wieder – wenn auch nur knapp –, der scharfen Gaffelspitze auszuweichen. Er warf einen Blick über die Schulter zurück und fluchte. Sein Gesicht glänzte von Schweiß, seine Augen funkelten in heller Wut.

Als er auf seiner im Kreis laufenden Flucht am Vormast vorbeikam, blickte Delagard nach oben und rief mit peitschender Stimme zu Pilya hinauf, die direkt über ihm auf der Rah hing: »Hilf mir! Schnell! Dein Messer!«

Hastig löste Pilya den Leibgurt von der Taille, in dem sie stets ihre scharfe Knochenklinge trug, und warf alles zusammen zu Delagard hinunter. Er fing es in der Luft auf, riß die Klinge aus der Halterung und packte sie am Griff. Dann wuchtete er sich überraschend um seine eigene Achse und ging direkt auf den überraschten Henders los, der hinter ihm her in solch heftigem Tempo herankam, daß er nicht mehr bremsen konnte. Henders lief direkt in Delagard hinein. Der stieß mit einer brüsken, festen Unterarmbewegung den Spieß beiseite, unterlief seinen Gegner und stieß Henderson die Klinge bis zum Heft in den Hals.

Henderson stieß ein keuchendes Grunzen aus und warf die Arme in die Höhe. Auf seinem Gesicht lag ein erstaunter Ausdruck: Die Gaffel flog davon. Delagard umarmte nun Henders, als wären sie Liebende, und griff mit der anderen Hand fest nach seinem Nacken, und preßte den Mann mit einer gräßlichen Zärtlichkeit an sich, und das Messer saß immer noch tief in Henders Kehle.

Seine Augen waren weit aufgerissen und traten hervor, und sie schimmerten wie Vollmonde im Grau der Dämmerung. Dann gab er einen gurgelnden Laut von sich, und aus seinem Mund schoß sprudelnd dunkles Blut. Die Zunge quoll heraus. Und Delagard hielt ihn weiter in fester Umarmung aufrecht.

Endlich kam Lawler die Stimme wieder.

»Nid – um Gottes willen! Nid, was hast du getan …?«

»Möchtest du gern der nächste sein, Doc?« fragte Delagard gelassen. Er zog mit einer brutalen Drehung das Messer heraus und wich zurück. Sofort schoß ein dicker heftiger Blutstrahl aus Henders' Hals. Sein Gesicht war dunkel geworden. Unsicher machte er einen Schritt nach vorn, und noch einen, wie einer, der im

Schlaf geht. Die Verblüffung schimmerte noch immer in den weit aufgerissenen Augen.

Dann torkelte er und fiel hin. Lawler wußte, daß er tot war, ehe er auf das Deck auftraf.

Pilya war aus der Takelung heruntergestiegen. Delagard kickte das Messer über die Decksplanken, direkt vor ihre Füße. »Danke«, sagte er beiläufig. »Dafür schulde ich dir was.« Dann hob er den toten Henders auf, als hätte der überhaupt kein Gewicht, einen Arm um die Schultern des Toten, den anderen in den Kniekehlen, schritt an die Reling, hievte die Leiche über seinen Kopf und warf sie ins Meer, als wäre es eine Ladung Abfall.

Tharp hatte keine einzige Bewegung gemacht. Delagard ging zu ihm hinüber an die Reling und schlug ihn so heftig ins Gesicht, daß sein Kopf wegprallte.

»Du hinterhältiger feiger kleiner Hund du, Dag!« sagte Delagard. »Du hast noch nicht mal Mumm genug gehabt, bei deinem eigenen miesen Komplott mitzumachen. Ich sollte dich auch gleich über Bord schmeißen, aber es lohnt die Mühe nicht.«

»Nid – um Himmels willen, Nid ...«

»Halt's Maul und verzieh dich aus meinen Augen!« Delagard wirbelte herum und funkelte Onyos Felk an: »Und du, Onyos? Was ist mit dir? Hast du auch was damit zu tun?«

»Aber ich doch nicht, Nid. Ich würde doch nie – das weißt du doch!«

»Ich doch nicht, Nid!« äffte Delagard ihn wütend nach. »Klar hätteste mitgemacht, du armselige Schwuchtel, wenn du genug Saft in deinem Dings hättest! Und wie isses mit dir, Lawler? Wirst du mich zusammenflicken, oder gehörst auch du zu der verdammten Verschwörung? Du warst ja noch nicht mal dabei. Was hast du getrieben? Deine eigene Meuterei verschlafen?«

»Ich war nicht daran beteiligt«, sagte Lawler ruhig.

»Es war eine blödsinnige Idee, und das habe ich ihnen auch gesagt.«

»Du hast es also gewußt – und mich nicht gewarnt?«

»So ist es, Nid.«

»Wenn du dich aber nicht an einer Meuterei beteiligst, dann ist es deine Pflicht, den Kapitän zu unterrichten, was da vorgeht. So lautet das Seegesetz. Du hast das nicht getan.«

»Sehr richtig«, sagte Lawler. »Das hab ich nicht.«

Delagard überdachte das eine Weile. Dann zuckte er die Achseln und nickte. »Also schön, Doc. Ich denke, ich habe kapiert.« Er blickte in die Runde. »Jemand soll das Deck saubermachen! Ich hasse es, wenn das Deck nicht klar und das Schiff dreckig ist!« Er zeigte auf Felk, der wie behämmert aussah. »Onyos, du übernimmst das Ruder, solang du noch irgendwie halb wach bist. Ich muß mir den blöden Kratzer da verarzten lassen. Also, los, komm schon, Doc! Ich denke, ich kann mich dir anvertrauen, jedenfalls um mich zu nähen.«

UM MITTAG KAM WIND auf. Von einem Augenblick zum anderen, als wäre Henders' Tod auf irgendeine Art ein Beschwichtigungsopfer gewesen für die wie immer beschaffenen Götter, die auf Hydros das Wetter beherrschten. In der weiten Stille der langanhaltenden Kalmenperiode erklang auf einmal das Brausen von Windstößen, die von weither kamen: bis vom Pol herauf. Und es waren wirklich starke südliche Luftmassen und beißend kalt.

Die See ging hoch. Das so lange ruhig treibende Schiff torkelte in Wellentäler, richtete sich wieder auf und sackte in neue Tiefen. Dann verfinsterte sich der Himmel mit einer Plötzlichkeit, die fast bestürzend war. Und der Wind trug Regen heran.

»Eimer!« brüllte Delagard. »Fässer!«

Keiner brauchte angetrieben zu werden. Auch die Freiwache unter Deck war sofort hellwach, und es wimmelte an Deck von eifrigen Gasten. Alles, worin sich Wasser halten würde, wurde herangeschleppt, um den Regen aufzufangen, nicht bloß wie gewöhnlich die Kummen, Fässer und Töpfe, sondern auch saubere Lappen, Decken, Kleidungsstücke … alles wasserabsorbierende Material, das man nach dem Regen auswringen konnte. Der letzte Regen lag Wochen zurück. Und es konnte sehr wohl wieder Wochen bis zum nächsten dauern.

Dieser Regen kam aber auch als eine Ablenkung und wirkte wie ein Balsam gegen den Schock nach Henders' fehlgeschlagener Meuterei und seinem gewaltsamen Tod. Lawler, der nackend durch den kühlen Regen rannte wie alle anderen, um die kleineren Gefäße in die größeren Vorratsbehälter zu leeren, empfand dafür Dankbarkeit. Die gespenstische Alptraumszene auf eben diesem Deck hier hatte ihn auf ganz unerwartete Weise mitgenommen und etliche seiner mühsam angelegten Schutzschichten absplittern lassen. Es war lange her, daß er sich dermaßen unbedarft, laienhaft und verletzlich gefühlt hatte. Spritzendes Blut, klaffendes, zerfetztes, rohes Fleisch, sogar der plötzliche Tod waren Routineerfahrungen für ihn, sozusagen Berufsalltag, und er war daran gewöhnt und ließ sie sachlich an sich abgleiten. Aber ein glatter Mord? Noch zuvor aber hatte er mitangesehen, wie ein Mensch glatt ermordet wurde. Er hatte sich so etwas auch noch nie als eine potentielle Erfahrung vorgestellt gehabt. Bei dem ganzen bravourösen Geschwätz von Dag Tharp während der letzten paar Wochen, daß man Delagard über Bord ins Meer werfen wolle, war Lawler wirklich kein einziges Mal der Gedanke gekommen, daß ein Mensch tatsächlich dazu fähig sein könnte, einem anderen Menschen das Leben zu nehmen, und er konnte es immer noch kaum glauben. Aber es war nun einmal zweifelsfrei so, daß Delagard Henders in Notwehr getötet hatte. Nur – er hatte es kaltblütig getan, skrupellos, ganz beiläufig und routinemäßig. Lawler kam sich auf eine erniedrigende Weise naiv und dumm vor angesichts dieser harten häßlichen realen Tatsachen. Der weise alte Doc Lawler, der Mann, dem nichts fremd ist, kriegt kalte Füße wegen eines kleinen Vorfalls von archaischer Gewalttätigkeit? Es war absurd. Und doch war es so und war absolut real. Es hatte ihn zutiefst getroffen, und das Zusehen hatte seine innere Sicherheit zerstört.

Doch, ja, *archaisch* war schon das treffende Wort dafür. Die Unbekümmertheit und Kaltblütigkeit, mit der Delagard sich seines Verfolgers entledigte, hatte etwas durchaus Archaisches gehabt, wenn nicht gar etwas Urzeitlich-Prähistorisch-Primitves: Da war eine Hand aus der dunklen Vergangenheit aufgetaucht und hatte getötet, in einem finsteren Akt wie aus dem Frühzeitgrauen der Menschheit, der an diesem Morgen auf dem Deck der *Queen of Hydro*s erneut inszeniert worden war. Und es hätte Lawler auch kaum noch überrascht, wäre die ERDE selbst als Bühnenkulisse über ihnen aufgezogen, dicht über den Masten lastend, und von all den übervölkerten Kontinenten troff in Strömen das Blut… Soviel also blieb zu sagen zu der allgemeinen, im Brustton der Selbstgerechtigkeit verkündeten Überzeugung, daß alle derartigen primitiven Urinstinkte ausgestorben seien, daß eine derartige urtümliche blutrünstige Gewalttätigkeit im Laufe der Evolution aus der menschlichen Rasse ausgemendelt worden sei…

Ja, der heftige Regen bot eine willkommene Ablenkung davon, lieferte das langersehnte und dringend nötige Trinkwasser, und überdies wusch er die Makel der Sünde vom Deck. Denn das, was da im Morgengrauen geschehen war, wollte Lawler doch eigentlich liebend gern so rasch wie möglich vergessen.

4

In dieser Nacht suchten ihn beunruhigende Träume heim. Nicht Träume voll Mord, sondern erfüllt von heftigen erotischen Leidenschaften.

Schattenhafte weibliche Gestalten umtanzten ihn im Schlaf, gesichtslose Frauen, bloße sich drehende und windende Leiber, bloße Sexualgefäße, um das Verlangen in sie zu ergießen. Sie hätten jede und alle sein können, waren das anonyme Mysterium Weib schlechthin, ohne Individualität, charakterlos, nichts als ein Schwarm schwingender Brüste, breiter Hüften, fülliger Hintern, dichtwuchernder Schamhaardreiecke. Manchmal glaubte er, der Tanz bestehe einzig aus losgelösten Brüsten oder aus einer Folge sich unablässig öffnender Schenkel, oder aus feuchtschimmernden Lippen, oder flatternden Fingern, oder zuckenden Zungen.

Unruhig warf er sich auf dem Lager herum, driftete fast ins Erwachen hinauf, sank aber stets wieder in den Schlaf zurück, der neue sinnliche Fieberschauder brachte. Wolken von Weiblichkeit umlagerten seine Koje mit Augen wie lüsterne Spalte, geblähten Nüstern, nackten Leibern. Die Körper hatten jetzt auch Gesichter – die Gesichter der Frauen von Sorve, die er gekannt und geliebt und nahezu restlos vergessen hatte, eine große, große Schar von Weibern, alle die Bockssprünge, die beiläufigen Ausbrüche seiner prallvollen Jugendjahre waren neu zum Leben erwacht und drängten sich nun um ihn, die unausgeformten Gesichter der noch halbkindlichen Mädchen, die Lüsternheit in den Gesichtern der älteren Frauen, die mit einem Jungen, der halb so alt war wie sie, herumspielten; der spähende Blick in den Gesichtern von Frauen, die mit einer Liebe geschlagen waren, von der sie wußten, daß sie ohne Erfüllung bleiben mußte. Eine nach der anderen zogen sie dicht an

Lawler vorbei, ließen sich von ihm berühren, sich näherziehen – und lösten sich dann in wolkigen Rauch auf, um fast sogleich einer anderen Platz zu machen. Sundira – Anya Braun – Boda Thalheim (die noch nicht ›Schwester Boda‹ geworden war) – Mariam Sawtelle – Mireyl – wieder Sundira – Meela – Moira Sundira – Sundira – Anya – Mireyl – Sundira …

Lawler fühlte alle Qualen sexuellen Verlangens, dem keine Hoffnung auf Erfüllung beschert ist. Sein Glied war ein riesiger Schmerzensbaum. Die Hoden zerrten wie Eisengewichte. Ein zum Wahnsinn reizender, unwiderstehlicher heißschwüler weiblicher Geschlechtsduft wogte ihm um Nase und Mund wie eine feuchte erstickende Decke, drang tief in seine Kehle und erfüllte seine Lungen. Er keuchte und rang nach Luft, bis alles in ihm brannte und nach Erlösung schrie.

Und hinter diesen Phantasiegebilden, hinter dem schmerzenden Gefühl von Not und Frustration lauerte etwas anderes: Da war etwas Unbekanntes, Vibrierendes, vielleicht ein Geräusch, jedenfalls aber ein beständig breiter werdender Strahl von starkem sensorischem Input, der sich schneidendscharf von den Lenden bis in seinen Schädel hinaufbohrte. Er spürte, wie das Etwas in ihn eindrang, dicht hinter seinen Hoden, wie ein Speer aus Eis, und wie es durch alle die dampfenden Windungen seiner Eingeweide heraufdrang, durch das Zwerchfell, das Herz, wie es ihm die Kehle durchstieß und immer weiterstieß bis in sein Gehirn. Er war gepfählt und kreiste langsam wie ein aufgespießter Fisch überm Grillfeuer; und während er rotierte, wuchs und wuchs und wuchs die Intensität der erotischen Empfindungen, bis ihm schien, als existiere nichts anderes im ganzen Universum als dieses sein zwanghaftes Bedürfnis nach sofortiger sexueller Vereinigung.

Dann wälzte er sich von seinem schmalen Lager. Er war nicht sicher, ob er wach war oder noch träumte, als er auf den Gang trat, die Leiter hinaufstieg, durch das Luk hinaus aufs Deck.

Es war eine milde mondlose Nacht. Das Kreuz hing schräg am unteren Himmelsrand wie eine Handvoll Juwelen, die jemand weggeworfen hat. Die See war still mit einer kleinen im Licht der Sterne schimmernden Kräuselung. Es ging ein glatter Wind. Die Segel waren gesetzt und prall.

Gestalten wanderten umher, Schlafwandler, Träumer.

Lawler kamen sie ebenso unbestimmt vor wie die Erscheinungen aus seinen Träumen. Er begriff, daß er sie kannte, mehr aber auch nicht. In diesem Moment waren sie ohne Namen, ohne Identität. Er sah eine kurze dickleibige Mannsgestalt und einen anderen mit einem knochigen kantigen Körper, und einen ausgemergelten Zwerg mit lappiger Kinnwamme. Doch es war kein Mann, den Lawler suchte ... Aber weit hinten am Heck stand eine schlanke große dunkelhaarige Frau. Auf sie strebte er zu. Doch ehe er bei ihr angelangt war, tauchte ein anderer Mann auf, ein hochgewachsener strammer Kerl mit großen funkelnden Augen gleitend aus dem Schatten und ergriff sie am Handgelenk. Und die beiden sanken zusammen aufs Deck nieder.

Lawler machte kehrt. Es gab schließlich noch andere Frauen auf dem Schiff, und er würde sich eine suchen. Er mußte einfach.

Das schmerzhafte Pulsen zwischen seinen Beinen war nicht mehr auszuhalten. Er war noch immer von dieser neuen unvertrauten vibrierenden Empfindung wie gepfählt. Sie besaß die kaltbrennende Schärfe und messerstarre Unerbittlichkeit eines Eiszapfens.

Er stieg über ein Paar hinweg, das sich kopulierend auf dem Deck wälzte: ein grauhaariger älterer Mann mit einem gedrungenen massigen Leib und eine große kompakte Frau mit dunkler Haut und goldenen Haaren. Lawler dachte flüchtig, daß er die beiden einst gekannt habe, doch wie zuvor fielen ihm keine Namen ein. Danach flitzte ein helläugiger kleiner Mann an ihm vorüber, und dann lag da wieder ein engumschlungenes Paar, der Mann gewaltig und muskulös, die Frau geschmeidig, stark, jung.

»Du!« sagte eine Stimme aus dem Schatten. »Komm her!«

Sie lag einladend unter der Brücke und lockte ihn, ein untersetztes breitleibiges Weib mit einem platten Gesicht, orangefarbenem Haar und zahllosen Sommersprossen auf Gesicht und Brüsten. Ihre Haut schimmerte vom Schweiß, und sie atmete heftig. Lawler kniete vor ihr nieder, und sie zog ihn auf sich und umklammerte ihn mit den Schenkeln.

»Gib's mir! Gib's mir!«

Er glitt mühelos in sie. Sie war warm und weich und glatt. Ihre Arme umfingen ihn, und sie riß ihn heftig zu ihren schweren Brüsten nieder. Sein Becken bewegte sich in zwanghaften Stößen. Es ging alles sehr rasch, wild und wütend vor sich, ein Moment brutaler grunzender, schnaubender Brunst. Kaum hatte Lawler zu stoßen begonnen, spürte er, wie die feuchte Öffnung zu beben begann und sich dann in tiefen gleichmäßigen Spasmen um sein Glied schloß. Er fühlte, wie die Lustimpulse durch ihre Nervenbahnen liefen. Und das war verwirrend, daß er fühlen konnte, was sie empfand. Und gleich danach erfolgte seine stoßweise Entladung als Reaktion, und auch dies konnte er doppelt empfinden, nämlich nicht nur als seine eigenen sensuellen Empfindungen, sondern auch die ihren, als sie sein Sperma in sich aufnahm. Und auch dies war seltsam. Es war kaum zu unterscheiden, wo ihr Bewußtsein aufhörte und wo seines begann.

Dann rollte er von ihr. Sie griff nach ihm, wollte ihn wieder an sich, in sich ziehen, aber er war schon fort: Ihn verlangte nach einer neuen Partnerin. Der eine kurze Augenblick der Explosion war bei weitem nicht ausreichend gewesen, um seinen zwanghaften Drang zu lindern. Vielleicht konnte nichts ihn stillen. Aber vielleicht konnte er als nächste die große Schlanke finden, oder aber auch diese kräftige junge Feingliedrige, die vor Lebenskraft überzuschäumen schien. Oder sogar jene üppige Dunkelhäutige mit den Goldhaaren. Es spielte keine Rolle, welche. Er war unersättlich, unerschöpflich.

Da war die Schlanke, und sie war allein. Lawler setzte sich in Bewegung. Zu spät! Der zottige, breitschultrige Mann mit den fleischigen Weiberbrüsten ergriff von ihr Besitz und zog sie mit sich ins Dunkel.

Nun, dann eben die Dicke ...

Oder die Junge ...

»Lawler?« Eine Männerstimme.

»Wer ist das?«

»Quillan. Hier! Hier drüben!«

Es war dieser hagere kantige Mann an dessen Leib kein Fleisch zu sitzen schien. Er kam auf Lawler zu und griff nach seinem Arm. Lawler schüttelte ihn ab. »Nein, nicht mit dir ... ich such keinen Mann ...«

»Ich auch nicht. Und im übrigen auch keine Frau. Gütiger Gott, Lawler! Seid ihr denn allesamt wahnsinnig geworden?«

»Wie?«

»Komm her zu mir und stell dich neben mich und schau dir an, was da geschieht! Diese infame verrückte Orgie!«

Lawler schüttelte benommen den Kopf. »Was? Wie? Orgie?«

»Siehst du nicht, wie es Sundira Thane und Delagard dort drüben miteinander treiben? Und Kinverson und Pilya? Und schau, schau dorthin, dort ist Neyana und winselt wie eine Irre. Dabei hast du sie doch grad erst bestiegen. Und schon gierst du nach mehr. So etwas hab ich noch nie gesehen.«

Lawler griff sich an die Lenden. »Ich spüre – Schmerz – hier ...«

»Es ist etwas aus dem Meer, das uns dies antut. Es befällt unseren Verstand. Auch ich spüre es. Aber ich kann mich beherrschen. Ihr aber... euer ganzer wahnsinnig gewordener Haufen...« Es fiel Lawler sehr schwer zu begreifen, wovon der Knochige redete. Er stolperte weiter. Er sah die große goldhaarige Frau übers Deck streifen, auf der Suche nach ihrem nächsten Partner.

»Lawler! Komm zurück!«

»Laß! Warte! Später... wir können später reden...«

Während er noch auf die Frau zutaumelte, glitt eine schlanke dunkle Männergestalt an ihm vorüber und rief: »Father, Sir! Doktor! Sir! Ich seh es! Hier drüben! Außenbords!«

»Was siehst du, Gharkid?« fragte der Quillan genannte Knochenmann.

»Eine große Napfschnecke, Father-Sir. Sie klebt am Schiffsrumpf. Die sondert irgendwie was Chemisches ab – irgendwie 'ne Droge...«

»Lawler! Komm dir anschauen, was Gharkid entdeckt hat!«

»Ja... später... später...«

Aber sie blieben erbarmungslos und kamen zu ihm und drangen auf ihn ein und packten ihn, jeder auf einer Seite, und zogen ihn zur Reling. Lawler spähte hinüber und hinab. Die Empfindungen waren hier noch weit intensiver als irgendwo sonst an Bord: Lawler spürte ein tiefes rhythmisches Trommeln im Kreuzbein, ein betäubendes Pochen im Schoß. Seine Hoden wummerten wie Glocken. Der Penis stand steif und zitterte und zuckte in die Höhe, den Sternen zu.

Er mühte sich, den Kopf klarzukriegen. Er begriff kaum, was vorging.

Ein Etwas, das ins Schiff eindrang? Alle mit wilder geschlechtlicher Lust zum Irrsinn trieb?

Namen fanden sich wieder in seinem Kopf ein, und er überlagerte sie mit Gesichtern und Gestalten. Quillan, Gharkid. Widersetzten sich der Kraft. Und die anderen, die ihr unterlegen waren: Er selbst und Neyana, Sundira und Martello, Sundira und Delagard, Kinverson und Pilya, Felk und Lis... Und weiter und weiter in endlosem Partnerwechsel, einem fiebernder Reigen tanzender zuckender Schwänze und Mösen. Wo war Lis? Er wollte Lis haben. Nie zuvor hatte er nach ihr Verlangen verspürt. Auch nicht nach Neyana. Aber jetzt – ja! Ja, Lis. Ja. Und dann schließlich Pilya. Um ihr zu geben, endlich, wonach sie sich diese ganze Reise über gesehnt hatte. Und nach ihr dann Sundira... Nimm sie dem Scheißkerl Delagard weg! Ja, Sundira, und dann wieder Neyana, und dann Lis und Pilya – und Sundira, Neyana, Pilya, Lis – und ficke bis zum Morgen – ficke bis Mittag – ficke bis zum Ende aller Zeit...

»Ich will es töten!« sagte Quillan. »Gib mir mal die Gaffelstange rüber, Natim.«

»Ja, aber spürst du denn nicht, wie stark das ist?« fragte Lawler. »Bist du immun dagegen?«

»Selbstverständlich bin ich nicht immun«, erwiderte der Priester.

»Also bewirkt dein Zölibatgelübde ...«

»Nein! Nicht mein Gelübde zur Abstinenz hält mich zurück, Lawler, sondern pure Angst.« Und zu Gharkin sagte er: »Die Stange sollte knapp reichen. Halt mich an den Beinen fest, damit ich nicht über Bord gehe.«

»Laß mich«, sagte Lawler. »Ich hab längere Arme als du.«

»Bleib, wo du bist!«

Dann zog sich der Priester über die Bordwand und beugte sich vorsichtig auf der anderen Seite nach unten. Gharkid packte ihn an den Beinen, und Lawler hielt Gharkid fest. Als Lawler sich vorbeugte und über Bord spähte, erblickte er etwas, das wie eine grellgelbe Platte von etwa einem Meter Durchmesser aussah, die dicht über der Wasserlinie am Schiffskörper klebte. Sie war flach und rund und wies im Zentrum eine kleine runzelig-knotige Wölbung auf. Quillan langte so weit wie möglich nach unten und stieß zu. Wieder und wieder. Vom Rücken des Geschöpfes sprühte ein dünner blauer Strahl wie ein Springbrunnen nach oben. Und noch ein Stoß, und das Ding bebte konvulsivisch.

Lawler fühlte, wie der Schmerz in seinen Lenden schwächer wurde.

»So haltet mich doch richtig fest!« rief der Priester. »Ich verlier den Halt!«

»Aber nicht doch, Father! Keine Spur!«

Lawler umklammerte mit den Händen die nach oben ragenden Fußknöchel des Mannes. Er spürte, wie dessen Körper sich spannte, als er sich vom Schiff fortbog, nach unten zielte und die Stange mit einem festen harten Stoß abwärts trieb. Der fleischige Leib des Klebewesens wellte sich heftig. Die Farbe wechselte zu dunklem Grün, dann zu kränklichem Schwarz; in den fleischigen Weichpartien bildeten sich plötzlich zuckende Erhebungen; das Ding bäumte sich hoch, fiel in die See zurück und wurde in der Heckwelle des Schiffes davongetragen.

Augenblicklich fühlte Lawler, wie sein Gehirn sich von den letzten Dunstschwaden befreite.

»Mein Gott…«, sagte er. »Was war das?«

»Gharkid hat es als Napfschnecke bezeichnet«, sagte Father Quillan. »Etwas, das sich an uns festgesaugt hat und uns allesamt mit wüsten Pheromonen beschoß.« Er bebte am ganzen Leib, als ob eine unerträgliche Spannung von ihm gewichen sein. »Einige unter uns waren fähig, dem zu widerstehen, andere nicht.«

Lawler blickte über das Deck. Überall wanderten nackte Gestalten herum, benommen, als wären sie gerade aus tiefstem Schlaf erwacht. Leo Martello erhob sich von Neyana und stierte sie an, als hätte er sie in seinem Leben nie gesehen. Kinverson löste sich von Lis Niklaus. Lawler fing den Blick aus Sundiras Augen auf. Sie wirkte wie betäubt. Sie fuhr sich wieder mit einer schmerzlichen reibenden Geste über den nackten Bauch, als wollte sie damit den Abdruck von Delagards Fleisch von sich abwischen.

DAS ERSCHEINEN der Napfschnecke war eine Art Vorzeichen. Denn in diesen tiefen Breiten schien das Leere Meer nämlich zunehmend weniger leer zu sein.

Es zeigte sich eine neue Drakken-Art, sozusagen die südliche Abart der Spezies. Sie sah zwar der nördlichen recht ähnlich, war aber größer und wirkte irgendwie gerissener und hatte etwas Heiter-Planmäßiges an sich. Statt in Schwärmen von Hunderten von Exemplaren zu wandern, bewegten sich diese Drakken in einem Rudel von wenigen Dutzend, und wenn ihre langen Tubusköpfe sich über die Wasserfläche hoben, waren sie weit verstreut, als beanspruchte jeder zum Trupp Gehörende eine gewisse großzügige Distanz zu seinen Gefährten, die allseits auch respektiert zu werden schien. Sie begleiteten das Schiff über Stunden hin und paddelten unermüdlich, die Nasen hoch in die Luft gereckt, neben ihnen her. Die schimmernden Augen schlossen sich nie. Es fiel gar nicht schwer, sich einzureden, daß sie nur auf die Dunkelheit warteten und auf die Gelegenheit, um massenweise an Bord zu kommen. Delagard befahl die Freiwachen früher an Deck, wo sie mit Gaffeln patrouillieren sollten.

Doch in der Dämmerung tauchten die Drakken unter, und zwar allesamt gleichzeitig in der für sie charakteristischen Simultanaktion, als wären sie alle von einer übergeordneten Größe drunten verschluckt worden. Delagard war allerdings nicht überzeugt, daß sie fort waren, und ließ das Deck die ganze Nacht hindurch patrouillieren. Doch es erfolgte kein Angriff, und am nächsten Morgen war von den Drakken nirgendwo etwas zu sehen.

SPÄTER AM SELBEN Nachmittag, als bereits die Dämmerung hereinbrach, trieb eine gewaltige amorphe, irgendwie fahle und viskose Masse von Luv am Schiff vorbei. Sie erstreckte sich viele hundert Meter weit, vielleicht mehr. Es hätte fast so etwas wie eine ›Insel‹ von unbekannter Struktur sein können, so groß war das Ding: eine kolossale schwabbelige Insel, ganz aus Mukosa, eine gewaltige Ansammlung von Schleim und Rotz. Als sie näher kamen, stellten sie fest, daß das gewaltige runzlige Blasending effektiv lebendig war, oder doch jedenfalls partiell. Die fahlgelbe eipuddingähnliche Oberfläche erzitterte sacht in stoßhafter Rhythmik, trieb kleine kugelige Protuberanzen hoch, die fast sofort wieder in die Gesamtmasse zurücksackten.

Dag Tharp spielte den Clown. »Endlich! Ladies and Gentlemen! Hier seht ihr es: Das Antlitz – Die Feste – Das Land über dem Wasser – Endlich!«

Kinverson lachte. »Also wenn ihr mich fragt – für mich sieht das eher aus wie das Gegenteil von 'nem Gesicht – eher wie das andere Ende.«

»Aber seht doch!« sagte Martello. »Es schweben Lichtzungen davon auf und flackern in der Luft umher. Wie wunderschön das ist!«

»Wie Glühwürmchen«,sagte Quillan.

»*Glühwürmchen?*« fragte Lawler.

»Die gibt es auf Sunrise. Insekten mit Leuchtorganen. Du weißt doch, was das ist, Insekten? Auf dem Land lebende sechsbeinige Arthropoden, die auf den meisten Welten ungemein verbreitet sind. Diese Glühwürmer, Leuchtkäfer, Feuerfliegen sind Insekten, die in der Dämmerung ausschwärmen und dann ihre Lichtlein an- und ausblinken. Ein sehr hübscher, sehr romantischer Effekt. So ähnlich wie dies hier.«

Lawler betrachtete sich das Ganze. Doch, ja, es war ein schöner Anblick: Fragmente der gewaltigen trägschwappenden treibenden Masse lösten sich ab, hoben sich, wurden von der leichten Brise aufwärts getragen, begannen zu glühen und scharfe gelbe Leuchtblitze abzugeben wie flirrende Miniatursönnchen. Die ganze

Luft war von ihnen erfüllt, es waren viele Dutzende, Hunderte. Sie segelten auf dem Wind, hoben sich, sanken nieder, hoben sich erneut, stürzten und stiegen wieder auf. Und dabei blinkten sie unablässig: An-aus-an-aus-an-aus …

Aber auf dem Planeten Hydros bedeutete Schönheit fast immer, daß Anlaß bestand zu Vorsicht und Argwohn. Und bei dem Tanz dieser ›Feuerfliegen‹ verspürte Lawler mehr und mehr ein starkes Unbehagen.

Da kreischte plötzlich Lis Niklaus: »Das Segel brennt!«

Lawler sah nach oben. Einige der Glühwürmchen waren über das Schiff getrieben, und wo sie gegen eins der Segel stießen, hatten sie sich festgesetzt und durch ihr stetiges Glühen das dichte Seebambusgewebe entzündet. An einem Dutzend Stellen kräuselten dünne Rauchspiralen nach oben; kleine rote Brandsäume im Gewebe wurden sichtbar. Kurz: Das Schiff stand unter Beschuß.

Delagard brüllte Befehle, um den Kurs zu wechseln. Die *Queen* setzte sich so rasch wie möglich von der feindlichen Geschwulst an ihrer Flanke ab. Alle, die nicht für die Segelmanöver benötigt wurden, wurden hinaufgeschickt, um das Tuch zu schützen. Lawler kletterte neben den anderen in der Takelung umher und schlug auf die Fünkchen ein, wenn die sich in den Segeln festfressen wollten, und kratzte jene fort, die dort bereits saßen. Sie waren nicht besonders heiß, aber ausdauernd, und die konstante Abgabe von Wärmeenergie war es denn auch, welche das Material in Brand setzte. Lawler sah die verkohlten Stellen, an denen man sie noch rechtzeitig beseitigen konnte, und an anderen Stellen blinkte Sternenlicht durch die kleinen Löcher – und hoch droben im Topp am Vormast eine grellrote Flammenzunge mit einer schwarzen Rauchspur, dort brannte der Stoff bereits.

Kinverson kletterte behende dorthin und hieb mit den

Pranken auf die Brandstelle ein, um die Flamme zu ersticken. Und die hellen Flämmchen erstickten unter seinen Fäusten, als benutzte er einen Zaubertrick. Kurz darauf war nichts weiter als ein müdes Glimmen sichtbar, und dann erlosch auch dies. Der Glühwurm, die Feuerfliege, die den Brand verursacht hatte, war längst fort und aufs Deck gesunken, als das Segeltuch um es herum löcherig wurde. Das zurückbleibende Loch war etwa kopfgroß.

Dann kam das Schiff in den Wind und fuhr rasch nach Südwest davon. Der häßliche Feind vermochte nicht mit dem gleichen Tempo zu folgen und war bald hinter ihnen außer Sicht. Aber seine niedlichen Absprengsel, die flirrenden schwebenden Glühwürmchen, folgten ihnen im Wind in immer geringerer Zahl mit der Brise stundenlang, und es dämmerte bereits, als Delagard es für sicher genug hielt, die Feuerbrigade aus der Takelung zurück an Deck zu beordern.

Sundira war die nächsten drei Tage hindurch damit beschäftigt, die Segel zu flicken, und Kinverson, Pilya und Neyana halfen dabei. Das Schiff machte keine Fahrt, solange die Spieren nackt waren. Die Luft war reglos; die Sonne war unangenehm stark; die See blieb ruhig. Hin und wieder blinkte in der Ferne eine Finne über dem Wasser auf. Und Lawler hatte das Gefühl, daß sie mittlerweile ständig unter Beobachtung waren.

Und er rechnete sich aus, daß er noch einen Wochenvorrat von Taubkrauttinktur hatte. Im Idealfall.

UND WIEDER KAM eine im Meer treibende Kreatur vorbei, und sie war weder so gigantisch, noch so abstoßend wie die vorherige, noch so feindselig: Es war ein großes Ei, völlig ohne Oberflächenstruktur, völlig glatt, aber von einem angenehm strahlenden smaragdgrünen Leuchten erfüllt. Es ragte zur Hälfte aus dem Wasser, doch die See war hier dermaßen durchsichtig, daß man auch die schimmernde untere Hälfte deutlich sehen konnte. Das

Objekt hatte schätzungsweise zwanzig Meter Umfang und ungefähr zehn, fünfzehn Meter Länge von dem untergetauchten Hinterende bis zur gerundeten Spitze.

Delagard war unruhig und rechnete anscheinend mit allem möglichen; jedenfalls befahl er alle Mann an Deck und an die Reling, wo sie mit Spießen und Gaffeln bewaffnet warten mußten. Aber das Ei-Ding glitt so harmlos wie eine Frucht vorbei. Wahrscheinlich war es ja auch gar nichts weiter als ein Ei. Am selben Tag kamen zwei weitere dieser Eier vorbei. Davon war das erste rundlich-kugeliger als das allererste, das zweite etwas mehr länglich, aber ansonsten sahen sie aus, als wären sie von der gleichen Art. Und außerdem schienen sie die *Queen* überhaupt nicht zu bemerken. Was diesen Eiern fehlt, dachte Lawler, sind riesige glitzernde Glubschaugen, damit sie das Schiff besser sehen können, während sie vorbeitreiben. Aber die ›Gesichter‹ waren blind, glatt, rätselhaft und ärgerlich ausdruckslos. Doch es haftete ihnen etwas seltsam Feierliches an, eine ruhige Schwere. Father Quillan sagte, sie erinnerten ihn an einen Bischof, den er einst gekannt hatte. Und dann mußte er der gesamten Crew erklären, was denn ein ›Bischof‹ sei.

Und nach den Eiern kam eine Spezies von Fliegenden Fischen, die jedoch weder Verwandte von den eleganten regenbogenfarbig schimmernden heimischen Spezies des Mare Nostrum waren, noch irgendwie den gräßlichen Hexenfischen der offenen Ozeane glichen. Diese hier waren zerbrechlich wirkende, etwa fünfzehn Zentimeter lange schimmernde Geschöpfe mit graziösen durchsichtigen Schwingen, die sie zu unglaublichen Höhen emportrugen. Man konnte sie aus der Ferne schon sehen, wie sie nahezu senkrecht aus dem Wasser aufstiegen und ungewöhnlich weit flogen, ehe sie erneut ins Meer tauchten, und dies nahezu, ohne daß das Wasser aufspritzte. Und Augenblicks darauf waren sie wieder in den Lüften und tauchten hinab und flogen wieder hinauf und wieder hinab, und kamen mit jedem Bewegungszyklus näher an das Schiff heran, bis sie schließlich dicht steuerbord waren.

Diese Fliegenden Fische schienen ebenso ungefährlich zu sein wie die driftenden Smaragdeier. Sie flogen dermaßen hoch, daß kaum Gefahr bestand, auf Deck mit ihnen zusammenzustoßen, also brauchte man sich auch nicht zu ducken oder in Deckung zu gehen, wie dies bei einem Flugangriff der Hexenfische unumgänglich gewesen wäre. Diese Fische waren so wunderschön und funkelten so prachtvoll unter dem grellen harten Lichterdom des Himmels, daß nahezu die gesamte Schiffsbesatzung sich an Deck einfand, um sie vorbeiziehen zu sehen.

Die Leiber der Wesen waren fast durchsichtig. Mit Leichtigkeit konnte man die zarten drahtfeinen Gräten ausmachen, die runden pumpenden rot-violetten Herzen, die fadenfeinen blauen Adern. Die blutroten Augen waren fein facettiert und blinkten je nach Lichteinfall.

Wunderschön, ja. Doch während sie hoch über das Schiff hinwegsetzten, regnete aus ihnen eine seltsame Flüssigkeit herab, ein schwacher schimmernder Schauer von dunkelblinkenden Tröpfchen, die scharf und beißend brannten, wo immer sie auftrafen.

Zuerst begriff niemand, was los war, denn die ersten flüchtigen Treffer der Exkrete dieser Flugwesen waren weiter nichts als eine kaum fühlbare Unannehmlichkeit. Aber die Reizwirkung war kumulativ, die Säure drang langsam tiefer, und aus einem leichten Jucken wurde bald heftiger Schmerz.

Lawler, der im Windschatten der Vorsegel gestanden hatte, war weitgehend gegen den Beschuß abgeschirmt gewesen. Ein paar Spritzer trafen seinen Unterarm, nicht genug, als daß ihm dies mehr als ein ärgerliches Stirnrunzeln abgenötigt hätte. Dann jedoch sah er, daß sich auf den blankgeschrubbten Decksplanken gelbe knotige Sterne abzuzeichnen begannen, und als er aufblickte, sah er seine Gefährten wild fuchteln und herumtanzen, schreien und sich auf die Arme klatschen und die Wangen reiben.

»Runter! Alle unter Deck!« brüllte er. »Geht in Deckung! Das kommt von den Fischen!«

Die Angreifer aus der Luft waren mittlerweile über das Schiff hinweggezogen und auf der anderen Seite verschwunden. Doch schon erhob sich steuerbords eine zweite Angriffswelle aus den Fluten.

Die Attacke dauerte insgesamt fast eine Stunde lang und kam in einem halben Dutzend von Angriffswellen. Hinterher fanden sich die Opfer nacheinander in Lawlers Sanitätsraum ein, um sich die Verätzungen behandeln zu lassen.

Sundira, die beim Angriff der Fische in der Takelung gearbeitet hatte, kam zuletzt. Sie hatte droben weiter nichts als ein Lendentuch getragen, und ihr ganzer Körper war blasenübersät. Stumm tupfte Lawler die Heilsalbe auf. Sie stand nackend vor ihm, und seine Hände glitten über ihre Haut und trugen das Medikament auf, um ihre Brustwarzen, auf den Schenkeln bis knapp unterhalb ihrer Lenden. Sie hatten sich seit der Nacht vor dem Ereignis mit der Napfschnecke nicht mehr geliebt. Doch Lawler fühlte nun bei der Berührung keinerlei Verlangen nach ihr, auch nicht wenn er die intimsten Stellen bestrich.

Auch Sundira war dies nicht entgangen. Das konnte er unter den tastenden Fingern an ihren Muskeln fühlen, die sich verspannten. Ärgerlich reckte sie sich. »Du faßt mich an, als wäre ich ein Klumpen Fleisch, Val.«

»Ich bin Arzt, der eine Patientin versorgt, die auf dem ganzen Körper ziemlich eklige Blasen hat.«

»Und mehr bin ich jetzt für dich nicht mehr?«

»In diesem Moment, nein. Hältst du es für nützlich, wenn ein Arzt jedesmal zu schwitzen und zu schnaufen anfängt, wenn er einen attraktiven Körper berühren muß?«

»Ja, aber ich bin doch nicht bloß irgendein Patient, oder?«

»Nein, nicht ein x-beliebiger.«

»Und doch gehst du mir schon tagelang aus dem Weg. Und jetzt behandelst du mich wie eine Fremde. Was ist denn los?«

»Los?« Er blickte sie bekümmert an. Dann klopfte er ihr sacht auf die Hüfte. »Dreh dich um, ich hab die Blasen in deinem Kreuz noch nicht behandelt. Was meinst du damit, Sundira?«

»Du willst mich nicht mehr, hab ich recht?«

Er tauchte die Fingerspitzen in das Salbengefäß und rieb sie dicht über den Pobacken ein.

»Ich wußte nicht, daß wir einen speziellen – Terminplan hätten. Haben wir den?«

»Natürlich nicht. Aber sieh doch nur, wie du mich jetzt berührst.«

»Ich hab es dir doch grad gesagt. Ich wiederhole es noch einmal. Ich denke, du bist hier, weil du dich von einem Arzt medizinisch behandeln lassen willst, nicht um zu bumsen. Ärzte lernen es frühzeitig, daß es immer schlecht ist, wenn man beides verbindet. Aber es könnte mir natürlich auch in den Sinn gekommen sein – nicht aus Gründen der ärztlichen Ethik, sondern als schlichtes Ergebnis gesunden Menschenverstandes –, daß es dir vielleicht nicht ganz so angenehm sein könnte, wenn ich mich jetzt auf dich stürze, in einem Augenblick, wo du am ganzen Körper von schmerzhaften Blasen bedeckt bist. Klar jetzt?« Nie zuvor hatten sie Worte dieser beinahe zänkischen Art gewechselt. »Also, erscheint dir das nicht als vernünftig, Sundira?«

Sie fuhr herum und schaute ihm ins Gesicht. »Es ist wegen dem, was ich mit Delagard gemacht hab, ja?«

»Was?«

»Die Vorstellung ist dir zuwider, daß er mich mit seinen Händen berührt hat – und mehr als das. Und jetzt willst du nichts mehr mit mir zu tun haben.«

»Sprichst du im Ernst?«

»Ja, und ich hab auch recht. Wenn du dein Gesicht sehen könntest ...«

Lawler sagte: »Wir waren alle von Sinnen, als sich dieses Ding ans Schiff geheftet hatte. Niemand ist verantwortlich für etwas, das er in jener Nacht getan hat. Denkst du im Ernst, ich hätte es mit Neyana treiben *wollen?* Wenn du die Wahrheit hören willst, Sundira, ich hab *dich* gesucht, als ich an Deck kam. Ich konnte mich zwar nicht einmal an deinen Namen erinnern oder an meinen eignen, in dem Zustand, in dem ich war. Aber ich habe dich gesehen und dich begehrt und bin auf dich losgezogen, nur ist mir Leo Martello zuvorgekommen. Und dann hat Neyana mich erwischt, also ging ich mit ihr. Ich war unter Fremdbeeinflussung, genau wie du, wie alle anderen. Alle – außer Father Quillan, meine ich, ja und Gharkid. Unsere zwei Heiligen.« Lawlers Wangen waren erhitzt. Er merkte, daß sein Herzschlag sich beschleunigte. »Himmel, Sundira, ich weiß doch schon die ganze Zeit, daß du dich regelmäßig von Kinverson vögeln läßt, und das hat mich nicht daran gehindert, oder? Und in jener Nacht der Schnecke warst du doch zuerst mit Martello zusammen, vor Delagard. Warum sollte das, was du mit Delagard getrieben hast, mir irgendwie mehr ausmachen als das mit all den anderen?«

»Weil Delagard was anderes ist. Du haßt ihn. Und er widert dich an.«

»Wirklich?«

»Ja. Er ist ein Mörder und ein brutaler Unterdrücker. Er ist dafür verantwortlich, daß wir alle aus Sorve vertrieben wurden. Und die ganze Zeit hat er sich auf dieser Expedition aufgeführt wie ein Tyrann: Er prügelt Lis. Er hat Henders umgebracht. Er lügt, er betrügt, er tut, was ihm grad in den Sinn kommt, um seinen Willen durchzusetzen. Alles an ihm und um ihn ist dir ein Greuel, und der Gedanke, daß er jetzt auch noch mit mir fickt, egal ob ich bei Verstand war, als ich es zuließ, oder nicht, ist für dich unerträglich. Also – läßt du deinen Groll an mir aus. Du willst nicht deine Lippen dorthin drücken, wo Delagards Mund gewesen ist, schon gar nicht zu reden von deinem Schwanz. Ist das nicht die Wahrheit, Val?«

»Plötzlich kannst du so gut Gedanken lesen. Ich hab ja keine Ahnung gehabt, daß du psi-begabt bist, Sundira.«

»Spiel nicht den Klugscheißer! Ist es so, oder nicht?«

»Schau mal, Sundira …«

»Es ist so, ja?« Der Ton ihrer Stimme, bisher hart und kalt, wurde auf einmal weich, und Sundira blickte ihn mit einem zärtlichen Verlangen an, das ihn überraschte. »Val, ach Val, glaubst du denn nicht, daß es auch mich vor Ekel würgt, wenn ich daran denke, daß dieser Mann in meinem Leib war? Ob du's glaubst oder nicht, ich versuche die ganze Zeit schon, mich von ihm reinzuwaschen. Aber das soll nicht dein Problem sein. Ich habe keine Pestbeulen, wo er mich berührt hat. Und du hast nicht das Recht, mich so wegwerfend zu behandeln, nur weil irgendein fremdes *Ding* sich an unser Schiff geheftet hat und uns dazu veranlaßte, in einer Nacht etwas zu tun, das uns normalerweise nie in den Sinn kommen würde.« Und dann flammte erneut Zorn in ihren Augen auf. »Aber wenn es nicht Delagard ist, was dann? Sag es mir!«

Mit einer vor Beschämung heiseren Stimme sagte Lawler: »Also ja, ich geb es zu. Es ist wegen Delagard.«

»Oh, verflucht noch mal, Val!«

»Tut mir leid.«

»Wirklich?«

»Ich glaube, mir ist gar nicht richtig klar geworden, was mich derart gewurmt hat. Erst jetzt, wo du es mir mitten ins Gesicht geschleudert hast. Aber, ja, ja, ich glaube, das hat irgendwo tief drin in mir seit jener Nacht herumgefressen. Dieser Anblick, wie Delagards Pfote zwischen deinen Schenkeln herumwühlt. Wie er mit seinen Lippen deine Brüste besabbert.« Lawler schloß kurz die Augen. »Es war ja nicht deine Schuld. Ich führ mich auf wie ein blöder unreifer Junge!«

»Da geb ich dir in allen Punkten recht. Du warst ziemlich dumm. Und ich möchte dir nur nachdrücklich sagen, daß ich unter normalen Umständen mich in einer Million Jahren nicht von Delagard hätte aufs Kreuz legen lassen. Nicht mal wenn er der letzte Mann in der ganzen Galaxis gewesen wäre!«

Lawler lächelte. »Ja, der Teufel hat dich dazu getrieben.«

»Nein, diese Napfschnecke.«

»Das kommt aufs gleiche raus.«

»Wenn du meinst … Aber es ist nie wirklich geschehen. Jedenfalls nicht durch einen bewußten Akt meinerseits. Und ich bemühe mich mit allen meinen Kräften, es ungeschehen zu machen. Versuch du das doch bitte auch, Val. Ich liebe dich.«

Er starrte sie verblüfft an. Einen solchen Ausdruck von Gefühl hatte es bisher zwischen ihnen noch nie gegeben. Und er hätte sich auch nie träumen lassen, daß dieses Wort je zwischen ihnen gesagt werden würde. Es war so lange her, daß jemand zu ihm gesagt hatte ›ich liebe dich‹, daß er sich nicht mehr zu erinnern vermochte, wer es gewesen war.

Und was jetzt? Erwartete sie, daß er dieses Wort auch zu ihr sagte?

Sie lächelte ihn breit an. Sie erwartete nicht, daß er überhaupt etwas sagte. Sie kannte ihn einfach zu gut.

»Komm her, Doktor«, sagte sie. »Ich brauch ein bißchen mehr von deiner gründlichen Untersuchung.«

Lawler warf einen Blick über die Schulter, um zu sehen, ob die Tür des Sanitätsraumes verschlossen war. Dann griff er nach ihr.

»Gib acht auf meine Brandblasen«, sagte sie.

5

Objekte wie riesige Periskope erhoben sich aus der See, blitzende zwanzig Meter hohe Halme, an deren Spitze blaue fünfseitige Polygone saßen. Stundenlang beobachteten sie aus einer Entfernung von etwa fünfhundert Metern das Schiff mit kühler Unbeirrbarkeit. Es handelte sich offensichtlich um Stielaugen. Aber zu welchem Geschöpf gehörten sie?

Dann glitten diese Periskope ins Wasser zurück und kamen nicht wieder herauf. Als nächstes erschienen große gähnende Mäuler, riesenhafte Geschöpfe, die jenen des Heimatmeeres ähnelten, aber viel größer waren; groß genug, so schien es, die *Queen of Hydros* auf einmal zu verschlucken. Auch sie hielten sich auf Distanz und erhellten die See Tag und Nacht mit ihrer grünlichen Phosphoreszenz. Zwar hatte man noch nie gehört, daß Mäuler auf Hydros Schiffen irgendwie Schwierigkeiten gemacht hätten, doch hier handelte es sich um die Mäuler des Leeren Meeres, und hier war schließlich alles möglich. Auf jeden Fall waren diese dunklen Schlünde ein beunruhigender und bedrohlicher Anblick.

Auch das Wasser wies hier mehr und mehr Phosphoreszenz auf. Die Wirkung war anfangs schwach, nur ein leises Zittern von Farbe, ein schwaches bezauberndes Glühen. Dann nahm die Intensität zu. Das Heckwasser des Schiffs lag nachts wie eine Feuerspur auf dem Wasser. Selbst am Tage wirkten die Wellen nun wie Feuer. Die Gischt, die hin und wieder überkam, glitzerte hell.

Ein Regen stechender Quallen ging auf sie nieder. Es folgte eine Show von verrückt umhertollenden Tauchern, die aus dem Meer schossen und sich so hoch in die Luft schleuderten, als wollten sie zu fliegen versuchen. Dann kam etwas, das aussah wie von zerfaserten

Stricken zusammengebündelte hölzerne Pfosten, über die Wasserfläche gewandert, und obenauf saß in der Mitte in einer geöffneten Kapsel ein winziges kugeliges vieläugiges Geschöpf; es sah aus, als bewegte es sich auf Stelzen.

Dann, eines Morgens, als Delagard über die Reling spähte – er war jetzt beständig auf der Hut vor Angriffen aus allen erdenklichen Richtungen –, zuckte er hastig zurück und brüllte: »Ja, verdammt noch mal, Kinverson, Gharkid, her zu mir, schaut euch das da mal an!«

Lawler gesellte sich zu ihnen. Delagard deutete senkrecht nach unten. Zuerst sah Lawler nichts Ungewöhnliches, doch dann bemerkte er, daß das Schiff etwa zwanzig Zentimeter unter der Wasseroberfläche eine Art Unterrock mit sich schleppte, eine Wucherung von irgendeinem gelblichen faserigen Zeug, das sich rings um den ganzen Schiffskörper etwa einen Meter weit ausbreitete. Nein, nicht so sehr ein Unterrock, entschied Lawler, es sah mehr aus wie ein Sims oder ein Schelf von etwas Holzähnlichem.

Delagard wandte sich zu Kinverson: »Hast du so was schon je zuvor gesehen?«

»Nicht daß ich wüßte.«

»Und du, Gharkid?«

»Nein, Capt'n-Sir, noch nie.«

»Irgendein Tang, der sich an uns festgesetzt hat und auf uns wächst? Was meinst du, Gharkid?«

Gharkid zuckte die Achseln. »Es is mir 'n Rätsel, Sir.«

Delagard ließ ein Fallreep überbringen und stieg über die Reling, um die Sache zu inspizieren. Er hielt sich mit einer Hand an der Strickleiter dicht überm Wasser fest und beugte sich dann weit nach draußen und unten. Mit einem langstieligen Entenmuschelschaber stocherte er an der unbekannten Wucherung herum. Fluchend und rot im Gesicht kam er wieder an Bord.

Das Problem, sagte er, liege an diesem Unkraut, der Seehirse, die wie ein sich beständig erneuerndes schützendes Netz an der Außenwandung des Schiffes wachse und so die Außenplanken schütze. »Und da hat sich jetzt irgend so ein einheimisches Gewächs mit reingehängt. Vielleicht eine verwandte Art. Oder ein Symbiont. Egal was, es wuchert jedenfalls um diese Fingerhirse herum, setzt sich so schnell wie möglich fest und wuchert dann wie wahnsinnig. Der Schelf ist jetzt schon so groß, daß er unsere Fahrt merklich bremst. Aber wenn das Zeug ebenso rasch weiterwächst, dann werden wir in ein paar Tagen endgültig festsitzen.«

»Und was machen wir dagegen?« fragte Kinverson.

»Hast du einen Vorschlag?«

»Daß jemand im Wassergleiter rausgeht und das verdammte Zeug wegschneidet, solang es noch geht.«

Delagard nickte. »Gute Idee. Ich übernehm freiwillig die erste Schicht. Kommst du mit?«

»Klar, wieso nicht?« sagte Kinverson.

Die beiden kletterten in den Wassergleiter. Martello bediente die Davits, hievte das Fahrzeug hoch und weit über die Reling hinaus, weit genug jedenfalls über den Rand des Wucherungsschelfs, ehe er es aufs Wasser niederließ.

Die Kunst oder der Trick bestand darin, so schnell zu treten, daß der Wassergleiter schwamm, aber eben nicht so schnell, daß der Mann mit dem Muschelschaber daran gehindert wurde, die unerwünschten Wucherungen wegzuschneiden. Anfangs fiel es ihnen schwer. Kinverson, der den Schaber hielt, nutzte die Länge des Stiels und seiner Arme so gut wie möglich und beugte sich hinüber, um auf das Gewächs einzuhacken; doch er konnte nur ein paar Hiebe ausführen, und schon war der Gleiter an der Stelle vorbeigeschossen, an der er arbeitete, und wenn sie wieder Tempo wegnahmen, an die Stelle zurückkehrten und versuchten, das Gefährt länger dort zu stabilisieren, verlor es an Auftrieb und begann zu sinken.

Aber nach einer Weile bekamen sie die Sache in den Griff. Delagard strampelte, Kinverson hackte. Als dieser sichtlich langsamer wurde, wechselten sie die Plätze. Ein riskantes Manöver auf dem tanzenden Fahrzeug, bis sie aneinander vorbeigestiegen und Delagard vorn und Kinverson an den Pedalen war.

»Also, nächste Schicht!« rief Delagard schließlich. Er hatte sich mit seinem üblichen besessenen Eifer in die Arbeit gestürzt und wirkte jetzt erschöpft. »Zwei neue Freiwillige! Leo, hab ich da grad gehört, du übernimmst die nächste Schicht? Und du, Lawler?«

Pilya Braun bediente die Davits, als Martello und Lawler über Bord gingen. Die See war ziemlich ruhig, aber dennoch hüpfte und tanzte der leichte Gleiter unentwegt. Lawler malte sich bereits aus, wie er von einer stärkeren Welle ins Wasser geschleudert wurde. Er schaute nach unten und sah, wie die einzelnen Stränge des dicht an den Rändern des bereits geformten Schelfs in der Dünung schwangen. Und als sie näher an die Schiffswand getrieben wurden, glaubte er sogar, ganz genau zu sehen, wie einige dieser Stränge sich anhefteten.

Er konnte auch kleine, schimmernde bandförmige, sich windende, zuckende Organismen im Wasser erkennen. Würmer, Schlangen, vielleicht Aale? Sie sahen flink aus und sehr beweglich. Hofften sie auf eine Mahlzeit?

Der Sims widersetzte sich seinen Hackversuchen. Er mußte den Muschelschaber fest mit beiden Händen packen und mit ganzer Kraft abwärts rammen. Oft rutschte das Werkzeug wirkungslos an dem fremdartigen Bewuchs ab, mehrmals wäre es ihm fast aus den Händen geprallt.

»He, ihr da!« brüllte Delagard von oben. »Wir haben

nicht genug von den Dingern, daß wir eins verlieren dürfen!«

Dann entdeckte Lawler eine Methode, wie er leicht schräg den Schaber zwischen die einzelnen Stränge der Wucherung bringen konnte. Er hackte das Zeug in großen Brocken ab, und es trieb davon. Er fand bald den richtigen Rhythmus und säbelte und säbelte. Der Schweiß perlte ihm über die Haut. Seine Handgelenke und Arme fingen an zu protestieren. Schmerz breitete sich bis zu seinen Achseln, in der Brust in den Schultern aus. Das Herz hämmerte wild.

»Mir reicht es«, sagte er zu Martello. »Jetzt übernimm du, Leo.«

Martello schien unermüdlich zu sein. Er hackte mit einer fröhlichen starken Unbekümmertheit und Kraft drauflos, die Lawler als demütigend empfand. Er hatte gedacht, daß er sein Teil recht gut geschafft hätte; doch Martello hackte in den ersten fünf Minuten soviel Zeug weg, wie Lawler in der ganzen Zeit geschafft hatte. Und während er da so wütet, dachte Lawler, baut er sich im Kopf bereits den ›Chopper-Gesang‹ seines Großepos zusammen.

Mit wilder Wut sodann und mühevoll
Mähten wir die Feinde nieder,
Doch sie wuchsen unentwegt. Mit Todesmut
Zerschlugen wir die üble Brut
Und grimmig hackten wir und schnitten …

Onyos Felk und Lis Niklaus stiegen sodann in die Tiefe. Und danach waren Neyana und Sundira und dann Pilya und Gharkid an der Reihe.

»Das Teufelszeug wächst so schnell, wie wir es abschneiden«, sagte Delagard ärgerlich.

Aber dennoch machten sie Fortschritte. Große Teile der Überwucherung waren verschwunden. An einigen Stellen hatten sie den Bewuchs tatsächlich bis auf die ursprüngliche Seehirseschicht wegschneiden können.

Dann waren wieder Delagard und Kinverson an der Reihe. Sie hieben und hackten in teuflischer Wut drauflos. Als sie wieder an Bord waren, sahen die beiden Männer aus, als glühten sie vor Erschöpfung; sie waren über den Punkt bloßer Müdigkeit in eine Art transzendenten Zustand hinübergewachsen, und sie glühten vor Exaltation.

»Gehen wir, Doc«, sagte Martello. »Jetzt sind wir wieder dran.«

Martello schien entschlossen zu sein, sogar Kinverson zu übertreffen. Während Lawler sich abmühte, den Gleiter durch stetes, mühsames, betäubendes Treten stabil zu halten, fuhr Martello wie ein rächender Gott auf den vegetabilen Feind los. *Wamm! Wamm!* Er hob den Schaber hoch über den Kopf und ließ ihn beidhändig tief niederfahren. *Wamm! Wamm!* Gewaltige Teile der Wucherung splitterten ab und trieben davon. Und *wamm!* Jeder Hieb schien gewaltiger als der vorher. Der Gleiter schwankte heftig von Seite zu Seite, und Lawler kämpfte schwer, um das Kentern zu verhindern. Und *wamm! Wamm!*

Schließlich richtete sich Martello noch höher auf und ließ den Entenmuschelschaber mit entsetzlicher Kraft niedersausen. Er trennte einen gewaltigen Brocken ab, fast bis dicht an die Wandung des Rumpfes der *Queen*. Und das Stück löste sich wohl leichter, als Martello erwartet hatte. Denn er verlor erstens die Balance und zweitens den Schaber aus dem Griff. Er grapschte danach, verfehlte ihn, rollte nach vorn und hechtete mit einem großen Klatschen ins Wasser.

Lawler paddelte weiter und beugte sich hinaus, um ihm eine Hand hinzustrecken. Martello war inzwischen bereits etliche Meter vom Gleiter entfernt und schlug wild mit Armen und Beinen. Aber entweder sah er die helfende Hand nicht, oder seine Panik war dermaßen übermächtig und er begriff nicht, was er tun sollte.

»Schwimm auf mich zu!« rief Lawler. »Hierher! Leo, hierher!«

Aber Martello schlug nur weiter wild mit Armen und Beinen um sich. Sein Blick war glasig vor Schock. Dann wurde er plötzlich steif, als hätte ihn von unten her ein Dolch getroffen. Und dann begann er krampfhaft zu zucken.

Die Davits waren inzwischen wieder übers Wasser ausgeschwenkt. An ihnen baumelte Kinverson. »Runter!« befahl er. »Noch ein bißchen! So, das reicht! Nach links. Gut ... Gut so!«

Er faßte den strampelnden Martello unter den Achseln und holte ihn heraus, als wäre der ein kleines Kind. »Und jetzt du, Doc!« sagte Kinverson.

»Du kannst uns doch nicht beide rausheben!«

»Los, mach schon! Hier!«

Kinversons anderer Arm klammerte sich um Lawlers Brust. Die Davits hoben sich, schwangen zurück an Deck. Taumelnd schwankte Lawler umher, als Kinverson ihn aus seiner Umarmung freigab, stürzte und landete schmerzhaft auf den Knien. Sundira war sofort bei ihm und half ihm hoch.

Martello lag als triefendes Fleischbündel schlaff und bewegungslos auf dem Rücken.

»Zurück!« befahl Lawler. Und winkte auch Kinverson beiseite. »Du auch, Gabe.«

»Man müßte ihn umdrehen und das Seewasser aus ihm rauspumpen, Doc.«

»Das Wasser macht mir keine Sorgen. Mach Platz, Gabe!« Lawler wandte sich an Sundira. »Du weißt doch, wo meine Instrumententasche ist? Das Skalpell und so? Hol es mir bitte rasch rauf an Deck, ja?«

Dann kniete er bei Martello nieder und machte seinen Oberkörper frei. Der junge Mann atmete, schien aber nicht bei Bewußtsein. Die Augen standen weit offen, waren aber ohne Ausdruck, blicklos. Immer wieder zogen sich seine Lippen zu einer scheußlichen Grimasse des Schmerzes zurück, und der ganze Körper wurde starr und zuckte, als schieße ein elektrischer Strom durch ihn hindurch. Dann wurde er wieder ganz schlaff.

Lawler legte die Hand auf Martellos Bauch und drückte fest. Er spürte eine Bewegung unter der Bauchdecke: ein Zucken, ein seltsames, unerwartetes Zittern unter dem straffen Muskelgewebe des Abdomens.

Ist da was Fremdes drin? Ja. Dieser verfluchte Ozean, dieses Ungeheuer schlich sich überall ein, wo man ihm nur die geringste Blöße bot. Aber vielleicht war es ja noch nicht zu spät, den Jungen zu retten, dachte Lawler. Ihn purgieren durch und durch, die Wunde verschließen, das war es, und so dafür sorgen, daß die Gemeinschaft nicht noch einen weiteren Verlust erleiden mußte.

Schatten beugten sich über ihn nieder. Alle drängten heran und glotzten. Sie sahen zugleich abgestoßen und fasziniert aus.

Lawler sagte scharf: »Verschwindet hier, ihr alle. Sowas wollt ihr bestimmt nicht mitansehen. Und ich will nicht, daß ihr mir dabei zuschaut!«

Keiner rührte sich.

»Ihr habt gehört, was der Doktor gesagt hat«, schnauzte Delagard. »Also weg da! Laßt ihn seine Arbeit tun.«

Sundira stellte seine Instrumententasche neben ihn.

Lawler betastete den Unterleib von Martello erneut. Ja. Da war eine Bewegung. Ein unverkennbares Zurückweichen. Ein Zucken, Zittern. Martellos Gesicht war hochrot, die Pupillen erweitert, und die Augen starrten in eine fremde Welt. Aus allen Poren lief fiebriger Schweiß.

Lawler holte sein feinstes Skalpell aus der Tasche und legte es aufs Deck. Dann legte er Martello beide Hände dicht unterhalb des Zwerchfells auf den Bauch und begann nach oben zu pressen. Martello stieß einen dumpfen Seufzer aus, und über seine Lippen sickerten dünn Seewasser und Erbrochenes. Nichts sonst. Lawler versuchte es erneut. Nichts. Aber unter seinen Fingern fühlte er wieder diese Bewegung, weitere Krampfbewegungen, erneutes gleitendes Ausweichen.

Und noch ein Versuch. Er drehte Martello auf den Bauch und rammte die beiden verschränkten Hände mit aller verfügbaren Kraft dem Jungen in die Mitte des Rückens. Martello rülpste und spuckte noch einmal eine dünne Flüssigkeit aus. Mehr kam nicht.

Lawler hockte sich hin und dachte einen Moment lang nach, so gut es eben ging.

Dann wälzte er Martello wieder auf den Rücken und nahm sein Skalpell.

»Das wird euch nicht gefallen, wenn ihr da jetzt zuschaut«, murmelte er vor sich hin, an alle gerichtet, die vielleicht immer noch zuschauten. Er blickte dabei nicht auf. Dann schnitt er mit der dünnen Klinge eine rote Linie von links nach rechts quer über Martellos Unterleib. Martello schien es kaum zu spüren. Er gab einen weichen unverständlichen Laut von sich.

Die Haut, das Muskelgewebe. Das Messer schien die Schnitte zu kennen. Geschickt legte Lawler die Gewebschichten frei. Dann durchschnitt er das Peritoneum. Er hatte sich dazu erzogen, sich in einen anderen Bewußtseinszustand zu versetzen, wenn er operierte, in dem er sich einbildete, er sei ein Bildhauer und der Patient etwas Unbeseeltes, etwa ein Holzblock, und nicht ein leidendes menschliches Wesen. Durch diesen Trick allein vermochte er die Prozedur überhaupt durchzustehen.

Tiefer. Jetzt hatte er die innere Bauchdecke durchschnitten. Blut mischte sich in die Pfütze aus Seewasser um Martello auf den Decksplanken.

Nun mußte das Gekröse der Eingeweide hervorquellen und sichtbar werden...

Ja. Da waren sie.

Jemand schrie. Jemand knurrte angeekelt.

Doch es war nicht wegen des Anblicks der Gedärme. Aus Martellos Bauch schob sich noch etwas anderes herauf, etwas Helles, Schlankes, das sich langsam entrollte und sich aufrichtete: Es waren etwa sechs Zentimeter sichtbar: augenlos, anscheinend auch ohne Kopf, nichts weiter als ein glatter, glitschiger rosa Streifen undifferenzierter lebender Materie. Am oberen Ende befand sich eine Öffnung, irgendwie mundähnlich, durch die eine kleine rote raspelscharfe Zunge sichtbar wurde. Das schlanke schimmernde Geschöpf bewegte sich mit unirdischer Grazie und schwang in gleitenden hypnotisierenden Bewegungen von einer Seite zur anderen. Das Kreischen in Lawlers Rücken setzte sich hemmungslos fort.

Er fuhr auf das Ding mit einer raschen sicheren Bewegung aus dem Handgelenk los, und sein Skalpell zerschnitt es säuberlich in zwei Hälften. Der obere Teil landete zuckend neben Martello und begann sich sofort auf Lawler zuzubewegen. Kinversons schwerer Stiefel krachte nieder und zermalmte das Ding zu Schleim.

»Danke«, sagte Lawler ruhig.

Aber die andere Hälfte steckte noch in Martello. Lawler versuchte, sie mit der Spitze des Skalpells hervorzulocken. Daß es zerteilt worden war, schien dem Ding nichts auszumachen: es tanzte weiter, genauso graziös wie zuvor. Lawler stocherte hinter der schweren Wölbung der Eingeweide herum, um das Ding loszubekommen. Er drückte hier und zerrte dort. Dann glaubte er, das andere Ende entdeckt zu haben und schnitt zu, aber da war noch immer etwas übrig und etliche Zentimeter mehr entzogen sich ihm gemeinerweise immer wieder. Er schnitt erneut, und diesmal hatte er es zur Gänze erwischt. Er schleuderte es fort, und Kinverson zertrat es.

Inzwischen waren alle hinter Lawler verstummt.

Er begann damit, den Einschnitt wieder zu schließen, doch eine neuerliche zuckende Bewegung ließ ihn innehalten. Noch einer? Ja. Ja, mindestens noch einer. Vielleicht mehr. Martello stöhnte und bewegte sich geringfügig. Dann bäumte er sich plötzlich heftig und schnellte sogar ein Stück vom Deck in die Höhe. Lawler hatte das Skalpell gerade noch rechtzeitig weggerissen, damit er Martello nicht verletzte. Und dann hob sich ein zweiter Aalwurm ans Licht und ein dritter, und sie tanzten den gleichen unheimlichen Tanz wie der erste; dann zog sich der eine in sich selber zurück, verschwand wieder in Martellos Bauchhöhle und schien sich aufwärts in Richtung auf die Lungen durchzuwinden.

Lawler lockte den anderen heraus, halbierte ihn und dann noch einmal und riß das Endstück heraus. Er wartete darauf, daß der andere, der sich zurückgezogen hatte, sich wieder zeige. Dann, kurz darauf, erblickte er ihn flüchtig, gelb und schimmernd in Martellos blutiger Leibesmitte. Aber es war nicht der einzige Aalwurm. Lawler sah jetzt auch die schlanken Schlingen anderer, die geschäftig herumschlängelten und ein Fest feierten. Wie viele waren denn da noch? Zwei, drei? Dreißig?

Lawler hob den Kopf. Sein Gesichtsausdruck war grimmig-ernst. Delagard starrte ihn seinerseits an. In seinen Augen stand ein Ausdruck von Schock, Bekümmerung und Ekel.

»Kannst du die alle rausholen?«

»Nicht die geringste Chance. Er steckt voll davon. Sie fressen sich durch ihn hindurch. Ich könnte schneiden und weiterschneiden, und bis ich sie alle gefunden habe, hätte ich ihn völlig zerschnitten, und auch dann würde ich sie nicht alle entdeckt haben.«

»O Gott!« murmelte Delagard. »Wie lang kann er damit leben?«

»Bis einer von ihnen das Herz erreicht, vermute ich. Und das wird nicht lang dauern.«

»Meinst du, er spürt was?«

»Ich hoffe, nein«, sagte Lawler.

MARTELLOS AGONIE dauerte noch fünf Minuten. Noch nie waren Lawler fünf Minuten derart endlos vorgekommen. Hin und wieder zuckte Martello und bäumte sich auf, wenn ein größeres Nervenbündel attackiert wurde; einmal sah es sogar aus, als wollte er vom Deck auffliegen. Danach gab er ein leises Seufzen von sich, sank zurück, und das Licht in seinen Augen erlosch.

»Es ist vorbei«, murmelte Lawler. Er fühlte sich benommen, ausgehöhlt, erschöpft. Er war über alle Betrübnis, über allen Schock hinaus.

Wahrscheinlich, dachte er, war da sowieso nicht die geringste Chance, Martello zu retten. Es müssen mindestens zehn, zwölf von diesen Aalen in ihn eingedrungen sein, höchstwahrscheinlich viel mehr, ein ganzer Schwarm, die blitzschnell durch seinen Mund oder den Anus hineinglitten und sich zielstrebig durch Fleisch- und Muskelgewebe bis ins Zentrum seines Unterleibes vorarbeiteten. Lawler hatte neun Teile von diesen Wurmaalen extrahiert; aber die übrigen waren noch da und am Werk in Martellos Bauchspeicheldrüse, der Milz, der Leber, den Nieren. Und wenn sie mit diesen Organen, den ›Delikatessen‹, fertig sind, dann machen sie sich mit ihren rötlichen Raspelzungen über den Rest seines Körpers her. Nein, kein chirurgischer Eingriff – und wäre er noch so schnell und fehlerfrei durchgeführt worden – hätte ihn rechtzeitig von diesen Parasiten befreien können.

Neyana brachte eine Decke, und sie wickelten Leo Martello hinein. Kinverson nahm die Leiche in die Arme und ging damit auf die Bordwand zu.

»Warte!« sagte Pilya. »Gib ihm das mit.«

Sie hielt ein Bündel Papierblätter in der Hand. Sie hatte sie wahrscheinlich aus Martellos Kajüte heraufgebracht. Sein berühmtes Gedicht. Sie schob das gefaltete zerfledderte Manuskriptbündel unter die Decke und zog die Falten wieder glatt. Lawler dachte flüchtig daran, Einwände dagegen zu erheben, tat es aber dann nicht. Soll es doch mit ihm dahingehen. Es ist sein Gedicht.

Father Quillan sprach: »Und nun übergeben wir den Leib unseres innig geliebten Leo dem Meer, im Namen des Vaters und des Sohnes und des Heiligen Geistes ...«

Schon wieder dieser ›heilige Geist‹? Jedesmal wenn er diese Phrasen aus Quillans Mund hörte, fühlte Lawler sich aufs neue gereizt. Es war eine derart absurde Vorstellung, und so sehr er sich auch bemühte, er konnte einfach nicht begreifen, was ein ›heiliger Geist‹ sein mochte. Er schüttelte den Gedanken ab. Für derlei spirituelle Spekulationen war er im Moment sowieso viel zu erschöpft.

Kinverson trug den Leichnam zur Reling und hob ihn hoch. Dann versetzte er dem Kokon einen kleinen Schubs, und er flog hinüber und klatschte in die See.

Sofort erschienen unbekannte Kreaturen wie durch einen Zauberspruch aus der Tiefe. Langgestreckte, schlanke mit Finnen ausgerüstete Wasserwesen, die von einem dichten, seidigschwarzen Fell bedeckt waren. Es waren ihrer insgesamt fünf. Geschmeidige Tiere, sanftäugig, mit dunklen flachen Schnauzen, die von zuckenden schwarzen Schnurrbarthaaren bedeckt waren. Sacht und behutsam umringten sie den treibenden Martello, hoben ihn hoch und begannen ihn aus der umhüllenden Decke zu wickeln. Behutsam, fast zärtlich entblößten sie ihn. Und dann – sanft und beinahe zärtlich – scharten sie sich um den bereits erstarrenden Körper und machten sich daran, ihn zu verzehren.

Es geschah ganz still und gelassen, ganz ohne irgendwelche wütende, unappetitliche Freßgier. Es war entsetzlich und doch zugleich in einer gewissen unheimlichen Weise schön. Ihre Bewegungen wirbelten die See zu einer außergewöhnlich starken Phosphoreszenz auf. Es sah aus, als werde Martello von einem kühlen scharlachroten Flammenregen aufgezehrt. Und langsam explodierte sein Leib in Licht. Diese Geschöpfe demonstrierten eine Anatomiestunde: Sie schälten ihm die Haut mit höchster Sorgfalt ab, legten die Gelenke, Bänder, Muskeln und Nerven bloß. Dann drangen sie tiefer vor. Der Anblick war bestürzend, selbst für Lawler, für den auch die tieferen Bereiche des menschlichen Körpers kein Geheimnis waren; doch die Arbeit wurde dermaßen säuberlich, gelassen und – ehrerbietig ausgeführt, daß es unmöglich war, dabei nicht zuzusehen – oder zu erkennen, wie wunderschön sie ihre Arbeit verrichteten. Schicht um Schicht enthüllten sie den Kern von Martello, bis schließlich nur noch das weiße Knochengitter übrig war. Dann blickten sie zu den Zuschauern an der Reling herauf, als erwarteten sie Beifall. In den Augen strahlte unverkennbar Intelligenz. Lawler sah sie mit den Köpfen nicken, was eigentlich gar nichts anderes als ein Gruß sein konnte, und dann verschwanden sie so lautlos, wie sie erschienen waren. Auch Martellos blankgeputztes Skelett war bereits verschwunden und auf dem Weg in unbekannte Tiefen, wo zweifellos andere Organismen darauf warteten, das darin enthaltene Kalzium einer neuen nützlichen Verwendung zuzuführen. Und nun war von dem lebenstrotzenden jungen Mann, der einmal Leo Martello gewesen war, nichts weiter übriggeblieben als einige Seiten eines Manuskripts, die auf dem Wasser trieben. Und nach einer Weile waren auch sie verschwunden.

Als er später wieder allein und in seiner Kabine war, überprüfte Lawler, wieviel Taubkrautextrakt er noch hatte. Noch etwa für zwei Tage, schätzte er. Er goß die Hälfte in ein Meßglas und kippte sie hinunter.

Ach, zum Teufel, dachte er.

Und er trank auch den Rest.

Zum Teufel, warum nicht?

6

Die ersten Entzugssymptome traten am übernächsten Morgen kurz vor dem Mittag auf: Schweißausbrüche, Schüttelfrost, Übelkeit. Lawler war darauf vorbereitet, oder glaubte doch, es zu sein. Aber sie nahmen sehr rasch an Stärke zu, wurden weit schlimmer, als er erwartet hätte, wurden zu einer derart schweren Prüfung, daß er zweifelte, ob er sie durchstehen konnte. Die Intensität der Schmerzen, die in gewaltigen Schüben über ihn hereinbrachen, erschreckte ihn. Er bildete sich ein, daß er fühlen könne, wie sein Gehirn aufquoll und sich gegen die Schädelwände preßte.

Automatisch suchte er nach seinem Fläschchen, doch das war natürlich leer. Dann hockte er zitternd, fiebernd und elend zusammengekrümmt auf seiner Koje.

Am Nachmittag kam Sundira zu ihm.

»Ist es wegen neulich?« fragte sie.

»Martello? Nein, das ist es nicht.«

»Ja, bist du denn krank?«

Er deutete auf die leere Flasche.

Sie brauchte einen Augenblick, dann verstand sie. »Gibt es irgendwas, das ich tun kann, Val?«

»Halt mich fest.«

Sie bettete seinen Kopf mit beiden Armen an ihrer Brust. Lawler bebte einige Zeitlang ziemlich heftig. Dann wurde er ruhiger, aber er fühlte sich immer noch entsetzlich.

»Sieht aus, als ginge es dir besser«, sagte sie.

»Ein bißchen. Nein, geh nicht weg.«

»Ich bin ja noch da. Möchtest du Wasser?«

»Ja – nein. Nein, bleib da, wo du bist.« Er schmiegte sich fest an sie. Er fühlte, wie das Fieber wieder anstieg, abflachte, erneut anstieg, in plötzlichen übermächtig raschem Wechsel. Die Droge war stärker, als er selbst vermutet hatte, und seine Abhängigkeit, die Suchtbindung an sie war sehr stark gewesen. Und dennoch – der Schmerz kam und ging in Wellen; im Lauf von Stunden gab es immer wieder Momente, in denen er sich beinahe normal fühlte. Das war seltsam. Aber es ließ ihn hoffen. Er scheute nicht vor dem Kampf zurück, wenn es denn sein mußte, doch er wollte am Ende siegen.

Sundira blieb den ganzen Nachmittag bei ihm. Er schlief ein, und als er wieder erwachte, war sie noch immer bei ihm. Seine Zunge war geschwollen. Er war so schwach, daß er nicht aufstehen konnte.

»Hast du gewußt, daß es so sein würde?« fragte sie.

»Ja, ich glaub schon. Vielleicht nicht ganz so schlimm.«

»Wie fühlst du dich jetzt?«

»Mal so, mal so.«

Er hörte eine Stimme draußen. Delagard. »Wie geht's ihm?«

»Er macht sich Sorgen um dich«, sagte Sundira zu Lawler.

»Wie edel von ihm.«

»Ich sagte ihm, daß du krank bist.«

»Hoffentlich ohne genauere Details?«

»Bestimmt nicht, nein.«

DIE NACHT WAR entsetzlich. Lawler glaubte eine Zeitlang, er sei dabei, den Verstand zu verlieren. Aber dann kam in den frühen Morgenstunden wieder eine dieser unerklärlichen, unerwarteteten Erholungsperioden; als greife etwas aus der Ferne in sein Gehirn und dämpfte das gierige Verlangen nach der Droge. In der Morgendämmerung spürte er, daß sein Appetit zurückkehrte, und als er aufstand – es war das erste Mal seit dem Einsetzen des Fiebers, daß er sich aus seiner Koje erhob –, gelang es ihm, auf den Beinen zu bleiben.

»Du siehst wieder okay aus«, informierte ihn Sundira. »Bist du es auch?«

»Mehr oder weniger, ja. Aber die schlimmen Phasen werden wiederkommen. Das wird ein langes Ringen werden.« Doch als der Schub dann wieder einsetzte, war er weniger heftig als vorher. Lawler fand keine Erklärung dafür. Er hatte mit drei, vier, fünf Tagen sogar von äußerst entsetzlichen Qualen gerechnet, auf die dann – vielleicht – eine stufenweise Linderung der Tortur folgen würde, während sein Metabolismus sich mehr und mehr von der Sucht entwöhnte. Aber dies war ja erst der zweite Tag.

Und wieder dieses Gefühl eines Eingreifens von außerhalb, des Geführtseins, Gestütztseins, als zöge ihn etwas aus seinem Morast.

Dann wieder die Anfälle von Tremor und Schwitzen. Und danach eine neuerliche Periode der Erholung, die fast einen halben Tag anhielt. Er wagte sich an Deck und genoß die frische Luft und wanderte langsam auf und ab. Zu Sundira sagte er, daß er glaube, allzu leicht davonzukommen.

»Sei dankbar«, sagte sie.

Als die Nacht kam, litt er wieder. Auf und ab, an und aus. Aber insgesamt sah der Verlauf günstig aus. Er schien auf dem Wege der Erholung zu sein. Und am Ende der Woche traten nur noch ab und zu kurze Momente des Unwohlseins auf. Er betrachtete die leere Drogenflasche – und grinste.

DIE LUFT WAR KLAR, der Wind wehte kräftig. Die *Queen of Hydros* zog rasch weiter auf ihrem Südwestkurs um die Wasserkugel.

Tag für Tag, ja beinahe Stunde um Stunde, nahm die Phosphoreszenz im Meer zu. Die ganze Welt begann zu leuchten. Wasser und Himmel schimmerten Tag und Nacht. Alptraumhafte Geschöpfe von einem Halbdutzend unvertrauter Spezies brachen aus dem Wasser, segelten kurz über sie hinweg und landeten unter gewaltigem Spritzen in der Ferne. Riesige Mäuler gähnten in der Tiefe.

Die meiste Zeit herrschte Schweigen an Bord der *Queen*. Alle gingen ruhig und tüchtig ihren Pflichten nach. Und es gab viel zu tun, denn es waren jetzt ja nur noch elf Mann übrig, um die Arbeit der vierzehn zu tun, die beim Start an Bord gewesen waren. Der übermütige, fröhliche, optimistische Leo Martello hatte den übrigen weitgehend den Ton angegeben; mit seinem Tod änderten sich unvermeidlicherweise die Dinge.

Außerdem kam dieses ›Antlitz‹ näher (oder sie ihm). Auch dies mußte etwas mit der zunehmend düsteren Stimmung zu tun haben, dachte Lawler.

Noch konnte man nichts von dem Land hinter dem Horizont entdecken, aber alle wußten, daß es dort, nicht weit entfernt, wartete. Jeder spürte das. Es lag wie ein fühlbares Numen über dem Schiff. Seine Wirkungen waren unbestimmbar, aber unverkennbar. Hier ist etwas, dachte Lawler immer wieder, und es ist mehr als eine bloße Insel. Es ist etwas mit einem wachsamen Bewußtsein. Und wartet auf uns.

Er schüttelte den Kopf, um klarer denken zu können. Unsinnige Phantastereien, Spuk aus Fieberträumen, törichte substanzlose Gedanken. Ich leide immer noch unter Entzugserscheinungen, sagte er sich. Und er war sehr wackelig, energielos und fühlte sich verwundbar.

Aber sein Kopf beschäftigte sich weiter mit dem ›Antlitz‹. Er mühte sich, aus seiner Erinnerung zu graben, was Jolly ihm vor langer, langer Zeit über »das Feste über den Wassern« erzählt hatte; doch alles blieb undeutlich und verschwommen unter den dreißigjährigen Erinnerungsschichten. Ein wildes Wunderland, hatte Jolly. gesagt. Voll von Pflanzen, die ganz anders waren als jene, die im Meer wuchsen. Aber Pflanzen. Unbekannte Farben, helles Licht, das Tag und Nacht schien, ein fremdartiges Reich, fern am Ende der Welt, wunderschön und unheimlich. Hatte Jolly etwas über Tiere gesagt? Irgendwelche landbewohnende Wesen? Nein, nichts, woran Lawler sich erinnern konnte. Kein tierisches Leben, nur dichter Dschungel.

Aber da war doch noch etwas gewesen, etwas über eine Stadt …

Nicht *auf* dem Land. Sondern *in der Nähe.*

Wo? Im Ozean? Das vermochte er sich nicht vorzustellen. Er versuchte sich an die Tage zu erinnern, die er mit Jolly am Wasser verbracht hatte, an den ledergesichtigen sonnenverbrannten alten Mann, der mit wiegendem Oberkörper unermüdlich die Angelhaken auswarf und unermüdlich redete und redete …

Eine Stadt. Eine Stadt im Meer. *Unter* dem Meer …

Lawler bekam ein Endchen der Erinnerung zu fassen, es entglitt ihm wieder, er stürzte sich darauf, bekam es nicht in den Griff, er griff erneut zu …

Eine Stadt unter dem Meer. Ja. Ein Tor im Ozean, das sich einem Gang öffnet, irgendeine Art von Schwerkraftschacht, der hinab zu einer grandiosen Unterwasserstadt führt, die von Gillies bewohnt wird, eine verborgene Stadt von Gillies, die über die inselbewohnenden Gillies ebenso hoch erhaben waren, wie es Könige über Bauern sind … Gillies, die lebten wie die Götter, die niemals an die Oberfläche stiegen, die abgeschottet in druckstabilen Gewölben in erhabener Majestät und unübertrefflichem Luxus lebten …

Lawler mußte lächeln. So war das also, ja. Eine großartige Fabel, ein Märchen von Pracht und Reichtum. Das raffinierteste, schillerndste von allen Seemannsgarnen, die Jolly gesponnen hatte. Er erinnerte sich nun, wie er damals sich vorzustellen versucht hatte, wie diese Stadt aussah, wie er sich ausmalte, daß hochgewachsene, unendlich majestätische Gillies würdevoll durch hohe Torbögen in schimmernde Palasthallen schritten. Und jetzt, in der Erinnerung, kam er sich wieder vor wie der Junge von damals, der zu den

Füßen des alten Seemanns kauerte und mit großen Augen die Wunder zu verstehen suchte, von denen die rauhe grobe Stimme ihm erzählte.

AUCH FATHER QUILLAN hatte lange über das Problem dieses ›Antlitzes‹ nachgedacht.

»Ich habe eine neue Theorie darüber«, verkündete er.

Der Priester hatte den ganzen Vormittag damit zugebracht, in der Nähe von Gharkids Kranbrücke zu hocken und gemeinsam mit ihm zu meditieren. Lawler, der an ihnen vorbeiwanderte, hatte sie verblüfft angestarrt. Beide schienen in Trance versunken zu sein. Ihre Seelen konnten durchaus auf einer völlig anderen Bewußtseinsebene weilen.

»Ich habe meine Ansicht geändert«, erklärte Quillan. »Du erinnerst dich vielleicht, daß ich dir früher gesagt habe, ich sei überzeugt, daß dieses Land über den Wassern das Paradies sein muß, daß GOTT in EIGner PERSON dort umherwandle, die *Prima Causa*, der SCHÖPFER. ER, zu dem alle unsere Gebete sich richten. Nun, das glaube ich jetzt nicht mehr.«

»Schön und gut«, sagte Lawler gleichgültig. »Dann ist eben das ›Antlitz‹ *nicht* Gottes persönlicher Vaargh. Wenn du das meinst. Du verstehst von dem Zeug mehr als ich.«

»Nicht GOTTES Vaargh, nein. Aber eindeutig die Behausung *irgendeines* Gottes. Das ist das exakte Gegenteil meiner ursprünglichen Ansicht über die Insel, wie du siehst. Und von allem, was ich jemals über die Natur des Göttlichen geglaubt habe. Ich stehe im Begriff, in abgrundtiefe Häresie zu verfallen. In diesen meinen späten Lebensjahren werde ich zum Polytheisten. Zu einem Heiden! Das kommt sogar mir selbst absurd vor. Und dennoch glaube ich aus ganzem Herzen daran.«

»Ich versteh dich nicht. *Ein* Gott, *der* Gott – was macht das schon für einen Unterschied? Wenn du an einen Gott glauben kannst, dann kannst du ebenso leicht an eine x-beliebige Zahl von ›Göttern‹ glauben, soweit ich die Sache kapiere. Der Trick dabei ist, daß man erst mal an einen glaubt, und ich kann mich nicht mal soweit bringen.«

Der Priester strahlte ihn mit einem liebevollen Lächeln an. »Du verstehst es wirklich nicht, nicht wahr? Die klassische christliche Tradition, die aus dem jüdischen und, soweit wir wissen, aus uralten ägyptischen Glaubenskonzepten entsprungen ist, lehrt, daß Gott eine einzige unteilbare Einheit ist. Daran habe ich nie gezweifelt. Ich habe noch nicht einmal je daran *gedacht*, daran zu zweifeln. Wir Christen sprechen zwar von IHM als einer Trinität, einer Dreifaltigkeit, doch wir glauben, daß dies eine Drei-*Einigkeit* ist. Für einen Ungläubigen mag das verwirrend klingen, aber wir wissen, was es bedeutet. Es gibt da keinerlei Disput: Es gibt nur *einen* Gott… Aber während der letzten paar Tage – nein, sogar in den letzten paar Stunden…« Der Priester verstummte. Dann sprach er weiter: »Laß mich eine Analogie aus der Mathematik zuhilfe nehmen. Weißt du, was das ›Gödelsche Theorem‹ ist?«

»Nein.«

»Also, ich auch nicht, nicht so genau jedenfalls. Aber ich kann es dir ungefähr erklären. Ich glaube, es ist ein Lehrsatz aus dem zwanzigsten Jahrhundert. Gödel stellt die Behauptung auf – und es ist bisher niemandem gelungen, sie zu widerlegen – daß dem rationalen Bereich der Mathematik fundamentale Grenzen gesetzt sind. Wir können sämtliche Annahmen im mathematischen Denken beweisen – bis zu einem bestimmten fundamentalen Punkt, und dort stoßen wir an eine Grenze, wo wir einfach nicht mehr weitergehen können. Letztlich stellen wir fest, daß wir über das Verfahren des mathematisch Beweisbaren in einen Bereich unbeweisbarer Axiome hinabgestiegen sind, wo wir die Dinge einfach gutgläubig akzeptieren müssen, wenn unser Universum einen Sinn für uns ergeben soll. Und was wir dabei erreichen, sind die Grenzen der Vernunft. Wollen wir darüber hinausgehen – ja überhaupt wirklich weiterdenken –, so sind wir gezwungen, unsere Definitionsaxiome als wahr zu akzeptieren, obwohl wir sie nicht beweisen können. Kannst du mir folgen?«

»Ich denke schon.«

»Also gut. Ich stelle die These auf, daß mit dem Gödelschen Theorem die Trennlinie zwischen den Göttern und den Sterblichen gekennzeichnet ist.«

»Ach, wirklich«, sagte Lawler.

»Ja, das meine ich. Damit ist die Grenze für *menschliches* Denken gesteckt. Die *Götter* leben jenseits dieser Grenze. Götter sind per definitionem demnach Wesen, die nicht durch die Gödelschen Grenzen eingeschränkt sind. Wir Menschlichen leben in einer Welt, in der die Realität letztendlich zu irrationalen Annahmen und Vermutungen immer feiner zerspellt, oder doch zumindest zu Annahmen, die *nicht*-rational, da unbeweisbar sind. Götter leben in einem Bereich des Absoluten, in dem das Real-Existente nicht nur festgelegt und erfahrbar ist, bis weit über das uns denkmögliche axiomatische Niveau hinaus, sondern wo auch göttliche Steuerung es neu bestimmen und umgestalten kann.«

Hier nun fühlte Lawler in diesem Gespräch zum erstenmal so etwas wie Interesse in sich aufflackern. »Die Galaxis wimmelt von Wesen, die nichtmenschlich sind, aber ihre Mathematik ist auch nicht besser als unsere, oder? Wie passen die denn in dein Schema?«

»Laß uns doch alle mit Intelligenz behafteten Wesen, die in den Bereich der Gödelschen Beschränkung fallen, einfach als *menschlich* bezeichnen, ungeachtet ihrer wirklichen biologischen Gattungsbezeichnung. Dann sind alle Wesen, gleich welcher Art, die in ultra-gödelianischen Bereichen der Logik denken können, eben Götter.«

Lawler nickte. »Weiter.«

»Laß mich dir nun mein Konzept unterbreiten, das mir heute morgen zukam, während ich dort oben saß und über dieses Land über den Wassern nachdachte. Ich gebe zu, es ist die schwärzeste Häresie. Aber ich hatte auch früher schon abweichlerische Gedanken – und hab es überlebt. Allerdings ging ich nie so weit wie jetzt.« Und wieder lächelte Father Quillan seelenvoll-verzückt und milde. »Nehmen wir einmal an, daß diese Götter nun ihrerseits an eine Gödelsche Grenze stoßen *müssen*, einen Punkt, an dem ihr Ratio-Potential – also ihre ihnen eigenen Kräfte des Schöpferischen, beziehungsweise Neuschöpferischen – ebenfalls gegen eine Barriere läuft. So wie es bei uns ist, nur auf einem qualitativ verschiedenen Niveau, gelangen sie dann eventuell an einen Punkt, an dem es heißt, bis hierher und nicht weiter.«

»Die äußerste Grenze des Universums«, sagte Lawler.

»Nein! Nur *ihre* äußerste Grenze. Es kann doch durchaus sein, daß es über ihnen noch größere Götter gibt. Die Götter, von denen wir hier reden, sind genau wie wir Sterblichen in einer umfangreicheren Realität eingekapselt, die von einer anderen Mathematik bestimmt ist, zu der sie keinen Zugang haben. Sie blicken aufwärts zu der nächsthöheren Realität und der übergeordneten Schar von Göttern. Und die wiederum – also die Bewohner jener höheren weiteren Realität – haben gleichfalls wieder eine Gödelsche Begrenzungsmauer um sich, außerhalb derer sogar noch größere Götter als sie hausen. Und so geht es weiter und weiter und weiter.«

Lawler war ganz benommen. »Und das geht so weiter bis ins Unendliche?«

»Ja.«

»Aber definierst du nicht einen Gott als etwas Unendliches? Wie kann dann ein Unendliches *kleiner* sein als die Unendlichkeit?«

»Ein bestehendes Unendliches kann in einem anderen bestehenden Unendlichen enthalten sein. Ein bestehendes Unendliches kann eine unendliche Zahl von Untergruppen des Unendlichen enthalten.«

»Wenn du meinst«, sagte Lawler. Er wurde allmählich etwas unruhig. »Aber was hat das alles mit diesem ›Antlitz‹ zu tun?«

»Wenn dieses Land ein wahres Paradies ist, unverderbt, jungfräulich – eine Heimstatt des Heiligen Geists –, dann ist es sehr wohl möglich, daß es von höheren Wesenheiten bewohnt ist, die von hoher Reinheit und Macht sind. Wir von der Kirche nannten das einst ›Engel‹. Oder ›Götter‹, wie die – Vertreter älterer Religionen gesagt haben mögen.«

Verlier nicht die Geduld, befahl sich Lawler. Der meint diesen Quatsch offensichtlich ganz ernst. »Und diese höheren Wesen oder Engel oder Götter, egal, welchen Namen wir ihnen geben wollen – die sind dann jeweils die post-gödelianischen Lokal-Genien, hab ich das so richtig begriffen? Götter für uns. Götter für die Gillies ebenfalls, denn das Antlitz‹ scheint ja so was wie ein Heiliger Ort für sie zu sein. Aber nicht für GOTT-PERSÖNLICH, den ALLMÄCHTIGEN, *deinen* Gott, den deine Kirche verehrt, den Ur-Schöpfer der Gillies und Menschen und alles sonstigen im Universum. Den wirst du hier aber nicht finden, jedenfalls nicht sehr oft. Dieser Gott steht auf der Realitätsskala ein bißchen weiter oben. Und er lebt bestimmt nicht auf irgendeinem bestimmten Planeten. Der ist irgendwo weiter droben in viel Höheren Bezirken, in einem größeren Universum. Aber vielleicht schaut er gelegentlich mal runter, um zu überprüfen, wie sich die Sache hier so anläßt.«

»Genau.«

»Und sogar *der* ist nicht ganz oben an der Spitze?«

»Es gibt keine Spitze«, beschied ihm Father Quillan. »Es gibt nur eine immer höher aufsteigende, sich entfernende Leiter, eine Stufung von Göttlichkeit, und sie reicht vom Wenig-mehr-als-ein-Sterblicher ins äußerst Unfaßbare. Ich weiß nicht, welchen Rang die Bewohner des ›Antlitzes‹ auf dieser Stufenleiter einnehmen, aber höchstwahrscheinlich stehen sie ein wenig höher als wir. Und – GOTT-der-ALLMÄCHTIGE ist diese ganze Leiter. Denn Gott ist unendlich, also kann es kein festbestimmtes einzelnes Niveau des Göttlichen geben, sondern nur eine ewiglich sich fortsetzende Reihe... es gibt keinen Höchsten Gott, sondern nur Höhere und Höhere und Noch Höhere – *ad infinitum*. Und dieses ›Antlitz‹ da, das hat wohl nur einen mittleren Platz auf dieser Skala.«

»Ich verstehe«, sagte Lawler zweifelnd.

»Und durch die Meditation über derartige Dinge kann man sich dem Verständnis der höheren Unendlichkeiten annähern, auch wenn wir natürlich definitionsgemäß niemals die Allerhöchste von ihnen werden erfassen können, denn um dies zu tun, müßte man ja größer als die größte der Unendlichkeiten sein.« Quillan blickte zum Himmel auf und breitete die Arme auf beinahe selbstparodistische Weise aus. Dann wandte er sich wieder Lawler zu und sprach mit völlig veränderter Stimme weiter. »Endlich, mein lieber Doktor, habe ich erkannt, warum ich als Priester versagt habe. Es muß mir irgendwie die ganze Zeit hindurch bewußt gewesen sein, daß der Gott, nach dem ich suchte, die Eine Höchste Wesenheit, die uns behütet und bewacht, aufs äußerste *unerreichbar* ist. Was unser kleines Leben angeht, so *gibt* es IHN gar nicht. Oder wenn es IHN gibt, dann in einer Gegend, die von unserem Leben dermaßen weit entfernt ist, daß es IHN auch gleich ganz und gar nicht zu geben brauchte. Jetzt, endlich, begreife ich, daß ich mich auf die Suche nach einem kleineren, weniger erhabenen und enthobenen Gott machen muß, einem Gott, der unserem Bewußtseinsniveau näher ist. Lawler, begreifst du, zum erstenmal in diesem meinem Leben sehe ich eine Möglichkeit für mich, ein wenig Ruhe zu finden!«

»Was quasselt ihr zwei denn da für 'n Scheiß?« sagte Delagard, der unbemerkt hinter ihnen aufgetaucht war.

»Theologischen Scheiß«, sagte Father Quillan.

»Aha – aha! Wohl wieder 'ne neue Offenbarung?«

»Setz dich«, sagte der Priester. »Dann erkläre ich dir alles.«

IM FEUER DER BEGEISTERUNG über die Logik seiner neuesten Offenbarung strich Quillan auf dem Schiff umher und erbot sich, sie jedem zuteil werden zu lassen, der ihm zuhören wollte. Doch er stieß meist auf taube Ohren.

Einzig Gharkid zeigte gesteigertes Interesse. Lawler hatte stets vermutet, daß das seltsame Männchen einen tiefen Hang zum Mystizismus in sich trug; und jetzt konnte man Gharkid in höchster Konzentration dasitzen und mit leuchtenden Augen in sich hineintrinken sehen, was der Priester absonderte. Aber wie gewohnt, bot Gharkid auch jetzt keine eigenen Kommentare, sondern stellte nur ab und zu leise eine Frage.

Sundira verbrachte eine Stunde unter Quillans Suada, und als Lawler sie dann traf, wirkte sie nachdenklich und verwirrt. »Der arme Mann«, sagte sie. »Ein Paradies ... und heilige Gespenster, die durchs Unterholz ziehen und den Pilgern ihre Segnungen anbieten ... Diese vielen Wochen auf See müssen ihn um den Verstand gebracht haben.«

»Falls er je so was besessen haben sollte.«

»Er sehnt sich so stark danach, sich an etwas ausliefern zu können, das größer und weiser ist als er. Er hetzt schon sein ganzes Leben lang hinter seinem Gott her. Aber *ich* glaube, er sucht einfach nach einem Weg, wie er wieder zurück in den Schoß seiner Mami kriechen kann.«

»Wie scheußlich zynisch, so was zu sagen.«

»Aber stimmt es denn nicht?« Sundira bettete den Kopf in Lawlers Schoß. »Was hältst du denn davon? Ergibt irgendwas von seinem mathematischen Hokuspokus irgendeinen Sinn für dich? Oder seine Theologie? Das Paradies? Eine Insel der Heiligen Geister?«

Er strich ihr über das dichte dunkle Haar. Die Wochen und Monate der Reise hatten es gröber werden lassen, und es sah brüchig und kraus aus, war aber noch immer wunderschön.

»Teilweise schon. Jedenfalls begreife ich seine Metaphorik. Aber es ist bedeutungslos, verstehst du? Für mich. Meinetwegen soll es eine Unendlichkeit von klar abgestuften Schichten von Göttern im Universum geben, und jeder davon genau sechzehnmal mehr Augen haben als die im Rang unter ihm, und Quillan könnte mir den absoluten unwiderlegbaren Beweis für die tatsächliche Existenz des ganzen höchst raffinierten Zaubers liefern, und es würde mir noch immer nichts bedeuten. Ich lebe in *dieser* Welt – und nur hier –, und hier gibt es keine Götter. Und was möglicherweise in höheren Rängen passiert, falls es die gibt, dann kratzt mich das nicht.«

»Das bedeutet aber nicht, daß es keine höheren Ränge gibt.«

»Nein. Da hast du wahrscheinlich recht. Aber wer kann das schon wissen? Der alte Seebär, der uns als erster von dem Land über den Wassern berichtet hat, der hatte auch ein Märchen, eine wilde Geschichte von einer großen Stadt *unter* der See, dicht an der Küste, die von Super-Sassen bewohnt war. Nun, das könnte ich ebenso leicht glauben, nehme ich an, wie Quillans theologisches Potpourri. Aber tatsächlich glaube ich gar nichts davon. Kann einfach nicht. Für mich ist die eine Vorstellung ebenso unsinnig wie die andere.«

Sie bog den Kopf zu ihm hoch und blickte ihn an. »Aber nehmen wir doch nur mal hypothetisch an, es gibt wirklich in der Nähe von diesem ›Antlitz‹ eine unterseeische Stadt, und dort lebt wirklich eine besondere Art von Sassen. Wenn das so wäre, dann würde sich damit erklären, warum die uns bekannten Sassen dieses ›Antlitz‹ als eine heilige Insel ansehen und sich davor fürchten, sie zu betreten oder auch nur in ihre Nähe zu gehen. Und wenn das nun götter-ähnliche Wesen sind, die dort wohnen?«

»Warten wir doch ab und sehen, was dort ist, wenn wir dort sind, dann gebe ich dir darauf eine Antwort, gut so?«

»Ja, gut so«, sagte Sundira.

UM DIE MITTE der Nacht fand sich Lawler plötzlich hellwach, und es war jene Art von Wachheit, die mit Gewißheit bis zur Dämmerung anhalten würde. Er richtete sich auf, rieb sich die schmerzende Stirn und hatte auf einmal das Gefühl, daß jemand ihm den Schädel aufgeklappt habe, während er schlief, und ihn mit einer Million blitzender dünner, glühender Drähtchen vollstopfte, die nun mit jedem seiner Atemzüge sich gegenläufig aneinander rieben.

Außerdem war da jemand in seiner Kabine. Im schwachen Sternenlicht, das durch das eine Bullauge drang, erblickte er vor der Wand eine große breitschultrige Gestalt, die ihn still zu betrachten schien. Kinverson? Nein, nicht ganz wuchtig genug für Kinverson, und wozu sollte auch Kinverson bei ihm mitten in der Nacht in die Kabine kommen? Aber kein anderer Mann an Bord war auch nur annähernd so groß.

»Wer ist da?« fragte Lawler.

»Erkennst du mich denn nicht, Valben?« Eine dunkle Stimme, wundervoll ruhig und selbstsicher.

»Wer bist du?«

»Schau nur genau her, Junge.« Der Eindringling drehte sich zur Seite, so daß sein Profil ins Licht kam. Lawler erblickte ein kräftiges Kinn mit einem dichten schwarzen Krausbart, eine gerade Herrschernase. Vom Bart abgesehen, hätte es sein eigenes Gesicht sein können. Nein, die Augen waren anders. In ihnen lag ein starkes Leuchten, und der Ausdruck darin war zugleich strenger und mitleidvoller, als dies bei Lawler der Fall war. Er kannte diesen Ausdruck. Ein Schaudern lief ihm über den Rücken.

»Ich hab gedacht, ich bin wach«, sagte er ruhig. »Aber jetzt merke ich, daß ich noch immer träume. Hallo, Vater. Schön, dich mal wieder zu sehen. Es ist schon so lang her.«

»Ach ja? Nicht für mich.« Der große Mann trat ein paar Schritte auf ihn zu. In der engen Kabine brachte ihn das fast an die Kante der Koje. Er trug ein dunkles altmodisches zerknittertes Oberkleid, an das Lawler sich gut erinnerte. »Es muß aber doch schon eine Weile her sein. Du bist jetzt ja ganz erwachsen, Sohn. Älter als ich, nicht wahr?«

»So ungefähr gleichaltrig inzwischen.«

»Und bist ein Doktor. Ein guter, wie ich höre.«

»Nein, nicht wirklich. Ich geb mein Bestes. Aber das ist nicht gut genug.«

»Dein Bestes ist immer gut genug, Valben, wenn es wirklich dein Bestes ist. Das habe ich dir doch oft genug gesagt, aber wahrscheinlich hast du mir nicht geglaubt. Solange du dich nicht schonst und dich drückst, solange dir wirklich was an deiner Arbeit liegt. Ein Arzt, Junge, der kann im Privaten ein absoluter Schweinehund sein, aber solange er sich um seine Patienten sorgt, ist er in Ordnung. Solang er begreift, daß er da ist, um zu beschützen, zu heilen, zu lieben. Und ich glaube, du hast das begriffen.« Er setzte sich ans Ende der Koje. Er schien sich hier durchaus nicht fremd zu fühlen. »Du hattest keine Familie, nicht wahr?«

»Nein, Herr … Vater.«

»Schlimm-schlimm. Du wärst auch ein guter Vater geworden.«

»Wär ich das?«

»Es hätte dich natürlich verändert. Aber ich denke, zum Besseren. Bereust du es nicht?«

»Ich weiß nicht so recht. Vielleicht. Ich bereue eine ganze Menge. Ich bedaure, daß meine Ehe schiefgegangen ist. Daß ich nie wieder geheiratet habe. Ich bedaure, daß du so schrecklich früh gestorben bist, Vater.«

»War es denn so früh?«

»Für mich schon.«

»Ja. Ja, wahrscheinlich hast du recht.«

»Ich hab dich geliebt, Vater.«

»Auch ich hab dich geliebt, Junge. Ich liebe dich immer noch. Ich liebe dich sehr. Und ich bin sehr stolz auf dich.«

»Du redest, als lebtest du noch. Aber das alles ist bloß ein Traum. Also kannst du sagen, was du willst, ja?«

Die Gestalt erhob sich und trat wieder ins Dunkel zurück. Es sah aus, als umhüllte sie sich mit Schatten.

»Es ist kein Traum, Valben.«

»Nein? Ja also dann… Du bist doch trotzdem tot, Vater. Schon seit fünfundzwanzig Jahren. Wenn das kein Traum ist, wieso bist du dann hier? Wenn du ein Gespenst bist, ein Geist, wieso hast du dir so lange Zeit gelassen, bevor du mich heimsuchst?«

»Weil du niemals zuvor dem ›Antlitz‹ so nahe gewesen bist.«

»Was hat denn *das* mit dir oder mir zu tun?«

»Ich lebe dort, Valben.«

Lawler mußte unwillkürlich lachen. »Sowas könnte ein Gillie sagen. Nicht du.«

»Nicht nur Gillies werden dorthin versetzt und wohnen dort, mein Sohn.«

Die ruhige, sachliche und bestürzende Behauptung hing in der Luft wie eine Wolke voll ansteckender Giftkeime. Er begann allmählich zu begreifen, und in ihm stieg Verärgerung auf.

Er fuchtelte mit den Händen wütend gegen das Phantom. »Verschwinde von hier. Laß mich schlafen!«

»Ist das eine Art, mit deinem Vater zu sprechen?«

»Du bist nicht mein Vater. Du bist entweder ein besonders übler Traum oder eine trügerische Illusion, die von irgendeinem telepathischen Seeigel oder Drachenfisch da draußen im Ozean ausgelöst wird. Mein Vater würde niemals so was gesagt haben. Nicht mal wenn er als Gespenst wiederkommen würde – was er übrigens ebenfalls nicht getan hätte. Herumspuken, das hätte nicht zu seinem Stil gepaßt. Also, verschwinde und laß mich in Ruhe!«

»Valben, Valben, Valben!«

»Was willst du denn noch? Wieso läßt du mich denn nicht in Frieden?«

»Valben, mein Junge ...«

Lawler merkte plötzlich, daß er die hohe Schattengestalt nicht mehr sehen konnte.

»Wo bist du?«

»Überall um dich herum und nirgendwo.«

Lawler schwirrte der Kopf. In seinem Magen drehte sich etwas. Im Dunkel tastete er nach seiner Taubkrautflasche. Dann fiel ihm ein, daß sie leer war.

»*Was* bist du?«

»Ich bin die Auferstehung und das Leben. Wer an mich glaubt, und wäre er auch tot, soll das Leben haben.«

»Nein!«

»Gott schütz dich, alter Seemann! Vor deinen bösen Feinden, die dich so quälen ...«

»Das ist Wahnsinn! Hör auf! Schluß damit! Verschwinde von hier! Raus!« Er zitterte jetzt, als er nach seiner Lampe tastete. Das Licht würde diesen Spuk vertreiben. Doch noch ehe er die Lampe fand, spürte er mit großer Schärfe, daß er wieder allein war, und begriff, daß die Vision (oder was sonst es gewesen war) ihn freiwillig verlassen hatte.

Dieses Verschwinden hinterließ eine unerwartete, sirrende Leere.

Lawler empfand das wie einen Schock, wie nach

einer Amputation. Dann hockte er eine Weile auf der Kante seines Lagers, schweißüberströmt und frierend wie in den scheußlichsten Momenten seiner Entzugsphasen.

Dann stand er auf. An Schlaf war wahrscheinlich jetzt nicht mehr zu denken. Er stieg an Deck. Am Himmel hingen ein paar Monde, die durch die aus der See aufsteigende Lumineszenz eine ungewohnte blauviolette und grüne Tönung hatten, einer Lumineszenz, die vom westlichen Horizont heraufquoll und nun die ganze Zeit in der Luft zu hängen schien. Das ›Hydros-Kreuz‹ selbst, schief wie ein weggeworfenes Stück Filigranschmuck an einem Himmelswinkel hängend, pulste von Farbe, was Lawler noch nie vorher erlebt hatte: Von den zwei großen Armen strömten starke verwirrende türkis- und bernsteinfarben, scharlachrote und ultramarinfarbene Schlieren.

Niemand schien Deckdienst zu machen. Die Segel standen, das Schiff zog gefügig in der leichten steten Brise dahin, aber an Deck schien niemand zu sein. Das versetzte Lawler für einen Moment einen scharfen Stich der Angst. Eigentlich hätte die Erste Wache Dienst tun müssen: Pilya, Kinverson, Gharkid, Felk, Tharp. Wo steckten die denn? Sogar am Ruder stand keiner. Steuerte das Schiff sich etwa selber?

Anscheinend ja. Und ab vom Kurs noch dazu. In der letzten Nacht, erinnerte er sich, war das KREUZ steuerbords vom Bug gestanden. Jetzt stand es querschiff. Sie zogen nicht länger nach West-Südwest, sondern waren in scharfem Winkel vom Kurs abgewichen.

Benommen schlich er sich übers Deck. Als er zum Heckmast kam, sah er dort Pilya auf einer Taurolle schlafen, und gleich daneben schnarchte Tharp. Wenn Delagard das wüßte, er würde sie auspeitschen. Und nicht weit davon saß Kinverson mit dem Rücken gegen die Reling. Seine Augen standen offen, aber auch er schien zu schlafen.

»Gabe?« sagte Lawler leise. Er kniete nieder und fuhr mit den Fingern vor Kinversons Gesicht hin und her. Keine Reaktion. »Gabe, was ist denn los? Bist du hypnotisiert?«

»Er erholt sich«, kam überraschend von hinten die Stimme von Onyos Felk. »Stör ihn nicht. Es war eine harte Nacht. Wir haben stundenlang in der Takelung geschuftet. Aber schau mal jetzt: Da – da direkt vor uns liegt das LAND. Und wir machen gute Fahrt darauf zu.«

Land? Wann hatte je einer auf Hydros von *Land* gesprochen?

»Was quasselst du da?« fragte Lawler.

»Dort. Siehst du es nicht?«

Felk zeigte unbestimmt in Richtung Bug. Lalwer schaute hin und sah – nichts, nur die Weite der leuchtenden See und einen klaren Horizont, der sich einzig durch ein paar tiefstehende Sterne und eine sich in mittlerer Höhe ausbreitende dichte Wolke auszeichnete. Und der schwarze Vorhang hinter dem Firmament schien unheimlich in einer wilden brennenden Aurora zu lodern. Überall Farben, ungewohnte Farben, eine Phantasia niegesehenen Lichts. Aber kein Land.

»Während der Nacht«, sagte Felk, »hat sich der Wind gedreht und uns da drauf zugetrieben. Was für ein unglaublicher Anblick das ist! Diese Berge! Diese grandiosen Täler! Hättest du es je für möglich gehalten, Doc? Das Feste über den Wassern!« Felk klang, als würde er gleich in Tränen ausbrechen. »Mein ganzes Leben lang hab ich auf meine nautischen Karten gestarrt und diesen dunklen Flecken auf der anderen Halbkugel gesehen – und jetzt – jetzt schauen wir ihn direkt – von Angesicht zu Angesicht, Doc! Das ›Antlitz‹ selbst!«

Lawler preßte die Arme eng an die Flanken. In der tropisch-heißen Nacht überlief ihn plötzlich ein Frostschauder. Er sah noch immer ganz und gar nichts, nur die unendlich sich breitende rollende See.

»Hör mal, Onyos, falls Delagard verfrüht an Deck kommt und eure ganze Wache da schlafend vorfindet, dann weißt du doch, was passiert. Um Himmels willen, wenn du sie schon nicht wecken willst, dann tu ich es!«

»Laß sie schlafen. Bis zum Morgen haben wir das ›Antlitz‹ erreicht.«

»Welches *Antlitz*? Wo?«

»Na dort, Mann! Dort!«

Lawler sah noch immer nichts. Er eilte nach vorn. Am Bug entdeckte er Gharkid, den letzten dieser Wache, der ihm noch gefehlt hatte, mit überkreuzten Beinen wie eine Statue oben auf dem Vordeck thronen. Den Kopf hatte er in den Nacken geworfen, und die Augen standen weit offen und waren starr wie zwei Murmeln. Genau wie Kinverson befand er sich ganz und gar in einem entrückten Zustand.

Verwirrt spähte Lawler in die Nacht hinaus. Das bestürzende labyrinthische Farbenspiel tanzte weiter vor ihm, aber sonst sah er immer noch nur leere See und einen leeren Himmel voraus. Dann veränderte sich auf einmal etwas. Als wäre sein Sehvermögen getrübt gewesen und als könnte er auf einmal endlich wieder klar sehen. Er gewann den Eindruck, als hätte sich ein Teil des Himmels abgelöst und sich auf die Fläche des Wassers niedergesenkt und bewegte sich nun dort auf höchst komplizierte Weise, als ballte sich dieses Etwas in sich zusammen und noch einmal, bis es wie ein zerknautschter Papierbogen aussah, und dann wie ein Bündel von Stäben, und dann wie ein Gewirr von wütenden Schlangen, und dann wie Kolben, die von einer unsichtbaren Maschinerie bewegt werden. Über dem Horizont war in ganzer Breite ein zuckendes in sich verschlungenes Netzgeflecht von unerahnbarer Beschaffenheit aufgetaucht. Die Augen schmerzten ihn vom Hinschauen.

Felk kam zu ihm.

»Na, siehst du es jetzt? Ja?«

Lawler merkte, daß er ziemlich lange den Atem angehalten hatte. Er stieß ihn langsam aus.

Etwas wie eine Luftbrise, aber es war etwas anderes, wehte ihm ins Gesicht. Er wußte, es konnte kein Wind sein, denn diesen konnte er ebenfalls fühlen, und er wehte vom Heck her, und als er in die Masten schaute, sah er, daß die Segel sich nach vorn bauschten. Also keine Brise. Eine – Ausstrahlung. Eine Kraft. Strahlung. Auf ihn gerichtet. Er spürte es sacht durch die Luft knistern, fühlte, wie es ihm gegen die Wangen schlug wie feine Eiskristalle in einem Wintersturm. Er stand bewegungslos da, von Furcht und Ehrfurcht wie gelähmt.

»Siehst du?« fragte Felk noch einmal.

»Ja. Ja, jetzt sehe ich es.« Er wandte sich dem Kartographen zu. In dem seltsamen Licht, das von Westen her über sie hereinströmte, sah Felks Gesicht aus wie eine gemalte Trollmaske. »Trotzdem weckst du wohl lieber die Leute von deiner Deckswache. Ich gehe runter und wecke Delagard. Wie immer man es ansieht, er hat uns schließlich bis hierher gebracht. Und wie auch immer, er hat es nicht verdient, den Augenblick unserer Ankunft zu verpassen.«

7

In der ersten Dämmerung bildete Lawler sich ein, daß die vor ihnen liegende See rasch dahinschwinde, als ob sie zurückweiche, wie weggeschält, so daß zwischen Himmel und dem Schiff und dem ANTLITZ eine bestürzend kahle Sandwüste blieb. Doch als er blinzelnd wieder hinschaute, sah er die blitzende See, so wie sie immer gewesen war.

Wenig später zog dann die Dämmerung herauf und brachte fremdartige neue akustische und visuelle Eindrücke: die sichtbaren Brecher der Brandung, das helle Klatschen der kleinen Wellen am Bug, einen Gischtstreifen in der Ferne. In diesem frühen grauen Licht war es Lawler unmöglich, weitere Einzelheiten auszumachen. Gewiß, vor ihnen lag Land, und gar nicht so weit entfernt, aber er konnte es nicht sehen. Alles hier war so vage und unbestimmt. Die Luft schien erfüllt von dichtem Dunst, den wohl auch nicht die weiter heraufsteigende Sonne wegbrennen würde. Aber dann erkannte Lawler auf einmal die gewaltige dunkle Barriere, die sich über den Horizont breitete – ein niederer Buckel, der beinahe die Küstenkontur einer Gillie-Insel hätte sein können, nur, daß es eben auf Hydros keine Gillie-Inseln von derartigen Ausmaßen gab. Die Fläche erstreckte sich vor ihnen von einem Horizont bis zum anderen, ein Wall gegen die See, ein Bollwerk, und die See donnerte und schäumte in der Ferne dagegen, konnte es aber mit ihrer Gewalt nicht überwältigen.

Delagard kam an Deck. Er stand von Beben geschüttelt auf der Brücke, das Gesicht vorgestreckt, die Hände in unheimlicher Anspannung an das Geländer geklammert.

»Da ist es!« brüllte er. »Und habt ihr mir geglaubt?

Ihr? Da ist es doch, das ANTLITZ, das Feste Land! Endlich! So seht doch! *Schaut* es euch an!«

Es war unmöglich, in diesem Augenblick nicht von einem Gefühl der Erschütterung und Ehrfurcht ergriffen zu werden. Selbst die dumpfsten und schlichtesten Gemüter unter ihnen – etwa Neyana, oder Pilya, oder Gharkid – wirkten berührt von der gewaltigen sich nähernden Masse und Fremdartigkeit des Landes da vor ihnen, gestreift von der unerklärlichen psychischen Kraftausstrahlung, die von dem ANTLITZ ausging. Alle elf standen sie Seite an Seite auf Deck, keiner kümmerte sich um das Ruder oder die Segel, alle starrten in benommenem Schweigen nach vorn, während das Schiff auf die Insel zutrieb, als werde es von einer mächtigen magnetischen Kraft angezogen.

Einzig Kinverson machte den Eindruck der, wenn schon nicht Ungerührtheit, so doch der Unerschütterlichkeit. Er war aus seiner Trance erwacht, und nun starrte auch er fest auf die sich nahende Küstenlinie. Über das zerfurchte Gesicht glitt der Ausdruck irgendwelcher seltsamer Gefühle. Aber als Dag Tharp sich an ihn wandte und ihn fragte, ob er denn gar keine Angst habe, reagierte Kinverson mit ausdruckslosem Gesicht, als sei eine solche Frage für ihn sinnlos, und dann starrte er den Fragenden hochmütig an, als sehe er auch keine Veranlassung zu einer weiteren Erklärung.

»Angst?« sagte er gleichmütig. »Nein. Sollte ich denn welche haben?«

Daß alles auf der ›Insel‹ sich ständig bewegte, erschien Lawler als das Bestürzendste an der ganzen neuen Erfahrung. Nichts stand da still. Was sich da längs der Küstenlinie an Vegetation ausbreitete (sollte es tatsächlich pflanzliches Wachstum sein!), sah aus, als befände es sich in einem beständigen unaufhaltsamen Prozeß intensiven, kraftvollen, sich umschichtenden Wachstums. Nirgends sah er Ruhe, Stille, Stagnation. Und es waren nirgendwo erkennbare topographische Strukturen zu sehen … alles wogte und peitschte und wand sich zu einem schimmernden wirren Gewebe einer glitzernden Substanz zusammen, und ent-webte sich wieder, und peitschte in einem endlosen irren Tanz übersprudelnder Energieverschwendung um sich, wie es durchaus vom Beginn der Zeit an so gewesen sein mochte.

Sundira trat neben ihn und legte ihm sanft die Hand auf die nackte Schulter. Und so standen sie und spähten nach vorn und wagten kaum zu atmen.

»Diese Farben«, sagte sie leise. »Die elektrische Energie.«

Und es war ein phantastisches Schauspiel. Aus jedem Millimeter Fläche entströmte unablässig Licht. Jetzt war es rein weißes, dann leuchtend rotes, dann das allerdunkelste Violett, das in undurchdringliches Schwarz hinüberglitt. Und dann kamen Farben, die Lawler kaum zu benennen gewußt hätte. Und sie waren wieder verschwunden, bevor er sie richtig wahrnehmen konnte, und andere, ebenso gewaltige, traten an ihre Stelle.

Es war ein Licht, das die Qualität eines gewaltigen Geräusches besaß: Es war eine Explosion, ein schreckliches Getöse, ein scharfes, wirres Hämmern. Der überwältigende Energieschwall hatte etwas Perverses, etwas Gewalttätiges und Irres: Denn eine derartige wütende Wucht konnte ja wohl kaum vernunftgesteuert sein. Gespenstische Eruptionen eisiger Flammen tanzten herauf und loderten und verschwanden und machten neuen Platz. Es war unmöglich, das Auge zu lange auf einen Punkt zu fixieren; die Ausbrüche von Farbexplosionen zwangen immer wieder zum Wegsehen. Und auch wenn du nicht direkt hinsiehst, dachte Lawler, hämmert das beständig auf dein Gehirn ein, ob du willst oder nicht. Dieses – Ding da drüben war so etwas wie ein gigantischer Radiosender, der unerbittlich seine Programme auf den biosensorischen Wellenlängen ausstrahlte. Lawler spürte, die tastenden, bohrenden Ausstrahlungen, die ihn erforschten, in seinem Gehirn und

Bewußtsein herumtasteten wie gleitende unsichtbare Finger, die seine Seele streichelten.

Er stand da, zu keiner Bewegung fähig, zitternd, und hatte einen Arm um Sundiras Hüfte geschlungen. Sämtliche Muskeln von der Kopfhaut bis zu den Zehen waren angespannt.

Dann brach durch das irre Lichtgeflirre etwas anderes, etwas ebenso Irres und Gewaltsames, aber dennoch viel vertrauter: Nid Delagards Stimme, verzerrt zu einem rohen, scharfen und brüchigen Krächzen, aber dennoch immer noch als seine Stimme erkennbar. »Also! Alle Mann zurück auf ihre Posten! Alle! Wir haben zu tun!«

Delagard keuchte schwer, was eine ungewohnte Erregtheit verriet. Sein Gesicht blickte finster und sturmverheißend, als brodle in ihm ein heimliches Gewitter. Mit ungewohnt verzweifelter Hektik rannte er zwischen den Leuten auf dem Deck umher, packte sie sich einen nach dem anderen mit festem Griff und drehte sie herum, so daß ihre Augen vom ANTLITZ abgewandt waren.

»Dreht euch um! Schaut nicht hin! Das verrückte Licht hypnotisiert euch, wenn ihr da 'ne Weile reinglotzt!«

Lawler merkte, wie Delagards Finger sich ihm heftig in die Muskeln der Oberarme bohrten. Er gab dem Zug nach und ließ sich von dem unerhörten Schauspiel wegzerren, das da über dem Wasser stattfand.

»Du mußt dich zwingen, das *nicht* anzuschauen!« sagte Delagard. »Onyos – ans Ruder! Neyana, Pilya, Lawler, los! Wir müssen die Segel in den Wind setzen! Wir müssen einen Hafen für uns finden!«

SIE SEGELTEN mit zu Schlitzen verkniffenen Augen und mühsam abgewandtem Blick, um nicht das unbegreifliche Schauspiel zu sehen, das sich vor ihnen entlud, und kreuzten längs der turbulenten Küste, auf der Suche nach einem Einschnitt oder einer Bucht, die ihnen Schutz bieten könnte. Anfangs schien es, als gebe es nichts derartiger; das ANTLITZ erwies sich als langgestrecktes unerreichbares und abweisendes festes Land.

Dann schoß das Schiff urplötzlich durch die Brandungslinie und geriet in ruhiges Wasser: eine heitere Bucht zwischen zwei vorstrebenden von steilen Bergzinnen gekrönten Landzungen. Der heitere erste Eindruck war jedoch trügerisch und von kurzer Dauer. Augenblicke nach ihrer Ankunft begann das Wasser zu steigen und zu brodeln. In dem mahlenden Strudel stiegen dichte schwarze Stränge eines Gewächses auf, das aussah wie Riementang, herauf und peitschten das Meer wie die düstren Extremitäten von Ungeheuern, und zwischen ihnen schoben sich bedrohliche speerähnliche Auswüchse hervor, die Wolken eines unheimlichen grellgelben Rauchs ausstießen. Und am Ufer schien das Terrain sich in Krämpfen zu winden.

Lawler war erschöpft. In ihm begannen wirre Bildimaginationen, quälend rätselhafte, abstrakte Eindrücke. In seinem Hirn tanzten unbekannte Konturen. Er spürte hinter dem Stirnbein ein ärgerliches ungreifbares Jucken und preßte die Hände an die Schläfen. Es half nicht.

Delagard stapfte brabbelnd und in Gedanken versunken übers Deck. Nach einer Weile befahl er, das Schiff zu wenden, und steuerte es durch die Brecher wieder aus der Bucht hinaus. Sobald sie im freien Wasser waren, wurde es in der Bucht wieder still, und sie sah wieder genauso einladend aus wie zuvor.

»Versuchen wir's nochmal?« fragte Felk.

»Nicht hier«, knurrte Delagard mürrisch. Seine Augen blitzten vor kalter Wut. »Vielleicht ist das keine gute Stelle. Wir fahren westwärts weiter.«

Aber die Küste weiter westlich erwies sich als wenig einladend, sie war steil, rauh und wild. Der Wind trug einen scharfen stechenden Brandgeruch heran. Vom Land stiegen feurige Funken auf. Es war, als brenne die Luft selber. Hin und wieder prallten ihnen Wogen einer überwältigenden telepathischen Kraft von der Insel her entgegen, kurze plötzliche Stöße, die mentale Verwirrung und Diskoordination auslösten. Die Mittagssonne wirkte ausgeblichen und geschwollen. Und nirgendwo schien es eine Bucht zu geben oder einen Einschnitt. Nach einiger Zeit kam Delagard, der sich unter Deck begeben hatte, zurück und verkündete mit gepreßtem, bitterem Ton, daß er – vorläufig – davon Abstand nehmen werde, näher an Land zu kommen.

Sie zogen sich an eine Stelle weit außerhalb der mahlenden Brandung zurück, wo das Wasser flach und seicht war und von Farbbändern durchzogen, die von einem schimmernden Sandbett heraufgespiegelt wurden. Hier warfen sie Anker aus, zum erstenmal seit Beginn der Reise.

Lawler gesellte sich zu Delagard, der an der Reling lehnte und in die Ferne starrte.

»Na? Was hältst du jetzt von deinem Paradies, Nid? Von deinem Land, in dem Milch und Honig fließen?«

»Es wird uns gelingen, einen Weg hinein zu finden. Wir sind einfach von der falschen Seite her rangekommen, das ist alles.«

»Du *willst* also tatsächlich da an Land?«

Delagard wandte sich ihm zu und sah ihn an. Die blutunterlaufenen Augen wirkten in dem flirrenden Licht ringsum seltsam verändert und sahen vollkommen ausdruckslos und wie tot aus. Als er dann aber sprach, war die Stimme so fest wie eh und je. »Nichts, was ich bisher gesehen habe, hat im geringsten meine Meinung über irgendwas verändert, Doc. Hier ist das Land, wo ich sein will. Es ist Jolly gelungen, hier an Land zu gehen, also wird es auch uns gelingen.«

Lawler antwortete nichts darauf. Es fiel ihm nichts ein, was er hätte sagen können, was nicht bei Delagard einen wahnsinnigen Tobsuchtsanfall ausgelöst hätte.

Dann aber grinste der Reeder, beugte sich zu ihm her und klopfte ihm freundschaftlich auf die Schulter. »Doc! Ach, Doktorchen! Schau doch nicht so begräbnisernst drein! Klar, es sieht hier ziemlich wüst aus. Natürlich. Wieso hätten sich die Kiemlinge sonst die ganze Zeit von hier ferngehalten? Und natürlich kommt uns das Zeug, das von da drüben zu uns rüberweht, fremd vor. Wir sind es halt einfach nicht gewohnt. Aber das bedeutet ja nicht, daß wir uns davor fürchten müßten. Es handelt sich um nichts weiter als um ziemlich ausgefallene optische Effekte. Bloßer dekorativer Verpackungszauber: Völlig bedeutungslos. Hat nicht das geringste zu sagen.«

»Es freut mich; daß du dir deiner Sache so sicher bist.«

»Ja. Ich freu mich auch. Hör zu, Doc, hab doch endlich Vertrauen. Wir sind doch fast da. Wir sind bis hierher gekommen, und wir werden auch den Rest des Weges schaffen. Es besteht kein Anlaß, sich Sorgen zu machen.« Und wieder das breite Grinsen. »Hör mal, Doc, entspann dich, laß los, ja? Gestern abend ist mir zufällig ein Tropfen Brandy in die Finger gekommen, den Gospo versteckt hatte. Komm doch in einer Stunde oder so zu mir in die Kabine runter. Es werden alle da sein. Und wir feiern eine Party. Wir werden auf unsere Ankunft anstoßen.«

LAWLER KAM ALS LETZTER zur Party. Die anderen hockten alle schon bei Kerzenlicht mehr oder weniger im Halbkreis in der dunklen, engen dumpf riechenden Kabine um Delagard herum. Sundira links von ihm, Kinverson dicht bei ihr, Neyana und Pilya daneben, dann Gharkid, der Priester, Tharp, Felk und Lis. Alle hatten einen Becher mit Schnaps vor sich. Auf dem Tisch standen eine leere und zwei volle Flaschen. Delagard stand gegen die Wandung gedrückt, den Kopf tief zwischen die Schultern gezogen, was zugleich irgendwie aggressiv und defensiv wirkte. Er sah aus, als wäre er besessen. Die Augen glitzerten beinahe fiebrig. Das Gesicht, voll von einem Stachelbart und schorfig von einer Art Hautausschlag, war gerötet und schweißfeucht. Und plötzlich begriff Lawler, daß der Mann sich am Rande einer Krise befinden müsse, eines innerlichen Ausbruchs, einer heftigen Explosion und Freisetzung aufgestauter Gefühle, die allzu lange unterdrückt worden waren.

»Los, trink auch was, Doc«, rief Delagard.

»Danke. Gern. Ich dachte, wir haben nichts mehr von dem Zeug.«

»Hab ich auch gedacht«, erwiderte Delagard. »Hab mich eben geirrt.« Er schenkte ein, bis die Kumme überfloß, dann schob er sie über den Tisch auf Lawler zu. »Also hast du dich doch an Jollys Geschichte von der Unterwasserstadt erinnert, was?«

Lawler trank einen tiefen Schluck Brandy und wartete, bis sich die Wirkung im Bauch ausbreitete.

»Woher weißt du was davon?«

»Sundira hat es mir erzählt. Sie sagt, du hast mit ihr darüber geredet.«

Achselzuckend antwortete Lawler: »Ja, gestern ist das auf einmal wieder aus dem Nichts in meiner Erinnerung aufgetaucht. Ich hab seit Jahren nicht mehr daran gedacht. Der tollste Teil von Jollys Geschichte – und ich hatte es vergessen.«

»Aber ich nicht«, sagte Delagard. »Ich hab es grad den anderen erzählt, während wir auf dich gewartet haben. Na, was meinst du jetzt, Doc? Hat Jolly bloß 'nen Haufen Scheiße verzapft, oder nicht?«

»Eine Stadt unter dem Wasser? Wie sollte so was möglich sein?«

»Also, ich erinnere mich, daß Jolly was von einem Schwerkrafttrichter oder so sagte. Hochüberlegene Super-Technologie. Von Super-Gillies gebaut.« Delagard ließ seinen Becher und den Brandy darin kreisen. Es fehlte nicht mehr viel, und er würde betrunken sein, erkannte Lawler. »Diese Geschichte vom Jolly hab ich immer am liebsten gehört. Genau wie du. Wie die Kiemlinge vor 'ner halben Million Jahren beschlossen haben, auf dem Ozeangrund zu leben. Weißt du noch, es gab damals auf diesem Planeten noch feste Landmassen, das hatten sie dem Jolly gesagt. Inseln von anständigen Ausmaßen, kleinere Kontinente sogar, und dann haben sie das großenteils abgetragen und die Rohstoffe dazu verwendet, in der Tiefe, am Ende ihres Gravitationsschachtes abgeschottete, versiegelte Kammern zu bauen. Und als sie damit fertig waren, haben sie sich dort hinunter zurückgezogen und die Schotts hinter sich dichtgemacht.«

»Und das glaubst du also?« fragte Lawler.

»Ach, vielleicht auch nicht. Es ist eine ziemlich wilde Geschichte. Aber eben eine recht angenehme, gibst du mir nicht recht, Doc? Daß da drunten eine überlegene Gillie-Rasse lebt, die über den Planeten herrscht. Die ihre provinziellen Verwandten auf den schwimmenden Inseln zurücklassen, als Sklaven und Bauerntrottel, die für sie die Oberwelt als Farmer bearbeiten und sie mit Nahrung versorgen. Und alle Formen von Leben auf Hydros – die Insel-Gillies, und die Mäuler und die Plattformen und Taucher, und die Hexenfische und alles andere, bis hinunter zu den Kriechaustern und Rasplern – hängen in einem großen übergeordneten ökologischen Abhängigkeitsgeflecht zusammen, dessen ausschließliche Aufgabe es ist, den Bedürfnissen der Wesen zu dienen, die in dieser Unterwasserstadt leben. Die insularen Gillies glauben, daß sie nach ihrem Tod auf das ›Antlitz‹ versetzt und dort weiterleben werden. Frag doch Sundira, wenn du mir nicht glaubst. Und das muß einfach bedeuten, daß sie dann nach *unten* gehen und ein feines Leben in der Verborgenen Stadt führen dürfen. Vielleicht glauben ja auch die Taucher was ähnliches. Oder die Kriechaustern.«

»Die wirren Fabelgespinste eines alten, halbverrückten Mannes, diese *Stadt*«, sagte Lawler. »Ein Märchen.«

»Vielleicht. Oder auch nicht.« Delagard lächelte Lawler kühl und etwas verkniffen an. Es war bestürzend, wie stark, wie irreal, ja wie unheimlich seine Selbstbeherrrschung unter diesen Umständen war. »Aber sagen wir doch einfach mal, es ist kein Märchen. Was wir alle heute morgen gesehen haben – dieser ganze unglaubliche faule Hokuspokus von herumtanzendem Wer-weiß-was-Zeugs – könnte doch durchaus nichts weiter sein als eine riesige Bio-Maschine, die den Energiebedarf für die verborgene Gillie-Stadt deckt. Die Pflanzen, die da drüben wachsen, sind – metallisch. Darauf geh ich 'ne Wette ein! Sie sind Teile der Maschine. Ihre Wurzeln sind im Meer, und sie entziehen ihm Mineralien und verwandeln sie in neue Stoffe. Und sie erfüllen alle möglichen mechanischen Funktionen. Und irgendwo auf dieser Insel gibt es vielleicht ein gigantisches elektrisches Gitter. Genau in der Mitte, möchte ich wetten, ist ein Sonnenkollektor, eine Akkumulatorplatte, welche die Energie einsammelt, die von dem ganzen halbbiotischen Netz da drüben in die unterseeische Stadt gespeist wird. Und was wir gespürt haben, ist nichts als der Energie-Überschuß bei dem Ganzen. Der knistert durch die Luft und wirbelt uns den Kopf voll Hirngespinste. Oder täte es, wenn wir das zulassen. Aber wir werden es nicht zulassen! Wir sind schlau und halten uns außerhalb der Reichweite. Wir werden in sicherer Entfernung ganz einfach weiter die Küste entlangsegeln, bis wir den Eingang der verborgenen Stadt gefunden haben, und dann …«

»Da segelst du mir ein bißchen zu schnell, Nid«, sagte Lawler. »Zuerst sagst du mir, du glaubst, diese Stadt auf dem Meeresgrund ist deiner Meinung nach nichts weiter als die Spinnerei eines alten Mannes, und auf einmal bist du schon an ihren Pforten.«

Delagard blieb unbeeindruckt von der Ironie. »Ich nehme das nur einfach als real gegeben an. Nur so für unser Gespräch. Trink doch noch 'nen Schluck, Doc. Das ist nämlich diesmal wirklich mit Sicherheit der letzte Rest. Also können wir ihn auch richtig genießen und auf einmal.«

»Angenommen, die Stadt ist Realität«, sprach Lawler weiter, »wie sollen wir dann *unsere* große Stadt errichten, von der du geredet hast, wenn die Position bereits von einem Haufen von Super-Gillies besetzt ist? Könnten die nicht ein wenig ärgerlich reagieren? Vorausgesetzt, es gibt sie, natürlich...«

»Doch, ich denke, das werden sie. Falls es sie gibt.«

»Und werden sie dann nicht ganze Armadas von Rammhörnern, Säblern, Seeleoparden und Drakken losschicken, damit die uns eine Lektion erteilen und uns klarmachen, wir sollten sie lieber nicht noch einmal stören?«

»Dazu werden sie gar keine Chance bekommen«, erklärte Delagard fröhlich-erhaben. »Sollten die da sein, dann gehn wir einfach runter zu ihnen und erobern sie ein bißchen und zerquetschen sie zu Scheiße!«

»Wir tun – *was?*«

»Die Sache ist kinderleicht, du kannst es dir kaum vorstellen. Die sind verweichlicht, dekadent und alt. *Wenn* sie da drunten sind, Doc... *wenn!* Vom Beginn der Zeit an ist denen alles nach ihrem Wunsch und Willen gegangen auf diesem Planeten, und in ihrem Kopf existiert gar kein Begriffskonzept für Feind oder Aggressor. Alles auf Hydros existiert einzig, um ihnen zu dienen. Und sie stecken da drunten in ihrer Meereshöhle seit einer halben Million Jahre in einem bequemen Luxus, wie wir uns das nicht mal erträumen könnten. Und wenn wir zu ihnen runtergehen, werden wir entdecken, daß sie völlig wehrlos und schutzlos sind. Wozu hätten sie das auch gebraucht? Schutz – gegen wen? Wir marschieren da einfach rein und erklären ihnen, daß von jetzt an wir das Sagen haben. Und die werden umfallen und sich ergeben.«

»*Elf* halbnackte Männer und Frauen, bewaffnet mit Gaffeln und Beleghölzern erobern also die Hauptstadt einer unendlich fortschrittlichen überlegenen fremden Zivilisation, ja?«

»Hast du dich je damit befaßt, Lawler, wie die Geschichte auf der ERDE verlaufen ist? Da gab es dort mal eine Gegend, die hieß Peru, und die Leute dort beherrschten einen halben Kontinent – was immer das sein mag – und errichteten Tempel aus Gold. Und dann kam ein Kerl namens Pizarro dorthin, hatte so an die zweihundert Haudegen bei sich, mit mittelalterlichen Waffen, die überhaupt nichts taugten, ein, zwei Kanonen und ein paar Gewehren, die du für absurd halten würdest, eroberte das Land und nahm den Kaiser gefangen, einfach so. Ungefähr zur gleichen Zeit machte ein anderer Kerl namens Hernando Cortez genau das gleiche in einem Reich, das Mechico hieß und ebenfalls enorm reich war... Man kommt überraschend über sie, du denkst nicht mal an so was wie eine Möglichkeit der Niederlage, du marschierst einfach rein und schnappst dir, was sie dort so an Bonzen in Autoritätspositionen haben, und die fallen vor dir auf die Knie. Und dann gehört alles, was sie besitzen, dir!«

Lawler starrte Delagard sprachlos an.

»Nid, wir haben keinen Finger gerührt, um uns zu verteidigen, als wir von der Insel verjagt wurden, auf der wir hundertfünfzig Jahre lang gelebt haben, als uns die primitiven Hinterwäldlervettern deiner Super-Gillies vertrieben haben, weil wir wußten, daß wir keine Chance in einem Kampf gegen sie hatten. Und jetzt erklärst du mir, ohne schamrot zu werden, daß du die Absicht hast, mit bloßen Händen eine ganze hochüberlegene Zivilisation umzustürzen, und du lieferst mir dafür als Beispiel irgendwelche Volksmärchen aus dem ERDMittelalter über sagenhafte Königreiche, die von Heldengestalten irgendwelcher uralter Kulturkreise erobert wurden, bloß um mir zu beweisen, daß so was möglich ist? Nid! Gerechter Himmel!«

»Du wirst es sehen, Doc! Ich verspreche es dir!«

Lawler blickte in die Runde, ob einer ihn unterstützen

wollte. Aber alle hockten mit glasigen Augen stumm da, als schliefen sie.

»Also, wieso verschwenden wir denn überhaupt unsere Zeit dafür?« fragte er. »Es gibt keine solche Stadt. Die Vorstellung schon ist unmöglich. Und du glaubst ja nicht eine Minute dran, Nid, oder? Oder? Glaubst du dran?«

»Das hab ich dir doch schon gesagt, vielleicht ja, vielleicht nicht. Jolly hat dran geglaubt.«

»Ja. Und Jolly war senil und verrückt.«

»Ach, eigentlich nicht, als er zum erstenmal wieder heim nach Sorve gekommen ist. Verrückt wurde er erst viel später, nachdem ihn die Leute jahrelang ausgelacht haben ...«

Aber inzwischen hatte Lawler die Schnauze voll. Delagard sabberte und sabberte, und immer im Kreis, und nichts davon ergab irgendwie einen Sinn. Auf einmal war die stickige muffige Luft in der engen Kapitänskabine so dick wie Wasser und nicht mehr zu atmen. Erstickend. Lawler fühlte sich von einem würgenden klaustrophobischen Ekel und Schwindel gepackt. Er sehnte sich heftig nach seiner Taubkrauttinktur.

Er hatte jetzt begriffen, daß Delagard nicht bloß unter einer gefährlichen Zwangsvorstellung litt, sondern tatsächlich absolut wahnsinnig war.

Und wir alle sitzen hier am Ende der Welt, dachte Lawler, ohne Chance, da wieder wegzukommen, und noch nicht mal einen Ort, an den wir uns flüchten könnten – wenn wir irgendwohin flüchten könnten.

»Ich kann mir dieses Geseire einfach nicht mehr anhören«, sagte er, und seine Stimme klang halberstickt vor Zorn und Angewidertheit. Er stand auf und stürzte aus dem Raum.

»Doc!« rief Delagarde hinter ihm her. »Komm doch zurück! Verdammt noch mal! Doc! Komm zurück!«

Aber Lawler knallte die Tür hinter sich zu und stolperte weiter.

ALS ER DANN ALLEIN auf dem Deck stand, brauchte er sich gar nicht erst umzuwenden, er wußte einfach, daß Father Quillan ihm gefolgt war. Eine seltsame Erfahrung: Zu wissen, ohne daß man hinschauen mußte. Wahrscheinlich eine Nebenwirkung der wütenden Strahlungen, die vom ›Antlitz‹ über sie niedergingen.

»Delagard hat mich gebeten, daß ich dir folgen und mit dir reden soll«, sagte der Priester.

»Und worüber?«

»Über deinen Ausbruch da unten.«

»*Mein* Ausbruch?« fragte Lawler verblüfft. Er wandte sich dem Priester zu. In dem vielfarbigen Lichtergewirr, das rings um sie herum zuckte, wirkte Quillan noch hagerer als sonst, und sein schmales Gesicht schien aus einer Myriade von Flächen zusammengesetzt zu sein, die Haut schimmerte bräunlich und wie geölt, und die Augen blinkten wie Leuchtfeuer. »Was ist denn mit dem Ausbruch, den Delagard sich geleistet hat? Verschwundene Städte unter dem Meer! Aberwitzige Eroberungskriege, die sich auf irgendwelche dunkle Mythen und Märchen aus der fernsten Vergangenheit stützen!«

»Aber das waren keine erfundenen Lügengeschichten. Cortez und Pizarro sind kein Mythos, sie haben wirklich gelebt, und sie haben wirklich mit einer Handvoll Soldaten riesige Reiche erobert. Und das erst vor tausend Jahren. Es ist die Wahrheit. Und es gehört zur Geschichte der ERDE.«

Lawler schob das achselzuckend beiseite. »Was vor langer Zeit auf einem fernen Planeten passiert ist, das spielt doch hier und heute keine Rolle.«

»Und so was sagst *du?* Der Mann, der in seinen Träumen immer wieder die ERDE besucht?«

»Cortez und Pizarro hatten es aber nicht mit Gillies zu tun. Delagard ist einfach verrückt, und alles, was er uns da heute gesagt hat, ist schlechterdings absolut wahnsinnig.« Aber dann, auf einmal vorsichtig geworden, fügte Lawler betont hinzu: »Oder findest du das nicht auch?«

»Er ist ein schwer zu erfassender Mann, theatralisch, voller Feuer und Furor. Aber ich glaube nicht, daß er geistesgestört ist.«

»Eine Stadt im Meer am unteren Ende eines Schwerkrafttrichters? Meinst du im Ernst, daß es so was geben kann? Wo es ums Glauben geht, glaubst du wohl alles, wie? Doch, *du* würdest so was tatsächlich glauben. Schließlich glaubst du ja auch an so was wie Vater-Sohn-Heiliger-Geist! Also wieso nicht an eine Stadt auf dem Grund des Meeres?«

»Ja, warum eigentlich nicht«, erwiderte der Priester. »Man hat schon viel seltsamere Sachen auf fremden Welten gefunden.«

»Davon hab ich keine Ahnung«, entgegnete Lawler.

»Und es liefert eine plausible Erklärung für die Beschaffenheit von Hydros. Ich habe wirklich lange darüber nachgedacht, Lawler. Es gibt nämlich keine echten Wasserplaneten in der Galaxis, mußt du wissen. Alle übrigen, die hydros-ähnlich sind, besitzen zumindest natürliche Inselketten, Archipele, die Spitzen versunkener Berge, die über die Wasseroberfläche emporragen. Aber Hydros ist eine einzige große Wasserkugel. Wenn du nun aber unterstellst, daß es auch hier einst gewisse Landmassen waren, die abgetragen wurden, um eine oder mehrere gewaltige Unterwasserstädte zu errichten, bis am Ende die gesamte feste Fläche über dem Wasser ins Meer verschwunden war und obenauf nichts war als Wasser ...«

»Möglich. Vielleicht auch nicht.«

»Aber es ist denkbar. Warum sind die Gillies eine Spezies von Inselbauern? Weil sie sich von einer aquatischen Lebensform zu einer terrestrischen entwickeln und Land brauchen, um darauf zu wohnen? Eine plausible Theorie. Was aber, wenn die Sache sich ganz umgekehrt verhielte? Daß sie nämlich ursprünglich Landbewohner waren und daß jene, die bei der Migration ins Meer zurückblieben, sich zu einer semi-aquatischen, einer amphibischen Form entwickelten, der man das Land mehr und mehr wegnahm? Das würde erklären...«

»Deine wissenschaftliche Argumentation ist ebenso fragwürdig wie deine theologische«, sagte Lawler müde. »Beginne mit einer irrationalen Idee und staffiere sie dann mit allen erdenklichen Hypothesen und Spekulationen aus, in der Hoffnung, daß das am Ende irgendeinen Sinn ergibt. Es beliebt dir zu glauben, daß die Gillies plötzlich vom Leben im Freien genug hatten, also haben sie sich einen Zufluchtsort im Meer gesucht, dabei das ganze feste Land des Planeten abgetragen und droben eine amphibische Unterart ihrer selbst zurückgelassen... schön, wenn du das, verdammt noch mal, glauben willst, dann glaub es von mir aus. Es stört mich nicht. Aber glaubst du auch, Delagard kann da so einfach reinmarschieren und Eroberer spielen, wie er das verkündet hat?«

»Nun...«

»Hör zu«, sagte Lawler, »ich glaub nicht einen Moment lang dran, daß es diese Zauberstadt gibt. Ich hab nämlich diesem Jolly ebenfalls zugehört und mit ihm gesprochen, und mir kam er immer ziemlich bescheppert vor. Aber sogar falls es diesen Ort gleich da vorn um die nächste Küstenbiegung geben sollte, könnten wir ihn unmöglich erobern. Die Gillies würden uns in fünf Minuten vernichten.« Er neigte sich dichter zu dem Priester. »Hör mir zu, Father. Was wir wirklich tun müßten, wäre Delagard unter Kuratel stellen und einschließen und von hier verschwinden. Ich hab schon vor Wochen so gedacht, dann hab ich meine Meinung geändert, aber jetzt erkenne ich, daß ich damals recht hatte. Der Mann ist geistesgestört – und wir haben an diesem Ort hier nichts verloren.«

»Nein«, sagte der Priester.

»Nein?«

»Delagard mag so verwirrt sein, wie du sagst, und seine Pläne der reinste Wahnsinn. Aber ich werde dich nicht dabei unterstützen, wenn du dich gegen ihn stellst. Ganz im Gegenteil.«

»Du willst also weiter an dem Land da herumschnüffeln – ungeachtet der Risiken?«

»Ja.«

»Warum?«

»Du weißt, warum.«

Ein, zwei Herzschläge lang schwieg Lawler. »Ja richtig«, sagte er dann. »Es war mir für den Moment nicht mehr gegenwärtig. Die *Engel*, das *Paradies*… Wie habe ich nur vergessen können, daß ja du es warst, der Delagard überhaupt erst dazu ermuntert hat, hierher zu segeln. Und zwar aus puren egoistischen Gründen, die überhaupt nichts mit den seinen zu tun haben!« Lawler wies mit einer verächtlichen Handbewegung auf das wilde Kreisen und Brodeln der Vegetation über der Meerenge auf der Küste. »Hältst du das da drüben immer noch für das Land der Engel? Der Götter?«

»Gewissermaßen, ja.«

»Und du glaubst auch immer noch, du kannst dir da drüben irgendwie so was wie deine persönliche Erlösung ergattern?«

»Ja.«

»Erlöst durch *das* da? Blitze und Donner? Lichtspiele und Lärm?«

»Ja.«

»Du bist ja noch verrückter als Delagard.«

»Ich kann verstehen, warum du das denken mußt«, sagte der Priester.

Lawler lachte scharf auf. »Ich seh euch beide schon Seite an Seite in die unterseeische Stadt der Super-Gillies einmarschieren. Er schwingt eine Gaffel, du ein Kreuz, und ihr singt Litaneien, du in einer Tonart, er in einer anderen. Und die Gillies kommen lammfromm an und knien vor euch nieder, und du taufst sie einen nach dem anderen, und dann erklärst du ihnen, daß Delagard von nun an ihr König ist…«

»Lawler, ich bitte dich!«

»Bittest – um was? Soll ich dir den Kopf tätscheln und dir sagen, wie ungeheuer beeindruckt ich von deinen abgründigen, abgefeimten Ideen bin? Und danach soll ich dann wohl runtergehen und Delagard danken für seine göttlich inspirierte Führerschaft? Nein, lieber Father, ich befinde mich auf einem Schiff, das unter dem Kommando eines Geisteskranken steht, der mit deinem sträflichen Zutun uns alle an den aberwitzigsten und gefährlichsten Ort auf diesem Planeten gebracht hat, und mir gefällt das nicht, und ich will weg von hier.«

»Wenn du doch nur willens sein könntest, zu erkennen, was das ANTLITZ uns zu bieten hat…«

»Ich weiß, was es zu bieten hat. Den Tod, Father Quillan. Tod durch Verhungern. Verdursten. Oder schlimmer. Siehst du die Lichter da drüben blitzen? Spürst du das ungewöhnliche elektrische Prickeln? Mir kommt das nicht sehr freundlich vor. Eher todbringend. Ist das deine Vorstellung von der Erlösung? Das Sterben?«

Quillan warf ihm aus glühenden Augen einen überraschten Blick zu.

»Aber stimmt es nicht, daß deine Kirche den Selbstmord für eine der allerschwersten Sünden hält?«

»Du sprichst von Selbstmord, nicht ich.«

»Ja. Aber du bist derjenige, der den seinigen plant.«

»Du begreifst ja gar nicht, was du damit sagst, Lawler. Und in deiner Unwissenheit verzerrst und verdrehst du alles.«

»Ach? *Ich?*« fragte Lawler. »Tu ich das wirklich?«

8

Am späten Nachmittag desselben Tages gab Delagard Order, den Anker zu lichten, und sie fuhren weiter gen Westen die Küste entlang. Es ging ein heißer steter Wind landwärts, als versuchte die riesige Insel sie zu sich zu holen.

»Val?« rief Sundira von oben. Sie hing direkt über ihm in der Takelung und machte die Stagen an der Vorderrah fest.

Er schaute zu ihr hinauf.

»Wo sind wir, Val? Was wird mit uns passieren?« Sie fröstelte in der tropischen Wärme. Beklommen spähte sie zur Insel hinüber. »Es sieht so aus, als wäre meine Vermutung von irgendeiner nuklearen Verwüstung falsch gewesen. Trotzdem sieht es da drüben zum Fürchten aus.«

»Ja.«

»Und dennoch zieht es mich da irgendwie hin. Ich will noch immer wissen, was da wirklich ist.«

»Etwas Übles, das ist es«, sagte Lawler. »Und das kannst du schon von hier aus erkennen.«

»Es wär doch so einfach für uns zwei, das Schiff an die Küste laufen zu lassen. Du und ich, Val, wir könnten es gleich jetzt machen, nur zu zweit…«

»Nein!«

»Aber warum denn nicht?« Ihre Frage klang allerdings nicht sehr bestimmt. Sie schien gegenüber der Insel ebenso mißtrauisch zu sein wie er. Ihre Hände zitterten so stark, daß sie ihren hölzernen Hammer fallen ließ. Lawler fing ihn und warf ihn ihr wieder hinauf. »Was würde mit uns passieren, was meinst du, wenn wir dichter an die Küste gingen?« fragte sie. »Rauf auf das Flache selber?«

»Das laß jemand anders für uns rausfinden«, sagte

Lawler grob. »Soll doch Gabe Kinverson da rübergehen, wenn er den Mut hat. Oder unser Father Quillan. Oder Delagard. Das hier ist Delagards Picknick – also soll er doch das Vergnügen haben und als erster an Land steigen. Ich bleib hier und schau mir an, was geschieht.«

»Klingt vernünftig, denk ich. Und trotzdem … trotzdem …«

»Du fühlst dich verlockt.«

»Ja.«

»Es geht ein Sog aus, nicht? Ich spüre ihn auch. Ich höre in meinem Innen etwas sagen wie: *Nur zu, komm rüber, schau es dir an, was es da gibt. Es gibt auf der ganzen Welt nichts Vergleichbares. Das mußt du dir anschauen.* Aber es ist ein verrückter Gedanke.«

»Ja«, sagte Sundira leise. »Du hast recht. Es ist verrückt.«

Dann schwieg sie und konzentrierte sich auf die Ausbesserungsarbeiten. Dann kam sie auf seine Höhe heruntergeklettert. Lawler berührte ihre nackte Schulter sacht mit den Fingerspitzen. Sie gab einen weichen Laut des Wohlbehagens von sich und kuschelte sich an ihn. So schauten sie zusammen auf die farbensprühende See hinaus, auf die verquollene untergehende Sonne und den bestürzenden Lichterdunst, der von der Insel drüben aufstieg.

»Val, kann ich heut nacht bei dir in deiner Kabine bleiben?« bat sie.

So etwas war noch nicht oft und nun schon seit längerem nicht mehr geschehen. Zu zweit waren sie einfach für den engen Raum und die schmale Koje zuviel.

»Aber gern.«

»Ich lieb dich, Val.«

Lawler ließ die Hände über ihre kräftigen Schulterblätter gleiten bis hinauf in den Nacken. Er fühlte sich stärker zu ihr hingezogen als je zuvor: Fast als wären sie zwei getrennte Hälften eines zerteilten Organismus und nicht bloß zwei Halbfremde, die der Zufall auf einer seltsamen Reise zu einem gefährlichen Ort zueinander getrieben hatte. War es diese Gefahr, überlegte er, die uns einander näherbrachte? War es – Gott behüte – die aufgezwungene Nähe mitten auf dem Ozean, die mich ihr gegenüber so schutzlos macht und so begierig darauf, sie dicht bei mir zu haben?

»Ich lieb dich«, flüsterte er.

Sie stürzten zu seiner Kabine hinunter. Noch nie hatte er sich Sundira so nahe gefühlt... noch nie irgendeinem Menschen sonst. Sie waren Verbündete, nur sie und er, allein gegen ein wirbelndes, verwirrend rätselhaftes Universum. Und sie hatten nur einander als Halt gegen dieses rätselhafte ›Antlitz‹, das sie in seinen Bann zu ziehen drohte.

Die Nacht war kurz; ineinander verschlungene Arme und Beine, schweißnasse nackte Haut, Körper die glitschig in- und umeinander glitten; immer wieder die Augen, die sich suchten, das Lächeln, das im Gesicht des anderen die lächelnde Antwort auslöste; die Atemströme, die sich mischten, leise gehauchte Worte, ihr Name aus seinem Mund, seiner von ihren Lippen; dann der Tausch von Erinnerungen; und die neuen Erinnerungen, die sie sich schufen. Sie schliefen keine Minute. Aber das macht gar nichts, sagte sich Lawler. Der Schlaf kann leicht neue Spukträume heraufbeschwören. Besser wir bringen diese Nacht wachend zu. Und in leidenschaftlicher Lust. Vielleicht ist morgen unser letzter Tag.

IM MORGENGRAUEN stieg er an Deck. In den letzten Tagen war er zur Frühwache eingeteilt gewesen. Im Verlauf der Nacht, erkannte Lawler, war das Schiff wieder durch die Brecher landwärts vorgedrungen und ankerte nun in einer Bucht, die der ersten ziemlich ähnlich sah; allerdings wies die Küste keine Berge auf, nur flache Matten voll dicht wachsender dunkler Vegetation.

Diesmal schien die Bucht nichts gegen ihre Anwesenheit zu haben, ja sie sogar zu begrüßen. Die Wasserfläche war still, kein leichtes Kräuseln zeigte sich, keine Spur von dem peitschenden Kelp, dem wirbelnden Riementang, der sie fast sogleich aus der vorherigen Bucht vertrieben hatte.

Aber das Wasser war auch hier wie überall sonst mineszent, und goldne und rosa und scharlachrote und saphirblaue Lichtkaskaden stiegen auf, und an Land setzte sich mit gewohnter Wildheit der unendliche Schleifentanz des Lebens fort. Purpurne Funken stiegen sprühend vom Land auf. Wieder war es, als brennte die Luft. Überall helle grelle Farben. Die wahnsinnige unerschöpfliche Großartigkeit und Pracht des Landes war schwer zu ertragen – als erste Eindrücke frühmorgens nach einer schlaflosen Nacht …

Delagard war auf der Brücke. Und er war allein und stand seltsam in sich verkrochen mit über der Brust gekreuzten Armen da.

»Komm doch her und red ein bißchen mit mir, Doc«, bat er.

Die Augen des Mannes waren trübe und gerötet. Er sah aus, als habe auch er keinen Schlaf gehabt, und nicht bloß in der letzten Nacht, sondern schon seit etlichen. Die Kinnbacken waren grau und hingen schlaff herab, und sein Kopf schien sich irgendwie in den dicken Hals und Nacken zurückgefaltet zu haben. Auf der einen Wange fiel Lawler ein nervöser Tic auf. Die Dämonen, von denen er tags zuvor bei der ersten Annäherung an die Küste besessen gewesen sein mochte, waren anscheinend während der vergangenen Nacht zu ihm zurückgekehrt.

Mit heiserem Ton sagte er: »Ich höre, daß du mich für übergeschnappt hältst.«

»Spielt es für dich die geringste Rolle, wenn ich das glaube?«

»Und wärst du vielleicht eine Spur glücklicher, wenn

ich dir sag, daß ich fast schon selber anfange zu glauben, du hast recht? Fast. Fast.«

Lawler suchte nach einer Spur von Ironie in Delagards Worten, nach einem Hauch von Humor oder Spott. Doch da war nichts davon zu spüren. Die Stimme war schwer und heiser und klang brüchig.

»Da, schau dir die beschissene Gegend an«, krächzte er und fuhr mit den Armen in weiten Schwüngen durch die Luft. »Sieh es dir an, dieses Scheißland, Doc! Es ist eine Wüstenei! Eine Ödnis! Ein Alptraum! Warum nur bin ich bloß je hierher gefahren?« Er zitterte, und die Haut unter seinem Bart war bleich: Er wirkte furchterregend abgehärmt und zerknirscht. Mit leiser krächzender Stimme sagte er: »Bloß ein Irrer kann es soweit kommen lassen. Ich erkenne das ganz überdeutlich. Jetzt. Ich hab es gestern bereits begriffen, als wir in dieser Bucht da ankern wollten, aber ich hab das einfach weggeschoben und getan, als wär es nicht so. Das war falsch. Aber immerhin, ich bin stark genug, das einzugestehen. Himmel, Doc, was war bloß in meinem Kopf los, daß ich uns hierher bringen konnte? Das ist kein Platz für uns!« Er wackelte mit dem Kopf. Als er dann weitersprach, war seine Stimme nichts weiter als ein angsterfülltes Krächzen. »Doc! Wir müssen weg von hier! Sofort!«

Redete der Mann im Ernst? Oder sollte das eine Art grotesker Loyalitätstest sein?

»Meinst du das im Ernst?« fragte Lawler.

»Verdammt, ja, das tu ich.«

Tatsächlich. Er meinte es ernst. Er hatte scheußliche Angst. Er bebte. Er schien sich vor Lawlers Augen aufzulösen. Es war eine bestürzende charakterliche Umpolung, und Delagard wäre der letzte Mensch gewesen, von dem er so etwas erwartet hätte. Er gab sich Mühe, das erst einmal zu verarbeiten.

Schließlich sagte er: »Und die Versunkene Stadt? Was ist damit?«

»Du glaubst, es gibt da eine?« fragte Delagard.

»Nicht eine Sekunde lang. Aber *du* glaubst es.«

»Quatsch, tu ich das! Ich hab einfach zuviel Schnaps gesoffen, das ist alles. Wir haben dieses Ding da, dieses Land zu etwa einem Drittel umrundet, schätze ich, und nirgendwo auch nur einen Hinweis gesehen. Man müßte doch mit einer heftigen Küstenströmung rechnen können, wenn es da irgendwo einen Gravitationstrichter gäbe, der die See offenhält. Aber wo, verdammt, ist er?«

»Das erklärst lieber du mir, Nid. Du hast schließlich geglaubt, daß es hier irgendwo so was gibt.«

»Nein, das war Jolly, der das geglaubt hat.«

»Jolly war meschugge. Dem ist das Hirn zu Brei geworden, als er seinen Roundtrip hier um dieses Ding gemacht hat.«

Delagard nickte düster Zustimmung. Langsam sanken seine Lider über die blutunterlaufenen Augen. Einen Moment lang dachte Lawler, er sei im Stehen eingeschlafen. Dann sagte er mit geschlossenen Augen: »Doc! Ich war die ganze Nacht allein hier draußen. Wollte mir über das alles in meinem Hirn klarwerden. Die Lage sachlich und nach den praktikablen Möglichkeiten bewerten. Das klingt für dich wahrscheinlich komisch, weil du mich ja für irre hältst. Aber ich bin nicht verrückt, Doc. Nicht richtig. Ich mach zwar Sachen, die vielleicht anderen verrückt erscheinen, aber ich selber bin nicht verrückt. Ich bin nur anders als du. Du, du bist nüchtern, du bist vorsichtig, du willst absolut kein Risiko eingehen, du willst bloß immer so weiter mitlaufen und mitmachen und dabeisein. Dagegen ist nichts einzuwenden. Es gibt im Universum solche wie dich und solche wie mich, und wir können uns gegenseitig eigentlich nie richtig verständigen, aber manchmal passiert's dann eben, daß wir durch die Umstände aufeinanderprallen und dann trotzdem zusammenarbeiten müssen. Doc, ich habe mich danach gesehnt, diesen Ort hier zu erreichen, mehr als ich je irgendwas in meinem Leben gewünscht habe. Für mich war das das Allerwichtigste. Verlang nicht von mir, daß ich dir das erkläre. Du könntest es sowieso nie begreifen. Aber da steh ich jetzt, und ich muß einsehen, daß ich mich geirrt hab. Für uns gibt es hier nichts. Nichts.«

»Pizarro – Cortez«, sagte Lawler, »die hätten doch wenigstens zu landen versucht, bevor sie den Schwanz einziehen und sich verpissen.«

»Komm mir jetzt nicht mit so was, Mann!« sagte Delagard. »Ich versuch doch, fair mit dir zu reden.«

»Du hast mir Pizarro und Cortez aufgetischt, als *ich* versucht habe, fair mit dir zu reden, Nid.«

Delagard klappte die Augenlider wieder auf. Die Augen wirkten erschreckend: hell wie glühende Kohlen, flackernd vor Schmerz. Er verzog einen Mundwinkel, vielleicht versuchte er zu lächeln. »Mach mal halblang, Doc. Ich war besoffen.«

»Das weiß ich.«

»Weißt du, was mein Fehler war, Doc? Daß ich an meine eigene Scheiße geglaubt hab. Und an die Scheiße von Jolly. Und die von Father Quillan. Quillan, der hat mich mit 'ner Menge Zeugs vollgestopft über das Feste Land über den Wassern. Ein Ort war das, wo mir göttliche Macht zuteil werden würde, ich brauchte sie mir nur zu nehmen – so habe ich jedenfalls verstanden, was er mir gesagt hat. Und jetzt sind wir da! Da liegen wir! Ruhen in Frieden! Ich war die ganze Nacht hier auf Deck, hab so dagestanden und mir gedacht: Wie willst du hier einen Raumflughafen bauen? Und mit was? Wie soll jemand in diesem Chaos dort drüben leben, ohne daß er nach einem halben Tag den Verstand verliert? Wie sollen wir uns ernähren? Werden wir überhaupt dort atmen können? Kein Wunder, daß die Gillies hier nicht hergehen wollen. Dieses Elendsland ist unbewohnbar. Und plötzlich ist mir dann alles klargeworden, und da stand ich – ganz allein und mit mir selbst konfrontiert – und fing an, über mich zu lachen. Zu *lachen*, Doc! Aber der Jux ging auf meine Kosten, und es war nicht besonders komisch. Diese ganze Fahrt war der reine Wahnsinn, nicht wahr, Doc?«

Delagard schwankte inzwischen auf den Fußballen vor und zurück. Lawler begriff plötzlich, daß er noch immer betrunken sein müsse. Anscheinend ab es an Bord doch noch einen weiteren versteckten Brandyvorrat, und vielleicht hatte Delagard die ganze Nacht hindurch weitergetrunken. Vielleicht soff er schon seit Tagen. Er war dermaßen alkoholisiert, daß er sich einbildete, nüchtern zu sein.

»Du solltest dich hinlegen. Ich kann dir ein Beruhigungsmittel geben.«

»Ich scheiß auf dein Beruhigungsmittel. Mich würde nur beruhigen, wenn du mir zustimmst! Es war eine Irrsinnsreise. Oder, Doc?«

»Du weißt doch, daß ich so denke, Nid.«

»Und du denkst, ich bin ebenfalls irrsinnig.«

»Ich weiß nicht, ob du das bist oder nicht. Aber ich weiß, daß du kurz vor einem Zusammenbruch stehst.«

»Na und, wenn schon?« fragte Delagard. »Ich bin noch immer Kapitän auf diesem Schiff. Ich hab uns in die Scheiße reingeritten. Alle die Menschen, die sterben mußten – sie sind durch meine Schuld tot. Ich darf nicht zulassen, daß noch jemand stirbt. Ich bin dafür verantwortlich, daß wir von hier wieder fortkommen.«

»Und was ist dann dein Plan?«

»Was wir jetzt tun müssen ...« – Delagard sprach schleppend und betont deutlich, wie aus einer abgrundtiefen Erschöpfung heraus –, »ist, einen Kurs bestimmen, der uns wieder in bewohnte Gegenden zurückbringt, und dort laufen wir die erste erreichbare Insel an und betteln, verdammt noch mal, daß sie uns aufnehmen. Elf Menschen – für elf Menschen werden sie immer noch Platz finden, egal was sie uns über ihre beengten Verhältnisse sagen werden.«

»Das klingt mir sehr vernünftig.«

»Das hab ich mir gedacht.«

»Also, gut dann. Zuerst aber ruhst du dich mal aus, Nid. Wir übrigen machen uns sofort daran, von hier wegzukommen. Felk kann die Navigation übernehmen, wir legen die Segel um, und bis zum halben Nachmittag sind wir hundert Kilometer weit von hier fort und steuern so schnell wie möglich auf Grayvard oder so zu.« Lawler schob Delagard mit leichtem Drängen zu den Stufen, die von der Brücke hinabführten. »Nun geh schon. Ehe du umkippst.«

»Nein«, sagte Delagard störrisch. »Ich hab dir doch gesagt, noch bin ich der Kapitän. Und wenn wir hier rausmüssen, dann nur mit mir am Ruder.«

»Schon gut. Wie du gern möchtest.«

»Es geht nicht darum, was ich gern möchte, sondern was ich zu tun habe. Was ich tun *muß*. Und noch etwas brauche ich von dir, ehe wir starten.«

»Und was wäre das?«

»Etwas, das es mir möglich macht, mit der veränderten Sachlage fertigzuwerden. Schließlich, es war doch eine totale Pleite, oder? Ein absoluter Reinfall. Ich hab in meinem ganzen Leben noch nie zuvor bei etwas versagt. Erst jetzt. Aber diese Katastrophe, dieser ... dieses Unheil ...« – plötzlich schoß Delagards Hand vor und klammerte sich an Lawlers Arm. »Ich brauch was, um damit weiterleben zu können, Doc. Diese Schmach und Schande! Die Schuldgefühle! Du denkst wahrscheinlich, ich bin zu so was gar nicht fähig, aber was, zum Teufel, hast du überhaupt je von mir gewußt? Wenn wir diese Reise überleben, werden alle auf Hydros, wohin ich auch komme, mich angaffen und sagen: ›Da geht der Mann, der Anführer der Reise, bei der er sechs Schiffe voll mit Menschen direkt in die Höllenscheiße geführt hat.‹ Und die ständigen Mahnungen die ganze Zeit. Jedesmal wenn ich von nun an dich sehe, oder Dag, Felk, Kinverson ...« Delagards Augen blickten starr und wild: »Du hast da doch eine Medizin, stimmt's, die das Gefühl in einem abstumpft und betäubt und auslöscht? Ich bitte dich um das Zeug. Ich möchte mich damit betäuben, und zwar tüchtig, und das will ich von jetzt an bis zum Schluß bleiben. Weil mir nämlich sonst nur noch eins übrigbleibt, nämlich mich umzubringen, und dazu fehlt's mir einfach an Phantasie.«

»Drogen sind auch eine Methode, sich umzubringen, Nid.«

»Verschon mich mit solchem frömmelnden Geseich, Doktor, ja?«

»Es ist mir völlig ernst. Glaub mir, ich hab mich schließlich jahrelang selbst mit diesem Zeug vergiftet. Es ist, als wäre man ein lebender Leichnam.«

»Das ist immer noch erträglicher als ein toter Leichnam.«

»Vielleicht. Aber trotzdem kann ich dir nichts geben. Ich hab die letzten Tropfen meines Vorrats aufgebraucht, bevor wir hier ankamen.«

Delagards Griff an Lawlers Arm verschärfte sich heftig. »Lüg mich nicht an!«

»Tu ich das?«

»Ich weiß, daß du lügst! Du kannst ohne die Droge nicht leben. Du brauchst sie jeden Tag. Denkst du, ich weiß das nicht? Meinst du, das wissen wir nicht alle?«

»Nid, es ist wirklich nichts mehr da. Weißt du noch, letzte Woche, als es mir so schlecht ging? Was wirklich mit mir los war? – Ich litt unter Entzug. Es ist nicht ein Tropfen mehr übrig. Du kannst gern meine Vorräte durchsuchen, aber du wirst nichts finden.«

»Du lügst!«

»Geh und sieh nach. Du kannst gern alles haben, was du findest. Das ist ein verbindliches Versprechen.« Damit schob Lawler behutsam Delagards Klammerhand von seinem Arm. »Hör mir zu, Nid, leg dich jetzt erst mal hin und gönn dir ein wenig Erholung. Wenn du wieder aufwachst, sind wir weit weg von hier, du fühlst dich dann besser, glaub es mir, und dann kannst du auch besser mit dir selber umgehen und diesen ganzen Prozeß deiner Selbst-Entsühnung leisten. Du bist ein zäher Bursche, Nid, hast Stehvermögen. Du weißt bestimmt, wie man mit so was wie Schuld und Schuldgefühlen umgeht – glaub es mir, du weißt das. Aber im Moment bist du dermaßen erschöpft und niedergeschlagen, daß du nicht einmal die nächsten fünf Minuten im Griff hast. Aber sobald wir wieder in der offenen See sind …«

»Wart mal 'nen Moment!« sagte Delagard und stierte über Lawlers Schulter. Er zeigte zum Krandeck am Heck. »Was, zum Teufel, ist da los?«

Lawler drehte sich um. Dort kämpften zwei Gestalten, ein großer und ein viel schmalerer Mann: Kinverson und Quillan, eine ziemlich unpassende Paarung von Gegnern. Kinverson hatte dem Priester seine Pranken auf die hageren Schultern gelegt und hielt ihn auf Armeslänge fest im Griff, während Quillan sich zu befreien versuchte.

Lawler stolperte über die Treppe und rannte zum Heck. Delagard kam taumelnd hinter ihm her.

»Was machst du denn da?« rief Lawler. »Laß ihn los!«

»Wenn ich den loslaß, dann haut der ab, rüber aufs Land. Sagt er jedenfalls, daß er das will. Möchtest du, daß er das macht, Doc?«

Quillan hatte einen absonderlichen Ausdruck der Entrückung im Gesicht. Die Augen waren glasig-starr wie bei einem Schlafwandler. Die Pupillen unnatürlich geweitet. Und seine Haut wirkte dermaßen bleich, als hätte er keinen Tropfen Blut mehr im Leib. Die Lippen waren zu einem erstarrten Grinsen verzerrt.

Kinverson erklärte: »Er ist da so rumgewandert wie einer, der den Kopf verloren hat. Zu ihm, zu ihm, in sein ›Antlitz‹, hat er die ganze Zeit gebrabbelt. Dann fing er an und wollte über Bord klettern, also hab ich ihn mir gegriffen, und der haut doch glatt wie irre auf mich los. Himmel, ich hätt mir nie träumen lassen, daß der Zahnstocher ein derart zäher Fighter ist! Aber ich denke, allmählich wird er wohl 'n bißchen ruhiger.«

»Versuch mal, ihn loszulassen. Mal sehen, was er dann macht«, sagte Lawler.

Kinverson ließ Quillan mit einem Achselzucken los. Der Priester drängte sofort wieder auf die Reling zu. Seine Augen schienen wie von einem inneren Feuer zu glühen.

»Na? Seht ihr?« fragte der Fischer.

Delagard kam nun mit schwankenden Schultern heran. Er wirkte schwer angeschlagen, aber entschlossen. Auf seinem Schiff hatte Ordnung zu herrschen. Er packte sich den Priester am Handgelenk. »Was soll das? Was hast du vor? Was versuchst du da?«

»Ich will an Land gehen – das ANTLITZ ... die FLÄCHE ... zu IHM ...« Das traumverlorene idiotische Grinsen in Quillans Gesicht wurde breiter, bis es fast schien, als würden sich ihm die Wangen spalten. »Der Gott verlangt nach mir ... der Gott dort drüben ...«

»Gütiger Himmel«, stammelte Delagard mit einem vor ärgerlicher Hilflosigkeit und Zorn rot und bleich gefleckten Gesicht. »Was quasselst du denn da? Wenn du da rübergehst, stirbst du. Kapierst du das nicht? Da drüben kann man nicht leben. Schau doch nur, das ganze Licht, das von allem strahlt. Der ganze Ort ist Gift. Also, laß den Quatsch, ja? Komm zu dir!«

»Der Gott im Antlitz ...«

Quillan versuchte Delagards Griff abzuschütteln, was ihm auch kurz gelang. Er tat gleitend zwei Schritte auf die Reling zu. Dann hatte Delagard ihn wieder im Griff, riß ihn heftig an sich und schlug ihn dermaßen hart ins Gesicht, daß die Lippe aufplatzte und zu bluten begann. Benommen starrte der Priester ihn an. Delagard hob erneut die Hand.

»Nicht!« sagte Lawler. »Er kommt schon wieder zurück.«

Tatsächlich ging eine Veränderung in Quillans Augen vor. Das Glühen verschwand, auch der starre Ausdruck der Trance. Er wirkte nun benommen, aber doch bei vollem Bewußtsein und bemüht, seine Verwirrung abzuschütteln. Bedächtig rieb er über die Stelle, an der Delagard ihn ins Gesicht geschlagen hatte. Dann schüttelte er den Kopf. Die Bewegung breitete sich aus, und der ganze hagere Leib wurde von einem krampfartigen Zucken erfaßt. Dann begann er zu zittern. In seinen Augen standen Tränen.

»Mein Gott! Ich wollte wirklich dort hinübergehen. Das hab ich doch versucht, ja? Es hat mich *gezogen*. Ich habe es gefühlt, wie es an mir zerrte.«

Lawler nickte. Auch er glaubte plötzlich, daß er dieses Zerren verspürte. Eine Schwingung im Bewußtsein, ein pochendes Pulsieren. Etwas weit Stärkeres als ein verlockender Drang oder das sachte Zupfen der Neugier, wie Sundira und er es in der letzten Nacht wahrgenommen hatten. Nein, dies hier war ein starker mentaler Druck, ein Zwang, der ihn an sich zog, ihn an die wilde Küste hinter der Brandungslinie zu locken suchte.

Ärgerlich schob er den Gedanken beiseite. Er war schon fast so verrückt wie Quillan.

Der Priester redete noch immer von dem Sog, den er gespürt hatte. »Ich konnte mich einfach nicht dagegen wehren. Es bot mir das an, wonach ich mein ganzes Leben lang gesucht habe. Gott sei gepriesen, daß Kinverson mich rechtzeitig festgehalten hat.« Er schaute Lawler mit einer Mischung von Entsetzen und Erstaunen an. »Du hattest recht, Doktor, mit dem, was du gestern gesagt hast. Es wäre Selbstmord gewesen. Ich habe da vorhin nur geglaubt, ich würde GOTT nahen, irgendeiner Art von Gott. Aber es war vielleicht der Teufel, was weiß ich. Das da drüben ist die Hölle. Ich hab geglaubt, es ist das Paradies, aber es ist die Hölle.« Seine Stimme war fast zu einem Flüstern abgesunken. Dann sprach er wieder deutlicher zu Delagard: »Ich verlange, daß du uns von hier wegbringst. Hier sind unsere Seelen in Gefahr, und wenn du nicht an die menschliche Seele glaubst, dann bedenke wenigstens, daß unser Leben hier auf dem Spiel steht. Wenn wir noch länger hier verweilen …«

»Beruhige dich«, sagte Delagard. »:Wir werden nicht bleiben. Wir verschwinden von hier, so schnell wie möglich.«

Quillans Lippen bildeten ein erstauntes O.

Schleppend sprach Delagard weiter: »Auch ich hab meine eigene kleine Offenbarung gehabt, Father, und sie stimmt mit deiner überein. Diese ganze Fahrt war eine einzige gigantische, beschissene, gottverdammte Fehlplanung, tut mir leid. Wir haben hier nichts zu suchen, und ich will von hier ebenso eilig weg wie du.«

»Ich versteh nicht … ich dachte, daß du …«

»Denk nicht mehr so viel«, sagte Delagard. »Wenn einer zuviel denkt, kann das verdammt schlimm für ihn werden.«

»Hast du gesagt, wir drehen ab?« fragte Kinverson.

»Stimmt.« Delagard starrte herausfordernd zu dem Riesen hinauf. Sein Gesicht war vor Scham und Verdruß gerötet. Aber dabei wirkte er beinahe sogar irgendwie belustigt über das Ausmaß der Katastrophe, die über ihn hereingebrochen war. Allmählich wirkte er wieder wie sein früheres Selbst. Über sein Gesicht huschte der Anflug eines Lächelns. »Ja, wir ziehen ab.«

»Mir ist es recht«, sagte Kinverson. »Jederzeit, wann du willst.«

Lawlers Aufmerksamkeit wurde plötzlich durch etwas sehr Seltsames abgelenkt, und er schaute weg. Hastig fragte er dann: »Habt ihr das gehört? Grad eben? Da spricht jemand von drüben zu uns.«

»Was? Wo?«

»Seid mal ganz still und horcht. Es kommt von drüben, vom Land: *Doctor-sir, Captain-sir, Father-sir ...*« Lawler imitierte höchst genau die helle, dünne weiche Stimme. »Hört ihr es nicht? *Ich bin jetzt im Antlitz, Captain-sir, Doctor-sir, Father-sir.* Als ob er direkt hier bei uns wäre.«

»Gharkid! « rief der Priester. »Aber wie ...? Wo ...?«

Nun kamen auch die anderen an Deck: Sundira, Neyana, Pilya Braun, und ein paar Meter dahinter Dag Tharp und Onyos Felk. Alle wirkten verblüfft über das, was sie gehört hatten. Zuletzt kam Lis Niklaus merkwürdig taumelnd und stolpernd. Sie stieß mit dem Zeigefinger immer wieder zum Himmel hinauf, als wollte sie ein Loch hineinbohren.

Lawler wandte sich um und blickte in die Höhe. Und darin sah er, worauf Lis deutete. Die wirbelnden Farben da droben begannen zu erstarren und eine Gestalt anzunehmen – die Form des dunklen unergründlichen Gesichts von Natim Gharkid. Auf unerklärliche, bedrängend unausweichliche Weise schwebte da auf einmal das gigantische Abbild des rätselhaften Kerlchens über ihnen.

»Wo ist er?« brüllte Delagard mit heiserer verquollener Stimme. »Wie macht er das? Holt ihn runter! Gharkid! Gharkid!« Er fuchtelte wild mit den Armen. »Sucht ihn! Alle! Durchsucht das Schiff! Gharkid!«

»Er ist im Himmel«, sagte Neyana Golghoz benommen, als wäre damit die Sache restlos erklärt.

»Nein«, entgegnete Kinverson. »Er ist drüben auf dem Land. Da, seht doch, der Wassergleiter ist weg. Er muß damit rübergefahren sein, als wir hier mit Father Quillan beschäftigt waren.«

Und tatsächlich, die Befestigungen des Gleiters baumelten leer. Gharkid mußte ihn ganz allein gewassert und sich dann quer über die kleine Bucht zur Küste begeben haben. Und dort hatte er das ›Antlitz‹ betreten, war von ihm absorbiert und verwandelt worden. Lawler starrte bestürzt und entsetzt das riesige Angesicht im Himmel an. Gharkids Gesicht, ganz ohne Zweifel. Aber wie? Wie war das möglich?

Sundira trat neben ihn und schob ihm den Arm unter. Sie bebte vor Furcht. Lawler hätte sie gern getröstet, aber er fand keine Worte.

Delagard konnte als erster wieder sprechen. »Alle auf ihre Posten! Holt Anker auf! Ich will Segel sehen! Wir hauen hier ab, und zwar höllisch schnell!«

»Warte noch einen Augenblick«, sagte Quillan leise und wies mit dem Kopf zur Küste. »Gharkid kommt zu uns zurück.«

ES SCHIEN EWIG zu dauern, bis der kleine Mann wieder zum Schiff zurückkehrte. Keiner wagte sich von der Stelle zu rühren. Sie standen alle steif und bedrückt nebeneinander an der Reling und schauten zu.

Gharkids Abbild im Himmel war in dem Moment verschwunden, als der reale Gharkid in Sicht kam. Doch die unverkennbare Stimmfärbung Gharkids schwang irgendwie noch immer als Teil der unbegreiflichen psychischen Emanation mit, die konstant vom Land herüberstrahlte. Die sichtbare Inkarnation, seine physische Gestalt, mochte ja zurückkehren, doch irgend etwas war dort drüben geblieben.

Er hatte den Wassergleiter zurückgelassen – Lawler erblickte das Gefährt jetzt am Strand zwischen den Pflanzen, und frische Vegetationstriebe begannen es bereits zu umschlingen – und kam durch die kleine Bucht herausgeschwommen, oder eher gewatet. Seine Bewegungen waren gelassen, er schien sich offenbar vor keiner Gefahr seitens irgendwelcher im Wasser hausender Geschöpfe zu fürchten. Natürlich nicht, dachte Lawler dann, er gehört ja jetzt zu ihnen.

Als er dann bereits näher am Schiff in tieferes Wasser kam, senkte Gharkid den Kopf und begann zu schwimmen. Seine Schläge waren langsam und gelassen, und er kam mühelos und glatt voran.

Kinverson ging zum Fangdeck und kam mit einer Harpune zurück. In seiner Wange zuckte es vor kaum unterdrückter Angespanntheit. Er schwang das scharfe Werkzeug hoch wie einen Speer.

»Wenn – *das da* versucht, an Bord zu kommen ...«

»Nein!« sagte der Priester. »Das darfst du nicht! Er gehört ebenso zum Schiff wie du.«

»Wer sagt das? Was ist das denn da drunten? Wer sagt, das ist Gharkid? Ich bring ihn um, wenn er uns nahekommt.«

Doch wie es schien, hatte Gharkid gar nicht die Absicht, an Bord zu kommen. Er trieb gemächlich in einiger Entfernung längsseits und hielt sich durch leichte Handbewegungen an Ort und Stelle.

Und er schaute zu ihnen herauf.

Und lächelte dieses weiche, unergründliche Gharkid-Lächeln.

Und winkte einladend.

»Ich schieß ihn ab!« brüllte Kinverson. »Den Hund! Diesen dreckigen kleinen Hund!«

»Nein!« sagte Father Quillan erneut ruhig, als der Klotz den Zackenspeer hob. »Hab doch keine Furcht! Er tut uns nichts.« Der Priester hob die Hand und berührte Kinverson sacht an der Brust, und Kinverson schien unter dieser Berührung zu schmelzen. Benommen ließ er den zum Wurf erhobenen Arm sinken. Sundira glitt neben ihn und nahm ihm die Harpune ab. Er schien es kaum zu merken.

Lawler schaute zu dem Mann im Wasser hinab. Gharkid – oder war es das ›Antlitz‹, das durch das sprach, was Gharkid gewesen war? – rief ihnen zu, befahl sie auf die Insel. Und jetzt verspürte Lawler wahrhaftig die anziehende Kraft; sie war unbezweifelbar, und es handelte sich auch nicht um eine Sinnestäuschung, sondern war eine unüberhörbare, starke Aufforderung, die in geballtem pulsierenden Rhythmus herandrang; es erinnerte ihn an die starken Sogströme, denen er zuweilen beim Schwimmen in der Sorve-Bucht begegnet war. Damals war es ihm ziemlich leichtgefallen, sich dem zu widersetzen. Jetzt aber fragte er sich, ob er hier stark genug sein werde, denn dieser Sog zerrte direkt an den Wurzeln seiner Seele.

Dann drang das heftige abgehackte Atmen Sundiras in seine Sinneswahrnehmungen. Sie stand an seiner Seite, ihr Gesicht war bleich, und die Augen flackerten vor Furcht. Aber ihre Zähne waren zusammengebissen, und sie sah aus, als sei sie fest entschlossen, dem unheimlichen Rufen nicht zu folgen.

Kommt her zu mir, sagte ›Gharkid‹ immer wieder. *Kommt! Kommt zu mir …*

Es war seine weiche leise Stimme. Aber durch ihn sprach das ›Antlitz‹. Lawler war sich jetzt sicher: Da war eine sprechende Insel, und sie versprach verlockend jedem alles mit einem einzigen Wort: *Komm*, du brauchst nur zu *kommen*.

»Ich *komme!*« schrie Lis Niklaus plötzlich. »Wart auf mich! Warte! Ich *komme!*«

Sie stand etwas weiter hinten beim Topmast mit leerem Blick und tranceentrücktem Gesicht, und begann nun mit flachen schlurfenden Schritten auf die Reling zuzustreben. Delagard wirbelte herum und brüllte sie an, sie solle stehenbleiben. Lis ging weiter. Delagard fluchte und rannte zu ihr hin. Er erreichte sie in dem Moment, in dem sie an der Reling ankam, und griff nach ihrem Arm.

Mit kalter, scharfer Stimme, die Lawler fast nicht als die ihr erkannte, sagte Lis: »Nein, du Schwein! Nein! Rühr mich nicht an!« Sie versetzte Delagard einen Stoß, der ihn aufs Deck stürzen ließ. Er prallte schwer auf die Planken und lag dann da auf dem Rücken und glotzte Lis ungläubig an. Er schien zu keiner Bewegung fähig zu sein. Eine Sekunde später war Lis auf die Reling gestiegen und kopfüber ins Wasser gesprungen und mit einer lichtersprühenden Spritzfontäne eingetaucht.

Dann schwammen sie und Gharkid nebeneinander an Land.

IN DER HEISSEN wirbelnden Luft über der Insel hingen jetzt tiefe, dunkle Wolken. Oben waren sie gelbbraun, weiter unten dunkler ... Die Färbung von Lis. Sie hatte ihr Ziel erreicht.

»Es wird uns alle holen«, sagte Sundira keuchend. »Wir müssen weg von hier!«

»Ja, und zwar schnell«, stimmte Lawler ihr zu. Hastig schaute er sich um. Delagard lag immer noch platt auf dem Deck, wohl eher benommen als verletzt, aber anscheinend unwillig oder unfähig, sich zu erheben. Onyos Felk kauerte am Vordermast und brabbelte leise wirres Zeug vor sich hin. Der Priester lag auf den Knien, schlug unablässig das Kreuzzeichen und murmelte Gebete. Dag Tharp, gelbäugig vor Angst, hatte die Hände in den Bauch verkrallt und krümmte sich in trockenen Brechanfällen. Lawler fragte kopfschüttelnd: »Und wer soll die Navigation machen?«

»Kommt's darauf noch an? Wir müssen nur fort von dem Ding da und weiterfahren. Weg! Solang wir genug Leute für die Segelmanöver haben ...«

Sundira musterte das Deck. »Pilya! Neyana! Schnappt euch die Taue da! Val, kannst du mit dem Steuerruder umgehen? Himmel! Der Anker ist ja noch drunten ... Gabe! Gabe, hol um Himmels willen den Anker ein!«

»Lis kommt grad zu uns zurück«, bemerkte Lawler.

»Kümmere dich nicht darum. Hilf lieber Gabe mit dem Anker!«

Doch es war schon zu spät. Lis hatte bereits die halbe Distanz mit kräftigen leichten Schwimmstößen hinter sich gebracht. Und Gharkid kam direkt hinter ihr her. Sie machte im Wasser halt und schaute zu ihnen herauf, und ihre Augen waren nicht mehr die ihren, sondern neue Augen, fremd und un-menschlich.

»Gott erbarme sich unser aller Seelen«, murmelte Father Quillan. »Jetzt zerren sie alle beide an uns!« In seinen Augen stand Entsetzen. Er bebte krampfartig am ganzen Leib. »Ich fürchte mich, Lawler. Hier ist, wonach ich mein Leben lang gestrebt habe, und jetzt, wo es – greifbar nahe ist, fürchte ich mich. Ich fürchte mich schrecklich!« Flehentlich streckte er Lawler die Hände entgegen. »Hilf mir! Bring mich unter Deck! Sonst werde ich schwach und geh da hinüber. Ich kann nicht mehr dagegen ankämpfen.«

Lawler ging auf ihn zu. »Laß ihn doch gehen!« rief Sundira heftig. »Uns bleibt keine Zeit. Und er nutzt uns sowieso nichts.«

»Hilf mir!« winselte der Priester. Er schob sich mit den gleichen schlurfenden gleitenden trancehaften Schritten wie Lis auf die Reling zu. »Mein GOTT ruft mich und ich schrecke davor zurück, zu IHM zu gehen!«

»Das ist nicht dein Gott, der dich da ruft«, sagte Sundira scharf. Inzwischen rannte sie herum und war überall zugleich, versuchte die anderen mit ihrer Energie sozusagen zur Aktivität zu galvanisieren, doch schien es nichts zu bewirken. Pilya starrte in die Takelung hinauf, als hätte sie noch nie zuvor so etwas wie ein Segel gesehen. Neyana war allein auf dem Vordeck und sang monoton leise vor sich hin. Kinverson hatte überhaupt nicht auf die Aufforderung reagiert, sich um den Anker zu kümmern, sondern stand stocksteif und mit weitgeöffneten leeren Augen mittschiffs, wie in einer für ihn ganz atypischen spirituellen Kontemplation gefangen.

Kommt zu uns, sagten Gharkid und Lis. *Kommt doch, kommt zu uns! Kommt!*

Lawler zitterte am ganzen Leib. Der Sog war inzwischen viel stärker geworden als zuvor, als Gharkid allein sie zu locken versucht hatte. Lawler hörte ein klatschendes Geräusch im Wasser. Wieder war jemand über Bord gesprungen. Felk? Tharp? Nein. Tharp kauerte noch immer da drüben wie eine kleine Stinkmorchel. Aber Felk war weg. Und dann sah Lawler, wie auch Neyana über die Bordwand stieg und ins Wasser sprang.

Einer nach dem anderen werden wir alle so verschwinden, dachte er. Einer nach dem anderen. Und aufgehen in der fremdartigen Entität da drüben.

Er kämpfte mit aller Kraft dagegen an. Er rief die Sturheit und Hartnäckigkeit seines Wesens auf den Plan, seine leidenschaftliche Liebe zur Abgeschirmtheit und Unberührtheit, die heftige, arrogant streitlustige Beharrlichkeit, mit der er seinen ganz persönlichen, ganz eigenen Weg gehen wollte, und formte sich daraus eine Waffe gegen das, was ihn da forderte. Er wickelte sich in seine lebenslange Einsamkeit und Isolation zurück und schlug sie um sich, als wäre es ein unsichtbar machender Mantel.

Und es schien zu funktionieren. Der Sog war stark – und er wurde immer stärker, doch er vermochte Lawler nicht über die Reling zu ziehen. Der Außenseiter bis zum Ende, dachte er, der ewige Einzelgänger, ich spiele nicht einmal bei der Vereinigung mit, die dieses mächtige gefräßige Ding da drüben überm Wasser uns anbietet.

»Bitte«, flehte Father Quillan fast winselnd. »Wo ist die Deckluke? Ich kann sie nicht finden!«

»Komm mit«, sagte Lawler. »Ich bring dich runter.«

Er sah Sundira verzweifelt am Ankerspill kurbeln, wo sie allein versuchte, den Anker zu lichten. Aber dafür war sie nicht kräftig genug; einzig Kinverson von ihnen allen vermochte das alleine. Lawler zögerte. Da war Quillans Hilfsbedürftigkeit, und dagegen stand die dringlichere Aufgabe, das Schiff freizubekommen.

Delagard war endlich wieder auf den Beinen und kam auf ihn zugetaumelt wie einer, der einen Schlaganfall erlitten hat. Lawler schob ihm den Priester in die Arme.

»Da! Halt ihn fest, sonst geht er uns über Bord.«

Dann lief er zu Sundira. Doch plötzlich stellte sich ihm Kinverson in den Weg und schleuderte ihn mit einem Stoß seiner Pranke gegen die Brust zurück.

»Der Anker…«, hustete Lawler. »Wir müssen den Anker einholen…«

»Nein. Laß das!«

Kinversons Augen waren sehr eigenartig und wie nach oben verdreht.

»Also du auch?« fragte Lawler.

Er hörte hinter sich ein Grunzen und dann wieder ein Aufklatschen. Er drehte sich um. Delagard stand allein an der Reling und schaute auf seine Hände, als fragte er sich, wozu sie taugten. Quillan war verschwunden. Lawler sah ihn drunten mit erhabener Unbeirrbarkeit durchs Wasser schwimmen. Er war im Endspurt auf seinem Weg zu ›Gott‹ – oder was immer dort drüben war. Endlich.

»Val!« Sundira mühte sich noch immer am Ankerspill ab.

»Hat keinen Zweck«, rief er zurück. »Sie gehen alle über Bord!«

Am Ufer konnte er Gestalten sehen, die stetig tiefer in die wogenden Vegetationsdschungel eindrangen. Neyana, Felk. Und nun auch Quillan, der an Land kroch und ihnen folgte. Gharkid und Lis waren bereits verschwunden.

Lawler zählte im Geist ab, wer noch an Bord verblieben war: Kinverson, Pilya, Tharp, Delagard, Sundira. Machte mit ihm selbst sechs Personen. Aber Tharp sprang in eben diesem Moment ins Wasser. Also fünf. Ganze fünf Menschen von allen, die aus Sorve aufgebrochen waren.

Kinverson sagte: »Dieses elendige beschissene Leben: Und wie hab ich jeden einzelnen scheißestinkenden Tag davon gehaßt! Und mir gewünscht, ich wär nie geboren. Das hast du nicht gewußt? Aber was hast du überhaupt je gewußt? Was weiß überhaupt jemals einer vom anderen? Ihr alle habt gedacht, ich bin zu groß und stark, mir kann nichts was anhaben, mir tut nie was weh. Weil ich nie was gesagt habe, ist keiner auf die Idee gekommen. Aber ich hab gelitten… in jeder gottverfluchten Minute. Tag für Tag. Und keiner hat es gemerkt. Keiner.«

»Gabe!« rief Sundira.

»Und du, geh mir, verdammt noch mal, aus dem Weg, oder ich zerreiß dich in zwei Teile.«

Lawler sprang hinüber und schlang die Arme um ihn. Kinverson wischte ihn von sich, als wäre er ein Strohhalm, sprang mit einem geschmeidigen Satz auf den Handlauf der Reling und hechtete ins Meer.

Vier.

Aber wo war Pilya? Lawler blickte sich um und sah sie – nackt und schimmernd im Sonnenglast – droben in der Takelung immer höher in die Toppen steigen. Wollte sie etwa von dort oben…? Sie wollte und tat es.

Drei.

SUNDIRA SAGTE: »Jetzt sind nur noch wir übrig.« Sie sah Lawler an und schaute dann zu Delagard, der wie ein Haufen Elend am Fuß des Hauptmasts hockte und das Gesicht in die Hände vergraben hatte. »Ich nehme an, *uns* will das da drüben nicht haben.«

»Nein«, widersprach Lawler. »Wir sind die einzigen, die stark genug sind, uns dagegen zu wehren.«

»Na dann, hurra für uns«, sagte Delagard düster, ohne aufzublicken.

»Können wir zu dritt das Schiff manövrieren?« fragte sie. »Was meinst du, Val?«

»Wir können es wenigstens versuchen, denke ich.«

»Red keinen Schwachsinn!« sagte Delagard. »Es ist unmöglich, ein solches Schiff mit drei Mann zu fahren.«

»Wir könnten doch die Segel in den Hauptwind setzen und einfach mit der Strömung fahren«, sagte Lawler. »Vielleicht kommen wir auf die Weise irgendwie früher oder später zu einer bewohnten Insel. Es ist auf jeden Fall besser, als hierzubleiben. Was meinst du dazu, Nid?«

Delagard zuckte die Achseln.

Sundira schaute zur Insel hinüber.

»Siehst du noch einen von ihnen?« fragte Lawler.

»Keinen mehr. Aber ich hör was. Spür was. Ich glaub, Father Quillan kehrt zu uns zurück.«

Lawler spähte zur Küste hinüber. »Wo?« Der Priester war nirgends zu sehen. Und trotzdem, trotzdem – jetzt spürte auch Lawler eine quillan-ähnliche Nähe, ohne Zweifel. Es war, als befände sich der Priester dicht neben ihnen hier auf dem Schiffsdeck. Ein neuer Trick von da drüben, sagte sich Lawler.

»Nein«, sagte Quillan, »es ist kein Trick. Ich bin hier.«

»Das stimmt nicht. Du bist noch immer auf dem Land«, erwiderte Lawler mit heiserer Stimme.

»Ich bin auf dem Land und hier bei euch zur selben Zeit.«

Delagard stieß einen dumpfen ärgerlichen Laut aus. »Verdammt noch mal, wieso kann uns das Mistding nicht in Ruhe lassen?«

»Es liebt euch«, antwortete Quillan. »Es sehnt sich nach euch. *Wir* sehnen uns nach euch. Kommt und vereinigt euch mit uns.«

Lawler begriff, daß ihr Sieg nur vorläufig war. Der Sog bestand trotzdem weiter – allerdings sanfter, als erlegte sich jemand Zurückhaltung auf –, doch bereit, sie zu packen, sobald sie nicht mehr auf der Hut waren. Und das Quillan-Phantom war als Ablenkung gedacht – als Verführung und Ablenkung.

Lawler fragte: »Bist du der Priester Quillan, oder spricht das ›Antlitz‹ da drüben durch dich?«

»Beides. Ich bin jetzt Teil davon.«

»Aber trotzdem begreifst du dich noch als den Priester, den katholischen Father Quillan, als Individuum in der überindividuellen Einheit dieses – Dings da – dieser Feste über dem Wasser?«

»Ja. Ja. Ganz genau so ist es.«

»Und wie *kann* so was sein?«

»Komm her und sieh«, sagte Quillan. »Du bleibst du selbst. Und trotzdem wirst du zu etwas unendlich Größerem.«

»Unendlich?«

»Ja – unendlich.«

»Das ist wie ein Traum«, sagte Sundira. »Da redest du mit etwas, das du nicht sehen kannst, und es antwortet dir mit der Stimme von jemand, den du kennst.« Sie wirkte sehr gelassen. Wie Delagard machte sie nun den Eindruck, als sei sie inzwischen jenseits von aller Furcht, als wäre alle Besorgnis von ihr abgefallen. Entweder würde das ›Antlitz‹ sie kriegen oder nicht, doch das war fast schon gänzlich ihrer Kontrolle entzogen. »Father, kannst du auch mich hören?«

»Aber gewißt doch, Sundira.«

»Weißt du, was das ›Antlitz‹ ist? Ist es Gott? Kannst du uns das sagen?«

»Das ›Antlitz‹ ist Hydros. Und Hydros ist das ›Antlitz‹«, sprach die gelassene Stimme des Priesters. »Hydros ist ein gewaltiges Kollektiv-Bewußtsein, ein zusammengesetzter Organismus und eine singuläre Intelligenz, die den gesamten Planeten umfaßt. Die Insel, zu der wir vorgestoßen sind, ist etwas Lebendiges – sie ist das Gehirn des Planeten. Und sie ist mehr als ein Gehirn: Sie ist zugleich auch der zentrale Mutterschoß für alles Existierende. Die All- und Ur-Mutter, aus der alles, was auf Hydros lebt, hervorströmt.«

»Ist das der Grund, warum die Sassen nicht hierher gehen wollen?« fragte Sundira. »Weil es ein Sakrileg wäre, an den Ort des Ursprungs zurückzukehren?«

»Ja, so ungefähr.«

»Und diese Vielfalt intelligenter Lebensformen auf Hydros«, sagte Lawler, der auf einmal die Verbindung begriff. »Die hat sich entwickelt, weil alles mit dem da drüben verbunden ist, ja? Die Gillies und die Taucher und die Rammhörner und überhaupt alles? Ein einziges gigantisches globales Bewußtseinskonglomerat?«

»Ja. So ist es: eine Universalintelligenz.«

Lawler nickte, schloß die Augen und versuchte sich vorzustellen, was es bedeutete, Teil einer solchen übergeordneten Entität zu sein: Die Welt als ein einziges riesenhaftes Uhrwerk, ein Riesenmechanismus, der vor sich hin tickte und tickte, und alles, was lebte, tanzt im Rhythmus dieses Takts.

Und Quillan war jetzt ein Teil davon geworden. Und Gharkid. Und Lis, Pilya, Neyana, Tharp und Felk. Und der arme Leidenskoloß Kinverson. Verschluckt vom Göttlichen. Eingegangen ins unendlich Göttliche.

Delagard, immer noch in der Stellung finsterster Depression kauernd und ohne das Gesicht zu heben, sagte auf einmal: »Quillan? Sag mir eins, Quillan: Was ist mit der Stadt unterm Meer? Gibt es sie – oder nicht?«

»Ein Mythos, ein Märchen«, erwiderte die Stimme des unsichtbaren Quillan.

»Aha«, sagte Delagard bitter. »Ach so.«

»Oder genauer, eine Metapher. Euer alter Seefahrer hatte schon einen Teil der Grundidee zu fassen bekommen, aber dann alles durcheinandergebracht. Die große Stadt von Hydros ist überall auf dem Planeten, auf dem Meeresboden, im Wasser und auf seiner Oberfläche. Der ganze Planet ist eine einzige große Civitas, eine Gemeinde, und jedes Lebewesen hier ist Bürger von ihr.«

Delagard hob den Kopf. Seine Augen waren stumpf von Erschöpfung.

Quillan sprach weiter: »Die Geschöpfe hier haben stets im Wasser gewohnt. Gesteuert vom ›Antlitz‹ und eins mit ihm. Anfangs waren sie rein aquatische Geschöpfe, aber dann lehrte das ›Antlitz‹ sie, ihre schwimmenden Inseln zu bauen, um sie auf die ferne Zukunft vorzubereiten, wenn festes Land aus den Tiefen heraufsteigen würde. Aber eine verborgene Stadt unter dem Meer hat es nie gegeben. Der Planet ist eine Wasserwelt und sonst nichts. Und alles, was hier existiert, ist harmonisch eingebunden in die Macht und Stärke des ›Antlitzes‹.«

»Alles – außer uns«, sagte Sundira.

»Alles, außer den paar streunenden Menschen, die es auf diese Welt hier verschlagen hat, ja«, antwortete Quillan. »Die Exilanten. Die aus purer Unwissenheit darauf beharrten, weiter Exilanten zu bleiben. Sogar noch stolz darauf waren, Fremde und Andersartige zu sein und abgesondert und ausgeklammert aus der Hydros-Harmonie zu leben.«

»Weil es nicht ihre Sache ist, Teil von dieser Harmonie zu sein«, sagte Lawler.

»Falsch. Ganz falsch! Hydros heißt alle willkommen.«

»Aber nur zu seinen Bedingungen.«

»Ebenfalls falsch«, sagte Quillan.

»Aber sobald man aufhört, man selbst zu sein, ein Individuum ...«, fuhr Lawler fort. »Sobald man Teil einer größeren Wesenheit wird ...«

Er runzelte die Stirn. In eben diesem Augenblick hatte etwas sich verändert. Er spürte deutlich die Stille um sich herum. Die Aura, die Gedankendecke, die sie während ihres kurzen Hydros-Kolloquiums mit Quillan umhüllt hatte, sie war verschwunden.

»Ich glaube, er ist fort«, sagte Sundira.

»Ja. Er hat sich von uns zurückgezogen«, sagte Lawler. »*Es* hat sich zurückgezogen.« Auch das ›Antlitz‹ selbst und das damit verbundene Gefühl von etwas Gewaltigem in der Nähe schienen fort zu sein. Für den Augenblick jedenfalls.

»Wie merkwürdig, dieses Gefühl, wieder allein zu sein.«

»Also ich würde sagen, es ist angenehm. Bloß wir drei, und jeder mit seinem eigenen Kopf und Verstand, und keiner predigt uns vom Himmel hoch herab. Solang es dauert, bis das wieder losgeht.«

»Und wird es wieder losgehen?« fragte Sundira.

»Ich vermute es«, erwiderte Lawler. »Und wir werden wieder von vorn anfangen müssen und uns dagegen zur Wehr setzen müssen. Wir dürfen nicht zulassen, daß wir von *dem da* einfach verschluckt werden. Menschliche Wesen sollen sich nicht in einer außermenschlichen Welt integrieren. Wir sind nicht dafür bestimmt.«

Delagard sagte mit seltsam weicher, beinahe sehnsüchtiger Stimme: »Aber er klang doch ganz glücklich, oder?«

»Glaubst du?« fragte Lawler.

»Ja, tu ich. Die ganze Zeit über war er so seltsam, so traurig, so abweisend. Hat nach seinem Gott gesucht und sich gefragt, wo der ist. Nun, jetzt weiß er's und ist endlich bei ihm.«

Lawler warf ihm einen fragenden Blick zu. »Ich hatte nicht vermutet, daß *du* an einen Gott glaubst, Nid. Denkst du jetzt etwa, daß dieses ›Antlitz‹ da drüben Gott ist?«

»Quillan glaubt es. Und Quillan ist glücklich. Zum erstenmal in seinem Leben.«

»Quillan ist tot, Nid. Was immer da grad zu uns geredet hat, war nicht Quillan!«

»Er klang aber ganz wie Quillan. Also ja, Quillan und noch wer anderes, aber eben doch Quillan.«

»Wenn du das gern glauben willst ...«

»Will ich«, sagte Delagard und stand plötzlich auf, ein wenig schwankend, als mache ihn die Anstrengung schwindelig. »Ich geh auch da rüber – und melde mich als Freiwilliger.«

Lawler starrte ihn stumm an. »Also auch du?« sagte er dann benommen.

»Ja, auch ich. Und versuch nicht, mich daran zu hindern. Ich bring dich um, wenn du das versuchen solltest. Weißt du noch, was Lis mit mir gemacht hat, als ich sie aufhalten wollte? Uns hält man nicht auf, Doc!«

Lawler starrte ihn noch immer verwirrt an. Der meint das ernst, dachte er. Der meint das wirklich ernst! Und er will tatsächlich da rüber. Das kann doch nicht der echte Delagard sein? Doch, natürlich war es der alte echte Delagard! Aber natürlich! Delagard war schon immer ganz groß darin, jeweils das zu tun, was für Delagard am vorteilhaftesten war, gleichgültig was für Auswirkungen das auf seine Umwelt haben mochte …

Ach, zum Teufel mit dem Kerl! Mit Handkuß und je eher, desto besser!

»Dich aufhalten?« sagte Lawler. »Das würde mir nicht im Traum in den Kopf kommen. Geh nur, Nid. Wenn du meinst, du bist da glücklich, dann geh. Geh! Wieso sollte ich dich aufhalten wollen? Was macht das jetzt schon für einen Unterschied, das alles?«

Delagard lächelte. »Für dich vielleicht nicht. Aber für mich ist er immens. Doc, ich bin dermaßen beschissen müde. Ich war ein Sack voller großer Träume. Ich hab es mit dem Trick versucht und dann mit einem neuen, und eine ganze Weile hat alles geklappt. Und dann bin ich hier gelandet, und alles ist zerbrochen und zerstoben. *Ich* bin zu Bruch gegangen! Na ja, also jedenfalls ich scheiß drauf. Ich will jetzt endlich meine Ruhe finden.«

»Du willst dich umbringen, meinst du?«

»Ach, du denkst, das hätte ich damit gemeint? Aber so was würde ich nie machen. Ich hab bloß die Schnauze voll, ich bin es leid, der Kapitän sein zu müssen. Auf dem Schiff und überhaupt. Es kotzt mich an, daß ich Menschen befehlen muß, was sie tun sollen, besonders jetzt, wo ich erkenne, daß ich selber auch bloß ein verdammter beschissener Arsch bin und keine Ahnung habe, was ich tue. Nein, Doc, ich hab die Schnauze voll. Ich wechsle über.« Delagards Augen leuchteten in einer frischen, ihm gerade zugeströmten Energie. »Vielleicht bin ich ja überhaupt nur dafür den ganzen Weg bis hierher gegangen, und hab es bis zu diesem Moment nicht begriffen. Vielleicht hat das ›Antlitz‹ uns damals Jolly geschickt, um auch uns versprengten Rest heim in seinen Bereich zu holen – aber dann vergingen vierzig Jahre, und dann kamen nur einige wenige von uns.« Inzwischen wirkte Delagard beinahe fröhlich und kess unbekümmert. »Ciao. Doc! Ciao, Sundira! Es war nett mit euch. Kommt mich doch mal besuchen.«

Sie schauten ihm nach.

»So, also jetzt gibt's nur noch dich und mich, Kleines«, sagte Lawler zu Sundira. Und dann lachten sie. Was sonst hätten sie auch tun können, als zu lachen?

DIE NACHT KAM. Eine Nacht der Kometen und Wunder, voll vielfarbiger funkelnder Lichter. Nach Einbruch der Dunkelheit waren Sundira und Lawler an Deck geblieben, hatten still am Hauptmast gesessen und nur hin und wieder ein Wort gewechselt. Lawler fühlte sich wie betäubt, wie ausgebrannt von den Ereignissen des Tages. Und Sundira schien ebenfalls erschöpft und blieb stumm.

Droben fanden gewaltige Farbexplosionen im Himmel statt. Zur Feier der neuen Konvertiten, dachte Lawler. Die Aurae seiner einstigen Schiffsgefährten schienen am Himmel zu leuchten und zu funkeln. Der große stürmisch-blaue Schwall da drüben, war das Delagard? Und dieses warme Bernsteinglühen? – Quillan? Und konnte diese scharlachrote Säule da Kinverson sein? Und dieser Spritzer geschmolzenen Goldes überm Horizont – Pilya Braun? Und Felk – und Tharp – Neyana – Lis – Gharkid …

Der emotionale Eindruck war, als wären sie allesamt ganz dicht in seiner Nähe, jeder einzelne von ihnen.

Das Firmament kochte und brodelte von pulsierenden Farben. Aber wenn Lawler sich mühte, ihre Stimmen auszumachen, konnte er sie nicht hören. Da war nur ein warmes harmonisches undifferenziertes Tönen.

Am Ende der kleinen Bucht setzte sich über dem dunkler werdenden Horizont das wildwuchernde Wachstum der Vegetation auf der Insel ungehemmt fort: Es sproßte und zuckte und bebte vor dem dunkleren Himmel und sprühte Funkenregen leuchtender Energie empor. In Wellen strömte das Licht in den Himmel. Unablässig, ohne Pause ging das so weiter dort drüben. Lawler und Sundira saßen da bis tief in die Nacht und betrachteten sich das Schauspiel. Irgendwann stand Lawler auf und sagte: »Hast du denn keinen Hunger?«

»Überhaupt keinen.«

»Ich auch nicht. Aber – laß uns dann wenigstens ein bißchen schlafen.«

»Ja, du hast recht.«

Sie streckte ihm die Hand hin, und er zog sie auf die Füße. Dann standen sie eng beisammen an der Reling und starrten zur Insel hinüber.

»Spürst du irgendwas von diesem Sog?« fragte sie.

»Ja. Er ist immer da – wartet bloß auf seine Chance, nehme ich an. Auf den Moment, wo es uns unvorbereitet und schutzlos erwischen kann.«

»Ja. Ich spür es auch. Es ist nicht mehr so stark wie vorher, aber ich weiß, das ist nur ein Trick, um uns einzulullen. Ich muß meinen Kopf die ganze Zeit zusammenhalten wie eine geballte Faust, um mich dagegen zu wehren.«

»Ich überlege mir schon die ganze Zeit, wieso ausgerechnet wir zwei als einzige diesem Zwang widerstehen konnten, ebenfalls rüberzugehen«, sagte Lawler. »Sind wir stärker und gesünder als die anderen, besser ausgerüstet für ein Leben als Monade in den Grenzen der eigenen Individualität? Oder ganz schlicht dermaßen darauf konditioniert, uns als anders und abgehoben von der uns umgebenden Gesellschaft zu fühlen, daß es uns einfach unmöglich ist, uns selber mal loszulassen und in ein Gruppenfeeling einzutauchen.«

»Bist du dir in deinem Leben auf Sorve wirklich so isoliert vorgekommen, Val, so nicht dazugehörend?«

Er dachte darüber nach. »Vielleicht ist ›nicht dazugehörend‹ ein zu starkes Wort. Ich war durchaus Teil der Sorve-Gemeinde, und sie betrachteten mich als zu ihnen gehörig. Aber ich gehörte eben nicht so dazu, wie die meisten anderen Menschen dort. Ich stand immer ein bißchen abseits.«

»So war das auch bei mir, auf Khamsilaine. Aber ich glaube, ich war noch nie besonders gut, wo es um feste Bindungen an Gruppen oder so geht.«

»Ich ebenfalls nicht.«

»Und im Grunde hab ich so was auch nie gewollt. Manche wollen das und können es dann nicht. Gabe – Gabe Kinverson war mindestens so stark ein Einzelgänger wie wir beide das sind. Mehr noch, wahrscheinlich. Und dann hat er einen Punkt in seinem Leben erreicht, wo er das nicht mehr ertragen wollte. Und da ist er jetzt dort drüben – und lebt – im ›Antlitz‹. Aber ich krieg einfach Gänsehaut bei der Vorstellung, daß ich mein ganzes Selbst aufgeben soll, wenn ich da rübergeh, und daß ich mich einem fremden Bewußtsein ausliefern und eingliedern soll.«

»Ich hab ihn nie begriffen. Kinverson, meine ich«, sagte Lawler.

»Ich auch nicht. Ich hab's versucht. Aber der war die ganze Zeit dermaßen fest in sich verkapselt. Verkrustet. Verkrampft. Sogar wenn wir uns liebten.«

»Darüber möchte ich lieber nichts hören.«

»Tut mir leid.«

»Ja, ist ja schon gut.«

Sie drückte sich fester an ihn.

»Und jetzt gibt es bloß noch uns zwei«, sagte sie.

»Gestrandet am popligen Ende der Welt im Nirgendwo. Und ganz allein in einem aufgegebenen Schiff. Unglaublich romantisch. Solang es dauern kann. Was sollen wir tun, Val?«

»Wir gehen jetzt runter und veranstalten eine wilde Liebesorgie. Heut nacht können wir nämlich das breite Bett von Delagard besteigen.«

»Und dann?«

»Über das dann machen wir uns dann Sorgen. Später!« sagte Lawler.

9

Er wachte kurz vor dem Morgen auf. Sundira schlief weiter – mit einem Gesicht, so glatt und unbekümmert wie das eines Kindes. Er schlich sich aus der Kabine und stieg an Deck. Die Sonne kam über den Horizont, und das verwirrende Farbenspiel, das unentwegt vom ›Antlitz‹ aufstieg, wirkte an diesem Morgen gedämpfter als tags zuvor und viel weniger spektakulär. Er konnte noch immer den lockenden Sog als leises Kitzeln am Rand seines Bewußtseins spüren, aber mehr war es nun auch nicht, eben nur ein sanftes Kitzeln.

Die Gestalten der früheren Schiffsgefährten wanderten am Strand umher. Er beobachtete sie. Auch über die Entfernung hin vermochte er sie ganz leicht zu identifizieren: Kinverson, den Riesen, den kleinen Tharp, den vierschrötigen Delagard, den säbelbeinigen Felk und Father Quillan, ganz Haut und Knochen. Gharkid, dunkelhäutiger als die übrigen und schwebendleicht wie ein Geist. Und die drei Frauen, die vollbusige Lis und die kräftige breitschultrige Neyana und die hübsche biegsame Pilya. Was taten die dort? Wateten sie den Strand entlang? Nein! Sie wateten in die Bucht heraus, sie kamen hierher, sie kehrten zum Schiff zurück! Alle. Gelassen und mühelos kamen sie durch das seichte Wasser auf die *Queen of Hydros* zugeschwommen.

Lawler überlief ein Angstschauder. Es war wie eine Totenprozession, die da übers Wasser auf ihn zukam. Er eilte hinunter und weckte Sundira.

»Sie kommen zurück«, sagte er brutal.

»Was? Wer? Oh! *Oh!*«

»Alle, die ganze Besatzung kommt aufs Schiff zugeschwommen.«

Sie nickte, als bereite es ihr weiter keine Mühe zu akzeptieren, daß die früheren leiblichen Hüllen ihrer ehemaligen Schiffskameraden von jener unerfaßlichen Wesenheit wiederkehrten, die ihre Seelen verschlungen hatte. Vielleicht ist sie ja noch nicht ganz wach, dachte Lawler. Doch sie erhob sich sogleich und eilte mit ihm an Deck. Überall rings um das Schiff schwammen jetzt ihre Gestalten, dicht unter der Reling, und Lawler rief zu ihnen hinab.

»Was wollt ihr denn?«

»Wirf die Strickleiter aus«, erwiderte die Kinverson-Gestalt mit erkennbar Kinversons Stimme. »Wir kommen an Bord.«

»O Gott«, flüsterte Lawler und warf Sundira einen entsetzten Blick zu.

»Tu's!« befahl sie.

»Aber sobald die mal hier oben sind ...«

»Was spielt das noch für eine Rolle? Wenn das ›Antlitz‹ beschließen wollte, seine ganze Energiestärke auf uns loszulassen, wären wir wahrscheinlich sowieso machtlos dagegen. Wenn sie an Bord kommen wollen, dann laß sie doch. Wir haben sowieso nicht mehr besonders viel zu verlieren, oder?«

Achselzuckend warf Lawler die Strickleiter aus. Kinverson kam zuerst an Bord gestiegen, dann Delagard, Pilya und Tharp. Die übrigen folgten. Sie waren alle splitternackt, und es fehlte ihnen an Leben und Leibhaftigkeit, sie wirkten wie Schlafwandler, wie Gespenster. Aber sie *sind* ja Gespenster, sagte Lawler sich.

»Also?« fragte er schließlich.

»Wir sind gekommen, um euch das Schiff segeln zu helfen«, sagte Delagard.

»Das Schiff? Wohin?« fragte er verblüfft.

»Dorthin, woher ihr gekommen seid. Es ist euch doch klar, daß ihr hier nicht bleiben könnt. Wir bringen euch nach Grayvard, damit ihr dort um Asyl bitten könnt.«

Delagards Stimme klang sachlich und ruhig, und seine Augen waren klar und gelassen, völlig ohne das gewohnte fiebrige Funkeln. Wer oder was immer dieses Geschöpf da war, es war etwas anderes als der Nid Delagard, den Lawler über so viele Jahre hin gekannt hatte. Seine Dämonen waren exorziert und gebannt. Er hatte eine tiefgreifende Verwandlung erfahren – vielleicht tatsächlich so etwas wie eine Erlösung und Befreiung. All sein Pläneschmieden und Ränkespiel war nun beendet. Und seine Seele schien Ruhe gefunden zu haben. Und so wirkten auch die übrigen: sie hatten ihren Frieden, waren *im* Frieden. Sie hatten sich dem Ding da, diesem ›Antlitz‹ überantwortet, hatten ihm ihre Individualität, ihr Selbst preisgegeben, etwas für Lawler geradezu Ungeheuerliches und Unvorstellbares; aber er mußte sich andererseits zugeben, daß die Rückkehrer anscheinend so etwas wie ihre Glückseligkeit gefunden hatten.

Mit einer Stimme, die leicht wie Luft klang, sagte die Quillan-Gestalt: »Ehe wir segeln, eine letzte Chance. Möchtet ihr nicht vielleicht doch auf die Insel? Doktor? Sundira?«

»Du weißt doch, daß wir nicht wollen«, sagte Lawler.

»Das liegt bei euch selbst. Aber wenn ihr erst einmal wieder zurück in eurem heimatlichen Meer seid, wird es nicht mehr ganz so leicht für euch sein, hierher zurückzukommen, falls ihr eure Ansicht ändert.«

»Damit kann ich leben.«

»Sundira?« fragte Quillan.

»Ich auch.«

Die Priesterhülle lächelte betrübt. »Die Entscheidung liegt bei euch. Aber ich wünschte, ich könnte euch begreiflich machen, was ihr für einen Fehler begeht. Begreift ihr eigentlich, warum wir auf der ganzen Seereise so unablässig angegriffen wurden? Warum die Rammhörner kamen und die Napfschnecke, die Hexenfische und alles übrige? Doch nicht, weil das bösartige Geschöpfe wären. Es gibt auf Hydros keine bösen Lebewesen. Sie haben nichts weiter versucht als eine Verletzung ihrer Welt zu heilen, mehr nicht.«

»Die Welt heilen?« fragte Lawler.

»Ja. Sie säubern. Sie von einer Verunreinigung befreien. Für sie – und für jede andere Lebensform auf Hydros – sind die hier hausenden Erdlinge Eindringlinge, Fremdkörper, weil sie nicht Teil der Harmonie sind, die das ›Antlitz‹ darstellt. Für sie sind wir Abkömmlinge von der Erde so etwas wie Viren oder Bakterien, die in einen gesunden Organismus eingedrungen sind. Die Angriffe gegen uns waren nichts weiter als der Versuch, den Körper von Krankheitserregern zu befreien.«

»Oder wie wenn man Sand aus dem Getriebe einer Maschine entfernt«, sagte Delagard.

Lawler wandte sich ab. Er merkte, wie in ihm Zorn und Ekel heraufquollen.

Sundira sagte leise zu ihm: »Sie sind wirklich schrecklich. Wie Gespenster. Nein, schlimmer: wie Zombies! Wir hatten Glück, daß wir genug Kraft hatten, uns dem zu widersetzen.«

»Hatten wir wirklich Glück?« fragte Lawler.

Ihre Augen weiteten sich. »Was meinst du damit?«

»Ich bin mir nicht sicher. Sie sehen so zufrieden aus, Sundira. Vielleicht sind sie ja in was anderes verwandelt worden, etwas Fremdes, aber wenigstens sieht es so aus, als hätten sie ihren Frieden.«

Ihre Nasenflügel blähten sich verächtlich. »Du sehnst dich nach diesem Frieden? Na, dann geh doch! Geh rüber! Du brauchst bloß ein kleines Stück weit zu schwimmen.«

»Aber nein. Nein!«

»Bist du sicher, Val?«

»Komm zu mir. Halt mich fest.«

»Ach, Val … Val …«

»Ich liebe dich.«

»Und ich liebe dich, Val.« Sie umarmten und küßten sich, als wären die Rückkehrer um sie herum gar nicht da. Dicht an seinem Ohr flüsterte sie: »Ich geh da nicht rüber, wenn du nicht auch gehst.«

»Ich werde nicht gehen, hab keine Angst.«

»Aber wenn doch, dann gehen wir gemeinsam.«

»Was?«

»Ja glaubst du denn, ich will die einzige auf diesem Schiff sein, die noch ein real existierender Mensch ist, und mit zehn Zombies, zehn lebenden Toten fahren? Das ist ein echtes Paktangebot, Val: Entweder wir gehen gemeinsam, oder ganz und gar nicht.«

»Wir gehen nicht.«

»Aber wenn …«

»Dann gehen wir gemeinsam«, sagte Lawler. »Aber wir werden nicht gehen.«

ALS HÄTTE SICH nichts von außergewöhnlicher Bedeutung vor und auf der Insel ereignet, machte sich die Besatzung der *Queen of Hydros* daran, die Vorbereitungen zur Rückreise zu treffen. Kinverson legte seine Netze aus, und sie füllten sich prompt mit Fischen. Gharkid schob sich gemächlich durch das hüfthohe Wasser und sammelte verwertbare Algen ein. Neyana, Pilya und Lis zogen zwischen dem Schiff und der Insel hin und her und füllten die Behältnisse mit Trinkwasser; das sie aus einer Quelle am Ufer holten. Onyos Felk brütete über seinen Navigationskarten. Dag Tharp bastelte an seinen Funkgeräten herum und stellte sie neu ein. Delagard überwachte die Checks in den Masten und Segeln, am Ruder und am Schiffsrumpf und bestimmte, wo Ausbesserungsarbeiten nötig waren, und ansonsten griff er – wie Sundira und Lawler und sogar Father Quillan – mit zu, wo es nötig war.

Es wurde kaum gesprochen. Alle erledigten ihre Aufgaben, als wären sie Teile einer gutdurchdachten Maschinerie. Die Rückkehrer gingen behutsam mit den beiden ›Fremdkörpern‹ um und behandelten sie fast so, als wären sie entwicklungsgestörte Kinder, die besonders viel zärtliche Zuwendung brauchen; doch Lawler verspürte nicht, daß sich zwischen ihm und denen ein echter Kontakt ergab.

Immer wieder starrte er beklommen und fragend zum Land hinüber. Das farbige Lichterschauspiel, das von dort ausging, setzte sich ununterbrochen fort. Und diese konstante berserkerhaft wilde Kraftabstrahlung faszinierte ihn ebenso, wie sie ihn abstieß. Er versuchte sich vorzustellen, wie das für die anderen gewesen sein mußte, als sie an Land gegangen waren, wie sie sich durch diese Dschungel fremdartigen kochenden Lebens bewegten. Doch er wußte auch, daß derlei Spekulationen gefährlich waren. Immer wieder einmal verspürte er – und zuweilen unerwartet stark – den Sog, der von der Insel ausging. Und dann war die Versuchung sehr stark. Es würde doch so einfach sein, sich über Bord gleiten zu lassen wie die anderen, durchs warme einladende Wasser der Bucht zu schwimmen und diesen fremden Strand hinaufzugehen ...

Aber es gelang ihm noch immer, Widerstand zu leisten. Er hatte sich so lange gegen den Sog der Insel gewehrt; er war nicht bereit, sich jetzt geschlagen zu geben. Die Vorbereitungen zur Abfahrt gingen weiter, und er blieb weiter beharrlich an Bord, und Sundira gleichfalls, während die anderen unbekümmert zwischen Schiff und Land hin und her pendelten. Es war irgendwie absurd und seltsam, aber keineswegs unangenehm. Als wäre das Leben irgendwie zwischen zwei Polen im Suspensionszustand. In gewisser Weise empfand Lawler das sogar als seltsam beglückend: Er hatte überlebt, hatte sich allen möglichen Widerwärtigkeiten mutig widersetzt und sie gemeistert; er war in den Schmelztiegel von Hydros geworfen worden und nur desto stärker und gestählter soeben dabei, daraus hervorzutauchen. Es hatte sich der Glücksfall ergeben, daß er Sundira liebte, und er fühlte, daß auch sie ihn liebte. Alles ganz neue Erfahrungen für ihn. Wie immer, wenn überhaupt, das neue Leben sein mochte, das ihm vielleicht nach dem Ende dieser Reise beschieden sein mochte, er würde gewiß besser befähigt sein als früher, mit den Untiefen und Trübstellen seiner Seele umzugehen.

Inzwischen war das Schiff fast startklar.

Es war nun später Nachmittag. Delagard hatte verkündet, man werde bei Sonnenuntergang aufbrechen. Daß sie im Dunkel aus dem Umkreis der Insel abfahren würden, schien ihn nicht weiter zu beunruhigen. Der Lichtschein würde das Schiff eine ganze Weile lang begleiten und lenken, und danach konnten sie sich an den Gestirnen orientieren. Von der See war nichts zu befürchten, jetzt nicht mehr. Sie würde ihnen von nun an freundlich begegnen. Alles auf Hydros würde freundlich sein.

Auf einmal merkte Lawler, daß er allein an Deck war.

Die anderen waren wo an Land gegangen; zu einem Abschiedsbesuch, vielleicht. Aber wo war Sundira?

Er rief ihren Namen.

Es kam keine Antwort.

Einen panischen Augenblick lang dachte er, ob sie vielleicht mit hinübergegangen sein könnte. Dann sah er sie am Heck am Ladedeck. Und Kinverson stand neben ihr. Anscheinend waren die beiden tief im Gespräch.

Verstohlen schlich Lawler sich näher an sie heran. Und dann hörte er Kinverson auf sie einreden: »Du kannst doch überhaupt nicht beurteilen, wie das ist, solang du nicht selber drüben warst. Es ist so anders, völlig verschieden von dem gewöhnlichen Menschsein – wie es lebendig sein vom tot sein ist.«

»Ich fühl mich aber eigentlich ziemlich lebendig, so wie ich jetzt bin.«

»Aber du hast ja keine Ahnung! Du kannst es dir nicht vorstellen. Komm doch mit mir, jetzt gleich, Sundira. Es dauert nur einen Moment. Und dann wird dir alles aufgehen. Ich bin doch auch nicht mehr der Mann, der ich früher war, oder?«

»Eigentlich kaum noch ...«

»Und trotzdem bin ich's. Aber ich bin darüber hinaus so viel mehr geworden. Komm doch mit mir!«

»Bitte, Gabe. Laß mich!«

»Du willst doch rübergehen. Ich weiß, daß du es willst. Du willst doch nur wegen diesem Lawler bleiben.«

»Ich bleibe hier, weil *ich* es so will!« sagte Sundira.

»Das ist nicht wahr. Ich weiß es. Der armselige, müde, erbärmliche Hund. Du willst ihn bloß nicht im Stich lassen.«

»Nein, Gabe!«

»Du wärst mir dann aber dankbar.«

»Nein!«

»Komm doch mit mir!«

»Gabe – bitte!«

Aber auf einmal schwang ein zweifelnder Ton in ihrer Stimme mit, eine Klangfärbung, als gerate ihr fester Entschluß in Schwanken. Und Lawler empfand das wie einen schmerzhaften Schlag. Er sprang zu den beiden auf das Krandeck. Sundira wich mit einem entsetzten Keuchen zurück. Kinverson blieb, wo er war, und blickte Lawler gelassen entgegen.

Die Gaffeln und Harpunen lagen in ihren Halterungen. Lawler packte sich einen der Speere und richtete ihn auf Kinversons Gesicht.

»Du läßt sie in Ruhe!«

Der Riese besah sich die scharfe Waffe mit einem Ausdruck der Belustigung, vielleicht auch der Verachtung.

»Aber, Doc, ich tu ihr doch gar nichts.«

»Du versuchst sie zu verführen.«

Kinverson lachte. »Na, dazu braucht es ja wohl bei ihr nicht viel, oder?«

In Lawlers Ohren dröhnte plötzlich ein wütendes Getöse. Es kostete ihn große Mühe sich zu beherrschen. Am liebsten hätte er Kinverson den Speer in den Hals gerammt.

Und dann sagte Sundira: »Val, bitte. Wir haben doch bloß miteinander geredet.«

»Ja, das hab ich gehört. Über was ihr da – geredet habt. Der will dich beschwatzen, daß du mit ihm rübergehst, oder?«

»Das leugne ich ja nicht«, sagte Kinverson leichthin.

Lawler fuchtelte erneut mit der Gaffel. Ihm war bewußt, wie drollig, wie kindisch und dumm seine Erregtheit auf Kinverson wirken mußte. Schließlich überragte ihn Kinverson – trotz all seiner neugewonnenen heiligmäßigen Sanftheit – beträchtlich und bedrohlich und sah geradezu unverletzbar und unbesiegbar aus.

Doch Lawler mußte dem ein Ende machen. Mit gepreßter Stimme sagte er: »Ich will nicht, daß du noch einmal mit ihr sprichst, ehe wir losfahren.«

Kinverson lächelte freundlich. »Ich hab ihr doch nichts Böses getan.«

»Ich weiß, was du versucht hast. Und ich werde es nicht zulassen.«

»Sollte sie das nicht lieber selbst entscheiden, Doc?«

Lawler warf Sundira einen fragenden Blick zu. Sie sagte sanft: »Es ist schon gut, Val. Ich kann schon auf mich selber achtgeben.«

»Ja. Ja, natürlich.«

»Gib mir die Gaffel, Doc«, sagte Kinverson. »Sonst tust du dir damit noch weh.«

»Bleib, wo du bist!«

»Es ist *meine* Harpune, ja? Es steht dir nicht zu, damit herumzufuchteln.«

»Paß auf!« sagte Lawler. »Los, verschwinde! Verzieh dich vom Schiff! Los! Geh zurück zur Insel! Los, Gabe! Du gehörst nicht mehr hierher. Keiner von euch hat mehr hier was verloren... Das ist ein Schiff für Menschen!«

»Val!« rief Sundira.

Lawler packte den Speer fest und hielt ihn, wie er ein Skalpell halten würde, dann ging er ein, zwei Schritte auf Kinverson los. Der Fischer richtete sich zu seiner ganzen gewaltigen Größe auf. Lawler holte tief Luft. »Los, hau ab!«, schrie er. »Geh zurück auf die Insel! Spring, Gabe! Gleich jetzt, da rüber!«

»Ach, Doc, Doc, Doc...«

Lawler stieß die Harpune scharf und heftig von unten her gegen Kinversons Zwerchfell. Der Stoß hätte ihn direkt ins Herz treffen müssen, doch Kinversons Arm bewegte sich mit unglaublicher Gewandtheit. Die Hand faßte den Speerschaft und drehte ihn, und Lawler fuhr ein stechender Schmerz durch den ganzen Arm. Und dann war die Harpune in Kinversons Hand.

Automatisch kreuzte Lawler die Arme vor dem Bauch, um sich gegen den zu erwartenden Stoß zu schützen. Kinverson betrachtete ihn, als tastete er ihn nach der richtigen Stelle für den Stoß ab. Bring's schon hinter dich, Mistkerl, dachte Lawler. Jetzt und rasch! Er glaubte schon fast, den Stoß zu spüren, das brennende Eindringen der Zacken, das Zerreißen des Gewebes, die scharfe Spitze, die im Brustkorb zum Herzen vorstieß.

Doch es kam kein Stoß. Kinverson beugte sich nur gelassen nach vorn und klemmte die Gaffel wieder in ihre Halterung.

»Du solltest nicht so mit dem Werkzeug herumhantieren, Doc«, sagte er sanft. »Und jetzt entschuldige mich, bitte. Ich laß dich und die Lady jetzt allein.«

Er wandte sich ab, ging an Lawler vorbei und stieg aufs Hauptdeck hinab.

»ICH HAB WOHL recht blöd ausgesehen, da vorhin?« fragte er Sundira.

Sie lächelte, aber fast unmerklich. »Du hast in ihm immer schon eine Bedrohung gesehen, ja?«

»Er hat dich überreden wollen, da rüberzugehen – die Seiten zu wechseln. Ist das eine Bedrohung oder nicht?«

»Wenn er mich gepackt und körperlich von Bord geschleppt hätte, das hätte den Tatbestand der körperlichen Bedrohung erfüllt, Val.«

»Ja, schon gut, schon gut.«

»Aber ich verstehe, warum du dich aufgeregt hast. Sogar dermaßen, daß du glatt mit einer Waffe auf ihn losgegangen bist.«

»Das war blödsinnig. Pubertäres Verhalten ...«

»Ja, das war es.«

Er hatte nicht erwartet, daß sie ihm so rasch und ohne Zögern zustimmen werde. Bestürzt sah er sie an und erblickte etwas in ihren Augen, das ihn sogar noch tiefer überraschte und bedrückte.

Etwas war anders. Zwischen ihnen lag jetzt eine Distanz, wie es sie schon seit langem nicht mehr gegeben hatte.

»Was ist mit dir, Sundira? Was geht da vor?«

»Ach, Val, Val ...«

»Sag's mir doch!«

»Es hat nichts mit dem zu tun, was Kinverson zu mir gesagt hat. Mich kann man nicht so leicht beschwatzen. Es ist ganz und gar mein eigener Entschluß.«

»*Was* ist dein eigener Entschluß? Um Himmels willen, wovon redest du denn?«

»Vom ›Antlitz‹.«

»*Was?*«

»Geh mit mir rüber, Val.«

Und das traf, als hätte Kinverson ihn tatsächlich harpuniert.

»Himmel!« Er wich ein paar Schritte vor ihr zurück. »Himmel, Sundira! Was redest du denn?«

»Daß wir gehen sollten.«

Er starrte sie an und hatte das Gefühl, als werde er mehr und mehr zu Stein.

»Es ist falsch, wenn du versuchst, dich dagegen zu wehren«, sagte sie. »Wir hätten es gleich zulassen sollen, uns dem ausliefern sollen, wie alle die anderen. Sie hatten es begriffen. Und wir waren blind.«

»Sundira?«

»Ich hab es gesehen und erkannt, Val. Alles in einem Nu, einem blitzhaften Augenblick. Während du mich vor Gabe zu schützen versucht hast. Wie töricht es doch ist, wenn wir uns mühen, unser kleines individuelles Selbst zu bewahren, all die kleinen Ängste und Eifersüchteleien und erbärmlichen Tricks und Spielchen. Wieviel besser wäre es, das alles einfach abzuwerfen und in die große Harmonie überzugehen, die hier herrscht. Zu den anderen gehören. Dazugehören. Zu Hydros gehören.«

»Nein! *Nein!*«

»Hier ist unsere einmalige Chance, die ganze Last, die uns so bedrückt, von uns abzuschütteln.«

»Ich kann einfach nicht glauben, daß du so was sagst, Sundira!«

»Aber ich sage es. Ich!«

»Er hat dich hypnotisiert, ja? Er hat dich mit irgendeinem Zauber verhext. *Das Ding da drüben* hat es getan.«

»Nein«, sagte sie und lächelte. Und dann streckte sie ihm die Hände entgegen. »Du hast mir einmal gesagt, du hast dich auf Hydros nie richtig heimisch gefühlt, obwohl du hier geboren bist. Weißt du noch, Val?«

»Also …«

»Erinnerst du dich noch? Du hast gesagt, Taucher und Speisefisch könnten sich hier zuhause fühlen, aber nicht du, und du hättest es auch nie getan … Du erinnerst dich. Ich seh doch, daß du es tust. Also: Hier bietet sich dir jetzt die Chance, endlich eine Heimat für dich zu finden. Teil des Planeten Hydros zu werden. Die alte ERDE gibt es nicht mehr. Wir sind jetzt Hydraner, und Hydraner gehören nun eben der Insel. Du hast dich lange genug dagegen gesträubt. Ich auch. Aber ich, ich gebe auf. Jetzt. Denn auf einmal sieht das alles ganz anders aus für mich. Willst du mit mir gehen?«

»Nein! Denn es ist Wahnsinn, Sundira. Ich werde

dich vielmehr jetzt unter Deck bringen und dich drunten festbinden, bis du wieder zur Vernunft kommst.«

»Rühr mich nicht an«, sagte sie sehr leise. »Ich sag es dir, Val, versuch nicht, mich zu berühren.« Sie ließ die Augen seitwärts zu der Harpunenbatterie gleiten.

»Schön. Ich hab dich verstanden.«

»Ich werde gehen. Was ist mit dir?«

»Du weißt doch meine Antwort.«

»Du hast versprochen, wir würden gemeinsam gehen oder überhaupt nicht.«

»Dann eben überhaupt nicht, so war unsere Abmachung.«

»Aber ich will gehen, Val. Wirklich.«

Plötzlich schoß in ihm kalte Wut hoch und ließ seinen Kampfesmut erstarren. Mit diesem letzten, endgültigen Verrat hatte er nicht gerechnet. Also sagte er bitter: »Na, dann geh doch, wenn du das wirklich so meinst.«

»Und du kommst mit mir?«

»Nein. Nein. NEIN!«

»Du hast es versprochen!«

»Dann nehme ich hiermit mein Versprechen zurück«, sagte Lawler. »Ich hatte niemals vor, so was zu tun. Wenn ich dir tatsächlich versprochen haben sollte, ich würde mit dir gehen, wenn du gehst, dann habe ich dich eben belogen. Ich werde nie da rübergehen!«

»Das tut mir leid, Val.«

»Mir auch.«

Und wieder verspürte er den Drang, sie zu packen, sie unter Deck zu zerren und in seiner Kabine festzubinden, bis das Schiff in sicherer Entfernung draußen auf See war. Doch er wußte, daß er so etwas niemals würde tun können. Er konnte überhaupt nichts tun. Gar nichts.

»Also, geh schon«, sagte er. »Hör auf, davon zu reden, und tu es endlich. Mein Gott, das Ganze ist ja zum Kotzen!«

»Komm mit mir«, bat sie noch einmal. »Es geht ganz rasch.«

»Niemals!«

»Also gut, Val«, sagte sie traurig. »Du weißt doch, ich liebe dich. Vergiß das nie. Ich bitte dich aus Liebe, und wenn du trotzdem nicht willst, nun, ich werde dich auch danach noch immer lieben. Und ich hoffe, daß auch du mich weiter liebst.«

»Wie könnte ich das?«

»Also, adieu, Val! Aber wir werden uns dann wiedersehen.«

Und Lawler schaute ungläubig zu, als sie die Leiter des Krandecks hinabstieg und übers Hauptdeck an die Reling ging, hinaufstieg und mit einem Sprung ins Wasser tauchte. Dann schwamm sie schnell und mit kräftigen Schlägen durch das dunkle Naß der Küste zu. Er sah ihr nach, wie er es schon einmal getan hatte – vor einer Million von Jahren, als sie durch die Sorve-Bucht geschwommen war. Dann aber wandte er sich ab, er wollte einfach nicht mehr zusehen, als sie noch nicht einmal die halbe Distanz zum Ufer durchschwommen hatte. Er taumelte unter Deck und in seine Kabine, und dort verriegelte er die Tür hinter sich und saß zusammengekrümmt auf seinem Lager, während die Finsternis immer tiefer wurde. Jetzt wäre der rechte Augenblick gewesen für ein Tröpfchen Taubkraut-Elixier, für eine Kumme voll, für einen ganzen Zuber voll… und runter damit in einem einzigen gewaltigen Zug. Dann wären alle Qual und Schmerzen fortgespült! Aber leider war ja nichts mehr davon übrig. Also blieb ihm nichts, als still dazuhocken und zu warten, wie die Zeit verging. Und sie verging langsam, es schienen Stunden zu sein, Jahre. Dann hörte er droben Delagards Stimme auf Deck. Er gab den Befehl zum Aufbruch.

SELTEN WAR DER HIMMEL ihm so klar erschienen, oder dieses ›Hydros-Kreuz‹ so leuchtend wie in dieser

Nacht. Die Luft war vollkommen reglos, die See ruhig. Wie konnte das Schiff in dieser glasklaren See Fahrt machen, in solch einer vollkommen ruhigen Nacht? Und dennoch fuhr es. Wie von Zauberkräften bewegt, glitt es sanft durch die Dunkelheit. Sie waren bereits seit Stunden unterwegs. Das helle Leuchten der Insel war nach und nach schwächer geworden, bis es nur noch ein dunkles rötliches Glühen über dem Horizont war, und dann noch schwächer geworden, und nun konnte man fast gar nichts mehr davon sehen. Bis zum Morgen würden sie tief im Leeren Meer sein.

LAWLER WAR ALLEIN. Er lag auf einem Haufen Schleppnetze am Heck.

Nie zuvor war er sich in seinem Leben so allein und verlassen vorgekommen.

Die anderen glitten stumm übers Deck, hantierten an den Segeln, den Tauen, den Backstagen, den Spieren und dem ganzen übrigen zur Segelung eines Schiffes nötigen nautischen Kram herum, den er nie so recht begriffen und mittlerweile völlig aus seinem Denken verdrängt hatte. Ihn brauchten sie dabei nicht; und er hatte nicht das geringste Verlangen, irgend etwas mit *ihnen* zu tun zu haben. Sie waren für ihn Maschinen, Teile einer gewaltigen Großmaschine. *Tick-tick-Klack.*

Kurz nachdem sie aufgebrochen waren, hatte sich Sundira zu ihm gesellt. »Es ist alles in Ordnung«, hatte sie gesagt. »Nichts hat sich geändert.«

Aber ihn überlief ein Schauder, und er wandte sich von ihr ab. Er brachte es nicht über sich, sie anzusehen.

»Du irrst dich«, erwiderte er. »Alles ist anders. Du bist jetzt ein Teil der Maschine. Und du möchtest, daß auch ich da mitspiele wie du. Es macht ›klick‹, und du tanzt dazu.«

»Aber so ist es doch überhaupt nicht, Val. Du selber würdest doch die Maschine sein. Und das, was da ›klick‹ macht, ebenfalls. Und du wärst der Tanz ...«

»Das verstehe ich nicht.«

»Selbstverständlich nicht. Wie könntest du das auch?« Sie langte zärtlich nach ihm, und er schreckte zurück, als könnte sie ihn durch ihre Berührung verwandeln. Sie sah ihn bedauernd an. »Na gut«, sagte sie leise. »Wie du willst.«

Das war nun auch schon wieder Stunden her. Er war nicht mit den anderen zum Abendessen in die Kombüse gegangen. Aber er verspürte auch keinen Hunger. Und wenn er nie wieder einen Bissen essen würde, so war ihm auch das recht. Aber sich mit *denen* an einen Tisch zu setzen und zu essen, die Vorstellung war ihm unerträglich, war unmöglich. Er, der einzige echte, nicht-pervertierte Mensch auf diesem Schiff voller Zombies, voller Lebendig-Toter – die einzige noch existente reale Menschhaftigkeit …

Alone, alone, all, all alone
Alone on a wide wide sea!
And never a saint took pity on
*My soul in agony.**

Worte. Fragmentarische Erinnerungsbruchstücke aus einer uralten, unwiederbringlich verlorenen Welt. Zeilen eines Gedichts …

The Sun's rim dips; the stars rush out:
At one stride comes the dark;
With far-heard whisper o'er the sea
*Off shot the spectre-bark.***

---

* Allein, allein, ganz allein, / allein auf einem weiten, weiten Meer! / Und kein einziger Heiliger erbarmte sich / meiner Seele in ihrer Qual.

** Der Rand der Sonne taucht unter; die Sterne brechen hervor: / Auf einen Schlag wird es dunkel; / mit weit hörbarem Wispern / schoß das Geisterschiff über das Meer davon.

Lawler blickte zu dem fernen Licht der Sterne auf. Eine unverhoffte Ruhe war über ihn gekommen. Es überraschte ihn, wie gelassen er blieb, als habe er den Bereich überschritten, bis in den Stürme noch vordringen konnten. Sogar in den Tagen, da ihm sein Taubkraut-Extrakt als Tröstung zur Verfügung gestanden hatte und jederzeit griffbereit, hatte er kein derartiges Gefühl von ungetrübtem Frieden erfahren. Jedenfalls kaum jemals so wie jetzt.

Wie kam das? Hatte das Inselland ihn mit einem Zauber belegt wie Sundira, der selbst über die Entfernung hin wirksam wurde?

Das konnte er nicht glauben. Und außerdem würde ihn eine solche Magiermogelei jetzt nicht mehr beeinflussen können. Er war doch inzwischen bestimmt weit außerhalb der Reichweite. Nichts hier draußen vermochte jetzt mehr sein Denken zu beeinflussen – außer dem dunklen Himmelsgewölbe und der gemächlich rollenden See und dem scharfen kantigen Licht der Gestirne. Dort drüben breitete sich das Kreuz über den Südhimmel, der gewaltige Doppelbogen von Sonnen – Milliarden von Sonnen, hatte ihm einmal jemand gesagt. Abermilliarden von Sonnen! Und zehnmal so viele Planetenwelten! Sein Kopf begann unter der Vorstellung schwirren: Diese unendliche Zahl von zu wimmelnden Welten – und voll von Städten, Kontinenten und von tausenderlei verschiedenen Geschöpfen…

Und er starrte zu all diesen Welten und Geschöpfen hinauf in den Himmel, und während er so kosmisch fixiert war, entstand langsam in ihm eine neue Vision, gestaltlos und träge zunächst, dann wurde sie in einem mächtigen Ausbruch klar und deutlich, bis sie schließlich sein Bewußtsein fast völlig erfüllte. Er sah die Sterne als ein einziges weitgespanntes Gewebe, als ein unermeßliches metaphysisches Konstrukt, eine geheimnisvoll in sich verknüpfte galaktische Einheit, so wie auch alle die einzelnen Teilchen hier auf dieser Wasserwelt eine Einheit bildeten.

Kraftlinien pulsierten durch die Leere, flossen wie Blutadern durch das Firmament und verbanden jedes mit allem. Zwischen den Welten eine unendliche schwingende Vernetzung. Er konnte den Atem des Universums fühlen wie den einer einzelnen von unauslöschbarer Lebenskraft brennenden Einheit.

Und Hydros war Teil des himmlischen Kosmos, und der Kosmos war ein einziges gewaltiges lebensglühendes beseeltes Ding. Geh ein in Hydros, und du wirst zum Teil des ALLS. So stand das Angebot. Und einzig er allein, er, Lawler, aus dem ganzen Universum, verweigerte die Vereinigung mit dem Großen Einen.

Er allein. Er als einziger.

War es das, was er wirklich und wahrhaftig wollte? Diese Abgesondertheit, die Einsamkeit der furchtbaren geistigen Unabhängigkeit?

Das ›Antlitz‹ bot die Unsterblichkeit – sogar die Gotthaftigkeit – innerhalb eines gewaltigen geschlossenen Organsimus. Und dennoch hatte er es vorgezogen, Valben Lawler zu bleiben und nichts sonst zu werden. Stolz hatte er zurückgewiesen, was den Teilnehmern dieser Reise angeboten wurde. Mochte der arme skrupelzerquälte Quillan sich freudig einem Gott ausliefern, nach dem er sein Leben lang gesucht hatte; sollte doch der kleine Dag Tharp gern alle Tröstung finden, die er brauchte; sollte der geheimnisumwitterte Gharkid, der nach etwas Höherem als er selbst war gesucht hatte, sich aufgeben… Aber ich, Lawler, ich nicht! Ich bin nicht wie sie!

Und er dachte an Kinverson. Sogar er, dieser grobschlächtige einsame Bär, war am Ende übergelaufen. Und Delagard. Und Sundira.

Nun, so soll es denn sein, wie es ist, sagte er sich. *Ich* bin, der ich bin. So oder so. Und so bleibe ich!

Er lehnte sich zurück und starrte zu den Sternen hinauf und vertiefte sich ganz in das feurige Funkeln des ›Kreuzes‹, bis es ihn ganz erfüllte. Wie friedvoll es jetzt hier ist, dachte er. Wie still.

I woke, and we were sailing on
As in a gentle weather:
'Twas night, calm night, the Moon was high;
*The dead men stood together.**

»Val? Ich bin's.« Er blickte auf. Ein Schatten schob sich zwischen sein Gesicht und die Sterne. Sundira stand dicht bei ihm.

»Darf ich mich zu dir setzen?« fragte sie.

»Wenn du willst.«

Sie ließ sich neben ihm nieder. »Ich hab dich beim Essen vermißt. Wieso bist du nicht gekommen? Du mußt was essen.«

»Ich war nicht hungrig. Aber ihr, ihr eßt noch immer, obwohl ihr verwandelt worden seid?«

»Selbstverständlich. Es ist eine andere Art von Veränderung.«

»Ja, wahrscheinlich. Woher sollte ich das wissen?«

»Ja, wie könntest du das auch wissen.« Sie strich sacht mit der Hand über seinen Arm. Und diesmal zuckte er nicht zurück. »Es hat sich mit uns nicht so viel verändert, wie du vielleicht meinst. Ich lieb dich immer noch, Val. Ich hab dir gesagt, daß ich dich weiter lieben würde, und es ist wahr.«

Er nickte. Es gab nichts, was er hätte sagen können.

Liebte auch er sie noch? War so etwas überhaupt auch nur vorstellbar?

Er ließ den Arm um ihre Schulter gleiten. Die Haut war weich und kühl und so vertraut. So angenehm. Sie

---

* Ich erwachte, und wir segelten weiter / wie bei ruhigem Wetter: / Es war Nacht, stille Nacht, der Mond stand hoch; / die Toten standen beisammen.

kuschelte sich an ihn. Sie hätten die einzigen Menschen auf der Welt sein können. Und sie fühlte sich für Lawler noch immer sehr menschlich an. Er beugte sich zu ihr und küßte sie sacht in die Kuhle zwischen Hals und Schulter. Sie kicherte.

»Val!« sagte sie. »Ach, Val ...«

Das war alles, nur sein Name. Was dachte sie? Was hatte sie ungesagt gelassen? Daß sie sich wünschte, er wäre mit ihr gemeinsam zur Insel gegangen? Daß sie noch immer hoffte, er werde es tun? Daß sie betete, er möge zu Delagard gehen und ihn bitten, das Schiff zu wenden und zur Insel zurückzusegeln, auf daß auch er die Verwandlung erleben könne?

Und hätte ich nicht vielleicht doch mit ihr gehen sollen? War es falsch, daß ich mich verweigert habe?

Einen Augenblick lang sah er sich selbst im Innern, als Teil der Maschine, als Teil des ALLS – endlich preisgegeben, aufgegeben, überantwortet und tanzend mit allem übrigen.

Nein. Nein. Nein und Nein! Ich bin, der ich bin. Und ich habe getan, was ich tat, weil ich bin, der ich bin!

Er lehnte sich wieder zurück, und Sundira kuschelte sich an ihn. Er blickte wieder zu den Sternen auf. Und wieder eine neue Vision überkam ihn: Die ALTE ERDE von einst, das Verlorene Paradies.

Seine große romantische Träumerei von dem alten zerstörten Planeten, diesem blau-schimmernden Juwel, der verlorenen, vergewaltigten, vernichteten Mutterwelt der menschlichen Rasse, erfüllte seine Seele aufs neue. Er sah sie, wie er sich wünschte, daß sie gewesen sei: eine friedvolle harmonische Welt, wimmelnd von liebevollen friedlichen Menschen, ein Heiligtum und eine Zufluchtsstätte, die perfekte geschlossene Einheit. Aber war es auf der ALTEN ERDE wirklich jemals so gewesen? Aller Wahrscheinlichkeit nach nicht, dachte er. Nein, höchstwahrscheinlich nicht. Es war ein Planet wie jeder andere gewesen, und Böses und Übles kamen auch dort reichlich vor, und Unzulänglichkeit und Fehlschläge... Und außerdem und überhaupt war dieser Planet aus dem Universum verschwunden. Ausgelöscht durch einen bösen Unstern, ein übles Verhängnis.

Und da sind wir jetzt. Da liegen wir. *Requiescant in pace!* Friede ihrem Staub!

Lawler blinzelte in die Nacht hinauf. Er stellte sich vor, er schaue zu der Stelle im Kosmos, an der sich die Mutterwelt einst befunden hatte. Aber er wußte ja, daß es für die im Universum verstreuten Nachkommen der überlebenden Erdenmenschen keine Hoffnung gab, jemals die verlorene Heimat der Vorväter wieder in Besitz zu nehmen.

Nein, sie mußten weiterziehen, mußten in diesem gewaltigen Universum eine neue Heimstatt finden, in das sie als Flüchtlinge und Exilanten geworfen worden waren. Sie mußten sich ändern, sich transformieren. Die Metamorphose wagen. Die Transfiguration!

Abrupt richtete er sich auf, als hätte ihn ein Blitzstrahl gestreift. Auf einmal war ihm alles so erstaunlich klar. Die Menschen, die er gekannt hatte und die ihr alltägliches kleines Leben gelebt hatten, als ob es nie so etwas wie die ALTE ERDE gegeben hätte, hatten recht gehabt damit, und er, der sich in hoffnungslose Träumereien verstrickt hatte, in Dinge, die einmal vor langer Zeit und in weiter Ferne gewesen waren, er hatte unrecht gehabt. Es würde nie mehr eine ERDE geben, für keinen Erdabkömmling. Und für die auf Hydros lebenden Menschen gab es schlicht und klar nur Hydros. Jetzt und für immer und ewig. Es war einfach Wahnsinn, wollte man versuchen, sich abzusondern, sich für sich zu halten, sich verzweifelt an eine Erblast und ERD-Identität zu klammern, während man inmitten der alteingesessenen heimischen Lebensformen der Gastwelt zu leben versuchte. In welcher Welt man sich auch befinden mochte, dachte Lawler, man hat die Pflicht und Verpflichtung, sich zu einem voll-funktionierenden, integrierten Teil dieser Lebenswelt zu machen. Wenn du das nicht tust, wirst du immer der Außenseiter bleiben, der Fremdling, der Befremden auslöst und isoliert bleibt.

Ja. Das war es. Und hier bin ich jetzt, und ich bin noch mehr allein, als ich es jemals vorher war. Und Hydros hatte ihm die Eingliederung angeboten, hatte ihn aufnehmen wollen, aber er hatte das zurückgewiesen, und zwar nachdrücklich und unwiderruflich, und nun war alles zu spät.

Er schloß die Augen und sah noch einmal die ALTE ERDE vor sich in den Himmeln schweben: Hell und wunderbar. Die Vision seines verlorenen Paradieses, die er so viele Jahre mit sich herumgeschleppt hatte, loderte noch einmal – und leibhaftiger als je zuvor in seinem Gehirn auf. Der blaue Planet ERDE – so bezaubernd und so fremd – und die goldnen und grünen Landmassen, die im Lichte einer Sonne leuchteten, die er niemals gesehen hatte. Aber während er hinsah, begannen die weiten blauen Meere zu kochen. Dampf brodelte von ihnen auf. Das feste Land wurde von Flammen zerfressen. Die golden-grünen Weiten wurden braun und dann schwarz, und in ihnen taten sich tiefe scharfe Brüche auf, schwärzer als die Nacht.

Und nach dem Feuer – Eis, Tod, Finsternis. Ein Regen von kleinen toten Dingen rieselte durch den Weltraum. Eine Münze, das Fragment einer kleinen Statue, ein Tonscherben, eine Karte, eine verrostete Waffe, ein Steinsplitter. Und das torkelte und stürzte ziellos und wirr durch die weiten stillen Wüsten der Galaxie. Lawler verfolgte ihre Fugbahnen mit dem Blick.

Und alles dahin, dachte er. Gib's auf! Laß es los! Fang ein neues Leben an!

Die Plötzlichkeit, mit der diese Idee ihm kam, überraschte ihn.

Wie? Was war das? Was hast du da grad gesagt? fragte er sich selber.

Aufgeben? *Sich* aufgeben? Preisgeben und mitmachen? War es das? Lawler begann zu zittern, und ihm brach der Schweiß am ganzen Körper aus. Er setzte sich auf und schaute hinaus auf die See, zurück zu der fernen Insel und dem ›Antlitz‹.

Und nun hatte er den Eindruck, als spüre er diese Kraft von drüben trotz allem, als könne sie ihn trotz der Entfernung erreichen, in sein Denken eindringen, ihre Tentakel um seine Seele schlingen und ihn mitreißen, ihn an sich ziehen.

Er wehrte sich dagegen. Wild und heftig und voller Wut kämpfte er und biß gegen dieses Fremde an, gegen diese Potenz, die sich seiner bemächtigen wollte. Stumm kämpfte er einen endlosen Augenblick lang dagegen an und versuchte, die in ihn vordringenden Energien wieder aus sich herauszufiltern. In seinem Geist tauchte das Bild Gospo Struvins auf, wie der damals, ganz zu Beginn der Reise, vergeblich gegen dieses dumpfigfeuchte gelbliche Faserngewächs angekämpft hatte, das aus der See heraufgestiegen war und ihn zu umstricken und einzuwickeln versuchte. Und wie Struvin in der Luft gezappelt hatte, wie er den Fuß geschleudert hatte in dem vergeblichen Versuch, sich von diesem klebrigen hartnäckigen Zeug zu befreien, das ihn umwickelte. Und so war es auch jetzt. Lawler wußte, daß er jetzt genauso um sein Leben kämpfte wie damals Gospo. Und Gospo hatte verloren.

Geh – weg – von – mir!

Er raffte alle seine inneren Kräfte zu einem großen reinigenden Befreiungsschlag zusammen und stieß zu.

Und stieß gegen – nichts. Da war nichts. Keine Netze oder Fesseln banden ihn. Keine unerklärliche Macht packte ihn in irgendeiner Würgeschlinge. Und er verstand es, begriff es über jeden Zweifel erhaben. Er kämpfte gegen SCHATTEN an, rang mit sich selbst, gegen sich selbst und gegen niemanden und nichts sonst.

Also – willst du jetzt doch überlaufen? fragte er sich

dumpf. T*rotz allem, jetzt willst auch du gehen? Sogar du? Und willst du es wirklich? Aber was willst du eigentlich im Leben wirklich?*

Und wieder sah er die blaue ERDE, und in seiner Vorstellung leuchtete und schimmerte sie wie früher. Und dann begann sie wieder zu kochen und zu brodeln und brandgeschwärzt zu werden. Und wieder sah er das Eis, den Tod, die Finsternis und die winzigen Fragmente durchs Universum stürzen.

Und dann zwang sich ihm die Antwort auf: *Ich will nicht allein sein. Will nie mehr allein sein. O mein Gott, hilf mir! Ich will nicht der letzte Erdenmensch sein, wenn es die Erde nicht mehr gibt!*

Da machte Sundira, die warm an ihn geschmiegt lag, eine Bewegung. »Val? Woran denkst du denn?«

»Daß ich dich liebe«, sagte er.

»Wirklich? Auch so, wie ich jetzt bin?«

Er atmete tief durch. Und atmete die Luft von Hydros so heftig und gründlich ein wie nie zuvor in seinem Leben.

»Ja«, sagte er dann.

DA, WO EINST in seinem Bewußtsein das Bild der ERDE gewesen war, schwebte nun nur noch eine makellose schimmernde Wasserkugel. Die zerspellten winzigen Objekte, die von der sterbenden Welt fortgefallen waren, schwebten einige Augenblicke über der Oberfläche der gewaltigen Wassersee. Dann stürzten sie ab und verschwanden, ohne eine Spur zu hinterlassen.

Lawler spürte eine gewaltige Erleichterung, einen plötzlichen Einbruch von mildem Tauwetter. Etwas in ihm zerbarst und brach auf wie das Treibeis zum Ende des Winters. Und strömte in Schollen fort und fort und weg von ihm.

LAWLER RICHTETE SICH AUF und wandte sich Sundira zu, um ihr zu sagen, was ihm soeben geschehen war. Aber das war nicht nötig. Lächelnd schaute sie ihn an. Sie wußte. Und dann spürte er, wie das Schiff unter ihnen einen weiten Bogen zog, wendete und durch die leuchtende See wieder auf die Insel, das ›Antlitz‹, das Land über den Wassern zustrebte.